BASTEI
LÜBBE

Lowell Cauffiel

Hinter verschlossener Tür

Aus dem Amerikanischen
von Cécil G. Lecaux

BASTEI LÜBBE

BASTEI LÜBBE TASCHENBUCH
Band 14412

1. Auflage: September 2000
2. Auflage: Januar 2002

Vollständige Taschenbuchausgabe

Bastei Lübbe Taschenbücher ist ein Imprint
der Verlagsgruppe Lübbe

Deutsche Erstveröffentlichung
Titel der amerikanischen Originalausgabe:
House of Secrets

Titelfoto: Mauritius
Umschlaggestaltung: QuadroGrafik, Bensberg
Druck und Verarbeitung:
Brodard & Taupin, La Flèche, Frankreich
Printed in France
ISBN 3-404-14412-0

Für Paul Dinas,
der zu würdigen weiß,
was alles notwendig ist.

Vorwort

›Hinter verschlossener Tür‹ bedient sich keiner ›Fiktionalisierung‹, um seine Geschichte zu erzählen. Vielmehr wird diese mit Hilfe von Gerichtsprotokollen, Polizeiberichten, Niederschriften von Gesprächen mit unmittelbar Betroffenen und den Ergebnissen von fast drei Jahren Recherche mit erprobten journalistischen Methoden wiedergegeben.

Die Namen einiger Personen im folgenden Bericht wurden zu ihrem Schutz und zur Wahrung ihrer Privatsphäre geändert. Pseudonyme sind: Anne und Gerry Greene, Walter und Kathleen Dundee, Augusta Townsend, Tuck, Colleen und Bonnie Carson sowie Tommy Sexton. Die Aussagen von Estella May Sexton sen. sind Bandaufnahmen entnommen und der Klarheit halber neu geordnet worden, wobei jedoch der Kontext stets gewahrt wurde. Darüber hinaus wurden – ebenso wie andere Berichte aus zweiter Hand – Machelle Sexton Crotos Enthüllungen Anne Green gegenüber in zahlreichen aufgezeichneten Gesprächsstunden mit Machelle bestätigt und vertieft. Einige der Opfer in diesem Buch sind Minderjährige. Manche Agenturen, Jugendgerichte und Medien halten die Namen von Minderjährigen unter Verschluß, um Kinder vor Peinlichkeiten zu bewahren und sie nicht der Lächerlichkeit preiszugeben. Aber die Hauptakteure in dieser Geschichte haben die betroffenen Kinder noch stärker manipuliert, indem sie die gutgemeinte Diskretion dieser Stellen für ihre eigenen kriminellen Machenschaften nutzten. Manche Kinderexperten vertreten auch den Standpunkt, daß solcherlei Geheimhaltung das Stigma gewisser Mißbrauchsarten noch verschärft und außerdem verhindert, daß anständige Menschen vor den Monstern gewarnt werden, die unter ihnen leben.

Manche Teile des vorliegenden Falles wurden schließlich vor einem Erwachsenengericht verhandelt. Dadurch gingen die Namen der Kinder und die Verbrechen, die an ihnen verübt wurden, im Rahmen der staatlichen Gesetze zur Gewährleistung der Informationsfreiheit in Polizeiakten, eidesstattliche Erklärungen, Aussageprotokolle und anderes öffentlich zugängliches Material ein. Darüber hinaus veröffentlichten einige Medien schließlich doch die Namen der gesamten Familie Sexton. Obgleich Teile der Familiengeschichte vor Gericht und über die Medien publik wurden, blieben zahlreiche Einzelheiten im verborgenen, weil – bis zu diesem Buch – offenbar niemand die Zeit, die Möglichkeiten oder auch das Interesse aufbrachte, sie aufzudecken.

Trotzdem beschränkten sich meine Gespräche mit Mitarbeitern des Stark County Department of Human Services auf das bereits veröffentlichte Material, gemäß der internen Informationspolitik der Einrichtung. Das DHS stellte mir keinerlei Material aus den Originalbefragungen der Kinder zur Verfügung. Die Berichte der Human Services, psychologische Gutachten sowie die in diesem Buch zitierten Zusammenfassungen standen bereits in öffentlich zugänglichen Gerichtsakten in Ohio und Florida.

Kapitel 1

8149 Caroline Street Northwest

Draußen, etwas abseits des leicht ansteigenden Weges, stand eine Statue von Jesus mit ausgebreiteten Armen – und amputierten Händen, wie um den Erlöser daran zu hindern, Trost und Hoffnung zu spenden.

Neben der Haustür war ein kleines Metallkreuz an den Holzschindeln befestigt; darauf stand: ›Friede jedem, der dieses Haus betritt‹. Aber es hatte sich bereits herumgesprochen, daß es in dem Haus in der Caroline Street keinen Frieden gegeben hatte.

Dieser und noch weitere Widersprüche fielen Bob und Edie Johnson sofort auf, als sie das Haus in den kurzen Tagen des Winters 1994 das erste Mal unter die Lupe nahmen.

Der Sheriff von Stark County wollte den Besitz wegen unbezahlter Steuern, einer Zwangsvollstreckungsklage der Bank sowie diversen anderen Schulden zum Verkauf anbieten. Ein Jahr zuvor hatte der Eigentümer versucht, das Haus versteigern zu lassen, aber bestehende Pfandrechte hatten den Verkauf verhindert.

Die einspaltige Anzeige eines Auktionators im *Canton Repository* hatte gelautet:

Geräumiges Cape-Cod-Einfamilienhaus,
9 Zimmer, 4000 qm Grundstück, Ententeich,
Garage für 4 Wagen, voll ausgestattet, möbliert.

Das Haus befand sich oben auf einem Hügel, und von der vorderen Veranda aus blickte man auf den Teich. Ein verwitterter Lattenzaun faßte das Grundstück ein. Dahinter, auf der gegenüberliegenden Seite der Wales Avenue, schaute der Giebel der New Covenant Christian Church aus den Baumwipfeln.

Kurz nach seiner Erbauung Ende der fünfziger Jahre war dem Haus ein Artikel in *Better Homes & Gardens* gewidmet worden, wie die Johnsons später erfuhren. Es gab Anekdoten über Grillfeste im Sommer und heiße Schokolade im Winter für die Kinder, die vom Schlittschuhlaufen auf dem Teich kamen.

Es war eins der größten Grundstücke in der alten Highland-View-Farms-Siedlung und ganz leicht zu finden. Wenn man nördlich von Canton die schattigen Vororte hinter sich ließ, fuhr man auf der Wales Avenue nach Süden, am Klubhaus und dem Achtzehn-Loch-Golfplatz des Shady Hollow Country Clubs vorbei. Caroline lag noch eine Meile weiter südlich. Man konnte aber auch zwei Meilen auf der Wales Avenue nach Norden fahren und durch Massilon. Das Anwesen befand sich im Jackson Township, dem begehrtesten Ort in der Gegend um Canton-Massilon. Erstklassige Schulen. Ein halbes Dutzend Seen. Vier Golfplätze. Ein gut ausgestattetes Polizeirevier mit schick uniformierten Beamten. Und Belden Village, einer kleinen Einkaufsmeile mit so zahlreichen Franchise-Lokalen der gehobenen Klasse, daß es aussah wie ein Testgelände für Amerikas neueste Restaurantketten.

Die Anzeige des Auktionators versprach ein geräumiges Haus. Die große Garage befand sich im Souterrain in Richtung Caroline Street. Im Erdgeschoß gab es ein großes Wohnzimmer mit offenem Kamin und mit Schiebetüren, die zu einem eingezäunten Garten hinausführten, auf den neun große Kiefern ihre Schatten warfen. Hinzu kamen, ebenfalls im Erdgeschoß, ein Aufenthaltsraum, eine Küche, eine Eßecke, ein Speisezimmer und ein Elternschlafzimmer mit voll ausgestattetem Bad. Im Obergeschoß waren weitere drei Schlafzimmer, ein Bad und reichlich Einbauschränke untergebracht.

Auch das Mobiliar wurde bei der ersten Versteigerung aufgelistet: Drei Tiefkühltruhen und ein Tiefkühlschrank, zwei Waschmaschinen und zwei Trockner, das eine Set von

Maytag, das zweite von Whirlpool. Zwei Etagenbetten, ein dreiteiliges Schlafzimmer im provenzalischen Stil. Bücherregale. Drei Sofas. Tische und Stühle. Angelruten und -leinen und ein fünfzehn Fuß langes Kanu von Coleman. Außerdem waren da zehn Leitern, die meisten aus Aluminium, sechs Rasenmäher, Kettensägen, ein Schneepflug, ein '77er Motorrad von Suzuki, ein kaum benutzter Rollstuhl und ein brandneues Krankenhausbett.

Und es wurde angedeutet, daß der Hausrat noch einiges mehr umfaßte. ›Die Familie verläßt den Staat und will alles verkaufen, haufenweise weitere, nicht näher begutachtete Gegenstände‹, hieß es in der Anzeige.

Bob Johnson kannte den Verkäufer. Sein Name war Eddie Lee Sexton. Sexton war langjähriger Kunde seines Gebrauchtwagenhandels ›Johnson Motors‹. Sexton war eines Tages fünfzehn Jahre zuvor in Johnsons erster Niederlassung in der 7th Street in Canton aufgetaucht und war Johnson als Kunde erhalten geblieben, als dieser über die Jahre mehrfach mit seiner Firma umgezogen war. Sexton kaufte Fahrzeuge in der Größenordnung um tausendfünfhundert bis viertausend Dollar und zahlte normalerweise bar. Johnson hatte ihm einen Ford-Van und einen schwarzen Cadillac Baujahr '76 verkauft.

Johnson erinnerte sich an Sexton als an eine sehr auffällige Erscheinung. Er hatte ausgeprägte Geheimratsecken, ein längliches, wettergegerbtes Gesicht und stechende Augen, die von einem Vollbart etwas gemildert wurden. Er erzählte Johnson, er wäre ›pensioniert‹, obgleich er nicht alt genug zu sein schien für eine Militärrente, ganz zu schweigen für einen Rentner aus dem Hammerwerk, bei dem er angeblich früher beschäftigt gewesen war.

Aber Eddie Sexton war gleichzeitig auch der höflichste Mensch, dem Bob Johnson je begegnet war.

»Ja, Sir.«

»Nein, Sir.«

»Herzlichen Dank. Ich weiß das wirklich zu schätzen.«

Und dazu noch clever. Kannte sich mit Autos aus. War ein zäher Verhandlungspartner. Diskutierte nicht, wurde nicht nervös und keine Spur von Unentschlossenheit. Er begutachtete das Angebot an Gebrauchtwagen systematisch und ohne Hast. Er schien ein anständiger und vernünftiger Mann zu sein.

Im Laufe der Zeit lernte Bob Johnson auch Sextons Ehefrau Estella May kennen sowie mehrere ihrer Kinder. Seine Frau wartete immer im Wagen. Sie saß geduldig bei verschlossener Tür auf dem Beifahrersitz und betrat kein einziges Mal das Gelände der Autohandlung.

Sexton erzählte Johnson, daß er ein Dutzend Kinder hätte, sieben Jungs und fünf Mädchen. Die Mädchen nahm er nie mit, um sich Autos anzusehen, nur die älteren Jungen. Sie gingen mit ihm über den Platz und begleiteten ihn anschließend ins Verkaufsbüro. Sie setzten sich schweigend und sehr gerade auf die Besucherstühle und hörten zu, wie ihr Vater die Verhandlungen führte. Als Jugendliche kamen sie dann auch manchmal allein vorbei und begutachteten das Angebot. Sie hatten immer etwas von ihrem Vater zu berichten, vor allem der nach ihm benannte Eddie Lee Sexton jr. Dad macht dies, Dad tut jenes.

»Mann, was haben die Kinder ihn geliebt«, erzählte mir Johnson. »Wissen Sie, man spürte es einfach.«

Eine dieser altmodischen glücklichen Großfamilien, dachte Bob Johnson. Nicht viel Geld, aber eine gute Mischung aus Liebe und Disziplin. Man mußte Kinder schon sehr gerne haben, um sich gleich ein Dutzend zuzulegen. Und man mußte für eine gewisse Disziplin sorgen, um mit ihnen unter einem Dach zu wohnen. Und um eine Familie solcher Ausmaße zu versorgen, brauchte man zweifellos Etagenbetten, vier Tiefkühltruhen, zwei Waschmaschinen, zwei Trockner und alles, was der Auktionator sonst an Inventar angeführt hatte.

Bei der Versteigerung des Hausinventars wurden die Haushaltsgeräte, das Kanu und das Werkzeug rasch von einer kleinen Gruppe von Interessenten aufgekauft, die sich am 18. Februar 1993 beim Haus eingefunden hatten. Eine von Sextons älteren Töchtern, inzwischen verheiratet und Mutter, stand schweigend dabei, während der Auktionator die Gebote herunterleierte. Sie interessierte sich weder für die Fahrräder noch für die Betten oder diverse Küchengeräte, sondern kaufte nur einen Kühlschrank.

Die Johnsons, vor allem Edie, interessierten sich dagegen für Haus und Grund. Sie leitete die Baufirma der Familie. Das Ehepaar hatte im Laufe der Jahre mit seiner kleinen Firma fast fünfzig Häuser erworben und renoviert. Edie wollte den Besitz in der Caroline Street 8149 in ein hunderfünfzigtausend-Dollar-Anwesen verwandeln – ein stattliches Heim in Anbetracht der moderaten Immobilienpreise in Ohio. Wenn sie sich nicht täuschte, würde das Haus für weit weniger versteigert werden. Negativschlagzeilen und Fernsehberichte konnten den Preis einer Immobilie stark drücken. Bei der Hausversteigerung 1994 auf der Treppe vor dem Gerichtsgebäude von Stark County wußten Edie Johnson und viele andere unter den Anwesenden, daß Eddie Lee und Estella May Sexton nicht einfach so den Staat verlassen hatten.

Sie hatten auf der Fahndungsliste des FBI gestanden.

Es gab nur noch einen anderen Interessenten. Letztlich ersteigerten die Johnsons das Haus für sechsundfünfzigtausend Dollar. Das war genug, um die Hypothek in Höhe von sechsundvierzigtausend Dollar zu tilgen und die Steuerschuld von siebentausendzweihundert Dollar zu begleichen. Es reichte jedoch nicht, um eine ganze Reihe weiterer Gläubiger auszubezahlen, darunter auch Eddie Sexton jr. Er sprach längst nicht mehr liebevoll von seinem Vater, sondern behauptete vielmehr, der hätte ihm achttausend Piepen gestohlen.

Als das Haus in den Besitz der Johnsons überging, sagte ein befreundeter Polizist zu Johnson: »Bob, halt die Augen offen, wenn du den kleinen See ausbaggerst.«

Und eine Freundin in Edie Johnsons Büro meinte: »Mein Gott, was hast du getan? Ich werde mit Weihwasser vorbeikommen und es dort verspritzen.«

»Laß das mit dem Weihwasser und bring lieber etwas Spic & Span«, konterte Edie.

Aber als sie mit den Arbeiten begannen, schien es, als

würde das Haus ihnen Geheimnisse zuflüstern. Die Sextons hatten gern Dinge versteckt. Auf dem Dachboden fanden sie einen Haufen altes Zeug: Fahrräder, Farbeimer, Holzreste, altes Werkzeug, Zeitungen, morsche Bretter, verrostetes Spielzeug. Acht Mann brauchten einen ganzen Tag, um einen Container mit Müll zu füllen. Es sollte nur der erste von insgesamt acht Containern werden, bis das Haus in der Caroline Street 8149 schließlich leer war.

Als das Ehepaar mit dem Anwesen vertrauter wurde, machte der hintere Teil des Besitzes sie neugierig. Ein zweieinhalb Meter hoher Palisadenzaun faßte das Haus auf drei Seiten ein und verwehrte den Nachbarn den Blick auf die Fenster im Erdgeschoß, eine Maßnahme, die ein wenig übertrieben anmutete angesichts der Sträucher und Bäume, die bereits die Sicht versperrten.

Einer nach dem anderen schauten die Nachbarn vorbei und erzählten Geschichten.

Eine alte Frau fragte: »Steht in der Garage vielleicht ein Weed Wacker Häcksler, sie haben sich meinen geborgt und ihn nie zurückgebracht.«

Bob Johnson hatte keinen Weed Wacker gesehen.

»Ich dachte, er wäre vielleicht noch da«, meinte die Frau und ging wieder.

Bob fragte sich, warum sie die Sextons nicht einfach um die Rückgabe des Geräts gebeten hatte.

Nach einiger Zeit freundeten sich die Johnsons mit einer geistig zurückgebliebenen Frau in den Vierzigern an, die gleich hinter ihnen wohnte. Ihre Stimme wurde ganz schrill vor Entsetzen, als der Name Sexton fiel. Sie behauptete, jahrelange Anfeindungen seitens der Sextons hätten ihren kranken Vater ins Grab gebracht.

Es gab auch eine Fülle von Geschichten über Brände in der Nachbarschaft. Feuer in Mülleimern und Müllcontainern. Brandanschläge auf Nachbarhäuser. Eine Nachbarin erzählte, sie hätte eines Nachmittags nach der Rückkehr von der Beerdigung eines Verwandten ein Nickerchen gemacht und wäre davon aufgewacht, daß die Sexton-Kinder versucht hätten, auf ihrer Veranda ein Feuer anzuzünden. Eine andere Nachbarin behauptete, die Sexton-Jungen hätten versucht, ihre Garage niederzubrennen.

Auch bei den Sextons hatte es zweimal gebrannt. Ein Nachbar brachte Fotos, auf denen Feuerwehrwagen zu sehen waren, die vor dem Haus in der Caroline Street 8149 vorfuhren, wo Flammen aus einem der oberen Schlafzimmerfenster schlugen. Es war eines der Kinderzimmer, aber an dem Tag war niemand daheim gewesen. Es hieß, der Brand wäre durch eine defekte Leitung oder eine Zigarette verursacht worden.

Aber die Johnsons hörten auch andere Berichte über die Kinder. Vor allem darüber, wie gut erzogen sie waren. In den späteren Jahren hatte Estella May Sexton keine Kinder mehr bekommen, wohl aber zwei ihrer Töchter im Teenageralter. Sie waren unverheiratet. Sie zogen nicht von zu Hause aus. Die Nachbarn sagten, Eddie Sexton hätte ein besonderes Talent im Umgang mit Kindern besessen. Sie folgten dem Patriarchen überallhin, wenn er im Garten arbeitete, und er ging mit ihnen zum Fischen und Schwimmen an den Teich. Sie scharten sich um ihn und hingen an seinen Lippen. Einer der Nachbarn hatte ihm den Spitznamen ›The Bellhop‹* verliehen, weil die Kinder auf seine Befehle hin sofort sprangen.

Im Inneren des Hauses stießen die Johnsons auf ein gewisses Chaos. Das Wohnzimmer war mit vier verschiedenen Tapeten tapeziert, von denen keine so ganz zum goldfarbenen Teppichboden im Erdgeschoß paßte. Die Fensterrahmen wiesen Nagellöcher auf, als wären sie von innen mit Brettern vernagelt worden, und der Backofen in der Küche war so schmutzig und verkrustet, daß Edie schätzte, daß er mindestens zehn Jahre nicht mehr saubergemacht worden war.

Dazu fiel den Johnsons auf, daß sämtliche Türschlösser im ganzen Haus defekt waren. Die Verriegelungen waren herausgeschlagen, so als hätte jemand jede einzelne Tür eingetreten.

* ›Bell‹ = Klingel, ›to hop‹: springen, Anm. d. Übersetzerin

Die zwei 2,7 m x 4 m großen und das 5,4 m x 3,6 m große Zimmer schienen viel zu klein für zwölf Kinder. In einem der Zimmer roch es noch stark nach Zigarettenrauch. Entlang der Wände entdeckten die Johnsons kleine Türen, durch die die Kinder in die versteckten Kammern im unteren Dachbereich gelangten.

Als Johnson die Türen öffnete, entdeckte er kleine Nester aus Decken, Spielsachen und Stofftieren zwischen den Dachsparren.

»Das sieht aus, als hätte man die Kinder zur Strafe hier eingesperrt«, meinte Edie.

»Oder sie haben sich hier versteckt«, entgegnete Bob Johnson.

Aber sie fanden noch weitere beunruhigende Spuren. Im Keller lag eine Doppelbettmatratze voller Filzstiftgraffiti. Die Bilder zeigten meist erigierte Penisse, Brüste und Vaginas und waren kaum geschickter gezeichnet als Strichmännchen, ja sie sahen sogar aus, als stammten sie von Kinderhand.

Von einem Stützbalken im Keller hingen zwei Ketten mit Metallringen. Ein Garagentor war zugenagelt. Etwa dreißig Meter vom Haus entfernt befand sich ein kleiner Schuppen, der als Vorratskammer diente. Im Inneren stand ein Schaukelstuhl und daneben auf dem Fußboden ein Aschenbecher, der von Zigarettenkippen überquoll. Drum herum eine Sammlung Stofftiere.

»Ich dachte gleich, dort hat sich etwas abgespielt«, erzählte mir Edie. »Es war ein seltsamer Ort.«

Und dann fiel ihnen noch etwas Sonderbares in die Hände: dicke Packen von Grußkarten von den Sexton-Kindern, auf denen sie ihre Liebe zu ihren Eltern verkündeten.

Nur ein Raum im ganzen Haus war anders: das Elternschlafzimmer schien gut in Schuß zu sein. Es wies keinerlei Spuren laienhafter Reparaturarbeiten auf, wie sie die Hauseigentümer offenbar nach den beiden Bränden in den anderen Räumen durchgeführt hatten. Es gab eine Nische für einen Einbaufernseher. Außerdem gab es ein angrenzendes Badezimmer, dessen weiße Fliesen professionell mit strahlendweißen Fugen versehen waren. Waschbecken und WC waren neu, und es war sogar eine behindertengerechte Duschwanne installiert worden.

Inzwischen hatten die Johnsons im Keller auch den Rollstuhl und das Krankenhausbett gefunden, die bei der Versteigerung keinen Käufer gefunden hatten. Bob Johnson fand das merkwürdig; Eddie Sexton hatte nie ein behindertes Kind erwähnt. Und er selbst war auch nicht körperlich beeinträchtigt gewesen.

Die Johnsons beschlossen, sämtliche Böden und Trennwände im Erdgeschoß herauszureißen und diese Etage völlig neu zu gestalten. Neue Trennwände und Böden schienen die einzige Möglichkeit zu sein, das Haus wieder präsentabel zu machen.

Sie entfernten das angelaufene Metallkreuz und entsorgten den amputierten Christus in einen der acht Müllcontainer. Später erfuhren sie dann, daß die Statue einmal Eddie Sextons Mutter gehört und er sie nach ihrer Beerdigung mitgebracht hatte. Niemand konnte sich erinnern, ob sie damals noch Hände gehabt hatte oder nicht.

Als ich an einem Abend im Jahre 1995 das erstemal mit den Johnsons sprach, hatten Sozialarbeiter, Polizeibeamte und Staatsanwälte in Ohio und Florida bereits zahlreiche Aspekte des Lebens in dem Haus aufgedeckt. Einige der Ermittlungen liefen sogar noch.

Ironischerweise fühlte ich mich im Laufe der Recherchen im Fall Sexton in dem frisch renovierten Haus in der Caroline Street 8149 das erste Mal rundum wohl. Das Haus war freundlich, sauber und gemütlich. Die Johnsons waren zuvorkommend und gastfreundlich.

Und sie hatten nichts zu verbergen.

Rückblickend kommt es mir vor, als hätte auf meinen Fahrten von daheim in Michigan in diesen Teil von Ohio kein einziges Mal die Sonne geschienen. Fast drei Jahre lang suchte ich schmutzige Wohnungen auf, enge Gefängnisbesuchszimmer und die chaotischen Büros abweisender Behörden. Möglicherweise war das alles ein angemessenes Umfeld für Vergewaltigung, Folter und Mord, aber es war nichtsdestotrotz auch nervenaufreibend.

Als ich mit meinen Recherchen anfing, hätte ich mir auch nicht annähernd das Ausmaß der brutalen Dunkelheit vorstellen können, die einst in diesem Haus geherrscht hatte. Eine erste Ahnung bekam ich, als ich mir anhörte, was eine ehemalige Babysitterin der Sextons zu berichten wußte.

Es war eine Geschichte voller wolkenverhangener, verregneter Tage.

Sie erzählte, daß die Sexton-Kinder im Grundschulalter bei Gewitter immer hinaus in den Garten gelaufen wären. Sie drängten sich zusammen wie eine Gänseschar und wandten die kleinen Gesichter gen Himmel, so daß sich die Blitze in ihren Augen spiegelten.

Irgendwann fragte sie sie, warum sie das täten.

»›Jesus kommt‹, antworteten sie mir. Sie hofften, daß Er käme, um sie zu holen …«

Und sie fortbrachte von dem Haus in der Caroline Street 8149.

Aber sie mußten sich mit dem gleichgültigen steinernen Abbild zufriedengeben. Wahre Erlöser waren schwer zu finden.

Kapitel 2

Wenn ich bei dir bin

1

Das erste Mal bemerkte Terry Turify das Mädchen mit dem Bücherstapel in den Armen in den gebohnerten Sälen der High School. Sie sah immer aus, als hätte sie eine Mütze Schlaf nötig. Eines Tages im Lesesaal ging sie zu ihr hinüber und stellte sich vor. Das Mädchen, das immer für sich allein saß, tat ihr leid.

Das Mädchen sagte, sein Name sei Stella. »Stella Sexton.«

Stella trug ein buntbedrucktes Blusenkleid, das aussah, als stammte es noch aus den siebziger Jahren. Geh nach Hause und wasch dir die Haare, dachte Terry bei sich. Laß es nicht so in dunklen, fettigen Strähnen herabhängen. Wisch dir die Schuppen von den Schultern. Weißt du denn nicht, daß du sehr hübsch aussehen könntest? Nicht, daß Terry großen Wert auf Kleidung gelegt hätte. Seit Terry und ihre Zwillingsschwester Traci auf die Jackson High School gewechselt hatten, waren ihnen schon viele solcher Schmuddelkinder begegnet.

Wenigstens das hatten Terry und Stella gemeinsam. Sie waren beide Außenseiter, Terry, weil sie aus der Gegend um Cleveland zugezogen war, und Stella einfach wegen ihrer Aufmachung. Niemand auf der Schule schien sich auch nur im mindesten für das Mädchen zu interessieren.

Terry versuchte, Kontakt zu knüpfen, stellte harmlose Fragen zu ihrer beider Klassen, ihrer Schule, dem Lernstoff. Stella antwortete einsilbig, vorwiegend mit ›ja‹ oder ›nein‹.

Nach einigen Minuten brachte Stella dann jedoch tatsächlich einen vollständigen Satz hervor. Sie sagte, sie wäre in der Gegend von Canton geboren und aufgewachsen, in ihren Adern fließe aber auch Indianerblut.

»Wirklich?« fragte Terry, die schon immer von der indianischen Kultur fasziniert gewesen war. »Welcher Stamm?«

Stella nannte einen sonderbaren Namen, den Terry noch nie gehört hatte und an den sie sich später nicht mehr erinnern konnte.

»Sprichst du Indianisch?« wollte Terry wissen.

Stella schlug ein Notizbuch auf und schrieb Terrys Namen in der Stammessprache. Ihr Vater habe ihr diese Sprache beigebracht, erklärte Stella. Er befasse sich mit Indianerstämmen. Er restauriere alte Möbel für Hilfsorganisationen für Ureinwohner. Damit verdiene er sein Geld, behauptete sie.

Stella gab ihr das Blatt aus ihrem Notizbuch. »Das kannst du behalten«, sagte sie.

Am darauffolgenden Tag gab Stella ihr ein weiteres Blatt mit seltsamen Symbolen. Sie sagte, das wäre das gesamte indianische Alphabet.

»Wir sprechen diese Sprache zu Hause«, fügte Stella hinzu.

»Heh, vielleicht könnte ich ja mal mit zu dir kommen«, meinte Terry. »Ich interessiere mich wirklich sehr für das alles.«

Stellas Augen verengten sich. »Nein«, antwortete sie bestimmt. »Auf gar keinen Fall.«

»Wieso nicht?«

»Das geht nicht. Mein Vater würde es nicht erlauben.«

»Aber warum nicht?«

»Er wäre stinksauer, wenn er nur wüßte, daß ich es dir erzählt habe.«

Terry sagte sich, daß manche Menschen wohl etwas empfindlich sind, was ihre Kultur betraf. Aber sie sollte noch lernen, daß Stellas Vater in vielen Dingen empfindlich war.

Während ihres ersten Jahres an der High School versuchte Terry mehrfach, Stella zu verschiedenen gemeinsamen Aktivitäten zu überreden.

»Heh, Stella, sollen wir ins Kino gehen?«

»Nein.«

»Wollen wir ins Einkaufszentrum gehen?«
»Nein.«
»Wie wär's mit Belden Village?«
»Nein.«
Sie sagte sich, daß Stella vielleicht kein Geld hatte.
»Und wenn wir einfach nur zu mir nach Hause gehen?«
»Nein«, entgegnete Stella. Sie könne nirgendwo hin. Ihr Vater würde es nicht erlauben.

Die Sommerferien kamen. Sie sprachen erst Anfang des nächsten Schuljahres wieder miteinander. Terry sah Stella in der Schulcafeteria allein an einem großen runden Tisch neben der Tür sitzen. Stella trug eine blau-weiße Seemannsbluse. Ihre Augen glänzten, und die dunklen Ringe unter den Augen waren nicht mehr so auffällig wie im Jahr davor.

Terrys Blick fiel auf ihren Bauch. Stella Sexton sah aus, als wäre sie schwanger.

Auf Terrys Frage hin verkündete Stella stolz, daß das Baby im Oktober zur Welt kommen würde.

Terry sagte sich, daß Stellas Außenseiterposition an der Jackson High School damit endgültig besiegelt war. Stella ihrerseits schien sich der Tragweite ihres Zustandes nicht bewußt zu sein.

»Ich meine, sie hatte dieses Strahlen«, sollte Terry später erzählen.

Terry setzte sich zu Stella. »Meine Güte, Stella, und wer ist der Vater?«

»Er ist bei der Navy.«
»Wo?«
»In Übersee.«
»Werdet ihr heiraten?«
»Ich denke schon.«

Terry sah ihr in die Augen. »Mein Gott, Stella, was sagen denn deine Eltern dazu?«

»Es ist ihnen egal«, antwortete Stella nüchtern.

Es ist ihnen *egal*? Und dabei durfte sie im letzten Jahr noch nicht mal allein weggehen.

2

Nachdem sie den Film gerade im Kino gesehen hatte, fand Traci, daß er große Ähnlichkeit mit Forrest Gump hatte. Der schlanke, gutaussehende Junge stand in einer Ecke, seine Bücher unter den rechten Arm geklemmt, und es sah ganz so aus, als warte er auf etwas oder jemanden.

Erste Stunde, Politikwissenschaften bei Mr. Paul. Jeden Morgen mußten Traci und ihre Zwillingsschwester Terry zwanzig Minuten in der Schule totschlagen, weil sie zu früh waren.

»Was macht er?« fragte Traci ihre Schwester.

Terry flüsterte ihr zu: »Du sitzt an seinem Pult.«

»Sitze ich an deinem Platz?«

Er nickte.

»So ein Pech aber auch«, konterte sie.

Er sagte nichts, rührte keinen Muskel, als hätte er vor, einfach so lange zu warten, bis sie aufstand.

Sie sprang auf. »War nur Spaß.«

Er kam langsam herüber, legte seine Schulbücher auf den Tisch und schaute Terry an.

»Joel und ich sind Kumpel«, sagte Terry.

Joel M. Good. So hieße er, meinte er, als sie sich miteinander bekannt machten. Zu Hause wurde er nur Joey gerufen, aber in der Schule nannten ihn alle Joel oder Joe. Sie spürte sofort, daß er anders war, nicht so großspurig und auch nicht so überdreht wie die anderen älteren Jungs.

Traci wollte mehr wissen. Er sagte, er sei von einer anderen Schule versetzt worden. Er käme aus einem Vorort namens Perry, zwischen Massilon und Canton.

Traci erklärte, daß sie und ihre Schwester Terry auch von einer anderen Schule an die Jackson High gewechselt hätten.

Er erzählte, daß er in der Mittelstufe nach Jackson gekommen sei und jetzt bei seiner Tante und seinem Onkel lebe; früher habe er bei seinen Großeltern in Perry gewohnt.

»Was ist mit deinen Eltern?«

Sie seien beide tot, teilte er ihnen mit. Sie seien gestorben, als er dreizehn Jahre alt war, sein Vater an einem Herzinfarkt und seine Mutter an Diabetes. »Woher seid ihr?« wollte er dann wissen.

»Wir sind aus Cleveland – aus der wirklichen Welt«, antwortete Terry.

Tatsächlich stammten sie aus einem Arbeitervorort außerhalb von Cleveland, einem Ort namens Parma. Bis Parma waren es nur fünfzig Meilen auf der Interstate 77 in nördlicher Richtung, aber für die Turifys lagen Welten zwischen ihrer alten und ihrer neuen Heimat. Die Mädchen litten immer noch unter dem Umzug, obwohl sie schon in der Oberstufe waren. Sie verabscheuten die Jackson High School und auch die meisten ihrer Mitschüler, auch wenn es Traci gelungen war, ein paar Freunde zu finden.

Jackson war einfach nicht normal, erklärten sie jedem, den es interessierte. Normale Schulen bezeichneten ihre Klassenräume nicht als ›Zentren für darstellende Künste‹. Normale Teenager fuhren nicht in BMWs und Jeep Wranglers in die Schule. Normale junge Mädchen trugen keine Blazer von Liz Claiborne, und normale Jungs schlenderten nicht in rosa Golfhemden und gelben Izod-Pullovern durch die Schulflure. Traci hatte auch noch nie von einer Schule gehört, in der die Schulglocke klang wie Hufgetrappel à la Ralph Lauren.

»In Parma flickt man seinen Wagen mit Klebeband«, meinte Terry. »Ein rosa Hemd? Das wäre an unserer alten Schule wie Selbstmord gewesen.«

Die Jackson High School, der ganze Stolz von Jackson Township, einem Vorort nördlich von Canton, Ohio. Die Schüler aus dem Westen lebten in Häusern, die eine halbe Million gekostet hatten. Sie trugen schicke Klamotten, hatten immer Geld in der Tasche, und ihre größte Sorge war, wie viele Fotos und Klubmitgliedschaften sie im Jahrbuch angeben konnten. Die Abschlußklasse betitelte das Jahrbuch mit *What Goes Around Comes Around.*

»Und sie lassen es einen spüren«, meinte Terry. »Wenn

man nicht den entsprechenden finanziellen Hintergrund hat, gehört man einfach nicht dazu. Dann sehen sie einfach durch dich hindurch.«

Joel Good war mehr wie sie, auch einer von den Unsichtbaren. Traci Turify erkannte das sofort, als sie vor der Politikstunde in ihrer Ecke saßen.

Und im Verlauf des Schuljahres 1988-89 entdeckte sie noch mehr Sympathisches an dem Jungen. Er nahm einen Job als Tellerwäscher im Don Poncho's an und belegte einen Kurs im Bauhandwerk. Er fuhr mit einem Schwinn-Zehngangrad überall hin. Nach der Schule kurvte er in seinem Viertel herum und besuchte Freunde in der Nachbarschaft. Die Eltern mochten ihn. Sie luden Joel immer zum Abendessen ein. Schließlich kaufte er sich dann für vierhundert Dollar einen braunen, rostigen Datsun und tankte immer nur für ein paar Scheine. Der Wagen blieb oft liegen. Aber anstatt zu klagen, wechselte er einfach wieder zum Fahrrad.

Joel war meist mit unterprivilegierten Jugendlichen aus der Nachbarschaft zusammen. Sie gingen oft im Colonial Lanes zum Kegeln. Oder Joel fuhr mit ihnen in eins der alten Autokinos im Süden von Canton. Er vermied endlose Diskussionen über den Weltklasse-Football im Einzugsgebiet von Canton-Massilon und die heißesten neuen Videos auf MTV. Er gab sich mit den erfolglosen Cleveland Browns zufrieden und hörte gern Bands, die in den Siebzigern populär gewesen waren, Lynyrd Skynyrd und Peter Frampton. Ein Freund aus der Nachbarschaft nahm ihn zu seinem ersten Konzert mit: Cheap Trick. Sie standen ganz vorn in der ersten Reihe. Joel beklagte sich hinterher, daß er zwei Tage lang nichts hören konnte.

Anfangs machte er sich nicht viel aus Mädchen und Verabredungen. Er fuhr auch nicht wie andere rasant über den Schulparkplatz, steckte den Kopf zum Fenster hinaus und pfiff irgendwelchen Mädchen nach, so wie Traci es bei anderen Jungen beobachtet hatte. Joel Good hatte nie ein Rendezvous, er ging höchstens mal mit einer Gruppe jüngerer Schüler ins Kino. Eines Abends hing er mit einer anderen zugezogenen Schülerin herum, einem Mädchen mit fast vierzig Kilo Übergewicht.

»Er hat mich behandelt wie einen Menschen«, sagte das Mädchen später.

»Ein süßer Kerl.«

»Sehr lieb.«

»Der netteste Typ, der mir je begegnet ist.«

So beschrieben ihn die wenigen, die sich die Zeit nahmen, ihn näher kennenzulernen. Was jene betraf, die ihn ignorierten, so schien deren Gleichgültigkeit Joel völlig schnuppe zu sein. Er nahm jede Begegnung, wie sie kam, und ihm schien gar nicht bewußt zu sein, daß seine Mitschüler durch ihn hindurchsahen und die coolen Typen ihn für spießig hielten.

Er ist witzig, dachte Traci, und die Geschichten, die sie komisch fanden, handelten nicht von anderen, sondern von Mißgeschicken in Joel Goods eigenem Leben. Über eine Panne mit seinem Wagen lachten sie, bis sie Seitenstechen bekamen.

Er kam hereingehumpelt.

»Ich saß also mitten auf dem Freeway fest.«

»Und was hast du getan?« fragte jemand.

»Ich habe die blöde Karre getreten. Und mir dabei den großen Zeh gebrochen.«

Nicht die Pointe war urkomisch, sondern die Art, wie er sie erzählte, mit bierernster Miene und gewöhnlich in monotonem Tonfall.

Eben genauso wie Forrest Gump.

Traci entdeckte mit der Zeit, daß sie und Joel einiges gemeinsam hatten. Joel würde im Januar neunzehn werden. Er war in der Grundschule einmal sitzengeblieben und fast die ganze Schulzeit über in schwächere Klassen gesteckt worden.

»Gott«, meinte Traci. »Du auch?«

Traci hatte Schwierigkeiten mit Zahlen. »Wie eine Leseschwäche, nur eben bei Zahlen«, erklärte sie. »Bei Telefonnummern beispielsweise. Ich bringe immer die Reihenfolge der Zahlen durcheinander.«

Mathe fiel Traci entsprechend schwer. Für Joel war die Schule überhaupt ein ziemlicher Eiertanz. An seiner alten High School hatte er einen speziellen Lehrplan gehabt, aber in Jackson hatte man ihn wahllos in irgendeine Klasse gesteckt und erwartete von ihm, sich ganz allein irgendwie durchzuschlagen. Seine Noten fielen nach dem Schulwechsel von einem B-und-C-Durchschnitt auf D und F ab. Seine Tante engagierte einen Tutor, der ihm zweimal die Woche Nachhilfe gab. Traci ihrerseits verließ sich ganz auf Terry, die ihre Hausaufgaben erledigte und sie auf Klausuren vorbereitete. Traci gab die Tips ihrer Zwillingsschwester an Joel weiter.

»Du mußt dir Eselsbrücken bauen«, erklärte Traci ihm beispielsweise. »Dann kannst du dir Dinge besser merken.«

Joel schaffte es schließlich, seinen Notendurchschnitt auf C anzuheben.

Andere Schüler verhöhnten nur selten seine mangelnde Intelligenz. Und wenn, widersprach Joel Good nicht und ließ sich schon gar nicht zu Handgreiflichkeiten provozieren. Und so gab man es bald auf, ihn ärgern zu wollen, zumal er allen Beleidigungen mit seinem Forrest-Gump-Blick begegnete.

Das fiel sogar Tracis Schwester Terry auf, einer eingefleischten Zynikerin. »Er glaubt an die Menschen«, meinte sie. »Er denkt immer nur Gutes von den Menschen, ganz egal, was sie auch tun.«

So auch, als Traci sich an sein Pult setzte. Das wurde langsam zu einem allmorgendlichen Spiel, einem Ritual, das sie den ganzen Herbst und Winter hindurch spielten. Traci setzte sich an seinen Platz und unterhielt sich mit Terry, machte eine patzige Bemerkung und räumte dann seinen Stuhl.

Dann fand Traci einen Job als Babysitter in Joel Goods Nachbarschaft. Er fing an, nach der Schule bei ihr vorbeizuschauen. Sie sprachen über die Hausaufgaben, die Cleveland Browns und das Leben nach der High School.

Eines Tages fragte sie ihn: »Was willst du nach dem Schulabschluß tun?«

»Ich würde gern eine Familie gründen«, entgegnete er. »Ich hätte gern eine Frau und Kinder.«

»Das ist ein schönes Ziel«, meinte Traci.

Eines Tages nahm Terry sie in der Schule beiseite. »Traci«, begann sie, »ich glaube, Joel möchte mit dir ausgehen.«

Ein paar Tage später fragte er sie, in der Auffahrt draußen vor dem Haus seiner Tante, den Blick auf die Schuhspitzen geheftet.

Sie wollte seine Gefühle nicht verletzen, war aber seit sechs Monaten mit einem Jungen namens Eric zusammen. Und Eric hatte sie bereits gefragt, ob sie mit ihm auf den Abschlußball gehen würde.

»Das ändert aber nichts daran, daß wir Freunde sind, Joel«, antwortete sie. »Gibt es sonst jemanden, den du fragen möchtest? Vielleicht kann ich dir helfen?«

Am nächsten Tag meinte er: »Ich finde das Mädchen ganz nett, mit dem ihr manchmal zusammen seid.«

»Welches Mädchen?« fragte Traci.

»Stella«, entgegnete Joel. »Sie scheint ganz nett zu sein.«

3

Als sie den Namen des Mädchens zum ersten Mal hörte, geriet Teresa Boron in Panik. Joel Good hatte die Frage um 10 Uhr 30 an diesem Morgen, einem Samstag, aufgeworfen, als das Parken an der Mall schon für sich allein eine ziemliche Herausforderung darstellte.

»Was zieht man auf einem Abschlußball an?« wollte er wissen.

»Joey, du gehst hin?« fragte Teresa ungläubig.

Er nickte.

»Mit Traci?«

Wochen zuvor hatte sie ihrem Neffen vorgeschlagen, das Mädchen aus der Nachbarschaft zu fragen, das öfter bei ihnen vorbeischaute. Und schließlich hatte er den Mut aufgebracht und einen Korb bekommen. Teresa glaubte, Traci müsse es sich anders überlegt haben. Und Joey hatte doch tatsächlich bis zum Tag des Balls gewartet, um ihr die Neuigkeit zu eröffnen.

»Traci hat einen Freund«, erwiderte Joey. »Ich gehe mit einem Mädchen hin.«

»Was für einem Mädchen?«

»Ihr Name ist Stella.«

»Und wer ist diese Stella?«

»Ein Mädchen aus der Schule. Traci hat mehr oder weniger organisiert, daß wir zusammen auf den Ball gehen.«

Stella, dachte Teresa. *Ein ungewöhnlicher Name.*

Ihr Neffe hatte bislang wenig Interesse daran bekundet, mit Mädchen auszugehen. Er hatte wuscheliges braunes Haar und unschuldige Augen, die durchaus ein halbes Dutzend Mädchen hätten verzaubern können, wenn er nur den Mut aufgebracht hätte, sie anzusprechen. Er war schüchtern und im Denken nicht der schnellste. Nicht zurückgeblieben, aber mit grenzwertigem IQ. Sie hatte einen Nachhilfelehrer für ihn engagiert, aber sie konnte sich gut vorstellen, was für einen Stand er innerhalb der Schulszene hatte.

Joel Michael Good jr. blieben noch vier Wochen bis zum Schulabschluß. Anders als die meisten anderen Absolventen der Jackson High lagen ihm keine Zusagen diverser Colleges vor, unter denen er wählen konnte. Aber bei ihnen daheim konnte er sich durchaus ein eigenständiges Leben aufbauen, meinte seine Tante. Sie war Mitinhaberin und Buchhalterin der Maschinenfabrik ihres Mannes. Sie stellten Maschinenteile für die Mühlen im *Rust Belt* her. Sie kümmerte sich um die Lohnzahlungen und verwaltete Ein- und Ausgaben, während sie ganz nebenbei noch vier eigene Kinder unter zehn Jahren großzog. Sie hatte keine Sekunde gezögert, Joey bei sich aufzunehmen. Als Kind hatte er sie ›Tante Tee Tee‹ genannt. Manchmal tat er das heute noch. Er hatte erst bei ihrer Schwester Velva gelebt und hinterher bei ihren Eltern. Joeys jüngerer Bruder Danny lebte immer noch bei seinen Großeltern in South

Canton. Als Joey erklärte, er wolle zu ihnen ziehen, betrachtete Teresa es als Einlösung eines Versprechens, ihren Neffen aufzunehmen.

Sechs Jahre zuvor hatte ihre Schwester Linda sie an ihr Krankenbett gerufen. Sie war damals bereits erblindet, und auch die Funktion der inneren Organe ließ immer mehr nach. »Ich muß sicher sein, daß es meinen Kindern gutgeht, wenn ich tot bin«, sagte Linda.

Und Teresa hatte versprochen, immer für sie da zu sein.

Sie wünschte, ihre Schwester hätte es erleben können. Ihr Sohn hatte seine erste Verabredung, und dazu noch zu keinem geringeren Anlaß als dem Schulball. Wie stolz seine Mutter auf ihn gewesen wäre.

»Zu einem Abschlußball trägt man einen Smoking«, antwortete Teresa auf Joels Frage.

Joey besaß keinen Smoking, und er hatte auch in keinem Restaurant einen Tisch reserviert. Ebenso wenig hatte er an Blumen, Farbzusammenstellungen oder irgendwelche sonstigen Details gedacht, auf deren Planung die meisten Schüler Wochen verwandten.

Teresa warf einen Blick auf die Uhr und griff nach den Gelben Seiten. »Meine Güte, Joey«, stöhnte sie. »Welche Farbe hat denn Stellas Kleid?«

»Keine Ahnung«, antwortete ihr Neffe.

Stellas Telefonnummer hatte er auch nicht, und er hatte auch nur eine sehr vage Vorstellung davon, wo sie wohnte.

4

Acht Stunden später rasten sie die Wales Avenue in Richtung Massilon hinunter, Joey hinten und eine Freundin von Teresa vorn auf dem Beifahrersitz.

Sie würden diese Stella abholen und das junge Paar zu einem Restaurant namens Leprechaun fahren. Dort sollten die zwei Schulabsolventen ganz allein zu Abend essen, während Teresa und ihre Freundin an der Bar ein paar

Drinks nahmen. Dann würden sie die zwei am McKinley Room im Canton Civic Center absetzen, wo der Abschlußball 1989 stattfand, unter dem Motto ›When I'm With You‹, nach einem Titel einer Band namens Sheriff.

Teresa ließ über das Lenkrad des Chevrolet Vans hinweg den Blick über die Häuser schweifen. Es dämmerte bereits, der Himmel war im Zwielicht cremefarben. Die anbrechende Dunkelheit hatte die Gärten, Häuser und kahlen Bäume in verschwommene dunkle Schatten verwandelt.

Sie hielten nach einem Teich Ausschau.

»Sie hat gesagt, es wäre das Haus auf der Wales Avenue gleich neben dem Teich«, sagte Joey immer wieder.

Bis jetzt hatten sie Glück gehabt. Joel trug einen strahlendweißen Smoking und dazu weiße Schuhe, eine hellblaue Fliege und einen ebenfalls hellblauen Kummerbund. Sie hatten einen Verleih gefunden, der innerhalb eines Tages Änderungen vornahm. Und im Leprechaun hatten sie noch einen Tisch für das junge Paar bekommen. Im Blumenladen hatte Joey ein Rosenbukett ausgesucht.

»Mit roten Rosen kannst du nichts falsch machen«, hatte Teresa erklärt.

Sie entdeckten den Teich, und Joey ging zu dem Haus auf der Nordseite, kam aber gleich wieder zurück. Als er sich wieder in den Wagen setzte, wandte seine Tante sich ihm fragend zu.

»Das falsche Haus«, erklärte Joey und zeigte nach Süden. »Die Leute haben gesagt, da drüben würde ein Mädchen namens Stella wohnen.«

Teresa wendete den Van und fuhr dann auf der Suche nach der Zufahrt die Caroline Street hinauf. Das Haus wirkte beinahe imposant, wie es im Dunkeln dort oben auf der Hügelkuppe thronte. Teresa beobachtete, wie ihr Neffe langsam den Bürgersteig hinaufging, die durchsichtige Plastikschachtel mit dem Rosengesteck vor sich hertrug, ganz vorsichtig, als handelte es sich um eine Flüssigkeit, die überzuschwappen drohte.

Als er einige Minuten später zurückkehrte, war Stella bei ihm. Teresa Boron stieg aus und ging mit dem Fotoapparat auf die beiden zu. Auf der Veranda konnte sie undeutlich die Silhouetten der Eltern ausmachen. Sie kamen nicht zum Auto, um sich vorzustellen. Teresa hielt sich entsprechend zurück; sie sagte sich, daß jetzt ohnehin nicht der richtige Zeitpunkt für einen Plausch war. Das war Joeys Abend.

Im übrigen galt Teresas Interesse jetzt Stella Sexton.

Meine Güte, sagte sie sich, das Mädchen ist ja richtig hübsch. Sie hatte sich das dunkelbraune Haar hochgesteckt und trug ein bodenlanges elegantes Abendkleid, keines dieser Schlauchkleider oder Satinfähnchen, wie sie bei Teenagern heute so beliebt sind. Das Kleid war aus weißer Spitze, und um die Schultern hatte sie einen durchsichtigen Spitzenschal geschlungen. Das Weiß und das helle Blau der Stola entsprachen exakt jenen von Joeys Abendgarderobe. Stella hatte Joey eine weiße Nelke ins Knopfloch gesteckt. Aber Joey trug die Rosendekoration immer noch vor sich her, die Blumen in der Plastikschachtel.

Schweigend nahmen die jungen Leute im Fond Platz. Sie sagten mehrere Meilen lang kein Wort. Die zwei schüchternsten Schüler der Jackson High haben irgendwie zueinander gefunden, dachte Teresa. Perfekt.

Schließlich brach Teresa die Stille und fragte, was sie vorhätten. Stella antwortete, daß ihr Vater und ihr Bruder sie vom Ball abholen würden. Sie sprach so leise, daß sie kaum zu verstehen war.

»Ich muß schon früh wieder gehen«, flüsterte sie.

Am Abend des Abschlußballs, dachte Teresa befremdet.

Aber das sollte nicht die einzige Abweichung vom traditionellen Abschlußballprotokoll bleiben. Als Teresa sie vor dem Civic Center absetzte, hatte Stella Joeys Blumennadel immer noch nicht angesteckt. Später erfuhr Teresa, daß die Blumen bis zuletzt in ihrer Plastikschachtel blieben. Stella Sexton trug beim Verlassen ihres Elternhauses bereits ein blau-weißes Bukett am Handgelenk.

Und sie weigerte sich, dieses Ansteckbukett durch die Rosen zu ersetzen.

»Mein Vater hat es mir geschenkt«, meinte sie.

5

Später tanzten die beiden einen langsamen Tanz, wobei sie sich sichtlich unbehaglich fühlten. Joel versuchte mehrmals, ihre Hand zu halten, aber Stella ließ die Berührung immer nur einige Sekunden lang zu, ehe sie ihm ihre Hand wieder entzog. Sie saßen an Terrys und Tracis Tisch. Als Joel sich davonstahl, um eine Zigarette zu rauchen, folgte ihm Traci nach draußen.

Gierig sog er den Rauch ein. Traci Turify hatte ihn noch nie so frustriert gesehen.

»Mann«, klagte er. »Sie sagt kaum ein Wort.«

Traci fühlte sich als Kupplerin verantwortlich. Sie war zu Stella Sexton gegangen und hatte ihr erzählt, daß Joel Good sie fragen wollte, ob sie mit ihm auf den Abschlußball gehen wolle. Erst nachdem sie erklärt hatte, daß sie vermutlich ja sagen würde, hatte Joel sie gefragt.

»Vielleicht ist sie nervös«, meinte Traci.

»Nervös?«

»Na ja, sie ist auf der Schule nicht sehr beliebt, das weißt du doch.«

Sie hatten über ihre Schwangerschaft gesprochen. Weder Traci noch Terry hatten ihr eine klare Antwort zum Vater ihres Kindes entlocken können – darüber, ob er je zurückkommen würde.

»Vielleicht ist es das«, sagte Traci. »Ihr Freund bei der Armee.«

»Keine Ahnung«, entgegnete Joel.

Joel wollte sie fragen, ob sie ihn auf dem Klassenausflug am nächsten Tag begleiten wollte; es ging nach Cedar Point, einem Weltklasse-Vergnügungspark westlich von Cleveland.

»Trotzdem. Sie ist so verdammt schüchtern.«

Aus seinem Mund muß das heißen, so schüchtern wie jemand überhaupt nur sein kann, sagte sich Traci.

Sie gingen wieder hinein.

Als Traci irgendwann lange vor Mitternacht von der

Tanzfläche an ihren Tisch zurückkehrte, waren Joel und Stella fort.

Zwei Tage später fragte Traci ihn in der Schule. »Und, wie ist es gelaufen?«

Joel machte ein enttäuschtes Gesicht. »Ich habe sie nach Hause gebracht, und das war's.«

»Ihr seid nicht in Cedar Point gewesen?«

Er schüttelte den Kopf.

Joel Good erwähnte Stella Sexton bis zur Diplomvergabe nicht mehr. Stella ging mit ihrem Diplom an Traci vorbei. Traci sagte ›Hallo‹, aber Stella ging einfach weiter, ohne sie auch nur eines Blickes zu würdigen oder zu winken.

Später fragte Traci Joel: »Heh, was ist denn mit Stella los?«

»Ich weiß es nicht«, antwortete er. »Sie ruft nie an oder so was.«

»Das war ja ein kurzes Vergnügen«, bemerkte sie.

»Ja, das war es wohl«, meinte Joel.

Es sollte ihre letzte Unterhaltung sein.

6

Teresa Boron sah das Mädchen erst im Sommer wieder. Joey hatte sich durchgerungen, Stella Sexton zu fragen, ob sie nicht noch einmal mit ihm ausgehen wolle. Teresa schlug vor, er solle sie zu einem Grillabend einladen. Teresa fuhr zu dem Haus in der Caroline Street, um sie abzuholen. Als Stella Sexton aus dem Haus kam, hielt sie ein Baby auf dem Arm.

»Ist das deine kleine Schwester?« fragte Teresa im Wagen.

»Nein«, erwiderte Stella. »Das ist mein Baby.«

Ihr Name sei Dawn, fügte sie hinzu.

Teresa fragte nicht weiter. Das ging nur Stella etwas an. Kinder machten nun einmal manchmal Fehler.

Später erzählte ihr Joey von dem Vater des Kindes, dem Marinesoldaten. »Der Kerl hat sie sitzenlassen«, meinte er. »Er hat behauptet, das Kind sei nicht von ihm.«

Als Teresa sich das Baby genauer ansah, stellte sie eine verblüffende Ähnlichkeit mit Stella fest.

Beim Grillen versuchte Teresa, Stella in ein Gespräch zu verwickeln. Sie sprach wieder schrecklich leise.

»Auch nur das geringste aus ihr herauszubekommen war Schwerstarbeit«, erinnerte sich Teresa später.

Schließlich gelang es Joeys Tante aber doch, einige Fakten in Erfahrung zu bringen. Genau wie Joey war auch Stella ein Jahr nicht versetzt worden, allerdings nicht wegen ihrer Zensuren. Sie hatte auf der High School einen Notendurchschnitt von B+. Sie hatte die Anfangsklasse wiederholen müssen, nachdem sie zu Hause bei einem Kochunfall schwere Verbrennungen davongetragen hatte. Sie hatte zwei Monate im Krankenhaus gelegen, Arme und Brust von heißem Fett verbrannt. Sie hatte an der High School den Hauswirtschaftskurs belegt, war aber abgesprungen, als sie das Kind bekommen hatte. Sie hatte bei Pizza Hut und in Frank's Family Restaurant in Massilon gearbeitet.

»Was macht dein Vater beruflich?« wollte Teresa wissen.

»Er hat ein eigenes Malergeschäft«, antwortete Stella.

Estella May Sexton lautete ihr voller Name, genau wie der ihrer Mutter. Stella war das älteste Mädchen von zwölf Geschwistern. Insgesamt waren es sieben Jungen und fünf Mädchen im Alter zwischen sechs und dreiundzwanzig. Ihre Eltern hatten ihr einen Spitznamen gegeben.

»Zu Hause nennen mich alle Pixie«, sagte sie.

Pixie Sexton sagte, sie müsse um spätestens acht Uhr zu Hause sein. Es war Sommer, die Uhren waren umgestellt, so daß es um acht noch nicht einmal dämmrig war.

»Das ist aber furchtbar früh«, stellte Teresa fest.

»Mein Vater will, daß ich um acht daheim bin«, beharrte Pixie.

Bei ihrem nächsten Date lief Joeys Datsun, so daß er mit dem eigenen Wagen zu ihr fuhr. Von da an besuchte er sie mehrere Abende in der Woche.

»Was macht ihr eigentlich drüben bei Pixie zu Hause?« fragte Teresa.

»Wir sitzen zusammen und reden«, entgegnete Joey. »Wir sehen fern. Das Baby hat mich sehr gern.«

Er begann auch, Pixie an den Wochenenden mit nach Hause zu bringen, manchmal mit Pixies Bruder William im Schlepptau. Sie nannten ihn Willie. Er war ein dunkelhaariger schlaksiger Junge in Joeys Alter. Er war ebenso still wie seine Schwester. Die drei saßen in Teresas Wohnzimmer und sahen fern. Teresa sagte sich, daß sie die wohl stillsten Teenager in ganz Stark County sein mußten.

Zum erstenmal hörte Teresa Boron das Gerücht von einem Jungen aus der Nachbarschaft, der ihren Rasen mähte. Er war mit den Sexton-Kindern zur Schule gegangen. Er behauptete, die Familie gehöre irgendeinem Kult an.

»Kult?« fragte Teresa. »Was für ein Kult?«

»Sie vollziehen irgendwelche komischen Rituale«, antwortete er. »Und die Sexton-Jungs sahen oft so aus, als wären sie verprügelt worden.«

Sie versuchte, mehr Einzelheiten aus dem Jungen herauszubekommen, aber er wußte nicht mehr zu berichten. Sie versuchte, das Gehörte abzutun, konnte es aber einfach nicht vergessen.

»Ich habe Pixie wirklich sehr gern«, begann Joey eines Abends.

Gernhaben ist wohl nicht das richtige Wort, dachte Teresa. Er bestätigte ihre Vermutung, als er hinzufügte, daß er Pixie gern eines Tages heiraten würde.

»Du kennst sie doch gar nicht richtig«, wandte Teresa ein. »Ich meine, du weißt ja nicht einmal, wer der Vater ihres Kindes ist.«

Joey wiederholte, daß der Vater Marinesoldat wäre. Später bekam sie dann eine detailliertere Version zu hören. Pixie behauptete, der Kindsvater sei gestorben.

Teresa Boron fing an, sich Sorgen zu machen. Sie mußte wieder an die Geschichte von dem Kult denken.

Aber sie sorgte sich nicht nur wegen der geheimnisumwitterten Sexton-Kinder, sondern vor allem wegen Joey. Ihr Neffe würde nicht durchschauen, was Fiktion war und was nicht. Seine geistige Schwerfälligkeit stand ihm schon bei den einfachsten Dingen im Wege. Bei seiner ersten Führerscheinprüfung brach der zu Tode erschrockene Fahrprüfer den Fahrtest ab, wies ihn an, ihn aussteigen zu lassen, und ging zu Fuß zurück ins Büro. Teresa kam schließlich dahinter, daß er eine Brille brauchte, aber trotzdem waren noch drei weitere Anläufe nötig, ehe er die Fahrerlaubnis bekam. Auch mußte sie Joey immer wieder ans Duschen erinnern. Und sie mußte ihm immer noch gut zureden, damit er sich die Zähne putzte. Nicht, daß er gern schmutzig war, er vergaß diese alltäglichen Notwendigkeiten einfach.

»Mein Neffe war nicht reif für die Ehe«, erklärte Teresa Boron später. »Mein Neffe war nicht reif für das Leben.«

Teresa sagte sich, daß sie zwei extreme Möglichkeiten hätte. Sie konnte die Augen verschließen vor dem, was sich zwischen Joey und Pixie anbahnte, oder sie ließ ihn vom Gericht für unmündig erklären. Und letzteres würde sie niemals über sich bringen. Das würde gegen ihr Versprechen verstoßen, sich um den Sohn ihrer Schwester zu kümmern.

Teresa versuchte, einen Mittelweg zu finden. »Du mußt erst eine Weile dein eigenes Leben leben«, sagte sie zu Joel. »Später kannst du dann ans Heiraten und an Familie denken.«

Aber er traf sich weiter mit ihr, verbrachte immer mehr Abende in dem Haus in der Caroline Street.

»Er war ganz verrückt nach dem Mädchen«, erinnerte sich Teresa später. »Und bei einem verliebten Teenager stößt Vernunft auf taube Ohren.«

Dann eines Tages im September erklärte Joey, er wolle nach Montana ziehen.

»Montana?« fragte sie. »Mit wem?«

»Pixie. Und ihren Eltern. Die ganze Familie zieht in den Westen.«

Er erzählte ihr, die Sextons wollten dort eine große Ranch kaufen, oben auf einem Berg. Es handle sich um ein

Millionärsanwesen mit Hunderten Hektar Land. Mr. Sexton hätte ihm ein Video von dem Besitz gezeigt.

»Ich soll als Wachmann dort arbeiten«, fügte Joey hinzu.

Noch am selben Abend fuhr Teresa Boron mit ihrem Neffen zu dem Haus in der Caroline Street. Ein Mann, der sich als Pixies Vater vorstellte, öffnete die Tür. Ed Sexton war ein großer, hagerer Mann mit sehr hoher Stirn.

Sie teilte Ed Sexton mit, daß sie sich über Joey unterhalten müßten.

Ed Sexton lächelte und bat sie, auf der Veranda Platz zu nehmen. Seine Frau Estella kam heraus, aber Sexton sagte: »Geh rein und hol Eistee.«

Es war ein Befehl. Seine Frau gehorchte wortlos.

Als sie sich auf ihrem Stuhl niederließ, kamen leise zwei Mädchen und ein Junge zwischen etwa acht und zwölf Jahren aus dem Haus. Es dauerte nicht lange, und acht oder neun Sexton-Kinder hatten sich auf der Veranda aufgebaut. Keins von ihnen sagte auch nur ein Wort. Sie musterten sie mit gesenktem Kopf aus dunklen Augen, als gehöre sie einer exotischen Spezies an, die sie noch nie zuvor gesehen hatten.

Als Estella Teresa den Tee brachte und ins Haus zurückkehrte, ging Joey mit Dawn rüber zum Teich, und Pixie und einige andere Kinder folgten ihnen. Ed Sexton wirkte so entspannt und freundlich wie ein Gentleman aus dem Süden, der sich auf der Veranda seiner Plantage einen Mint-Julep genehmigt.

»Wissen Sie, Joey kommt wunderbar mit der kleinen Dawn aus«, sagte Sexton und begann dann, Fragen zu stellen. Er wollte Genaueres über den Tod von Joeys Eltern wissen.

Sie antwortete knapp. Sein Vater war unerwartet an einem Herzinfarkt gestorben, drei Jahre bevor seine Mutter starb. Keiner von beiden war älter geworden als fünfunddreißig Jahre.

»Waren die Eltern versichert?« wollte er wissen. »Ich meine, hatten Sie Lebensversicherungen abgeschlossen, um ihren Sohn abzusichern?«

Eine ziemlich indiskrete Frage, dachte sie, antwortete aber dennoch. »Die Versicherungssumme war sehr gering. Er wird von staatlicher Seite unterstützt.«

»Legen Sie das Geld an?« fragte Sexton.

Er bekommt vierhundertfünfzig Dollar im Monat, dachte sie bei sich. Sie gaben ihm ein Taschengeld. Der Rest wurde teils in Einlagenzertifikate investiert, teils auf ein Sparbuch eingezahlt. Aber das erzählte sie Sexton nicht. Statt dessen wich sie der Frage aus, weil sie der Ansicht war, daß es ihn nichts anging.

Ed Sexton war ihr bereits unsympathisch.

»Joey sagt, Sie möchten, daß er mit Ihnen nach Montana übersiedelt«, begann sie. »Ich halte das für keine gute Idee.«

Sie führte ihre Argumente gegen dieses Vorhaben an. Er habe einen jüngeren Bruder, der ihn brauche. Er müsse einen anständigen Job finden. Wenn sie zusammenbleiben wollten, konnte doch vielleicht Pixie hierbleiben, solange sie ein Paar waren.

»Wenn Joeys Bruder Danny die Schule beendet, könnten die beiden ja dann nachkommen«, erklärte sie.

Sie hoffte, wenigstens Zeit schinden zu können, bis die Verliebtheit ihres Neffen nachgelassen hatte.

Sie teilte Sexton mit, daß Joey erst in der Lage sein müßte, für sich selbst zu sogen, bevor er auch nur daran denken konnte, die Verantwortung für Frau und Kind zu übernehmen.

»Nun, Pixie hat einen Fehler gemacht«, bemerkte Sexton zu dem Baby. »Aber ich liebe sie trotzdem.«

Sexton meinte, er hätte alles arrangiert. Er redete, als wäre alles schon beschlossene Sache. Sie würden die Skytop Ranch mit knapp fünfhundert Hektar Land oben auf einem Berg südlich von Helena in Montana kaufen. Später erfuhr sie, daß er im *The Robb Report*, einer Zeitschrift für Millionäre, auf das Immobilienangebot gestoßen war.

Sexton hatte einen Prospekt. Da stand: »Mehr als ein Zuhause, die Skytop Ranch in Montana ist eine Lebensart … Der weite Blick auf den legendären Himmel von Montana wird nur noch überboten von den Berggipfeln,

Nadelwäldern und Wildblumen, die von sämtlichen Fenstern des dreistöckigen Herrenhauses aus zu sehen sind. Hier sind die nächsten Nachbarn Hirsch und Elch, Kojote und Berglöwe. Hier gibt es keinen Lärm, nur das Rauschen des Windes, das Plätschern der Forellenbäche, das leise Morgengezwitscher der Bergdrosseln.«

In der Broschüre war ein sonnendurchflutetes Wohnzimmer mit einer riesigen runden Ledercouch zu sehen, daneben ein Teleskop, das auf den nächsten Berggipfel gerichtet war. Ein schwarzer Flügel thronte vor einem großen offenen Kamin, und die Wände des Zimmers waren mit moderner Kunst behängt. Es gab zahlreiche Zimmer, ›gemütliche Nischen zum Lesen, Spielen, Sichaufhalten‹, wie es in dem Prospekt hieß. Außerdem verfügte Skytop über ein ausgeklügeltes Feueralarm und Sicherheitssystem. Es gab einen Hubschrauberhangar und einen roten zweisitzigen Helikopter.

Sexton fügte hinzu, daß er auch ein Video von dem Anwesen hätte. Er bot an, Joey das Band irgendwann einmal zu borgen. Joey sollte für ihn arbeiten, sagte er, er sollte für die Sicherheit zuständig sein.

Als ob Joey auch nur das geringste von Alarmanlagen und Wachdienst verstünde, sagte sich Teresa und ließ den Blick über die verwitterte Veranda und Ed Sextons verwaschene Jeans schweifen. Ihr entging auch nicht, daß die Kinder allesamt sehr schlicht gekleidet waren. Wo um alles in der Welt wollte dieser Mann das Geld für den Kauf eines herrschaftlichen Anwesens in idyllischer Berglage aufbringen? Und diese Frage stellte sie sich, lange bevor sie wußte, welche Summe für die Ranch tatsächlich verlangt wurde: 1,9 Millionen Dollar.

Sexton sprach diesen Punkt von sich aus an. Er sagte, er hätte einen Millionen-Dollar-Vertrag mit den Franchiseunternehmen Wendy's und Burger King abgeschlossen, einen Vertrag für eine landesweite Werbeaktion.

»Werbung wofür?« wollte Teresa wissen.

»Die Futuretrons«, antwortete Sexton.

Sie bat ihn, das Wort noch einmal zu wiederholen.

»Futuretrons«, sagte er. »Sehen Sie, meine Tochter und ich sind Futuretrons.«

Teresa gestand, daß sie nicht wußte, wovon er sprach.

Ed Sexton streckte die linke Hand aus und zeigte ihr seine Handfläche. Er deutete auf Handlinien, die ihr völlig normal erschienen. Er sagte, seine zweitjüngste Tochter, Lana, hätte die gleichen Linien.

»Wenn einige dieser satanischen Kulte wüßten, daß sie diese Zeichen hat, würden sie auf sie Jagd machen«, erklärte er. »Wenn sie etwas von ihrer Existenz ahnten und wüßten, wo sie sich aufhält, wäre sie in großer Gefahr.«

Was für einer Gefahr, wunderte sich Teresa.

»Sie würden sie opfern wollen. Die Zeichen in ihrer Hand verleihen ihr solche Macht, daß sie sie vernichten könnte. Die Macht vermag sie auszulöschen. Und das meine ich sehr wörtlich.«

Die kleine Lana sah aus, als wäre sie höchstens zehn Jahre alt, aber Ed Sexton schien es wirklich ernst zu sein.

»Okay«, sagte Teresa schließlich, um nicht unhöflich zu sein.

Er erzählte von Zeichen an seinen anderen Kindern. Er sagte, die sechsjährige Kimberley hätte ein Zeichen in Form eines Weihnachtsbaums am linken Bein. Er meinte, als seine Frau mit Kimberley schwanger gewesen wäre, sei der Christbaum umgefallen, und das Baby hätte in ihrem Bauch einen Satz gemacht. Als das Kind dann geboren wurde, trug es das Zeichen das Baumes.

»Tatsächlich?« bemerkte Teresa, während sie insgeheim entschied, daß Joey mit diesen Leuten nirgendwohin gehen würde. Guter Gott, es stimmte. Die Sextons gehörten einem ominösen Kult an.

Pixie und Joey kamen auf die Veranda zurück.

»Pixie, warum bleibst du nicht hier, anstatt nach Montana zu gehen?« fragte Teresa.

»Mein Dad sagt, es wäre besser, wenn ich mitgehe«, antwortete sie leise.

»Joey wird sich irgendwann eine Wohnung nehmen. Ihr beide könntet euch weiter sehen.«

»Mein Dad sagt, es ist das Beste, wenn wir alle von hier weggehen«, entgegnete Pixie.

Dad spielt eine verdammt große Rolle im Leben dieses Mädchens, dachte Teresa bei sich.

Sie wandte sich wieder Sexton zu. Er starrte sie jetzt an. Seine Augen waren eindringlich, fast stechend. Jetzt versucht er, mich einzuschüchtern, sagte sich Teresa. Sie hatte schon früher mit solchen Männern zu tun gehabt. Sie hatte aus der Stahlbranche reichlich Übung im Umgang mit solchen Leuten.

Teresa erwiderte den Blick unverwandt. »Nun, ich fürchte, es wird nicht gehen«, sagte sie fest. »Joey wird nicht nach Montana gehen. Im Augenblick ist es seine oberste Pflicht, sich um seinen Bruder zu kümmern und nicht, mit Ihnen nach Westen zu ziehen.«

Höflich verabschiedete sie sich, während sie innerlich darauf brannte, von diesen Leuten wegzukommen.

Ein paar Wochen später kam Joey niedergeschlagen von der Arbeit.

»Es ist aus«, stellte er fest.

Teresa fragte sich, was er wohl meinte. Den Umzug nach Montana?

»Mit mir und Pixie«, fügte er hinzu.

Sie wollte ihn nicht wiedersehen.

Gott sei Dank, dachte Teresa Boron erleichtert.

7

Joel fand eine Stelle in einer örtlichen Schraubenfabrik. Mit Hilfe seiner Tante suchte er sich eine eigene Wohnung und mietete ein Zweizimmerapartment in der Sixth Street. Auch Teresas ältere Schwester Velva unterstützte ihn. Teresa spendierte ein altes Sofa, und Velva kaufte ihm neue Handtücher. Außerdem statteten sie ihn gemeinsam mit Geschirr und Küchenutensilien aus.

Velva konnte seine Wohnung sogar von ihrem Dreizimmerhaus in der Park Avenue aus sehen.

»Du hast ihm extra eine Wohnung in meiner Nähe gesucht, damit ich ein Auge auf ihn habe«, bemerkte Velva zu ihrer Schwester.

Die ganze Familie sorgte sich um ihn, nicht nur Teresa und Velva, sondern auch ihre Eltern Lewis und Gladys sowie ihr Bruder Sam. Sie alle hatten bei seiner Erziehung eine Rolle gespielt. Sie alle wollten, daß er auf eigenen Füßen stand, sorgten sich aber wegen seiner Vertrauensseligkeit.

»Sie hätten Joey kennen müssen, um unsere Sorge zu verstehen«, bemerkte Velva später. »Er war ein lieber, sanftmütiger Mensch. Aber er war auch schrecklich naiv.«

Velva stand Joey ebenso nah wie Teresa. Auch sie betrachtete ihn als ihren Sohn. Joey und sein Bruder Danny hatten viele Wochenenden bei Velva verbracht, als ihre Mutter im Sterben gelegen hatte. Als Linda dann gestorben war, hatte sie das Sorgerecht für die Jungen testamentarisch Velva übertragen. Sie hatten zwei Jahre bei ihr und ihrem Ehemann auf einer sechzehn Hektar großen Ranch in Mineral City gelebt, zwanzig Minuten südlich von Canton. Dann, als Velvas Ehe in die Brüche gegangen war, hatten die Großeltern die Jungen bei sich aufgenommen. Joey hatte dann in den letzten High-School-Jahren bei Teresa gewohnt, während Velva sich wieder fing.

Velva behielt Joey im Auge. Sie arbeitete tagsüber in der Fertigung von Century Products, wo sie Kinderwagen und Autokindersitze zusammenbaute. Aber sie fand dennoch Zeit, bei ihm vorbeizuschauen und ihm etwas zu essen vorbeizubringen oder sonst etwas, das er für die Wohnung brauchen könnte. Er hatte kein Telefon, so daß sie, jedesmal, wenn sie die Sirene eines Krankenwagens hörte, rausging, um zu sehen, ob der Rettungswagen vielleicht vor seinem Wohnblock hielt.

Velva konnte nicht anders, als ihn zu bewundern für seine Hartnäckigkeit. Manchmal fuhr er mit seinem Datsun zur Fabrik, aber wenn der nicht ansprang, schwang er sich auf den Drahtesel und radelte die fünf Meilen zur Arbeit. Die Firma setzte ihn überall in der Fabrik ein, in der

Verpackung, der Sortierabteilung, im Versand. Es dauerte nicht lange, und er bediente eine der Fertigungsmaschinen. Er wurde krankenversichert und erarbeitete sich Urlaubsansprüche. Von seinem Gehalt kaufte er sich seine erste Stereoanlage, einen Fernseher und einen Videorecorder.

Dann, nach Neujahr 1991, tauchte Pixie Sexton wieder in Joel Goods Leben auf.

Als Velva von der Arbeit nach Hause kam, saßen sie auf ihrer Wohnzimmercouch, nicht nur Joey und Pixie, sondern auch zwei Kinder: eine Dreijährige, die sie auf dem Schoß hielt, und ein Säugling in einer Babyschale. Das ältere Mädchen war Dawn; das zweite Kind hieß Shasta. Pixie hatte im November 1990 ihr zweites Kind zur Welt gebracht, mehr als ein Jahr nach ihrer Trennung von Joel.

Joey teilte seiner Tante mit, daß er und Pixie wieder zusammen seien.

»Ich fragte sie rundheraus«, erinnerte sich Velva später. »Weißt du, wer die Väter sind? Ist es ein und derselbe, oder sind es verschiedene?«

»Ich weiß es nicht.«

»Joey, weißt du auch, was du tust?« fragte Velva besorgt.

Sie sah Pixie an. »Einen Fehler kann ich akzeptieren, aber nicht zwei.«

Velva rief Teresa an und drückte dann Joey den Hörer in die Hand. Er erzählte Teresa, daß er sich wieder mit Pixie treffe. Er sagte, er hätte Willy Sexton in der Canton Center Mall getroffen. Die Familie war doch nicht nach Montana gezogen.

»Willie meinte, es hätte sich alles geregelt«, berichtete Joey. »Und er sagte, Pixie wolle mich sehen und so.«

Joey erzählte, daß er zu dem Haus in der Caroline Street gefahren war und Pixie zu einer Spritztour eingeladen hatte. Er wollte ihr seine neue Wohnung zeigen, aber Ed Sexton machte ihnen einen Strich durch die Rechnung.

»Er sagte, ich könne sie nicht mit in meine Wohnung nehmen«, fuhr Joey fort. »Er regte sich deswegen schrecklich auf.«

Teresa fragte, warum. Sie wollte es von ihm hören, obgleich Velva es ihr bereits gesagt hatte.

»Pixie hat noch ein Kind bekommen«, entgegnete er verlegen.

»Ist es von dir?«

»Nein, von dem Typen bei der Marine.«

Ihr Ex war angeblich zurückgekommen, hatte eine Nacht mit Pixie verbracht und war dann wieder verschwunden.

»Ich dachte, der wäre tot«, stellte Teresa fest.

»Ich weiß auch nicht«, erwiderte Joey. »Das haben sie mir jedenfalls erzählt.«

Ein Fehler sei jedem zugestanden, dachte Teresa. Jedes Kind hat ein Recht darauf. Aber bei zweien stimmt etwas nicht.

»Joey, du mußt wirklich ein anderes Mädchen finden, eins, das keine Kinder hat«, sagte sie. »Ein Mädchen, mit dem du eigene Kinder haben kannst.«

»Aber ich liebe Pixie«, entgegnete Joey.

Nachdem Pixie Sexton wieder aufgetaucht war, schien sich das Blatt für Joey zu wenden. Beiden Tanten fiel auf, daß er offenbar immer knapp bei Kasse war. Er ließ die Schwester eines ehemaligen Klassenkameraden bei sich einziehen, um sich mit ihr die Kosten zu teilen. Als er dann eines Tages von der Arbeit nach Hause kam, war seine Stereoanlage verschwunden. Dann folgten der Fernseher und der Videorecorder. Er forderte das Mädchen auf, wieder auszuziehen, aber sie weigerte sich. Eines Nachts, als er ins Bad ging, begegnete er auf dem Flur einem nackten Mann.

»Geh zurück in dein Zimmer, oder du bist ein toter Mann«, drohte der Fremde.

Ein paar Tage später stand Joey vor Velvas Tür. »Ich habe es allein nicht geschafft«, sagte er. »Darf ich nach Hause kommen, Tante Velva?«

»Aber natürlich«, antwortete sie und umarmte ihn.

Er bezog das Schlafzimmer im Obergeschoß von Velvas

Haus und traf sich immer häufiger mit Pixie Sexton. Joey fuhr nach der Arbeit bei Pixie vorbei und brachte sie mit zu Velva, oft auch ohne die Kinder. Wenn sie kamen oder gingen, fiel Velva auf, daß Pixie sich immer hinter ihm hielt und schüchtern über seine Schulter blickte, so als wolle sie sich verstecken. Sie blieb so wortkarg wie eh und je. Die beiden saßen auf der Couch, und Velva versuchte, sich mit Joey zu unterhalten, während Pixie schweigend dabeisaß, den Blick auf den Fernseher geheftet.

Eines Abends erzählte Velva einer alten Freundin: »Gott, sie benimmt sich so, als fürchtete sie, ich würde ihr etwas tun. Das Mädchen ist wirklich sonderbar.«

Die ganze Familie ist sonderbar, dachte Velva, obgleich sie den Eltern nie begegnet war. Joey mußte Pixie immer um spätestens zehn Uhr zu Hause abliefern.

»Wie alt bist du eigentlich?« fragte sie Velva schließlich.

»Einundzwanzig«, antwortete sie.

Dem Mädchen schien gar nicht bewußt zu sein, was das bedeutete. Es ergab einfach keinen Sinn. Sie hatte aus irgendwelchen flüchtigen Affären heraus zwei Kinder bekommen, durfte aber als Volljährige nicht einmal bis Mitternacht aus dem Haus.

Joeys Bruder Danny zog ebenfalls bei Velva ein. Velva freute sich daß die Jungen wieder zusammen waren, aber schon bald wurde deutlich, daß nicht mal sein eigener Bruder Joey von seiner Verliebtheit in Pixie Sexton abbringen konnte. Er verbrachte weniger Zeit zu Hause und besuchte Stella jeden Abend nach der Arbeit. Er kam immer später nach Hause. Als Velva eines Nachts nach Mitternacht heimkam, stand ein Kinderbuggy in ihrem Wohnzimmer.

Am nächsten Morgen rief sie zu ihm hinauf: »Du hast doch nicht Pixie in deinem Zimmer, oder?«

Nein, erklärte er, sein Wagen sei in der vergangenen Nacht auf dem Freeway liegengeblieben, und er sei zu Fuß nach Hause gekommen.

»Und was hat es mit dem Kinderwagen auf sich?« wollte sie wissen.

»Ich wollte nicht, daß ihn jemand klaut.«

Das Mädchen beherrscht sein ganzes Leben, dachte Velva. Was, wenn sie wieder versucht, schwanger zu werden? fragte sie sich. Velvas zweiunddreißigjähriger Sohn Jack beschloß, von Mann zu Mann mit Joey zu sprechen, um ihn über Sex und Verhütungsmöglichkeiten aufzuklären.

Ein paar Tage später bekam Velva ein Gespräch zwischen Joey und seinem Bruder Danny mit. Joey wollte, daß sein Bruder ihn zum Drugstore begleitete. Er sagte, er bräuchte Kondome, traue sich aber nicht, sie selbst zu kaufen.

Später befragte sie Danny. Ja, er hatte die Kondome für Joey gekauft. Er erzählte außerdem, daß Joey an diesem Abend mit Pixie in ein Motel fahren wolle.

»Ich frage mich, was diese Stella von Joey will«, meinte Velva zu Teresa. »Ich meine, er hat nie großes Interesse an Sex gezeigt. Und sie hat bereits zwei Kinder zur Welt gebracht. Ich begreife einfach nicht, was das zwischen den beiden soll.«

Schon bald darauf begann Joey, ab und an auswärts zu übernachten, und blieb auch schon mal mehrere Tage hintereinander weg. Teresa und Velva steckten die Köpfe zusammen. Sie kamen zu dem Schluß, daß sie nicht mehr tun konnten als ihm vorsichtig Ratschläge zu geben. Mit ihm zu schimpfen würde nur zur Folge haben, daß er sich noch mehr zurückzog. Einmal hatte Velva ihm die Hölle heiß gemacht, weil er Fast-food-Verpackungen in seinem Zimmer hatte herumstehen lassen. Er hatte sich draußen auf die Gartenschaukel gesetzt und geschmollt wie ein verletztes Kind.

Heiligabend 1991 bemerkte Velva, daß er begann, sich äußerlich zu verändern. Er verbrachte die Feiertage mit Velva und ihrer Familie. Pixie war an diesem Abend nicht dabei. Velva schenkte ihm Socken, Unterwäsche und Flanellhemden. Sein Haar war immer ordentlich geschnitten gewesen, aber jetzt reichte es ihm schon bis über die Ohren, und kratzige Stoppeln bedeckten seine Wangen.

»Ist dein Rasierapparat kaputt?« fragte Velva.

»Pixie mag es, wenn ich mich nicht rasiere«, entgegnete Joey.

Dann verschwand er für mehrere Wochen. Nach den ersten paar Tagen riefen Velva und Teresa abwechselnd bei den Sextons an. Manchmal nahmen die Eltern ab, manchmal eins der älteren Kindern. Sie bekamen immer dieselbe Antwort: »Nein, er ist nicht hier.«

Hatten sie Joey gesehen?

»Ja, er war mit Pixie hier.«

Sie hinterließen Nachrichten für ihn, aber er rief nie zurück.

Die Familie begann, nach ihm zu suchen, an Orten, von denen sie wußten, daß er sie frequentierte. Die ganze Familie beteiligte sich an der Suche. Sie schauten abwechselnd im Einkaufszentrum in Canton nach und klapperten die Geschäfte ab, in der Hoffnung, ihn beim Einkaufen oder Bummeln zu erwischen. Teresa schaute persönlich bei den Sextons vorbei, aber jedes Mal wurde ihr mitgeteilt, sie hätte ihn knapp verpaßt. Einmal glaubte Velvas Vater Lewis, er hätte ihn in einem Wagen vorbeifahren sehen. Er folgte dem Auto mehrere Meilen, bis es in eine Auffahrt einbog, und da stellte sich heraus, daß er sich getäuscht hatte und der Mann Joey nur sehr ähnlich sah.

Dann, im Januar 1992, rief Joey Danny an.

»Pixie ist schwanger«, teilte er seinem Bruder mit.

Er sagte, er würde sie heiraten. Er behauptete, er hätte die Kondome benutzt, aber offenbar sei dabei etwas schiefgelaufen.

Ein paar Tage später kam Joey mit Pixie zu Velva nach Hause. Er bat sie um die Telefonnummern und Adressen sämtlicher Verwandten. Sie wollten in wenigen Wochen, im Februar, heiraten, am Valentinstag 1992.

Velva ging in den Keller, um Kleider aus dem Trockner zu holen und ihre Gedanken zu ordnen. Joey folgte ihr. Velva fing an zu weinen und versuchte verzweifelt, ihn zur Vernunft zu bringen.

»Tante Velva, glaubst du nicht, meine Mom wäre gern Großmutter geworden?« fragte er.

Sie nahm seine Hand. »Doch, aber sie würde auch wollen, daß du dich in acht nimmst.«

»In acht nehmen? Wovor?«

»Du kennst diese Familie nicht.« Teresa hatte ihr von den Kultgerüchten erzählt.

»Aber ich liebe Pixie.«

»Und ich liebe dich, und glaube mir, ich will, daß du glücklich bist. Aber ich möchte auch, daß du über das nachdenkst, was du tust.«

Je näher der Februar rückte, desto angestrengter dachten Teresa, Velva und alle anderen Familienmitglieder nach. Und sie dachten durchaus auch laut, bei Telefonaten und Besuchen. Sie begannen, Beobachtungen zu vergleichen, vor allem solche, die Pixies Kinder betrafen. Abgesehen von einigen primitiven Worten sprach Dawn nicht, und das mit drei Jahren! Sie zeigte keinerlei Interesse an Spielsachen. Die meiste Zeit kuschelte sie sich an ihre Mutter und starrte ausdruckslos vor sich hin, immer ein Fläschchen in der Hand.

»Mit diesen Kindern stimmt etwas nicht«, meinte Sam, nachdem er sie das erste Mal gesehen hatte.

»Sie sind in ihrer Entwicklung zurückgeblieben«, fand auch Joeys Großvater.

Teresa entdeckte bei Shasta etwas, das ihr schon bei Dawn aufgefallen war, etwas, das sie an jenem Tag auf der Veranda des Hauses in der Caroline Street bemerkt hatte.

»Mit der ganzen Familie stimmt etwas nicht«, sagte sie. »Dieses Kind hat denselben starren Sexton-Blick.«

Kapitel 3

Dads Wünsche

1

In den fünf Jahren seiner Tätigkeit hatte Wayne Welsh, der Kinderschutzbeauftragte von Stark County, gelernt, den Geruch zu erkennen. Er haftete Wohnungen an, wurde von den Kindern verströmt, die er befragte, hatte sich längst in seinem Büro im Stark County Department of Human Services festgesetzt und lag noch in der Luft, lange nachdem seine Gesprächspartner gegangen waren.

Manche glauben, es sei der Geruch der Armut. Welsh widersprach dem. Es gab viele Menschen, die kein Geld hatten und bei denen es dennoch nicht roch. Nein, der Geruch war spezifischer, und die Ursache nicht unbedingt wirtschaftlicher Natur. Der Geruch entstand dann, wenn Eltern Bettlaken und Handtücher nicht wuschen, wenn Kleidungsstücke und Unterwäsche schon zu lange die kleinen Körper einhüllten, wenn Kinder nicht regelmäßig gebadet wurden und ihnen niemand die Grundregeln der Hygiene beibrachte.

Und das hatte nicht viel mit Geld zu tun.

»Es ist der Gestank der Vernachlässigung«, sagte Wayne Welsh. Vernachlässigung war eins von drei Kriterien, die es dem DHS gestatteten, einzugreifen. So lautete das Gesetz in Ohio. Ein vernachlässigtes Kind war ein Kind, das von seinen Eltern allein gelassen wurde oder dem die Eltern nicht die notwendige Pflege angedeihen ließen, ein Kind, dem es an Nahrung, Erziehung, moralischer Führung oder medizinischer Versorgung mangelte.

Das zweite Kriterium war Mißbrauch. Nach Ohio-Gesetz war ein mißbrauchtes Kind Opfer von ›sexuellen Aktivitäten‹ und/oder körperlichen Mißhandlungen. Das Gesetz sah hier allerdings Ausnahmen vor und gestattete den Eltern körperliche Züchtigung, solange sie nicht ›Gesundheit oder Wohlergehen‹ des Kindes gefährdete.

Das dritte Kriterium war Schutzbedürftigkeit. Ein abhängiges Kind war obdachlos oder mittellos, und das nicht unbedingt durch die Schuld seiner Eltern oder Erziehungsberechtigten. Schutzbedürftigkeit bestand auch dann, wenn ein Kind von den eigenen Eltern mißbraucht oder vernachlässigt zu werden drohte. Da sich letzteres auf etwas bezog, das noch nicht eingetroffen war, konnte diese Art von Schutzbedürftigkeit schwer zu beweisen sein.

Wayne Welsh überließ diese Beurteilung der Rechtsabteilung, in der Anwälte sich mit den Definitionen der Kriterien befaßten und entschieden, ob genug Beweise vorlagen, um einen Prozeß zur Entziehung des Sorgerechts anzustrengen. Gewöhnlich waren die Aussagen der Kinder die besten Beweise. Wenn ein Kind eine Situation beschrieb, die unter eins der drei Kriterien fiel, konnte das DHS das Kind seinen Eltern wegnehmen und eine Anhörung vor dem Stark County Probate Court verfügen, bei der über die weitere Unterbringung des Kindes entschieden wurde. Welsh hatte jeden Monat fünfzehn bis zwanzig Ermittlungen in Sachen Kinderschutz laufen. Der Umfang der von ihm bearbeiteten Fälle lag bei zweihundert im Jahr.

Als er am Morgen des 11. Februar 1992 beauftragt wurde, der Meldung einer Vertrauenslehrerin der Jackson High School nachzugehen, dachte Waync Welsh über das nach, was er möglicherweise zu hören bekommen würde. Die Behörde führte seit 1979 eine Akte über die Familie Sexton. Aber auch nach elf Jahren und einem Dutzend Meldungen, Berichten und Ermittlungen bezüglich sonderbarer Vorgänge innerhalb der Familie hatte bislang kein einziges der Kinder eine sachdienliche Aussage gemacht.

Diesmal hieß es, Machelle Sexton warte in der Jackson High School auf ihn. Machelles Vertrauenslehrerin Ruth Killion hatte gemeldet, daß ihre Schülerin bereit wäre ›über häusliche Probleme‹ zu sprechen. Welsh wußte, daß das in bezug auf die Sexton-Kinder alles bedeuten konnte. Ganz sicher war es keine Garantie dafür, daß das Kind tatsächlich brisante Informationen preisgab.

Der Fall Sexton hatte Welsh schon einigen Frust bereitet. Das erste Mal war er durch eine Meldung ebenfalls aus der Schule auf den Fall aufmerksam geworden. Hierauf waren mehrere Befragungen der Sexton-Geschwister im Teenageralter gefolgt. Am 1. Februar 1989 hatte eine Schülerin einem Schulangestellten erzählt, Machelles ältere Schwester Sherri hätte ihr anvertraut, ihr Vater habe sie mit einem Gürtel verprügelt. Angeblich hätte Sherri die ganzen Beine voller Striemen. Am nächsten Tag kam Sherri nicht in die Schule.

Sherri Sextons Vertrauenslehrer wußte besonders gut Bescheid über die familiären Auffälligkeiten. Mit diesem Job war Welsh persönlich vertraut, da er vor seiner Anstellung beim DHS Schülern der Klassen 7 bis 12 an Schulen in Ost-Canton als Vertrauensperson zur Verfügung gestanden hatte. Welsh wußte, daß in diesem Bereich Diskretion oberstes Gebot war. Das schuf Vertrauen und ermutigte die Kinder, sich im Konfliktfall zu melden. Er wußte auch, daß, wenn eine Situation eskalierte und ein Fall Schlagzeilen machte, ein solcher Berater nicht öffentlich Einzelheiten des Falles ausplaudern konnte. Das blieb Verwaltungsmitarbeitern überlassen, die von Natur aus wenig mehr preisgaben als vage Äußerungen zur allgemeinen Vorgehensweise. Beim DHS galten ganz ähnliche Vorgaben, es sei denn, ein Fall wurde im Rahmen einer öffentlichen Verhandlung publik.

Bei Welshs Ermittlungen 1989 glaubte der Vertrauenslehrer der Jackson High nicht, daß Sherri Sexton in akuter Gefahr schwebte. Sexton-Kinder fehlten häufiger, und ›die Eltern schreiben ihnen immer eine Entschuldigung‹, meinte der Berater. Der Berater sagte außerdem voraus, daß die anderen Sexton-Kinder nicht über die Erziehungsmaßnahmen daheim sprechen würden. Sie hatten Befehl, sich mit jeglichen Problemen an ihre älteste Schwester Stella, auch Pixie genannt, zu wenden. Tatsächlich sei es ihnen verboten, mit irgend jemandem über Einzelheiten ihres Zuhauses zu reden.

Die Akte zeigte allerdings, daß es einige Risse in der Mauer des Schweigens gegeben hatte. Im Oktober 1989 äußerte ein Vertrauenslehrer sich besorgt wegen der unterschiedlichen Geschichten, die Pixie Sexton hinsichtlich ihrer Schwangerschaft erzählte, aber das DHS konnte nichts unternehmen, weil sie bereits volljährig war. Einen Monat später meldete ein Lehrer, daß die siebenjährige Lana Sexton erzählt hätte, ihr Vater würde sie aufziehen, kitzeln und ihre ›Titties‹ anfassen. Ein Mitarbeiter des DHS kam zu dem Schluß, daß es ›keinen Hinweis auf Mißbrauch‹ gäbe und meinte ›aufziehen und kitzeln‹ würden noch keinen sexuellen Mißbrauch darstellen. Sechs Wochen später meldete derselbe Lehrer, daß Lana, jedesmal, wenn sie mit einer Barbie-Puppe spielte, dieser das Oberteil auszog, auf ihre Brüste zeigte und sagte: »Seht euch diese Titties an«. Als aber ein Berater versuchte, Lana hierzu zu befragen, schwieg sie beharrlich.

Etwas Ähnliches hatte sich bereits 1979 ereignet. In drei Fällen hatten ein anonymer Verwandter, ein Krankenhausangestellter und ein Polizeibeamter das DHS verständigt. Es ging um ungepflegte Kinder, grausame Bestrafungen und familiäre Auseinandersetzungen. Mitarbeiter unterhielten sich unter vier Augen mit den Kindern, aber sie behaupteten steif und fest, es wäre alles in bester Ordnung. Bei unangekündigten Kontrollbesuchen im Haus 1979 und 1983 fanden die Sozialarbeiter weder Schmutz noch Verwahrlosung vor, sondern einen sauberen, ordentlichen Haushalt. Eine Sozialarbeiterin vermerkte, Ed und Estella Sexton machten den Eindruck besorgter Eltern, die sich abmühten, ihre Kinderschar großzuziehen. In einem Bericht von 1983 hatte eine Sozialarbeiterin sogar vermerkt, sie hätte Ed Sexton dazu beglückwünscht, daß er ein so guter Vater war.

Nach der Meldung von der Gewaltanwendung gegen Sherri Sexton 1989 wandte Wayne Welsh sich als erstes an Pixie. Er ließ die älteste Tochter der Familie aus dem Unterricht holen. Sie behauptete, es gäbe daheim keinerlei Schwierigkeiten mit Sherri oder einem anderen ihrer Geschwister. Welsh sprach sie auf ihr Kind an und fragte, wer der Vater sei.

»Er ist in Mexiko«, antwortete sie.

1989 befragte Welsh auch Sherri Sexton. Sie war eine voll entwickelte Sechzehnjährige dunklen Typs mit stechendem Blick. Er ging sehr behutsam vor und versuchte, Gemeinsamkeiten zu finden, indem er von seinen Katzen und Hunden erzählte und fragte, was für Haustiere sie hätte. Er versuchte, mir ihr über die Schularbeiten zu sprechen.

»Es gelang mir nicht, auch nur den geringsten Kontakt herzustellen«, erinnerte er sich später.

Schließlich forderte er sie auf, ihm die Rückseite ihrer Beine zu zeigen. Sie hob ihren Rock. Auf ihren Schenkeln waren mehrere waagerechte Striemen zu erkennen.

»Sherri«, fragte er sanft, »wer hat dich geschlagen?«

»Niemand«, entgegnete sie.

Er versuchte auf verschiedene Arten an sie heranzukommen, aber vergeblich.

»Ich erzählte ihr, es wäre mein Job, Kinder zu beschützen und dafür zu sorgen, daß es Kindern gutginge«, sagte er später. »Wenn bei ihr zu Hause etwas passiere, das ihr Angst mache, könnten wir sie beschützen. Aber sie schwieg.«

An diesem Tag erhielt er vom Vertrauenslehrer neue Informationen. Ein weiterer Sexton-Sproß, Willie, Schüler einer der unteren Klassen, würde angeblich zündeln. Zweimal hätte er bereits das Elternhaus in Brand gesteckt. Welsh befragte Lehrer, Schulangestellte und Schüler, konnte jedoch nichts in Erfahrung bringen, was vor Gericht verwendbar gewesen wäre.

Zwei Tage später sprach er noch einmal mit Sherri Sexton. Er fragte sie, ob ihre Gespräche mit ihm zu Hause irgendwelche Folgen nach sich gezogen hätten.

Sie verneinte.

Zwei Jahre später, im Mai 1991, war es Machelle Sexton, die Wayne Welsh wieder an die Jackson High führte. Sie sah anders aus als jene Sexton-Teenager, mit denen Welsh es bislang zu tun gehabt hatte. Anders als ihre dunkelhaarigen Geschwister hatte sie blondes Haar und strahlendblaue Augen.

Machelle war Ruth Killion gegenüber sehr redselig gewesen. Die Beraterin schien einen sehr guten Draht zu dem Mädchen zu haben. Noch vor Welshs Eintreffen erzählte Machelle Ruth Killion, daß ihre Eltern sie wie eine Aussätzige behandelten. Wenn sie von der Schule nach Hause kam, mußte sie putzen, kochen, ihre jüngeren Geschwister zu Bett bringen und dann selbst um neun schlafen gehen. Ihre Brüder und Schwestern dürften nicht mit ihr sprechen, weil ihr Vater sie beschuldigte, zu versuchen, ›ihre Gedanken zu vergiften‹. Sie erzählte der Lehrerin, daß sie das Haus nicht verlassen, ja nicht einmal das Telefon benutzen dürfe. Sie drohte damit, sich das Leben zu nehmen.

Ruth Killion erzählte Welsh das, was er schon zwei Jahre zuvor geargwöhnt hatte. Nach der Meldung Sherri betreffend, die 1989 beim DHS eingegangen war, hatte Ed Sexton die Kinder angewiesen, sich immer zu Gruppen zusammenzuschließen. Jeden Morgen gab er jedem von ihnen einen Vierteldollar: sie sollten von einem Münzfernsprecher aus zu Hause anrufen, wenn eines ihrer Geschwister mit Klassenkameraden oder Mitarbeitern der Schule sprach. Wenn eines der Kinder einen Kontakt beobachtete und nicht anrief, wurde es ebenfalls bestraft. Aber die Beraterin meinte, daß Machelle trotz alledem mit Welsh sprechen werde.

Sein Gespräch mit Machelle war noch frustrierender als jenes, das er zwei Jahre zuvor mit ihrer älteren Schwester Sherri geführt hatte. Sie bestätigte das, was sie bereits der Beraterin erzählt hatte, weigerte sich jedoch, über die Familiengeheimnisse zu sprechen.

Welsh fragte sie, ob ihrer Ansicht nach ihr Familienleben in Ordnung wäre.

»Es gibt nur eine einzige Art, etwas zu tun«, entgegnete sie. »Und es gibt nur eine Denkweise.«

»Und welche ist das?« wollte er wissen.

»Dads.«

Der Vater schien der Schlüssel zu sämtlichen Ängsten und Befürchtungen zu sein. Machelle sagte, ihr Vater hätte allen Kindern eingebleut, daß, wenn sie mit jemandem sprachen, man sie von zu Hause wegholen und ihn ins Gefängnis werfen würde. Und ohne seine Fürsorge wären sie völlig hilflos.

Welsh erklärte ihr, daß es das Ziel seiner Behörde war, Familien zusammenzuhalten, das jedoch manche Eltern Hilfe bräuchten, beispielsweise in Form einer Beratung.

»Er würde nicht ins Gefängnis kommen, es sei denn, er hätte etwas wirklich Schlimmes getan«, erklärte Welsh.

»Ich kann einfach nicht«, wiederholte sie.

Nach jenem Gespräch 1991 glaubte Welsh ein Muster zu erkennen, wenn auch eines, das nicht jenem entsprach, das er in anderen Problemfamilien aufgedeckt hatte. Er erkannte es aufgrund eines Seminars wieder, an dem er Monate zuvor in Akron teilgenommen hatte – ein Symposium über Kulte.

Er verfaßte einen Bericht über seine Einschätzung der Situation bei den Sextons: »Der Mitarbeiter (Welsh) beschreibt die Familiendynamik als Kult mit Dad als unangefochtenem Führer ... der Mitarbeiter hat den starken Verdacht, daß innerhalb dieser Familie etwas Unheilvolles vorgeht.«

Später erklärte Welsh, was er damit gemeint hatte: »Immer wenn jemand alle anderen in seinem Umfeld durch Angst beherrscht und die Mitglieder dieser Gruppe gegeneinander ausspielt, bedeutet das, daß besagter Anführer große Angst davor hat, daß etwas an Licht kommt. Der Anführer hütet ein furchtbares Geheimnis.«

Worum es sich hierbei handelte, darüber konnte er nur spekulieren, als er an diesem kalten Nachmittag im Februar 1992 zur Schule fuhr.

2

Sie saß im Büro einer Vertrauenslehrerin, in einem schwarzweißen Pullover, Jeans und weißen Turnschuhen.

»Ich bin schwanger«, eröffnete Machelle Sexton. »Und sie versuchen, das Baby zu töten.«

Wayne Welsh wollte mehr wissen.

Das Baby wäre von ihrem Freund, sagte sie. Am Vortag habe ihr jüngerer Bruder James, fast sechzehn, gesehen, wie sie ihren Freund küßte, und dies ihrem Vater gemeldet. Sie behauptete, ihr Vater habe sie daraufhin mit dem Handrücken ins Gesicht geschlagen, unter das rechte Auge. Sie zeigte ihm einen Kratzer, der von seinem Ring stammte.

»Dann hat er versucht, mich in den Bauch zu treten«, erzählte sie weiter. »Und James hat zugetreten.«

Ihre Schwester sei dazwischengegangen und habe geschrien: »Raus, du Kindesmörder.«

Welsh fragte, warum Sherri James so genannt haben mochte.

»Sherri war vor einem Jahr auch schwanger«, erklärte Machelle. »Dad wollte nicht, daß sie das Baby bekommt.« Machelle berichtete, daß James Sherri in den Bauch getreten hatte, woraufhin diese am darauffolgenden Tag eine Fehlgeburt erlitten habe.

Es war nicht schwer nachzurechnen. Wenn Sherri tatsächlich schwanger gewesen war, bedeutete dies, daß die Sexton-Töchter in vier Jahren vier Kinder empfangen hatten, und das obwohl sie nur sehr begrenzt ausgehen durften.

Am Ende ihrer Unterhaltung befand sich Welsh in einer ihm bereits vertrauten Situation. Machelle Sexton war weit davon entfernt, den gesetzlichen Kriterien von Verwahrlosung, Schutzbedürftigkeit oder Mißbrauch zu entsprechen. Mehr noch, Machelle war über achtzehn und damit rein rechtlich betrachtet volljährig, so daß sie nicht mehr in den Zuständigkeitsbereich der Kinderschutzbehörde DHS fiel.

»Aber ich kann nicht mehr nach Hause«, protestierte Machelle.

Von Amts wegen konnte er ihr nicht helfen, aber das bedeutete nicht, daß er ihr nicht einen Gefallen tun konnte, von einem Erwachsenen zum anderen. Er sagte sich, daß, wenn Machelle Sexton von zu Hause wegging, sie sich möglicherweise früher oder später zur Situation ihrer minderjährigen Geschwister äußern würde, die sehr wohl noch unter das Kinderschutzgesetz fielen.

Welsh erbot sich, Machelle zum YWCA in Canton zu fahren. Er erklärte ihr, daß man dort eine Stelle für Frauen in Not eingerichtet habe. Dort könne sie bleiben, bis die Organisation eine Familie gefunden hatte, die bereit war, sie aufzunehmen.

An diesem Nachmittag rief die Schule in der Caroline Street an, um Machelles Eltern zu informieren. Ed Sexton wurde mitgeteilt, daß sie in Begleitung eines Mitarbeiters des Department of Human Services die Schule verlassen habe. Sie würde nicht nach Hause kommen.

3

An diesem Nachmittag wurden Machelle Sexton und Wayne Welsh auf der Polizeiwache von Jackson Township vorstellig, nachdem Welsh ihr auf der Fahrt zum YWCA nahegelegt hatte, daß sie den tätlichen Angriff ihres Vaters meldete.

»Aber ich möchte niemanden in Schwierigkeiten bringen«, sagte sie.

Welsh erklärte ihr, daß sie keine Anzeige erstatten müsse, es jedoch in ihrem eigenen Interesse wäre, den Vorfall polizeilich erfassen zu lassen.

Sergeant Barry Lyons, Road Patrol Supervisor und seit zehn Jahren im Dienst, empfing sie in der kleinen Lobby. Er führte das Mädchen ins Besprechungszimmer des Reviers, um sie dort zu den Einzelheiten zu befragen, die er für seinen Bericht brauchte.

Es war nicht das erste Mal, daß ein Polizist aus Jackson

Namen und Adresse eines Sextons auf ein Formular schrieb. Die ersten Zwischenfälle mit der Familie hatte es bereits gegeben, als eine Handvoll Township-Polizisten Mitte der siebziger Jahre noch von einer Wache des Sheriffbüros von Stark County aus operiert hatten. Heute war die Wache in einem modernen einstöckigen Bürogebäude in der Fulton Road untergebracht. Fast dreißig Polizisten und ein Dutzend Aushilfsbeamte waren für die hundert Quadratkilometer von Jackson zuständig.

In den achtziger Jahren hatte Jacksons rasantes Wachstum auf privater und wirtschaftlicher Ebene der Stadt den Titel der am zweitschnellsten wachsenden Kleinstadt Amerikas eingebracht. Derzeit zählte Jackson achtundzwanzigtausend Einwohner, und weitere hundertfünfundzwanzigtausend Besucher und Angestellte drängten sich täglich im Einkaufszentrum Belden Village sowie im Geschäftsviertel. Belden sorgte für Unmengen an Papierkram wegen kleiner Delikte im Einzelhandel. Einige der Berichte über die Sexton-Familie schienen ebenso unbedeutend. Aber bei den Polizisten, die schon länger in Jackson Dienst taten, gab es nur sehr wenige, die nicht mindestens eine Geschichte über die Familie in der Caroline Street zu erzählen gewußt hätten.

Beinahe dreißig Zwischenfälle waren in den Polizeiakten aufgelistet, zahlreiche davon in den achtziger Jahren, als die Sexton-Jungen zu Teenagern herangewachsen waren. Die beiden ältesten, Patrick und Eddie jr. waren des Diebstahls in der Nachbarschaft bezichtigt worden sowie diverser Übergriffe und Drohungen gegenüber Geschwistern und Klassenkameraden. Ed Sexton hatte Patrick, Eddie jr. und den drittältesten, William, mehrfach vermißt gemeldet, aber alle drei waren schon kurze Zeit später nach Hause zurückgekehrt.

Die Sexton-Familie schien Unglück magisch anzuziehen. 1982 und 1987 hatte es zwei größere Brände in dem Haus in der Caroline Street gegeben, wobei das zweite Feuer einen Schaden in Höhe von zweiunddreißigtausend Dollar angerichtet hatte. Ed Sexton meldete außerdem zahlreiche

Einbrüche und Fälle von Vandalismus. 1990 stahl jemand ein Rundzelt Marke Coleman aus dem Vorgarten. 1991 verseuchte jemand den Teich mit einer Chemikalie.

Im Juli 1991 brachte Sexton zur Anzeige, daß während er in Urlaub gewesen war, jemand in sein Haus eingebrochen sei. Er listete gestohlene Gegenstände im Wert von zwanzigtausend Dollar auf. Er legte Polizei und Versicherung eine drei Seiten lange detaillierte Liste vor, inklusive Seriennummern, Preisen und Bezugsquellen der einzelnen Posten. Unter den aufgeführten Gegenständen waren Videorecorder, Stereoanlagen, Dutzende von Videofilmen und Unterhaltungselektronik im Wert von zweitausendsiebenhundert Dollar. Außerdem führte er vier große Messingadler an, deren Wert er auf dreihundert Dollar schätzte, und eine ›Anerkennungsurkunde‹ des US-Kongresses für den Vietnam-Einsatz. Diesen Posten versah er nicht mit einem Wert, sondern mit der Anmerkung ›unersetzlich‹.

Ed Sexton schien sich mit dem Gesetz gut auszukennen. Die Polizei argwöhnte, daß es sich bei den Einbruchdiebstählen und Bränden um Versicherungsbetrug handelte, aber es gab keine Beweise. »Der Mann war ein Profi«, erinnerte sich später ein altgedienter Cop. »Er hatte auf alles eine Antwort, eine Erklärung für jeden scheinbaren Widerspruch. Und ebenso gut kannte er sich mit sämtlichen Aspekten des Rechtssystems aus.«

Die Polizei wurde noch weitere Male gerufen. Anfang 1991 meldete Sexton, daß ein Neffe, der bei der Familie wohnte, mit Waffengewalt von seinen Brüdern (denen des Neffen) entführt worden sei. Ermittlungen ergaben bald, daß der fünfundvierzigjährige Neffe geistig zurückgeblieben war. Ed Sexton hatte erreicht, daß er zu seinem Vormund bestellt wurde, und hatte die Sozialhilfe des Neffen kassiert. Besagter Neffe sagte aus, er wolle nicht in dem Haus in der Caroline Street wohnen. Er behauptete, sein Onkel würde ihn schlagen und seine Brüder hätten ihn auf seinen Wunsch hin befreit.

Aber der Vorfall, über den in Polizeikreisen am häufigsten gesprochen wurde, war der, in dem Sergeant Barry Lyons persönlich ermittelt hatte. Er war damals noch Detective und wohnte in der Nachbarschaft der Sextons.

Bei dem Fall ging es um einen pensionierten Nachbarn namens Walter Dundee, seine Ehefrau und ihre geistig zurückgebliebene Tochter Kathleen. Anfangs schien die Familie ganz gut mit den Sextons auszukommen. Vor ihrem Krebstod hatte Dundees Ehefrau Estella May Sexton öfter zum Kaffeetrinken besucht. Dann eskalierte scheinbar ein Disput zur einer regelrechten Fehde. Sergeant Lyons und ein Kollege, der fünfundzwanzigjährige Larry Aventino, waren bald regelmäßig in der Caroline Street im Einsatz. Auf dem Höhepunkt der Auseinandersetzung bekam Aventino Walter Dundee fast täglich zu Gesicht.

Aventino erinnerte sich, daß Dundee erzählt hatte, daß dem Konflikt ein nachbarschaftlicher Rat Ed Sextons zugrunde lag. Alles hatte damit angefangen, daß Sexton Dundee gegenüber geäußert hatte, seine Tochter hätte Anspruch auf staatliche Unterstützung. Sexton riet Dundee, sich mit einem Anwalt in Verbindung zu setzen, und sein Rat erwies sich dann auch als goldrichtig. Kathleen Dundee bekam nicht nur fortan regelmäßig einen Scheck vom SSI, der Staat leistete auch rückwirkend eine Zahlung für all die Jahre, in denen sie keine Unterstützung bekommen hatte.

Dann, als Dundees Gesundheit nachließ, machte Sexton ihm erneut einen Vorschlag. Dundee sollte ihn zu seinem legalen Vormund bestimmen. Er würde dafür sorgen, daß er in den Genuß aller ihm zustehenden staatlichen Mittel kam und auch die besten Ärzte ausfindig machen, um seinen Magenkrebs zu behandeln. Sexton erbot sich, sich um sämtliche finanziellen Angelegenheiten der Dundees zu kümmern.

»Und das war vom ersten Tag an der Knackpunkt«, erinnerte Aventino sich später. »Er hatte sich in den Kopf gesetzt, sich um die Dundee-Familie zu kümmern, und als Walter Dundee diese Hilfe zurückwies, fing er an, ihn zu terrorisieren.«

Einige der Zwischenfälle waren in den Polizeiakten von 1990 dokumentiert. Aber Aventino und Lyons wußten sehr wohl, daß es noch viele weitere gegeben hatte, die nirgendwo erwähnt wurden, da Dundee sich immer mehr fürchtete, offiziell Beschwerde einzureichen. Die Sexton-Jungen kletterten über den Zaun und trommelten an Dundees Tür, erzählten die Beamten. Dundee hatte sie außerdem in Verdacht, Fensterscheiben zertrümmert und seinen Tomatengarten verwüstet zu haben, den er über Jahre hinweg gehegt und gepflegt hatte. Er verdächtigte sie auch, Werkzeug aus seiner Garage gestohlen und dann versucht zu haben, diese in Brand zu setzen. Aber auch Sexton bediente sich der Polizei. Einmal behauptete er, Dundee hätte seinen Sohn Charles angefahren.

»Er traute sich schließlich kaum noch aus dem Haus«, sagte Aventino später. »Sie warfen eine Fensterscheibe ein, und wenn er die Polizei rief, zertrümmerten sie beim nächsten Mal zwei. Sie rupften eine Tomatenpflanze aus, und als er die Polizei einschaltete, verwüsteten sie den ganzen Garten. Und es stand außer Frage, daß das Ganze von Sexton sen. ausging. Sexton klopfte selbst ans Fenster, um ganz sicherzugehen, daß Dundee auch sah, wer der Kopf der Bande war.«

Als Aventino die ersten Schäden begutachtete, sah er Sexton ebenfalls durch eins der rückwärtigen Fenster seines Hauses zusehen. Er hielt eine schwarze Bibel an seine Brust gedrückt. Schließlich kam er heraus und zeigte Aventino die Visitenkarte eines Geistlichen.

Aventino erklärte ihm, weshalb er dort wäre.

»Ich will keinen Ärger«, meinte Sexton. »Ich bin ein Mann Gottes.«

»Ich würde gern Ihre Kinder sprechen«, entgegnete Aventino.

»Nur in Anwesenheit eines Anwalts«, konterte Sexton.

»Dann sollten Sie sich vielleicht einen besorgen.«

»O nein«, antwortete Sexton. »Aber ich werde ein Gebet für den Mann sprechen.«

Später, nach einer Anzeige wegen Einbruchs, bekam

Aventino das Haus der Sextons von innen zu sehen. Alles war schmutzig. Der Teppichboden sah aus, als wäre er noch nie gereinigt worden. Oben sah der Polizist schmutzige Laken mit Flecken, die offenbar von Regelblutungen stammten. Er sah dreckige Handtücher, die aussahen, als würden sie schon Monate an den Haken hängen.

Aventino verständigte damals das Gesundheitsamt und das Jugendamt.

»Sie klagten über Geld- und Personalknappheit«, erinnerte sich Aventino. »Und so geschah nichts.«

Dundees Gesprächen mit Aventino zufolge setzte Sexton das Spiel mit Zuckerbrot und Peitsche fort, auch dann noch, als längst feststand, daß Dundee sein Krebsleiden nicht überleben würde. »Es war ganz einfach. Wenn er Sexton zu seinem Vormund bestimmte, hätten sämtliche nachbarlichen Probleme schlagartig ein Ende.«

Lyons erinnerte sich ebenfalls noch gut daran, wie er das Haus zum ersten Mal betreten hatte. Ed Sexton saß am Küchentisch zusammengesunken in einem Rollstuhl, sprach aber von einer baldigen Reise nach Florida. Er zeigte Lyons eine Handlinie. Er und eins seiner Kinder wären die einzigen Menschen auf der Welt mit diesem Zeichen, behauptete er. Diese Besonderheit hätte ihm einen millionenschweren Werbevertrag mit Burger King eingebracht, fuhr Sexton fort. Er werde nach Florida reisen, zur Hauptverwaltung des Franchise-Unternehmens in Miami.

»Ich sagte mir, der Kerl ist doch übergeschnappt«, sagte Lyons später.

Im Frühjahr 1990 hatte Lyons erneut in der Nachbarschaft zu tun. Eines Tages hörte Aventino vom Zeitungsausträger des Viertels, daß Sextons ältester Sohn Patrick, damals zweiundzwanzig, sich an die geistig zurückgebliebene Kathleen Dundee heranmache. Bald ging eine weitere Beschwerde ihres Vaters ein. Walter Dundee berichtete, daß, einen Tag nachdem er dreizehntausend Dollar auf das Konto seiner Tochter eingezahlt habe, Patrick Sexton mit Kathleen zur Bank gegangen wäre. Dort hätte sie zweitausend Dollar abgehoben, und jetzt wäre das Geld verschwunden.

Lyons nahm die Ermittlungen auf und sprach als erstes mit Kathleen. Sie war eine stämmige, untersetzte Frau mit einer Brille im Stil der 50er Jahre. Sie besaß die Intelligenz eines Drittkläßlers und war entsprechend gutgläubig und arglos. Kathleen sagte, sie hätte das Geld Patrick Sexton gegeben, weil der ihr Gefälligkeiten erweise wie sie beispielsweise zum Arzt zu begleiten. Patrick habe versprochen, sie nach Florida mitzunehmen, schloß sie.

Lyons rief die Bank an, anfangs wütend auf den Manager. Der teilte ihm jedoch mit, daß Kathleen befugt sei, Geld abzuheben. Ihm wären die Hände gebunden, ganz gleich, mit welch zwielichtigen Gestalten sie in der Bank erschien.

Lyons traf Patrick Sexton nicht zu Hause an. Er war zu einem Onkel nach Florida gereist. Lyons rief ihn dort an. Patrick sagte, Kathleen täte ihm leid. Manchmal würde sie ihm Geschenke kaufen, weil er nett zu ihr wäre. Er bestritt jedoch, die zweitausend Dollar genommen zu haben. Er gab zu, sie zu einer Reise nach Florida eingeladen zu haben.

»Wenn Sie jemals nach Ohio zurückkehren, werde ich Sie mir vorknöpfen«, teilte Lyons ihm mit. »Ich werde einen Haftbefehl bereithalten und Sie auf der Stelle verhaften.«

Das Büro der Staatsanwaltschaft sah das anders. Aufgrund von Kathleen Dundees Geisteszustand – sie konnte nicht mehr genau sagen, wieviel Geld sie Patrick Sexton gegeben hatte – sowie ihrer Berechtigung, Geld von der Bank abzuheben, sei es unmöglich, im vorliegenden Fall einen Prozeß anzustrengen, meinte der stellvertretende Staatsanwalt. Der Haftbefehl wurde verweigert.

Jetzt, zwei Jahre später, sollte Sergeant Barry Lyons wieder ein Mitglied der Sexton-Familie befragen, aber diesmal hatte er es zum ersten Mal mit einem der Mädchen zu tun.

Machelle Sexton berichtete ihm von der Ohrfeige ihres Vaters. Außerdem erzählte sie Lyons die Umstände, die sie bereits Welsh anvertraut hatte. Sie gab ihre Vertrauenslehrerin Ruth Killion als potentielle Zeugin an.

Lyons füllte vier Seiten aus, ein Standardformular.

»Möchtest du Anzeige erstatten?« fragte der Sergeant.

»Nein, das will ich nicht«, entgegnete Machelle Sexton.

4

Am nächsten Morgen holte Wayne Welsh Machelle Sexton beim YWCA im Zentrum von Canton ab. Begleitet von Sergeant Barry Lyons begaben sie sich zu dem Haus in der Caroline Street. Machelle sollte ihre Sachen abholen.

Lyons ging zunächst allein hinein, um mit Ed Sexton zu sprechen, und bedeutete dann Welsh und Machelle, ihm zu folgen. Ed Sexton wartete im Wohnzimmer. Es war das erste Mal, daß Welsh dem Mann gegenüberstand.

Welsh sah sich im Wohnzimmer um. Das Haus machte einen einigermaßen sauberen und ordentlichen Eindruck; jedenfalls kein Vergleich zu den Höllenlöchern, die Welsh im Laufe der Jahre zu sehen bekommen hatte. In den Wandregalen standen mehr als zwei Dutzend gerahmte Fotografien der Sexton-Kinder.

Sexton wirkte gepflegt, und sein Ziegenbärtchen war ordentlich gestutzt. Er sagte, es müsse sich um ein Mißverständnis handeln. Er machte den Eindruck eines außergewöhnlich sanftmütigen Mannes, sprach mit weicher Stimme und kultiviertem Südstaatenakzent, der ganz anders klang als das harte, näselnde Kauderwelsch, das viele aus den Südstaaten sprachen, die aus West-Virginia, Kentucky und Tennessee zugewandert waren.

Ed Sexton wandte sich Machelle zu und sagte ganz ruhig: »Sag die Wahrheit, Machelle. Habe ich dich geschlagen?«

»Du brauchst nicht darauf zu antworten, Machelle«, erklärte ihr Welsh.

Und sie brauche ihm auch nicht zu sagen, wohin sie ginge oder wo sie wohne.

Wayne Welsh hatte bereits den unverkennbaren Geruch wahrgenommen.

5

Als der Valentinstag näher rückte, das angekündigte Datum von Joeys und Pixies Hochzeit, zeigte nur Joel Goods jüngerer Bruder Danny Vorfreude. Joel hatte Danny versprochen, daß er sein Trauzeuge sein würde. Danny wartete täglich darauf, daß sein Bruder anrief und ihm die Einzelheiten mitteilte: Adresse und Zeitpunkt der Trauung. Der Rest der Familie wartete auf die angekündigten Einladungen, die aber blieben aus.

Velva, Teresa und ihre Eltern bekamen Joel Ende Januar und Anfang Februar kaum zu Gesicht, gingen aber davon aus, daß die Hochzeit nach wie vor stattfinden sollte. Velvas Tochter Jeannie war mit Joey zur Canton Center Mall gefahren, um ihm bei der Auswahl der Ringe zu helfen. Sie wählten einen schlichten, preiswerten goldenen Ring.

Bei einem seiner seltenen Besuche sagte Joey, daß er und Pixie eine Wohnung im selben Haus mieten wollten, in dem er zuvor schon gewohnt hatte.

»Bist du ganz sicher, daß du das willst?« fragte Velva.

»Ich liebe sie«, entgegnete Joey.

Velva und Teresa erfuhren, daß sie nicht die einzigen waren, die Joey von dieser Heirat abrieten. Er erzählte, daß auch seine Kollegen versuchten, ihn davon abzubringen. Sie meinten, das letzte, was er in seinem Alter brauchen könnte, sei eine Familie. Dann wurde Joey entlassen und war erst recht nicht mehr in der Position zu heiraten – fanden Velva und Teresa.

Der Valentinstag kam und ging. Danny saß den ganzen Tag im Haus und wartete auf einen Anruf.

Ein paar Tage später tauchte Joey allein bei Teresa auf. Sie setzten sich an den Küchentisch. Sie sah ihm an, daß ihn etwas beschäftigte.

Er verkündete, sie seien verheiratet.

»Wann?« fragte sie.

Ein paar Tage vor dem Valentinstag, antwortete er. Die Trauung wäre im Haus von Ed Sextons Schwester Nellie vollzogen worden. Ed Sexton hätte die Trauung als ordinierter Geistlicher selbst vorgenommen.

»Warum hast du niemandem etwas gesagt?« fragte Teresa. »Warum hast du nicht wie vorgesehen bis zum Valentinstag gewartet?«

»Sie wollten es so. Sie sagten, es wäre das Beste, wenn wir es so machen.«

»Wer sind ›sie‹?«

»Mr. Sexton.«

»Warum, Joey?«

»Was hättest du wohl von mir gedacht, wenn ich sie nicht geheiratet hätte? Sie war schwanger.«

»Das spielt doch keine Rolle«, entgegnete Teresa. »Ich meine, sie war doch bereits ledige Mutter zweier Kinder.«

»Diese Kinder nennen mich Dad.«

Er sagte, er wäre zu Pixie und den Sextons gezogen.

Das war nicht die einzige schlechte Nachricht.

Joey erzählte, daß Pixie einige Tage nach der Trauung eine Fehlgeburt erlitten habe. Teresa hatte ihre Zweifel, was die Schwangerschaft betraf.

Sie fragte Joey, ob Pixie beim Arzt gewesen sei.

»Nein«, antwortete er.

War sie im Krankenhaus gewesen?

Er schüttelte den Kopf.

»Nach einer Fehlgeburt muß eine Frau zum Arzt«, erklärte Teresa. »Joey, sie war nie schwanger, glaube es mir.«

Er sah sie aus unschuldigen Augen an.

Mein Gott, sagte sich Teresa, diese Pixie ist gerissener, als ich dachte.

Einige Wochen später bekam Teresa Boron einen Anruf von ihrer ehemaligen Schwägerin. Sie arbeitete beim Geburtenregister des Gesundheitsamtes von Massilon. Joey war mit Pixie zu ihr gekommen und hatte ein Vaterschaftszeugnis ausgefüllt, teilte sie Teresa mit. Er behauptete, Dawns Vater zu sein.

Das ist unmöglich, dachte Teresa. Dawn war schon fünf Monate auf der Welt, als die beiden ein Paar wurden.

Ihre Schwägerin erklärte ihr den rechtlichen Vorgang. Das Vaterschaftszeugnis würde an die Hauptstadt geschickt und die ursprüngliche Geburtsurkunde – in der noch vermerkt war ›Vater unbekannt‹ – vernichtet werden. Es würde eine neue Geburtsurkunde erstellt werden, in der Joel M. Good als Vater eingetragen war. Es würde keinerlei Hinweis mehr darauf geben, daß es sich nicht um die ursprüngliche Urkunde handelte.

»Ich habe versucht, ihm das auszureden«, teilte sie Teresa mit. »Ich habe ihn gefragt, ob ihm auch die ganze Tragweite dessen bewußt ist, was er da tut.«

Aber Joey zeigte sich in Pixies Beisein entschlossen. Und er hatte vor, in einem zweiten Schritt auch Pixies jüngere Tochter Shasta als seine leibliche Tochter anzuerkennen.

Erst Jahre später würde jemand all diese Daten überprüfen und vergleichen. Ed Sexton hatte womöglich einen guten Grund dafür, seine Tochter noch vor dem Valentinstag zu verheiraten. Und Pixie hatte vielleicht ebenfalls sehr gute Gründe, einen Vater für ihre Kinder zu finden, wenigstens auf dem Papier.

Die Sextons waren sehr fleißig gewesen am Morgen des 12. Februar 1992. Nur wenige Stunden nach der Hochzeit tauchte Machelle Sexton in Begleitung eines Polizisten und eines Mitarbeiters des DHS in der Caroline Street auf, um ihre Sachen zu holen.

Kapitel 4

Das Mädchen am Deich

1

Anne Greene hörte den Namen Machelle zum ersten Mal auf der Hochzeitsfeier ihrer ältesten Tochter am Valentinstag in einem Restaurant namens Created For You.

Der Direktor des Schwangerenhilfswerks von Stark County trat an sie heran und sagte: »Wir haben heute ein Mädchen aufgenommen, haben dich aber nicht gleich angerufen.« Der Direktor lächelte. »Wir dachten uns, heute wärst sogar du zu beschäftigt, um dich eines unserer Schäfchen anzunehmen.«

Anne Greene leitete das gemeinnützige Betreuungsprogramm und gehörte seit drei Jahren dem Vorstand des Pregnancy Support Center an. Das Zentrum stellte jungen Frauen kostenlos Schwangerschaftstests zur Verfügung und bot eine Beratung an. Außerdem bemühte man sich darum, Schwangere in Not in intakten Familien unterzubringen. Anne Greene fand Pflegefamilien für junge Frauen, die von Eltern oder Partner auf die Straße gesetzt worden waren. Einige von ihnen waren fast noch Kinder.

Das Zentrum war christlicher Orientierung und gegen Abtreibung, eine Einstellung, die Anne voller Überzeugung vertrat. Im übrigen jagten die vier Vollzeitangestellten und hundert Freiwilligen Helfer keine Abtreibungskliniken in die Luft und erschossen auch keine Abtreibungsbefürworter. Sie waren viel zu sehr damit beschäftigt, Schwangere zu beraten, Gastfamilien zu finden und aktive Nächstenliebe zu leben. Aber Anne war auch kein engstirniger, humorloser Moralapostel mit toupierter Hochfrisur. Mit der welligen roten Mähne, die ihr weich über die Schultern fiel, und ihren funkelnden grünen Augen sah die einundvierzigjährige Irin und Mutter von vier Kindern aus wie maximal dreißig. Sie hatte einen sehr direkten, oft sarkastischen Humor. Ihr Lachen war laut und ansteckend. Sie hatte über ihren Vater, einen pensionierten Geistlichen der Baptistenkirche, zum Glauben gefunden. Ihr Mann, ein Verkaufsleiter bei einer Cantoner Containerfabrik, unterstützte ihre ehrenamtliche Arbeit.

»Das Evangelium predigen, Liebe, eine wertungsfreie Haltung, Toleranz, der Wunsch zu unterstützen und zu helfen«, so beschrieb sie den Inhalt ihrer Arbeit. »Der Wunsch, jenen, die es noch nie gesehen haben, das Antlitz Jesu zu zeigen, ihnen die göttliche Erlösung und den Frieden zu bringen. Und ja, Jesus hat sich mit den Gestrandeten abgegeben. So steht es in der Bibel geschrieben.«

Eine Woche später lernte Anne Machelle im Gewächshaus von Hartville kennen. Das Center hatte dort Arbeit für Machelle gefunden, nachdem sie den Beratern erzählt hatte, daß sie gerne mit Pflanzen arbeite. Außerdem war Machelle in einer Gastfamilie in Stark County untergebracht worden. Allerdings lag sie im Clinch mit den dort geltenden Regeln. Sie war mehrfach zu spät nach Hause gekommen und hatte der Familie auch nicht immer gesagt, wo sie hinging.

Anne hatte beschlossen, auf der Rückfahrt zu ihrer Gastfamilie ein ernstes Wörtchen mit Machelle zu reden.

»Sie war damals sehr schmal, untergewichtig«, erzählte Greene später. »Aber wenn ich an Shelly denke, denke ich vor allem an ihre Augen. Sie hatte wirklich schöne blaue Augen, es waren Augen, in denen Furcht stand. Sie sah einen nie an, wenn man mit ihr sprach. Und doch strahlte sie auch das Bedürfnis aus, angenommen zu werden, schien ständig sagen zu wollen ›Ich traue dir nicht, aber ich will dein Freund sein‹.«

Anne war so etwas wie die Hausmutter des Centers. Es war nicht das erste Mal, daß sie hinzugezogen worden war, um die Regeln zu erläutern. Sie beugte sich zu Machelle vor und strich sich das Haar zurück.

»Weißt du, die Regeln haben ihre Bewandtnis«, begann sie und legte ihren Arm um Machelle. »Die Menschen, die sich um dich sorgen, müssen wissen, wo du steckst. Es ist keine Strafe, sondern eine Frage der Verantwortung. Das ist etwas, das wir in unserem Leben alle brauchen.«

Machelle wandte sich ihr zu und nickte.

Diese Augen, dachte Anne. Da steckt mehr dahinter. Hier geht es nicht nur um ein junges lediges Mädchen, das ein Kind erwartet.

Elf Tage später erfuhr Anne eine überraschende Neuigkeit. Ein im Krankenhaus vorgenommener Schwangerschaftstest hatte ergeben, daß Machelle Sexton gar nicht schwanger war. Sie konnte oder wollte nicht erklären, warum sie geglaubt hatte, schwanger zu sein. Als ein Berater sie fragte, wer als Vater des Kindes in Frage gekommen wäre, verfiel sie in dumpfes Schweigen.

Auch Machelles Gastfamilie berichtete von sonderbarem Verhalten ihrerseits. Sie schlief in einem gemütlichen, mit Teppichboden ausgelegten Schlafzimmer im Souterrain der Familie, wurde dort jedoch von schrecklichen Alpträumen geplagt. Mehrmals hatten sie sie unter dem Bett schlafend vorgefunden. Dann wieder fanden sie sie zusammengekauert in einem dunklen Schrank, einen Ausdruck grenzenloser Furcht in den Augen.

Anne wußte, daß Machelle Sexton rein technisch gesehen nicht in den Zuständigkeitsbereich des Centers fiel, das sich ja eigentlich nur um Schwangere kümmerte. Andererseits steckte das Mädchen ganz offensichtlich in Schwierigkeiten. Die Vorstandsmitglieder kamen überein, Machelle so lange zu betreuen, bis Machelle ihre Probleme im Griff hatte.

Anne beschloß, sich ein wenig umzuhören. Sie hatte sich noch nie gescheut, ihren amtlich klingenden Titel zu benutzen, um Polizeibeamte, Staatsanwälte und Sozialarbeiter aus der Reserve zu locken. Sie rief Ruth Killion an, Machelles Vertrauenslehrerin an der Jackson High School.

»Was können Sie mir über das Mädchen erzählen?« fragte sie.

Killion berichtete ihr lang und breit über die Sexton-Teenager. Zwei weitere Schwestern hätten versucht, ihre

Schwangerschaft an der Schule geheimzuhalten, erzählte sie. Sie informierte Anne außerdem über die Schläge, die Machelle bewogen hatten, sich ihr anzuvertrauen. Der Vater herrsche über die Familie wie ein Gestapo-Offizier.

»Die Eltern haben sie jeden Tag an der Schule abgesetzt und wieder abgeholt.«

»Die Kinder fahren nicht mit dem Bus?« fragte Anne überrascht.

»Die Eltern bringen sie jeden Morgen. Und nachmittags holen sie sie wieder ab.«

Killion erzählte Anne von dem Vierteldollar, den sie alle bekamen, um sich gegenseitig zu verpetzen.

»Und was passiert, wenn sie nicht anrufen?« wollte Anne wissen.

»Sie sagen, dann würden sie vertrimmt«, antwortete Killion.

Vertrimmt. Anne schrieb das auf. Es sollte die erste von Hunderten von Notizen sein, die sie sich noch über Machelle Sexton machte. Manchmal trug sie etwas direkt in ihr Buch ein, dann wieder auf irgend etwas, das gerade greifbar war, eine Serviette, ein Küchentuch, eine braune Einkaufstüte.

Am 29. Februar wurde Anne erneut zu Machelles Gastfamilie gerufen. Machelle hielt sich immer noch nicht an die ›Sperrstunde‹. Die Familie war frustriert. Außerdem war ein neues Problem aufgetaucht. Eine Nachbarin hatte sich darüber beschwert, daß ihre Tochter eines Abends für mehrere Stunden zusammen mit Machelle verschwunden sei.

»Ich glaube, ich muß mich unter vier Augen mit ihr unterhalten«, teilte Anne den Gasteltern mit.

Als Anne das Zimmer betrat, saß Machelle auf der Bettkante. Ihr blondes Haar war zerzaust, und sie hatte die Schultern hochgezogen. *Und diese Augen.* Sie sahen aus, als würden sich hinter ihnen Tausende von Geheimnissen verbergen.

Anne setzte sich neben sie, legte die Arme um sie und zog Machelles Wange an ihre Brust. Sie sagte sich, daß jetzt nicht der richtige Moment war, um über Regeln zu sprechen.

»Machelle, du mußt mir erzählen, was mit dir geschehen ist«, sagte Anne.

Sie fühlte, wie das Mädchen zitterte.

»Wir wissen, daß du nicht schwanger bist«, fuhr sie fort. »Aber warum hast du geglaubt, daß du es wärst?«

Machelle fing leise an zu weinen.

Dieses Mädchen kennt mich nicht einmal, sagte sich Anne. Ich bin für sie eine Fremde; ich werde niemals zu ihr durchdringen.

Als sie schließlich ihr Schweigen brach, zitterte sie am ganzen Körper und sprach so leise, daß sie kaum zu verstehen war.

»Mein Dad hat mich vergewaltigt.«

2

Sie unterhielten sich in den folgenden zehn Tagen regelmäßig. Anne gab Machelle ihre private Telefonnummer. Das hatte sie noch nie getan. Die Vergewaltigung müsse den Behörden angezeigt werden, sagte Anne schließlich und meinte, das würde Machelle sicher helfen, das Trauma zu verarbeiten.

»Nein, ich habe es schon versucht, aber ich kann es einfach nicht vergessen«, erwiderte Machelle.

Eines Tages sagte sie Anne: »Ich verstehe nicht, warum ich geblutet habe.«

Das wäre bei einer Jungfrau normal, entgegnete Anne.

»Es war allein meine Schuld«, klagte Machelle. »Das wäre nicht passiert, wenn ich nur stärker gewesen wäre.«

Machelle ließ nach und nach Andeutungen auf weitere mißbräuchliche Vorfälle in ihrem Elternhaus fallen. Ihr Vater prügelte die Kinder. Er verprügelte ihre Mutter. Es gab noch mehr Geheimnisse, ihre jüngeren Schwestern waren in Gefahr.

Anne schlug erneut vor, die Polizei einzuschalten, zum Schutz ihrer Brüder und Schwestern.

»Nein«, entgegnete Machelle. »Es gibt Geheimnisse, von denen niemals irgend jemand etwas erfahren sollte.«

Ihr Vater habe überall seine Spione und Informationsquellen, erzählte Machelle. Er habe Freunde bei der Polizei. Tatsächlich sei Ed Sexton Fördermitglied des Fraternal Order of Police. Die Sextons hatten entsprechende FOP-Kofferanhänger und Aufkleber für die Autos.

Wenn sie redete, würde ihr Vater davon erfahren, sie aufspüren und umbringen. Das hatte er schon seit Jahren angedroht. Er hatte mit dem Zeigefinger eine Pistole imitiert und gesagt: »Ein guter Verräter ist ein toter Verräter.«

»Ich habe Angst«, gestand Machelle.

Es war Anne, die sich schließlich zuerst an die Polizei wandte. Ihr frischgebackener Schwiegersohn war Deputy des Sheriffs von Stark County. Er hatte Beziehungen zur Polizeiwache von Jackson Township. Ein Telefonat führte zu Detective Sergeant Glenn Goe.

»Das Mädchen öffnet sich mir«, berichtete sie dem Detective. »Sie sagt, es wäre das erste Mal, daß sie überhaupt mit jemandem darüber gesprochen hat. Sie wurde von ihrem Vater vergewaltigt. Und geschlagen. Aber ich denke, daß das nicht alles ist.«

»Können Sie sie vielleicht dazu überreden herzukommen?« fragte Goe.

Es erforderte noch weitere zehn Tage der Gespräche, zehn Tage voller Probleme. Machelles Gastfamilie wurde mit anonymen Anrufen belästigt – jemand rief an, sagte nichts, atmete nur. Die Gastfamilie, die bereits wegen Machelles Mißachtung der Regeln verärgert war, verlangte, daß Machelle auszog.

Anne brachte das Mädchen in einem Frauenhaus in Canton unter. Die Adresse war geheim, und die Sicherheit wurde durch eine Reihe von Vorschriften für die Bewohner gewährleistet. Schließlich gab Machelle nach und erklärte sich bereit, mit der Polizei zu sprechen, allerdings nur, wenn sie dazu nicht aufs Revier müsse.

»Dad hat immer gesagt, daß wenn ich dorthin gehe, sie mich einsperren und sich auf seine Seite schlagen werden«, erklärte sie.

3

Detective Glenn Goe schlug einen Kompromiß vor. Sie sollten sich im Büro von D.A.R.E. in der Shortridge Villa treffen. Das Büro war klein und wirkte gar nicht amtlich; die Polizei benutzte es für ihr Drogenpräventionsprogramm für Teenager.

»Das könnte klappen«, stimmte Anne Greene zu.

In Anbetracht von Machelle Sextons Ängsten war Goe in mancher Hinsicht die perfekte Wahl für die Befragung. Mit seinen einunddreißig Jahren wirkte der gutaussehende Beamte mit der Vorliebe für Pullover und dem warmen Lächeln ausgesprochen sympathisch und jugendlich. Er war seit elf Jahren auf dem Revier und nach nur vier Dienstjahren zum Sergeant befördert worden. Goe waren die Sextons nicht gänzlich fremd. Er war vor Jahren einmal in dem Haus in der Caroline Street gewesen, um nach einem verdächtigen Brand Beweismittel zu sichern.

Goe war damals seit einem Jahr Detective gewesen und mit typischen Vorstadtverbrechen befaßt. Manchmal ging es auch um Sittlichkeitsverbrechen, aber die meiste Zeit hatten die Detectives von Jackson mit Eigentumsdelikten zu tun: Einbruchdiebstahl, Bagatelldiebstähle und Vandalismus. Goe hatte es bislang nur sehr selten mit sexuellen Übergriffen zu tun gehabt.

»Wir wären eigentlich ein ganz friedliches Nest, wenn da nicht die Interstate wäre, die mitten durch das Township führt, der Industriepark und das große Einkaufszentrum«, sagte Goe später. »Der Vorteil, wenn man hier als Detective arbeitet, ist der, daß man mit allen Arten von Verbrechen in Berührung kommt. Die Kehrseite der Medaille ist die, daß man sich auf keinem Gebiet spezialisieren kann wie es in Großstadtrevieren üblich ist.«

Am 19. März, zwei Stunden nach Sonnenuntergang, traf sich Goe mit Anne Greene und Machelle Sexton im D.A.R.E.-Büro. Machelle nahm vor einem kleinen Schreibtisch Platz, Anne Greene an ihrer Seite. Goe hatte einen Kugelschreiber und einen Notizblock mitgebracht. Er wollte sich anhören, was das Mädchen zu sagen hatte, bevor er irgend etwas auf Band aufzeichnete.

Sie fingen ganz langsam an. Aber schon wenige Minuten später verlor auch Anne Greene den Überblick. Machelle Sexton nannte so zahlreiche Namen und Spitznamen von Familienmitgliedern, daß es unmöglich war, den Fakten ihrer Geschichte zu folgen.

Goe bat Machelle, die Familienmitglieder eines nach dem anderen aufzuzählen. Das jeweilige Alter wäre ebenfalls hilfreich, meinte er.

Ihr Vater, Ed Sexton, sei neunundvierzig Jahre alt, begann Machelle. Manche Leute nannten ihn Eddie, andere Eddie Lee. Die Kinder sprachen ihn alle mit Dad an. Ihre Mutter hieße Estella May oder auch Estella senior. Sie war vierundvierzig. Sie nannten sie Mom. Die meisten Leute nannten sie May.

Sie gingen zu den Geschwistern über. Sie war eins von zwölf Kindern: Patrick (24), Eddie jr. (23), Stella (22), William (21), Sherri (19), Charles (16), James (15), Matthew (14), Christopher (13), Lana (12) und Kimberley (7). Machelle sagte, sie selbst läge in der Mitte, sie wäre die sechstälteste, achtzehn Monate älter als Charles und vierzehn Monate jünger als Sherri.

Es gab aber noch mehr Familienmitglieder. Stella hatte zwei Töchter, Dawn und Shasta. Stella hatte gerade geheiratet, und ihr Mann, Joel Good, lebte ebenfalls in dem Haus in der Caroline Street. Sherri hatte ebenfalls ein Kind, einen acht Monate alten Sohn namens Christopher.

Goe zählte siebzehn Personen. »Und diese Personen wohnen alle in einem Haus?« fragte er.

»Nein«, entgegnete sie, »nur fünfzehn davon.«

Machelle erläuterte die räumliche Aufteilung. Ihre Eltern hatten ihr Schlafzimmer im Erdgeschoß, und das war für alle Kinder mit einer Ausnahme tabu. Die kleine Kimberley schlief bei ihren Eltern. Oben gab es noch drei weitere Schlafzimmer. Machelle hatte sich das größere Zimmer mit Pixie, Sherri und Lana geteilt, aber dann war Pixie mit ihren zwei Babys und später auch mit Joel in das kleinere Zimmer umgezogen. Als Sherri ihr Kind bekommen hatte, war sie ins Arbeitszimmer gezogen und hatte dort auf der Couch geschlafen. Charles, James, Matthew und Christopher schliefen in einem weiteren Zimmer im Obergeschoß.

Die beiden ältesten Brüder waren mit achtzehn ausgezogen. Sowohl Patrick als auch Eddie jr. waren verheiratet. Genaugenommen war Patrick nur ihr Halbbruder, da er vor der Heirat ihrer Eltern geboren war. Beide Brüder lebten heute in Canton. ›Eddie Bug‹ käme aber immer noch oft zu Besuch, erzählte sie.

Sie alle hatten Spitznamen. Eddie jr. war Eddie Bug[1]. Patrick hieß Bozo, Stella Pixie, William Willie Bug, Sherri Bunny[2], Charles Skipper[3], James Bird[4], Christopher Sugar Tooth[5], Lana Angel[6] und Kimberly Ground Hog[7] oder nur Hog. Ihr Vater hatte sich diese Namen ausgedacht. Pixies Tochter Dawn nannte er ›Cockroach‹[8] oder nur ›Roach‹, weil sie so klein war. Machelle sagte, ihr Spitzname wäre Candy gewesen, bis sie in der Pubertät angefangen hatte zu rebellieren. Jetzt nannte ihr Vater sie nur noch ›Diarrhea Mouth‹[9], wohl weil sie zu viel redete und zu viele Fragen stellte.

1 ›Bug‹ = zu deutsch ›Käfer‹
2 ›Bunny‹ = zu deutsch ›Häschen‹
3 ›Skipper‹ = zu deutsch ›Steuermann‹
4 ›Bird‹ = zu deutsch ›Vogel‹
5 ›Sugar Tooth‹ = zu deutsch etwa ›Honigmund‹
6 ›Angel‹ = zu deutsch ›Engel‹
7 ›Ground Hog‹ = zu deutsch ›Wildschwein‹
8 ›Cockroach‹ = zu deutsch ›Kakerlake‹
9 ›Diarrhae Mouth‹ = zu deutsch ›Durchfallmaul‹
Anm. d. Übersetzerin.

Ein verblödeter Clown. Märchennamen, Tiere und Insekten und ein von ganz oben entsandter Götterbote. Goe blickte von Anne Greene zu Machelle.

»Die Kinder deiner Schwestern«, sagte Goe. »Wer sind die Väter?«

»Jeder weiß, daß sie von meinem Dad sind«, antwortete sie.

»Woher willst du das wissen?«

»Wir wissen es einfach.«

Sie erzählte es wie eine Banalität, als nenne sie die Marke von irgend jemandes Auto.

Die Befragung wurde fortgesetzt. Ihre Antworten beschränkten sich meist auf ein oder zwei Sätze.

Goe befragte sie zu dem Mißbrauch durch ihren Vater.

Das war im Dezember, entgegnete sie. Ihr Vater hatte ihr gesagt, er wolle mit ihr eine Spritztour machen, um mit ihr über ihre Zukunft zu sprechen. Sie hatte in der Schule vorwiegend Zweien und Dreien. Vielleicht könne sie ja sogar aufs College gehen, meinte er.

»Das war etwas ganz Besonderes«, sagte Machelle.

Das College wäre wirklich etwas ganz Besonderes, pflichtete Goe ihr bei.

Nein, die Spritztour, stellte Machelle richtig. Abgesehen von der Schule durfte sie ihr Elternhaus nicht verlassen. Für sie war eine Fahrt mit dem Vater zur Tankstelle oder zum nahe gelegenen Lebensmittelladen immer etwas Besonderes gewesen. Es war bereits etwas Besonderes, das Haus zu verlassen. Es war etwas Besonderes, in dem sechs Jahre alten braun-gelben Chevy-Van der Familie zu fahren. Und wenn ihr Dad ihr einen Schokoriegel kaufte, war das schon ein Ereignis.

Dad lenkte den Familien-Van zum Wales Square, eine Viertelmeile vom Haus entfernt. Er parkte jedoch nicht vor dem dortigen Lebensmittelgeschäft, sondern fuhr auf einen einsamen Parkplatz hinter dem Laden. Es war später Nachmittag, ein dunkler Winterabend.

»Ich dachte, wir wollten uns über meine Zukunft unterhalten«, sagte ich.«

»Und was hat er darauf gesagt?« wollte Goe wissen.

»Er sagte, ich solle den Mund halten.«

Machelle erzählte, daß ihr Vater dann nach ihr schlug und sie in den rückwärtigen Teil des Wagens zwang. Sie trug einen Jeansrock und eine Bluse. Er riß ihre Unterwäsche herunter. Er hielt ihre Arme so fest, daß sie am nächsten Tag blaue Flecke hatte. Die Einzelheiten gab sie nur widerwillig preis. Goe mußte mehrere Anläufe nehmen.

»Ist er in dich eingedrungen?« fragte er.

»Ja.«

»Hat er dich bedroht?«

Sie gab an, ihr Vater habe gesagt: »Wenn du *irgend jemandem* auch nur *ein Wort* hiervon erzählst, bringe ich dich um. Das wäre ganz einfach. Es verschwinden jeden Tag junge Mädchen spurlos.«

»Hast du geglaubt, daß du in Gefahr bist?« fragte Goe.

»Er kennt Leute, die das für ihn tun würden«, antwortete sie. Und ihr älterer Bruder Eddie jr. würde auch mit einigen zwielichtigen Gestalten rumhängen.

Goe wollte mehr über die Familie wissen. Er fragte, wo das Geld herkäme, um so viele Personen zu unterhalten?

»Er bekommt eine Behindertenrente oder so was«, entgegnete Machelle.

Sie erklärte, daß er angeblich ein Rückenleiden habe, sie hieran aber immer gezweifelt hätte. Ihr Dad betreibe außerdem zusammen mit ihrem Onkel Otis Sexton einen Malerbetrieb. Im Sommer arbeiteten sie als Anstreicher. Außerdem glaubte sie zu wissen, daß ihr Vater wegen Multipler Sklerose und Muskulärer Dystrophie von gemeinnützigen Vereinen Gelder bezog.

»Immer wenn diese Leute kommen, setzt er sich in seinen Rollstuhl«, berichtete sie. »Wenn sie dann weg sind, steht er auf und ist schlagartig wieder fit.«

Am Ende des Gesprächs sagte Anne Greene, sie hätte auch mit dem Department of Human Services gesprochen.

»Ich habe Wayne Welsh verständigt«, sagte sie.

4

Anne fragte ihren Ehemann Gerry immer wieder: »Hat Glenn Goe angerufen?« Die Frage wurde ebenso zur täglichen Einrichtung wie die negative Antwort ihres Gatten.

Zwei Wochen vergingen. Welsh hatte ebenfalls nicht zurückgerufen. Es hatte den Anschein, als würde nichts passieren. Gott, dachte sie, was brauchen sie denn noch? Warum gehen sie nicht einfach hin und verhaften Ed Sexton? Es sind Kinder in Gefahr.

Anne fuhr nicht nur fort, Machelle zu besuchen, sie begann außerdem, sie nach Hause mitzubringen. Machelle schien so aufgeregt wie die Kinder beim Festessen in Dickens' ›Eine Weihnachtsgeschichte‹. Beinahe ehrfürchtig berührte sie Porzellan und Küchenaccessoires. Sie probierte Möbel aus. Sie sah sich die Porträts der Familienmitglieder auf dem Kaminsims an und lernte dann Gerry und die Kinder kennen.

Noch faszinierter als von den materiellen Gütern schien sie davon zu sein, wie alle scherzten, miteinander redeten und ganz allgemein liebevoll miteinander umgingen.

»Mir wurde klar, daß das Mädchen zum ersten Mal eine ganz normale Familie und wahre Zuneigung erlebte«, erinnerte sich Anne später.

Die Versuchung, Machelle bei sich aufzunehmen, war groß, als sie jedoch mit ihrer Familie darüber sprach, meinte ihr Schwiegersohn, der Deputy, daß es unklug wäre, eine so enge Bindung herzustellen. Anne sprach mit einem altgedienten Polizeibeamten aus Jackson, den ihr Schwiegersohn ihr empfohlen hatte.

»Hören Sie, Sie sollten sich wirklich nicht mit den Sextons einlassen«, meinte der Beamte. »Die Familie macht seit Jahren nichts als Ärger.«

Soll das christliche Nächstenliebe sein, fragte sich Anne, sich raushalten? In unserer Familie handhaben wir das anders. Sie wollte Machelle anbieten, bei ihnen zu wohnen, aber das war nicht möglich, wenn sie damit ihre eigenen Kinder in Gefahr brachte.

Machelle Sexton gab noch mehr preis. Sie sagte, der wahre Grund, weshalb sie sich an die Vertrauenslehrerin gewandt und von zu Hause weggegangen war, hätte im Grunde nicht viel mit den Schlägen ihres Vaters zu tun gehabt. Sie erzählte, daß sie am selben Morgen beobachtet hatte, wie ihr Vater ihre Schwestern Kimberly und Lana auf den Mund geküßt hatte, bevor sie zur Schule gingen.

»Ich wollte nicht, daß ihnen dasselbe passiert wie mir«, sagte sie.

Anne war bald klar, daß es im Sexton-Haushalt in vieler Hinsicht nicht normal zuging. Machelle verriet im Rahmen ansonsten harmloser Unterhaltungen diverse Anomalien und schien sich deren Abartigkeit gar nicht bewußt zu sein. Aber die Dinge, die Machelle scheinbar als Selbstverständlichkeit betrachtete, verursachten Anne Kopfzerbrechen.

Diese Unterhaltungen verliefen beispielsweise wie folgt:

»Das ist ein hübsches Kleid, Anne.«

»Ich habe es in Belden Village gekauft.«

»Da bin ich nie gewesen.«

»Du warst nie im Einkaufszentrum?«

»Ich war noch nie einkaufen. Meine Mutter hat meine Anziehsachen gekauft. Ich habe dir doch schon gesagt, daß ich nie irgendwo gewesen bin.«

Die einzigen Gelegenheiten, bei denen sie das Haus für längere Zeit verlassen hatte, waren die kurzen Campingausflüge, die der Vater im Sommer mit ihnen unternommen hatte.

Ein weiteres Beispiel:

»Und, Machelle, wie waren eure Nachbarn so?«

»Man spricht nicht mit Nachbarn. Dafür wird man vertrimmt.«

Das ›Versohlen‹ hatte rituellen Charakter. Die Kinder mußten ins Elternschlafzimmer gehen, ihre Hose herunterziehen und den nackten Po präsentieren. Die Mutter war für gewöhnlich dabei und sah zu.

»Manchmal mußten wir den Stock selbst im Garten auswählen«, erzählte sie.

Die dicken Stöcke hinterließen Blutergüsse, während die dünnen brannten. Sie wollte keine blauen Flecken. Wenn sie blaue Flecken hatten, durften sie nicht in die Schule.

»Ich habe die Schule geliebt«, sagte sie. »Der Schule hatte ich es zu verdanken, daß ich das Haus verlassen durfte.«

»Wann hat er aufgehört, dich zu versohlen?«

»Gar nicht.«

»Und wie oft wurdest du auf diese Art bestraft?«

»So ziemlich jeden Tag. Ich zumindest. Ich war aufmüpfig.«

Oder:

»Machelle, was wolltest du immer werden, wenn du groß bist?«

»Normal.«

Offenbar hatte sie ihre Teenagerjahre darauf verwandt, sehr genau zu erforschen, was ›normal‹ genau bedeutete. Es sei ihr langsam durch Lesen, Beobachten und Zuhören bewußt geworden, erklärte Machelle. Sie las in Groschenromanen und in Klassikern im Literaturunterricht von ›normalen‹ Menschen. Und daheim eingesperrt, vertrieb sie sich die Zeit mit dem einzigen Luxus, den es dort gab, einem Großbildfernseher von Mitsubishi. Sie konnte nach der Schule und abends, wenn die Hausarbeit erledigt war, im Wohnzimmer fernsehen. Durch Sitcoms wie *Full House* bekam sie Einblick in normale Familien. Normale Erwachsene amüsierten sich in Sendungen wie *Cheers*. Außerdem sah sie regelmäßig auf Channel 4 eine Sendung namens *After School Specials*. Die Themen der Sendung waren Schule, Familienleben, Beziehungen, Freundschaften, Sex und Konflikte. Es ging darum, welches Verhalten angemessen war und welches nicht.

»Viele Leute meinen, Fernsehen wäre nicht gut für Kinder«, sagte Machelle später. »Aber so wie ich das sehe, hat das Fernsehen mir vermutlich das Leben gerettet.«

Anne fragte sie, ob ihre Mitschüler denn nicht gemerkt hätten, daß mit ihrem Leben etwas nicht stimmte.

»Ich habe gelernt zu schauspielern«, entgegnete sie.

Sie habe ihre Klassenkameraden genau beobachtet und sich eingeprägt, was die über Freunde und Eltern erzählten. Sie hörte sich an, was sie über ihre Aktivitäten nach der Schule berichteten. Sie hielt sich auf dem Laufenden, was das Kinoprogramm betraf, und prägte sich die Namen von Geschäften in der Mall ein, ebenso wie die Verkaufsschlager in den Plattenläden. Und dann setzte sie das Gehörte in Gesprächen mit ihren Mitschülern um, so als hätte sie es selbst erlebt, als wäre sie hier und dort gewesen.

Die einzigen Parties, an denen Machelle teilnahm, waren jene, die ihr Vater organisierte. Freitagsabends versammelte er alle Mädchen und Jungen im Wohnzimmer, stellte einen Musiksender ein und befahl ihnen zu tanzen, manchmal für Stunden.

»Er saß in seinem Sessel, rauchte und sah uns zu«, erzählte sie. Oder er kommandierte die Mädchen herum, holte sie nach vorn und gab vor, wie sie Oberkörper und Hüften bewegen sollten.

Offenbar wurde mit zweierlei Maß gemessen. Ein paar der Mädchen waren praktisch Gefangene im eigenen Haus, während anderen erlaubt wurde, als Kellnerinnen zu jobben. Die Jungs hatten durchweg mehr Freiheiten. Sie waren häufig mit ihrem Vater unterwegs und durften das Haus auch allein verlassen. Einige nahmen an sportlichen Aktivitäten der Schule teil. Und Willie verbrachte viel Zeit mit seinem Vater, obwohl er die High School bereits abgeschlossen hatte.

Als Anne fragte, welche Rolle Machelles Mutter innerhalb des Haushaltes gespielt habe, entgegnete das Mädchen, daß der Vater auch hier das Sagen hatte. Sie stellte sich nicht schützend vor die Mutter, vielmehr wich sie diesem Thema aus. Offenbar erledigten die Kinder sämtliche anfallenden Hausarbeiten. Anne kam es vor, als führe May Sexton beinahe ein Schattendasein.

Machelle berichtete außerdem, daß ihr Vater in den zwei

Monaten bevor sie von zu Hause weggegangen war, eine Grundregel geändert habe. Es fing an, als er argwöhnte, sie wäre schwanger. Es war, als könne er Gedanken lesen. Sie hatte ihm gegenüber zu keiner Zeit erwähnt, daß ihre Periode ausgeblieben war. Aber wenn niemand sonst ihn sah, schob er die Hüften vor und watschelte an ihr vorbei, die Hände auf einem imaginären dicken Bauch ruhend. Dann ließ er sich in seinen Sessel fallen, zündete sich eine Zigarette an und lachte. Eines Tages sprach er sie ohne Umschweife darauf an. Er tätschelte ihren Bauch und sagte: »Ich weiß, was da drin wächst.«

Dann meinte er, sie dürfe sich einen Freund suchen, erzählte Machelle. Bis dahin waren ihr Kontakte zu Jungen strengstens verboten gewesen. Als sie dreizehn war, hatte er einen Jungen weggeschickt, der gekommen war, um ihr ein Geburtstagsgeschenk zu bringen. Und zwei Jahre zuvor hatte Ed Sexton einem Klassenkameraden, der mit ihr hatte lernen wollen, mit dem Gewehr gedroht.

Sie lud einen Jungen zu sich ein, der im Literaturunterricht schüchternes Interesse an ihr bekundet hatte. Er war klein, hager und trug eine Brille. Sein Name war Jeff.

»Ein Volltrottel«, meinte Machelle.

Jeff durfte zum Lernen vorbeikommen oder mit ihr gemeinsam im Wohnzimmer fernsehen. Ihr Vater beobachtete sie sehr genau. Es dauerte nicht lange, und ihr Vater verbrachte mehr Zeit mit Jeff als mit ihr.

Ihr Vater könne durchaus charmant sein, erzählte Machelle. Er erzählte nette Geschichten über die Berge und den Kohleabbau in West-Virginia. Er dachte sich Geschichten über die Hirschjagd aus. Er stellte sich unter die Airborne-Fahne, die er in seinem Arbeitszimmer aufgehängt hatte und beschrieb Schlachten, in denen er in Vietnam gekämpft hatte. Er konnte stundenlang von der kleinen Kirche erzählen, die er vor Jahren in Canton betreut hatte. Von Ehre, Anstand und der Bedeutung der Familie. Das sei alles, worauf es ankäme, habe ihr Dad immer gesagt. Er zeigte Jeff den Umgang mit verschiedenen Werkzeugen und weihte ihn in die Berufsgeheimnisse des Fassadenanstreichens ein. Er nahm Jeff mit in den Eisenwarenladen, zur Tankstelle und zum Gebrauchtwagenhändler. Er gab ihm das Gefühl, zur Familie zu gehören.

Genauso wie er es bei Joel Good gemacht hatte, fuhr sie fort.

Eines Abends im Dezember setzte Jeff sich im Wohnzimmer zu ihr und holte einen Ring hervor. Der Stein sah aus wie ein Diamant von einem Viertel Karat. Sie fragte sich, woher er den haben mochte.

»Dein Dad hat ihn mir gegeben«, gestand Jeff. Jeff machte ihr einen Heiratsantrag. Machelle sagte ja.

»Ich dachte, das wäre mein Ticket in die Freiheit«, erklärte sie Anne Greene.

Seit sie ihr Elternhaus verlassen hatte, hatte sie den Jungen nicht wiedergesehen.

Eines Abends Ende März erhielt Anne einen Anruf vom Frauenhaus. Machelle Sexton hatte das Haus im Laufe des Tages verlassen, war jedoch nicht zurückgekommen, und inzwischen war es weit nach 22 Uhr.

Anne dachte an Ed Sextons Drohungen. »Wir müssen sie suchen«, teilte sie ihrem Ehemann Gerry mit.

Sie fuhren von North Canton in Richtung Innenstadt und suchten dann die Market Avenue ab. Als sie sie auf der Straße nirgendwo entdeckten, bestand Anne darauf, daß Gerry rechts ranfuhr. Sie suchte in Bars, Bowlingbahnen und Tankstellentoiletten. Sie fuhren Nebenstraßen ab. Sie schaute in Müllcontainer und dunkle Hauseingänge.

Sie suchten zwei Stunden lang.

Sie befanden sich wieder auf der Market Avenue, als Anne das Mädchen erspähte.

»Halt, Liebes«, rief sie.

Machelle Sexton fror erbärmlich in ihrem dünnen Mantel und der löchrigen Stretchhose. Sie war zu Fuß unterwegs, eine Wange dem Schneegestöber zugewandt.

Anne sprang aus dem Wagen, noch bevor der Van zum Stehen gekommen war, und rannte über die vierspurige Fahrbahn.

Als sie im Van saßen, fragte Anne, warum Machelle das Frauenhaus verlassen hatte.

»Ich hasse es«, antwortete sie.

Sie nahmen sie an diesem Abend mit nach Hause und ließen sie zwei Tage bei sich wohnen. Danach kehrte sie zurück ins Frauenhaus, wo sie allerdings nicht lange blieb. Sie wurde hinausgeworfen, nachdem sie einem Jungen, den sie kennengelernt hatte, die Adresse des Frauenhauses verraten hatte.

Machelle zog zu einer älteren Frau, die sie im Frauenhaus kennengelernt hatte. In den folgenden Monaten wechselte sie öfter die Unterkunft, wohnte mal bei Verwandten, mal bei mißhandelten Frauen, mit denen sie sich im Frauenhaus angefreundet hatte.

Anne kam zu dem Schluß, daß Machelle Sexton, die schon daheim die einzige Rebellin unter den Geschwistern gewesen war, ein Problem mit Autoritätspersonen hatte. Und wen wunderte das? Ironischerweise hatte genau dieser Charakterzug ihr die Flucht aus der Caroline Street ermöglicht.

Und jetzt schien sie nicht in der Lage zu sein, dieses Verhalten abzulegen.

Anfang April erhielt Anne einen weiteren beunruhigenden Anruf, der Machelle Sexton betraf. Diesmal stammte er von einer Krankenschwester am Timken Mercy Medical Center. Machelle befand sich in der Psychiatrie. Sie war am Vorabend dort aufgenommen worden. Machelle hatte die Schwester gebeten, Anne zu verständigen.

Anne und Gerry fuhren umgehend ins Krankenhaus. Sie klingelten am Eingang zur psychiatrischen Abteilung, wurden jedoch erst eingelassen, nachdem überprüft worden war, ob sie auch auf der Besucherliste standen.

Machelle lag in einem Krankenhausbett und gab sich äußerst redselig. Man hatte ihr am Vorabend den Magen ausgepumpt. Sie hatte mehrere Handvoll Schmerztabletten eingenommen.

Die Vergewaltigung. Ihre Ängste. Das Gespräch mit der Polizei. Die anhaltenden Alpträume.

»Ich konnte einfach nicht mehr«, sagte sie.

Jetzt schien es, als genösse sie die Aufmerksamkeit, die man ihr schenkte, in vollen Zügen.

»Pixie und Joel haben mich besucht«, erzählte Machelle. »Pixie hat gesagt, sie hätte gegen Dad ausgesagt. Joel meinte, je mehr er von alledem erführe, desto mehr widere es ihn an.«

Außerdem habe sie mit ihrem älteren Bruder Eddie jr. gesprochen. Er hätte sie angerufen.

»Er hat gesagt, wenn ich über die Zustände zu Hause spreche, stopft er mir das Maul«, berichtete sie.

»O Anne«, fuhr sie fort. »Ich möchte so gern bei dir wohnen.«

Anne war fassungslos von Machelles Naivität hinsichtlich der Gefahr, der sie sich ausgesetzt hatte, indem sie Familienmitgliedern ihren Aufenthaltsort verraten hatte.

Bei ihr wohnen?

Das kam überhaupt nicht in Frage.

5

Es war nicht der erste Anruf aus einem Krankenhaus, den er erhalten, nicht die erste gebrochene Stimme, die ihn um Hilfe gebeten hatte. Seit fast zwanzig Jahren arbeitete Otis Lee Sexton als Prediger, hatte erst eine kleine Gemeinde in Canton betreut und war dann sechs Tage in der Woche in Ohio, Kentucky und Tennessee unterwegs gewesen, um Gottes Wort zu verbreiten, um jedoch stets pünktlich zur Sonntagspredigt in seiner Kirche zurück in Canton zu sein.

Jetzt war seine Nichte Machelle am Telefon und rief ihn vom Timken Mercy aus an. Sie würde aus dem Krankenhaus entlassen, sagte sie. Sie wäre von zu Hause weggelaufen und jetzt hätte sie keine Bleibe.

Otis Sexton hatte seit einer heftigen Auseinandersetzung im vergangenen Sommer kein Wort mehr mit seinem jüngeren Bruder Eddie Lee gesprochen. Und seit jenem Tag hatte er auch weder Machelle noch eins ihrer Geschwister gesehen oder gesprochen. Aber es wunderte ihn nicht, daß eins von Eddies Kindern ihn von einer psychiatrischen Station aus anrief.

Otis wartete, bis die Abendbesuchszeit anfing, fuhr dann in seinem 84er Buick Skylark die kurze Strecke bis zum Timken Mercy und holte auf dem Weg noch seine ältere Schwester Nellie ab.

Sie unterhielten sich im Besuchszimmer. Machelle machte den Eindruck, als wollte sie ihm etwas erzählen. Otis konnte sich bereits vorstellen, was es war.

»Hör zu, Liebes«, sagte er ruhig. »Nichts, was du mir erzählst, wird mich umhauen.«

Machelle erzählte ihm von der Vergewaltigung.

»Liebes«, entgegnete er, »um ehrlich zu sein, habe ich so etwas schon seit Jahren vermutet.«

Machelle zog eine verknitterte Visitenkarte aus der Hosentasche. Er las den Namen Wayne Welsh, Department of Human Services.

»Onkel Otis«, sagte sie. »Ich glaube, du solltest diesen Mann anrufen.«

Am nächsten Morgen erreichte Otis Sexton den Sozialarbeiter.

»Was hat sie Ihnen erzählt?« wollte Welsh wissen,

Otis gab die Geschichte von der Vergewaltigung wieder.

»Mr. Sexton«, sagte Welsh. »Sie haben gerade meinen Tag gerettet.«

6

Am 2. April ging beim DHS ein anonymer Hinweis ein von einer Person, die sich als weibliche Verwandte der Familie Sexton ausgab. Die Frau behauptete, Sherri Sexton wäre von ihrem Vater mißbraucht worden. Die Anruferin brachte ihre Sorge zum Ausdruck, daß das Familienoberhaupt sich als nächstes an den jüngeren Kindern vergreifen werde.

Das war vierzehn Tage nachdem Machelle Sexton der Polizei von Jackson einen möglichen Inzest gemeldet hatte. Warum man bis zu diesem anonymen Hinweis wartete, um die Ermittlungen aufzunehmen, blieb auch nach Veröffentlichung behördlicher Berichte unklar. Wie auch immer. Jedenfalls veranlaßte der Anruf die Behörden dazu, Wayne Welsh wieder auf den Fall anzusetzen. Am 3. April befragte er Lana und Kimberly Sexton in der Schule. Es war dieselbe alte Sexton-Geschichte. Beide leugneten irgendwelche familiären Probleme. Aber er sollte an diesem Tag noch ein weiteres Gespräch führen.

Machelle Sexton erwartete ihn im Haus ihres Onkels Otis Sexton.

Das Heim von Otis Sexton hatte wenig Ähnlichkeit mit dem Haus in der Caroline Street. Es handelte sich um ein gepflegtes zweistöckiges Haus in einem älteren Viertel im Osten Cantons. Fotos von Otis Sextons sechs erwachsenen Töchtern, den drei Schwiegersöhnen, den vierzehn Enkeln und anderen Verwandten bedeckten die Wände und standen auf dem Fernseher und in Bücherregalen. Es gab Urkunden, die ihm von der Stadt und dem Staat für seinen ehrenamtlichen Einsatz in der Gemeinde verliehen worden waren. Otis Sexton organisierte Little-League-Mannschaften und verwandte Stunden darauf, ein Spielfeld in der Nachbarschaft zu hegen und zu pflegen, auf dem seinerzeit Thurmond Munson gespielt hatte. Mit zweiundfünfzig Jahren war Otis Sexton zwei Jahre älter als sein Bruder. Beide hatten eine beginnende Stirnglatze und hohe Wangenknochen. Aber anders als der drahtige Eddie war Otis eher wie ein pensionierter Abwehrspieler eines der Football-Teams gebaut, deren Spiele er in seinem kleinen Fernseher verfolgte.

»Er machte einen sehr anständigen Eindruck«, erinnerte sich Welsh später.

Welsh und Machelle unterhielten sich unter vier Augen. Sie ging ein bißchen weiter als bei ihrem Gespräch mit Detective Glenn Goe. Ihr Vater habe sie bereits bedrängt, als sie zwölf war, erzählte sie, hätte es aber nicht geschafft, in sie einzudringen. Sie erzählte in allen Einzelheiten von der Vergewaltigung im Van. Dann sagte sie Welsh, daß Pixie und Sherri Sex mit ihrem Vater gehabt hätten, seit sie zwölf waren. Sie vertraute ihm an, daß sie und ihr jüngerer Bruder Matt gesehen hätten, wie ihr Vater im Van mit Sherri Sex hatte.

Welsh fragte nach Strafen im Sexton-Haushalt.

»Bis man sechzehn ist, wird man mit dem Gürtel versohlt«, berichtete sie. »Von da an bekommt man die Faust zu spüren.«

In den kommenden zwei Wochen versuchte Welsh, noch mehr Informationen aufzutun. Wenn Ed Sexton seine ältesten Töchter mißbrauchte und seine Kinder regelmäßig schlug, befanden sich die jüngeren Kinder daheim in Gefahr, was wiederum die Bedingung der Schutzbedürftigkeit erfüllte. Er sprach mit Glenn Goe und anschließend wieder mit Otis Sexton.

Welsh versuchte, in der Schule auch mit den anderen Sexton-Kindern zu sprechen, konnte aber nur Gespräche mit James und Charles arrangieren. Wie die anderen sagten sie aus, daheim wäre alles in Ordnung.

Ihr Abstreiten irgendwelcher Anomalien daheim wirkte unnatürlich und einstudiert. Sie antworteten einsilbig und starrten dabei emotionslos vor sich hin. Mit der Zeit tauchte dann beim DHS eine spezielle Bezeichnung für dieses Starren auf: die Mitarbeiter bezeichneten es als den ›Sexton-Blick‹.

7

Die Büros der Rechtsabteilung des DHS von Stark County waren im Renkert-Gebäude untergebracht, einem älteren elfstöckigen Hochhaus.

Der imposante Backsteinbau entsprach dem typischen Baustil im Zentrum von Canton. Abgesehen vom Hilton und einigen wenigen anderen Gebäuden sah die Innenstadt aus, als hätte sich dort seit dem Zweiten Weltkrieg nichts mehr verändert. Ein Stück weiter nördlich auf der Market Avenue befand sich ein Buchladen für Erwachsene mit einem Neon-Playboy-Hasen im Schaufenster. Östlich auf der Tuscarawas Street war ein mit Brettern vernageltes Box-Studio. In den kleineren Gebäuden um das Gerichtsgebäude herum tummelten sich Anwaltskanzleien. Einige Schaufenster waren leer. Der Name Timken prangte an Schulen, Stiftungsgebäuden und medizinischen Einrichtungen. Einige Bewohner waren der Überzeugung, daß, wenn das Timken Unternehmen sich je aus Canton zurückzog, die ganze Stadt einpacken konnte. Judee L. Genetin, die Leiterin der Rechtsabteilung, arbeitete etwa auf halber Höhe des Renkert-Gebäudes in einem kleinen Büro mit einem Fenster. Sie war in der Liste in der Lobby unten nicht aufgeführt. Kopien und Akten türmten sich auf ihrem kleinen Schreibtisch. Auf einem runden Besprechungstisch stapelten sich weitere Unterlagen, daneben eine Bonbonniere mit Süßigkeiten sowie des öfteren auch Mahlzeiten von irgendeinem Lieferservice. Judee Genetin war Rechtsanwältin, aber ihr Job erlaubte ihr nur selten den Luxus eines Geschäftsessens, obgleich es ganz in der Nähe ein sehr ordentliches Restaurant gab.

Genetin war Torhüterin, sie entschied, in welchen Fällen von Mißbrauch oder Vernachlässigung rechtliche Schritte eingeleitet wurden wie beispielsweise die Unterbringung von Kindern in Pflegefamilien. Unter den gewalttätigen Eltern sowie jenen, die ihre Kinder mangelhaft versorgten, hatten Genetin und ihre Mitarbeiter – ein halbes Dutzend Anwälte – viele Feinde. Darum war ihre Arbeitsstelle auch nicht ausgewiesen. Darum blieben die Bürotüren immer abgeschlossen.

Am Morgen des 16. April suchte Dave Rudebock seine Chefin, Judee Genetin, in ihrem Büro auf. Er arbeitete aufgrund von Wayne Welshs Bericht an der Formulierung einer Beschwerde wegen Vernachlässigung und an einem Kindesentzugsbefehl. Wurde der von einem Richter unterzeichnet, konnte das DHS alle minderjährigen Sexton-Kinder aus dem Haus in der Caroline Street wegholen. Hierauf würde eine Eilanhörung folgen, bei der entschieden wurde, ob Veranlassung bestand, dem DHS die Vormundschaft für die Kinder zu übertragen.

»Wir haben nicht viel in der Hand«, meinte Rudebock.

Genetin stimmte dem zu. Die Beschwerde fußte ausschließlich auf Machelle Sextons Behauptungen. Aber Genetin hatte ebenfalls mit Welsh gesprochen. Der Sozialarbeiter war davon überzeugt, daß auch die anderen Kinder reden würden, wenn sie erst dem Zugriff des Vaters entzogen worden waren. »Er ist sicher, daß wir sämtliche Vorwürfe werden beweisen können«, sagte sie.

Genetin hatte viel gelernt, seit sie fünf Jahre zuvor beim DHS angefangen hatte. Die achtunddreißigjährige frühere Strafverteidigerin und Scheidungsanwältin war die erste Anwältin der Sozialbehörde und diente ursprünglich als Kontaktperson zwischen Sozialarbeitern und Staatsanwälten, die sich mit Fällen von Mißbrauch und Vernachlässigung befaßten. 1990 war ihr ein Stab von Anwälten unterstellt, die die Fälle selbst zur Anklage brachten. Das Arbeitspensum war gewaltig. 1992 bearbeitete die Abteilung für Sozialfragen fast viertausend Fälle allein in Stark County. In den meisten Fällen ging es um Mißhandlung und Vernachlässigung. Weniger als zwanzig Prozent der Fälle befaßten sich mit sexuellem Mißbrauch.

Genetin hatte den Namen Sexton schon gehört.

»Ein Sozialarbeiter hatte die Familie als Geburtstagskuchen beschrieben, der nach außen hin gut aussah, aber innerlich verdorben war«, erinnerte sie sich später. »Die Sozialarbeiter sagten ›Ich spüre, daß da etwas nicht stimmt‹, aber was sollte ich auf dieser Grundlage tun? Als Anwältin brauche ich Beweise. Ich kann niemanden in den Zeugenstand rufen, nur weil der irgendein ›Gefühl‹ hat.

Aber nachdem ich den Job einige Zeit gemacht hatte, lernte ich, auf den Instinkt der Außendienstler zu hören. Ich erkannte, daß es mehr war als nur ein Gefühl. Ihre Beobachtungsgabe verriet ihnen einiges, Kleinigkeiten und Körpersprache waren Schlüsselreize für sie. Und was sie dann wirklich meinen, ist, daß man durchaus die notwendigen Informationen beschaffen kann, wenn man sich nur gründlich mit einer Sache befaßt.«

Aber Genetin wußte auch, daß ihre Abteilung innerhalb von dreißig Tagen vor Gericht Beweise würde vorlegen müssen, weil andernfalls der Richter die Kinder ihren Eltern zurückgeben würde.

Das machte den Fall Sexton in ihren Augen zu einer ›sehr riskanten Beschwerde‹. Riskant deshalb, weil, wenn tatsächlich in diesem Haus etwas vorging und das DHS die Kinder zurückgeben mußten, die Kinder die Schlappe würden ausbaden müssen und nicht die Mitarbeiter des DHS. Oder zumindest würde dann kein Sexton-Kind jemals wieder den Mund aufmachen.

Judee Genetin beschloß dennoch, auf Wayne Welshs Instinkt zu vertrauen.

»Legen wir den Antrag dem Richter vor«, entschied sie.

8

Noch am selben Nachmittag begaben sich Wayne Welsh, einige weitere Sozialarbeiter und Polizeibeamte von Jackson Township mit einer Zugriffserlaubnis, die von einem Richter am Familiengericht von Stark County unterzeichnet war, zu den verschiedenen Schulen in Jackson. Sie nahmen Kimberley, sieben Jahre alt, Lana, zwölf Jahre alt, und Matthew, vierzehn, in ihre Obhut.

»Wir sagten den Kindern, daß ihre Eltern Probleme hätten, die sie regeln müßten, und wir sie deshalb an einem sicheren Ort unterbringen würden. Wenn die Schwierigkeiten dann behoben wären, könnten die Kinder zurück zu ihren Eltern – wenn sie das wollten.«

Sie gingen mit, ohne zu protestieren.

Christopher, dreizehn Jahre, war nicht in der Schule, und James, sechzehn, fehlte an diesem Tag ebenfalls. An der Jackson High fand Welsh Charles, den siebzehnjährigen ›Skipper‹. Als Welsh ihn ansprach, reagierte der Jugendliche aggressiv. Er war ein sehniger Teenager mit eindringlichem Blick. Er hatte schon in niedrigen Gewichtsklassen für das schuleigene Ringerteam gekämpft.

»Ich werde nicht mit Ihnen gehen«, sagte er knapp. »Und Sie können mich nicht dazu zwingen.«

Welsh brauchte mehrere Minuten, um ihn zu überreden, in den Wagen zu steigen.

Nachdem sie abgefahren waren, kam Estella May Sexton in die Schule, um ihren Sohn abzuholen, und erfuhr, daß jemand von der Sozialbehörde ihn mitgenommen habe.

Sie fuhr schnurstracks nach Hause, um ihrem Mann zu berichten.

Kurz darauf, um 6 Uhr 30, trafen Polizei und Sozialarbeiter in der Caroline Street ein, um die Kinder abzuholen, die sie nicht in ihren Schulen angetroffen hatten. James und Christopher waren im Haus. Als die Beamten das Haus mit den zwei Teenagern verließen, folgten die Eltern ihnen auf die Auffahrt.

Ed Sexton teilte allen Anwesenden in ruhigem Tonfall mit, daß er nichts Falsches getan habe. »Das Ganze ist nur ein großes Mißverständnis«, sagte er mit seinem weichen West-Virginia-Akzent.

Estella May Sextons Augen sprühten Funken, und sie gestikulierte wild. »Er tut niemandem etwas«, schimpfte sie. »Er hat keinem der Kinder etwas getan.«

Die Beamten brachten alle Kinder zu Otis, der den Behörden versichert hatte, daß seine Töchter ihm dabei helfen würden, seine Nichten und Neffen bis zur Anhörung am nächsten Tag zu versorgen.

»Die Behörde versucht immer, Kinder bei geeigneten Verwandten unterzubringen, weil das die Kinder nicht so durcheinanderbringt und für sie weniger traumatisch ist«, erklärte Welsh später.

Das war an Gründonnerstag, einen Tag vor Karfreitag 1992. Sechsundsechzig Tage waren vergangen, seit Machelle Sexton Ruth Killions Büro an der Jackson High

School betreten und sich über ihren Vater beschwert hatte. Sechsundvierzig Tage waren verstrichen, seit sie Anne Greene die Vergewaltigung anvertraut hatte, und achtundzwanzig, seit sie den Mißbrauch der Polizei angezeigt hatte.

»Ich bin so stolz auf dich«, sagte Anne Greene zu Machelle. »Du bist das einzige von zwölf Geschwistern, das stark genug war, den Versuch zu wagen, die Kette des Mißbrauchs zu sprengen.«

Aber das war nur der Anfang der Sexton-Saga.

Später sollte Anne Greene dann eine geeignetere Metapher für den Teenager mit den geheimnisvollen blauen Augen finden.

»Sie war das Mädchen, das den Damm zuhielt«, sagte sie. »Und niemand ahnte, daß die Hölle losbrechen würde, wenn sie ihre Hand wegnehmen würde.«

Kapitel 5

Der Test

1

Knapp drei Jahre nachdem man ihr die Kinder weggenommen hatte, saß Estella May Sexton an einem kleinen Tisch, nippte an einer Tasse Automatenkaffee und erzählte, wie sie den jungen West-Virginier kennengelernt hatte, der sich Eddie nannte. Es hieß, sie selbst sei von exotischer Schönheit gewesen, als sie sich 1967 zum erstenmal begegneten. Inzwischen durchzogen graue Strähnen ihr rabenschwarzes Haar, und ihre dunklen Augen waren abgestumpft.

»Es ist unglaublich, wirklich«, sagte sie. »Wirklich unfaßbar, was schließlich geschehen ist. Mein Vater war ein 33jähriger Berufssoldat. Ich bin ausschließlich auf Militärbasen aufgewachsen, als Tochter aus gutem Hause. Fort Knox. Fort Meade. Fort Devons. Fort Hayes. In Albuquerque war er in White Sands stationiert. In meiner Familie war alles in Ordnung. Kein Streit, keine Schläge oder so was.

»Ich wurde in Willing, West-Virginia, geboren. Mein Vater war damals bereits bei der Armee. Meine Mom stammt aus Ohio, mein Dad aus Willing, gleich jenseits der Grenze. Mein Dad war fast hundert Prozent Wyandotte; meine Mom hatte französisches und Cherokee-Blut in den Adern. Zu Beginn seiner Militärlaufbahn war mein Dad Ranger. Er hat im Zweiten Weltkrieg, in Korea und in Vietnam gekämpft. Als er aus dem aktiven Dienst austrat, war er Master Sergeant. Wir waren zehn Kinder. Ich bin die fünftälteste. Es war nicht leicht, mit einer so großen Familie von einer Basis und Stadt zur nächsten überzusiedeln, aber er hat es geschafft.

Ich hatte eine ganz normale Kindheit. Ganz anders als meine Ehe. Meine Eltern waren nicht besonders streng.

Bestrafung beschränkte sich auf Telefonverbot und Streichung von Schulveranstaltungen. Ich glaube, meine Mom hat mich insgesamt zweimal geohrfeigt, und ich hatte es in beiden Fällen nicht anders verdient. Mädchen benutzten nun einmal keine schmutzigen Wörter, und sie hatte gehört, wie ich einen meiner Brüder mit einem Schimpfnamen titulierte. Ich galt immer als der Rebell der Familie.

Im Alter von fünfzehn oder sechzehn Jahren fing ich an, mit Jungs auszugehen. Man konnte mit anderen Pärchen ins Kino gehen. Und ich besuchte gern Tanzveranstaltungen der Schule. Ich besuchte die High School in Toledo und machte meinen Abschluß in Farmington, Ohio. Ich war Cheerleader. Ich gehörte den Future Nurses of America an.

Als wir in Farmington lebten, war mein Vater bereits aus der Armee ausgetreten und wurde Sheriff. Aber 1967 rief die Army ihn zurück, als Berater in Vietnam. Ich arbeitete in einem Pflegeheim und entwickelte wirklich enge Beziehungen zu den Patienten. Aber es tat mir zu sehr weh, wenn sie starben, und darum gab ich diese Arbeit auf. Ich dachte, ich könnte als Kosmetikerin viel Geld verdienen. Ich fing an, von zu Hause aus Leute zu frisieren.

Ich verschwendete keinen Gedanken an eine Ehe, bis wir nach Farmington zogen. Damals war es noch etwas Anrüchiges, Go-go-Tänzerin zu sein, und auch hierfür interessierte ich mich. Ich tanzte für mein Leben gern. Das ist heute noch so. Meine Eltern ließen mich jedes Wochenende zum Tanzen gehen. Dabei lernte ich auch Bill kennen, den Vater von Pat, meinem Ältesten. Es gab da einen kleinen Ort mit einer Scheune, in der Rock 'n' Roll gespielt wurde. Als Teenager fuhren wir an den Wochenenden alle dorthin. Ich ging ein paarmal mit Bill tanzen, bis er dann in die Army eintrat. Wir verbrachten viel Zeit miteinander, und ich wurde schwanger. Dann ging er nach Vietnam. Wir haben nie geheiratet. Ich hörte nie wieder von ihm. Ich weiß bis heute nicht, ob er noch lebt oder gefallen ist.

Pat wurde 1967 geboren. Ich war zwanzig. Ich zog nach Canton zu meiner ältesten Schwester. In Farmington mußte man bis weit nach West-Virginia oder auch nach Norden fahren, um Arbeit zu finden. Darum kam ich rauf nach Canton und fand eine Stelle bei Grant's, einem billigen Kaufhaus. Ich sparte, um die Kosmetikschule gleich gegenüber besuchen zu können.

Mein Schwager Dwayne machte mich mit Eddie bekannt. Eddies Bruder Otis hatte damals seine eigene Kirche. Sie luden mich ein, mit ihnen in die Kirche zu gehen. Sie sagten, Otis hätte einen gutaussehenden jüngeren Bruder, und so begleitete ich sie. Ich war als Lutheranerin erzogen worden. Es schockierte mich regelrecht, in einer solchen Kirche zu sein. Ich saß ganz vorne mit nur etwa dreißig Personen. Seine ganz persönliche Interpretation der Bibel. Er schrie und zeterte viel.

Ich saß neben Eddie. Hinterher, ein oder zwei Tage später, lud Otis uns bei sich zu Hause zum Würstchenessen ein. Ich nahm Patrick mit. Er war damals neun Monate alt. Bei dem Picknick lernte ich Eddie dann richtig kennen.

Wir kamen ins Gespräch. Er arbeitete als Lastwagenfahrer für Goodwill. Außerdem fertigte er Glasmalereien an. Er arbeitete gerade an einer Werbetafel für Otis' Kirche. Er fragte mich, ob ich verheiratet sei. Ich verneinte, ich wäre nie verheiratet gewesen. Er meinte, er wäre ebenfalls nicht verheiratet, was sich hinterher als Lüge herausstellte. Er wollte wissen, ob es einen Mann in meinem Leben gäbe. Ich sagte, ich hätte Bill noch nicht vergessen.

Ein paar Monate später zog ich mit meiner Mom zurück nach West-Virginia. Und er kam den ganzen Weg bis nach West-Virginia, um mich zu besuchen. Wir gingen essen. Er hatte sehr gute Manieren. Er war sehr höflich meiner Mutter gegenüber. Und ich kehrte zurück nach Ohio und wohnte bei meiner Schwester.

Wir fingen an, miteinander auszugehen. Die meiste Zeit gingen wir in die Bar und hörten uns die Country-and-Western-Band seines Schwagers an. Eddie fuhr einen weinroten Firebird. Seine Mutter hatte ihm den Wagen gekauft. Und er war sehr lieb zu seiner Mom. Er erfüllte ihr jeden Wunsch. Und meiner Mutter gegenüber benahm er sich genauso.

Wir gingen drei oder vier Mal aus, bevor er mich auch nur küßte. Ich dachte, er wäre vielleicht schwul oder so was, fragte aber nicht weiter nach. Später gestand ich ihm dann meine Zweifel. Ich dachte, wenn man mit einem Jungen ausgeht, ist es nur natürlich, wenn der mindestens versucht, einen zu küssen. Aber er war nur höflich. Und er sah sehr gut aus. Er hatte damals noch sehr volles Haar. Es war dunkel und lockig. Er war glattrasiert und gut gebaut.

»Ich hatte damals keine Ahnung, daß er gerade erst aus dem Gefängnis entlassen worden war.«

2

Der Anhörungssaal des Familiengerichts war ausschließlich nach praktischen Gesichtspunkten ausgestattet worden. Er war gerade mal so groß wie ein durchschnittliches Wohnzimmer und war nur mit ein paar Stühlen und Tischen sowie mit einer erhöhten Plattform für den Vorsitzenden versehen. Hier wurden nichtöffentliche Anhörungen in Jugendfragen abgehalten, was die Anonymität der Kinder gewährleisten sollte. Die Verhandlungsprotokolle waren ebenfalls nicht der Öffentlichkeit zugänglich. Nicht, daß das von Bedeutung gewesen wäre.

Am 17. April, einen Tag nachdem die Sexton-Kinder von zu Hause weggeholt worden waren, ahnten die Journalisten gar nichts von der Dringlichkeitsanhörung und dem ganzen Fall.

Edward Lee Sexton sollte später seine Version der Anhörung wiedergeben, in Form eines Videos, das er für die höheren Instanzen gedreht hatte. Er sagte, er hätte Einspruch dagegen erhoben, daß der DHS ihm die Kinder weggenommen hatte. Sexton teilte dem Vorsitzenden mit, daß er sehr ärgerlich sei, daß man seine Kinder bei seinem älteren Bruder untergebracht habe. Er behauptete, seine Tochter Machelle und Otis hätten sich die Vorwürfe gegen ihn nur ausgedacht.

Sexton sagte: »Und dieser Sozialarbeiter, dieser Mr. Welsh, ist ihnen auf den Leim gegangen und hat mich und meine Frau als Ungeheuer dargestellt. Und da sagt der Vorsitzende, wir hätten genug geklagt ... Und da haben meine Frau und ich unseren Anwalt gefragt, ob man die Kinder wenigstens aus Otis' Haus entfernen könnte, weil Otis nicht ganz richtig im Kopf ist und es nicht sein lassen kann, so was zu tun. Er mischt sich andauernd in anderer Leute Leben ein.«

Das Gericht verfügte, daß die Kinder vorübergehend bei Pflegeeltern untergebracht wurden, während das DHS weiter ermittelte. Einige Wochen später kehrte Ed Sexton mit einem Anwalt namens Patrick Menicos zurück und erwirkte einen Gerichtsbeschluß, der seinem Bruder Otis und allen anderen Verwandten für die Dauer der Ermittlungen jeden Kontakt zu seinen Kindern untersagte.

Otis Sexton teilte den Sozialarbeitern mit, daß es nie seine Absicht gewesen wäre, das Sorgerecht für die Kinder zu beantragen. Die angebliche Verschwörung existiere nur in der Phantasie seines jüngeren Bruders. Eddie versuche immer, seine eigenen Fehler anderen anzulasten, sagte er. Tatsächlich erzählte Machelle später, ihr Vater habe ihr gesagt, daß Otis mit seinen Töchtern Sex gehabt hätte.

Einige der gegenseitigen Vorwürfe reichten mehrere Jahre zurück.

Sie waren die zwei jüngsten Jungen in einer Schar von insgesamt zehn Kindern, Eddie Lee der siebt- und Otis der sechstgeborene. Ihr verstorbener Vater hatte unter Tage Kohle abgebaut und hatte außerdem als Baptistenpriester in Logan County gepredigt, demselben Kohleabbaugebiet in West-Virginia, in dem der Kampf zwischen den Hatfields und den McCoys entbrannt war. Später zogen die Sextons erst nach Sheridan, Ohio, sechzig Meilen nördlich von Big Tuck Fork und den Ohio Rivers, dann nach Ironton, ebenfalls in Ohio. Als ihr Vater im Alter von zweiundfünfzig Jahren völlig unerwartet einem Herzinfarkt erlag, war Otis zwölf und Eddie Lee fast zehn.

Otis Sexton erinnerte sich später an diese schweren Jahre.

»Wir hatten ein normales Zuhause«, sagte er. »Die Jungen hatten ihr eigenes Zimmer und die Mädchen ebenfalls. Keiner hat den anderen sexuell genötigt. Sonntags brachte mein Dad die ganze Kirchengemeinde mit nach Hause . Sie setzten sich alle in den Garten und sprachen über die Bibel.

»Aber lassen Sie sich eins gesagt sein: wir waren ärmer als Kirchenmäuse. Wir mußten unsere Nahrung selbst anbauen ... oder jagen. Wärme? Wir hatten kein Geld für Kohle. Wir mußten drei Meilen auf der alten Route 52 bis nach Ironton oberhalb von Ashland in Kentucky laufen. Wir wechselten uns damit ab, dorthin zu laufen und Kohlestückchen aufzusammeln, die von den Zügen herabfielen. Arm nahm eine neue Bedeutung an. Das war damals nicht so wie heute, wir bekamen keine Sozialhilfe.«

Otis erzählte, daß Eddie Lee nie Kohlen sammeln mußte. Ihre Mutter Lana habe ihn verwöhnt. »Mann, er war von Anfang an Mamas Liebling.« Während die anderen Jungen allerlei Pflichten nachkamen, schmuste sie mit Eddie in einem Schaukelstuhl neben dem dickbäuchigen Ofen und las ihm vor.

Oder nehmen wir beispielsweise Dave, meinen älteren Bruder. Wir Kinder mußten unser Spielzeug miteinander teilen. Zu Weihnachten wurden zwei Luftgewehre gekauft. Eddie bekam sein eigenes Gewehr; Davie und ich mußten uns das zweite teilen. Und wenn meine Schwester Maggie und ich mit Mom einkaufen gingen und fragten, ob wir einen Schokoriegel haben dürften, kaufte sie zwei. Zu Hause bekam dann Eddie einen ganzen für sich allein, während ich meinen mit Maggie teilen mußte.«

Nach dem Tod des Vaters jobbte Otis in einer Bowlingbahn; für sechs Cent pro Bahn stellte er die Kegel auf. Als Teenager arbeitete er dann auf dem Bau, und später wurde er Malerlehrling. Er sagte, daß er seine gesamten Einkünfte zu Hause ablieferte.

»Meine Hände waren voller Blasen. Ich mußte sie mit Handtüchern umwickeln, um eine Schaufel benutzen zu können. Ich behielt fünfzig Cents für mich, um mir einen

Kinobesuch und Popcorn zu leisten. Eddie Lee arbeitete etwa einen Monat und gab es dann wieder auf.«

Otis trat in die Navy ein. Eddie kam mit vierzehn Jahren für ein Jahr in eine Erziehungsanstalt in Ohio, nachdem er in einen Laden in Ironton eingebrochen war und mehrere Uhren gestohlen hatte. Schließlich meldete er sich ebenfalls bei der Army, wurde aber nach sechs Monaten wegen ungebührlichen Benehmens unehrenhaft entlassen, soweit Otis wußte. Zehn Tage vor seinem 21. Geburtstag wurde Eddie Lee Sexton von der Polizei verhaftet, wegen eines Überfalls auf eine Tankstelle in der Nähe von Williamson in West-Virginia. Er saß eine fünfjährige Haftstrafe in der staatlichen Strafvollzugsanstalt von Moundsville ab.

Aber Eddie blieb trotz allem der Augapfel seiner Mutter. Otis glaubte, daß sie ihm während seiner Haftstrafe insgesamt sechstausend Dollar zukommen ließ. Derweil rackerte Otis sich in Canton ab, gründete eine Familie und begann zu predigen.

»Damals wußten wir nicht, wo wir die nächste Mahlzeit hernehmen sollten. Aber Eddie hatte alles. Er vertrieb sich im Knast die Zeit mit Glücksspiel und richtete einen kleinen Laden ein. Als er rauskam, fuhr ich so einen alten verbeulten Buick. Er sah aus, als würde er jeden Moment den Geist aufgeben. Aber nur sieben Tage nach seiner Entlassung aus dem Gefängnis kaufte Mom Eddie einen brandneuen Pontiac – nach nur einer Woche!«

Mit sechsundzwanzig Jahren war Otis Prediger. 1966 gründete er eine kleine Kirche in der Navarre Road. Dann wurde er Wanderprediger und nannte seine Religion Burning Bush Revivals.

»Schließlich schloß ich mich mit meiner Kirche der Church of God of Prophecy an, einer weltweit operierenden Organisation. Ich wurde von den Bischöfen der Kirche auf Herz und Nieren geprüft, das können Sie mir glauben. Man mußte Bibelfestigkeit nachweisen sowie Kenntnisse in Soziologie. Ich wurde selbst Bischof.«

1971 beschloß Eddie, wieder auf freiem Fuß und inzwischen mit May verheiratet, ebenfalls Prediger zu werden.

Otis zufolge wählte er jedoch einen leichteren Weg. Er eröffnete eine winzige Kirche in Canton und benutzte Otis' alten Kirchennamen: Calvary Church of God.

»Jeder kann sich für fünf Dollar eine Lizenz besorgen und auf eigene Kappe predigen. Tatsächlich erbot ich mich, Eddie zu helfen, so gut ich konnte. Aber dann nahm ich an einem seiner Gottesdienste teil, und als ich hörte, was er von sich gab, sagte ich nur, das war's.«

Otis erinnerte sich noch daran, wie sein Bruder die Heilige Schrift verdrehte. Eddie predigte, daß Gott zusammen mit Luzifer ein Drittel der Engel aus dem Himmel verbannt hatte und diese sich auf der Erde mit Menschen vereint hätten. Er behauptete, daß dies sowie mehrere andere Bibelstellen die Göttlichkeit des Menschen bewiesen. Otis ging einfach. Die Kirche hielt sich nur sechs Monate. Es war sowieso kaum jemand dagewesen, der Eddie zuhörte.

»Die einzigen, die sich seine Predigten anhörten, waren Verwandte und ein paar Freunde«, wußte Otis zu berichten.

Otis erinnerte sich, daß sie sich im Laufe der Jahre immer wieder phasenweise mal mehr, mal weniger gesehen hatten. Sie organisierten gemeinsam Garagen- und Gartenverkäufe. Er schlug Eddie vor, gemeinsam einen Malerbetrieb zu gründen, damit er seine halbwüchsigen Jungen beschäftigen konnte. Otis zeigte Patrick, Eddie jr. und Willie, wie man den Pinsel hielt, wie man Fenster lackierte und komplizierte Verzierungen strich. Eddie richtete in seinem Arbeitszimmer eine Telefonleitung für S & S Painting ein. Die kleine Firma bekam über mehrere Sommer Aufträge.

Otis schaute mehrmals die Woche morgens in dem Haus in der Caroline Street vorbei. Die Brüder setzten sich an den Küchentisch, tranken Kaffee, rauchten und plauderten.

Ja, gab Otis zu, in jenen Jahren sei er mit Eddie ausgekommen – und doch auch wieder nicht.

Vor allem, als die Mädchen Kinder bekamen.

»Eddie hat zwei Seiten«, sagte er.

3

Am Nachmittag der Anhörung sprach Wayne Welsh erneut mit den Sexton-Kindern. Sie waren noch keine vierundzwanzig Stunden weg von ihren Eltern, als sie auch schon anfingen zu reden.

Charles oder ›Skipper‹, der harte Ringer, brach in Tränen aus. Er wischte sich die Tränen in das sandfarbene Haar und die abstehenden Ohren und gab zu, daß er von beiden Elternteilen häufig geschlagen wurde. Er erzählte, daß sein Vater ihn und seinen Bruder Matt einmal gezwungen hatte, sich nackt im Wohnzimmer vor der gesamten Familie aufzustellen, mit Enzyklopädien in den ausgestreckten Händen. Er wurde bestraft, wenn er ohne Erlaubnis etwas aß oder wenn er einen Ball im Nachbargarten liegenließ. Er erzählte, seine Mutter hätte ihn nur wenige Monate zuvor gewürgt und gekratzt, weil er angeblich seine zwölfjährige Schwester befummelt habe. Er fügte jedoch hinzu, daß der Zorn des Vaters sich durchaus auch gegen die Mutter richtete. Er verprügelte sie hin und wieder und hatte ihr einmal sogar ein Gewehr an den Kopf gehalten.

Matt, der ebenfalls sandfarbenes Haar hatte, hatte gröbere Züge als sein älterer Bruder, aber die gleichen durchdringenden Sexton-Augen. Er bestätigte die Geschichte mit den Enzyklopädien und die regelmäßigen Schläge. Er erzählte Welsh, daß Machelle ihm einmal berichtet hatte, sie wäre nach unten gegangen und hätte dort gesehen, wie ihr Vater und Pixie auf dem Sofa Sex hatten.

James, sechzehn Jahre alt, sprach sehr langsam. Mit dem ganz kurz geschnittenen Haar und dem nach innen gekehrten Blick sah er aus wie ein Überlebender eines Gefangenenlagers. Später stufte die Behörde ihn als leicht autistisch ein. James erzählte, daß alle geschlagen worden seien – häufig. Sein Vater benutzte gewöhnlich einen Gürtel, der Blutergüsse und Schnittwunden hinterließ. Er versohlte Lana den nackten Hintern. Die anderen Kinder schlug er mit der Faust oder mit der offenen Hand ins Gesicht. James sagte, daß Pixie ihre Kinder ebenfalls mit einem Gürtel schlage. Er zitierte das, was sich noch als eine von mehreren goldenen Sexton-Regeln erweisen sollte: »Bis sechzehn bekam man den Gürtel zu spüren und hinterher die Faust.«

»Wie oft hast du den Gürtel zu spüren bekommen?« fragte Welsh.

»Etwa alle zwei Wochen«, antwortete James.

Bestrafung und Versprechen. Zuckerbrot und Peitsche. James sagte, sein Vater hätte abwechselnd das eine und das andere angewandt. Er versprach ihnen Disney World, eine Collegeausbildung und eine Ranch in den Bergen. Aber an diese Versprechungen waren Bedingungen geknüpft. Sie mußten ihre Brüder und Schwestern bespitzeln – und sie durften mit niemandem vom DHS sprechen.

James bestätigte Charles' Geschichte, derzufolge er gewürgt worden war.

»Es gibt viel Sex innerhalb der Familie«, erklärte er.

Welsh versuchte, mehr Einzelheiten aus ihm herauszubekommen.

»Der Liebesbauch«, sagte James schließlich. Er und Kimberley mußten sich gegenseitig an Bauch und Achseln beriechen, dann an Beinen und Füßen.

»Er will mich als Hund sehen«, meinte James.

Mehr wollte er dazu nicht sagen.

James erklärte, daß er seine Eltern nie wiedersehen wolle, hatte aber auch große Angst, weil er geredet hatte.

»Wenn Dad davon wüßte, würde er mich umbringen«, sagte James. »Er hat gesagt, daß er mich mit dem Gewehr abknallt.«

Lana hatte sehr frühreife Züge für eine Zwölfjährige. Sie hatte langes dunkles Haar, hohe Wangenknochen und dunkle, geschwungene Brauen. Sie bestätigte die Prügel, von der ihre Brüder erzählt hatten, und fügte noch einige Beispiele an. Als ihr Bruder Christopher in der Schule sitzen geblieben war, hatte ihr Vater ihn so brutal mit dem Gürtel verprügelt, daß er geblutet hatte. Ihr Vater hatte Willie verprügelt, weil der versucht hatte, von zu Hause wegzulaufen. Willie habe Narben an Nase und Stirn davongetragen, sagte sie. Und kürzlich erst habe ihr Vater Skipper derart verprügelt, daß er am Rücken blutete.

Das DHS hatte zwei weitere Kinder in seine Obhut genommen. Christopher war ein stämmiger Dreizehnjähriger mit Bürstenhaarschnitt; die erst siebenjährige Kimberly hatte puppenhafte volle Backen und langes braunes Haar.

Beide schwiegen beharrlich.

»Das Schlimmste für uns war immer der Hausarrest«, erzählte Christopher später.

Vier Tage später übertrug das DHS die Ermittlungen im Fall Sexton einer Gruppe von Sozialarbeitern, die die Kinder in ihren Pflegefamilien betreuen und gleichzeitig anfangen sollten, Beweismaterial für den Prozeß zu sammeln. Nach fast einem Dutzend Untersuchungen in dreizehn Jahren kam zum ersten Mal ein Vermerk in die Akte Sexton:

»Begründeter Verdacht auf sexuellen Mißbrauch und seelische Grausamkeit .«

DHS-Anwältin Judee Genetin sagte später, daß die Sexton-Kinder ihre eigene Untersuchung betrieben, ihren eigenen Test durchführten, wobei jedoch bei ihnen das DHS auf dem Prüfstand war.

»Wenn es die Gelegenheit hierzu bekommt, wird ein Kind anfangen, das System auf die Probe zu stellen«, glaubte sie. »Es fragt sich: Wird das System mich beschützen? Oder wird das eintreten, was mein Vater mir angedroht hat? Also stellt es das System mit ein paar Enthüllungen auf die Probe und wartet ab, was passiert. Wenn dann die Drohungen des Vaters sich langsam bewahrheiten, dann macht es wieder dicht.«

4

Vier Tage nachdem die Kinder ihren Eltern weggenommen worden waren, fand sich Machelle Sexton zu einem zweiten Gespräch mit Glenn Goe auf der Polizeiwache von Jackson ein. Diesmal fürchtete sie sich nicht davor, das Revier zu betreten. Sie befand sich in Begleitung ihres Onkels Otis Sexton, der ebenfalls mit der Polizei sprechen wollte.

Trotz Anne Greenes nachdrücklicher Forderung, war Goe der Ansicht, nicht genug in der Hand zu haben, um einen Haftbefehl gegen Ed Sexton zu beantragen.

»Das Mädchen war nach der mutmaßlichen Vergewaltigung nicht ärztlich untersucht worden«, erinnerte sich Goe später. »Es gab keine Beweise für ihre Behauptung. Ihr Wort stand gegen das ihres Vaters. Wir hatten nichts in der Hand.«

Außerdem hatte ihn Machelles sonderbares Verhalten während der ersten Befragung stutzig gemacht: ihre gestückelten Aussagen, ihre Unfähigkeit, sich an Daten und Zeiten zu erinnern, ihre Emotionslosigkeit. Sie hatte ihn nicht davon überzeugen können, daß sie tatsächlich in der Lage sei, vor Gericht auszusagen, und selbst wenn, hätte er ihre Glaubwürdigkeit bei einem Prozeß angezweifelt.

»Ehrlich gesagt war ich nicht überzeugt davon, daß Machelle die Wahrheit sagte«, gab er zu. »Das lag weniger an der Beschuldigung, da die Einzelheiten glaubhaft waren. Aber das Verhalten, das sie an den Tag legte,war merkwürdig. War das auf einen Mißbrauch zurückzuführen, oder lag es daran, daß sie log? Ich war mir einfach nicht sicher.«

Wayne Welsh traf auf dem Revier ein. Er sollte bei der Befragung dabeisein. Beide Männer brauchten mehr Einzelheiten: potentielle Zeugen, Namen von Verwandten, Krankenhaus- oder Polizeiberichte, die sich mit sexuellem Mißbrauch in Verbindung bringen ließen. Und diesmal wollte Goe Machelles Aussage auf Band festhalten.

Otis Sexton blieb draußen, als Welsh und Goe Machelle ins Verhörzimmer führten. Es war Montag nachmittag.

Sie gingen noch einmal den Aufbau der Familie durch, sämtliche Spitznamen. Machelle Sexton sprach sehr leise, aber diesmal benutzte sie längere Sätze und schien sorgfältig zu überlegen, bevor sie die Fragen des Detectives beantwortete.

Goe fragte nach Pixie. Er wollte wissen, warum Machelle so sicher war, daß Pixies Kinder Dawn und Shasta von ihrem eigenen Vater waren. Woher wußte sie, daß Stella und Ed Sexton Sex gehabt hatten?

Machelle antwortete, daß sie, ihre Schwester Sherri und ihr Bruder Matt sich bereits vor Dawns Geburt gefragt hätten, ob ihr Vater und Pixie eine sexuelle Beziehung hatten. Eines Abends schmiedeten sie einen Plan. Pixie – oder Stella – schlief in dieser Nacht unten im Wohnzimmer. Machelle gab vor zu schlafwandeln und ging nach unten. Als sie das Wohnzimmer betrat, sah sie ihren Vater und Pixie beide nackt.

»Was haben sie gemacht?« wollte Goe wissen.

»Sie taten das, was Ehemann und Ehefrau tun«, entgegnete Machelle.

Sie berichtete Sherri und Matt, was sie gesehen hatte, aber später hegte sie dann den Verdacht, daß auch Sherri Sex mit ihrem Dad hatte. Einmal fuhren Sherri und ihr Vater im Van davon. Als sie zurückkamen, war der Hosenstall ihres Vaters halb offen, und sein Hemd hing stellenweise aus der Hose.

»Hast du Sherri nicht darauf angesprochen?« fragte Goe.

»Nein«, antwortete Machelle.

»Warum nicht?«

»Wir haben nie über uns selbst gesprochen; nur über unsere Schwester Stella.«

»Hast du je mit Stella über ihre Beziehung zu eurem Dad gesprochen?«

»Nein.«

»Warum nicht?«

»Weil sie Daddys Liebling war. Sie hätte ihm alles weitererzählt.«

Machelle war überzeugt davon, daß Dawn und Shasta beide von ihrem Vater waren, weil Pixie sich erst nach Dawns Geburt mit Jungen treffen durfte. Erst dann hatte ihr Vater sie ermutigt, mit Joel Good auszugehen.

Goe fragte, wovon Joel und Pixie ihren Lebensunterhalt bestritten.

Pixie lebe von Sozialhilfe, antwortete Machelle.

»Sie muß das Geld bei meinem Dad abgeben. Sie dachte, er würde es sparen, aber tatsächlich hat er es ausgegeben. Als sie ihn nach dem Geld fragten, speiste er sie mit einer Ausrede ab.«

Goe fragte, warum sie glaubte, daß Sherris Sohn Christopher von Ed Sexton war.

»Sie hat in ihrem ganzen Leben keinen Freund gehabt«, berichtete Machelle.

Sherri sei früher schon einmal schwanger gewesen, hätte das Kind aber verloren.

»Weißt du, ob dein Vater auch Verkehr mit anderen von deinen Geschwistern hatte?« fragte Goe.

»Nein, aber ich weiß, daß er noch andere Kinder hat. Er hat noch mehr Kinder mit anderen Frauen.«

Goe bat sie, das weiter zu erläutern.

Sie benannte eine Verwandte mütterlicherseits. Diese habe eine kleine Tochter von ihrem Vater. Goe notierte sich den Namen.

Der Detective kam auf die Mißhandlungen zu sprechen. »Ich weiß, daß es einen Unterschied gibt zwischen Mißhandlung und Erziehungsmaßnahmen«, begann Goe. »Hattest du je das Gefühl, daß du oder deine Geschwister mißhandelt wurden?«

»Das hing davon ab, wie alt man war«, stellte Machelle sachlich fest.

»Was meinst du damit?«

»Mit sechzehn wurde man mit der Faust verprügelt, vorher mit dem Gürtel oder der Rute.«

»Bist du je geschlagen worden?«

»O ja, und ob. Wegen schlechter Schulnoten. Und als ich sechzehn war, schlug er mich mit der Faust, weil ich mit einem Schwarzen gesprochen hatte.«

Goe wollte Einzelheiten wissen.

Machelle erklärte, daß ihr Vater manchmal den Gürtel benutzte, den er gerade trug, und daß er oft mit der Schnalle zuschlug. Außerdem besaß er einen Nierengurt, einen zwanzig Zentimeter breiten Stützgürtel, wie ihn LKW-Fahrer und Gewichtheber trugen. Alle Kinder mußten sich vorher nackt ausziehen, gewöhnlich im Elternschlafzimmer. Wie viele Schläge sie bekamen, hing davon ab, wie sie auf die Hiebe reagierten.

»Je mehr man sich bewegt, desto mehr Prügel bezieht man«, erklärte sie, als handle es sich hierbei um ein göttliches Gesetz.

Einmal, erzählte sie, habe ihr Vater sie mit einem durchlöcherten Paddel verprügelt, nur um zu sehen, wer am meisten einstecken konnte.

»Er sagte, diese Methode stamme aus der Armee«, sagte sie.

Er hatte ihnen regelmäßig befohlen, sich in einer Reihe aufzustellen und sich über die Couch im Wohnzimmer zu beugen, um sie zu versohlen.

»Kam das oft vor?« wollte Goe wissen.

»Ja.«

»Jeden Tag?«

»Nein, aber jede Woche. Normalerweise am Wochenende. Unter der Woche weniger, wegen der Schule.«

Die Narben brauchten etwas Zeit, um zu verheilen.

Nach der Prügelstrafe mußten sie oft oben bleiben. Machelle erzählte, ihr dreizehnter Geburtstag sei der letzte gewesen, den sie habe feiern dürfen. Ihr Vater hatte immer irgendwelche Gründe, um ihr eine kleine Feier zu verwehren. In den vergangenen fünf Jahren hatte er sie jedesmal einen Tag vor ihrem Geburtstag verprügelt.

Manchmal übernahm es auch die Mutter, die nackten Kinder zu züchtigen. »Ich glaube, es hat ihr Freude gemacht, meine Brüder zu schlagen›« meinte Machelle.

»Wenn sie nämlich erst einmal anfing, konnte sie nicht mehr aufhören«

Wurde eines der Kinder im Elternschlafzimmer verprügelt, drängten sich die anderen Geschwister vor der Tür und lauschten, um die Hiebe zu zählen. Einmal zählten sie bei Skipper neunundvierzig Schläge. Das war an dem Abend, an dem die Mutter ihm vorgeworfen hatte, Lana befummelt zu haben, Dads Engel. Sie erzählte des weiteren, daß die Mutter ihn gewürgt habe, so daß sein Hals hinterher ganz rot und geschwollen war.

Goe fragte, ob sie das gesehen hätte.

»Nicht direkt, da ich ja nicht mit im Zimmer war. Aber ich habe sie gehört. Meine Mutter hat gekreischt und alles ...« Ihr fehlten die Worte, um die Laute zu beschreiben, die ihre Mutter von sich gegeben hatte.

Nach der Prügel, erzählte sie weiter, war Skipper bis zum darauffolgenden Tag in einen Schrank gesperrt worden.

»Als er ihn wieder herausließ, sagte mein Dad: ›Es hat mir mehr weh getan als dir, dir das antun zu müssen, Skipper. Aber du weißt ja, wie ich dazu stehe, wenn irgend jemand die Mädchen anfaßt.‹«

»Kam das öfter vor?« fragte Goe. »Daß einer von euch für längere Zeit in einen Schrank gesperrt wurde, meine ich?«

»Nur an diesem Abend.«

»Bist du je in einem Schrank eingesperrt worden?«

»Ja. Ich hatte Karten gekauft. Ich und Sherri gingen mit meiner Mom einkaufen, und wir kauften Spielkarten. Meine Mutter bekam nichts davon mit. Zu Hause fingen wir an zu spielen. Wir wurden erwischt.«

»Und dann wurdest du in den Schrank gesperrt?«

»Ja. Nachdem er Insektenspray hineingesprüht hatte.«

»In den Schrank?«

Sie sagte, ihr Vater habe es durch den Spalt unter der Tür in den Schrank gesprüht. Sie war ohnmächtig geworfen. Ihre Mutter holte sie raus, aber ihr Vater kam dahinter.

»Er schlug meine Mom und sperrte mich wieder in den Schrank«, berichtete sie.

Goe wollte wissen, ob sie je wegen irgendwelcher Verletzungen im Krankenhaus behandelt worden wäre. Sie verneinte und fügte später hinzu, daß das bei keinem der Kinder der Fall gewesen war.

Ihr Vater war der einzige, der Medikamente bekam. Er schluckte starke Schmerztabletten wie Darvocet und Percodan wegen seines Rückens. Sie glaubte nicht an sein Rückenleiden. Immerhin stieg er zum Anstreichen auf Leitern. Sie berichtete, daß auch Eddie jr., Patrick, Willie und Pixie in seinem kleinen Malerbetrieb mitarbeiten mußten.

»Wo arbeitet er außer Haus?« fragte Goe. »Wo hat er sein Büro?«

»Er hat ›unter der Hand‹ gearbeitet, wie er es nannte.«

»Dann ist er körperlich eingeschränkt?«

»Mein Dad ist schneller als ich«, entgegnete Machelle.

Machelle fügte hinzu, daß ihr Vater überall herumerzähle, er habe Muskeldystrophie. Sie hatte ihn außerdem sagen hören, er litte an Krebs im Endstadium.

»Die Leute von den Hilfsorganisationen kamen, um sich ein Bild zu machen«, erinnerte sie sich. »Sie haben das ganze Haus für ihn renoviert.« Stiftungen schenkten ihm ein Krankenhausbett, einen Rollstuhl und ein völlig neues behindertengerechtes Bad.

»Bezieht er eine Behindertenrente?«

»Meine Mom sagt ja.«

Machelle erzählte, daß ihr Vater vorsichtiger geworden war, nachdem das DHS sich drei Jahre zuvor für Striemen an Sherris Beinen interessiert hatte. Er zwang alle Kinder, Tagebuch zu führen. Sie mußten ihre sämtlichen Aktivitäten und Kontakte in der Schule aufschreiben. Sie sagte, ihr Vater würde sie dafür bezahlen, daß sie sich gegenseitig bespitzelten.

»Ich war keine Petze«, sagte sie. »Ich wußte eine ganze Menge, aber ich habe nie etwas verraten.«

Goe wollte noch einmal auf Machelles Vergewaltigung im Van zurückkommen. Sie erzählte noch einmal von dem Streit, der dem Zwischenfall vorausgegangen war.

»Mein Vater fragte, ob ich im Keller irgend etwas gesehen hätte«, begann sie. »Dann wurde er immer wütender.«

Goe machte sich eine Notiz. Das war das erste Mal, daß der Keller erwähnt wurde. Er würde später nachhaken. Jetzt wollte er aber erst einmal die strafbaren Einzelheiten der Vergewaltigung ersten Grades festhalten.

Stockend berichtete sie detailliert, was sich zugetragen hatte. Ja, er hatte sie mit dem Penis penetriert. Ja, sie hatte ihn gebeten aufzuhören. Ja, es war gegen ihren Willen passiert.

Hinterher sei er mit ihr zu einer Tankstelle gefahren und habe ihr gesagt, sie solle sich saubermachen. Zu Hause sei sie gleich nach oben gelaufen. Ihr Vater beklagte bei ihrer Mutter, daß sie ihre Periode bekommen hätte.

Goe wollte wissen, ob es zuvor schon irgendwelche sexuellen Kontakte zwischen ihr und ihrem Vater gegeben hatte.

Sie erzählte ihm, daß ihr Vater sie zu einer Spritztour im Auto mitgenommen hätte, als sie zwölf war. Sie sei ganz aufgeregt gewesen.

»Nach einer Weile fragte er: ›Hast du je ein Geheimnis gehabt? Kannst du ein Geheimnis für dich behalten?‹ Ich sagte ja. ›Weißt du, was Sex ist?‹ Ich verneinte. ›Soll ich es dir zeigen?‹ Ich sagte, ich wäre mir nicht sicher.«

Sie fuhren am Haus in der Caroline Street vorbei, um die Post zu holen. Damals wohnten sie vorübergehend woanders, weil das Haus nach einem Brand renoviert wurde. Er ging mit ihr hinein.

»Er hat es versucht«, sagte sie, »aber ich war zu eng.«

Machelle verstummte. Sie machten fünf Minuten Pause.

Als Goe das Band wieder einschaltete, kam er auf die Brände zu sprechen. Machelle erinnerte sich an ein Feuer, als sie zwölf war. Es war von einem ›Vetter‹ verursacht worden. Als sie das Haus verlassen hatten, hatte der Vetter angeblich eine brennende Zigarette durch ein offenes Fenster ins Haus geschnippt.

»Der Name?«

»Ich weiß seinen Namen nicht«, sagte sie. »Seine Frau hieß Rose, das weiß ich noch.«

»Und später gab es dann noch einen zweiten Brand?« fragte Goe.

»Es hat viele Brände gegeben. Ich weiß nicht mehr wie viele.«

Sie konnte sich nicht an Einzelheiten erinnern, wußte aber noch, was ihr Vater nach dem Feuer gesagt hatte, als sie zwölf war.

»Dad sagte, wir sollten den Mund halten.«

»Ihr solltet also nicht mit der Feuerwehr sprechen, richtig?«

Sie nickte.

Goe kam auf die Schwangerschaften zu sprechen. Er fragte nach Machelles Mutter. Wußte sie, was vorging?

»Als ich mit Sherri darüber sprach, daß die Kinder meiner anderen Schwester von unserem Dad wären, fragte ich, was Mom wohl davon hielte. Und Sherri meinte, Mom wüßte Bescheid, hätte aber zu viel Angst, um etwas zu sagen.«

»Warum?«

»Weil mein Dad ziemlich stark ist. Ich weiß auch nicht, wir haben alle Angst vor meinem Dad.«

Sie erzählte Goe, daß ihr Vater ihrer Mutter einmal ein Gewehr an den Kopf gehalten hatte.

Einmal, als er ihre Mutter verprügelte und sie gegen das Spülbecken schleuderte, kamen die Kinder ihr zu Hilfe.

»Ich biß ihn ins Bein, und Sherri klammerte sich an seinen Arm. Sie brach ihm den Arm bei ihren Versuchen, ihn von meiner Mom wegzuzerren. Hinterher, als sie sich wieder versöhnt hatten, bekam ich Ärger. Ich und Sherri. Wir bezogen Prügel, weil wir uns eingemischt hatten. Wir bekamen Ärger, weil wir uns für unsere Mutter eingesetzt hatten. Und als er uns schlug, trat sie nicht für uns ein.«

»Weißt du, warum sie das alles mitgemacht hat?«

»Das weiß ich nicht«, entgegnete Machelle.

Goe kehrte zurück zu Machelles Vergewaltigung.

»Du sagtest, er hätte wissen wollen, ob du im Keller etwas gesehen hättest«, sagte Goe. »Worum ging es dabei?«

Sie antwortete, sie hätte im Keller Waschpulver geholt

und sei gerade die Treppe heraufgekommen, als er sie zur Rede stellte. Durch ein kleines Fenster im Treppenaufgang konnte sie in die Garage sehen.

»Mein Dad und Eddie waren da unten. Ich ließ das Pulver fallen und rannte nach oben.«

»Was hast du gesehen?«

»Ich weiß nicht genau, ob es lebendig war oder tot. Aber ich dachte, ich hätte hinten im Wagen etwas gesehen. Das war's. Das war der Grund, weshalb er ausgerastet ist.«

»Was glaubst du, was du gesehen hast? Hattest du damals eine Ahnung?«

»O ja, allerdings. Aber ich werde es nicht sagen.«

»Du glaubtest, du hättest eine Leiche gesehen, richtig?« fragte Goe.

Sie nickte.

»Einen toten Menschen?«

»Ja.«

»Wer war bei deinem Dad?«

»Eddie.«

»Dein Bruder?«

Sie nickte.

»Hat dein Dad dir erklärt, was das war, was du gesehen hattest?«

»Er sagte, es ginge mich nichts an.«

Sie erzählte weiter, daß ihr Vater später im Van zu ihr gesagt habe, daß sie nicht aufs College gehen würde, wenn sie irgend jemandem etwas davon erzählte. Dann vergewaltigte er sie, offenbar um seiner Drohung Nachdruck zu verleihen.

Im weiteren Gesprächsverlauf wurde deutlich, daß in der Welt der Sexton-Kinder schon ein einfaches Telefon eine verbotene Frucht darstellte. Sie alle wollten Freunde anrufen, aber hierzu mußten sie erst ihren Dad austricksen. Ein Apparat stand in seinem Schlafzimmer und ein zweiter im Flur. Mehrmals täglich drückte ihr Vater die Wahlwiederholungstaste, um zu überprüfen, ob jemand von ihnen telefoniert hatte. Sie dachten sich einen Weg aus, ihn hinters Licht zu führen. Sie riefen ihre Freunde an und wählten hinterher die Nummer der Wetter- oder Zeitansage. Schließlich machte er ihnen jedoch einen Strich durch die Rechnung, indem er einen Recorder ans Telefon anschloß, der ansprang, sobald man abhob, und jedes Gespräch aufzeichnete. Den Recorder bewahrte er in seinem Schlafzimmerschrank auf.

»Er war verdammt clever«, sagte Machelle mit großen Augen.

Wayne Welsh stellte eine Frage. »Wann hast du beschlossen, daß du so nicht weiterleben willst?«

»Als ich fünfzehn war und erkannte, daß dieses Leben nicht normal war«, antwortete Machelle. »Ich kam auf die High School, sah, wie alle anderen lebten, und mir ging auf, daß bei uns etwas nicht stimmte.«

Sie erzählte, daß sie nach ihrem achtzehnten Geburtstag von zu Hause weglief und ein paar Tage bei einer Schulfreundin wohnte. Aber ihr Dad fand sie und holte sie nach Hause.

»Hattest du, seit du von zu Hause weg bist, Kontakt zu deiner Mom oder deinem Dad?« fragte Goe.

»Nein«, erwiderte sie. »Aber ich respektiere sie. Ich habe meiner Mutter eine Geburtstagskarte geschickt. Und auch meinen Brüdern.«

Sie sagte, sie hätte einmal ihren Vater angerufen, um Neuigkeiten aus der Familie zu erfahren. »Ich bin ausgeflippt und wurde nicht damit fertig«, sagte sie.

Sie hatte sich mit Eddie jr. in Verbindung gesetzt. »Ich erzählte Eddie, was wirklich zu Hause los ist. Ich hatte keine Ahnung, daß er alles meinem Vater weitersagen würde. Na ja, und jetzt stehe ich auf ihrer Abschußliste.«

»Woher weißt du, daß er deinem Vater den Inhalt eures Gesprächs weitererzählt hat?« wollte Goe wissen.

»Er hat mich im Krankenhaus angerufen und gesagt, ich wäre nicht mehr seine Schwester, darum hätte er auch keinen Respekt mehr vor mir und würde mich kalt machen. Und meine Schwester Sherri meinte, sie wolle nicht länger meine Schwester sein, weil man meinem Dad alle Kinder wegnehmen würde und das alles nur meine Schuld wäre.

Sie warf mir vor, ich hätte Dinge gesagt, die ich für mich hätte behalten sollen.«

Welsh teilte ihr mit, daß auch einige ihrer Geschwister ihr Schweigen gebrochen hätten. »Warum haben sie nicht früher den Mund aufgemacht?« fragte Welsh.

»Weil sie Angst hatten«, erklärte Machelle. »Mein Dad ist sehr stark.«

Goe und Welsh wollten beide wissen, ob die Mädchen im Haus anders behandelt worden waren als die Jungen.

»In sexueller Hinsicht?« fragte Machelle.

»Auch«, bestätigte Goe.

»Mein Dad hatte mit den Jungs was laufen, aber ...«

»Und was war das genau?«

»*Poodentang*.« Sie lachte.

»Okay«, sagte Goe und wartete geduldig, bis sie weitersprach.

»Mein Dad sagte beispielsweise: ›Heute nacht will ich einen Hintern.‹ Oder ›Heute nacht besorge ich mir einen Hintern.‹ Ich weiß nicht, ob er das ernst gemeint hat.«

Sie sagte, im vergangenen Sommer wäre er mit den Jungen ins Bad gegangen und habe ihre Penislänge gemessen.

»Warum hat dein Vater das getan?« fragte Goe.

»Ich weiß es nicht.«

Dann nannte sie die verschiedenen Längen, so als hätte sie sie auswendig gelernt. Skipper hatte einen der kürzesten.

»Skipper sagte ›Meiner war beim Messen nicht steif‹, und mein Dad meinte: ›Möchtest du es noch einmal probieren, wenn er steif ist?‹ Skipper erwiderte: ›Nein, ich brauche mir nichts zu beweisen.‹« Machelle erzählte, daß es den Jungen erlaubt war, mit Mädchen auszugehen.

»Warum?« fragte Goe.

»Weil die Mädchen schwanger werden würden, meinte mein Dad. Weil die Jungs die Mädchen schwängern konnten.«

In der dritten Stunde der Befragung wurde Machelle Sexton lockerer. Sie lächelte und kicherte sogar bei einigen ihrer Anekdoten.

Ihre Aussagen deckten sich mit einigen der Polizei bereits

bekannten Fakten. Auf eine ganz allgemeine Frage zu ihren Nachbarn antwortete Machelle, daß ihr Vater ihrem ältesten Bruder Patrick befohlen hatte, sich an die geistig zurückgebliebene Nachbarstochter Kathleen Dundee heranzumachen.

»Irgendwie brachte er sie dazu, Geld von der Bank abzuheben oder so was.«

»Von sich aus oder auf Betreiben deines Vaters?«

»Mein Vater hatte ihn dazu angestiftet. Und mein Vater sagte ihm auch genau, was er tun sollte.« Sie sagte, sie wäre dabei gewesen, als ihr Vater ihm seinen Plan im Wohnzimmer erklärt hatte.

»Dad gab ihm einen Ring, den er ihr schenken sollte«, erzählte sie. »Ich fand das gemein.«

Sie wußte alles über den Streit mit Dundee. Sie erzählte, daß ihr Vater eines Tages mit Skipper nach draußen gegangen war, seinen Arm gegen die Hausecke geschlagen und hinterher die Polizei gerufen hatte, um zu behaupten, der Nachbar hätte Skipper angefahren. Die Kinder hatten ihn bei seinem Feldzug unterstützen müssen.

»Wenn mein Vater jemanden haßt, dann haben wir ihn auch zu hassen«, erklärte sie.

Goe versuchte, das zu vertiefen. »Gibt es noch mehr Geheimnisse?« fragte er.

»Ja«, entgegnete sie, und ihr Lächeln erlosch. »Es hat sexuelle Übergriffe gegen mich gegeben, von denen ich Ihnen noch nichts erzählt habe.«

»Gibt es dafür einen bestimmten Grund?«

»Ja. Es fällt mir schwer, darüber zu sprechen.«

»Darf ich ihr ein paar Fragen stellen?« bat Wayne Welsh.

»Sicher«, antwortete der Detective.

»Wie war dein Spitzname, Machelle?«

»Ich sage meinen Spitznamen nicht gerne«, erwiderte Machelle und blickte starr geradeaus.

Welsh wartete schweigend ab.

»Deep Throat«*, sagte sie schließlich.

* ›Tiefer Hals‹, Anm. d. Übersetzerin.

»Wer nennt dich so?«

»Mein Dad.«

Er fragte, wie es zu dem Spitznamen gekommen wäre.

Machelle erklärte, sie hätte mit sechzehn gelernt, einen ganzen Hot Dog herunterzuschlucken. Ihr Vater schien darauf stolz zu sein. Er ließ sie dieses Kunststück vor Verwandten wie Onkel Otis vorführen.

Goe wollte wissen, ob ihr Vater und Otis sich gut verstanden hätten.

»Jetzt nicht mehr«, antwortete sie. Sie hätten sich im vergangenen Jahr wegen eines gestohlenen Rings in die Haare gekriegt.

Sie erzählte auch, daß ihr Onkel sie einmal befreit hatte, als seine Töchter auf sie aufgepaßt hatten und sie in ihrem Schlafzimmer gefesselt gewesen war.

Wayne Welsh hatte von einem der anderen Kinder gehört, daß Machelle und einer ihrer Brüder gesehen hätten, wie Sexton und Sherri im Van Sex miteinander hatten. Angeblich hätten sie im Wagen gespielt, als Ed Sexton und Sherri einstiegen, Machelle und ihr Bruder hätten sich hinter dem Rücksitz unter einer Decke versteckt.

»Wir haben nur etwas gehört«, entgegnete Machelle.

»Was habt ihr gehört?« fragte Goe.

»Wie sie Sachen miteinander gemacht haben.«

»Hatten sie Geschlechtsverkehr?« fragte Goe.

Sie bejahte. Sie meinte, das wäre 1987 gewesen.

»Hast du deinen Dad etwas sagen hören?« fragte Welsh.

»Er fragte sie, ob sie Kinder haben wolle, und Sherri antwortete, im Augenblick noch nicht. Weil sie noch in der Schule wäre. Und später, wollte mein Dad wissen. Sherri antwortete, das wäre ihr egal.«

»Was glaubst du, warum dein Vater sie das gefragt hat?« wollte Goe wissen.

»Wollte sie Kinder?« fragte Machelle zurück.

»Ja«, meinte Goe.

»Ich weiß nicht«, sagte Machelle. Sie kicherte nervös. »Fragen Sie das ihn.«

Goe kam noch einmal auf die Vergewaltigung zu sprechen. »Wenn es irgendwann möglich sein sollte, deinen Vater dafür anzuzeigen, würdest du das dann wollen?«

Machelle überlegte ein paar Sekunden, ehe sie antwortete. »Sie meinen, ob ich einem Richter erzählen würde, was passiert ist?«

Der Detective nickte.

»Ich glaube, das würde ich, ja. Aber noch kann ich nicht alle Einzelheiten dessen, was mein Vater mir angetan hat, erzählen, weil ich sonst wahrscheinlich durchdrehen würde. Ernsthaft, ich weiß nicht, was auf emotionaler Ebene mit mir passieren würde. Ich würde gern soweit kommen, daß ich stark genug bin, damit fertigzuwerden. Der einzige Grund, weshalb ich hier bin und hierbleiben möchte, ist der, daß meine Geschwister aus dem Haus raus sind.«

Goe und Welsh fragten, ob sie vielleicht irgendwann in der Zukunft jemandem – vielleicht einem Psychologen unter vier Augen – ihre restlichen Geheimnisse anvertrauen würde.

»Ich hätte gern jemanden, mit dem ich reden kann«, antwortete sie. »Jedesmal, wenn ich anfange, mit jemandem zu reden, sagt der, er würde damit nicht fertig, und läuft weg.«

»Das wird dir bei uns nicht passieren«, versicherte ihr Welsh.

5

Nach ihrem Gespräch mit Machelle holten sie Otis Sexton herein, um allein mit ihm zu sprechen. Sie schalteten den Recorder wieder ein. Goe hatte bereits inoffiziell mit Otis Sexton gesprochen.

»Sie sagten, Sie hätten schon einmal gedacht, daß es in der Familie Ihres Bruders Mißbrauch oder andere Probleme geben könnte. Ihnen sind bestimmte Dinge aufgefallen?« begann Goe.

»Das habe ich nicht gedacht, sondern gewußt«, entgegnete Otis.

Er sagte, vor zehn oder fünfzehn Jahren hätte seine Tochter ihn angerufen, als sie in Ed Sextons früherem Haus auf dem Cathy Drive in Canton auf die Kinder aufgepaßt habe.

»Eine meiner Töchter sollte bei meinem Bruder babysitten. Sie rief an und sagte, die Kinder wären angebunden. Ich sagte ihr, sie solle die Kinder sofort losmachen. Dann fuhr ich rüber, um meine Tochter abzuholen, und sprach mit Eddie.«

Er erinnerte sich an mindestens drei Gelegenheiten, bei denen Kinder festgebunden waren, als seine Töchter babysitten sollten.

»Ich weiß nicht mehr genau, welche es waren, aber Eddie jr. und Willie waren darunter. Beim letzten Mal sagte ich Eddie, ich hätte genug.«

Otis sagte, er hätte seiner inzwischen verstorbenen Schwester davon erzählt. »Ich glaube, sie hat ihn am nächsten Tag angeschwärzt.«

Offenbar handelte es sich hierbei um den anonymen Hinweis, der in der DHS-Akte vermerkt war.

Otis Sexton erzählte, er hätte außerdem Inzest vermutet. Als er einmal zusammen mit seinem Bruder einen Malerauftrag erledigte, sah er, wie Eddie und Sherri sich mehrfach küßten. »Sie war damals erst fünfzehn oder sechzehn.«

»Haben Sie ihn darauf angesprochen?«

»Ich sagte ihm, es wäre nicht recht.«

Als Sherri dann schwanger wurde, hätte sein Bruder behauptet, das Kind wäre von einem Arbeitskollegen aus dem Restaurant in Massilon. Angeblich hätten sie es im Kühlhaus des Restaurants getrieben.

»Es war nur so, daß Sherri schon seit fünfzehn Monaten nicht mehr in dem Restaurant arbeitete«, berichtete Otis.

Otis kam auf den Zwischenfall zu sprechen, der in den Polizeiakten vermerkt war. Es ging um die ›Entführung‹ ihres geistig zurückgebliebenen Vetters aus Eddie Lees

Haus. Er sagte, sein Bruder hätte den Jungen regelmäßig geschlagen und seinen Sozialhilfescheck kassiert. Otis sagte, er wäre hingefahren, um zu versuchen, das Problem gütlich zu lösen, und bei dieser Gelegenheit habe der Vetter sich darüber beklagt, daß er gegen seinen Willen festgehalten wurde.

»An diesem Tag erzählte mir Eddie, daß auch unser Vater unsere Schwestern mißbraucht habe«, sagte Otis. Er fügte hinzu, daß er hiernach seine Schwestern darauf angesprochen hätte und sie dies abgestritten hätten.

Eddie habe sich in immer größere Wut gegen den Vetter hineingesteigert.

»Eddie beruhigte sich erst, als ich drohte, ihm einen Stuhl über den Schädel zu ziehen«, berichtete er.

Otis Sexton erzählte des weiteren, daß die Sexton-Jungen, gewöhnlich Willie, immer wieder bei ihm angerufen und sich über ihren Vater beschwert hätten.

»Vor allem Willie kam zu mir und redete. Eddie Lee hat sich inzwischen auf die Seite seines Vaters geschlagen. Ich verstehe nicht, warum.«

Otis informierte Goe und Welsh grob über die kriminelle Vergangenheit seines Bruders. Otis hatte eine Theorie. Er meinte, das Gefängnis hätte Eddie sexuell verdorben.

»Ich glaube, damit hat alles angefangen«, sagte er.

Am Ende des Gesprächs fragte Goe: »Sie haben einiges von dem gehört, was Machelle uns erzählt hat. Glauben Sie, daß sie die Wahrheit sagt?«

»Ja, bestimmt. Das sind keine Märchen. Ich habe sie ermahnt, nicht zu übertreiben. Und ihre Angst ist echt. Und ich weiß ganz sicher, daß, wenn ihr Vater erfährt, wo sie sich aufhält, er kommen und sie holen wird. Aber zu mir wird er nicht kommen, weil er weiß, was ich dann mit ihm mache.«

Eddies sämtliche Kinder hätten vor ihm Angst. »Es ist so, wie Willie sagte, als er mich letztens anrief. ›Wenn Dad wüßte, daß ich mit dir telefoniere, würde er mich umbringen.‹«

Er erzählte, Willie hätte ihn wegen der Episode mit dem

Ring angerufen, die Machelle bereits erwähnt hatte. Willie hatte Otis' Silberhochzeits-Diamantring gestohlen, den Diebstahl aber später zugegeben und angeboten, den Ring zu bezahlen. Er habe seinem Vater dreihundert Dollar gegeben, die der an Otis weiterreichen sollte.

»Aber sein Dad gab das Geld aus und versuchte, mich mit irgendeiner Ausrede abzuspeisen. Das war der Grund, weshalb es zum endgültigen Bruch zwischen meinem Bruder und mir kam. Wegen dieses Rings.«

Goe hatte aufgehorcht bei den Geschichten über die Kinder, die die Babysitter angebunden angetroffen hatten. Bevor er Otis gehen ließ, schrieb er sich Namen und Adressen seiner Töchter auf. Er wollte die Geschichten nachprüfen.

Zwei Tage später rief Wayne Welsh Goe an. Er sagte, die Kinder hätten bei ihrer Befragung übereinstimmend behauptet, ihr Vater sei nie im Gefängnis gewesen. Er sei lizenzierter Prediger, sagten sie. Onkel Otis sei der Ex-Häftling, hätte ihr Vater ihnen erzählt. Goe überprüfte beide Brüder. Ed Sexton war vorbestraft; er hatte fünf Jahre im Bundesgefängnis von Moundsville eingesessen und war dann auf Bewährung entlassen worden. Otis Sexton war sauber.

In den folgenden zwei Wochen befragte Goe Otis Sextons drei Töchter, die allesamt verheiratet waren und in Canton oder der näheren Umgebung wohnten. Nacheinander kamen sie auf die Wache und erzählten beunruhigende, detaillierte Geschichten.

Theresa Samblet, inzwischen neunundzwanzig, erinnerte sich, daß sie mit sechzehn als Babysitter bei ihrem Onkel gewesen war. In dessen Haus hatte sie die dreijährige Machelle ans Bett gefesselt angetroffen. Ihr Handgelenk war an einen Bettpfosten gebunden, und ihr Fußknöchel am Fuß des Bettes. Machelles Hand war bereits violett verfärbt. Sie lag in ihren eigenen Ausscheidungen. Sie sagte, sie habe ihren Vater angerufen, weil sie es nicht schaffte, die Schnürsenkel aufzuknoten, die als Fesseln dienten.

Eddie jr., Skipper, Machelle und manchmal auch Sherri

waren meist angebunden. Pixie nie. »Sie schien der Liebling ihres Vaters zu sein«, meinte Theresa.

»Die Kinder waren auch oft in ihren Zimmern eingesperrt«, erinnerte sie sich. »Nicht alle, nur einige von ihnen. Manchmal öffnete ich die Türen mit einem Messer. Manchmal schaffte ich es nicht, sie zu öffnen, und dann mußte mein Dad rüberkommen.«

Sie fanden die Kinder splitternackt in einem stockdunklen unmöblierten Zimmer vor. Die Kinder hatten sich in ihrer Not auf dem Fußboden erleichtert.

»Es gab keinen Strom«, sagte Theresa.

»Wurden Ihnen diese Zustände erklärt?« fragte Goe.

»Der Vater der Kinder sagte, die Kinder hätten in die Lichtschalter gepinkelt, und er hätte die Leitungen stillegen müssen, damit niemand einen Stromschlag bekommt«, antwortete sie.

Theresa erinnerte sich an einen ganz bestimmten Abend, an dem sie James, der damals noch ein Kleinkind war, in einem Zimmer vorgefunden hatte. Er hockte in einem Laufstall in einem verdunkelten Raum. Das Fenster war mit einer Decke verhangen.

»Als ich ihn ins Licht holte, drehte er durch. Als würde das Licht in seinen Augen brennen. Er war in einem unbeschreiblichen Zustand. Er war vollgeschmiert mit angetrocknetem Kot. Weiß Gott, wie lange er schon da drin gewesen war.«

Heute sei James geistig zurückgeblieben, sagte sie. »Meiner Ansicht nach ist das die Ursache. Die Art, wie er als Kind behandelt wurde.«

Goe fragte die zweite Schwester, Faith McDaniels, inzwischen fünfundzwanzig, was die Eltern gesagt hätten, bevor sie gingen.

»Der Vater sagte: ›Die Kinder sind oben. Sie sind unartig gewesen. Mach dir ihretwegen keine Gedanken.‹«

Als sie die Kinder befreit hatte, bewegten sie sich anfangs geduckt wie ängstliche, geprügelte Hunde.

»Sobald der Wagen der Eltern aus der Auffahrt raus war, lief ich nach oben, um die Kinder aus ihren Zimmern zu holen«, erzählte Theresa. »Die Kinder, die nicht eingesperrt waren, meinten, ich würde Ärger bekommen – oder ihre Geschwister. Sie würden versohlt werden, weil sie ihre Zimmer verlassen hätten.«

»Hat es je Probleme beim Babysitten gegeben?« wollte Goe wissen.

»Nein, sie waren die reinsten Engel«, entgegnete Faith.

Faith erzählte, wie die Kinder im strömenden Regen raus in den Garten gelaufen waren, in der Erwartung, Jesus würde erscheinen.

Alle drei ehemaligen Babysitter sagten aus, daß sie Inzest geargwöhnt hätten. Keins der Sexton-Mädchen hatte einen Freund. Willie sei sogar mit Sherri zum Abschlußball gegangen.

Lana und James hatten in der Nacht, nachdem man sie von zu Hause weggeholt hatte, bei Theresa übernachtet. Beide hätten sie immer wieder angefleht, zu versprechen, daß sie nicht nach Hause zurück müßten. Lana spielte am Abend im Zimmer von Theresas Töchtern mit deren Puppen und Spielsachen. An diesem Abend hätten sich die Kinder ihr anvertraut.

»Sie haben immer wieder gefragt, ob ich meine Tochter manchmal schlage«, erinnerte sie sich.

Als Theresa den Eindruck hatte, Lana wäre hungrig, gab sie ihr ein Würstchen.

»Versprich mir, daß ich nicht zurück in dieses Haus muß«, flehte Lana erneut.

Theresa versprach es. Dann erzählte ihr Lana, daß ihr Vater des öfteren ganze Würste gekauft und sie damit auf den Kopf gehauen hatte.

Als der DHS die Kinder am nächsten Tag abholte, um sie gemäß dem richterlichen Beschluß zu ihren Pflegefamilien zu bringen, hätten Lana und James geweint, berichtete sie.

»Es war schrecklich«, sagte Theresa.

»Haben Sie ihnen geglaubt?« fragte Goe.

Theresa Samblet schien schockiert, daß der Detective so etwas überhaupt fragte. »O ja«, versicherte sie ihm. »Nach allem, was ich selbst gesehen hatte.«

6

Später sagte sich Glenn Goe, daß es noch eine Möglichkeit gäbe, Machelle Sextons Geschichte zu überprüfen. Am Morgen des 5. Mai fuhren Goe und ein Detective namens Tom Taylor Machelle nach Richfield südlich von Cleveland, zum Bureau of Criminal Identification and Investigation, einer forensischen Abteilung, die der Generalstaatsanwaltschaft unterstand.

Machelle Sexton hatte einem Lügendetektortest zugestimmt.

Goe bat Taylor, bei ihr in der Lobby zu bleiben, während er nach oben ging, um den Fall mit dem Detektorspezialisten zu besprechen. Das Warten machte Machelle nervös, und plötzlich stürmte sie nach draußen. Taylor folgte ihr und holte sie ein. Er brauchte mehrere Minuten, um sie zu überreden, wieder mit hinein zu gehen.

Zwei Stunden später war der Test beendet, und sie verließ den Lügendetektorraum mit glänzenden Augen und bester Laune.

Spezialist James Krakora hatte ihre Aussagen bezüglich des Versprechens ihres Vaters getestet, über ihre Zukunft zu sprechen, sowie bezüglich der Vergewaltigung im Van und seiner Drohung, sie umzubringen, wenn sie mit irgend jemandem darüber sprach. Krakora fand keinerlei Hinweise dafür, daß die Testperson die Unwahrheit sagte. In einem späteren Bericht hieß es: »Darum müssen wir davon ausgehen, daß diese Person im Verlauf des Tests die Wahrheit gesagt hat.«

Hinterher fuhren sie zurück nach Canton. Die Detectives erboten sich, Machelle zum Mittagessen einzuladen. Sie gingen in ein italienisches Restaurant.

Nachdem die Bedienung Machelle die Karte überreicht hatte, fragte sie: »Was muß ich jetzt machen?« Sie betrachtete die Karte, als wäre sie auf arabisch geschrieben.

»Ich war noch nie in einem Restaurant.«

Kapitel 6

Freiheit und Furcht

1

Pixie war wieder schwanger.

»Das ist doch nicht euer Ernst«, sagte Teresa lachend, aber innerlich schockiert.

Das Baby würde im Januar geboren werden, antworteten Joel und Pixie.

Sie befanden sich in der Faith Bible Church in North Canton. Es war nach dem Sonntagsgottesdienst. Seit mehreren Monaten schon besuchten Joey und Pixie regelmäßig das Gotteshaus. Sie waren dort auch im Rahmen einer Zeremonie für frischvermählte Paare gemeinsam getauft worden. Das hatte Teresa ein wenig Hoffnung gemacht.

Und jetzt das. Sie konnte einfach nicht fassen, daß sie so dumm gewesen waren. Keiner von beiden hatte Arbeit. Noch ein Baby, dachte sie. Das waren dann drei Kinder.

Joey erzählte, daß sie in Bolivar nach einer Wohnung suchten, einem kleinen Ort fünfzehn Meilen südlich von Canton.

Teresa fragte, wovon sie die Miete zahlen wollten.

Sie bekäme Sozialhilfe und er Arbeitslosengeld, entgegnete Pixie.

Teresa versuchte, die Sache positiv zu sehen. Joey kam endlich weg von der Sexton-Familie. Und Teresas Bruder lebte in Bolivar. Wenigstens würde Joey dort einen Verwandten in seiner Nähe haben.

Einige Tage später erfuhr Teresa von ihrer Schwägerin Sue Barrick, daß das Paar auf seiner Wohnungssuche bei ihr vorbeigeschaut hätte. Sie gab den Inhalt des Gesprächs wieder.

»Wir müssen weg aus Stark County«, sagte Joey.

»Ihr müßt?« fragte Sue. »Warum?«

»Du würdest nicht glauben, was man ihrem Vater dort oben alles vorwirft.«

Als Sue nachfragte, wich Joey aus. Später gelang es Teresa, doch noch einige bruchstückhafte Informationen aus ihm herauszubekommen. Er erzählte, daß Pixies Schwester Machelle Vorwürfe gegen ihren Vater erhoben habe. Sie habe ihn beschuldigt, seine Kinder zu streng bestraft zu haben.

»Das sind alles Lügen«, versicherte Joey. »Aber es zerreißt die Familie.«

Als Verwandte mehr wissen wollten, lieferte Pixie einige Erklärungen. Machelle habe schon immer Ärger gemacht, sagte sie. Sie sei schon früher weggelaufen. Der einzige Grund, weshalb sie die Vorwürfe erhoben habe, wäre der, daß sie noch auf der High School ist und eine Ausrede brauchte, um von zu Hause ausziehen zu können.

Die Veränderung fiel der ganzen Familie auf. Früher war Pixie immer sehr still gewesen, jetzt schien es, als wäre Joey der stillere von beiden. Pixie saß auf der Couch und erzählte von ihren Kindern oder ihren neuesten Plänen. Joey war derweil in Gedanken ganz woanders.

»Es kam soweit, daß nur noch Stella sprach«, erinnerte sich seine Tante Velva. »Es war, als dürfe Joey nicht mehr antworten. Wenn man eine Frage direkt an ihn richtete, sah er nur stumm zu ihr hinüber.«

Und dann waren da noch die Kinder. Die ganze Familie machte sich so ihre Gedanken: Teresa, Sam, Velva, ihre Eltern. Dawn, inzwischen vier, nuckelte immer noch an der Flasche und sprach nicht. Dawn konnte keine Farben unterscheiden. Dawn konnte nicht zählen. Beiden Mädchen mangelte es gänzlich an Lebhaftigkeit, so als wären sie Comicfiguren, die nur die Lippen bewegten.

»Es kommt einem vor, als wären sie keine richtigen Menschen oder so was«, meinte Großmutter Gladys Barrick eines Tages.

»Es ist, als hätten sie Angst«, meinte ihr Mann.

Eines Tages sprach Sam Barrick es unverwandt aus. Er hatte Familienfotos der Sextons gesehen.

»Ich sage das nur ungern, aber wißt ihr, sie sehen genauso aus wie die Kinder ihres Vaters.«

2

Estella May Sexton nippte an ihrem Kaffee und erzählte von den Jahren, in denen sie gelernt hatte, den Mann zu fürchten, der von seinen Verwandten Eddie Lee genannt wurde.

»Wir waren seit zwei oder drei Jahren zusammen, als plötzlich alles anders wurde. Es fing damit an, daß ich mit einem anderen Mann sprach. Ich vermute, er war eifersüchtig ... ich weiß es allerdings nicht sicher, weil er sich nie dazu geäußert hat. Jedenfalls hatte er keinen Grund zur Eifersucht. Dieser andere Mann fragte mich, ob ich mit ihm ausgehen wolle. Ich sagte ihm, Eddie käme vorbei. Na und? fragte er. Ich sagte okay. Dann kamen beide zur gleichen Zeit.

Als der vermeintliche Rivale gegangen war, standen wir draußen auf der Veranda, und er schlug mich und warf mir allerlei Schimpfworte an den Kopf. Er betitelte mich als Schlampe. Ich schlug zurück. Aber er duckte sich, und so zerschlug ich statt dessen ein Fenster im Haus meines Schwagers. Die Narbe am Handgelenk ist heute noch zu sehen. Ich habe furchtbar geblutet. ›Es ist aus zwischen uns‹, sagte ich. Am nächsten Tag entschuldigte er sich. Er nannte mich ›Baby‹. Er tat so, als würde ich ihm schrecklich viel bedeuten und als könne er es nicht ertragen, wenn ich mit einem anderen ausging.

Bevor ich ihn heiratete, lebten wir bereits zusammen. Er war ja bereits verheiratet, aber das wußte ich damals nicht. Ich wollte unbedingt heiraten, und so beichtete er mir schließlich alles. Seine Frau lebte in Delbarton, West-Virginia. Er hatte sie seit Jahren nicht mehr gesehen. Er mußte sich erst scheiden lassen, und das würde eine Weile dauern. Aber er schob es immer wieder hinaus. Eddie jr. kam auf die Welt, noch bevor wir verheiratet waren. Ich hörte bei Grant's auf und mußte den Traum von der Kosmetikschule aufgeben. Er meinte, wenn wir zusammenblieben, wolle er nicht, daß ich arbeiten ging. Es sei Männersache, zu arbeiten und die Familie zu ernähren. Das sei nichts für Frauen.

Er arbeitete bei Canton Drop Forge. Er besorgte alles, was wir brauchten. An den Wochenenden gingen wir aus, und er war richtig lieb zu den Kindern, den beiden Jungs. Wenn ich irgend etwas brauchte, besorgte er es. Wir kamen wirklich gut miteinander aus.

Dann, an einem Mittwoch, kam es zum Streit. Er hatte angefangen, auf der Arbeit zu trinken und Hasch zu rauchen, und kam schrecklich betrunken nach Hause. Ich sagte, er wäre ein erwachsener Mann. Ich wäre nicht mit Alkohol und Drogen groß geworden und wolle so etwas im Umfeld der Kinder nicht haben. Bei diesem Streit verprügelte er mich ziemlich übel. Noch in derselben Nacht bat er mich um Verzeihung. Der Streit war am Mittwoch, und am darauffolgenden Samstag heirateten wir. Otis vollzog die Trauung im Wohnzimmer von Eddies Mom. Ich hatte bei der Hochzeit ein blaues Auge. Ich dachte, ich wäre verliebt.

Plötzlich meinte er, ich müsse meine gesamte Zeit mit ihm verbringen. Wenn ich jemanden sehen wollte, dann mit ihm zusammen. Ich durfte nirgendwo alleine hingehen, und er mochte meinen Dad nicht. Sehen Sie, mein Vater spürte, daß mit Eddie etwas nicht stimmte. Dad war es auch, der mir schließlich erzählte, daß Eddie im Gefängnis gewesen war. Als ich Eddie darauf ansprach, ging er in die Luft.

Diesmal verprügelte er mich wirklich schlimm, und ich wollte ihn verlassen. Er stopfte ein Stück Seife in einen Strumpf und sagte, so hätten sie es im Moundsville-Gefängnis gemacht. Da hätte er eingesessen, sagte er. Er schlug mit dem Strumpf brutal auf mich ein. Ich verlor vorübergehend das Bewußtsein. Aber ich wehrte mich auch. Ich warf einen Luftbefeuchter nach ihm, und er stürzte. Dann rannte ich aus dem Haus. Ich kam nur bis zur Veranda. Ich glaube, er hat mich bewußtlos geschlagen.

Nachdem er zur Arbeit gegangen war, rief ich meine Schwester Irene an. Ich ging zu ihr nach Hause. Ich wohnte vielleicht eine Woche bei ihr. Oder kürzer, er fand mich nämlich ziemlich bald. Er drohte mir, wenn ich nicht zu ihm zurückkäme, würde er sie und ihre Kinder umbringen. Und er fügte hinzu: ›Und dazu noch deine Eltern.‹ Weil er wußte, wie nahe wir uns standen. Ich wollte nicht, daß irgend jemand meinetwegen zu Schaden kam, und darum ging ich zu ihm zurück.

Nachdem ich ihn mit seiner Gefängnisstrafe konfrontiert hatte, veränderte er sich – es war eine Kehrtwende um 180 Grad. Er fing an, *Craps* zu spielen. Er verspielte seinen ganzen Lohn. Schließlich mußten wir Sozialhilfe beantragen, als die Belegschaft streikte. Dann fing er davon an, daß er sich auf der Arbeit verletzt hätte ... aber er ist völlig in Ordnung.

Alles, was ich sagte, war falsch, oder ich sagte es zur falschen Zeit. Schließlich traute ich mich nicht mehr, überhaupt noch etwas zu sagen. Er erlaubte mir nicht, ein Telefon anschließen zu lassen. Er erlaubte mir nicht, den Führerschein zu machen. Und er verbot mir, meine Familie zu sehen.

Wir hatten zehn Jahre lang keinen Kontakt.«

3

Als in Ohio eine neue Jahreszeit anbrach, die Eichen ausschlugen und Veilchenduft in der Luft lag, sorgten Ed und May Sexton für einen kleinen Frühjahrsputz beim Department of Human Services.

Kurz nachdem man den Sextons die Kinder weggenommen hatte, teilten Sozialarbeiter Pixie und Sherri Sexton mit, daß es ratsam für sie wäre, aus dem Haus in der Caroline Street auszuziehen, weil die Behörde sonst keine andere Wahl hätte, als ihnen ebenfalls die Kinder wegzunehmen. Joel und Pixie zogen nach Bolivar. Sherri Sextons Auszug ging abrupter vor sich. Eines Tages im Frühling hielt ein Wagen in der Caroline Street; am Steuer saß einer ihrer Vettern, der Sohn von Sextons älterem Bruder Dave. Dave Sexton lebte tausend Meilen weiter südlich, etwas nördlich von Tampa.

Sexton stopfte ein paar Kleider in Taschen und begleitete sie zum Wagen. Sie müsse ›ein neues Leben anfangen‹, hatte Eddie Sexton seinem Bruder gesagt.

Sherri erinnerte sich an einen anderen Grund: »Er wollte nicht, daß man bei mir und Christopher einen Bluttest machte.«

Der Fall Sexton wurde nun einer Abteilung übergeben, die das DHS als Ongoing Unit* bezeichnete. Ein Sozialarbeiter würde die Familie betreuen und schließlich in einem bewachten Zentrum namens Harmony House unter Aufsicht Begegnungen zwischen Kindern und Eltern arrangieren. Der Sozialarbeiter sollte außerdem im Bedarfsfalle Beratungen und Therapien veranlassen. Wie in anderen Fällen war es das Ziel der Behörde, die familiären Probleme zu lösen und auf eine Wiedervereinigung hinzuarbeiten. »Das DHS möchte Familien nicht zerstören«, meinte Judee Genetin hierzu.

Der Fall wurde einer Sozialarbeiterin namens Bonita Hilson übertragen, einer langjährigen und erfahrenen Mitarbeiterin des DHS. Die Wahl des DHS sollte Ed Sexton, der einmal seine Tochter dafür geschlagen hatte, daß sie mit einem afroamerikanischen Teenager gesprochen hatte, von Anfang an mißfallen.

Bonita Hilson war schwarz.

Auf juristischer Ebene kam es zu verschiedenen Interaktionen zwischen dem DHS und den Sextons. Es fanden Anhörungen statt, und das Familiengericht stellte diverse richterliche Beschlüsse aus. Während es Sextons Anwalt

* ›Abteilung für Weiterbearbeitung‹, Anm. d. Übersetzerin.

gelungen war, einen Unterlassensbeschluß gegen Otis Sexton zu erwirken, der dem Onkel jeglichen Kontakt zu seinen Nichten und Neffen untersagte, hatte das DHS seinerseits das gleiche in bezug auf Eddie und Estella Sexton erwirkt, die ihre Kinder nur bei den vorab genehmigten Treffen im Harmony House sehen durften.

Der Papierkrieg begann am 21. Mai, als Estella May Sexton beim Familiengericht eine eidesstattliche Erklärung und einen Antrag einreichte. Sie verlangte, daß sämtliche die Kinder betreffenden Sorgerechtsfragen von den County- und Staatsgerichten an den Allegheny Nation Tribal Council übergeben wurden. Sie sei Ureinwohnerin, behauptete sie. Nach Bundesgesetz sei es ihr Recht, zu verlangen, daß Angelegenheiten, die das Wohlergehen ihrer Kinder betreffen, Beamten der indianischen Kinderschutzbehörde übertragen würden.

Das Gericht beraumte für Ende Juni eine Anhörung in dieser Sache an, vertagte sich dann aber und setzte einen neuen Termin für Juli fest.

In mancher Hinsicht war der Antrag, den Fall den indianischen Behörden zu überlassen, noch die geringste Sorge des DHS. Kimberly, Lana, Christopher, Matthew, Charles und James waren allesamt in Pflegefamilien untergebracht, aber das DHS argwöhnte bald, daß es zu verbotenen Kontakten zwischen den Sextons und einigen der Kinder kam. Ein Lehrer, eine Pflegemutter und ein Koch sahen die beiden draußen vor der Faircrest Middle School in Canton stehen, die Christopher besuchte. Außerdem glaubten Christophers Pflegeeltern, daß die Sextons ihnen einmal bis nach Hause gefolgt waren.

Die Anwälte des DHS legten Beschwerde bei Gericht ein. Die Sextons stellten einen eigenen Antrag. Sie verlangten ein großzügigeres Besuchsrecht bis zur Verhandlung. Das Gericht setzte eine zweite Anhörung für Juli fest.

Eines Abends Ende Juni erhielt Otis Sexton einen Anruf von James aus Andover, Ohio, einer Kleinstadt in der Nähe der Grenze von Pennsylvania, neunzig Meilen von Canton entfernt. James, Matt und Charles waren in derselben Pflegefamilie untergebracht.

»Onkel Otis, Dad kommt heute um Mitternacht, um uns zu holen«, sagte James. »Er will uns alle abholen.«

Otis verständigte das DHS. Mitarbeiter der Behörde reagierten sofort, holten die Jungen aus Andover ab und befragten James. Dad habe sie häufig besucht, sagte der Junge. Die Jungen unternahmen Spaziergänge, um sich mit ihm zu treffen. Er sagte, sein Vater hätte ihnen allen eigene Autos versprochen, wenn sie ihre Mißbrauchsbeschuldigungen widerriefen.

Die Sozialarbeiter erfuhren, daß Skipper ihren Aufenthaltsort verraten hatte. Charles Sexton wurde im Canton Children's Residential Center untergebracht, einer Erziehungsanstalt. Das DHS reichte eine zweite Beschwerde wegen Mißachtung des richterlichen Unterlassungsbeschlusses gegen Ed Sexton ein, genau an dem Tag, an dem die Anhörung wegen Abtretung des Falles an die indianischen Behörden stattfand.

Als das Gericht Beweise für ihre Abstammung verlangte, legte Estella May Sexton einen Stammesausweis vor, den sie sich zwei Wochen nach der Wegnahme der Kinder besorgt hatte. Der Ausweis war vom Allegheny Nation Indian Community Center ausgestellt, das in einem heruntergekommenen viktorianischen Gebäude im Osten Cantons untergebracht war. Eine Untersuchung hatte ergeben, daß es sich bei der Allegheny-Gruppe um eine Mischung aus Weißen, Schwarzen und Indianern ungeklärter Herkunft handelte. Der Stamm aus Canton war weder vom Staat Ohio noch vom Federal Bureau of Indian Affairs anerkannt worden.

Aufgrund dessen lehnte Richterin Julie Edwards vom Familiengericht den Antrag am 6. Juli ab. Gleichzeitig übertrug sie inoffiziell dem North American Indian Cultural Center, einer staatlich anerkannten Organisation, die sich indianischer Sozialfälle annahm, die Aufgabe, Nachforschungen anzustellen bezüglich der Herkunft der Sextons. Das Bundesgesetz schrieb vor, daß jedes Gericht alles unternehmen mußte, um festzustellen, ob eine Familie möglicherweise in die Gerichtsbarkeit der indianischen Behörden fiel.

Zwei Tage später erschienen erneut DHS-Mitarbeiter und die Sextons mitsamt ihren Anwälten vor Gericht, diesmal wegen des ersten Verstoßes gegen den richterlichen Unterlassungsbescheid. Das Gericht kam zu dem Schluß, daß die Eltern tatsächlich auf dem Schulparkplatz gewesen waren, aber es gelang dem DHS nicht, zweifelsfrei zu beweisen, daß sie sich vorsätzlich und in der Absicht, den richterlichen Beschluß zu mißachten, dort aufgehalten hatten.

Den Anwälten des DHS lief die Zeit davon. Die Dreimonatsfrist seit der ersten amtlichen Beschwerde war bald abgelaufen. Aber noch im selben Monat erzählte Lana, Dads zwölfjähriger Engel, ihren Pflegeeltern erstmals, daß ihr Vater sie häufig geschlagen hatte. Die DHS-Anwälte setzten eine neue Beschwerdeschrift auf, in der die Beschuldigungen von vier der Sexton-Kinder angeführt wurden. Aber zwei der Kinder, Christopher und Kimberly, hatten bislang noch keine Mißhandlungsbeschuldigungen erhoben. Sie hielten nach wie vor daran fest, daß in dem Haus in der Caroline Street alles in bester Ordnung war.

Das Gericht setzte neue Anhörungstermine fest.

DHS-Anwältin Judee Genetin wußte, daß es verhältnismäßig leicht war, Kinder ihren Eltern wegzunehmen, es jedoch um einiges schwieriger war, eine langfristige Vormundschaft des DHS zu erreichen. Schon allein von Gesetzes wegen war das Familiengericht bemüht, Familien zu erhalten. Zu den gängigen Hilfsmitteln zum Erhalt problematischer Familien gehörten professionelle Beratungen, Kontrollen und Selbsthilfegruppen. Das DHS würde beweisen müssen, daß alle minderjährigen Kinder wiederholt sexuell mißbraucht und mißhandelt worden waren. Bislang hatte jedoch nur Machelle den Vorwurf des sexuellen Mißbrauchs erhoben.

Genetin erinnerte sich später: »Als wir die Kinder schließlich im April ihren Eltern wegnahmen, waren wir sehr besorgt. Wir waren uns damals schon ganz sicher, daß Mißbrauch vorlag. Aber wir konnten die Eltern nicht daran hindern, vor den Schulen aufzutauchen. Bei einer Anhörung wegen Verstoßes gegen den richterlichen Unterlassungsbescheid wurde unsere Beschwerde aus Mangel an Beweisen abgeschmettert, obgleich wir Zeugen hatten, die sie vor den Schulen und sogar auf dem Schulgelände gesehen hatten. Wir waren sicher, daß diese Leute gefährlich waren, daß der Vater eine unmittelbare Gefahr darstellte, aber gleichzeitig mußten wir ohnmächtig mit ansehen, wie uns der Fall langsam entglitt.«

Die Sexton-Kinder verfolgten die Entwicklungen ebenfalls sehr genau.

»Leider wurde den Kindern bald klar, daß wir unser Wort nicht würden halten können«, sagte Genetin.

4

Viele Monate später sollte Charles Sexton erzählen, was sich in diesem ersten Sommer, den er von zu Hause fort war, ereignet hatte. Die DHS-Mitarbeiter ahnten nicht, daß Skipper, schon wenige Tage nachdem er aus der Caroline Street weggeholt worden war, Kontakt zu seinen Eltern aufnahm. Im April, berichtete er, nachdem man ihn vorübergehend bei einer Pflegefamilie untergebracht hatte, gingen er und Matt zum Schlittschuhlaufen zur Eissporthalle Playland Skatery im Norden Cantons.

Er erzählte, daß er seiner Mutter an jenem Tag, da man sie den Eltern weggenommen hatte, versprochen hatte, ihr mitzuteilen, wo sie waren. »Ich weiß nicht. Wäre meine Mutter nicht gewesen, so hätte ich nichts gesagt. Es ist nur so, daß ich sie von ganzem Herzen liebe. Ich hatte einfach das Bedürfnis, sie wissen zu lassen, wo ich bin.

Also riefen wir von der Eissporthalle aus an und teilten ihnen unseren Aufenthaltsort mit. Meine Eltern holten uns ab und fuhren mit uns zurück nach Hause. Es war sonderbar. Ich hatte meinen Dad noch nie so erlebt. Es wäre schön gewesen, wenn er die vergangenen Jahre genauso nett gewesen wäre. Er fragte, ob ich eine Zigarette wolle. Bis dahin war es mir verboten gewesen zu rauchen. Ich griff sofort zu. Wir gingen Pizza essen. Pat und Eddie jr. waren auch da. Mein Vater sagte, ich solle ihn immer wissen lassen, wo ich bin. Und ich Idiot hielt mich daran.«

Skipper rief seine Eltern von Andover aus an.

»Wir wohnten bei einem alleinstehenden Mann«, erinnerte er sich. »Er erlaubte uns auszugehen und uns mit Mädchen zu treffen. Wir durften fast alles. Campen gehen. Jagen. Das war eine wirklich schöne Zeit. Ich hatte eine Freundin. Einen guten Job. Meine Mom und mein Dad kamen uns regelmäßig besuchen und gaben uns Geld und Zigaretten. Meine Mutter hatte mir schon immer Geld zugesteckt, aber mein Dad bisher nie.«

Zwei Wochen nachdem das DHS ihn in der Erziehungsanstalt untergebracht hatte, weil er die Adresse seiner Pflegestelle verraten hatte, lief er weg. Am 13. Juli meldete das DHS ihn bei der Polizei als vermißt. Als er das letzte Mal gesehen wurde, trug er Jeans, ein Muskelshirt, schwarze halbhohe Sportschuhe und eine Baseballmütze mit Marlboro-Logo, die er verkehrt herum aufgesetzt hatte.

Skipper berichtete, seine Flucht hätten sie bei einem beaufsichtigten Besuch seines Vaters ausgeheckt. »Die Sozialarbeiterin ließ uns allein, und mein Dad und ich dachten uns ganz schnell etwas aus. Wir vereinbarten ein Treffen. Ich ging einfach raus, aber am Treffpunkt war niemand. Ich klingelte irgendwo und erzählte irgendeine Geschichte, daß mein Bruder mich versetzt hätte. Ich sagte meiner Mutter, wo ich war, und dann holten Dad und Eddie jr. mich ab.«

Sie brachten ihn nach Indiana und setzten ihn bei einer Tante und einem Onkel in der Nähe von Jefferson ab, zwanzig Meilen vor der Grenze nach Kentucky.

5

Anne Greene verbrachte endlose Stunden mit Otis und seiner Frau Jackie am Telefon, und sie legte endlose Meilen in ihrem Wagen zurück. Er erzählte ihr von Ed Sextons krimineller Vergangenheit, von den selbstgelegten Bränden, von seinen dubiosen körperlichen Gebrechen und den staatlichen Geldern, die an ihn und seine Familie flossen. May bekam Sozialhilfe, weil ihr Mann arbeitsunfähig war. Hinzu kam, daß nicht nur Pixie und Sherri ebenfalls Sozialhilfe bekamen, sondern daß die Sexton-Söhne ebenfalls staatliche Unterstützung bezogen. James und William waren beide von der Sozialversicherungsverwaltung als behindert eingestuft worden, und beide bezogen monatlich vierhundert Dollar Rente. Eine spätere Schätzung ergab in Spitzenjahren ein steuerfreies Jahreseinkommen der Familie in Höhe von fünfzigtausend Dollar.

Willie sei ständiger Begleiter seines Vaters gewesen, erzählte Otis. Er stotterte und konnte kaum lesen und schreiben. Er war als Sonderschüler von der Jackson High abgegangen. Er war ein guter Mechaniker, jedoch mit anderen einfachen Aufgaben überfordert. Wenn er Durst hatte, konnte es vorkommen, daß er einem fünfzig Dollar für eine Dose Limo gab. Einige Jahre lang arbeitete Willie als Anstreicher und Gartengestalter, lebte aber mit einundzwanzig Jahren noch zu Hause und stand völlig unter der Fuchtel seines Vaters. Eddie traktierte ihn ständig mit Befehlen. Machelle hatte außerdem erzählt, daß ihr Vater Willie häufig geschlagen hatte, obgleich er hundertfünfundsiebzig cm groß und fast hundertachtzig Pfund schwer war, mit beachtlichem Bizeps von der Gartenarbeit. Die Beschreibung erinnerte Anne an Lenny in dem Klassiker von Steinbeck ›Von Mäusen und Menschen‹.

Ed Sexton sei ebenfalls ziemlich muskulös, sagte Otis. Eddies Behauptungen, er habe Kontakte zur Mafia, tat er jedoch als Hirngespinst ab. Allerdings glaubte er wohl an die Existenz eines Kumpels von ihm, eines ehemaligen Zellengenossen mit Spitznamen ›The Ice Man‹. Anne hatte den Namen schon von Machelle gehört, die erzählt hatte, daß ihr Vater wiederholt gedroht habe, sich an diesen Freund zu wenden, damit er jemanden umbrachte. Otis meinte, Eddie hätte sich sogar erboten, den Kriminellen mit dem Mord an der Frau seines Bruders Dave zu beauftragen.

Mit was für Menschen habe ich es hier eigentlich zu tun? fragte sich Anne Greene.

Es überraschte sie nicht, als sie erfuhr, daß Otis Machelle im Auge behielt. Machelle beschwerte sich bei Anne, daß er ihr verbiete, das Haus zu verlassen. Otis erklärte Anne hierauf, daß er um ihre Sicherheit besorgt sei. Ed Sexton wäre durchaus zuzutrauen, sein eigenes Kind umzubringen, meinte er.

Eines Abends erhielt Anne einen Anruf von Otis. Machelle war ob seiner strengen Regeln erbost weggelaufen und bei einem Mädchen untergekommen, das sie im Frauenhaus kennengelernt hatte und das jetzt in Brewster wohnte, einem kleinen Ort südlich von Massilon.

Dann rief Machelle Anne an. »Ich hatte das Gefühl, daß etwas vorging, das sie mir verheimlichte«, erinnerte sich Anne später. »Ich hatte den Verdacht, daß sie sich auf Drogen einlassen oder sonst ein Ding drehen wollte.«

Anne und Gerry fuhren sofort nach Brewster. Sie riefen Machelle vom örtlichen Lebensmittelladen aus an. Sie war einverstanden, sich dort mit ihnen zu treffen und kam ein paar Minuten später zu Fuß die Straße herauf. Sie trug enge schwarze Shorts und ein Top. Sie sah aus, als hätte sie sich seit Tagen nicht mehr gewaschen.

»Du mußt nach Hause kommen«, flehte Anne. »Hier verbaust du dir dein ganzes Leben.«

»Aber es gefällt mir hier«, entgegnete Machelle.

Als Anne sie ein paar Tage später nicht mehr telefonisch erreichen konnte, fuhren sie und Gerry erneut nach Brewster. Diesmal befanden sie sich in Begleitung der örtlichen Polizei. Sie trafen um zwei Uhr vor Ort ein, da sie meinten, das wäre die beste Zeit, sie zu Hause zu erwischen. Die

Polizei klopfte an die Tür und teilte Machelle mit: »Da sind Leute, die dich nach Hause bringen wollen.«

Ihre Freundin kam heraus und schrie: »Geh nicht mit ihnen. Sie lieben dich nicht.«

Jetzt wollte Machelle weg.

Anne und Otis teilten sich die Verantwortung für Machelle. Aber Anne fürchtete auch um die Sicherheit ihrer eigenen Familie. Otis fuhr Machelle zu einem McDonald's Restaurant in Canton, und Anne holte sie dort ab. Die Wochenenden verbrachte sie bei den Greenes. Sie plauderten, lackierten sich die Nägel und gingen sonntags in die Kirche. Anne sorgte dafür, daß Machelle einen Psychotherapeuten aufsuchte, der sich auf mißbrauchte Kinder spezialisiert hatte. Wie sich später herausstellte, sollte der Psychologe Robin Tener später vom Familiengericht beauftragt werden, sich auch von den anderen Sexton-Kindern ein Bild zu machen.

Aber Anne Greene wurde das Gefühl nicht los, daß die Sextons sie eines Tages ausfindig machen würden. Eines Tages rief Otis an und sagte, er hätte den Wagen von Ice Man auf dem Parkplatz eines Geschäfts gesehen. Kurz darauf bekam Anne erste anonyme Anrufe zu Hause, bei denen der Anrufer jeweils sofort wieder auflegte. Ihr fielen verstärkt klapprige Wagen auf, die ganz langsam an ihrem Haus vorbeifuhren. Sie hatte gehört, daß Machelles Familie mehrere Wagen besaß: einen schwarzen Grand Prix Baujahr 1978, einen alten Chevy Van in zwei verschiedenen Gelbtönen, einen Ford Custom von Mitte der achtziger Jahre. Aber sie hatte keine Ahnung von Autos. Und Machelle hatte erzählt, die Familie hätte Beziehungen zu einem Schrottplatz und sogar Zugriff auf gestohlene Fahrzeuge.

Anne wußte nicht, ob sie nur unter Verfolgungswahn litt oder eine reale Bedrohung bestand.

Anfang des Frühlings lautete das neue Ziel, dafür zu sorgen, daß Machelle ihren High-School-Abschluß machte. Seit sie von daheim weggelaufen war, hatte sie bereits viermal die Schule gewechselt. Jetzt sollte sie an der McKinley

High in Canton ihren Abschluß machen. Anne hatte mit dem stellvertretenden Direktor gesprochen und ihm von Ed Sextons Drohungen erzählt, so daß die McKinley-Schule ihr die Möglichkeit einräumte, dem Unterricht per Korrespondenz zu folgen.

Machelle fing an, Anne mit ›Mom‹ anzureden und Gerry mit ›Dad›. Und Machelle wollte mit einem neuen Namen angesprochen werden. Sie wollte nicht mehr Machelle, sondern Shelly genannt werden. Ein neuer Name für ein neues Leben, meinte sie.

Shelly schickte Anne eine Muttertagskarte mit einem Gedicht:

Der Tag geht zu Ende.
Die Nacht bricht an.
Ich lebe für die Freiheit.
Ich fliehe vor der Angst.
Ich habe etwas Liebe,
Liebe zu verschenken.
Willst du diejenige sein, die sie von mir empfängt
und die für mich hofft, daß ich eines Tages frei sein werde?

Am 9. Mai, dem Abend vor Muttertag, wurde Anne wieder vom Timken Mercy Medical Center angerufen. Machelle sei von der Polizei von Canton abgeliefert worden, hieß es. Machelle hatte der Krankenschwester Annes Namen und Telefonnummer gegeben.

Als Anne und Gerry im Krankenhaus eintrafen, lag Machelle hinter einem Vorhang in der Notaufnahme, mit Lederriemen an ein Bett geschnallt. Sie kochte vor Wut.

»Macht mich los!« kreischte sie.

Anne strich ihr besänftigend über das Haar.

Sie sei aus Otis' Haus weggelaufen, erzählte sie. Er habe ihr weder erlaubt das Telefon zu benutzen noch Freunde zu besuchen, beschwerte sie sich. Und sie durfte das Haus nicht verlassen, sich nicht einmal raus auf die Veranda setzen. Er hatte ihr Pflichten im Haushalt übertragen. Er hatte sie veranlaßt, Sozialhilfe zu beantragen, und ihre Schecks dann an sich genommen. Offenbar hatte Otis Sexton bei Shelly zu viele Erinnerungen an ihr Leben in der Caroline Street geweckt. Sie war in die Klinik gebracht worden, nachdem die Polizei von Canton sie auf der Straße angehalten und ihr einige Fragen gestellt hatte, woraufhin sie völlig ausgerastet war.

Anne sprach mit einem Internisten, aber schon nach wenigen Minuten rief Shelly nach ihr.

»Da drüben«, flüsterte sie Anne erregt zu. »Der Mann da drüben.«

Auf einem Stuhl in der Notaufnahme säße ein Freund ihres Vaters, meinte sie. Anne ging zum Empfang hinüber und erkundigte sich bei einer Krankenschwester nach dem Mann. Sie erfuhr, daß der Mann kurz nach den Greenes aufgetaucht war; er habe angegeben, sich am Bein verletzt zu haben.

Mein Gott, wir werden beobachtet, dachte Anne.

Sie verschwand im Schwesternzimmer und rief die Polizei. Sie wurde mit einem Detective verbunden.

»Vielleicht sollten Sie die Stadt für ein Weilchen verlassen«, schlug der Beamte vor.

Anne kehrte zu Shelly zurück und berichtete ihr, was die Polizei gesagt hatte. Vielleicht wäre es das Beste, wenn sie sich eine Weile nicht sahen. Sie würde telefonisch mit Shelly in Kontakt bleiben.

»Du kannst sie dazu bringen, daß sie mich gehen lassen«, sagte Shelly. »Du bist meine Mom. Du kannst sie dazu bringen, daß sie mich nach Hause lassen.«

Nein, sie müßten sie über Nacht zur Beobachtung dabehalten. Anne sah auf die Uhr. Es war schon nach Mitternacht.

»Alles Gute zum Muttertag«, sagte Gerry.

Zwei Tage später verließen sie die Stadt zu einem zweiwöchigen Aufenthalt bei Annes Mutter in Alabama. Gerry schrieb an Detective Glenn Goe, um ihn von dem Zwischenfall zu unterrichten. Anne hielt telefonisch Kontakt zu Shelly.

Sie kehrten rechtzeitig zu Shellys Diplomübergabe nach

Canton zurück. Der Urlaub hatte offenbar Anne Greenes Mut gestärkt. Außerdem hatte sie Shelly vermißt.

»Sie müssen verstehen, ich habe dieses Mädchen geliebt«, erinnerte sie sich später.

Anne fuhr mit Shelly nach Belden Village, um ihr ein Kleid für die Diplomvergabe zu kaufen. Als sie einen Fahrstuhl ansteuerten, blieb Machelle plötzlich wie angewurzelt stehen. Sprachlos bestaunte sie die Rolltreppe und wollte dann unbedingt mehrmals hoch und runter fahren.

»Und erst da ging mir auf, daß das für sie so überwältigend war wie für mich der Eiffelturm«, erzählte Anne später. »Sie hatte tatsächlich noch nie eine Rolltreppe gesehen.«

Sie fanden ein hübsches hellblaues Kleid für Shelly. Zu Hause schenkte Anne ihr noch eine ihrer Halsketten dazu. Shellys Augen strahlten, als hätte man ihr den Hope-Diamanten geschenkt, dabei handelte es sich nur um Modeschmuck aus falschen Perlen.

Ein paar Tage später bekam Machelle Lynn Sexton zusammen mit dreihundert weiteren Absolventen der McKinley High feierlich ihr Diplom überreicht, wenn auch nach einigen Schwierigkeiten. Otis Sexton rief die Schulverwaltung an, weil er sich in dem öffentlich zugänglichen Auditorium Sorgen um Machelles Sicherheit machte. Zuerst legte man Shelly nahe, nicht an der Feier teilzunehmen, aber dann wurde doch ein Plan ersonnen, der es ihr ermöglichte, dabeizusein,

Als die Absolventen den Saal verließen, verließ Machelle blitzschnell die Schlange und zog Mütze und Robe aus, woraufhin zwei Sicherheitsbeamte sie durch den Hinterausgang begleiteten, wo Otis bereits in einem Wagen mit laufendem Motor wartete.

Anne und Gerry trafen später wieder auf sie, auf der kleinen Feier bei einer von Otis' Töchtern. Es waren nur zwei Cousinen dort. Keine große Party wie jene in der Jackson High School, wo Eltern große Pavillons aufstellten, damit stolze Absolventen Glückwunschkarten mit ein paar Scheinen einstecken und bis tief in die Nacht hinein mit ihren Freunden feiern konnten.

Bei den Sextons gab es nur einen Kuchen mit der Aufschrift ›Herzlichen Glückwunsch, Machelle‹.

Sie machten Fotos, darunter mehrere von Machelle an Gerrys Arm, so als wäre er der stolze Vater.

Shelly hatte ihm erst kürzlich geschrieben: »Ich habe immer von einem Vater wie Dir geträumt …«

Das alles ist so furchtbar traurig, dachte Anne Greene bei sich.

6

Der Tag Ende Juli war folgendermaßen geplant: Otis Sexton würde Machelle am späten Vormittag zum Psychologen bringen und anschließend mit ihr zum North American Indian Culture Center fahren. Ein Sachbearbeiter des Centers namens Melton Fletcher hatte ihn angerufen; er wollte ihn und seine Nichte zu May Sextons Behauptung befragen, sie sei indianischer Herkunft.

»Ich wollte das alles nicht noch einmal durchkauen«, sagte Machelle. »Ich war es leid. Ich wollte alles vergessen, aber Onkel Otis sprach von nichts anderem mehr.«

Auf der Fahrt zum indianischen Kulturzentrum in Akron wußte Otis Sexton bereits sehr genau, was er dem indianischen Beamten sagen würde. Er glaubte nicht, daß May indianisches Blut hatte und erst recht nicht Eddie, auch wenn der das behaupten mochte. Die Sextons waren britischer Herkunft. Seine Mutter Lana Toler stammte aus West-Virginia, und sein Vater William Dewey Sexton war in Pike County, Kentucky, geboren. Der Mädchenname seiner Großmutter war Reynolds gewesen. Ihre Vorfahren mütterlicher- wie väterlicherseits stammten aus alteingesessenen Südstaatenfamilien.

Otis hatte im Laufe der Jahre auch mitbekommen, wie Eddie und May von ihrer Familie sprachen. Erst vor einem Jahr hatte Eddie damit geprahlt, daß May und er ihre leibliche Mutter ausfindig gemacht hätten. Vor Jahren, als

Mays Vater in Texas stationiert gewesen war, hatte die Familie eine mexikanische Haushälterin beschäftigt. May behauptete, ihr Vater habe eine Affäre mit der Haushaltshilfe gehabt und sie wäre deren Tochter. Ihr Vater und seine Frau hätten sie bei der Geburt adoptiert.

»Eddie und May behaupteten, ihre Mutter würde sie in Kürze in Ohio besuchen«, erinnerte Otis sich später. »Aber soweit ich weiß, ist sie nie gekommen.«

Als Otis und Shelly im Kulturzentrum eintrafen, war Mel Fletcher nicht dort. Statt dessen unterhielt Otis sich zwanzig Minuten lang mit Clark Hosik, dem Leiter des Zentrums.

Dann traf Mel Fletcher ein. Er führte Otis und Shelly in sein Büro und ließ die Tür offen.

»Er sagte rundheraus: ›Mein Ziel ist es, diese Familie wieder zusammenzuführen‹«, erzählte Otis später.

Otis sagte sich, daß Eddie und May dem Mann sehr überzeugend einen Haufen Lügen aufgetischt haben mußten.

Otis hörte Schritte auf dem Flur. Als er sich umdrehte, sah er May Sexton und ihren Sohn Patrick draußen auf dem Flur sitzen. Otis sprang auf. Wir sind in eine Falle gelockt worden, dachte er. Später erfuhr er von Patrick, daß Fletcher eben erst bei May gewesen war. Er warf Fletcher Voreingenommenheit vor.

»Ist Ihnen klar, daß Sie damit gegen einen richterlichen Beschluß verstoßen?« fragte er ungehalten.

Das stimmte so nicht, aber Familienrichterin Julie Edwards bestätigte später, daß sie das Center keineswegs angewiesen habe, eine beratende Funktion im Fall Sexton zu übernehmen. Es sei nur um die Feststellung der Herkunft gegangen; Beratung und Betreuung oblagen weiterhin dem DHS.

Otis stürmte in Hosiks Büro, um sich zu beschweren.

Auf der Heimfahrt weinte Machelle. Otis war immer noch wütend. Er schimpfte auf Fletcher. Dann schimpfte er auf May, als er erfuhr, daß sie draußen auf dem Flur mit Shelly gesprochen hatte. Machelle Sexton glaubte, er würde sie ausschimpfen.

»Es war, als hätten ihre Eltern dokumentieren wollen: ›Shelly, wir finden dich, wann immer wir wollen‹«, meinte Otis später. »Das war eine Botschaft an sie.«

Noch in derselben Nacht folgte noch eine weitere solche Botschaft.

Otis und Jackie lagen im Bett, und Shelly war oben auf ihrem Zimmer, als sie plötzlich auf der Hintertreppe Glas splittern hörten. Der Steinhagel zerbrach zwei rückwärtige Fenster unmittelbar unterhalb von Shellys Zimmer. Otis lief ans Fenster, konnte aber niemanden sehen. Der Basset der Familie, ein für gewöhnlich sehr bellfreudiger Wachhund, hatte nicht angeschlagen.

»Das muß jemand sein, den wir kennen«, meinte Otis.

Am nächsten Morgen beim Frühstück verkündete er: »Jetzt reicht's. Wir müssen etwas unternehmen.«

Er verfaßte handschriftlich ein Flugblatt, das er sich in einem Copy-Shop vervielfältigte. Anschließend wollte er zum Gerichtsgebäude in der Cantoner Innenstadt. Shelly wollte nicht mit, erbot sich aber, die Schilder zu malen.

In Druckschrift schrieb sie ›Kinderschänder hinter Gitter‹ auf weiße Pappe.

Es war Dienstag, der 21. Juli. Otis rief seine Schwester Nellie an. Jackie schloß sich ihnen ebenfalls an. Kurz darauf marschierten die drei in einem kleinen Kreis vor dem Gericht, und Otis drückte den Passanten sein Flugblatt in die Hand. Auf dem Zettel war der Fall Sexton in groben Zügen dargelegt, und der Schlußsatz lautete:

»Und was hat die Justiz unternommen? NICHTS!«

Dann: »Helfen Sie mir, dem Kindesmißbrauch ein Ende zu machen.«

Dave Knox, ein Reporter des *Beacon Journal* von Akron war ebenfalls zufällig vor Ort. Als er die kleine Demonstration sah, machte er halt, um sich Otis Sextons Geschichte anzuhören.

Knox sah sich einem beträchtlichen Problem gegenüber. Familiengerichtsprozesse waren Verschlußsache. Und in solchen Fällen druckte seine Zeitung die Namen von Minderjährigen nicht. Knox rief bei der Polizei von Jackson und beim DHS an und bat um eine Stellungnahme. Detective Glenn Goe teilte ihm mit, daß er den Fall an das DHS habe abgeben müssen, weil Minderjährige betroffen waren. Aber die angebliche indianische Herkunft May Sextons lieferte ihm dennoch einen Aufhänger.

Seine Story erschien zwei Tage später unter dem Titel: ANGEBLICHE INDIANiSCHE HERKUNFT BEREITET FAMILIENGERICHT KOPFZERBRECHEN. Der Artikel berichtete von der Behauptung eines Ehepaares aus dem Jackson Township, dem Kindesmißbrauch vorgeworfen wurde und das sich auf das indianische Erbe der Mutter berief. Der Name Sexton wurde nicht genannt.

Zu dem Zeitpunkt, da die Story erschien, verschlechterte sich die Beziehung zwischen Otis und Shelly rapide. Sie war wütend, weil sie auf sein Betreiben hin die Diplomfeier so überstürzt hatte verlassen müssen. Das sei nicht *normal*, schimpfte sie. Und es gefiel ihr nicht, daß sie abspülen sollte. In den vergangenen Wochen hatte sie Jackie mehrfach als ›Schlampe‹ bezeichnet.

Jackie Sexton fühlte sich von den Beschimpfungen ihrer Nichte verletzt. Als Machelle bei ihnen einzog, hatte sie keinen Schimmer von der elementarsten weiblichen Hygiene. Jackie hatte ihrer Nichte beigebracht, sich regelmäßig zu waschen und ihr Haar zu bürsten. Ihre Töchter nahmen ihre Cousine mit zum Einkaufen und bezahlten ihr eine neue Garderobe.

»Machelle«, begann Otis.

»Shelly«, entgegnete sie schnippisch.

»Shelly, ich dulde nicht, daß du meine Frau derart beleidigst.«

Aber Otis Sexton ahnte nicht, was May Sexton ihrer Tochter zwei Tage zuvor auf dem Flur des indianischen Kulturzentrums gesagt hatte.

»Sie sagte, sie würde mich vermissen und hätte mich sehr lieb«, erinnerte Shelly sich später. »Gott, es war das erste Mal in meinem ganzen Leben, daß sie so etwas zu mir gesagt hat.«

Nach dem Abendessen an jenem Tag – Shelly hatte

nichts angerührt – forderte Jackie ihre Nichte auf, zu spülen. Shelly maulte. Warum sollte sie das verfluchte Geschirr spülen, wenn sie selbst gar nicht mitgegessen hatte?

Otis war gerade auf dem Weg nach oben, als er seine Nichte sagen hörte: »Diese Schlampe.«

Er ohrfeigte sie.

»Wissen Sie, später hat es mir wirklich leid getan«, erzählte Otis. »Aber wir standen alle unter großem Druck. Es war ein reiner Reflex.«

Machelle Sexton stürmte die Treppe hinunter und verließ das Haus.

Otis folgte ihr auf die Veranda und blickte ihr von dort aus nach.

Sie marschierte die 15th Street hinunter und schwang dabei ihre Handtasche.

7

Melton Fletcher arbeitete auf dem Gebiet indianischer Angelegenheiten, seit die Bundesregierung in den fünfziger Jahren begonnen hatte, amerikanischen Ureinwohnern beim Umzug aus den Reservaten in die Stadt zu helfen. Fletcher war halb Choctaw, ein Stamm aus Oklahoma, und er war seit 1978 als staatlich anerkannter Sozialarbeiter für das Kulturzentrum tätig. Er war siebzig Jahre alt.

Fletcher hatte schon Dutzende von Anträgen von Leuten bearbeitet, die behaupteten, Indianer zu sein. Der Status brachte in der Regel staatliche Unterstützung mit sich sowie Sonderrechte gemäß dem staatlichen Abkommen mit den Ureinwohnern. Ed Sexton war nicht der erste Betrüger, dem er begegnete, der behauptete, in seinen Adern fließe indianisches Blut.

»Er war gerissen«, sagte Fletcher später. »Er war ein Meister der Manipulation.«

Sexton und seine Ehefrau behaupteten beide, Cherokee zu sein. Fletcher hatte ihre Vorfahren überprüft und keinen von ihnen in den Akten der Cherokee Nation in der Zweigstelle der Bundesbehörde für Indianerangelegenheiten in Minneapolis finden können.

Später erzählte Fletcher von einer Aussage, die er vor Familienrichterin Julie Edwards machte. Ed Sexton fuhr an diesem Tag in einem Rollstuhl in den Gerichtssaal. Fletcher hatte bereits viermal mit Sexton gesprochen, und der hatte bei keinem dieser Gespräche Anzeichen eines körperlichen Leidens gezeigt. Fletcher teilte dem Gericht mit, daß er keinerlei Hinweise auf eine indianische Abstammung der Familie habe finden können.

Aber am 23. Juli, demselben Tag, an dem Machelle Sexton das Haus ihres Onkel Otis verließ, schien Fletcher die Seiten gewechselt zu haben.

Machelle hatte von einem Spirituosenladen aus ihre Mutter daheim in der Caroline Street angerufen.

»Sie sagte, sie würde sich von meinem Vater scheiden lassen und alle Kinder zurückbekommen«, erinnerte sich Machelle später. »Sie sagte immer wieder, daß sie mich liebe.«

Machelle erzählte ihr, daß ihr Onkel sie geschlagen hatte.

»Ich schicke jemanden, der dich abholt«, versprach May Sexton.

Kurz darauf fuhr ein Wagen vor, in dem Mel Fletcher saß, zusammen mit einer Bekannten, die er zur Gesellschaft mitgebracht hatte.

In einem späteren Gespräch gab Fletcher zu, daß er über die familiären Schwierigkeiten informiert gewesen sei, über die Vergewaltigungsvorwürfe und auch über die Beschuldigungen wegen Mißhandlung. Trotzdem brachte er Machelle zurück zu dem Haus in der Caroline Street. Die einzige Erklärung, die er hierfür anzubieten hatte, lautete: »Als Sozialarbeiter müssen wir uns bemühen, Familien zusammenzuführen, solange niemand in Gefahr ist.«

Aber Machelle Sexton war sehr wohl gefährdet. Ed Sexton lebte schließlich noch in dem Haus.

Clark Hosik, der Leiter des Kulturzentrums, versuchte

später, das Verhalten seines Mitarbeiters zu erklären. »Das einzige, woran ich mich in diesem Zusammenhang erinnern kann, ist, daß die Kinder Mel schrecklich leid getan haben und er ihnen helfen wollte. Er wollte um jeden Preis eine Familie wieder zusammenführen, ohne sich über das Ausmaß der Probleme in diesem konkreten Fall im klaren zu sein.«

Als Fletcher in Richtung Jackson Township fuhr, blickte seine Bekannte Barbara Booth nach hinten in den Fond und sagte: »Ich glaube, wir haben ein Problem.« Es schien, als hätte Machelle eine Art Anfall.

Als sie das Haus in der Caroline Street erreichten, sah Fletcher unten am Teich zwei Jungen fischen. Der eine war Patrick Sexton, der andere sein Vetter Willard. Patrick kam herüber und warf einen Blick in den Wagen.

»Ach, es ist bloß Shelly«, sagte er.

Später erinnerte sich Patrick: »Es sah aus, als würde sie nur Theater spielen. Ihre Augenlider flatterten und so.«

May Sexton kam aus dem Haus und sah in den Wagen. Fletcher legte ihr nahe, einen Krankenwagen zu rufen.

»Es war unglaublich«, sagte Barbara Booth später. »Die Mutter reagierte überhaupt nicht. Da war dieses Mädchen, das irgendeine Art von Anfall hatte, und die Mutter bemerkte, was für ein schöner Tag es doch wäre.«

In den Akten war später nachzulesen, daß der Krankenwagen um 20 Uhr 38 vor Ort eintraf. Machelle erzählte den Sanitätern, daß ihr Onkel sie geschlagen und gegen die Wand geschleudert hätte. Sie habe sich übergeben müssen, behauptete sie.

Aber Monate später gestand Machelle Sexton, daß der Anfall in Wirklichkeit eine Panikattacke gewesen war. »Auf der ganzen Fahrt fragte ich mich ›Tue ich auch das Richtige?‹ Ich wußte, daß etwas nicht stimmte. Meine Mutter hatte gesagt, sie hätte mich lieb, und das hatte sie noch nie gesagt.«

Die Sanitäter legten Machelle auf eine Trage. Fletcher behauptete später, er habe den Männern vom medizinischen Notfalldienst gesagt, sie sollten Machelle nach ihrem

Krankenhausaufenthalt in ein Heim bringen. Aber in den Akten fand sich keinerlei Vermerk darüber.

Sie brachten Machelle ins Massilon Community Hospital, wo sie untersucht wurde.

Als Machelle entlassen wurde, wartete May Sexton bereits auf sie, um sie nach Hause zu bringen.

8

Die eidesstattliche Erklärung wurde der Polizei von Jackson vorgelegt und den Anwälten des DHS. Sie war handgeschrieben, unterschrieben und trug das Datum vom 1. September 1992. Der Text lautete:

> Ich, Shelly Sexton, wohnhaft 8149 Caroline Street …, erkläre hiermit, daß ich keinerlei Beschuldigungen gegen meinen Vater erhoben habe. Damit meine jüngeren Geschwister von zu Hause weggeholt wurden, hat mein Onkel in seinem Schlafzimmer mit jedem der Kindern einzeln ein Gespräch geführt. Er hat ihnen eingeredet, sie sollten sagen, sie würden bald wieder nach Hause kommen. Mein Onkel macht das, weil er immer auf meinen Vater eifersüchtig war und das auch immer sein wird.

Machelle Sexton hatte schlicht widerrufen. Sie wohnte einen Monat bei ihrer Mutter, zog dann zu Pixie und Joel nach Bolivar, blieb jedoch nicht lange, weil ihr Vater Pixie befahl, sie an die Luft zu setzen. Sie kam bei einer Freundin aus dem Frauenhaus unter.

Später erklärte Shelly, was vorgefallen war.

In der ersten Nacht daheim hatte sie im Schlafzimmer ihrer Mutter geschlafen. Ihr Vater war am Tag ihrer Heimkehr ausgezogen. May Sexton hatte auch dem DHS mitgeteilt, daß ihr Mann ausgezogen sei. Ihrem ältesten

Sohn Patrick hatte sie erzählt, sie würde sich scheiden lassen.

Aber Machelle fürchtete, daß ihr Vater eines Tages zurückkommen würde.

Ihr Mutter wollte wissen, ob sie die Wahrheit gesagt hatte, ob ihr Vater sie tatsächlich vergewaltigt hatte.

»Ja«, antwortete sie.

»Sie sagte: ›Machelle, ich liebe dich. Ich bin froh, daß du getan hast, was du getan hast. Jetzt möchte ich nur noch euch Kinder zurückhaben.‹«

Machelle bezog wieder ihr altes Zimmer. Aber zwei Tage später wurde sie nachts von lauten Stimmen geweckt. Sie ging die Treppe hinunter und betrat das dunkle Wohnzimmer. Über dem Sessel ihres Vaters sah sie die Glut einer Zigarette.

»Und da wußte ich, daß meine Mutter mich belogen hatte. Sie traf sich noch immer mit ihm. Er saß eine Minute schweigend da, und dann fing es an. Er sagte: ›Jeden Tag verschwinden junge Mädchen spurlos‹, und ›Wir haben dir das Leben geschenkt, wir können es dir auch wieder nehmen.‹«

Ed Sexton zeigte in Richtung Teich und meinte: »Machelle, da draußen ist verdammt viel Wasser.«

»Ich wußte nicht, wo ich hin sollte«, erinnerte sich Machelle.

Er kam jeden Abend, und nicht immer erst nach Mitternacht. Manchmal brachte er ihrer Mutter etwas zu essen mit, Mahlzeiten, die er irgendwo gekauft oder auf dem Herd des Wohnwagens zubereitet hatte. Willie holte ihn ab. Dann wieder kam er in seinem eigenen Wagen, den er in der Garage abstellte, damit ihn niemand sah.

Ihr Vater setzte die eidesstattliche Erklärung für sie auf. Ihre Mutter gab sie an sie weiter und forderte sie auf, den Text in ihrer eigenen Handschrift abzuschreiben. Dann fuhr ihre Mutter mit ihr zu ihrem Anwalt Pat Menicos.

»Ich saß nur da«, sagte sie. »Er fragte mich, ob ich etwas sagen wolle. Ich schüttelte den Kopf.«

9

Detective Glenn Goe ging mit seiner Akte über die Vergewaltigung von Machelle Sexton in das Büro des Staatsanwalts in Massilon. Er teilte einem stellvertretenden Staatsanwalt mit, daß er keine handfesten Beweise habe, keine Zeugenaussagen und keine medizinische Untersuchung. Aber er hatte einen Lügendetektortest, und vor allem hatte er die Aussage des Opfers selbst gehört.

»Keine Chance«, winkte der Staatsanwalt ab.

Der gesamte DHS-Fall stand auf der Kippe. Nachdem die Frage der angeblichen indianischen Herkunft geklärt war, wurde eine Anhörung für Ende September anberaumt, um über das Sorgerecht für die Sexton-Kinder zu entscheiden. Judee Genetins Stab formulierte ihre Beschwerdeschrift um und erklärte, Shelly habe Mißbrauch angezeigt, die Vorwürfe jedoch später widerrufen.

Otis Sexton sagte ganz offen, daß er keine Sekunde glaube, daß Eddie May verlassen haben sollte. Er vermutete von Anfang an ein Komplott, um die Kinder zurückzubekommen. Er wußte, daß Eddie gern im Sommer campen gefahren war, in einem alten Winnebago.

Otis fuhr zum Portage Lake State Park in der Nähe von Akron in Medina County. Er hatte gehört, Eddie habe sich von seinem Bruder Orville, der ebenfalls in Canton lebte, einen Wohnwagen geborgt. Auf dem Campingplatz entdeckte er den Wohnwagen seines älteren Bruders. Durch das Fenster sah er Willie in der Küche stehen; draußen stand Eddies gelber Van.

Otis rief Wayne Welsh an. Trotz seiner Angriffe auf die Behörde betrachteten die Mitarbeiter des DHS Otis langsam als wertvolle Informationsquelle. Ed Sexton habe Stark County tatsächlich verlassen, teilte er der Behörde mit, aber er wohne dennoch nur zehn Minuten von dem Haus in der Caroline Street entfernt.

»Woher wußten Sie, daß Sie ihn dort antreffen würden?« wollte der Sozialarbeiter wissen.

»Ich kenne Eddie«, entgegnete Otis.

Sozialarbeiter begannen mit unangemeldeten Kontrollbesuchen in der Caroline Street.

Genetin erinnerte sich später: »Die Eltern tricksten das System aus. Wir waren überzeugt davon, daß sie den richterlichen Unterlassungsbefehl mißachteten, konnten es aber nicht beweisen, obwohl wir zu jeder Tages- und Nachtzeit Mitarbeiter losschickten, die nachsahen, ob Ed Sexton sich im Haus aufhielt.«

Bei der Anhörung vom 28. September teilte May Sexton dem Gericht mit, sie hätte eine Therapie gemacht und ihr Therapeut hätte die Empfehlung ausgesprochen, daß ihr einige der Kinder zurückgegeben würden. Da Christopher und Kimberly sämtliche Mißbrauchsvorwürfe bestritten hatten und der Vater scheinbar nicht mehr daheim wohnte, gab Richterin Julie Edwards die beiden Kinder wieder in die Obhut ihrer Mutter. Außerdem übertrug sie May Sexton das Sorgerecht für Charles. Er war inzwischen fast achtzehn und galt seitens des DHS immer noch als ›flüchtig‹.

Vier Tage später war Judee Genetin erneut im Gericht. Das DHS hatte mit May Sextons Therapeut gesprochen, und der hatte geleugnet, je eine solche Empfehlung ausgesprochen zu haben. Die Mutter habe hierfür noch nicht an genügend Sitzungen teilgenommen, erklärte der Therapeut. Aber Richterin Edwards blieb dennoch bei ihrer Entscheidung. Nachdem der Vater ausgezogen war, sei die Gefahr für die Kinder minimal, meinte sie.

»Die Richterin wollte ein paar der Kinder nach Hause schicken«, erinnerte sich Genetin später. »In der Kurzfassung meinte das Gericht, daß die Mutter das tat, was von ihr erwartet wurde: sie machte eine Therapie und hatte den Kontakt zum Vater der Kinder abgebrochen. Im übrigen hatte nie jemand die Mutter angeklagt. Der Vater war das Problem. Die Mutter beschütze die Kinder, die Mutter wolle ihre Kinder zurück. Das Gericht würde die Mutter für ihre Initiative belohnen. Welche Kinder unserer Meinung nach an sie zurückgegeben werden sollten?

»Ich entschied mich für Kimberly und Christopher. Sie hatten keinerlei Vorwürfe gegen den Vater vorgebracht, so daß ich hoffen konnte, daß ihnen auch dann nichts passieren würde, wenn der Vater doch auftauchte. Zweitens machte es nicht den Anschein, als wären sie mißbraucht worden. Nach allem, was wir hatten in Erfahrung bringen können, schien als, als würde die Mutter sie tatsächlich beschützen.«

Kurze Zeit später kehrte Charles ›Skipper‹ Sexton aus Indiana zurück und zog wieder bei seiner Mutter ein. Dann, einen Monat nach der Anhörung, mußten die Sozialarbeiter sich mit neuen Vorwürfen im Fall Sexton befassen. Lana Sexton, die immer noch bei einer Pflegefamilie wohnte, hatte sich an eine Selbsthilfegruppe gewandt, und in einer Therapiesitzung hatte sie erzählt, Charles habe sie zu Hause im Badezimmer vergewaltigt.

Sozialarbeiterin Tracey Harlin wurde beauftragt, nachzuforschen. Sie sprach mit der zwölfjährigen Lana. Lana sagte, sie machte sich Sorgen, weil Skipper zusammen mit ihrer achtjährigen Schwester in der Caroline Street wohne. Skipper habe eine Vorliebe für ein Sexspiel, das er ›das Freiheitsstatuenspiel‹ nannte.

Des weiteren behauptete sie, Skipper habe sie vergewaltigt. James und Matthew seien Zeugen gewesen; sie wären von draußen auf eine Leiter geklettert und hätten durch das Badezimmerfenster hereingeschaut. Sie sagte, ihre Mutter habe Skipper verprügelt, als ihre Brüder ihr von der Vergewaltigung erzählt hatten. Das stimmte mit Aussagen überein, die schon vor Monaten gemacht worden waren.

Harlin fragte Lana, ob es auch sexuelle Übergriffe seitens ihres Vaters gegeben hätte.

Lana Sextons Gesicht wurde schlagartig ausdruckslos, und ihre Augen sahen leer aus. Dann begann das Mädchen zu erzählen. Sie berichtete von Horrorfilmen, satanischen Ritualen, Voodoo-Puppen und Kerzen.

Schließlich erzählte sie von einem umgedrehten Kreuz und davon, daß ihr Vater eine Mönchskutte mit Kapuze getragen habe.

10

Drei Tage später sprach Tracey Harlin in der Schule mit der inzwischen achtjährigen Kimberly. Das Mädchen sagte, es wäre nicht mißbraucht worden. Nein, sie habe ihren Vater auch nicht gesehen.

Tracey vermerkte in den Akten: »Kim war sehr zurückhaltend, wirkte alles in allem mißtrauisch, und ihre Antworten klangen einstudiert.«

Später am selben Tag betrat Harlin in Begleitung von James Sexton die Polizeiwache von Jackson Township. James war sechzehn und besuchte im ersten Jahr die High School in der Nähe seiner Pflegestelle. Das DHS wollte, daß die Polizei seine Zeugenaussage aufnahm. Wenn Charles Sexton Lana tatsächlich vergewaltigt hatte, würde er ebenfalls angeklagt werden. Vor Beginn des Verhörs teilte Harlin Detective Glenn Goe mit, daß James – der als Kleinkind in dem dunklen Zimmer eingesperrt gewesen war – autistisch sei.

Goe zeichnete die Befragung auf Band auf.

James sagte aus, Skipper habe Lana, zwei Monate bevor man sie alle von zu Hause weggeholt hatte, vergewaltigt.

»Woher weißt du das?« wollte Goe wissen.

»Ich habe davon gehört«, entgegnete James. »Alle haben davon gesprochen. Ich wußte es einfach. Dann verprügelte ihn meine Mutter dafür.«

»Was hat sie genau getan?«

»Sie hat ihn gegen die Spüle gedrängt und ihn gekratzt, geohrfeigt und mit den Fäusten geschlagen. Und sie hat ihn gewürgt.«

»Hast du gesehen, wie Skipper deine Schwester vergewaltigt hat?«

»Nein.«

»Glaubst du, daß er es getan hat?«

»Wahrscheinlich ... Meine Schwester hat geweint, als sie es meinem Dad erzählt hat.«

»Hat Lana es irgendwann auch dir erzählt?«

»Ja. Sie sagte, er hätte ihr sein Ding in den Po gesteckt.«

»Hat Skipper so etwas auch mit dir gemacht?« fragte Goe.

»Ja.«

»Wann war das?«

»Etwa zwei Monate bevor ich zu meiner Pflegefamilie gekommen bin.«

»Was ist genau passiert?«

»Ich sah gerade fern, als er rief, ich solle kurz raufkommen. Ich bin nach oben gegangen. Er sagte: ›Ich schenke dir diese Uhr, wenn du dich auf das Bett legst und mich was mit dir machen läßt.‹ Ich legte mich auf das Bett. Er sagte, ich solle meine Hose runterziehen. Dann hat er sich auf mich gelegt und mich vergewaltigt.«

»Was genau hat er getan?«

»Er hat mir seinen Schwanz in den Po gesteckt.«

»Wolltest du das?«

James' Augen weiteten sich. »Nein«, sagte er. Für einen kurzen Augenblick klang seine Stimme wütend. Es war die einzige Gefühlsregung, die er während des gesamten Gesprächs zeigte.

James erzählte, später am selben Abend hätte Skipper dann auch Christopher vergewaltigt. Er sagte, er hätte es gesehen. Christopher hatte sich nicht groß gewehrt. Chris bestritt später, daß James vergewaltigt worden wäre.

»Er sagte, ich hätte mir das alles nur eingebildet«, sagte James.

»Warum sollte er das behaupten?« fragte Goe.

»Weil ich geistig ein bißchen zurückgeblieben bin, dachte er, ich hätte Halluzinationen.«

Goe fragte ihn nach dem ›Freiheitsstatuenspiel‹.

James erklärte ihm, was darunter zu verstehen war. »Charles stellte sich hin wie die Freiheitsstatue. Er ging runter und holte meine beiden Schwestern. Dann stellte er sich wieder so hin und ließ meine Schwestern an seinem Schwanz lutschen.«

»Wann war das?«

»Vor ein paar Jahren.«

»Welche Schwestern waren es?«
»Lana und Kimberly.«
»Hat er sie dazu gezwungen?«
»Nein.«
»Wie hat er sie dazu gebracht, das zu tun?«
»Er hat sie einfach drum gebeten.«
Eine der Schwestern erzählte dem Vater davon, und Skipper wurde versohlt.

Sie sprachen über Prügelstrafen an sämtlichen Geschwistern. James bestätigte Einzelheiten, die Machelle Sexton dem Detective vor ihrem Widerruf erzählt hatte. Goe fragte, warum die Kinder Sozialarbeitern gegenüber häusliche Probleme stets geleugnet hätten.

»Weil mein Vater eine Überraschung für uns geplant hatte«, entgegnete James.

»Was für eine Überraschung?«

»Er wollte mit uns nach Disneyland.«

Aber dazu sei es nie gekommen.

Noch am selben Nachmittag reichte das DHS beim Familiengericht neue Klageschriften ein, diesmal von Lana und James. Richterin Edwards übertrug das Sorgerecht für Charles wieder dem DHS, gestattete May Sexton jedoch dann, ihren Sohn zu einer Tante nach Orville in Ohio zu schicken. Charles Sexton sollte für die Dauer der Ermittlungen keinerlei Kontakt zu seinen Geschwistern haben, verfügte sie.

Glenn Goe war ebenfalls bei der Anhörung zugegen. Er und Tracey Harlin sprachen hinterher mit May Sexton. Sie behauptete, James' Geschichte wäre frei erfunden. Sie sagte, sie hätte Skipper tatsächlich verprügelt, jedoch weil er schmutzige Wörter benutzt hätte.

»Würden Sie Charles aufs Revier bringen, damit ich mit ihm sprechen kann?« fragte Goe. Tracey Harlin wollte ebenfalls mit ihm reden.

May Sexton erklärte sich einverstanden.

Als sie und Charles jedoch an diesem Nachmittag nicht auf der Wache erschienen, rief Goe May Sexton zu Hause an. Sie teilte ihm mit, daß sie für ihren Sohn einen Anwalt engagiert habe. Der Anwalt wolle nicht, daß Charles mit der Polizei sprach, und darum würde sie ihn jetzt zu seinem Onkel bringen.

Später erklärte May Sexton dem DHS gegenüber, daß gewisse Komplikationen sie gezwungen hätten, Skipper zu ihrem Bruder nach Jeffersonville in Indiana zu schicken. Damals ahnte das DHS noch nicht, daß er sich dort bereits auf seiner Flucht aufgehalten hatte.

Acht Tage später, am Dienstag den 17. November, konnten Sozialarbeiter weder May Sexton noch ihre Kinder ausfindig machen. Bonita Hilson rief Skipper in Indiana an. Er behauptete, nicht zu wissen, wo sie sich aufhielten. Später bat das DHS die Polizei von Clark County, bei dem Onkel vorbeizuschauen, um zu überprüfen, ob er auch tatsächlich dort war.

Am selben Tag rief ein Mitarbeiter der Jackson Middle School an. Christopher war fast die ganze vergangene Woche nicht in der Schule gewesen und hatte sich auch in dieser Woche noch kein einziges Mal blicken lassen.

Am Nachmittag fuhr Bonita Hilson zum Haus der Sextons in der Caroline Street. Es war niemand da. Sie hinterließ an der Tür eine Nachricht für ›Mrs. Sexton‹. Sie versah den Zettel mit dem Datum und der Zeit ihres Besuchs.

›Bitte rufen Sie mich morgen an. Es ist wichtig‹, schrieb sie.

11

Eine halbe Stunde vor dem Mittagessen nahm die stellvertretende Redakteurin Julie Cairelli in der Redaktion von Channel 5, einem Fernsehsender aus Cleveland, einen Anruf entgegen. Es war Samstag, der 21. November, vier Tage nachdem Bonita Hilson ihre Nachricht an der Tür des Hauses in der Caroline Street hinterlassen hatte.

»Ich bin es leid, verleumdet zu werden«, sagte der Anrufer.

Er stellte sich als Ed Sexton aus Jackson Township vor.

Ed Sexton sagte, er würde vom Department of Human Services und seinen Kinderschutzbeauftragten fertiggemacht wegen irgendwelcher erfundenen Vorwürfe. Bei jedem Sender gingen regelmäßig Klagen von Bürgern ein, die Schwierigkeiten mit lokalen, staatlichen oder Bundesbehörden hatten. In einigen Fällen wurde ein Reporter mit Nachforschungen betraut. Andere Fälle wurden sofort abgetan, weil die Klagen entweder nicht gerechtfertigt oder aber nicht von öffentlichem Interesse waren.

Was Ed Sexton zu bieten hatte, klang allerdings interessant. Er habe sich mit seiner Frau und seinen Kindern in seinem Haus im Jackson Township verbarrikadiert, behauptete er. Er glaubte, daß die Sozialarbeiter ihm seinen Sohn wegnehmen wollten.

»Ich bin bewaffnet«, sagte er. »Ich werde jeden Sozialarbeiter oder Polizisten erschießen, der sich in meiner Auffahrt blicken läßt.«

Dann legte er auf.

Cairelli verständigte die Polizei von Jackson Township. Sie meldete Sextons Anruf und wies dann einen Reporter an, den ganzen Tag mit dem Revier in Verbindung zu bleiben.

In dem Haus in der Caroline Street war Ed Sexton kampfbereit. Anfang der Woche war er mit seinem Sohn Willie nach Indiana gefahren, um Charles abzuholen, nachdem die Polizei dort aufgetaucht war. Charles erzählte später, sie seien nach Ohio zurückgekehrt und hätten ein paar Tage in einem Motel in Canton verbracht.

»Mein Dad sagte immer wieder, er müsse die Kinder zurückholen«, erinnerte sich Skipper. »Mein Dad, Willie und ich, wir dachten uns das mit der Verbarrikadierung aus. Wir luden den Wagen voll. Wir besorgten Kaninchendraht und beschafften uns Waffen. Und Lebensmittelkonserven. Wir hatten Unmengen zu essen. Und einen großen Propangasherd. Ich meine, wir waren gut vorbereitet.«

Charlie erläuterte, daß sie vorhatten, das DHS zu zwingen, sämtliche Kinder an May Sexton zurückzugeben. Sexton wollte weiterhin woanders wohnen, aber Weihnachten zurückkommen und mit der ganzen Familie aus dem Staat fliehen. Er behauptete, er habe Kontakte zur Mafia. Seine Freunde würden ihnen neue Identitäten und Jobs beschaffen. Nur James würde er nicht mitnehmen, teilte er Charlie und Willie mit. James wollte er im Keller einsperren und verhungern lassen, weil er mit den Behörden gesprochen hatte.

Sexton und seine Söhne bereiteten das Haus auf die Belagerung vor, wie in ›Die Nacht der lebenden Toten‹. Sie türmten Matratzen und Möbel vor den Eingangstüren auf. Sie schoben schwere Tischplatten vor die Buntglasfenster und trieben angespitzte Stäbe durch die Fensterverkleidungen. Als ihnen die Tische ausgingen, hängten sie Innentüren aus. Ein Fenster vernagelten sie mit Küchenschranktüren in Ahorn. Den Kaninchendraht setzten sie für die Schützenpositionen ein. Sie befestigten den Draht vor kleineren Fenstern und hängten schwarze Mülltüten davor, um den Scharfschützen der Polizei kein Ziel zu bieten. Sie türmten die Konserven Spaghetti, die Limonadenflaschen und die Kisten Trockennahrung im Arbeitszimmer auf, direkt unter dem Adler auf Ed Sextons Airborne-Fahne.

Ed Sexton bezog Position am Fenster über der Küchenarbeitsplatte. Da das Haus oben auf einem Hügel stand, hatte er einen weiten Blick über seine Zufahrt und die Caroline Street. Er hatte ein Zwanzig-Schuß-Remington Schnellfeuergewehr und mehrere Schachteln Patronen. In seinem Hosenbund steckte ein 357er Edelstahlrevolver Marke Taurus. Er hatte fünf Dutzend Schuß. Er stellte die Schachteln mit den Patronen auf die Arbeitsplatte, neben einem großen Aschenbecher und Notizblock.

Skipper Sexton behauptete später, daß er und Willie Pistolen und Schnellfeuergewehre gehabt hätten. Sie hätten an den Fenstern oberhalb der Küche Wache gehalten, sagte er.

Um 11 Uhr 40 wurden zwei Polizeibeamte in Streifenwagen losgeschickt, die aber nicht zu dem Haus in der Caroline Street fuhren. Vielmehr trafen sie sich vor einem Dairy Mart auf der Wales Avenue ein paar hundert Meter vom Haus entfernt. Anstatt sich dem Haus zu nähern und so ein Risiko einzugehen, wählten sie vom Münzfernsprecher des Ladens aus Sextons Nummer.

Estella May Sexton meldete sich. Ja, es sei richtig, daß ihr Mann bewaffnet sei. Er wäre wütend, weil das DHS vorhabe, ihr die Kinder wegzunehmen.

»Kann ich mit Mr. Sexton sprechen?« fragte der Polizeibeamte.

»Er will nichts an Telefon kommen«, entgegnete sie.

Es gelang dem Polizisten, May Sexton den Namen des Familienanwalts zu entlocken. Detective Glenn Goe traf vor Ort ein. Er rief eine Mitarbeiterin des Kinderschutzes an. Die Sozialarbeiterin sagte, es gäbe keine Anweisung, die Sexton-Kinder von zu Hause wegzuholen, sagte sie. Lediglich der richterliche Beschluß, der den Eltern den Umgang mit den Kindern verbot, sei noch in Kraft.

Captain Steve Zerby von der Jackson Polizei kam hinzu. »Ich kenne Ed Sexton«, sagte er. »Himmel, früher habe ich ihm die Haare geschnitten.«

Zerby war Friseur gewesen, bevor er dann vor zweiundzwanzig Jahren umgesattelt hatte und zur Polizei gegangen war. Zerby warf einige Münzen in das öffentliche Telefon ein. Im Sexton-Haus nahm jemand ab und legte gleich wieder auf. Zerby rief einen der Sexton-Anwälte an, der seinerseits versuchte, im Haus anzurufen.

Zerby sprach mit May Sexton und fragte, ob ihr Mann bewaffnet sei.

»Ja«, antwortete sie.

»Glauben Sie, er würde Ihnen oder den Kindern etwas antun?«

»Ich weiß es nicht.«

Zerby postierte zwei Streifenwagen in der Caroline Street und kehrte dann auf die Wache zurück, von wo aus er versuchen konnte, mit Ed Sexton zu verhandeln, ohne das Münztelefon füttern zu müssen.

Schließlich kam Sexton doch an den Apparat.

»Es sieht so aus: das System gegen mich und meine Familie«, sagte Sexton. »Man hat uns bereits einige unserer Kinder genommen. Aber Charlie bekommen sie nicht.«

Es war früher Nachmittag. Channel 5 hatte immer noch keinen Ü-Wagen geschickt. Zerby beschloß, sich diesen Umstand zunutze zu machen.

»Wissen Sie, sehr bald werden sich Fernsehreporter hier einfinden«, begann er. »Es wird nur so wimmeln von Kameras, und das wird sich vor Gericht negativ für Sie auswirken. Und Sie werden sich vor Gericht verantworten müssen, Ed. Es wäre das Klügste, die ganze Angelegenheit ruhig und sachlich zu klären.«

Schließlich fing Sexton an, von einem Handel zu sprechen. Er verlangte ein Schreiben von der Kinderschutzbehörde, in dem stand, daß die Kinder ihm und seiner Frau zurückgegeben werden würden. Zerby gab die Forderung an das DHS weiter. Einige Minuten später betrat Judee Genetin Zerbys Büro.

Die Verhandlungen dauerten noch weitere drei Stunden. Dann nahm Sexton Genetins letztes Angebot an. Sie würde einen Brief aufsetzen, in dem sie versprach, Sozialarbeiterin Bonita Hilson von dem Fall abzuziehen. Und sie versprach, Christopher und Kimberly bis auf weiteres zu Hause zu lassen.

Um 18 Uhr war es schon dunkel. Steve Zerby ging die mit Flutlicht angestrahlte Auffahrt zum Haus hinauf. Das kleine rechteckige Fenster, das Sexton als Schießscharte diente, befand sich direkt über Zerbys Kopf. Gerade war Channel 5 eingetroffen.

Charles ›Skipper‹ Sexton behauptete später, er und sein Bruder hätten beide mit Schußwaffen auf Zerby gezielt. »Ich dachte, ich würde gleich jemanden erschießen. Der Adrenalinstoß, wissen Sie … Ich war sauer. Und dann tauchte dieser Captain Zerby auf. Ich dachte, es würde endlich doch noch ein kleines Feuerwerk geben. Aber dann verließ mein Alter das Haus. Verflucht. Was zum Teufel war da los? Ich meine, wenn ich irgendwo einen Schuß gehört hätte, wäre Captain Zerby erledigt gewesen. Oder ich hätte nur ein paar Schuß abgefeuert. Das macht Spaß – nicht Menschen abzuknallen, sondern zu schießen. Ein irrer Kick. Ein spannender Sport.«

Sexton und Zerby gingen gemeinsam die Auffahrt hinunter. Die Polizei fand nur ein Zwanzig-Schuß-Schnellfeuergewehr Marke Remington und einen 357er Taurus-Revolver, deren Seriennummern unkenntlich gemacht waren. Eine bescheidenere Sammlung als jene, die Charles später beschrieb.

Sexton wurden Handschellen angelegt, und er stieg in den Streifenwagen, in den Händen das kostbarste Gut in jedem Gefängnis: zwei Stangen Zigaretten.

Charles Sexton sagte später aus, daß er und sein Bruder Willie in dieser Nacht loszogen und zwei Teenager auf der Wales Avenue verprügelten. Sie hätten einfach Dampf ablassen müssen.

Ed Sexton wurde zuerst in ein Krisenzentrum der County gebracht und von dort aus ins Gefängnis, nachdem eine psychiatrische Untersuchung ergeben hatte, daß er geistig völlig gesund war. Während er auf der Polizeiwache von Jackson Township auf seinen Abtransport wartete, gab er dem Channel-5-Team ein Interview. Er behauptete, das DHS würde falsche Beschuldigungen gegen ihn erheben.

Auf die Frage, weshalb er sich in seinem Haus verbarrikadiert habe, antwortete er: »Ich mußte einfach etwas tun. Und das war das einzige, was ich tun konnte.«

Der Reporter fragte, ob er seine Kinder je sexuell belästigt habe.

Sexton lächelte mit blitzenden Augen. »Nein.«

Auch Detective Glenn Goe unterhielt sich mit Sexton. Er wollte ihn zu den von Shelly erhobenen Vorwürfen befragen sowie zu Charles angeblicher Vergewaltigung von Lana und James. Er las Sexton seine Rechte vor und forderte ihn dann auf, eine Erklärung zu unterschreiben, die bestätigte, daß er dieser Pflicht nachgekommen war.

Sexton weigerte sich, die Erklärung zu unterschreiben.

»Können wir uns nicht unterhalten, Mr. Sexton?« fragte Goe.

»Nicht ohne meinen Anwalt«, erwiderte Sexton.

Der Fernsehsender machte auch ein Interview mit Judee Genetin. Aber die wirklich unangenehmen Fragen sollten erst viel später kommen, die Fragen, die sie sich selbst stellen würde.

Brief hin oder her, sie hätte Christopher, Kimberly und Charles in Polizeigewahrsam nehmen lassen können, nachdem Sexton abgeführt worden war. Dann hätte sie am Montag das Sorgerecht für die Kinder beantragen können. Immerhin hatte Ed Sexton gegen den richterlichen Unterlassungsbescheid verstoßen, indem er nach Hause gekommen war. Und Charles Sexton war der Kontakt zu den minderjährigen Kindern ebenfalls untersagt worden. Aber Genedin entschied, die Kinder bei May Sexton zu lassen. Eddie war im Gefängnis, und die Kinder hatten an diesem Tag schon genug Traumatisches erlebt.

»Das war ein Fehler, für den ich mich hinterher schuldig gefühlt habe«, gab Genetin später zu. »Ich könnte mich heute noch ohrfeigen. Wenn ich auf meine Jahre beim DHS zurückblicke, war das der größte Fehler meiner ganzen Laufbahn.« Denn schon wenige Tage später verschwanden die Familienmitglieder eins nach dem anderen.

Kapitel 7

Flügel

1

Die Aktion führte dazu, daß in allen Nachrichten in Zentralohio über den Fall Sexton berichtet wurde. Aber Ed Sextons Ruhm verblaßte schon bald wieder.

Eine der letzten Meldungen erschien am 1. Dezember, zehn Tage nach dem Zwischenfall im *Beacon Journal* von Akron unter dem Titel: VORWURF DER FREIHEITSBERAUBUNG FALLENGELASSEN.

Eddie Lee Sexton sr., 50jähriger Bürger von Jackson Township, hieß es in dem Artikel in der Dienstagsausgabe, erhob gestern vor dem Stadtgericht in Massilon keinen Einspruch. Er wurde für zwei geringfügige Vergehen verurteilt, der Gefährdung von Kindern und der Störung der öffentlichen Ordnung. Richter Eugene M. Fellmeth ließ die Anklage wegen Freiheitsberaubung fallen, nachdem die Polizei weder Sextons Ehefrau noch die drei Kinder hatte finden können, damit sie vor Gericht aussagten. Fellmeth verurteilte Sexton zu hundertachtzig Tagen Gefängnis und hundert Dollar Verfahrenskosten, setzte die Strafe aber dann zur Bewährung aus und ließ Sexton gehen. Sexton hatte das Gefängnis bereits drei Tage vor seiner Anhörung gegen Hinterlegung einer Kaution in Höhe von siebentausendfünfhundert Dollar verlassen können. Eine Bewährungsauflage lautet dahingehend, daß Sexton sich von seiner Familie und den Mitarbeitern des DHS fernzuhalten hat.

In der Montagsausgabe des Cantoner *Repository* erschien ein Interview mit Sexton, das er vor seiner Anhörung gegeben hatte. Der Patriarch wies sämtliche Mißbrauchsvorwürfe von sich und forderte George Voinovich, den Gouverneur von Ohio, auf, sich mit seinem Fall zu befassen. »Ich werde schon dafür sorgen, daß mir jemand zuhört«, drohte er.

Nur eine Woche vor der Urteilsverkündung, zwei Tage nach der Aktion in der Caroline Street, revidierte Judee Genetin, die Leiterin der Rechtsabteilung des DHS, ihren Entschluß und wandte sich erneut an das Familiengericht. Sie beantragte, daß die Vormundschaft für Kimberly, Christopher und Charles wieder dem DHS übertragen wurde. May Sexton hinterließ Genetin telefonisch eine Nachricht, in der es hieß, sie würden sich bei der Anhörung am nächsten Tag sehen. Sie kam nicht. Die Polizei von Jackson suchte die ganze Woche vergeblich nach May und den Kindern.

In dem Artikel im *Repository* gab sich Sexton kämpferisch. Er habe seine Frau angewiesen, aus Canton fortzugehen.

»Ich habe zu ihr gesagt ›Nimm sie unter deine Fittiche und verschwinde‹«, behauptete er. »Sie ist eine liebevolle Mutter. Sie möchte nicht, daß den Kindern ein Leid geschieht. Sie möchte sie davor bewahren, daß sie wieder zu Pflegefamilien kommen und das ganze Theater noch einmal durchmachen müssen.«

Auf Channel 5 wurden auch Reaktionen von Angehörigen gebracht. In einem Bericht wurde ein Interview mit Eddie Sexton jr. gezeigt, der zusammen mit seiner Frau Daniela und seinen beiden Kindern daheim auf dem Sofa saß.

»Es ist eine gute Familie«, teilte er den Zuschauern mit. »Mit unserer Familie ist alles in Ordnung. Sie müssen sich das ausgedacht haben, ich habe nämlich in all den Jahren, die ich in diesem Haus gelebt habe, nichts dergleichen bemerkt.«

Die Sexton-Familie erfreute sich durchaus einigen Mitgefühls in der Bevölkerung. May Sexton bekam einige Briefe von anderen Familien, die vom DHS beschuldigt wurden. Und auch die Zeitungsleser wußten nichts Genaues. DHS und Polizei behielten das meiste von dem, was sie über die Familiengeheimnisse wußten, für sich. Und sonderbare Kindesmißbrauchgeschichten wurden von der nationalen Presse zunehmend kritisch betrachtet.

Das Bewußtsein um falsche Mißbrauchsvorwürfe war damals landesweit sehr hoch. Fernsehsender brachten regelmäßig Berichte über unschuldige Lehrer und Verwandte, die aufgrund zweifelhafter Ermittlungsmethoden wie Rückführungen unter Hypnose oder Suggestivbefragungen kleiner Kinder verhaftet worden waren. Eine Studie hatte ergeben, daß Kinder häufig falsche Aussagen machten, wenn sie glaubten, der Person, die sie befragte, damit eine Freude zu machen. Manche Experten verglichen die Verfolgung bei ›rituellen‹ Mißbrauchsfällen mit der kollektiven Hysterie der Hexenprozesse von Salem.

In Stark County gab es allerdings keinen solchen Aufschrei. Es war die Woche von Thanksgiving, und in den Zeitungen wurde zunehmend für örtliche Weihnachtsermäßigungen geworben. Belden Village glitzerte von festlichen Dekorationen. Die Innenstadt ihrerseits wirkte ebenfalls ein wenig freundlicher, aber dennoch alt und müde.

Möglicherweise erregten die Vorwürfe auch deshalb in der Öffentlichkeit kein so großes Aufsehen, weil sämtliche Opfer innerhalb der Familie zu finden waren. Die Sextons, die ursprünglich aus ›West-Virginia‹ stammten, waren das, was einige Ortsansässige als ›Grenzgänger‹ bezeichneten. Seit Jahren zogen Menschen aus einem der ärmsten Staaten der USA nach Zentralohio, auf der Suche nach Arbeit in den Gummifabriken in Timken, Hoover und Akron. Manche fanden Arbeit, andere landeten beim Sozialamt. Die ärmsten wohnten in den heruntergekommenen, mit Holzschindeln verkleideten Häusern nur wenige Blocks vom Cantoner Gerichtsgebäude entfernt.

Manche Beobachter stellten fest, daß die Menschen sich nicht mit einem universellen Tabuthema auseinandersetzen wollten. »Aus irgendeinem Grund gewährt die Gesellschaft jedem einen Opferstatus, ausgenommen Inzestopfern« sagte Reporter Dave Knox vom *Beacon Journal* später. »Es hat etwas damit zu tun, daß sich das

Ganze ›innerhalb der Familie‹ abspielt. Und irgendwie scheint man der Ansicht zu sein, die Opfer hätten selbst Schuld.«

Familienrichterin Julie Edwards fragte sich später, ob die behördliche Geheimniskrämerei des Familiengerichts nicht in gewissem Maße zu dieser Haltung beitrage. »Es geht darum, den Opfern nicht noch mehr aufzubürden. Ihnen sollen Peinlichkeiten erspart bleiben. Aber warum eigentlich? Sie sind nicht die Täter. Sie haben nichts falsch gemacht. Vielleicht unterstützen wir in unserem Bestreben, ihre Identität zu schützen, das Stigma des Inzest.«

Ende 1992 wirkte sich die Geheimniskrämerei – der Sozialarbeiter und der Polizei – jedenfalls langsam zu Ed Sextons Vorteil aus. Wäre die Öffentlichkeit über die Einzelheiten der Vorgänge in der Caroline Street informiert gewesen, hätten die rechtschaffenen Bürger von Stark County sicher nicht tatenlos zugesehen, wie Ed Sexton auf freien Fuß gesetzt wurde.

Judee Genetin sagte später, sie hätte Captain Steve Zerby angerufen und sich dafür ausgesprochen, daß Sexton in Haft blieb. Außerdem hatte sie einen Anwalt ihres Stabes zu der Anhörung geschickt. Irgendwie schienen die Interessen der Kinder übersehen worden zu sein.

Zu den Bewährungsauflagen gehörte, daß Sexton sich von seiner Frau und den Kindern fernhielt. Zerby meinte, das könnte der Polizei mehr Handlungsfreiheit verschaffen. Beim geringsten Kontakt konnte Sexton verhaftet und wegen Verstoßes gegen die Bewährungsauflagen ins Gefängnis geworfen werden. »Solche Situationen sind für die Polizei eigentlich nichts Besonderes«, erklärte Zerby später. »In diesem Fall kannte niemand das ganze Ausmaß der familiären Probleme. Damals lagen uns nur eine Handvoll Anschuldigungen vor.«

Detective Glenn Goe nahm ebenfalls an der Anhörung teil. Er erinnerte sich, daß er Sexton im Gefängnis sehen wollte. Auch wenn Machelle Sexton ihre Anschuldigungen widerrufen hatte, hatte Sexton immerhin Mitarbeiter des DHS sowie auch Polizisten bedroht.

Robert Zadell, der stellvertretende Staatsanwalt des Massilon Law Department, der den Fall vertrat, sollte dabei bleiben, daß Polizei und DHS zu keiner Zeit eine Gefängnisstrafe gefordert hatten. Als sie keine Zeugen für die Freiheitsberaubung vorbringen konnten, ließen sie sich auf eine Anklage wegen minderer Vergehen ein. So etwas ist an amerikanischen Gerichten an der Tagesordnung. »Hätte jemand eine Gefängnisstrafe gefordert, wäre ich dieser Forderung nachgekommen«, sagte Zadell später. »Aber alle Anwesenden einigten sich vor Gericht.«

Richter Eugene Fellmeth aus Massilon erklärte später, er habe Sexton auf Empfehlung des stellvertretenden Staatsanwalts auf freien Fuß gesetzt. »Sie sind es, die die Fälle prüfen«, äußerte er Monate später dem *Beacon Journal* gegenüber. »Und ich stelle ihre Entscheidungen nicht in Frage, solange ich sie für vernünftig halte.«

2

Teresa Boron las keine der Lokalzeitungen. Sie erfuhr am nächsten Tag in der familieneigenen Werkstatt aus dem Fernsehen von der Aktion Ed Sextons. Sie sah, wie Eddie Sexton jr. seine ›intakte Familie‹ pries.

Einer der Angestellten, ein Absolvent der Jackson High, zeigte auf den Bildschirm und sagte: »Der hat wohl die vielen Male vergessen, die er mit einem Veilchen in die Schule gekommen ist.«

Ja, auch Teresa hatte kürzlich Veilchen gesehen.

Erst einen Monat zuvor hatte sie auf dem Weg zum Mittagessen aus der Einfahrt zurückgesetzt, als sie im Rückspiegel zwei junge Männer auf sich zukommen sah, einer davon sehr groß und massig.

»Das ist Pixies Bruder Willie«, sagte sie sich laut. »Aber wer ist das da bei ihm, und was wollen die beiden hier?«

Erst als sie sich umdrehte, erkannte sie den zweiten jungen Mann.

Grundgütiger, das ist ja Joey.

Er hatte sich einen struppigen Bart wachsen lassen, und das ebenso ungepflegte Haar fiel ihm bis auf den Hemdkragen. Seine beiden Augen waren schwarz-blau-violett verfärbt und seine Wangen und der Kiefer geschwollen.

Sie sprang aus dem Wagen und rief: »Was um alles Welt haben sie mit dir gemacht? Wer ist das gewesen?«

Sie funkelte Willie Sexton böse an.

»Mir geht es gut«, antwortete Joey schüchtern.

Teresa brach in Tränen aus.

»Wer war das?« fragte sie und packte ihn bei den Schultern.

»Ich weiß es nicht.«

»Doch, das tust du!«

Sie wandte sich Willie zu. »Wer hat ihn so zugerichtet?«

»Ein Vetter«, entgegnete Willie.

Nach und nach erfuhr sie die ganze Geschichte. Joey habe eine gelähmte Freundin besagten Vetters als ›Gemüse‹ bezeichnet und sich dafür eine Tracht Prügel eingehandelt.

Wieder fuhr sie Willie an. »Was ist los mit deiner Familie? Warum laßt ihr ihn nicht einfach in Frieden?«

Joey legte die Arme um sie und drückte sie. »Es geht mir gut«, versicherte er ihr erneut. »Es geht mir gut.«

Nein, dachte sie. Joey würde jemanden im Rollstuhl nicht als ›Gemüse‹ bezeichnen.

»Wo war denn Stella?« fragte sie. »Was hat deine Frau währenddessen getan? Dagesessen und zugesehen?«

Er sagte, Pixie hätte ihn ins Krankenhaus gefahren. »Sie hat auch geweint«, berichtete Joey.

Willie Sexton musterte sie mit aufrichtigem Blick. »Ich habe ihm gesagt, er soll sich in Zukunft von ihnen fernhalten«, sagte er nickend. »Keine Angst. Ich werde nicht zulassen, daß ihm noch einmal so was passiert.«

Und jetzt das, dachte Teresa und verfolgte weiter die Sendung im Fernsehen. Die Sextons machten Schlagzeilen.

3

Stunden später tauchte Joel Good bei seinen Großeltern auf. Er war naß bis auf die Haut und hielt in der einen Hand krampfhaft einen Zettel. Er sagte, er wäre die zwölf Meilen von Bolivar zu Fuß gegangen. Pixie habe ihn aus ihrem Wagen geworfen. Sie sei unterwegs, um ihren Vater im Gefängnis zu besuchen.

»Warum hat sie das getan?« wollte Lewis Barrick wissen.

Joey entgegnete, daß er seine Frau gefragt habe, was sie sich zu Weihnachten wünsche. Pixies Antwort darauf war der Zettel gewesen, den er in der Hand hielt.

Da stand:

Joel,
ich wünsche mir zu Weihnachten, daß Du mich und die Kinder in Ruhe läßt, damit wir ein neues Leben anfangen können. Wenn Du erst weg bist, kann meine Familie vielleicht endlich wieder für sich allein sein. Im Augenblick kann keiner etwas tun oder sagen, wenn Du dabei bist, weil wir nicht wissen, was Du in Zukunft tun wirst. Unsere Ehe ist aus und vorbei. Das ist sie schon seit zwei Monaten. Du + ich, wir passen nicht zusammen, und das gleiche gilt auch für die Mädchen. Was das Baby betrifft, kannst Du es sehen, wenn Du willst, aber großziehen werde ich es. Ich werde es allein zusammen mit meinen Mädchen großziehen. Und was immer Du auch tust, versuch ja keine Tricks. Und Deine Familie auch nicht. Ich habe nämlich schon mit Dad + seinen Leuten gesprochen, + die haben gesagt, wenn es Ärger gäbe, brauche ich sie nur anzurufen.

Alles Gute
Pixie

Am darauffolgenden Tag suchte Teresa Boron zusammen mit ihrem Neffen einen Rechtsanwalt auf und sagte, Joey wolle die Scheidung, und sie versicherte dem Anwalt, daß sie alle Kosten übernehmen werde.

Die ganze Familie hatte geargwöhnt, daß es in der Ehe kriselte. Die Schwierigkeiten hatten angefangen, kurz nachdem Pixies Schwangerschaft sichtbar geworden war. Joels Führerschein war eingezogen worden, nachdem er mit seinem nicht versicherten Wagen einen Unfall gebaut hatte. Pixie hatte Joel regelmäßig zum Wäschewaschen bei seinen Großeltern abgesetzt, während Pixie im Wagen ihrer Mutter weiterfuhr. Sie hatte Shasta bei Joey gelassen und allen erzählt, sie würde mit Dawn zum Arzt gehen oder Besorgungen machen. Aber oft kehrte sie erst spät abends zurück, manchmal sogar überhaupt nicht.

»Wohin fährt sie?« wurde Joel von seinen Verwandten gefragt.

»Ich weiß es nicht«, hatte er geantwortet.

Teresas Bruder Sam Barrick hatte eines Tages gesagt: »Ich wette, sie trifft sich immer noch mit ihrem Dad. Ich wette, die haben immer noch was miteinander.«

Aber trotz des Besuchs beim Scheidungsanwalt verteidigte Joel auch weiterhin Ed Sexton gegen das DHS. Er schien empört zu sein, daß irgend jemand es gewagt hatte, seinen Schwiegervater des sexuellen Mißbrauchs zu beschuldigen.

Nachdem Joel mit dem Abschiedsbrief in der Hand bei den Barricks aufgetaucht war, verständigten diese Teresa, die sofort herüberkam und ihn mit zu sich nach Hause nahm. Das war kurz vor Thanksgiving.

Es dauerte nicht lange, und Teresas Mutter rief an. Pixie riefe ständig bei ihr an. Pixie hatte ihr erklärt, daß sie und ihr Bruder Eddie jr. versuchten, die Kaution für ihren Vater aufzubringen. Sie brauchten Joel, um an ein Schließfach auf einem privaten Campingplatz namens Bear Creek in Bolivar heranzukommen.

Gladys Barrick wollte wissen, warum sie hierfür ihren Enkel bräuchten.

Pixie entgegnete, daß der Platz auf Joels Namen lief, weil er der einzige war, der einen staatlichen Ausweis besaß.

»Willst du mich für dumm verkaufen, Stella?« konterte Gladys. »Dafür braucht man keinen staatlichen Ausweis. Dafür reicht ein Führerschein, und den hast du ja wohl.«

Damals wußte außer den Sextons noch niemand, daß Ed Sexton sich im September unter Joel Goods Namen Campinggenehmigungen in Portage Lakes beschafft hatte. Außerdem hatte er Pixies Namen und die falschen Namen ›Franklin‹ und ›Sarah‹ Sexton angeführt, um die maximale Campingdauer von vierzehn Tagen immer wieder zu erneuern. Er war wegen Trunkenheit auf dem Campingplatz verwarnt worden, und es hatte auch Beschwerden gegeben, weil er seinen Abfall nicht ordentlich entsorgte. Als Ranger sich Sexton vorknöpften, weil er die Grenzen des Tolerierbaren überschritten hatte, war er nach Bear Creek gewechselt.

Nach zwei Tagen wollte Joey zurück zu seinen Großeltern. Widerwillig fuhr Teresa ihn hin.

Am Thanksgiving-Wochenende saß Teresa Boron wieder am Steuer, um nach ihrem Neffen zu suchen. Joey hatte seinen Großvater gebeten, ihn am Einkaufszentrum abzusetzen, wo er sich zu einem Gespräch mit Pixie treffen wollte. Zwei Stunden später hatte Joey von der Mall aus angerufen.

»Würdet ihr mich alle hassen, wenn ich zu Stella zurückginge?« fragte er.

»Ich sagte, wir würden ihn nicht hassen, wir würden uns nur Sorgen um ihn machen«, erzählte Lewis Barrick später.

Seitdem hatte niemand mehr von ihm gehört.

»Ich werde ihn finden«, versprach Teresa.

»Ich hatte so eine furchtbare Ahnung, daß er tot war«, erinnerte sie sich später.

Teresa schaute bei seinen Lieblingstanten vorbei und fuhr dann in die Caroline Street. Das Haus oben auf dem Hügel war dunkel und wirkte verlassen. Der handlose Jesus stand mit leerem, versteinertem Blick im Vorgarten.

Sie traute sich allein nicht bis zur Tür und kam später

mit ihrem Mann wieder. Fast eine Minute lang hämmerten sie an die Tür. Schließlich öffnete Pixie und steckte den Kopf zur Tür hinaus. Dann kam Joel heraus.

»Was ist?« fragte seine Tante.

»Wir wollen es noch einmal versuchen«, sagte er.

Pixie sagte, sie wäre in das Haus eingezogen. Ihre Eltern seien fort.

»Wenn ihr es noch einmal versuchen wollt, gut. Wenn es nicht klappt, auch gut.« Sie musterte Joey eindringlich. »Tu so etwas nie wieder«, sagte sie. »Verschwinde nie wieder, ohne irgend jemandem zu sagen, wo du bist. Ich dachte, schon, du würdest tot in irgendeinem Graben liegen.«

»Wie kommst du denn auf so was?« fragte er.

»So wie sie dich zugerichtet haben ... Das nächste Mal werden sie dich umbringen.«

4

May Sexton erzählte später ihre Version der Ereignisse um die Geiselnahme in der Caroline Street.

»Wie ich schon vielen Leuten gesagt habe ... Wenn sie je den Elvis-Song gehört haben, Sie wissen schon, den, in dem es darum geht, ein kurzes Stück in den Schuhen eines anderen zu laufen, dann wüßten sie, warum. Dann würden sie solche Dinge nicht zu mir sagen. Ich wollte nicht, daß irgend jemandem weh getan wird. Heute gibt es so vieles, was eine Frau tun kann, um aus einer Situation wie der meinen herauszukommen. Ich hätte alles getan, wenn ich damals nur einen Ausweg gesehen hätte.

Ich sagte Eddie, er müsse ausziehen, weil ich meine Kinder zurückhaben wolle. Machelle kam zurück. Sie und ich, wir setzten uns zusammen, und sie erzählte mir, was ihr Vater mit ihr gemacht hatte. Sie berichtete auch, daß ihr Dad mit Pixie dasselbe gemacht hatte. ›Und wann ist das alles passiert?‹ fragte ich. Und sie sagte: ›Wenn er mit uns zum Drugstore gefahren ist.‹

Ich war schockiert, weil Eddie bis dahin nie etwas in der Richtung angedeutet hatte. Und die Mädchen auch nicht. Ich konnte nicht verstehen, warum sie mir nichts gesagt hatten. Es sei denn, er hätte ihnen gedroht, dies oder jenes zu tun, wenn sie den Mund aufmachten. Ich weiß auch nicht. Ich wußte nicht, was vorgefallen war. Aber ich glaubte ihr.

Aber er schlich sich weiter heimlich ins Haus. Ich sagte ihm, was passieren würde [wenn das DHS davon erfuhr], und er sagte: ›Niemand wird etwas davon erfahren.‹ Ich sagte: ›Was mit den Großen passiert ist, wird den Kleinen nicht geschehen.‹

Als ich allein in der Caroline Street wohnte und das Sorgerecht für die Kinder zurückbekam, beschuldigte er mich, eine Affäre mit meinem Anwalt Pat Menicos zu haben.

Ich traute Eddie nicht. Ich konnte ihm nicht mehr vertrauen. Im September hatte er mich in Shellys Beisein mit dem Gewehr bedroht. Ich rief die Polizei von Jackson Township an, und sie kam auch. Die Beamten meinten aber, sie könnten nichts tun, weil er nicht einmal da war und sie auch nichts gesehen hatten.

Der einzige Grund für Machelles Widerruf war der, daß ihr Dad sie bedroht hatte. Er fragte sie, wie lange sie bei mir wohnen wolle, und ich sagte: ›Sie kann so lange bleiben, wie sie will.‹ Und darauf Ed: ›Dann sollte sie besser eine Erklärung aufsetzen, in der steht, daß ich ihr nichts getan habe, ich mag es nämlich nicht, wenn man Lügen über mich erzählt.‹

Ich wollte nur weg von ihm. Weil ich Kim und Chris bei mir hatte und sie nicht wieder verlieren wollte wegen seiner Blödheit – daß er ständig ins Haus kam, meine ich. Eines Abends wollte er, daß ich mit den Kindern zu ihm kam, und ich sagte: ›Ich werde den Kinderschutz anrufen und die Kinder abholen lassen. Du hast sie nicht verdient.‹ Er sagte, dafür würde ich bezahlen.

Also packten Chris, Kim und ich ein paar Sachen in den Van, und ich fuhr nach Elizabethtown in Kentucky. Ich wollte meinen Bruder bitten, mir dabei zu helfen, einen Ort zu finden, wo ich mich vor Eddie verstecken konnte. Und ich wollte wirklich die Sozialbehörde anrufen. Aber dann blieb der Van liegen. Irgend etwas mit den Bremsen. Ich rief meine Tochter Pixie an und bat sie, mir telegraphisch etwas Geld anzuweisen, aber statt dessen verriet sie ihrem Vater, wo ich war.

Eddie jr. fuhr Eddie in seinem Van nach Elizabethtown. Sie reparierten meinen Van, und wir kamen zurück nach Ohio. Wir stritten auf der gesamten Rückfahrt. Er brachte uns von Kentucky in ein Motel. Am Morgen fuhr Willie davon, und als er zurückkam, lagen hinten im Van Draht und so. Wir fuhren mit ihm zurück in die Caroline Street, und William fing an, das Haus zu verbarrikadieren.

Nachdem Eddie verhaftet worden war, setzte ich mich wieder mit den Kindern ab. Ich zog zu Eddie jr. Aber Eddie jr. wollte seinen Vater aus dem Gefängnis holen. Er hielt mir das Gewehr seines Vaters an den Kopf, so wie sein Dad es getan hatte, und drohte mich abzuknallen, wenn ich seinen Vater nicht da rausholte. Er war betrunken, und ich hatte Todesangst. Er wollte meinen Van verkaufen und das Geld für die Kaution verwenden.

Ich wollte von da weg. Ich nahm die Kinder, und wir kamen bei dieser schwarzen Frau unter. Ich kann mich nicht einmal mehr an ihren Namen erinnern. Sie war schon mehrfach bei uns zu Hause gewesen. Das war der einzige Ort, der mir einfiel, da Pixie sich meinen Pontiac unter den Nagel gerissen hatte. Ich hatte Angst vor meinem Sohn und vor Eddie. Eddie tönte immer, daß er hier und da gewisse Freunde hätte. Ich war ein nervliches Wrack.«

Ich wußte nicht einmal, daß es eine Anhörung [beim Familiengericht] gab. Wir blieben etwa eine Woche bei der schwarzen Dame; wir waren an Thanksgiving dort. Sie bereitete für die Kinder ein richtiges Thanksgiving-Essen zu.

Dann fuhr Eddie sen. in meinem Pontiac vor. Er und die schwarze Dame gerieten aneinander. Er schuldete ihr Geld, eine ziemlich Summe, glaube ich. Er tat so, als würde er die ganze Nacht bleiben, aber sobald sie im Bett war, befahl er uns, in den Wagen zu steigen.

Wir fuhren zum Lincoln Motel und blieben dort wohnen. Pixie und Joel kamen auch dorthin. Sie wollten irgendwelche Reifen wechseln, glaube ich. Eddie hatte einen dicken Umschlag voller Geld. Ich weiß nicht, woher er es hatte, aber es war ganz schön viel. Er verließ das Motel, und Chris und ich malten uns aus, was wir tun würden, wenn wir uns etwas von dem Geld beschaffen könnten. Er kam in Eddie juniors Wohnmobil zurück. Ich weiß auch nicht, wie er das geschafft hat. Er befahl den Jungen, alles in das Wohnmobil zu laden.

Und dann verließen wir Ohio.

5

Augusta Townsend ging nervös in ihrer kleinen Küche in der Cantoner Innenstadt auf und ab und bereitete sich innerlich darauf vor, dem erwarteten Besucher von ihren Begegnungen mit der Sexton-Familie zu berichten sowie davon, daß May und die Kinder nach der Geiselnahme Ende 1992 zwei Wochen bei ihr gewohnt hatten.

Sie war eine athletisch gebaute, sehr direkte schwarze Frau Anfang Vierzig. Sie erzählte, sie bekäme eine Behindertenrente wegen einer alten Verletzung, die sie sich in der Stahlfabrik zugezogen hatte. Außerdem versorgte sie ihren 87jährigen Ehemann, einen Veteranen aus dem Zweiten Weltkrieg, den sie ›Soldier Boy‹ nannte. Sie trug selbst gern Militäruniformen und erklärte, daß, wenn man sich in ihrem Viertel militärisch anzog, man in Frieden gelassen wurde.

Augusta Townsend erzählte, sie sei seit einigen Jahren mit der Familie Sexton bekannt. Sie habe die Familie über ihren Vetter kennengelernt, der mit Eddie jr. befreundet war. Eddie sen. bezeichnete sich als Prediger. Als die Freundin von Augustas Vetter sich in ihrem Haus das Leben nahm, segnete Sexton das Haus mit den Worten »Alle Dämonen sind ausgetrieben.«

»Er sagte, er hätte jede erdenkliche Sünde begangen, aber jetzt sei er erlöst«, erinnerte sich Augusta. »Dann meinte er aber, er würde Gott und den Teufel anbeten. Ich sage Ihnen, der war kein Prediger Gottes. Er ist ein Prediger des Teufels, soviel steht fest.

Sehen Sie, ein paar Mal war ich dort [in der Caroline Street], und sie merkten gar nichts von meiner Anwesenheit. Eines Tages schaute ich durch ein offenstehendes Fenster. Ich sah Willie, Pixie und Eddie, die eine Katze auf einem Tisch anbeteten. Überall standen Kerzen und so'n Zeug. Ich habe kehrtgemacht und das Weite gesucht.

Sehen Sie, ich bin ein sehr neugieriges Miststück, entschuldigen Sie den Ausdruck. Ich wollte wissen, was da los ist. Also parkte ich ein anderes Mal meinen Van drei Blocks weiter, um die Ecke. Ich erwischte ihn dabei, wie er in dem Schuppen gleich neben dem Eingang ein Mädchen vögelte. Ich weiß nicht, wer das Mädchen war. Sie war vielleicht sechzehn oder achtzehn, ich weiß nicht genau. Sie war kleiner als ich. Ich meine, der Mann war ein Hurensohn, wissen Sie?

Dann, nachdem er aus dem Haus ausgezogen war, fuhren wir raus zum Campingplatz, um Eddie sen. zu besuchen. Er wohnte immer woanders, weil er sich doch von seiner Frau fernhalten sollte. Ich fuhr raus, Sir, und Pixie begleitete mich, in Shorts, die so eng waren, daß sie ihr in den Hintern schnitten und man ihre Muschi sehen konnte. Entschuldigen Sie die Ausdrucksweise. Durch ihr Oberteil konnte man ihre Nippel sehen. Ich habe den Wohnwagen betreten, und ich sage Ihnen, da drin roch es nach Sex.

Ich sagte zu meinem Vetter, wir sollten verschwinden. Es war kein anderer Mann in der Nähe, also mußte es Eddie gewesen sein, der es in dem Wohnwagen getrieben hatte. Bevor wir wegfuhren, kreuzte die Mutter auf. Sie sprach mit mir, dann ging sie in den Wohnwagen und … Mann, sie warf Geschirr und was ihr sonst noch in die Hand fiel, nach Eddie Sexton. Sie *wußte*, daß ihre Tochter mit ihrem Mann vögelte.

Dieses Mädchen, Pixie, ich wußte schon lange, daß sie

sehr eifersüchtig war, was ihren Dad anbelangte. Sie flippte richtig aus. Die Eifersucht war nicht normal. Ich meine, es war eine Eifersucht wie zwischen Ehegatten. Sie wollte nicht, daß irgend jemand ihrem Daddy zu nahe kam. Nach dem Motto: niemand kommt *meinem* Daddy näher als auf einen halben Meter.«

Augusta Townsend erzählte, ihr Vetter und einer von Sextons Neffen hätten Joel Good auf der Straße verprügelt, keine dreißig Meter von ihrer Haustür entfernt. Sie stürzten sich auf ihn, als er aus einem Wagen stieg. Ed Sexton war nirgends zu sehen. »Der war zu hager, um den Jungen derart zu vermöbeln.« Eddie jr. und Pixie waren auch dabei, fuhr sie fort.

Zwei Wochen vor der Geiselnahme hatte Eddie sen. Augusta angeboten, seinen Chevy gegen ihren Ford-Truck zu tauschen. Sie überschrieb ihm den Truck, er aber erfüllte seinen Teil des Handels nicht. Dann kam er in den Knast.

Augusta bestätigte, daß sie angeboten hatte, May, Christopher, Kimberly und Skipper bei sich aufzunehmen, nachdem Eddie jr. seiner Mutter ein Gewehr an den Kopf gehalten hatte. Kurz darauf war Eddie jr. aufgetaucht, der versuchte, die Kaution aufzubringen.

»Also, Eddie jr. war ebenfalls sehr besitzergreifend, ganz wie Pixie. Und das gegenüber seinem *Daddy*. Ich fragte mich, mein Gott, was hat er [Eddie sen.] nur getan? Hat er sie denn alle gevögelt? Entschuldigen Sie meine Ausdrucksweise.«

Sie gab Eddie jr. fünfhundert Dollar, weil sie glaubte, sie würde den Van bekommen, wenn Ed Sexton erst wieder auf freiem Fuß war. In der Woche, in der May mit den Kindern bei ihr gewohnt hatte, war nicht viel passiert. Aber dann tauchte Ed Sexton auf, nachdem die Kaution hinterlegt worden war. Die Atmosphäre veränderte sich spürbar, kurz nachdem er das Haus betreten hatte.

Erst kaufte er ein und befahl seinen Jungs, Reparaturen an ihrem Haus durchzuführen. Willie zog ebenfalls ein. Ed Sexton habe einen .38er Revolver bei sich gehabt, berichtete Augusta. »Er gehört zu den Leuten, die provozieren.

Er verleitete andere dazu, Dinge zu tun. Ja, er manipulierte einen.

Ich gab den Kindern Kleider und Schuhe, nur so, um auszuhelfen. Weil sie sagten, sie würden versuchen, als Indianer anerkannt zu werden. Weil sie dann frei sein würden. Die Kleidungsstücke waren von Soldier Boy. Außerdem hatte ich Militärhosen mit Tarnmuster. Ich sagte ihnen, nachts kann euch in Tarnklamotten keiner sehen. Also fuhren wir zu einem Armyladen und besorgten verschiedenes.

Die Mutter war ziemlich nervös. Aber sie war genauso schuldig. Ich sag' Ihnen mal was. Wenn sie eine anständige Frau gewesen wäre, hätte sie nicht zugelassen, daß ihr Mann ihre Kinder vögelt ... daß er seinen perversen Kram auslebt. Ich an ihrer Stelle hätte ihn aus dem Haus geworfen und nie wieder reingelassen, das können Sie mir glauben.

Sie alle waren so [sexuell hyperaktiv]. Ich habe gesehen, wie das kleine Mädchen [Kimberly] wie eine Nymphomanin auf ihrem Vater rumgeklettert und gerutscht ist. Es ist wie bei der Hundeerziehung. Wenn man einem Hund beibringt, zu buckeln, dann tut er das auch. Sie alle bis hin zur Jüngsten benahmen sich so, als wären sie unsterblich verliebt in den Mann [Ed Sexton]. Und sie wollten einen nicht in der Nähe ihres Dad haben. Sie starrten einen an wie einen mörderischen bösen Dämon.

Aber die Mutter tat so, als wäre ihr das scheißegal. Entschuldigen Sie die Ausdrucksweise. Der einzige, der ihr was bedeutete, war Christopher. Sie zeigte mir diese [Familien-] Fotos. Sie war im Schlafzimmer. Sie sagte: ›Das ist Chris, mein Liebster.‹ Ich dachte mir nur, da stimmt doch was nicht.«

Die Jungen schliefen in Augustas Wohnzimmer, Christopher und Skipper auf einem ausgezogenen Schlafsofa. Kimberly schlief mit ihren Eltern im Gästezimmer.

»Eines Nachts ging ich nach unten, weil ich aufs Klo mußte. Und da sah ich sie. Die Mutter kniete neben dem Bett und lutschte am Schwanz des Jungen [Christophers].

Ihr Kopf war zwischen seinen Schenkeln und bewegte sich auf und ab. Und Skipper sah zu. Willie schlief in seinem Sessel. Ich schlich zurück nach oben.«

Sie erzählte Soldier Boy von ihrer Beobachtung. »Ich sagte, da mach' ich nicht mit – wenn mir was stinkt, dann sag' ich das auch. Ich sagte: ›Soldier, ich mach' da nicht mit.‹ Ich meine, ich hatte die Kinder aufgenommen, um sie zu beschützen und nicht, damit sie unter meinem Dach mißbraucht werden. Daddy mit der Kleinen im Bett und Mami, die dem Jungen einen blies.

Sie wollten sowieso bald gehen, aber ich fing an zu meckern. Ich beschwerte mich, daß ich ganz allein alle Rechnungen bezahlen müsse. Ich sagte, ich wäre der Boss. Ich sagte, daß es in meinem Haus keine Schweinereien gäbe. Ich sagte, ich hätte Kinder sehr gern ... Und da packten sie ihre Sachen.«

Sie verließen das Haus mitten in der Nacht. Augusta Townsend sah die fünfhundert Dollar für die Kaution nie wieder, und auch die Papiere des Vans bekam sie nicht. Sie fand nur eine leere Patronenhülse, die auf ihrer Küchenanrichte aufgestellt war.

Sie deutete das als eine Botschaft Eddie Sextons.

»Ich dachte, sie würden mich umbringen, weil ich in meinem Haus etwas beobachtet hatte«, sagte sie. »Ich sage nämlich die verdammte nackte Wahrheit. Das sind ein Haufen Perverse, jawohl.«

6

»Eine interessante Familie.«

Mit diesen Worten beschrieb Rechtsanwalt James Gregg aus Canton seine Langzeitmandanten Ed und May Sexton zuallererst. Trotzdem meinte Gregg, daß irgendwo ein großer Fehler gemacht worden sein mußte, der dann zu der Geiselnahme geführt hatte.

Gregg lernte das Ehepaar in den sechziger Jahren kennen, als er noch ein ganz junger Anwalt war und für Legal Aid arbeitete. Sexton betrat eines schönen Tages sein Büro und sagte, er bräuchte die Scheidung von seiner ersten Frau. In den folgenden Jahren hatte Gregg immer wieder Routinefälle für Sexton erledigt – Schadensersatzansprüche aus Unfällen, Eigentumsfragen etc. Aber im Laufe ihrer fünfzehnjährigen geschäftlichen Beziehung verwies Sexton immer wieder auf den ersten Fall.

»Das ist der Mann, dem ich meine Scheidung verdanke«, sagte er immer. Sexton hatte noch ein paar andere seltsame Gewohnheiten. Gregg rauchte Lucky Strikes und Ed Camels, seine Fingerspitzen waren ganz gelb vom Nikotin. Er brachte Gregg jedesmal ein Päckchen Zigaretten mit, das er auf seinen Schreibtisch fallen ließ, bevor sie zum geschäftlichen Teil übergingen.

Und er zahlte immer bar.

Zwei Monate zuvor, am 2. September, war Sexton in der Kanzlei aufgetaucht, um ein zweites Haus, das er in Canton besaß, auf seinen Sohn Eddie Sexton jr. zu überschreiben. Der Patriarch lehnte eine Rechtstitelüberprüfung ab, die Eddie jr. garantiert hätte, daß das Haus, das er bekam, frei war von Belastungen jedweder Art.

Gregg warnte Eddie jr. »Wissen Sie, ich weiß nicht einmal sicher, ob Ihr Vater überhaupt Eigentümer dieses Hauses ist. Ich garantiere für nichts.«

Eddie jr. wollte, daß er die Überschreibung trotzdem vornahm.

Sieben Tage später kam Estella May Sexton in sein Büro. Es bestehe ein Pfandrecht auf das Haus in der Caroline Street wegen einer unbezahlten Krankenhausrechnung, sagte sie. Sie wollte wissen, was zu tun sei. Sie wollte das Haus verkaufen. Die Bank hatte eine gerichtliche Verfallerklärung der Hypothek beantragt. Gregg konnte die Zwangsvollstreckung abwenden, aber der Rechtstitel konnte nur freigegeben werden, wenn die Schulden beglichen wurden. In den Akten stand später, daß der Rechtstitel mit Pfandrechten in Höhe von siebentausend Dollar von Krankenhäusern belastet war.

Als das DHS gegen die Sextons aktiv wurde, übergab Gregg den Fall an seinen Kollegen Pat Menicos. »Ich wollte Gott sei Dank gerade in Urlaub fahren«, sagte er später.

Sextons Verteidigung vor dem Stadtgericht von Massilon übernahm ebenfalls ein anderer Rechtsanwalt. Dieser Verteidiger wurde nicht bar bezahlt. »Er blieb seinem Verteidiger zweitausendfünfhundert Dollar schuldig«, erzählte Gregg später.

Aber für Gregg war Ed Sexton immer der ideale Klient gewesen. Einmal waren Ed und Otis Sexton gemeinsam in einen unverschuldeten Unfall verwickelt worden. Ed Sexton akzeptierte das Angebot der Versicherungsgesellschaft sofort, während Otis mehr herausschlagen wollte.

»Der Grund, weshalb ich ihn mochte, war der, daß er mir nie irgendwelche Schwierigkeiten gemacht hat«, meinte Gregg. »Er hat mir immer freie Hand gelassen.«

Der einzige schwierige Fall ereignete sich in den achtziger Jahren, als eine Nichte, die bei den Sextons gewohnt hatte in den Monaten vor ihrem High-School-Abschluß, eine Vaterschaftsklage gegen ihn einreichte. Sexton leugnete, daß das Kind von ihm sei. Ein Bluttest sollte Gewißheit schaffen. Dann zog das Mädchen die Klage zurück.

Und es gab noch einen zweiten merkwürdigen Fall. Ed Sexton erzählte Gregg, daß er kurz vor dem Abschluß eines einträglichen Werbevertrags mit der Restaurantkette Burger King stünde. Das Geld werde in den nächsten Tagen kommen. Der Anwalt sollte ihm helfen, damit eine Firma zu gründen. Aber das Geld kam nicht, und so wurde auch aus der Firmengründung nichts.

Am Donnerstag vor Sextons Entlassung gegen Kaution war Eddie jr. in Greggs Kanzlei gewesen. Er war immer noch damit beschäftigt, das Geld für die Kaution aufzubringen. Gregg versuchte, ihn zu beraten, sagte, daß es weder die Mühe noch das Geld wert wäre. Die Anhörung war für Montag angesetzt. Wenn sie sich alle nur vier Tage geduldeten, würde der Richter seinen Vater auch so rauslassen.

Da war noch etwas die Sexton-Familie betreffend. James

Gregg bemerkte es jedesmal wieder, wenn Ed und May Sexton durch die Tür kamen. Sie rochen.

»Vielleicht ist *interessant* nicht das richtige Wort, um sie zu beschreiben«, schloß Gregg schließlich. »Vielleicht wäre *makaber* zutreffender.«

7

Otis Sexton machte alle mitverantwortlich: die Polizei von Jackson Township, den indianischen Sozialarbeiter Mel Fletcher. Wenn Glenn Goe Machelles Vorwürfen nachgegangen wäre, wenn Goe und Steve Zerby die Staatsanwaltschaft von Massilon unterstützt hätten und wenn Mel Fletcher sich aus dem DHS-Fall herausgehalten hätte, meinte Otis, wäre Eddie im Gefängnis geblieben, und damit wären spätere Schwierigkeiten vermieden worden.

Otis warf die Frage auf, ob die Polizei von Jackson auch so schwerfällig gewesen wäre, wenn es sich um eine andere Familie im Township gehandelt hätte, beispielsweise eine, die in einem der Viertel-Million-Dollar-Häuser lebte. Er führte auf: dem Department lag eine lange Liste von Beschwerden gegen die Familie vor; eine Tochter der Familie meldete eine Vergewaltigung durch den Vater; ein Lügendetektortest ergab, daß das Mädchen die Wahrheit sagte; ihre Geschwister offenbarten Schreckliches.

Darauf konnte sich auch der dümmste Polizist einen Reim machen.

»Und was haben sie getan? Nichts!« beschwerte er sich bei Freunden.

Später kritisierte er dann auch das DHS. Wenngleich hiervon nichts in der Zusammenfassung des DHS zum Fall Sexton vermerkt war, die dem Gericht vorgelegt wurde, behauptete Otis Sexton, er hätte zwischen Mai 1979 und April 1992 insgesamt neun Beschwerden beim DHS eingereicht wegen der Art, wie sein Bruder die Kinder behandelte. Außerdem beklagte er sich über Grundschul- und

High-School-Vertrauenslehrer sowie verschiedene Polizeireviere.

»Ich bekam immer die gleiche Antwort: Wir haben nicht genug Leute. Oder: Die Kinder müssen die Probleme selbst vorbringen«, schimpfte Otis.

Aber als genau das eingetreten war, war immer noch nichts passiert.

Judee Genetin leugnete später, daß Beschwerden von Otis Sexton beim DHS eingegangen wären.

»Wenn mir keiner glaubt, war ich also ein Lügner, oder?« fragte er später. »Aber ich bin kein Lügner.«

Zehn Tage vor Weihnachten kam Otis das Gerücht zu Ohren, daß May Sexton bei seinem Bruder Dave in Tampa untergekommen sei. Er rief das DHS an, der die Behörden von Florida verständigte, aber May wurde nicht gefunden. Ein paar Wochen später rief Otis' Tochter an und sagte, sie hätte Eddie, May und Kimberly im Giant-Eagle-Supermarkt gesehen, in dem sie arbeitete. Otis rief erneut das DHS an, das die Polizei von Jackson informierte. Aber die Familie war bereits wieder fort.

Später erklärte er seine Verbissenheit wie folgt:

»Jeder hat irgend jemanden. Ich habe meine Frau und meine Töchter. Die Polizisten und Sozialarbeiter haben ihre Familien. Aber wen hatten diese Kinder? Nichts. Sie hatten nicht einmal einander, nachdem sie auf verschiedene Pflegestellen verteilt oder mit Eddie auf der Flucht waren.«

»Mir ging das einfach ständig durch den Kopf: Wen haben *sie*? Wer würde sich für diese Kinder einsetzen?«

Es gab noch einen weiteren Zwischenfall, der ihn wütend machte. Ein paar Tage nachdem Machelle sein Haus verlassen hatte, rief er Wayne Welsh an.

»Ich bin überrascht, daß Sie nicht im Gefängnis sind«, sagte Welsh.

Machelle Sexton war beim Staatsanwalt gewesen. Sie hatte Otis nicht nur vorgeworfen, sie geschlagen, sondern außerdem auch noch sexuell mißbraucht zu haben.

8

Vier Tage nach Weihnachten 1992 wandte sich Steve Ready, Detective im Sheriffbüro von Stark County, von einem Stapel Polizeiberichte ab und bat Judee Genetin zu wiederholen, was sie gerade gesagt hatte.

»Also, Judee, wer, sagen Sie, ist da draußen?«

»Einer von den Sextons«, antwortete sie. »Steve, wir brauchen in dieser Sache Ihre Hilfe.«

Sie hatte nicht auf den Fahrstuhl gewartet, sondern war statt dessen zu Fuß gegangen. Sie sah besorgt aus. Ready wußte, daß alle in der Etage über ihm nervös waren. Sie befürchteten, daß Ed Sexton im Renkert-Gebäude auftauchte und wild um sich schoß. Genetin hatte befohlen, sämtliche Bürotüren ständig verschlossen zu halten, und darüber hinaus zusätzliche Wachleute postiert. Alle hatten gesehen, wie Eddie jr. im Fernsehen seinen Dad verteidigte.

Und jetzt wäre er draußen auf dem Flur, sagte Genetin.

Ready seufzte und blickte starr geradeaus. Mit gut einem Meter achtzig wußte er nicht, ob die Frau vom DHS an seinem Verhörtalent interessiert war oder an seiner Muskelkraft. Er wußte nicht viel über den Fall Sexton.

Einen Monat zuvor hatte Ready zusammen mit seiner Frau im Wohnzimmer ihres Hauses in North Canton den Fernsehbericht über die Sextons gesehen. Das war das erste Mal gewesen, daß er den Namen hörte. Was für ein Arschloch, hatte er sich damals gesagt. Geiseln zu nehmen. Damit zu drohen, Menschen zu erschießen. Scheiße, der Kerl kann diesen Kampf einfach nicht gewinnen, er hat nicht die geringste Chance.

Mehr wußte er nicht über den Sexton-Clan.

Eine Uniform und dreizehn Jahre Streife fahren in den Straßen von Stark County hatten dem einundvierzigjährigen Deputy eine Mischung aus Humor und Zynismus gebracht. Bevor er zur Polizei gegangen war, hatte Ready für eine Stahlfabrik Barren transportiert, Versicherungen verkauft, bei einer Autovermietung gearbeitet und im Gebäudeschutzdienst beim Stadtgericht von Canton Gerichtssäle bewacht. 1978 hatte sich dann eine Gelegenheit geboten, in den Polizeidienst einzutreten.

»Das war das, was ich schon immer hatte werden wollen, so lange ich denken konnte«, sagte er später. »Man möchte Menschen helfen, aber, Scheiße, manchmal hat man das Gefühl, man wird nur angespuckt, ich weiß also nicht, ob das immer noch mein Traumberuf ist.«

Ready hatte es bis zum Detective gebracht. Er trug Anzug und Krawatte. Er hatte ein eigenes winziges Büro beim DHS. Er ermittelte in Fällen von Kindesmißbrauch. Er hatte sich in Seminaren und bei Sozialarbeitern über die Pathologie von Pädophilen schlau gemacht. Es war eine Arbeit, die viele Polizisten nicht lange durchhielten. Ready hatte seinen Optimismus seine Arbeit betreffend noch nicht verloren. Es war ein gutes Gefühl, keine Uniform mehr zu tragen. Er war erst seit acht Monaten für die Abteilung tätig.

Canton war eine freundliche Stadt im Mittleren Westen, wo die Menschen sich noch in die Augen sahen und man sich nichts dabei dachte, mit Fremden ein Gespräch anzufangen. Ready wußte, daß das auch in den meisten Verhören gut funktionierte. Er betrachtete sich als ›Mann der Tat‹. Bei einem Verhör sorgte er erst dafür, daß er mit seinem Gegenüber warm wurde, rieb einem Verdächtigen ermutigend die Schulter oder klopfte ihm auf den Rücken. Erst kürzlich hatte ein 52jähriger Pädophiler, der den Sozialarbeitern gegenüber geschwiegen hatte wie ein Grab, ihm nach ein paar Stunden, in denen sie sich unter vier Augen unterhalten hatten, zwölf Vergehen gestanden.

»Mit Honig fängt man Fliegen«, lautete sein Wahlspruch.

Und wenn man damit nicht weiterkam, konnte man immer noch einen letzten Versuch starten, indem man dem Verdächtigen die Hölle heiß machte.

Genetin informierte Ready knapp über den Fall. Sie saßen zusammen mit Sozialarbeiterin Tracey Harlin und einem DHS-Mitarbeiter an einem Tisch, als Eddie Sexton jr. in den kleinen Konferenzraum geführt wurde.

Eddie Sexton jr. sah aus wie jemand, dessen Wagen die Polizei dringend unter die Lupe nehmen sollte. Er versuchte hip auszusehen, was aber gründlich mißlang. Er war knapp einen Meter achtzig groß und hatte ein dünnes Ziegenbärtchen und struppige Koteletten. Das schwarze Haar war oben kurz geschnitten, aber hinter den Ohren fielen ihm knapp zwanzig Zentimeter lange Locken bis auf die Schultern.

Ready erkannte sofort, daß der junge Mann wütend war, wenn auch nicht auf die anwesenden Frauen. Sein alter Herr habe ihm mehrere tausend Dollar gestohlen, behauptete er.

Eddie jr. gab an, er hätte siebentausendneunhundert Dollar Erspartes als Kaution für seinen Vater hinterlegt. Er behauptete, das Geld stammte aus einer Versicherungsabfindung wegen einer Rückenverletzung. Nach der Anhörung hatte Ed sen. ihm gesagt, daß er die Kaution erst hundertsiebzig Tage nach seiner Entlassung ausbezahlt bekäme. Nachdem sein Vater die Stadt verlassen hatte, hatte Eddie jr. sich aber bei Gericht erkundigt und erfahren, daß seinem Vater das Geld noch am Tag der Anhörung ausbezahlt worden war.

»Ich will ihn finden, damit ich mein Geld zurückbekomme«, sagte Eddie jr.

Ready hatte so etwas im Laufe der Jahre schon Hunderte Male erlebt: Leute, die nichts mit der Polizei zu tun haben wollten, tauchten plötzlich auf, weil sie selbst betrogen worden waren.

Später erzählte Eddie jr. Ready und anderen eine andere Version des Diebstahls, die wahre Geschichte, die er aus reiner Verlegenheit verschwiegen hatte. Er und seine Frau Daniela hatten zwei Kinder unter fünf Jahren, Elizabeth und Eddie Lee Sexton III. Daniela hatte ihre Großmutter beerbt. Sie besaßen einen Mercury Mekur XR4TI und hatten gerade einen Dodge Van gekauft. Außerdem besaßen sie ein sieben Meter Dodge-Challenger-Wohnmobil, das sie Eddie sen. zur Verfügung gestellt hatten, als der das eine Jahr auf verschiedenen Campingplätzen verbracht hatte. Aus dem Gefängnis heraus hatte sein Vater ihm aufgetragen, das Geld für die Kaution aufzubringen. Das meiste davon hatte er sich dadurch beschafft, daß er den Dodge Van und den Mekur zu Johnsons Motors gebracht hatte. Der Inhaber des Gebrauchtwagenhandels hatte sich einverstanden erklärt, ihm den halben Wert der Fahrzeuge auszuzahlen und die Fahrzeuge zurückzubehalten, bis Eddie jr. sie wieder auslöste. Eddie und Daniela hatten außerdem Möbel, eine Stereoanlage für tausendfünfhundert Dollar und einen nagelneuen Wäschetrockner verkauft. Daniela hatte außerdem einige Wertpapiere zu Geld gemacht. Zu allem Überfluß hatte Eddie jr. dann noch bei der Anhörung zur Kautionsfestlegung als Leumundszeuge zugunsten seines Vaters ausgesagt.

Minuten nach der Urteilsverkündung in Massilon hatte Eddie sen. seinen Sohn angewiesen, rauszugehen und mit den Fernsehteams zu sprechen, ihnen gegenüber zu versichern, daß er voll und ganz hinter seinem Vater stünde. Eddie sen. wollte in der Zwischenzeit nach oben gehen und die Kaution abholen. Als der Vater wieder herunterkam, teilte er seinem Sohn mit, daß das Geld erst ausbezahlt würde, wenn die Bewährung abgelaufen sei.

Tatsächlich hatte der alte Herr sich die Kaution auszahlen lassen, während Eddie jr. sich vor laufenden Fernsehkameras für ihn aussprach.

Und das war nicht das einzige Geld, das ihm sein Vater schuldete. Zwei Monate zuvor hatte Eddie sen. sich bereits tausend Dollar von seinem Sohn geliehen. Hinzu kamen fünftausend Dollar, die Eddie jr. ihm für das Haus hingeblättert hatte, in dem er wohnte, nur um später zu erfahren, daß sein Vater es nur gepachtet hatte, so daß die Überschreibung auf ihn nichtig war.

Außerdem war sein Vater mit seinem Wohnmobil abgehauen, teilte Eddie jr. Ready und das DHS-Mitarbeitern mit.

»Gibt es sonst noch irgendwelche Fahrzeuge, die er benutzen könnte?« wollte Ready wissen.

Eddie jr. sagte, es gäbe da noch einen grauen 83er Buick Electra, einen Viertürer, der, wie Eddie jr. glaubte, auf seine Schwester Estella Good angemeldet war.

Ready und Genetin befragten den jungen Sexton zu den Vorwürfen des Mißbrauchs innerhalb der Familie.

Alle Kinder seien geschlagen worden, sagte er. Er selbst sei nie mißbraucht worden, fügte er hinzu, aber er vermutete, daß das bei seiner jüngeren Schwester Sherri der Fall war. Er erzählte ihnen, daß ihr Vater Sherri zu ihrem Onkel Dave nach Florida gebracht hatte. Eddie jr. hatte sie dort besucht. Sie hatte ihm erzählt, ihr Sohn Christopher sei von ihrem Dad.

Was für eine Familie, dachte Ready.

Außerdem erzählte Eddie jr., wie sein Vater vor zwei Jahren mit Sherri eine Spritztour im Van unternommen hatte. Eddie jr. war nur wenige Minuten später zum selben Laden gefahren und hatte den Van auf dem rückwärtigen Parkplatz stehen sehen. Vorne saß niemand, aber der Van bewegte sich.

Er war auch davon überzeugt, daß Pixie mit ihrem Vater schlief. »Aber das kann ich nicht beweisen«, fügte er hinzu.

Ready bat ihn, Spekulationen über den gegenwärtigen Aufenthaltsort der Familie anzustellen.

Eddie jr. meinte, sie hielten sich vermutlich in irgendeinem Cherokee-Reservat auf.

Ready versuchte, konkrete Ansatzpunkte zu finden.

»Hat irgend jemand mit Ihrem Vater in Kontakt gestanden?« fragte er.

Eddie jr. antwortete, daß er den Verdacht hätte, daß Pixie den Vater von der Caroline Street aus angerufen hatte. Sein Vater verfügte auch über eine Kreditkarte von AT&T* zu dieser Nummer.

Ready sah hierin gewisse Spuren, die zu dem Flüchtling führen konnten: Telefonrechnungen, Fahrzeuge und der Name des Onkels. Er würde vor einer Grand Jury Einsicht in die Telefonrechnungen beantragen müssen.

* Telefongesellschaft, Anm. d. Übersetzerin.

»Ich möchte, daß Sie mich sofort benachrichtigen, wenn er sich bei Ihnen oder Ihrer Schwester meldet«, sagte Ready.

Eddie jr. hatte noch etwas hinzuzufügen. Sein Vater verstünde sich ebenfalls darauf, jemanden ausfindig zu machen. »Er weiß, wo alle meine Geschwister sind«, sagte er. Er sprach von Matt, James und Lana, die immer noch in Pflegefamilien untergebracht waren.

Und er warnte sie, daß sein Vater ganz sicher bewaffnet war.

Bevor er zurück nach unten ging, versprach Ready das DHS-Mitarbeiterinnen, sich der Sache anzunehmen. Allerdings wies er sie darauf hin, daß sich auf seinem Schreibtisch noch ein Berg anderer Akten türmte, die er zu bearbeiten hatte.

9

Es gab eine große Weihnachtsfeier. Joey war da, allerdings ohne Pixie. Er brachte Dawn und Shasta mit. Joey sagte, Pixie würde Weihnachten mit Tanten und Onkeln feiern. Eine von Teresas Töchtern versuchte, Dawn im Keller Rollschuhlaufen beizubringen, wenn auch mit wenig Erfolg. Aber wenigstens sprach das kleine Mädchen inzwischen.

Anfang 1993 tauchten Joey und Pixie bei Teresas Eltern auf. Bei Pixie hatten offenbar die Wehen eingesetzt. Sie wollten Shasta dort lassen, Dawn aber mit ins Krankenhaus nehmen. Gladys Barrick warnte sie, daß man die vierjährige nicht auf die Station lassen würde.

»Dann wird sie eben in der Lobby warten müssen«, meinte Pixie.

Später erzählte Gladys Barrick: »Shasta konnte nicht sprechen, Dawn wohl. Ich glaube, sie befürchteten, Dawn könnte uns Dinge verraten, die wir nicht wissen sollten.«

Shasta weinte stundenlang, von der Minute an, als ihre Eltern mit ihrer Schwester wegfuhren. Gladys Barrick gelang es einfach nicht, das kleine Mädchen zu trösten. Schließlich weinte sie sich in den Schlaf.

Es war falscher Alarm gewesen; das Kind kam noch nicht.

Mitte Januar verschwand Joey erneut für zwei Wochen. Es ging niemand ans Telefon. Es parkte kein Wagen vor dem Haus in der Caroline Street. Wieder machte sich die ganze Familie Sorgen. Dann eines Tages nahm Pixie doch ab.

»Wir konnten euch nicht erreichen«, beklagte sich Teresa.

Pixie sagte, sie hätten Verwandte von ihr in Kentucky besucht.

»Was für Verwandte?« wollte Teresa später von Joey wissen.

Joey sagte, er wisse es nicht.

Aber es gab gute Nachrichten. Pixies Baby war am 17. Januar zur Welt gekommen. Sie hatten das Kind Skipper Lee genannt, nach ihrem Bruder Charles ›Skipper‹ Sexton. Aber die Familie bekam das Kind erst zwei Wochen später, Anfang Februar, zu sehen. Als Teresa vom Einkaufen nach Hause kam, traf sie Joey, Pixie und die Kinder dort an. Sie saßen alle am Küchentisch und tranken Limonade und Kaffee.

Baby Skipper war ein niedlicher Junge, sagte sich Teresa. Er hatte sandfarbenes Haar und ein ovales Gesicht. Das Kind machte einen gesunden und lebhaften Eindruck. Teresa sah sich die Augen des Säuglings an: sie waren hellblau und blickten so aufmerksam, wie es ein drei Wochen altes Baby eben vermochte. Später holte sie Joeys Krankenhausfoto hervor; der kleine Skipper war seinem Dad wie aus dem Gesicht geschnitten. Und er war am selben Tag geboren wie Joeys Vater, zwei Tage vor Joeys eigenem Geburtstag am 19. Januar. Teresa fragte sich, warum sie dem Jungen nicht Joel als dritten Vornamen gegeben hatten. Joel war auch nach seinem Vater benannt worden.

Und eins beunruhigte sie an dem Säugling: der kleine

Skipper müffelte. Nicht, weil er die Windeln voll gehabt hätte. Dem Kind würde ein Bad guttun, dachte Teresa. Aber sie sagte nichts; sie wollte die frischgebackenen Eltern nicht vor den Kopf stoßen.

Teresa fragte nach Fotos des Kleinen.

Es gab keine.

Sie wollte wissen, wo das Baby geboren war.

»Mercy«, antwortete Pixie.

Teresa gab ihnen alle Babysachen, die sie finden konnte.

Pixie erzählte, daß sie aus dem Haus in der Caroline Street ausziehen würden. Das Haus würde mitsamt dem Inventar am 18. Februar versteigert. Sie blieben nur noch da, um es für den Makler sauberzuhalten.

»Wo zieht ihr hin?« fragte Teresa Joey.

Er sah Pixie an.

»Zurück in die Wohnung«, erwiderte sie.

»Nach Bolivar?« fragte Teresa.

»Ja.«

Als sie aufstanden, um zu gehen, umarmte Joey Teresa zärtlich und gab ihr einen dicken Kuß.

»Ich habe dich lieb, Tante Teresa«, sagte er.

Warum tut er das? fragte sie sich. Er hatte sie seit Jahren nicht mehr so umarmt.

Am selben Tag schaute Joel Good bei seinen Großeltern vorbei. Er hatte vorher bereits angerufen, aber Gladys Barrick hatte ihm gesagt, sie hätte die Grippe. Er solle ein, zwei Tage abwarten, bis es ihr besserging. Keinesfalls sollten sie riskieren, daß sich das Baby ansteckte.

Sie kamen trotzdem.

Gladys Barrick verzichtete vorsichtshalber darauf, das Baby zu halten.

»Wenn ihr das nächste Mal zu Besuch kommt, bin ich wieder gesund, und dann kann ich ihn immer noch halten«, sagte sie Dawn, die ihr ihren kleinen Bruder bringen wollte.

Die Großmutter erzählte Teresa später, daß es ihr völlig unverständlich war, warum sie ihre Warnung mißachtet und sie trotz ihrer Erkrankung besucht hatten.

»Wir wußten es damals noch nicht«, sagte Gladys Barrick Monate später. »Aber Joey hat sich von uns allen verabschiedet.«

Kapitel 8

Neue Regeln

1

Das gab es in jeder Familie: einen Sonderling, ein schwarzes Schaf. Tuck und Colleen Carson sagten später, daß Tucks Schwester May Sexton und ihr Ehemann Eddie beides waren und sogar noch mehr.

Tuck hatte May Jahre nicht mehr gesehen, als sie und ihre Familie plötzlich bei der Beerdigung ihres Vaters in Indiana und anschließend auf der ihrer Mutter in Steubenville in Ohio 1991 auftauchten.

»Sie sahen aus wie Verbrecher«, erinnerte er sich später. Sie kamen in einem großen, schwarzen Cadillac beim Beerdigungsinstitut vorgefahren. Eddie und die Jungen trugen dunkle Anzüge, dunkle Hemden und dunkle Krawatten. Sie alle trugen Sonnenbrillen. Sie blieben unter sich und hielten sich von den übrigen Trauergästen fern. Vor der Leichenhalle holte einer der heranwachsenden Jungen Eddies Pistole unter dem Autositz hervor, um sie herumzuzeigen. Tuck Carson respektierte Feuerwaffen und das Recht, sie bei sich zu tragen. Aber Respekt bedeutete auch, nicht auf einem Parkplatz damit herumzufuchteln.

Tuck und Colleen lebten auf einer kleinen, ordentlichen Ranch zwischen Jefferson und Charleston, umgeben von weidenden Rindern, Brombeersträuchern und Sojabohnenfeldern. Louisville war nur eine halbe Stunde entfernt. Tuck bekam mehr vom Highway zu sehen als von seinem Zuhause. Er war fünf Tage die Woche unterwegs und legte zwei bis dreitausend Meilen zurück, um Fords, Chevys und Luxuswagen von den Fabriken in Detroit nach Florida und in die meisten Staaten dazwischen zu liefern.

Nach der Beerdigung fing May an, sich gelegentlich zu melden. Sie sagte, sie wolle Kontakt halten. Meist sprach

Colleen mit ihr. Tuck plauderte ebenfalls mit ihr, wenn er nicht gerade unterwegs war.

May hatte sich sehr verändert.

Tuck Carson erinnerte sich, daß seine jüngere Schwester früher der Liebling ihres Vaters gewesen war. Als die Familie noch in der Nähe von Toledo lebte, war sie ein sehr hübscher Teenager mit exotischer dunkler Note gewesen. Sie hatte Stunden auf Haut- und Haarpflege verwandt. Sie war in Toledo sogar Cheerleader gewesen. Und da sie während der Militärlaufbahn ihres Vaters ständig umgezogen waren, hatte sie gelernt, schnell Freundschaften zu schließen.

»Wenn es ums Einkaufen oder Ausgehen ging, war sie die erste an der Tür«, erinnerte er sich später. »Sie war der Rudelführer.«

Ein Mädchen, das sich keinem einzelnen Staat zugehörig fühlte, sondern den Staaten als Ganzes.

Die Frau, die zur Beerdigung seiner Eltern kam, hatte keine Ähnlichkeit mehr mit der Schwester, die er gekannt hatte, bevor er in die Armee eingetreten war. Sie hatte zugenommen, wirkte phlegmatisch, und der Glanz in ihren Augen war erloschen. Außerdem war aus May ein stiller Mitläufer geworden. Sie äußerte nur sehr selten eine eigene Meinung. Sie lächelte auch nicht viel, und lachen tat sie erst recht nicht. Bevor sie eine Frage beantwortete, warf sie meist einen Blick auf ihren Ehemann Eddie. Sie schien keinerlei eigene Persönlichkeit mehr zu haben.

Tuck erinnerte sich, daß ihr Vater noch versucht hatte, sie zu warnen.

»Eddie hatte etwas an sich, was Dad nicht gefiel«, sagte Tuck später. »Er sagte: ›Der bringt nichts als Ärger.‹ Und anfangs war dem auch so.«

Tuck erzählte davon, wie er einmal auf Urlaub nach Hause gekommen war, nachdem sich sein Vater Clyde in Wellsburg, West-Virginia, zur Ruhe gesetzt hatte. Es war, als würde er in ein Wespennest spazieren. Als er eintraf, suchte sein Vater gerade im ganzen Haus nach seinem Gewehr.

»Kein Mistkerl schießt auf mich, ohne daß ich zurückschieße«, brüllte der pensionierte Ranger.

May war Eddie weggelaufen und hatte sich in ihr Elternhaus geflüchtet. Aber kurz darauf war auch Eddie dort aufgetaucht.

»Eddie hatte ein Gewehr, und er hat May bedroht«, erinnerte sich Tuck. »Wenn sie nicht herauskäme und zu ihm in den Wagen stiege, würde er Dad erschießen.«

Ihre Mutter hatte das Gewehr versteckt. Noch während sein Vater danach suchte, waren May und Ed davongefahren.

Später hatte Tucks Vater dann Neuigkeiten über Eddie Sexton. Der pensionierte Master Sergeant hatte ein wenig in Eddies militärischer Vergangenheit herumgeschnüffelt. Eddie war kein Green Beret, wie er behauptet hatte. Vielmehr war er unehrenhaft aus der Armee entlassen worden. Tucks Vater versuchte, May dazu zu bringen, sich von ihm zu trennen.

»Aber sie wollte nicht auf ihn hören«, erzählte Tuck. »Sie war ihm bereits hörig.«

Zwölf Jahre vergingen, ehe Tuck die beiden wiedersah – auf den Beerdigungen. Ein Jahr nach dem ersten Begräbnis hatten die Carsons dann Mays Sohn Skipper im Haus.

Es war Mays Idee, den Jungen im Sommer 1992 zu ihrem Bruder zu schicken. May sagte zu Colleen: »Er würde gern während der Schulferien etwas Zeit mit seinem Onkel verbringen.« Aber da Tuck ständig unterwegs war, verbrachte er letztlich mehr Zeit mit Colleen. Skipper blieb fast zwei Monate dort.

Colleen hatte Skipper gern bei sich. Die Carsons waren beide Mitte Vierzig, Colleens Töchter waren erwachsen, und sie hatte nie einen Jungen im Haus gehabt. Colleen versorgte eine 90jährige Dame, die seit etwa zwölf Jahren bei ihnen im Haus lebte. Sie hatte sich der Frau angenommen, als sie ihren Job in einem Pflegeheim gekündigt hatte, nachdem sie der Schwester der alten Dame auf dem Sterbebett versprochen hatte, sich um sie zu kümmern.

Skipper war hilfsbereit und aufmerksam. »Er war so lieb

und höflich wie nur was«, erinnerte sich Colleen später. »Und wir behandelten ihn wie einen König.«

Sie überließen Skipper ein leerstehendes Zimmer. Er schien begeistert davon, sein eigenes Zimmer zu haben. Er half Colleen beim Abwasch, bei der Hausarbeit und im Garten. Er wollte sie zum Einkaufen begleiten. Er wollte überallhin mit. Sie fuhren nach Charleston. In der Stadt gab es einen Wasserturm, mehrere Kirchtürme und einen Gruftenbauer, sonst nichts. Aber für Skipper war der Ausflug so aufregend wie ein Trip nach Las Vegas.

Ende des Sommers bekam Skipper einen Job; er sollte helfen, auf dem vier Hektar großen gemeindeeigenen Gelände die Zelte für das alljährliche Volksfest aufzubauen. Die Carsons ernährten ihn und befriedigten auch sämtliche sonstigen Bedürfnisse. Skipper war mächtig stolz darauf, sein eigenes Geld für Zigaretten zu haben.

Es war Colleens Tochter Bonnie, der die Geschichten zuerst zu Ohren kamen. Bonnie übernachtete gelegentlich bei ihren Eltern. Skipper wollte sie offenbar beeindrucken und erzählte ihr, daß seinen Eltern ein Zweihunderttausend-Dollar-Haus mit einem eigenen Teich gehöre. Sie hätten einen Fernseher mit Großbildschirm, die modernste Stereoanlage auf dem Markt, neue Wagen und einen Winnebago in der Auffahrt, prahlte er.

»Das ergibt keinen Sinn«, sagte Bonnie zu ihrer Mutter. »Sieh dir nur seine Kleider an.«

Skipper trug T-Shirts, weite Jeans und dazu nicht zugeschnürte alte Sportschuhe. Einmal trug er seine Jeans sogar verkehrt herum.

»Er versuchte, den Anschein zu erwecken, als gehöre er irgendwo dazu, aber dem war nicht so«, erinnerte sich Colleen später. »Er wollte ein Mitglied unserer Familie sein. Einmal sagte er sogar, er wolle für immer bei uns bleiben.«

Nach und nach fielen ihnen einige Merkwürdigkeiten an dem Jungen auf.

Einmal saßen Colleen und Skipper auf der Wohnzimmercouch und sahen fern, einen Bericht auf einem der

Nachrichtensender, ein Dokumentarfilm über Okkultismus.

»Das hat mein Dad auch gemacht«, sagte Skipper plötzlich.

»Was?« fragte Colleen.

»Eine Katze getötet. Wir haben dabei an einem Tisch gesessen, auf dem brennende Kerzen standen.«

Colleen sah ihn etwas schockiert an. »Du meinst, ihr habt das bei euch zu Hause getan?«

Skipper ließ das Thema sofort wieder fallen.

Dann begannen die sonderbaren Schlafgewohnheiten. Bonnie konnte ihn bis ins Wohnzimmer hören, wo sie auf dem Sofa schlief. Sie hörte ihn mitten in der Nacht laut sprechen.

»Mit wem spricht er da oben?« fragte sie ihre Mutter.

»Keine Ahnung«, antwortete Colleen.

Manchmal steigerte sich der nächtliche Monolog zum Alptraum. »Hör auf! Hör auf! Nein, nicht! Hör auf!«

Colleen stürzte in sein Zimmer, wo er aufrecht im Bett saß, die Augen weit aufgerissen und glasig vor Entsetzen. Sie beruhigte ihn und sagte, es wäre alles nur ein Alptraum gewesen.

Der Junge muß etwas Traumatisierendes erlebt haben, dachte sie bei sich.

»Skipper, wenn du Probleme hast, kannst du mir davon erzählen«, sagte sie eines Abends. »Ich könnte dir helfen, weißt du.«

Sie fragte immer wieder auf unterschiedliche Art und Weise, aber er machte dicht, sobald er wieder ganz wach war.

Tuck nahm Skipper mit auf ein paar Touren. Er zeigte ihm, wie man einen großen Sattelschlepper fuhr, wie man in den Bergen schaltete und wie man die wahnsinnigen Autofahrer auf den Interstates erkannte.

Auf einer Fahrt nach Florida trafen sie sich mit May und Eddie zum Mittagessen in einem Restaurant. Die Sextons sagten, sie seien zu Besuch bei Verwandten.

Als sie sich beim Kaffee unterhielten, fiel es Tuck schwer

zu glauben, daß Eddie Sexton derselbe Mann war, der seine Schwester vor Jahren mit dem Gewehr bedroht hatte. Er war so ruhig und so überaus höflich.

»Ja, Ma'am«, sagte er zu der Bedienung. »Nein, Ma'am, das ist okay so.«

Bevor sie gingen, drückte er Skipper noch etwas Taschengeld in die Hand.

Tuck und Skipper führten im Laster ein paar gute Gespräche. Skipper sog Informationen förmlich in sich auf, stellte tausend Fragen über das Speditionswesen und das Leben als Lastwagenfahrer. Er erzählte nicht viel von seiner Familie. Aber auf einer ihrer gemeinsamen Fahrten erwähnte Skipper, daß das ›Sozialamt‹ ein paar von seinen Geschwistern von zu Hause weggeholt hatte. Sie würden seinen Vater fälschlich verschiedener Vergehen beschuldigen. Als Tuck Näheres wissen wollte, machte Skipper sofort dicht.

Als im September das neue Schuljahr begann, wurde Colleen unruhig und rief May an.

»May, ich denke, ihr müßt ihn bald abholen«, sagte sie. »Oder ich muß ihn an der hiesigen Schule anmelden.«

Die Sextons holten ihn am darauffolgenden Tag ab. Aber als Colleen zwei Wochen später von einer Fahrt in die Stadt zurückkam, saß Skipper Sexton bei ihr auf der Vordertreppe, ein Bündel Kleider auf dem Schoß. Er sah niedergeschlagen aus.

Tuck war unterwegs.

»Skipper, was ist denn?« fragte sie. »Was ist passiert?«

Er wollte nichts sagen.

»Wenn du mir nicht sagen willst, was los ist, kannst du nicht bleiben.«

»Sie holen mich in ein paar Tagen wieder ab«, entgegnete er.

Später blieb Colleen Carson dabei, daß sie nichts aus ihm herausbekommen hatte. Was dann einige Tage später geschah, schilderte sie wie folgt:

Sie saßen gerade im Wohnzimmer vor dem Fernseher, als ein Sheriff Deputy und noch ein zweiter Mann anklopften.

»Hält ein gewisser Charles sich hier auf?« fragte der Deputy.

Colleen entgegnete, sie kenne zwar die Familie Sexton, aber keinen Charles Sexton.

Nachdem die beiden Männer wieder gegangen waren, fragte sie Skipper: »Wer ist Charles?«

»Puh«, entgegnete der, zündete sich eine Zigarette an und inhalierte tief. »Das ist mein richtiger Name.«

Colleen erinnerte sich, daß sie wütend war. »Das hier ist mein Haus«, sagte sie. »Ich will endlich wissen, was los ist.«

Sie rief in Ohio an, und May Sexton meldete sich. Colleen verlangte, daß Skipper sofort abgeholt wurde. »Was immer bei euch los ist, ich will nichts damit zu tun haben«, sagte sie ihrer Schwägerin.

Zwei seiner Brüder holten ihn am nächsten Tag ab.

Dann, in den Wochen um Weihnachten 1992 näherte sich die Sexton-Familie wieder an. Zuerst rief May Colleen an, als Tuck unterwegs war. Sie sagte, sie riefe von einem Motel ganz in der Nähe aus an.

»Wir dachten, wir schauen mal bei euch vorbei«, sagte sie. »Wir haben genug von Ohio.«

Was geht da vor? fragte sich Colleen. Da stimmte doch etwas nicht.

May erzählte ihr, sie würden vielleicht nach Oklahoma fahren. Dann hörten die Carsons einige Wochen lang nichts mehr von ihnen.

Dann rief May wieder an und sagte, sie wären wieder in dem Motel am Highway 62. Tuck fuhr rüber. May und Eddie waren dort. Die Familie machte den Eindruck, als wäre sie auf der Flucht. Sie hatten einen alten Buick Electra und ein Dodge-Challenger-Wohnmobil. Kimberly, Christopher, Skipper und Willie waren bei ihnen.

Eddie sagte, sie wären gerade in Oklahoma gewesen, um zu versuchen, die indianischen Wurzeln der Familie amtlich bestätigen zu lassen. Tuck sagte nichts dazu. Soweit er wußte, war sein Großvater ein reinblütiger Wyandotte gewesen und seine Mutter zum Teil Cherokee.

Einer seiner Brüder hatte sogar völlig legal einen Stammesnamen angenommen.

Eddie hatte Berge von Papieren, die er Tuck zeigen wollte. Er sagte, er hätte Ärger mit der Sozialbehörde in Ohio gehabt, aber die Angelegenheit wäre geklärt. Er breitete Briefe und Dokumente mit offiziellem Briefkopf auf dem Motelbett aus. Er zeigte auf ein Schreiben, aus dem hervorging, daß die Kinder wieder an ihn zurückgegeben worden waren.

Tuck wollte wissen, welcher Art die Schwierigkeiten gewesen seien.

Eddie meinte, die Sozialbehörde in Ohio hätte ihn des Inzests beschuldigt. Sein Bruder Otis hätte das alles angezettelt.

»Ist das zu fassen? Glaubst du, ich wäre zu etwas Derartigem fähig?« fragte Eddie.

»Nein, eigentlich nicht«, entgegnete Tuck. »Dazu muß man schon ein kranker Hurensohn sein.«

Eddie wollte, daß die Stammesbehörden den Rechtsstreit beilegten, aber in Oklahoma war ihre indianische Herkunft nicht anerkannt worden. Er sagte, er wolle zurück nach Ohio, um auf den Friedhöfen zu recherchieren, auf denen Mays Großeltern begraben waren. Außerdem wollte er kurz in Canton vorbeifahren, um seine Behindertenrente und die übrigen Kinder abzuholen. Er würde das Haus verkaufen, erzählte er. Er fragte Tuck, ob der vielleicht wüßte, wo sie in der Nähe wohnen könnten. Sie bräuchten vorübergehend eine Unterkunft, bis der Hausverkauf abgewickelt war.

»Ich werde mich umhören«, versprach Tuck.

Im Laufe des Besuchs kam auch irgendwie das Thema Waffen auf. Tuck war Jäger. Er erkannte eine gute Flinte, wenn er eine sah. Eddie sagte, er habe seine Gewehre mitgebracht. Er fing an, Kisten auszupacken und Waffen auf das Bett zu legen: eine 30-30 Lever Action Rifle; eine Riot Shotgun; ein .357 Magnum Revolver; eine .45er halbautomatische Pistole; ein großer .44er Magnum Revolver von der Art wie in Dirty Harry.

»Er hatte verdammt noch mal ein ganzes Arsenal bei sich«, erinnerte sich Tuck später.

Eddie demonstrierte, wie gut seine Kinder mit Feuerwaffen umgehen konnten. Alle Jungen wußten, wie man die Pistole zerlegte. Dann nahm auch die kleine Kimberly, die gerade erst zehn geworden war, die Handfeuerwaffe zur Inspektion und Reinigung auseinander und setzte sie hinterher wieder zusammen.

»Wozu haben sie nur so viele Waffen bei sich?« fragte Colleen ihren Mann später.

»Sie ziehen um«, entgegnete Tuck. Aber ganz sicher nicht zu ihnen.

Später kamen die Sextons zu Besuch. Eddie trank Kaffee und ließ sich darüber aus, wie wichtig es sei, die Familie zusammenzuhalten. Kinder bräuchten die Liebe ihrer Eltern, erklärte er. Bürokraten hätten nicht das Recht, sich in Familienangelegenheiten einzumischen.

Als sie wieder gingen, sagte er zu Colleen: »Wir wissen Ihre Gastfreundschaft wirklich zu schätzen, Ma'am.«

Colleen meinte jedoch später, Eddie Sexton wäre ihr bei aller Höflichkeit unsympathisch gewesen. »Er hatte so seltsame Augen«, meinte sie.

Kurz darauf hatte Tuck ein Haus gefunden, das zu vermieten war, etwa zwanzig Meilen weiter am Highway 62. Alle nannten den Ort Bushmans Lake. Es handelte sich um eine Feriensiedlung aus Mobilheimen am Ohio River. Er hatte gehört, daß dort im Winter immer reichlich Häuser zu vermieten waren.

Die Sextons suchten sich ein Haus aus, ein Mobilheim unmittelbar am Fluß. Es dauerte nicht lange, und die Familie wuchs beträchtlich. Die Carsons lernten Pixie, ihren Ehemann Joel und ihre drei Kinder kennen.

Als Colleen sah, wie sie alle hausten, war sie sprachlos. Dieses kleine Zweizimmerhaus für insgesamt elf Personen, darunter kleine Kinder und Teenager.

Später sagte sie, sie hätten ihr leid getan. Wie sollten sie nur auf so engem Raum zurechtkommen?

2

Eine der wenigen Gelegenheiten, bei denen Clyde Howard Scott, May Sextons Vater, Kontakt zu seiner Tochter May und ihrem Ehemann hatte, wurde später in einem FBI-Bericht von 1982 dokumentiert. Clyde Scott rief einen Brandermittler in Jackson Township an und behauptete, sein Schwiegersohn wäre ein Brandstifter. Der zuständige Beamte in Jackson verständigte das FBI. Der Agent befragte Scott, der damals in Indiana lebte, zu seinen Vorwürfen und schrieb in seinem Bericht:

> Scott gab an, er und seine Frau wären vor einigen Jahren nach Jefferson, Indiana, gezogen, wo sie heute noch ansässig sind. Im Juli 1981 waren sie in Massilon, Ohio, auf Besuch bei ihrer Tochter … und Eddie Lee Sexton. Damals wohnten Scotts Tochter und Sexton in der Caroline Street 8149 … Während ihres Aufenthaltes dort fragte Sexton Scott, ob der das Haus anzünden würde. Sexton versprach ihm 10.000 Dollar von der Versicherungssumme, wenn er das Feuer legte. Sexton erwähnte Scott gegenüber auch, daß vier oder fünf der Kinder in dem Feuer umkommen sollten … Im Laufe des Gesprächs erzählte Sexton, daß er über Mafia-Kontakte Chemikalien aus Detroit, Michigan, beziehe, die er auf die Elektroleitungen in der Hausmitte träufle. Gewöhnlich probiere er es unter einem Treppenaufgang. Die Chemikalien fressen sich durch die Kabelisolierung, und dadurch entsteht ein Kurzschluß. Sexton erzählte Scott, daß bei Verwendung dieser Chemikalien der Nachweis einer Brandstiftung ausgeschlossen sei. Sexton erzählte Scott, er habe in der Vergangenheit bereits mehrfach mit Hilfe seiner zwei Neffen seine Häuser in Brand gesetzt … Sexton erklärte Scott, daß er bei Ausbruch der Feuer jedesmal weit weg vom Tatort war und dafür gesorgt hatte, daß jemand sein Alibi bestätigen konnte. Scott erklärte, er wäre sehr erbost gewesen über

dieses Angebot seines Schwiegersohnes und habe ihm empört mitgeteilt, daß er mit so etwas nichts zu tun haben wolle.

Scott sagte aus, er sei nicht sicher gewesen, ob Sexton das mit der Brandstiftung ernst gemeint habe ... bis er dann erfahren habe, daß sein Haus tatsächlich vor zwei oder drei Monaten gebrannt hat ... Soweit er weiß, sind Sexton (und seine Ehefrau) mit ihren Lieblingskindern weggefahren und haben die anderen Kinder zusammen mit einem Babysitter daheim gelassen ... Scott meinte, Sexton habe es so geplant, daß die Kinder und ihr Babysitter bei Ausbruch des Feuers im Haus waren.

Dieser Brand hatte sich am 30. Mai 1982 ereignet. Die Feuerwehr hatte bereits festgestellt, daß das Feuer im Treppenhaus ausgebrochen war und sich dann nach oben ausgebreitet hatte. Der entstandene Schaden belief sich auf fünfzigtausend Dollar. Der Brandexperte konnte die Brandursache nicht feststellen. Und er hatte auch keinerlei Beweise, die Eddie Lee Sexton mit dem Brand in Verbindung gebracht hätten.

Ed und May Sexton waren nicht zu Hause. Ein Ehepaar, das vorübergehend bei den Sextons wohnte, hatte die Kinder gehütet. Vier Kinder befanden sich bei Ausbruch des Feuers im Haus, darunter Machelle, Sherri und Willie. Sie blieben unverletzt. Die Babysitter waren kurz nach Ausbruch des Feuers mit ihnen Eis essen gegangen.

3

Sie kam vom Regen in die Traufe. Sie lief ihrem Onkel Otis davon und kehrte zurück in das Haus in der Caroline Street. Von dort zog sie zu einer Freundin nach Bolivar und anschließend zu Pixie und Joel. Jetzt lebte sie in einem kleinen Mobilheim in Bolivar. Zwischenzeitlich hatte Shelly sich mindestens zweimal verliebt. Das erste Mal in einen verheirateten 26jährigen Campingplatzangestellten auf dem Platz, auf dem ihr Vater vorübergehend wohnte. Er hatte sie fallenlassen, als sie schwanger wurde. Jetzt liebte sie einen Mann, der mit gebrauchten Büchern handelte und doppelt so alt war wie sie. In den Anfangsmonaten von 1993 fühlte Anne Greene sich weniger wie eine Mutterfigur, sondern kam sich vielmehr vor, als würde sie Machelle Sexton bei einem Marathon Wasser und Handtücher reichen.

»Immer, wenn sie in Schwierigkeiten geriet, rief sie an«, erinnerte Anne sich später. »Wir reagierten sofort, lösten das Problem und warteten dann auf die nächste Katastrophe.«

Aber wen wunderte das?

Nach den vielen Unterhaltungen, die sie und Shelly ganz beiläufig beim Nägellackieren geführt hatten, hatte Anne eine recht genaue Vorstellung von der Familie. Ed Sexton, der Patriarch, herrschte mit eiserner Autorität über den gesamten Haushalt. Aber anders als bei den großen faschistischen Diktatoren lautete die oberste Priorität nicht »Stabilität«.

Anne hatte erfahren, daß die zwischenmenschlichen Beziehungen innerhalb der Familie sehr sprunghaft waren. Sie veränderten sich von einem Tag auf den anderen, von einer Stunde, einer Sekunde zur anderen. Alle konkurrierten um *Dads* Zuneigung, buhlten um *Dads* Aufmerksamkeit. Das war die Hauptmotivation der Kinder, einander zu bespitzeln. Sie petzten, wenn einer von ihnen ohne Erlaubnis die Straße überquerte oder wenn ein Bruder oder eine Schwester zum Nachbarn ging. Aber sie versuchten auch, sich untereinander lieb Kind zu machen, vor allem bei Pixie, in der Hoffnung, hierdurch genügend Immunität zu erlangen, um einen Abstecher zum Lebensmittelladen um die Ecke wagen zu können.

Shelly hatte deutlich gemacht, daß May Sexton beim Konkurrenzkampf der Mädchen kräftig mitmischte. »Meine Mutter hat mich nie unterstützt«, sagte sie. »Sie war immer auf seiner Seite. Und sie log, vor allem, was uns ältere Mädchen betraf. Sie erzählte gern Lügen über uns, um sich bei ihm einzuschmeicheln.«

Aber auch Mutter und Vater gerieten häufig aneinander. Anne erfuhr von lautstarken Wortgefechten und von Tellern und Aschenbechern, die durch die Luft flogen. Die Mutter schien keine Angst zu haben, dem Vater die Stirn zu bieten. Und einmal, bei einer Auseinandersetzung zwischen den Eltern, waren die Kinder ebenfalls auf den Vater losgegangen und hatten ihn am Arm verletzt. Am nächsten Tag hatten die Eltern sich wieder versöhnt, und die Kinder wurden für ihre kurze Rebellion bestraft.

Ed Sexton hatte sich auch ganz individuell um die Loyalität der einzelnen Kinder bemüht. »Er sagte jedem für sich: ›Dich habe ich am meisten lieb. Du bist mein Liebling.‹ Er sagte Sherri und Pixie genau dasselbe und fügte dann hinzu: ›Aber sprich mit niemandem darüber, das ist unser Geheimnis.‹«

Es schien eine vage Hackordnung zu geben:

Skipper genoß offenbar mehr Freiheiten. Skipper durfte sich dem Ringerteam der Schule anschließen.

Willie, der muskulöse, aber stotternde ältere Bruder hingegen wurde sehr kurzgehalten und von seinem Vater oft spöttisch ›Little dick‹* genannt.

»Willie wurde immer niedergemacht«, erzählte Shelly. »Er wurde immer als Schwächling verspottet. Und mein Dad war immer stärker. Er stieß ihn ständig herum. Machte ihn klein. Trotzdem tat Willie alles für ihn.«

Als Teenager versuchte Willie einmal abzuhauen und fuhr mit dem Fahrrad davon. Aber er kam nicht weit. Shelly sagte, ihr Vater habe sich im Van auf die Suche gemacht und ihrem Bruder dann mit dem Wagen den Weg abgeschnitten, in einer so gewagten Aktion, daß Willie gegen eine Backsteinmauer gequetscht wurde und sich den Arm aufschürfte.

Kimberly, das Nesthäkchen, wurde verwöhnt, was nach

* ›Kleiner Schwanz‹, Anm. d. Übersetzerin.

Sexton-Maßstäben bedeutete, daß sie weniger ›versohlt‹ wurde.

Christopher war Mamas Liebling. Er durfte dem Footballteam der High School beitreten.

Matthew war das unauffälligste der Geschwister; er hatte sich darauf spezialisiert, keinerlei Aufmerksamkeit auf sich zu ziehen.

Lana war der Futuretron. Ihr Vater probte mir ihr, wie sie vor Kameras posieren und sich bei öffentlichen Auftritten benehmen sollte, zu denen es aber nie kam.

James wurde ständig von beiden Elternteilen sowie auch von den Geschwistern verwöhnt wegen seiner geistigen Zurückgebliebenheit.

Sherri war abwechselnd mal Liebling, mal Prügelknabe, vor allem, wenn sie sich weigerte, bei den häuslichen Tanzveranstaltungen am Wochenende langsame Tänze mit ihrem Vater zu tanzen.

Estella ›Pixie‹ Sexton, die älteste Tochter, fungierte als Augen und Ohren ihres Vaters und war vermutlich auch seine regelmäßigste Sexgespielin. Als sie noch jünger waren, hatte vornehmlich sie auf ihre Geschwister aufgepaßt. Sie bellte mit der gleichen Autorität wie der Vater Befehle und hatte einen direkten Draht zum Patriarchen. »Wenn ich wütend auf sie war, versuchte sie mit allen Mitteln, mich reinzureiten«, erzählte Shelly.

Shelly hatte eine ihrer ersten sexuellen Begegnungen auf der Wohnzimmercouch beobachtet, glaubte jedoch nicht, daß Pixie ein Vergewaltigungsopfer geblieben war. Sie liebe ihren Vater, meinte Shelly. »Sie war richtig verknallt. Sie wollte nicht darüber sprechen. Es war nur daran erkennbar, wie sie sich verhielt und wie sie ständig versuchte, in seiner Nähe zu sein. Sie ging auch mit keinem Jungen aus, bis sie dann Joel kennenlernte. Und für ihn interessierte sie sich auch nur, weil sie wußte, daß sie ihn kontrollieren konnte. Er war sehr willensschwach.«

Im Herbst nachdem sie von Otis weggelaufen war, begleitete Shelly ihre Mutter auf einem Besuch bei ihrem

Vater auf dem Campingplatz. Pixie und Joel waren auch dort. Shelly unterhielt sich unter vier Augen mit Joel. Er sagte, als sie geheiratet hatten, hätten sie auch Sex gehabt, aber inzwischen würde sie ihn nicht mehr an sich heranlassen.

»Er fragte mich, was mit Pixie los sei, warum sie nicht mit ihm schlafen wolle. Wir waren gute Freunde. Er konnte ganz offen mit mir sprechen. Ich sagte, ich hätte keine Ahnung ... Ich wollte mich in ihre Eheprobleme nicht einmischen. Ich riet ihm, es weiter zu versuchen. Im Grunde wußte ich aber, daß mein Vater dahintersteckte ...«

Eines Tages paßte Shelly auf Pixies Kinder auf, damit Joel und Pixie das Mobilheim für sich allein haben konnten. Als Joel später herauskam, lächelte er und sagte, sie hätten miteinander geschlafen.

Shelly hörte von ihren Geschwistern, daß ihr Vater befohlen habe, Joel zu verprügeln, aber sie wußte nicht, weshalb. Außerdem kommandierte ihr Vater ihn ebenso herum wie seine eigenen Kinder. Joel erzählte ihr, daß er seinen Schwiegervater nicht leiden könne. »Aber Joel war genau wie Willie. Er tat im großen und ganzen, was man ihm sagte, weil er es immer allen recht machen wollte. Er wollte, daß ihn alle gern hatten.«

Andere Enthüllungen fand Anne noch beunruhigender. Sie erfuhr von Tierquälereien, Okkultismus und den verdrehten christlichen Lehren, die Ed Sexton offenbar predigte.

Shelly erzählte, ihr Vater hätte das einzige Haustier getötet, das sie je besessen habe, ein Kaninchen. Er stand draußen im Garten und rief sie ans Fenster, um dem Tier dann vor ihren Augen die Kehle durchzuschneiden. Dann kam er nach oben gelaufen, um sie mit dem toten Tier zu quälen, den abgetrennten Kopf und den Körper über die Hand gestülpt wie eine Marionette. Am selben Abend zwang er sie, zusammen mit allen anderen am Tisch von dem Kaninchen zu essen.

Ed Sexton hatte bei Kerzenschein Séancen am Eßzimmertisch abgehalten. Die Mutter ihres Vater sprach mit seltsamer Stimme aus ihrem Bruder Eddie jr., berichtete Machelle.

Ed Sexton behauptete von sich, eine mystische Gestalt zu sein. Er las Bibelpassagen und sponn seine eigenen Interpretationen dazu. Angeblich predigte er im Auftrag irgendeiner pflingstlichen Stiftung, zu deren Lehren es auch gehörte, in fremden Sprachen zu sprechen. Anne erfuhr von den Futuretrons. »Er sagte, er wäre *die* Person mit ganz speziellen Fähigkeiten, wegen des Zeichens in seiner Hand«, sagte Shelly. Er war Gott und Satan in einem. Er ließ die Kinder in seine Augen schauen, bis sie Luzifer sahen. Er behauptete, er könne ihnen ihre Seele wegnehmen und kenne all ihre Gedanken.

Anne fragte sich, ob Ed Sexton diesen Unsinn tatsächlich glaubte oder ob er sich dessen nur bediente, um die Angst der Kinder zu schüren und seine Kontrolle über sie zu festigen. Shelly erzählte ihr davon, wie sie im Alter von fünfzehn Jahren mit ihrem Vater auf einen Friedhof in Canton gegangen war. Willie, damals siebzehn, war auch dabei. Ed Sexton führte sie zu einem frisch ausgehobenen Grab. Shelly mußte hineinsteigen und ein Stück Pappe über sich ziehen. Er wollte ihren Mut auf die Probe stellen. Sie blieb eine halbe Stunde in dem Loch, während er ganz in der Nähe unheimliche Geräusche machte. Willie hatte zu große Angst und weigerte sich, sich in die Grube zu legen. Sein Vater zog ihn tagelang damit auf.

Kein Wunder, daß Shelly scheinbar nicht in der Lage war, eine von Verantwortung geprägte, dauerhafte Beziehung aufzubauen. Normale Beziehungen waren ihr so fremd wie das Leben in einer anderen Galaxie.

Shelly erzählte Anne, wie sie ihren neuen Freund, den Buchhändler, kennengelernt hatte. Sein Name war David Croto. Seiner Familie gehörte ein Buchantiquariat in der Nähe von Bolivar. Er handelte mit Büchern en gros und eröffnete später einen Laden für alte Comics und Sammlerstücke im Einkaufszentrum. Als Shelly bei Pixie und Joel wohnte, lebten Crotos erwachsene Töchter in der Wohnung über ihnen. Shelly erzählte, ihr Vater hätte Pixie befohlen, alle Sachen ihrer Schwester auf den Flur zu stellen. Sie hatte bei Crotos Töchtern geklopft, und die hatten ihren Vater angerufen. Er bot ihr an, sie in seinem leerstehenden Mobilheim in der Stadt wohnen zu lassen. Dann boten seine Tochter und seine Exfrau Shelly 20 Dollar dafür, daß sie mit ihm ausging. Er war seit zwölf Jahren geschieden. Sie wollten, daß Shelly ihnen berichtete, wie er sich bei einem Date so benahm.

Sie frühstückten im Athens Restaurant in Canton. Ein paar Tage später erzählte sie ihm, daß sie von dem Campingplatzmitarbeiter schwanger war. Es schien ihm nichts auszumachen.

»Ich hätte schon bei unserem ersten Rendezvous merken müssen, daß er ein Mann zum Heiraten war«, sagte Shelly.

Die Hochzeit sollte nicht lange auf sich warten lassen. Shelly und Dave gingen am 18. Februar zur Zwangsversteigerung in der Caroline Street. Sie erwarben den Kühlschrank der Eltern, den, der verschlossen in Eddie und May Sextons Zimmer gestanden hatte.

Sie heirateten an Anne Greenes Geburtstag im Juni.

4

Am 24. Februar 1993 wurde der Akte Sexton bei der Polizei von Jackson Township eine weitere Anzeige beigefügt, diesmal von Eddie jrs. Frau Daniela Sexton.

Daniela erzählte der Polizei, daß sie und ihr Mann in der Caroline Street vorbeigefahren waren, um nach dem Rechten zu sehen und die Couch abzuholen, die sie bei der Auktion ersteigert hatten. Joel und Pixie trafen kurz nach ihnen ein. Pixie hängte sich gleich ans Telefon und wies dann Daniela und Eddie jr. die Tür. Sie gingen alle nach draußen. Pixie ging zu ihrem Wagen, und als sie zurückkam, hielt sie einen .357er Magnum Revolver in der Hand. Sie drohte, sie zu erschießen, wenn sie nicht sofort in ihren Wagen stiegen und wegfuhren.

5

Die Regeln änderten sich, erinnerten sich später jene, die im Wohnmobil flüchteten.

Jahre hatte Ed Sexton die Jungen nicht aus den Augen gelassen. Jetzt hatten Skipper, Willie und Christopher den Challenger für sich allein, wenn die Eltern in einem Motel abstiegen. Das Wohnmobil war in einem Top-Zustand. Die Eßecke im Fond ließ sich zu vier Etagenbetten umbauen. Eine weitere Schlafmöglichkeit befand sich über der Fahrerkabine, und das Sofa hinter dem Fahrersitz ließ sich in ein Doppelbett verwandeln. Außerdem gab es eine winzige Kochnische und ein kleines Bad. Ihr Vater hatte ein Kruzifix über den Fahrersitz gehängt, als sie losgefahren waren. Es sollte bis zuletzt dort hängen bleiben.

Vor Jahren hatte Skippers Vater die Reifen seines Fahrrads zerstochen, weil er ohne Erlaubnis darauf gefahren war. Und jetzt sagten die Eltern, daß er den Pontiac bekommen würde, sobald sie sich irgendwo niederließen.

»Er machte eine Hundertachtzig-Grad-Wende«, sagte Skipper. »Ich meine, er war ein völlig neuer Mensch.«

Sie fingen an, ihn ›Pops‹ oder ›Didi‹ zu nennen, ein Name, den die kleine Dawn, auch Cockroach genannt, vor der Abfahrt erfunden hatte. Vorher hatte ihr Vater immer auf der Anrede Dad bestanden. Er schrie auch ihre Mutter nicht mehr an. Sie gingen Hand in Hand spazieren, küßten sich und schauten sich tief in die Augen.

»Wie ein verliebtes Paar im Film«, meinte Skipper.

Auch May Sexton faßte ihre Gedanken über ihren Ehemann in Worte. Im Oktober, in der Zeit, da er nicht daheim gewohnt hatte, hatte sie ihm eine Karte zum Hochzeitstag geschrieben: »Ich werde dich immer lieben, mein Sweetheart … für immer Dein, May.«

Und bevor sie nach Indiana aufbrachen, hatte sie Ed Sexton eröffnet, daß sie schwanger war. Sie hatte ihm geschrieben: »Unser Kleines macht sich gut … ich hoffe, Du freust Dich wirklich über den Nachwuchs und sagst das nicht nur so, nur weil wir einmal Spaß hatten und prompt den richtigen Zeitpunkt erwischt haben.« Sie schwor, ihn auch ›nach dem Tod‹, noch zu lieben. Wenn sie vor ihm starb, wollte sie zurückkehren und ihm ›etwas abschneiden‹, falls er sich eine andere nahm.

Als sie nach Oklahoma fuhren, verriet Ed Sexton ihnen das Ziel der Reise erst, nachdem sie mehrere Staatsgrenzen überquert hatten. Sie legten mit Ed oder Willie Sexton am Steuer an die tausendsechshundert Meilen in dem Wohnmobil zurück. Die Reise schien dem Gesundheitszustand des Patriarchen gut zu bekommen. Ed Sexton hatte jahrelang Schmerztabletten genommen und sich manchmal sogar Schmerzmittel selbst gespritzt.Unterwegs sahen sie ihn nur kleine weiße Pillen schlucken. Skipper erinnerte sich später: »Ich fragte ›Wo zum Teufel fahren wir hin?‹ und er antwortete: ›Nach Oklahoma.‹ Ich wollte wissen, was um alles in der Welt er in Oklahoma wolle, und er entgegnete, er wolle uns alle in einem Indianerreservat unterbringen. Ich sagte: ›Ich habe noch nie einen Indianer mit blauen Augen gesehen.‹«

Skipper, Shelly und Matt waren die einzigen Sexton-Kinder mit blauen Augen. Seine Mutter hätte allerdings gut als Indianerin durchgehen können.

»Und mein Vater hat ebenfalls schwarze Augen. Also sagte ich: ›Was ist mit mir, hat mich der Milchmann gemacht, oder was?‹«

Sein Vater lachte laut und entgegnete: »Wahrscheinlich.«

Früher hätte diese Bemerkung ihm Hiebe mit dem Gürtel eingebracht. Aber die körperlichen Bestrafungen hatten aufgehört. Die einzige Ausnahme war Willie. Wenn er Eds Befehle nicht sofort ausführte, bekam er die Faust zu spüren.

»Chris, Willie und ich, wir standen uns sehr nah«, erinnerte sich Skipper. »Es macht mich rasend, wenn jemand Willie herumschubst. Ich hasse das. Und Willie läßt sich alles gefallen. Weil er zurückgeblieben ist. Das macht mich wahnsinnig.«

Die Jungen hielten zusammen, und sie trugen einheitliche Armeebekleidung: Uniformhosen, -Hemden, -Jacken, -Gürtel und -Mützen. Das war die einzige Kampfkluft, die ihr Vater zu kaufen bereit war. Im Challenger hatte er einen Katalog: ›Vollständiger Führer der zweitausend Armeeläden in den USA und in elf anderen Ländern‹. Er erzählte ihnen Geschichten von der Luftwaffe, den Special Forces und den Rangers. Er sei in allen drei Gattungen gewesen, behauptete er.

»Bis ans Ende!« lautete das Airborne-Motto.

Dazu gehörte auch, die Uniform tiptop zu halten. Er zeigte ihnen, wie sie mit Spucke ihre Stiefel auf Hochglanz polieren konnten, und inspizierte ihre Aufmachung regelmäßig. Er teilte zwei von ihnen ein neues Alter zu. Chris, sechzehn Jahre alt, sollte ab sofort neunzehn sein. Skipper, fast achtzehn, war plötzlich zwanzig. Willie sah man seine zweiundzwanzig Jahre ohnehin an.

»Wir sollten uns so verhalten, als wären wie beim Militär – als hätten wir das Militär gerade hinter uns und als wären wir auf dem Weg nach Hause«, erzählte Skipper. »Wir haben es durchgezogen, und alle haben uns geglaubt. Die Leute sind wirklich so blöd, daß sie einem Sechzehnjährigen abnehmen, beim Militär gewesen zu sein.«

Die Jungen erinnerten sich später an einen Motelaufenthalt in Oklahoma. Sexton suchte nach Indianerakten über seine und Mays Familie. Wo genau er danach suchte, blieb unklar. Die Cherokee Nation of Oklahoma war in der Nähe von Tulsa angesiedelt. Es gab im ganzen Staat kein Indianerreservat, sondern nur stammeseigene Hilfsdienste, die bei der Unterbringung, in Reisefragen und bei der Erziehung behilflich waren. Wyandotte, Oklahoma, war die offizielle Heimat des staatlich anerkannten Wyandotte-Stammes. Beide Stämme waren im 18. Jahrhundert nach Westen gezogen, die Cherokee aus North Carolina und die Wyandotte aus Ontario. May Sexton konnte später nicht genau sagen, wo ihr Mann nach ihren Wurzeln forschte.

»Er wollte meine Herkunftsnummer herausbekommen. Die verschiedenen Stämme hatten diese Nummern vor Jahren ausgegeben, und er wollte meine in Erfahrung bringen. Er glaubte, daß, wenn wir seine indianische Herkunft bewiesen, er in Ohio nicht vor Gericht müßte. Das Problem war nur, daß alle sagten, er sei kein Indianer … Und ich konnte auch keinen Hinweis darauf finden, daß er indianischer Abstammung war. Aber er erkundigte sich nach meinen Verwandten und nicht nach seinen eigenen Vorfahren, ich weiß es also nicht genau.«

Bei einem anderen Gespräch sagte May, daß sie selbst daran gezweifelt habe, daß ihr Ehemann ein Ureinwohner war. »Er hatte mich des öfteren als schmutzige Indianerin tituliert, weil ich mich weigerte, den Kolumbustag zu feiern.«

Gegenüber des Motels befand sich eine Büffelranch mit einem Souvenirladen. Die Jungen wohnten im Wohnmobil, die Eltern und Kimberly in dem Motelzimmer. Die Jungen streiften nachts durch die Straßen. Manchmal waren sie dabei auf Ärger aus.

»Wir zogen jede Nacht los, um zu versuchen, Züge zum Entgleisen zu bringen und solchen Mist«, erzählte Skipper.

Skipper erinnerte sich auch, daß sein Vater Oklahoma nicht mit ganz leeren Händen verließ. Er kaufte sich dort eine Art Sturmgewehr. Unterwegs sprach er Drohungen gegen verschiedene Leute in Ohio aus. Er sagte, er habe vor, ein Dutzend Beamte und potentielle Zeugen auszuschalten – darunter Sozialarbeiter, Machelle, seinen eigenen Bruder Otis und sogar Eddie jr.

»Ein guter Verräter ist ein toter Verräter«, sagte er.

Nach zwei Wochen waren sie wieder in Clark County, Indiana. Das war das ideale Umfeld für die Planung eines militärischen Coups. Auf dem Highway 62 kamen sie auf dem Weg zu ihrem neuen Heim am Bushmans Lake an der Indiana Army Munitions Plant* vorbei. Es war das größte Unternehmen in der ganzen County. Der imposante Kom-

* ›Munitionsfabrik der Armee‹, Anm. d. Übersetzerin.

plex erstreckte sich über zwanzig Meilen am Highway entlang. Im Zweiten Weltkrieg waren dort Geschosse für Mörser und Acht-Inch-Haubitzen hergestellt worden. Während des Vietnam-Krieges hatten fast neunzehntausend Menschen dort gearbeitet. Jetzt war der scheinbar endlose Zaun verrostet, und viele der tausendsechshundert Gebäude waren dem Verfall überlassen. Trotzdem gab es überall noch Kleinigkeiten, die an die frühere Militärpräsenz erinnerten.

Bushmans Lake selbst war wenig mehr als ein Teich, den man ein paar hundert Meter vom breiten, schlammigen Ohio River ausgehoben hatte. Die Ferienanlage befand sich am Ende einer schmalen Landstraße, die vier Meilen durch Maisfelder führte und sich dann bis zum Flußufer hinunterwand. Es gab dort etwa hundert kleine Häuschen und Mobilheime. Im Winter waren nur etwa ein Drittel davon bewohnt.

Dort verwandten die Jungs den Großteil ihrer Zeit darauf, sich von ›Soldaten‹ in Wachen zu verwandeln. Sie mußten vorbereitet sein, für den Fall, daß die Behörden aufkreuzten. Ed Sexton heckte in dem neuen Mobilheim einen Fluchtplan aus. Sie würden durch die rückwärtigen Fenster flüchten, während zwei von ihnen Feuerschutz gaben und die Beamten aufhielten. Später sollten sie dann an einem geheimen Ort wieder zusammenkommen.

Er fing an, sie in Kriegs- und Überlebenstechniken zu unterweisen, die er angeblich auf zwei Dschungelpatrouillen in Vietnam gelernt hatte. Er unterrichtete sie im Nahkampf. Es gab da ganz spezielle Manöver. Wie man jemanden zu Fall brachte, indem man ihm die Beine wegtrat. Wie man jemanden in den Schwitzkasten nahm. Welche Nieren- und Kieferschläge besonders wirkungsvoll waren. Wie man einem Mann die Nase brach und ihm die Splitter anschließend mit dem Handballen ins Gehirn trieb.

Sexton gab seinen Söhnen Handfeuerwaffen, die sie bei sich tragen sollten, wenn sie Wachdienst hatten. Er schwor, daß seine Feinde ihn nicht wieder lebendig in ihre Gewalt bringen würden.

Irgendwann im Februar stießen Joel und Pixie zu ihnen. Tatsächlich war es bereits ihr zweiter Besuch. Das erste Mal waren sie im Januar dort gewesen, als Joels Familie sich wegen seines spurlosen Verschwindens so gesorgt hatte. Am 16. Januar 1993 waren Ed und Pixie in Tuck Carsons Wagen unterwegs, als plötzlich ein nachfolgender Autofahrer auf sie auffuhr, der erklärte, er sei am Steuer eingeschlafen. Ein Sheriff aus Clark County nahm den Unfall auf, aber der Name Sexton sagte dem Beamten nichts, da zu diesem Zeitpunkt noch kein Haftbefehl bestand.

Nur Stunden nach dem Unfall setzten bei Pixie die Wehen ein. Am nächsten Tag brachte sie in einem Krankenhaus in Louisville ihr Baby Skipper Lee zur Welt. Ed Sexton bekam mehr als nur einen neuen Enkelsohn. Verwandte berichteten später, er habe von der Versicherung wegen des Unfalls fünftausend Dollar Entschädigung kassiert.

Als Pixie und Joel zu ihrem zweiten Besuch eintrafen, veränderte sich die Atmosphäre innerhalb der Familie spürbar. Skipper erzählte, es sei nicht zu übersehen gewesen, daß zwischen seinem Vater und Pixie etwas lief. Eines Tages spielten Pixie und sein Vater das sogenannte ›Schokoladenkußspiel‹. Skipper hatte das im Laufe der Jahre schon öfter erlebt, normalerweise mit Schokoküssen* von Hersheys. Sein Vater spielte das Spiel mit Mutter und sämtlichen Schwestern.

»Pixie und er aßen diese kleinen Kirschen in Schokolade mit dem weißen Zeug drin, die, die man seiner Alten zum Valentinstag schenkt«, erklärte er. »Er schob sich eine der Pralinen in den Mund, und ich dachte, er würde sie essen. Joel war im Wohnzimmer. Ich saß mit am Eßtisch. Und Pixie stand da. Er drückte den Mund auf ihren Mund und schob ihr die Schokokirsche rüber. Wie beim Zungenkuß. Das war echt kranker Scheiß. Ich stand auf und ging raus.«

Es dauerte nicht lange, und das Verhältnis zwischen seinen Eltern veränderte sich. »Mein Vater fing an, uns auf die

* Wie Tropfen geformte Schokostückchen. Anm. d. Übersetzerin.

Nerven zu gehen. Sehen Sie, Willie durfte sich ständig im Wohnmobil aufhalten. Und als Pixie und Joel mit den Kindern kamen, dachte ich bei mir, das ist verdammt eng hier. Das ist doch nur ein Zwei-Zimmer-Mobilheim. Zwei schreiende Kleinkinder und dazu meine Eltern, die sich ständig anbrüllten. Eine Woche nach Pixies Ankunft gerieten sie in Streit. Mein alter Herr beschimpfte meine Mutter als Hure. Dabei war meine Schwester die Hure, wissen sie. Sie trieb es mit ihrem eigenen Vater. Und es gefiel ihr. Und meinem alten Herrn genauso.«

Trotzdem schickte May ihrem Mann zum Hochzeitstag eine Karte: »Dies ist eine Zeit der Liebe. Eine Zeit für Zuwendung. Eine Zeit, unseren Gefühlen freien Lauf zu lassen und unsere Liebe neu zu beleben ... für immer Dein.«

Was Skipper betraf, hatte er mit Pixie und Joel nichts am Hut. Allerdings war er ganz vernarrt in seinen Namensvetter, den kleinen Skipper Lee. Er bezeichnete das Baby als sein ›Patenkind‹. Er hielt und fütterte den Säugling und versuchte, ihm Babysprache beizubringen.

Die anderen Familienmitglieder erinnerten sich später daran, daß Joel in seiner Ehe die Kinder versorgte. Er spielte mit den Mädchen und ging mit ihnen spazieren. Er fütterte und badete seinen kleinen Sohn und wechselte seine Windeln. Er schien den Säugling förmlich anzubeten. Die Goods hatten dem Kleinen einen Spitznamen gegeben: ›Ewok‹, nach den seltsam anmutenden sprechenden plüschigen Wesen in *Star Wars*.

Ed Sexton hatte nicht besonders viel übrig für den neuen Familienzuwachs, obwohl Skipper Lee von allen übereinstimmend als stilles, liebenswertes Kind bezeichnet wurde. Ed sagte, er wäre ›unterdurchschnittlich‹. Er weigerte sich, ihn auf den Arm zu nehmen. Er begann außerdem, zu Dawn und Shasta auf Distanz zu gehen. Es gefiel ihm nicht, daß sie Joel ›Dad‹ nannten.

Alle zwei Wochen verließ der Patriarch Indiana zusammen mit Pixie und Willie. Sie fuhren zurück nach Massilon zu einem Postschließfach, um Sextons Arbeitsunfähigkeitsrente, Willies SSI-Schecks und Joels Arbeitslosengeld zu holen. Auf einer dieser Fahrten hatten Pixie und ihr Vater auf dem Rücksitz Sex, während Willie den Pontiac über die Interstate fuhr.

Die Jungen machten auf ihre eigene Art Ärger. Eines Nachts stieg Skipper durch ein Fenster in ein Haus in Bushmans Lake ein und stahl einen Computer, einen Anrufbeantworter und zwei Gewehre. Sein Vater kam dahinter. Er sagte, sie könnten solche Art von Ärger nicht brauchen. Er zwang Skipper, erneut einzubrechen und die Sachen zurückzubringen. Er meinte, das FBI sei ihm vermutlich bereits auf den Fersen und sie könnten es sich nicht erlauben, auf sich aufmerksam zu machen.

In einer anderen Nacht brachen Skipper und einer seiner Brüder in den kleinen Spirituosenladen mit angeschlossener Bar ein, der über die Wintermonate geschlossen war. Sie klauten Zigaretten und Alkohol. Auch das fand ihr Vater heraus, erinnerte sich Skipper, aber diesmal half er ihnen, die Beute im Wald zu verstecken. Manchmal trank ihr Vater, und das hatte er bislang nur an Silvester getan.

Joel Good war der Außenseiter unter den Männern der Familie. Er durfte weder an dem Drill noch an den Wachdiensten teilhaben. Manchmal verspotteten ihn die Sexton-Brüder. Eines Nachts weckte Christopher Joel immer wieder aus dem Schlaf. Joel wurde wütend. Er packte Christopher beim Kragen und drohte: »Noch einmal, dann lege ich dich übers Knie.« Es gab ein kurzes Handgemenge, dann war Ruhe.

Am nächsten Morgen erzählte Christopher seinem Dad von dem Zwischenfall. Sexton stürmte in das kleine Schlafzimmer, schleuderte Joel gegen die Wand und schlug ihm mit der Hand ins Gesicht.

»Wenn du jemanden übers Knie legen willst, versuch es doch mit mir«, sagte er.

Skipper, der Zeuge der Auseinandersetzung war, erinnerte sich: »Joel war danach nicht mehr derselbe. Er wurde wie ein kleines Kind.«

Joel verbrachte seine meiste Zeit damit, Pixie und die Kinder zu bedienen. Aber er verstieß auch gegen einige der Sexton-Regeln. Ihr Vater wollte die Jungen tagsüber nicht sehen. Er wollte nicht, daß der Vermieter sah, wie viele Personen in dem kleinen Trailer wohnten. Joel ging ein und aus, wie es ihm beliebte.

Es war ursprünglich Willies Idee, erzählte Skipper. »Willie kam zu mir und meinem Dad und sagte. ›Wir sollten uns Joel vom Hals schaffen, er hat nämlich einen Haufen Probleme.‹ Mein Dad sagte Willie, er sei verrückt.«

Später hörte Skipper, wie sein Vater und Pixie die Idee im Eßzimmer weiter besprachen. Joel war draußen. Pixie beklagte sich, daß ihr Ehemann ihr auf die Nerven ginge. Pixie schlug vor, auf Joel eine Lebensversicherung abzuschließen, erinnerte sich Skipper.

»Das ist mal eine gute Idee«, meinte der Patriarch.

»Er und Pixie lebten ihre schmutzige kleine Affäre und sprachen darüber, Joel mit einem fingierten Unfall aus dem Weg zu räumen. Sie wollten die Autobremsen manipulieren. Sie wollten meinen Wagen für den Unfall verwenden. Die Bremsleitung sollte reißen. Ich sagte, hey, das ist mein erstes Auto. Und überhaupt, warum wollt ihr ihn überhaupt beseitigen? Warum bringt ihr ihn nicht einfach zurück nach Ohio ... setzt ihn irgendwo aus? Aber nein, sie wollten ihn wirklich umbringen.«

Kurz darauf verkündete der Patriarch eine neue Mission. Skipper und Willie sollten mit ihm nach Norden fahren. Er fuhr wieder in nördliche Richtung, nach Ohio, aber diesmal nicht um irgendwelche Schecks abzuholen.

6

Detective Steve Ready von der Stark-County-Polizei erfuhr über den Bürotratsch von der Versteigerung in der Caroline Street am 18. Februar. In der Zeitung war eine entsprechende Anzeige von Auktionator Ed Fernandez erschienen. Ready griff zum Telefon und rief den Auktionator an.

Ja, Ed und May Sexton wollten Haus und Inventar verkaufen. Er hatte ein oder zweimal mit Sexton persönlich telefoniert, aber die Einzelheiten mit seiner Tochter Pixie besprochen.

»Wir suchen Sexton«, teilte Ready ihm mit. »Wenn er sich blicken läßt oder sich mit Ihnen in Verbindung setzt, verständigen Sie uns bitte.«

Ready wurde von Logistik und Gesetz stark behindert in seiner Suche nach Ed und May Sexton. Da kein bewaffneter Raubüberfall oder Einbruch vorlag, war der Diebstahl der von Eddie jr. hinterlegten Kaution eine Zivilangelegenheit. Eddie jr. würde klagen müssen, um sein Geld zurückzubekommen. Die Sextons hatten vor dem Familiengericht keinen Rechtsbeistand mehr. Am 5. Januar hatte ihr Rechtsanwalt Pat Menicos sein Mandat niedergelegt.

Das DHS hatte einen sogenannten ›Schutzdienstalarm‹ gegeben. Die Benachrichtigung ging an die Polizeiwachen der umliegenden Staaten und lautete dahingehend, daß Stark County nach den minderjährigen Sexton-Kindern fahndete. Aber die Sozialarbeiter wußten aus Erfahrung, daß viele Departments in den USA diese Benachrichtigungen nicht sonderlich ernst nahmen.

Ready überprüfte Sextons Status nach der Verurteilung wegen eines leichten Vergehens in Massilon. Er stellte fest, daß das Familienoberhaupt gar nicht auf Bewährung draußen war, sondern wegen guter Führung. Er brauchte sich somit nicht regelmäßig bei einem Bewährungshelfer zu melden. Um sauber zu bleiben, mußte er es nur verhindern, wieder mit einem Verbrechen in Zusammenhang gebracht zu werden. Es gab keine Beweise dafür, daß May Sexton und die Kinder entführt worden waren. Tatsächlich war sie sogar einige Zeit vor ihrem Mann verschwunden. Es gab lediglich einen Gerichtsbeschluß, der dem Vater jeglichen Kontakt untersagte.

»Wenn ich ihn in Stark County erwischt hätte, hätte ich

ihm die Kinder wegnehmen können«, erklärte er später. »Aber eine Verhaftung wäre nicht möglich gewesen, es sei denn, er hätte sich dem Entzug der Kinder widersetzt.«

Judee Genetin erklärte später, verfassungsrechtliche Aspekte hätten sie seinerzeit daran gehindert, einen Haftbefehl beim Familiengericht zu beantragen. May Sexton war verschwunden, bevor sie ihr das Ergebnis der letzten Sorgerechtsanhörung hatten zur Kenntnis bringen können. Und da sie nicht gemäß den rechtlichen Bestimmungen informiert worden war, verstieß sie auch rein technisch gesehen gegen kein Gesetz, wenn sie untertauchte.

Und selbst mit Haftbefehl hätte Steve Ready nicht viel ausrichten können: das Sheriff's Department war nicht geneigt zuzulassen, daß er eine wilde Verfolgungsjagd auf die Sextons startete, und alle Justizstellen der County litten an akutem Geld- und Personalmangel. Seit Jahren hatten Polizei und Staatsanwaltschaft mit gekürzten und ungewissen Budgets zu kämpfen. Seit zehn Jahren versuchte die County eine geringe Mehrwertsteuererhöhung durchzusetzen, um die Gelder für die Verbrechensbekämpfung zu erhöhen, aber der Versuch war an einer Volksbefragung gescheitert. Und auch wenn der Sheriff die Verfolgung Sextons durch mehrere Staaten genehmigt hätte, so wäre Ready für eine Verhaftung auf die örtlichen Behörden der anderen Staaten angewiesen gewesen. Anschließend hätte er die Auslieferung Sextons beantragen müssen.

Zu schade, daß Sexton kein Kautionsflüchtling ist, dachte Ready. Ein Kopfgeldjäger hätte Sexton problemlos aufspüren und zurückbringen können, ohne irgendwelche Behörden informieren zu müssen. Und so etwas kam öfter vor.

Ready rief Ed Sextons Bruder Dave in New Port Richey, Florida, an. Er hatte vom DHS erfahren, daß Sherri Sexton sich dort bei ihren Verwandten aufhielt. David Sexton bestätigte, daß seine Nichte Sherri bei ihnen wohne, sagte aber, sie sei im Augenblick nicht da. Dieselbe Antwort bekam er die nächsten acht Monate zu hören. Und Sherri rief auch nie zurück.

Jemand vom DHS hatte die Idee, die Sextons über Ed Sextons Berufsunfähigkeitsrentenzahlungen aufzuspüren. Judee Genetin rief die zuständige Versicherungsanstalt im Januar an und bat um entsprechende Informationen. Die Versicherung teilte ihr mit, daß an Ed Sexton keine Zahlungen mehr getätigt würden.

Eine Lösung bestünde darin, Unlawful Flight* anzuführen und so die Notwendigkeit eines Haftbefehls zu umgehen, da dieser Vorwurf direkt vom FBI geahndet wurde. Und wenn es ihnen gelang, Eddie und May irgendein Verbrechen nachzuweisen, konnten sie auch einen UFAP-Befehl bekommen. Aber nach Machelle Sextons Widerruf lag offiziell nichts gegen Sexton vor.

»Das FBI wird sich nicht in irgendwelchen Familiengerichtsscheiß einmischen«, sagte sich Ready.

Wenn nur die anderen Kinder ihren Vater der Vergewaltigung oder irgendeines anderen sexuellen Mißbrauchs beschuldigten, müßte es ihnen gelingen, den Fall einer Grand Jury vorzutragen und einen Haftbefehl zu erwirken. Einige der Kinder waren in Therapie. Aber sicher wollte niemand die Kinder mit wiederholten Befragungen unter Druck setzen. Genetin hatte an einem vom American Prosecutor's Research Institute gesponsorten Seminar teilgenommen und von den fragwürdigen Methoden erfahren, die in anderen schwierigen Fällen angewandt worden waren. Die Anschuldigungen mußten freiwillig vorgebracht werden, zum Vorteil des Falles und zum Wohle der Kinder.

Wenn der Vater die Kinder sexuell mißbraucht hatte, würde eins der Opfer sich früher oder später hierzu äußern, sagte Genetin voraus – vorausgesetzt, die Kinder fühlten sich in ihren Pflegefamilien sicher.

Ready meldete sich noch einmal bei Ed Fernandez. Nein, Ed Sexton habe sich bei der Hausversteigerung nicht blicken lassen, sagte der Auktionator. Seine Tochter Pixie würde sämtliche Familienangelegenheiten erledigen.

* ›Ungesetzliche Flucht‹, Anm. d. Übersetzerin.

Monate später fragte sich Steven Ready, ob er im Frühjahr und Sommer 1993 nicht mehr hätte tun können. Vielleicht hätte er persönlich zur Versteigerung gehen sollen. Vielleicht hätte er jeden Verwandten Sextons befragen müssen, den er finden konnte. Vielleicht hätte er jede Seite der immer dicker werdenden Sexton-Akte des DHS sorgfältig studieren sollen.

Aber Himmel, es war noch nicht einmal sein Fall – noch nicht.

»Ich habe mir deswegen große Vorwürfe gemacht«, meinte er später. »Wenn ich mehr getan hätte, wären mehrere Personen vielleicht heute noch am Leben.«

7

Das erste, was das Mädchen sagte, als es durch die Tür trat, war: »Hi, Mom.« Es war einen Tag vor dem Valentinstag 1993. Die zwölf Jahre alte Lana Irene Sexton hatte Valentinskarten und selbstgebastelte Fensterbilder bei sich.

Tabatha und Ted Fisher, kinderlos und in ihren Zwanzigern, bekamen ihr erstes Pflegekind. Für Lana war es nur eine Pflegestelle von vielen: Sieben hatte sie bereits hinter sich. Ihr Vater hatte jedesmal irgendwie ihre Adresse herausbekommen. Zweimal war sie auch weggelaufen.

East Liverpool in Ohio lag eine Stunde östlich von Canton an einer Biegung des Ohio River. Eine Brücke führte aus der Stadt heraus zum nördlichsten Punkt von West-Virginia. East-Liverpool hatte sechzehntausend Einwohner, und es gab kein Gebäude, das höher gewesen wäre als drei Stockwerke. Abblätternde Straßenschilder, rostige Ampeln, uralte Mail-Pouch-Werbung an verwitterten Hauswänden.

Aber Tabatha und Ted Fisher hatten sich dort ein gutes Leben eingerichtet. Ted arbeitete für einen Zulieferer von Kirchenzubehör und wartete Maschinen, an denen bedruckte Umschläge hergestellt wurden. Die Fishers lebten in einem schmucken zweistöckigen Haus in der Nähe des kleinen Ortskerns. Tabatha spielte Klavier und Ted Posaune. Sie waren beide nichtkonfessionelle Christen und in der örtlichen Kirche aktiv, der New Hope Community Church.

Die Bair-Stiftung hatte Lanas Besuche arrangiert und die Fishers auf ihre Aufgabe als Pflegeeltern vorbereitet. Sie hatten einen zwanzigstündigen Kurs absolviert. Sie würden jedes Jahr weitere zwanzig Stunden belegen müssen. Das Ehepaar wollte sich auf Kinder spezialisieren, die therapeutischer Hilfe bedurften.

Lana Sexton war ein solcher Problemfall. Und was für einer.

Sie stamme aus einer ganz besonderen Situation, teilte die Mitarbeiterin der Stiftung ihnen mit. Sie sei ein Opfer wiederholter körperlicher, sexueller und ritueller Übergriffe gewesen. Ihr erster Besuch würde auf ein Wochenende beschränkt sein. Eine Probezeit. Hinterher konnten sie dann entscheiden, ob sie das Mädchen aufnehmen wollten oder nicht.

»Uns wurde von Anfang an gesagt, daß sie sehr schwierig sei«, erinnerte sich Tabatha später. »Aber wir dachten uns, was soll's, wir versuchen es.«

In diesen ersten zwei Tagen war Lana Sexton ein richtiger Schatz. Sie war hübsch, intelligent und redselig. Sie gingen zum Kegeln und liehen sich Videos aus. Sie spielten ›Uno‹ und ›Sorry‹. Und Lana klammerte sich an Tabatha, als wären sie bei der Geburt getrennte eineiige Zwillinge. Sie folgte ihr überallhin, von einem Zimmer ins andere. Sie setzte sich zu ihr auf die Couch, sie kuschelte sich neben sie in den Sessel. Sie schien keine Angst vor Ted zu haben, blieb aber auf Distanz. Tabatha schob das auf den Mißbrauch durch den Vater, von dem man ihr erzählt hatte.

Als am Montag der stiftungseigene Wagen vorfuhr, weinte Lana. Die Fishers brauchten nicht lange, um sich zu entscheiden. Sieben Tage später zog Lana Sexton bei ihnen ein.

Lana brachte eine beeindruckende Barbiesammlung mit. Sie besaß eine Unmenge Kleider für die Puppen. Dazu das Haus, das Auto und ein halbes Dutzend Puppen, einschließlich Ken. Tabatha wußte nicht, ob sie das Spielzeug von zu Hause mitgebracht hatte oder ob es ihr von anderen Pflegefamilien geschenkt worden war. Lana Sexton sprach nicht über ihre richtigen Eltern, und man hatte den Fishers geraten, sie nicht zu bedrängen.

Tabatha wollte dem Mädchen ein Gefühl von Stabilität vermitteln, wollte ihr ein Zuhause mit viel Liebe und Zuneigung bieten. Lana wurde in die örtliche Mittelschule eingeschrieben. Tabatha trug ihr nur einige wenige kleinere Haushaltspflichten auf. Lana fuhr gern Rad, ging gern kegeln und hüpfte mit Begeisterung auf einem Pogo-Stick herum.

Dann fing es an.

Es dauerte nicht lange, und das Mädchen kam im Unterricht nicht mehr mit. Sie weigerte sich, ihre Schulaufgaben zu machen. Sie wollte statt dessen lieber mit ihren Barbiepuppen spielen. Sie zog sich vor jedem positiven Ritual zurück, das Tabatha versuchte, ihr beizubringen. Sie wollte weder baden noch sich die Zähne putzen oder das Haar kämmen. Sie weigerte sich, ihr Zimmer aufzuräumen. Sie wollte Klavierunterricht nehmen, aber nicht üben. Tabatha hätte diese Schwierigkeiten vielleicht der Pubertät zugeschrieben, wenn da nicht diese Barbies gewesen wären. Tabathas eigene Schwester, ebenfalls zwölf Jahre alt, wollte nicht mehr mit Lana spielen, weil ihrer Ansicht nach Barbies etwas für jüngere Kinder waren.

»Lana wollte nichts anderes tun, als immer nur mit Barbiepuppen spielen«, erinnerte sie sich später. »Und ich übertreibe nicht. Wenn es ihr möglich gewesen wäre, hätte sie rund um die Uhr mit ihren Barbiepuppen gespielt.«

Ihr Verhalten schien sich jedesmal nach den vom DHS organisierten Besuchen ihres älteren Bruders James zu verschlechtern. Gewöhnlich bemühten sich die Behörden, den Kontakt von Geschwistern in unterschiedlichen Pflegestellen aufrechtzuerhalten, aber Lanas Betreuer kamen bald zu dem Schluß, daß es besser wäre, James' Besuche einzustellen.

Mit der Zeit stellte sich heraus, daß Lana Sexton eine sonderbare Mischung von Charakterzügen besaß. Sie war sehr unreif, gleichzeitig jedoch auch zu überaus frühreifen Reaktionen fähig. Und sie konnte sehr direkt sein. Sie stieß Bedienungen den Ellbogen in die Seite, erzählte unanständige Witze und begegnete den erwachsenen Bekannten und Verwandten der Fishers wie Gleichaltrigen.

Und sie hatte ein Lieblingswort: ›Penis.‹

»Er ist ein solcher Penis«, sagte sie beispielsweise.

»Warum benutzt du dieses Wort, Lana?« fragte Tabatha. »Du weißt doch, daß ich das nicht mag.«

Sie benutzte das Wort einfach für alles.

»Er ist ein solcher Penis.«

»Der Film war ein echter Penis.«

»Sei kein Penis.«

Wenn sie mit Tabatha allein war, verhielt Lana sich bei weitem nicht so auffällig. Lana liebte es, mit ihrer Pflegemutter im Sessel zu kuscheln. Eine Stunde vor der Schlafenszeit setzte Tabatha sich zu Lana ins Zimmer, und sie lasen oder redeten. Tabatha hatte von ihrer Mutter gelernt, wie wertvoll diese Zeit ganz allein war.

An den Abenden erzählte Lana von ihren Schwestern. Sie vermißte ihre jüngere Schwester Kim. Sie sagte, sie hätten eine kleine weiße Bibel gehabt, in der sie heimlich gelesen hätten. Ihr Vater erlaubte ihnen nicht zu beten oder in die Kirche zu gehen. Tabatha drängte das Mädchen nie zum Glauben oder dazu, in die Kirche zu gehen, aber Lana schien von sich aus nach Religion zu verlangen. Sie wollte am Gottesdienst teilnehmen und außerdem am Bibelunterricht. Sie mochte zeitgenössische Gospel-Musik und las vor dem Schlafengehen in der Bibel.

Eines Abends im April begann Lana, von ihrem Bruder Charles zu erzählen, den sie auch Skipper nannte. Sie erzählte, daß Skipper sie vergewaltigt hatte.

»Ich habe Angst vor ihm«, sagte sie.

Tabatha schloß sie in die Arme. Lana ließ sich bei ihren abendlichen Gesprächen gern in den Armen halten.

Ein paar Nächte darauf vertraute sie Tabatha an, daß ihr Vater sie sexuell belästigt habe. »Dad hat mir weh getan«, sagte sie. »Ich will nie wieder zu meinem Dad.«

Tabatha wiegte sie in den Armen. »Keine Angst, jetzt bist du ja bei uns.«

»Nein, du verstehst nicht«, entgegnete Lana kopfschüttelnd. »Du kannst kein einziges Wort sagen, von dem er nicht erfährt.«

Tabatha berichtete der Bair-Stiftung von Lanas Enthüllungen, und die gab sie an den zuständigen DHS-Mitarbeiter in Stark County weiter. Eine Woche später, als Tabatha Lana von der Schule abholte, waren Lanas Augen vor Furcht geweitet. Eilig stieg sie in den Wagen und sagte: »Ich habe heute Skipper auf dem Spielplatz getroffen.«

Lana glaubte, daß er mit einem blauen Truck mit einem Aufkleber der Massilon Tigers auf der Stoßstange gekommen war. Sie hatte den Wagen an diesem Tag in der Nähe der Schule gesehen. Skipper habe ihr eine Telefonnummer gegeben und ihr gesagt, die Familie hielte sich im sechzig Meilen entfernten Salem in West-Virginia auf.

»Ich komme mit Dad zurück, und dann solltest du am Treffpunkt sein«, habe Skipper gedroht.

Tabatha Fisher konnte sich erinnern, einen solchen Truck gesehen zu haben. In ihrem kleinen Ort fiel ein ungewohnter Anblick sofort auf. Die Fishers riefen wieder die Bair-Stiftung an und meldeten die Kontaktaufnahme. Ein Mitarbeiter der Stiftung sagte, er wolle vom DHS Bilder herüberschicken lassen, damit die Fishers wüßten, wie Skipper und die anderen Sextons aussahen. Ein paar Tage später sah Tabatha den blauen Truck an einer Ampel, aber er bog ab, bevor sie das Nummernschild erkennen konnte.

Eine Woche später fuhren sie von der Schule ab, als Lana sich plötzlich duckte und quer auf den Rücksitz legte.

»Er ist hinter uns«, schrie sie.

Tabatha sah nur einen Motorradfahrer hinter ihnen. »Wer ist hinter uns?« fragte sie.

»Das auf dem Motorrad ist mein Vater«, entgegnete Lana.

Der Motorradfahrer bog ab. Tabatha fragte sich, ob Lanas Phantasie ihr in ihrer Angst vielleicht einen Streich gespielt hatte. Sie wünschte, die Bilder wären schon da.

Aber trotz allem setzten sich die abendlichen Gespräche fort. Lana war jetzt überzeugt davon, daß ihr Vater wußte, daß sie Familiengeheimnisse ausgeplaudert hatte. »Er kann mit uns reden, egal, wo wir sind«, sagte sie. »Man kann sich nicht vor ihm verstecken.«

»Er ist Satan«, sagte sie. Er habe übernatürliche Kräfte.

Als die Fishers am 29. April, sieben Tage nachdem Skipper sie auf dem Schulhof angesprochen hatte, zusammen mit Lana heimkamen, stand die Haustür weit offen, und ein kalter Wind blies ins Haus. Die Türklinke war abgebrochen. Das Verandageländer war stellenweise zerschmettert. Die Nachbarin berichtete, ihr Hund habe vor einer Weile angeschlagen.

Im Haus war nichts beschädigt oder entwendet worden, nicht einmal Lanas Schulbilder auf dem Kaminsims.

»Das war mein Dad«, sagte Lana immer wieder. »Das war mein Dad.«

Sie verbrachten die Nacht im Haus ihres Pastors. Tabatha rief die Bair-Stiftung an, um den Einbruch zu melden. Aber am nächsten Morgen weinten Tabatha und Lana beide, als Lana von der Bair-Stiftung abgeholt wurde.

8

Ed Sexton schien mühelos an interne Informationen des DHS heranzukommen.

Am 7. Januar 1993 erhielt ein Mitarbeiter der Geschäftsstelle in Stark County einen Anruf aus Andover, Ohio. Sexton und sein Sohn Skipper waren am Vortag dort aufgetaucht und hatten versucht, Matthew zu überreden, zu ihnen in den Wagen zu steigen. Später, gegen Mitternacht, war Ed Sexton draußen vor dem Haus der Pflegefamilie gesehen worden. Detective Glenn Goe schickte ein Polizeifoto von Eddie Lee Sexton an die Kollegen in Andover. Ein zweites Bild sandte er nach Salem in West-Virginia und bat die Beamten beider Dienststellen, nach dem Familienoberhaupt Ausschau zu halten.

Drei Monate später, am 22. April, leitete das DHS die Beendigung seiner Vormundschaft von Charles ›Skipper‹ Sexton ein, da dieser zwischenzeitlich achtzehn geworden und somit volljährig war. Am selben Tag erhielt das DHS einen Anruf von der Bair-Stiftung und erfuhr von seiner Kontaktaufnahme mit Lana an ihrer Schule in East Liverpool. Auch die Motorradverfolgung und der Einbruch beunruhigten die DHS-Mitarbeiter.

»Wir hatten die Kinder ziemlich gleichmäßig über den ganzen Staat verteilt«, erinnerte sich Judee Genetin später. »Aber offenbar waren sie nicht weit genug weg. Und nun stellte sich uns ein neues Dilemma. Normalerweise vermeiden wir es, Kinder durch Wechsel der Pflegestelle zusätzlich zu belasten und die Situation dadurch noch zu verschärfen. Aber in diesem Fall hatten wir wirklich Angst um sie.«

Am 10. Mai wandte sich die Rechtsabteilung der Kinderschutzbehörde erneut an das Familiengericht. Seit der Eingabe wegen angeblicher indianischer Abstammung leistete Edith Hough, seit vier Jahren in Judee Genetins Stab, die juristische Knochenarbeit im laufenden Fall Sexton. Hough beantragte die unbefristete Vormundschaft für James, Christopher, Matthew, Lana und Kimberly. Hough und Judee Genetin spekulierten darauf, daß, wenn das DHS die unbefristete Vormundschaft für die Kinder bekam, sie Geheimhaltungsvorschriften umgehen konnten. Dann konnten sie die Namen der Kinder öffentlich bekanntgeben, Vermißtenanzeigen aufgeben und möglicherweise sogar ›America's Most Wanted‹ einschalten.

Tatsächlich besaß das DHS gegenwärtig nur die bedingte Vormundschaft für Lana, Matt und James. Aber anders als bei einem gewöhnlichen Haftbefehl, gestattete das Gesetz es dem DHS zu handeln, auch ohne den Eltern eine Vorladung zugestellt zu haben. Die Behörde konnte beispielsweise einfach eine Notiz zu der bevorstehenden Anhörung in der Zeitung veröffentlichen.

»Wir wollten sie aus ihrem Versteck locken«, erklärte Genetin später. »Wir hofften, daß sie auftauchen würden, um gegen unseren Antrag vorzugehen.« Der Anhörungstermin für den 4. August wurde am 18. Mai im Cantoner *Repository* veröffentlicht.

Die Sextons reagierten tatsächlich darauf, allerdings anders als erwartet und nicht, um rechtlich gegen den Antrag des DHS vorzugehen.

Vier Tage später erhielt ein Notdienst-Mitarbeiter des DHS spätabends einen Anruf von der Bair-Stiftung. Die Polizei von Andover suchte nach Matthew Sexton; er war kurz nach dem Abendessen von seiner Pflegestelle weggelaufen.

Während das DHS auf die Vormundschaftsanhörung wartete, schien Eddie Lee Sexton seine Kinder eins nach dem anderen einzusammeln. Am Memorial Day befanden sich nur noch James und Lana in der Obhut der Kinderschutzbehörde.

9

Es war ganz einfach, behauptete Skipper. Sie parkten in der Nähe der Pflegestelle in Andover. Skipper stieg aus. Er entdeckte Matt im Garten.

»Ich machte Matt auf mich aufmerksam und sagte: ›Gehen wir.‹ Matthew stieg in den Wagen, und wir fuhren los. Es ging alles ganz schnell.«

Aber drüben in Indiana schien es innerhalb der Familie immer größere Spannungen zu geben. Die beengten räumlichen Verhältnisse im Mobilheim und dem Wohnmobil machten sich bemerkbar. Sie sahen fern und lauschten dem

Familienoberhaupt, der Bibelverse vorlas. Er hatte Dutzende seiner Lieblingspassagen mit Familienbildern zwischen den hauchdünnen Seiten einer schwarzen King-James-Ausgabe markiert. Keines der Kinder ging in die Schule. Die einzigen Unterbrechungen von der nervenaufreibenden Routine waren gelegentliche Fahrten in die Stadt, die nächtlichen Exkursionen und der militärische Drill inklusive Nahkampfausbildung.

Ed Sexton dachte sich außerdem eine Methode aus, um die jüngeren Kinder – Dawn, Shasta und Kimberly – ruhigzustellen, die nachts manchmal quengelten. Das Gemisch nannte sich Nyquil und war eine Mischung aus Alkohol und Beruhigungstabletten. May Sexton behauptete später, sie und die neunjährige Kimberly hätten jeden Abend Nyquil genommen, um Asthmaanfällen vorzubeugen. Aber einige der Sexton-Kinder sagten aus, das Gemisch wäre den kleineren Kindern vor dem Schlafengehen verabreicht worden, damit sie still waren.

Eines Abends saßen Skipper, Joel, Matt und Chris im Trailer herum. Sie sprachen davon, abzuhauen. Skipper sagte, er kenne in der Gegend eine Höhle, in der sie die erste Nacht verbringen konnten. Während seines Sommeraufenthalts bei seiner Tante und seinem Onkel hatte er erfahren, daß die Teenager der Umgebung dort Partys feierten. Sie bräuchten nur Lebensmittel und Zigaretten, dann könnte es losgehen, meinte er.

»Joel war zuerst dafür«, erinnerte sich Skipper. »Dann fragte er: ›Was ist mit Pixie?‹ Und ich antwortete, er sähe doch, was mit Pixie los wäre, sie wäre in unseren alten Herrn verknallt. ›Sprich nicht so über sie‹, meinte er. ›Sie ist meine Frau‹.

Ich dachte bei mir, denk doch, was du willst. Wir hatten die Schnauze voll. Wir wollten weg. Aber dann dachten wir noch einmal darüber nach. Ich sagte mir, verdammt, wir können sie nicht im Stich lassen. Ich sagte mir, was soll's, und ging zurück ins Bett.«

10

Diane Beckort, die fünfzigjährige Verwalterin von Bushman Lake und Marina, erinnerte sich noch gut daran, wie Ed und May Sexton fünf Monate zuvor zu ihr gekommen waren, um ein Mobilheim am Fluß zu mieten.

May Sexton behauptete, sie sei schwanger. Diana musterte sie, aber May war zu alt und zu korpulent, als daß man sich hätte sicher sein können.

Sie hatten ein kleines braunhaariges Mädchen bei sich, Kimberly. Sexton erklärte, er wolle sein Haus in Ohio verkaufen. Beckort bot dem Paar ein Mobilheim für dreihundert Dollar Monatsmiete an, zuzüglich dreihundert Dollar Kaution. Die erste Miete mußte im voraus bezahlt werden. Das Mobilheim war unmöbliert.

Das sei in Ordnung, sagte Sexton. Er wolle Möbel aus seinem Haus in Ohio herbeischaffen.

Sexton legte sechshundert Dollar in bar auf den Tisch. Sie verlangte keine Referenzen. Sie besaß selbst vier Ferienunterkünfte, die sie vermietete, und kümmerte sich darüber hinaus um die Vermietung weiterer zwei Dutzend Feriendomizile in der Anlage. Sie wußte längst, daß Referenzen nichts wert waren. Beckort hatte zu oft erlebt, daß geprellte Vermieter ihre Mieter in den Himmel lobten, nur um sie schneller loszuwerden.

In Bushmans Lake gab es eine kleine Bar und einen Imbiß, den Beckort allerdings nie vor dem Memorial Day öffnete. Als eines Nachts dort eingebrochen wurde, sei sie niemals auf den Gedanken gekommen, daß die Sextons etwas damit zu tun haben könnten. »Er war so höflich und nett«, erinnerte sie sich später.

Aber kurz vor dem Memorial Day bemerkte Diane Beckort, daß die Sexton-Familie offenbar Zuwachs bekommen hatte. Sie selbst wohnte am anderen Ende der Straße, weit weg vom Trailer der Sextons. Jetzt fielen ihr dort noch weitere Fahrzeuge auf. Und sie sah mehrere junge Männer und Jungen in der Nähe des Mobilheims.

Sie sprach Sexton darauf an. »Ich hätte Ihnen den Trailer nie vermietet, wenn ich gewußt hätte, daß Sie mit so vielen Personen einziehen würden«, teilte sie ihm mit. »Das packt der Faulbehälter nicht.«

»Ich verstehe, Ma'am«, entgegnete er. »Kein Problem. Dann ziehen wir eben aus.«

Er bat um eine Woche Zeit. In den folgenden Tagen sah sie, wie die Familie Möbelstücke aus dem Haus trug. Sexton kam zu ihr, um seine Kaution abzuholen. Sie inspizierte den Trailer. Sie hatten alles tadellos hinterlassen.

Sie zahlte ihm die dreihundert Dollar aus.

»Einen angenehmeren Mieter hätte man sich nicht wünschen können«, schloß sie.

11

Zwei Monate nach der Auktion im Februar war das Paar, das das Haus in der Caroline Street für siebenundsechzigtausend Dollar ersteigert hatte, rechtlich immer noch nicht Eigentümer. Ed Fernandez war es zwar gelungen, einen belastungsfreien Rechtstitel zu erreichen, aber jetzt weigerte sich Ed Sexton, nach Canton zu kommen, um den Verkauf perfekt zu machen.

Sexton wollte, daß seine Tochter Pixie sämtliche Formalitäten erledigte.

»Das geht nicht«, entgegnete Fernandez. »Sie müssen sich persönlich darum kümmern.«

Sexton rief nicht mehr an. Statt dessen meldete sich Pixie regelmäßig und versuchte, den Auktionator zu überreden, die Papiere freizugeben.

Die Käufer wurden die Warterei leid. Sie traten vom Kauf zurück.

Für Fernandez war die ganze Versteigerung ein Reinfall gewesen. Er hatte das Hausinventar an eine Gruppe von fünfzig Personen versteigert, wobei er von der offenen Garage aus agierte.

»Es widerstrebte mir, meinen Leuten diese Müllhalde zuzumuten«, sagte er später. »Dieser Schmutz. Dieser Gestank. Und das meiste von dem Zeug war Müll.«

Der Erlös betrug nur siebenhundert Dollar, was nicht einmal ausreichte, um die Kosten des Auktionators zu decken.

Das war das zweite Mal, daß Ed und May Sexton ihn reingelegt hatten. Er hatte schon ein Jahr zuvor einen Vertrag zur Versteigerung des Hauses unterzeichnet, im Spätwinter 1992, aber damals hatte Sexton es sich dann plötzlich anders überlegt.

In Fernandez' Augen war Ed Sexton ein kleiner Gauner. Auch er hatte von Sextons angeblichem Werbevertrag mit der Schnellrestaurantkette gehört.

»Er war ein mieser Manipulator«, erinnerte Fernandez sich später. »Er hielt sich für klüger als alle anderen, umgibt sich aber nur mit Versagern. Er war ein Betrüger. Faul. Einer von diesen Phantasten, die immer große Pläne haben, aus denen dann doch nichts wird.«

Jetzt wünschte Fernandez, Sexton würde sich blicken lassen. Nur zu gern würde er diesen Detective namens Steve Ready beim Sheriff's Department anrufen. Es wäre ihm eine große Genugtuung gewesen, diesen Betrüger hinter Gitter zu bringen. Pixie und ihr Ehemann waren ihm auch keine Hilfe gewesen. Sie wußte nichts. Und der Ehemann sprach kein Wort; Fernandez schätzte seinen IQ auf etwa 70.

Als es den Anschein hatte, als würde das Haus leerstehen, fuhr Ed Fernandez hinüber, um sich umzusehen. Die restlichen Möbel waren abgeholt worden, und im ganzen Haus lag Abfall herum. In den Toiletten schwamm Kot, eine Art kranker Abschiedsgruß.

Er rief seinen Anwalt an und übergab ihm sämtliche Unterlagen. So wie Ed Fernandez das sah, konnte er froh sein, wenn er nie wieder einen Sexton zu Gesicht bekam.

12

Tuck und Colleen Carson waren ein paarmal bei den Sextons in Bushmans Lake zu Besuch gewesen. Sie hatten gesehen, in welch beengten Verhältnissen die Familie lebte, und ihnen war auch nicht entgangen, daß die Jungen Handfeuerwaffen am Gürtel trugen. Bei einem ihrer Besuche zeigte Eddie Tuck seine Hand und verwies auf die ›durchgehende Lebenslinie‹.

»Weißt du, was das heißt?« fragte Sexton.

Tuck schüttelte den Kopf.

»Es bedeutet, daß mir ein Weiterleben im Jenseits bestimmt ist«

Er mochte ja ruhiger geworden sein als in früheren Zeiten, aber Eddie Lee Sexton war immer noch ganz zweifellos ein verdammt sonderbarer Kauz.

Colleen fiel der junge Mann namens Joel auf. »Es schien, als würde er sich nicht trauen, auch nur ein Wort zu sagen«, erinnerte sie sich später. »So als würden sie ihn dann beißen oder so was.«

Ende des Frühlings verkündeten Eddie und May, daß sie nach Florida übersiedeln wollten. Der Verkauf ihres Hauses in Ohio sei fast abgewickelt, sagten sie. Sie hatten eine neue Couchgarnitur. Sie fragten, ob sie die vielleicht bei den Carsons unterstellen könnten, bis sie sie von einem Umzugswagen abholen ließen.

Sie fuhren in dem Challenger-Wohnmobil los, und Pixie und Joel folgten im Pontiac. An der Chromstoßstange des Grand Prix klebte ein Aufkleber des Fraternal Order of Police von 1993, und auf der Kofferraumhaube darüber prangte in rot-weiß-blauer Schrift: »Gott, Waffen und Mumm haben Amerika zu dem gemacht, was es ist. Behalten wir alle drei!«

Kapitel 9

Alpträume

1

Nach dem Einbruch in East Liverpool gelang es Tabatha und Ted Fisher schließlich, die Behörden davon zu überzeugen, Lana Sexton zu ihnen zurückkommen zu lassen – wenn auch nur an den Wochenenden, wenn sie frei hatten und sie rund um die Uhr im Auge behalten konnten. In Anbetracht von Ed Sextons Dreistigkeit befürchtete die Kinderschutzbehörde, Lana könnte aus der Schule entführt werden. Unter der Woche wohnte sie bei einer zweiten Pflegefamilie in Canton.

Lana machte keinen Hehl daraus, wen sie vorzog. Sie wollte Tabatha und Ted als ihre Eltern. Sie fing an, sie mit Mom und Dad anzureden. Aber jeden Montag, nach ihrer Therapiesitzung, fuhren sie sie zurück nach Canton. Auch hatten die Fishers vier weitere Pflegekinder bei sich aufgenommen.

Obgleich die Besuche nun auf die Wochenenden beschränkt waren, setzten sich Lanas Enthüllungen fort und wurden sogar immer bizarrer. Eines Abends bei einem ihrer üblichen Gespräche zeigte Lana Tabatha die Linie in ihrer Hand.

»Ich bin die einzige mit einer solchen Linie«, sagte sie.

Tabatha betrachtete ihre Handfläche. Sie hatte noch nie auf die Hände anderer Leute geachtet.

Lana nahm Tabathas Hand. »Siehst du, Mom, du hast keine solche Linie.«

Sie erzählte von ›Futuretron-Treffen‹ in Florida und New York, zu denen sie mit ihrem Vater gefahren war. Sie und ihr Vater hatten im Hotel gewohnt. Bei einem ihrer Floridaaufenthalte hatte er viele Fotos von ihr geschossen und sie aufgefordert ›für die Futuretrons‹ zu lächeln.

»Bist du den Futuretrons begegnet?« fragte Tabatha.»Was sind das für Leute?«

»Nein, ich habe diese Leute nicht getroffen«, entgegnete sie. »Ich bin im Hotel geblieben.« Lana konnte nicht erklären, wer genau diese ›Futuretrons‹ waren und was sie taten.

Andere ihrer Geschichten waren bedrückender. So erfuhr Tabatha von den Prügelstrafen und dem anschließenden Schulverbot. Lana erzählte, einmal hätte ihr Vater sie gezwungen, in einem durchsichtigen weißen Kleid um einen mit Kerzen beleuchteten Tisch herumzutanzen. Sie erzählte öfter von dieser Episode, auch wenn diese neben anderen Enthüllungen verblaßte.

Eines Tages beim Schwimmen bemerkte Tabatha eine große Narbe am unteren Ende von Lanas Wirbelsäule. »Das sieht nach einer schlimmen Verletzung aus«, sagte Tabatha. »Bist du gestürzt oder so was?«

»Nein, mein Vater hat mich geschnitten«, entgegnete Lana.

An diesem Abend erzählte sie mehr darüber. Lana erzählte, sie sei zusammen mit einer Zwillingsschwester auf die Welt gekommen, aber ihr Vater habe sie bei der Geburt getrennt und ihren Zwilling getötet.

Lanas Augen füllten sich mit Tränen. »Das hätte ebenso gut auch ich sein können«, sagte sie. »Ich könnte tot sein.«

»Woher weißt du das?« wollte Tabatha wissen.

»Meine Schwester hat es mir erzählt«, erwiderte sie. Welche ihrer Schwestern wollte sie nicht verraten.

Dann kamen Geschichten von Fehlgeburten ans Licht. Lana erzählte, ihr Vater habe ihre Mutter mehrfach in den Bauch geschlagen, wenn diese schwanger war.

»Dann starb das Baby«, sagte sie.

»Und sie mußte sein Blut trinken«, fügte Lana hinzu.

»Hast du das Baby gesehen?« fragte Tabatha.

»Auf einem Tablett.«

Tabatha Fisher rief den für Lana zuständigen Sozialarbeiter an. Sie wollte mehr Einzelheiten über Lanas Familie erfahren. Grundgütiger, Säuglingsmord, sagte Tabatha.

Womit habe ich es hier eigentlich zu tun? Der Sozialarbeiter erinnerte sie daran, daß schon lange ritueller Mißbrauch vermutet worden war. Diese Geschichten waren vermutlich eine List des Vaters, um seine Kontrolle über die Kinder zu festigen.

Ende Juni erzählte Lana ihrer Pflegemutter etwas, das Tabatha noch mehr aufregte. Kurz nach ihrer Ankunft an jenem Wochenende erzählte Lana, eins der Mädchen in der anderen Pflegefamilie hätte sie unsittlich berührt. Tabatha meldete den Vorfall der Bair-Stiftung. Als sie sie am Sonntag zurückbrachten, war Lana sichtlich nervös. Sie wollte, daß Tabatha sich zu ihr nach hinten setzte.

Auf der Fahrt lehnte sie sich an Tabatha. Ihr Vater und ihr Bruder seien nicht die einzigen gewesen, die sie sexuell belästigt hätten.

»Meine Mutter hat mich auch angefaßt«, berichtete sie.

»Wie angefaßt?« fragte Tabatha.

»Sie hat Gegenstände in mich hineingesteckt«, erwiderte Lana.

Tabatha berichtete der Stiftung von dieser Enthüllung. Am 1. Juli befragte Tracey Harlin vom DHS Lana hierzu.

Die Aufklärung der Vorfälle schien einen hohen Preis zu fordern. Lana entwickelte Bulimie und nahm zwanzig Pfund ab. Sie machte mehrfach vage Andeutungen über Selbstmord. Sie war immer überzeugter, daß ihr Vater von ihren Enthüllungen wußte.

Schon bald äußerten sich ihre Ängste in beunruhigenden Verhaltensweisen bei den Fishers. Sie zog sich immer mehr in ihre »Barbiewelt« zurück und wurde frech. Ihre Persönlichkeit nahm zuweilen hinterlistige, bösartige Züge an, und ihre Ausdrucksweise wurde zunehmend unflätig.

Abends ging Lana oft mit ihren Barbiepuppen nach oben. Einmal hörten Tabatha und Ted, wie sie mit jemandem sprach.

Tabatha ging nach oben.

»Mit wem sprichst du?« fragte sie.

»Mit den Stimmen«, antwortete sie.

»Was für Stimmen?«

»Das darf ich nicht sagen.«

Tabatha beschloß, die Sache nicht unnötig aufzubauschen, vielleicht wollte Lana ja nur Aufmerksamkeit erregen.

Die Selbstgespräche wiederholten sich am darauffolgenden Abend und auch am nächsten Wochenende.

An einem Abend hörten sie sie weinen.

Diesmal schlich sich Tabatha die Treppe hinauf. Lana hatte sich in eine Ecke zwischen Wand und Kommode gezwängt. Sie war leichenblaß und zitterte am ganzen Leib, obwohl es eine sehr warme Sommernacht war.

»Was ist denn?« fragte Tabatha.

»Er will mich.«

»Wer will dich?«

»Mein Dad.«

»Dein Dad ist nicht hier, Liebes.«

»Er hat gesagt, er will mich haben. Er kommt mich holen.«

Ihr Vater sei Satan, und er habe übernatürliche Kräfte, behauptete sie.

Den Fishers kam es vor, als würde eine düstere Macht in ihr Haus Einzug halten. Sie fingen an, regelmäßig zu beten.

»Es wurde für meinen Mann und mich sogar schwierig, unsere Bibel-Lesezeiten beizubehalten«, erinnerte sie sich später. »Unsere Gebetszeiten. Unsere gemeinsame Zeit. Auf allem lag eine drückende Last. Man spürte es gleich, wenn man durch die Tür kam. Und sogar Unbeteiligte äußerten, daß sie etwas Sonderbares im Haus spürten.«

Es schien, als würde um so mehr geschehen, je öfter sie beteten. Lana schrie sie mitten in der Nacht aus dem Schlaf auf und behauptete, auf dem Flur die Umrisse eines Mannes gesehen zu haben. Sie beruhigten sie, und Lana schlief sofort wieder ein. Aber in den darauffolgenden Nächten schrie sie wieder, und jedesmal war die Gestalt ihr näher gekommen, erst ins Zimmer, dann bis an ihr Bett.

Eine weitere Nacht. Wieder Schreie. Jetzt sei die Gestalt direkt über ihr gewesen.

»Er wird mich töten«, sagte sie.

»Wer ist dieser Mann?« wollte Tabatha wissen.

»Mein Dad.«

Ein paar Nächte später stand Tabatha nachts auf, weil sie ins Bad mußte. Sie sah Lana in ihrem Zimmer am Fenster stehen und in den Nachbargarten schauen.

Tabatha beobachtete sie eine Weile. Lana wirkte wie hypnotisiert. Dann fing sie an zu wimmern und zu schluchzen.

Tabatha ging zu ihr und nahm sie in die Arme. Unter Schluchzen erzählte Lana, daß sie ihre Großmutter gesehen habe.

»Wo?« fragte Tabatha.

Sie habe in einem blutigen weißen Kleid vor dem Fenster gestanden. »Sie hat gesagt: ›Komm mit mir.‹«

Lana hörte weiter Stimmen. Es sei die Stimme ihres Vaters, meinte Lana.

Tagsüber unternahmen die Fishers alles mögliche, um das Mädchen unter Kontrolle zu halten. Tabatha versuchte, sie mit Barbiesachen zu belohnen, wenn sie brav gewesen war. Aber Lana blieb frech und provokant. Tabatha kam sich ihrem ersten Pflegekind gegenüber wie ein Versager vor.

Eines Tages versuchte Tabatha es mit einer Auszeit und befahl Lana, sich auf einen Stuhl zu setzen. Kurz darauf lag Lana auf dem Boden.

»Lana, je länger du dich auf dem Fußboden herumwälzt, desto länger wird deine Auszeit sein«, ermahnte sie Tabatha.

Plötzlich schob Lana den Kopf zwischen die angezogenen Knie, schlug die Hände vor das Gesicht und brüllte.

»Er bringt mich um! Er bringt mich um!«

Es war, als würde sie von unsichtbaren Fäusten traktiert.

2

Die Gemeinden hatten unauffällige Namen wie Moon Lake oder Shady Hills. Es gab keine staatlichen Einrichtungen, keine Ortskerne. In dieser Gegend von Pasco County gab es nur schlammige Gärten, rostige Mobilheime und Satellitenschüsseln. In Shady Hills waren einige ›Übernehmen Sie die Patenschaft für eine Straße‹-Schilder aufgestellt, gesponsert von den ›Rittern‹ des Ku Klux Klan. Sogar die Deputys des County-Sheriffs wagten sich nach Einbruch der Dunkelheit nur ungern in manche Bezirke vor.

Das war nicht das Florida, das auf Reise- und Immobilienkatalogen zu sehen war. Jahrelang galt der zwanzig Meilen lange Streifen Flachland zwischen den Strandorten am Golf von Mexiko und den Farmen um Dade City als moskitoverseucht und unbewohnbar. Dann machten sich die Städteplaner ans Werk, und 1990 war das Ergebnis ihrer Bemühungen ein fünfundzwanzig Meilen langer bebauter Streifen entlang der ewig verstopften US-19 von Clearwater nach New Hudson. Landeinwärts entstanden parallel dazu willkürlich Orte wie Moon Lake und Shady Hills.

Dave Sexton und seine Frau Jean lebten etwa zehn Meilen außerhalb von New Hudson, auf einem von Maschendrahtzaun eingefaßten Grundstück an einer gepflasterten Straße in Moon Lake. Sexton besaß drei Mobilheime auf seinem Grundstück. In dem einen wohnte er selbst, in dem zweiten sein Sohn mit seiner Familie und in dem dritten Sherri Sexton mit ihrem Sohn Christopher. Das Ehepaar Sexton war in den achtziger Jahren von Canton, Ohio nach Florida übergesiedelt.

Dave und Jean Sexton sollten später ihre Begegnungen mit Eddie Lee Sextons Familie in eidesstattlichen Erklärungen, bei Zeugenaussagen und in einem Interview sehr genau wiedergeben.

Jean Sexton sagte, sie sei seit vielen Jahren Evangelistin

und aktives ehrenamtliches Mitglied der örtlichen Pentecostal Church. Dave Sexton, sechsundfünfzig, erklärte, er habe dreiundzwanzig Jahre in der Air Force gedient und sei schließlich wegen militärischer Untauglichkeit aus dem aktiven Dienst ausgeschieden.

Tatsächlich lebten sämtliche Sexton-Brüder von staatlichen Mitteln. Eddie Sexton bezog eine Arbeitsunfähigkeitsrente wegen seiner Rückenprobleme, Otis wurde wegen rheumatischen Fiebers von der Sozialversicherung unterstützt, und Orville Sexton aus Canton war seit einem Mineneinsturz in West-Virginia arbeitsunfähig. Dave Sexton wurde 1994 zu seinen gesundheitlichen Defiziten befragt.

Er antwortete: »Ich leide an MS und an Epilepsie. Ich habe ein Herzleiden und Bluthochdruck. Und ich … ich bin neurotisch.« Außerdem, erklärte er, sei er praktisch blind.

Der Challenger und der schwarze Pontiac Grand Prix rollten an einem schwülen Sonntagabend im Juni auf Dave Sextons Grundstück. Obgleich Sherri Sexton seit fast sechs Monaten bei ihnen wohnte, behauptete Dave steif und fest, nicht gewußt zu haben, welcher Art die Schwierigkeiten seines Bruders mit dem DHS in Stark County waren. Er sagte, sein Bruder hätte ihn im April 1992 angerufen und gefragt, ob Sherri bei ihm wohnen könne, ›um ein neues Leben anzufangen‹. Dieses neue Leben beinhaltete Sozialhilfe seitens des Staates Florida für Sherri und den Jungen, der den Spitznamen ›Kleiner Bär‹ trug. Ehemals ein gutgebauter und attraktiver Teenager, hatte Sherri mit einundzwanzig Jahren einen düsteren, grüblerischen Blick, und ihr Gewicht bewegte sich auf die Zweihundert-Pfund-Marke zu.

Dave und Jean Sexton sagten, sie wären eine sich nahestehende ›religiöse Familie‹. Ihr Sohn David jr. und seine kleine Familie hatten von den Eltern eins der Mobilheime gemietet. Sie hatten den zwölfjährigen Sohn ihrer Tochter aus Canton adoptiert, Timothy. Der Junge war auf emotionaler Ebene gestört und war in seiner ganzen Entwicklung zurückgeblieben. Trinkgelage und Fluchen waren auf dem Grundstück verboten. Was Dave betraf, glaubte er nicht, daß sein Bruder Eddie eine Bedrohung für seine Lebensart darstellte.

»In all den Jahren, die ich ihn kannte, hatte ich Eddie nie trinken sehen. May hatte ich noch nie kennengelernt«, sagte Dave später.

Sherri Sexton war irgendwann im vergangenen Sommer weggezogen. Sie hatte erst bei einem anderen Ehepaar gewohnt und dann einige Zeit im Frauenhaus verbracht. Von dort war sie zu einem gemischtrassigen Paar gezogen.

Dave Sexton sagte, ihm sei die Einstellung seines Bruders zu Farbigen bekannt gewesen. »Ich wußte, daß das Eddie gar nicht gefallen würde«, erklärte er. »Ich sagte Sherri, sie solle sich das noch einmal überlegen. Es wäre sicher das Beste, wenn sie zu uns zurückkäme.«

Als die Sexton-Familie eintraf, sprach Sherri davon, nach Ohio zurückzugehen, um bei ihrer Schwester Machelle zu wohnen. Jean Sexton wollte am 7. Juni ihre Tochter in Canton besuchen. Sie wollte Sherri und ihren Sohn mitnehmen. Der vorgesehene Abfahrtstag war sein zweiter Geburtstag.

Und dann fuhr die Sexton-Karawane vor: Eddie, May, Willie, Christopher, Matt, Charles, Kimberly, Pixie, Dawn, Shasta, Pixies Ehemann Joel und ihr Jüngstes Skipper Lee oder ›Ewok‹. Jean sagte, sie wäre schockiert gewesen von Joel Goods Erscheinung. Sein Kopf war fast kahlgeschoren.

»Er sah aus wie ein Mönch«, sagte Jean. »Und er war so feingliedrig und zart.«

Und jetzt sollten noch zwei weitere Sextons dazustoßen. Am Montag morgen reiste Jean ohne Sherri und ihren Sohn nach Canton.

»Eddie kam und erzählte mir, er wolle sich in Florida niederlassen«, meinte Dave. »Er hatte schon Jahre davon gesprochen. Er fragte, ob er sein Wohnmobil auf unserem Grundstück abstellen dürfe, bis sie ein Haus gefunden hätten. Ich erlaubte es ihm.«

Sie blieben zwei Wochen, wobei einige Familienmitglieder in den mittleren Trailer zogen, während die übrigen im Wohnmobil nächtigten. Dann fand Eddie Sexton ein geeignetes Haus.

In einem Ort, der von allen nur Shady Hills genannt wurde.

3

Zweihundert Dollar bar auf die Hand und ein Mietvertrag für zwölf Monate. Ray Santee, Besitzer des Pfandhauses in New Hudson, hatte das Grundstück in der Treaty Road 1971 als einer von vielen gutgläubigen Anlegern erworben. Die Landentwickler hatten ordentliche Straßen und eine vernünftige Infrastruktur versprochen. Aber kurz nachdem Santee das Vierzimmer-Backsteinhaus mit Swimmingpool gebaut hatte, stellte sich heraus, daß Eichen und das in Florida heimische wuchernde Gestrüpp in Shady Hills das Sagen hatten.

Jetzt vermietete Santee das Haus für siebenhundertfünfzig Dollar zuzüglich Kaution. Vor allem die Straße minderte den Wert des Hauses fünf Meilen außerhalb von New Hudson. Das bißchen Asphalt, das auf der Treaty Road noch übrig war, war mit drei Meter langen und einen Meter tiefen Löchern übersät, in denen glatt ein Kleinwagen hätte verschwinden können.

Es war Anfang Juni, als der Mann namens Ed Sexton Santees Laden ›Hudson Pawn & Music‹ an der US-19 betrat. Er kam wegen einer Annonce. Sexton sagte, er sei bereits rausgefahren und habe sich das Haus angesehen.

»Das Geld ist kein Problem«, sagte Sexton. »Es gefällt uns. Wir sind gern für uns, wissen Sie.«

Und das war man in der Treaty Road ganz sicher. Es gab in der Gegend nur sehr wenige Häuser. Ein paar schwarze Familien hatten einige Jahre lang dort gelebt, waren aber dann weggezogen. In den Wäldern und Sümpfen waren des öfteren Schüsse zu hören. Es war den Anwohnern gestattet, auf ihrem eigenen Grundstück Schießübungen abzuhalten. Auf der nahe gelegenen Ranch Road stand ein KKK ›Adopt a Road‹-Schild.

Santee hatte schlechte Neuigkeiten für Sexton. Er hatte das Haus gerade erst an jemand anders vermietet.

Sexton blieb hartnäckig. Er sagte, er und seine Söhne seien handwerklich sehr geschickt. Er beziehe zwar selbst eine Arbeitsunfähigkeitsrente, aber gemeinsam könnten sie notwendige Reparaturen am Haus ausführen und das Grundstück in Schuß halten.

Santee entgegnete, er habe den Mietvertrag bereits unterschrieben. Aber er hätte nur etwa einhundert Meter von dem Steinhaus entfernt noch einen Trailer zu vermieten, für zweihundertfünfundsiebzig Dollar im Monat.

»Gut, dann nehmen wir den«, sagte Sexton. »Und Sie sagen uns Bescheid, wenn das große Haus frei wird.«

Santee fand das Ganze ein wenig merkwürdig. Es war, als hätte der Mann einen Cadillac kaufen wollen, um sich dann plötzlich mit einem 67er Dodge zufriedenzugeben.

Aber der neue Mieter beklagte sich nie. Er schaute im Laden vorbei, nachdem er Material zur Renovierung des Trailers und Instandsetzung des Gartens besorgt hatte. Er lud Santee ein, sie zu besuchen, um sich vor Ort die Renovierungsarbeiten anzusehen, aber Santee fand nie die Zeit, rauszufahren. Sexton erkundigte sich immer wieder, ob der Mieter des Steinhauses nicht vielleicht ausziehen wolle.

»Vielleicht setze ich ihn bald raus«, sagte Santee, der Mühe hatte, die Miete einzutreiben.

Santee war überrascht, daß Sexton so gut zurechtkam in Anbetracht der Größe seiner Familie.

»Ach, wir sind gern für uns«, behauptete Sexton.

4

Am 5. Juli, vier Tage nachdem Lana Sexton Tabatha Fisher den sexuellen Mißbrauch durch ihre Mutter anvertraut hatte, trafen sich Vertreter des DHS mit einer bestehenden

Spezialeinheit ›Kindesmißbrauch‹, die von Steve Ready, einem Stellvertretenden Staatsanwalt von Stark County und einigen anderen Staatsbeamten ins Leben gerufen worden war. Aufgabe der Spezialeinheit war es, darüber zu entscheiden, ob der Tatverdacht hinreichend gefestigt war, um eine Verhandlung vor einer Grand Jury zu erreichen, wodurch Kindern Zeugenaussagen und Kreuzverhöre vor einem Stadtgericht erspart blieben, vor dem die meisten Verbrechen in Ohio verhandelt wurden. Das DHS hatte Lanas Aussage sowie medizinische Untersuchungsergebnisse, die vaginale Penetration bestätigten.

Die Spezialeinheit kam zu dem Schluß, daß der Tatverdacht ausreichte, um vor einer Grand Jury Haftbefehle zu beantragen. Das bedeutete allerdings auch, daß Lana Sexton in den Zeugenstand treten mußte. Die DHS-Mitarbeiter wurden von der Bair-Stiftung auf dem laufenden gehalten, was Lanas Verhalten anbelangte. Im Mai hatte auch der Psychologe Robin Tener aus Canton einen Untersuchungsbericht eingereicht, aus dem hervorging, wie labil der Zustand des Mädchens war.

Tener schrieb: »Lana wird keine Behandlung helfen können, solange sie nicht völlig sicher sein kann, daß sie vor ihrer Familie sicher ist.«

Es hatte sieben Monate gedauert, ehe Lana sich jemandem anvertraut hatte. Sie konnten kaum von ihr erwarten, daß sie jetzt in einem Raum voller Fremder ihre Geheimnisse offenbarte, zumindest nicht, bevor man den Wunden Zeit gelassen hatte, wenigstens ansatzweise zu heilen.

Als Lana und James beide von Einzelheiten satanischer Rituale berichteten, glaubte Judee Genetin, es könne möglicherweise noch ein weiterer Faktor ins Spiel kommen. Detective Glenn Goe und Sozialarbeiterin Tracey Harlin hatten Charles ›Skipper‹ Sexton im Februar bei der Spezialeinheit wegen Vergewaltigung angezeigt. Aber die Jugendabteilung der Staatsanwaltschaft hatte in dem Fall nicht viel unternommen. Selbst einige von Genetins eigenen Mitarbeitern begannen schon, ihren leidenschaftlichen Einsatz in diesem Fall in Frage zu stellen.

»Es hat sich von Anfang an niemand besonders für den Fall interessiert«, erinnerte sie sich später. »Niemand hat die Sache ernst genommen. Die Leute können sich einfach nicht vorstellen, daß so etwas tatsächlich passiert. Es gibt Richter, die immer noch nicht für möglich halten, daß es Erwachsene gibt, die sich an Kindern vergreifen. Sie können diese Vorstellung einfach nicht akzeptieren. Und das galt erst recht für den rituellen Charakter, der dann ins Spiel kam. Einer der Gründe für rituellen Mißbrauch ist der, daß die Täter sehr genau wissen, daß, selbst wenn das Kind redet, die Einzelheiten des Rituals seine Geschichte noch unglaubwürdiger erscheinen lassen.«

Genetin war bewußt, daß es so aussehen mußte, als wäre sie von diesem Fall geradezu besessen. Später meinte eine Rechtsanwältin, die Genetin vor dem Familiengericht leidenschaftlich hatte plädieren hören: »Wir hielten sie alle für verrückt.«

»Ich klang wie eine Irre«, gab Genetin zu. »Und wenn man sich das Ganze aus einiger Distanz betrachtet, klingt es ja auch sehr bizarr.«

Hysterisch oder nicht, Genetin und ihre Mitarbeiterin Edith Hough erschienen am 4. August wieder vor dem Familiengericht und vertraten ihren drei Monate zuvor eingereichten Antrag auf unbefristete Vormundschaft.

Das Gericht wußte, daß vier der Kinder noch vermißt wurden. Richterin Edwards fragte Genetin, ob sie ihren Antrag nicht auf die beiden Kinder beschränken wollte, die sich in der Obhut des DHS befanden.

»Nein, Euer Ehren«, entgegnete sie. »Es war die seltsamste Vormundschaftsklage, die ich je eingereicht hatte. Ich hatte noch nie die unbefristete Vormundschaft für Kinder beantragt, die sich nicht in unserer Obhut befanden.«

Aber bis zur gerichtlichen Entscheidung sollten noch sechs Wochen vergehen.

5

In Florida bereitete Eddie Lee Sexton sich derweil darauf vor, seinen Fall einer höheren Instanz anzutragen. Er wollte die Bundesregierung einschalten.

In dem Trailer in Bushmans Lake hatte er mit der familieneigenen Videokamera einen Film gedreht. Nachdem die Sextons in Florida eingetroffen waren, wollte er Kopien des drei Stunden und neun Minuten langen Machwerks an Präsident William Jefferson Clinton und Generalstaatsanwältin Janet Reno schicken.

Sexton spielte den Conférencier des selbstinszenierten Programms. Ordentlich zurechtgemacht und in einem schwarzen Pullover saß er am Tisch, die Holztäfelung des Trailers und ein Familienporträt im Hintergrund. Er saß mit verschränkten Händen da, eine Kaffeetasse zu seiner Rechten. An der linken Hand blitzte ein Ehering. Eine blaue Tätowierung lugte aus seinem aufgerollten rechten Ärmel, ein amerikanischer Adler mit ausgebreiteten Schwingen und vorgestreckten Klauen.

»Bürger der Vereinigten Staaten, ich wende mich an Sie in der Hoffnung, daß Regierungsbeamte der USA sich einschalten und prüfen, warum eine Familie wie die meine auf solche Art behandelt worden ist«, begann er. »Meinem Empfinden nach wurden unsere verfassungsmäßigen Rechte verletzt, unsere Bürgerrechte mit Füßen getreten.«

Sexton wirkte so entspannt wie der Moderator einer Angelsendung im Kabelfernsehen.

Fünfzehn Minuten lang lieferte er eine detaillierte Version des Falles und gab die Hauptschuld an den Schwierigkeiten der Familie seiner Tochter Machelle, seinem Bruder Otis, dem DHS von Stark County und vor allem Wayne Welsh und Bonita Hilson, der Sozialarbeiterin, die mit dem Fall Sexton betraut worden war.

Sexton erzählte, Machelle sei schon einmal weggelaufen, in dem Sommer vor ihrem Abschlußjahr an der High School. Sie habe von einem Fenster im Obergeschoß Urin über ihre Brüder Matt und Willie, die sich unten im Garten aufhielten, ausgeschüttet. Er behauptete des weiteren, sie hätte noch andere der Vergewaltigung bezichtigt: einen Mitschüler von der High School, den Vater einer Freundin, ihren Onkel Otis und den Campingplatzmitarbeiter, mit dem sie eine Affäre hatte, nachdem sie von daheim weggelaufen war. Sexton beschuldigte Wayne Welsh, er habe Schwangerschaftstestergebnisse für die Polizei von Jackson gefälscht.

Sexton behauptete, sein Bruder Otis sei nur von Geldgier und Rachegelüsten getrieben. Er erklärte, sie hätten sich entzweit, als Otis Willie fälschlich des Diebstahls eines Ringes beschuldigt hätte. Otis würde unrechtmäßig Versicherungsgelder kassieren und seine Arbeitsunfähigkeit nur vortäuschen. Er wolle nur deshalb das Sorgerecht für die Kinder, um das Kindergeld einstreichen zu können. »Er ist schwer geistesgestört und macht allen immer nur Schwierigkeiten«, meinte Sexton.

Sexton führte weiter an, seine eigene Gesundheit habe sich im Laufe der Jahre stetig verschlechtert. Er leide an Muskeldystrophie und noch einigen anderen Erkrankungen, behauptete er. »Ich habe einen Blutschwamm, bin auf dem linken Auge blind und mein Nervensystem ist angegriffen. Ich habe neun Rückenoperationen hinter mir und Krebs zwischen den Schulterblättern, der sich immer weiter ausbreitet.«

Er forderte die indianische Nation auf, sich zu erheben und ihn zu unterstützen. »Meine Mutter war Indianerin. Mein Vater war Indianer. Der Vater meiner Frau war Indianer. Ihre Mutter war Indianerin.« Er erklärte, ihre Familien hätten keine Stammesregistrierungsnummern, weil sie ihre Reservate zur Jahrhundertwende verlassen hatten, als die Erfassung eingestellt worden war.

Leidenschaftlich fuhr er fort und rechnete mit Wayne Welsh ab, den er als notorischen Lügner bezeichnete, sowie mit Bonita Hilson, ›einer ausgesprochen arroganten Person‹. Er fuhrte an, seine Kinder seien in ihren Pflegefamilien mißbraucht worden. Er sagte, er habe sich zu der Geiselnahme in der Caroline Street genötigt gesehen, um Aufmerksamkeit auf seinen Fall zu lenken, nachdem das DHS seiner Überzeugung nach geplant habe, May die Kinder wieder wegzunehmen. Vor der Geiselnahme sei seine Frau gerade von einem kurzen Urlaub zurückgekehrt; sie habe seinen Kindern Fort Knox gezeigt, wo er seine militärische Grundausbildung absolviert habe, sowie das General George C. Patton Museum.

Besonders kritisch äußerte er sich über Bonita Hilson. »Ich weiß auch nicht, was mit ihr los war«, sagte er. »Sie hatte keinerlei Gefühl. Sie gehört zu den Leuten, die innerlich versteinert sind. Ich habe den Eindruck, daß sie ein Problem hat. Ich weiß nicht, wie ihr Familienstand ist, aber ich würde wetten, daß sie ledig ist. Soviel ich weiß, hat sie Kinder, wie viele weiß ich nicht. Ich nehme an, sie hat keine glückliche Ehe geführt. Ich vermute, daß sie psychisch und geistig gelitten hat und jetzt selbst ein mentales Problem hat und jeden, der glücklich verheiratet ist und Kinder hat, leiden sehen will.«

Nach Sextons Monolog folgte ein Schnitt. Dann saß May Sexton auf dem Stuhl, mit einer Styroportasse in der Hand. Ihr kurzes dunkles Haar war streng zurückgekämmt, und ihre gebeugten Schultern steckten in einem leuchtendgrünen Pullover. Sie sprach verschiedene Themen an und bestätigte die Angaben ihres Mannes, wobei sie immer wieder nachdenklich dreinblickte, als würde sie im Geiste eine Liste abhaken. Ihre Schwangerschaft erwähnte sie mit keinem Wort. Tatsächlich war dieses Thema ebenso rasch wieder verschwunden, wie es seinerzeit aufgekommen war.

Ihre Kinder seien in den Pflegestellen mißbraucht worden, behauptete May. Sie beschrieb eine Begegnung mit Lana im Harmony House, der neutralen Einrichtung für vom DHS überwachte Besuche. Als sie die angeblichen Zustände in den Pflegefamilien beschrieb, klangen die Einzelheiten vertraut.

»Bei unserem Besuch im Harmony House zeigte sie [Lana] uns Blutergüsse an den Armen, die ihre Pflegeeltern ihr zugefügt hatten, weil sie aufsässig gewesen war. Und Bonita [Hilson] meinte, sie könne nicht zulassen, daß die Kinder aufsässig sind. Ich wollte sie aus der Pflegefamilie weg haben … Lana habe ihr erzählt, wie sie dort behandelt würde. Sie müßte Hausarbeiten verrichten. Sie war erst zwölf Jahre alt, und ich denke nicht, daß man Kinder in diesem Alter behandeln sollte wie Dienstmädchen. So etwas ist sie von zu Hause nicht gewöhnt. Und als Kim bei einer Pflegefamilie war, haben sie beide zweimal versucht wegzulaufen. Man hat sie ins Badezimmer gesperrt, nachdem man die Glühbirnen herausgedreht hatte. Sie wurden sogar in Kleiderschränke gesperrt. Die Jungen mußten bei ihren Pflegefamilien schuften wie die Tiere. Sie wurden alle mißhandelt … und ich möchte sie gerne wieder zu Hause haben, wo sie hingehören.«

Die Show ging noch weiter.

Eddie Sexton versuchte, vom Moderator zum Talkmaster zu wechseln. Eins nach dem anderen setzten die Kinder sich neben ihn an den Tisch: Kimberly, Pixie, Skipper, Christopher, Willie und sogar Joel Good. Aber Sexton sprach weitgehend für sie, zählte systematisch angebliche Fakten auf, die die Kinder größtenteils nur mit einem ›Ja‹ oder einem Nicken bestätigten.

Mehrere Themen wurden bei diesen ›Interviews‹ abgehandelt. Es habe in seinem Haus weder Ruchlosigkeit noch Pornographie gegeben. Keine sexuellen Übergriffe. Keine Schläge. Strafen hätten sich darauf beschränkt, den Kindern zu verbieten, ihr Zimmer zu verlassen. Sämtliche Kinder zögen es vor, mit ihren Eltern auf der Flucht zu sein, anstatt in Pflegefamilien zu leben.

Die Körpersprache der Kinder sagte oft mehr aus als ihre wenigen Worte.

Kimberly oder ›Hoggie‹, das lange dunkle Haar seitlich zum Pferdeschwanz gebunden, kicherte und rutschte auf ihrem Stuhl herum wie eine ganz normale Achtjährige. Aber ihr Blick glitt oft Zustimmung heischend zu ihrem Vater. Sie vermisse ihre Schwester Angel, sagte sie.

»Sie wird bald wieder bei uns sein«, versprach Sexton.

Als Pixie, sonnengebräunt und in einem schwarz weißen Sporthemd, neben ihrem Vater vor der Kamera saß, spiegelte ihre Körpersprache exakt jene ihres Dads wieder. Sie hatte die Arme über der Brust verschränkt. Ab und an grinste sie jemanden hinter der Kamera an. Sie war attraktiv, und ohne die dunklen Ringe unter ihren Augen wäre sie noch hübscher gewesen. Sie sah aus, als hätte sie dringend Schlaf nötig.

»Ich muß dir vor all jenen, die diesen Film sehen werden, für deine Unterstützung in dieser ganzen Sache danken. Ich kann dir nicht genug danken dafür, daß du mir meine Medizin gebracht hast ... eigentlich müßte ich im Rollstuhl sitzen ... Die Ärzte haben meine Anwälte informiert, daß ich nicht mehr allzu lange zu leben habe. Ist dir das klar?«

Pixie nickte. Sie nickte in den kommenden fünf Minuten, in denen Sexton erneut Einzelheiten seines Falls aufgriff, immer wieder.

Er schloß mit der Frage: »Was hattest du für eine Kindheit?«

»Ich hatte eine schöne Kindheit«, antwortete Pixie.

Als sie fertig war, hatte sie keine zwanzig Worte gesprochen.

Ihr folgten die Jungen, die Sexton als durchaus berufsorientierte Teenager beschrieb, die ihre eigene Countryband hatten gründen wollen, bevor die Schwierigkeiten anfingen.

Christopher trug ein grünes Armee-T-Shirt mit Bulldoggenaufdruck auf der Brust. Er sagte nicht viel und wirkte sehr gelassen.

Sexton erklärte, daß Christopher sein jüngster Sohn war. »Der wievielte bist du?«

»Der siebte«, entgegnete Chris lächelnd und mit leuchtenden Augen.

»Siebter Sohn von sieben Söhnen«, sagte Sexton lächelnd. »Ich bin der siebte Sohn, und auch mein Vater war der siebte Sohn, das scheint also eine ganz positive Sache zu sein.«

Sexton befragte ihn zu seinem Ziel, eines Tages Profi-Footballspieler zu werden. Eine Frage von Sexton deutete allerdings darauf hin, daß er bisher an keinem Spiel teilgenommen hatte.

Sexton, der sich zwischenzeitlich eine Zigarette angezündet hatte, fragte: »Was wolltest du mit deinem Footballspiel erreichen, mein Sohn?«

»Ich wollte, daß du stolz auf mich bist«, entgegnete Christopher.

»Und das war ich«, sagte Sexton lächelnd.

Skipper schien es Spaß zu machen, gefilmt zu werden, und er lächelte oft. Er widersprach späteren Aussagen, indem er behauptete, bei der Geiselnahme in der Caroline Street wären keine Waffen im Spiel gewesen. Die Kinder hätten während der ganzen Zeit Nintendo gespielt, behauptete er.

Sexton entschuldigte sich bei Skipper für die Unterbrechung seines Schulalltags und gab ihm noch einen väterlichen Rat. »Das einzige, was ich dir sagen kann, und das habe ich euch allen gesagt, ist, daß es in eurem Leben viele Prüfungen geben wird. Nehmt diese an und verarbeitet sie. Tragt nicht euer ganzes Leben Groll mit euch herum. Das würde nur zu Unrast führen, die euch im Erwachsenenleben Schwierigkeiten bereiten würde. Geht es einen Tag nach dem anderen an.«

Joel Good war nur noch ein Schatten des Jungen auf dem Abschlußballfoto. Er trug ein schwarzes T-Shirt. Sein Haar war gerade mal zwei Zentimeter lang, und sein Gesicht wurde beherrscht von einer Brille mit viel zu großer Kunststoffassung. Er hielt den Blick fast die ganze Zeit auf den Tisch gerichtet. Er kaute an seinen Fingernägeln. Sexton redete, und Joel steuerte nur ab und an ein »Ja« oder »Nein« bei.

Sexton versuchte, ihn dazu zu bringen, sich negativ zu Machelles Charakter zu äußern.

»Wie war sie so?« fragte Sexton.

»Hyperaktiv«, murmelte er nur.

Sexton sagte in die Kamera, daß weder Pixie noch Joel

seine Flucht aus Ohio ›unterstützt oder ermutigt‹ hätten und sie bald nach Canton zurückkehren würden.

Als Willie Sexton, ebenfalls mit einem schwarzen T-Shirt bekleidet, Joel Goods Platz auf dem Stuhl einnahm, war der physische Unterschied zwischen den beiden jungen Männern verblüffend. Er war noch größer als sein Vater und sehr muskulös. Willie bestätigte die Anschuldigungen seines Vaters gegen seinen Onkel Otis, indem er meinte, dieser sei nur deshalb scharf auf das Sorgerecht für die Kinder, weil er das Kindergeld kassieren wolle. Er stotterte nicht, sprach aber in kurzen, heftigen Sätzen. Sexton kam auf die Konfrontation mit dem DHS zu sprechen.

»Das war eine lange, nervenaufreibende Phase, aber wir haben sie durchgestanden«, begann Sexton.

Willie nickte passiv.

Sexton beendete die ›Show‹ allein vor der Kamera. Er zeigte Familienfotos von seinen anderen Kindern und flehte inbrünstig um Hilfe.

Sie seien eine amerikanische Familie, und er sei ein guter Amerikaner. Er habe in der Armee gedient. Er habe persönlich an den früheren Präsidenten George Bush geschrieben und sich freiwillig als Geistlicher für die Aktion Wüstensturm angeboten. Er wolle nur, daß die Kinder in die Obhut seiner Frau zurückgegeben wurden, damit seine Familie ihr ›normales‹ Leben in Jackson Township wiederaufnehmen könne.

»Ich verlange nichts für mich selbst«, fügte er hinzu.

Und dann:

»Ich hoffe, dieses Band verschafft Ihnen einen Eindruck von unserer Familie, den Kindern und unserer derzeitigen Situation ... Ich habe Ihnen meine Kinder vorgestellt. Ich habe Ihnen meine Frau vorgestellt. Ich habe mich selbst vorgestellt und damit in Gefahr gebracht. Ich weiß, daß Sie erfahren werden, daß ich gegen das Gesetz verstoßen habe, und das gebe ich auch zu.

Aber ich werde auch weiterhin gegen das Gesetz verstoßen, zum Schutz und zum *Erhalt* meiner Familie. Wie ich schon sagte, wäre ich sofort bereit, mein Leben für mein Land zu geben. Denn *das* ist mein Land. Die Familie ist das Vaterland. Die Familie ist das Vaterland, die Zukunft der Vereinigten Staaten.«

Einige Familienmitglieder erklärten später, daß Sexton ihren Text aufgesetzt und mehrere Abende lang mit ihnen geprobt habe. Nach dem Dreh von Mays Auftritt kam es zu einer heftigen Auseinandersetzung zwischen Ed und May. Sexton hatte Mays Auftritt nicht gefallen. Aber auf Band wirkte alles gesellig und friedlich. Pixie Sexton verschickte die Bänder Mitte August mit Posttempel von Hudson und New Port Richey in Florida.

Sie sollten eines Tages zurückkehren und dem siebten Sohn des siebten Sohnes das Leben schwermachen.

6

Das Urteil von Richterin Julie Edwards erging am 20. September: dem DHS wurde die Vormundschaft für sämtliche minderjährigen Sexton-Kinder übertragen. Eine der ersten Amtshandlungen des DHS als offizieller juristischer Vormund bestand darin, sich mit dem Sheriff's Department von Stark County in Verbindung zu setzen. Edith Hough, Rechtsanwältin des DHS, gab eine Vermißtenanzeige für Kimberly, Matthew und Christopher Sexton auf.

Steve Ready erhielt einen Anruf von seinem Chef.

»Jede große Polizeidienststelle hat ihre Top-Detectives«, erinnerte er sich später. »Sie bekommen die brisantesten Fälle zugeschanzt, und das ist auch richtig so, weil sie für gewöhnlich gute Ermittler sind. An diesen Fall gelangte ich nicht auf diesem Wege. Er war einer von vielen Routinefällen. Und als dann die Vermißtenanzeigen dazukamen, sagten sich die Kollegen, schieben wir die Ready zu, der ist ja sowieso schon drüben beim DHS.«

So wurde Steve Ready der Fall Sexton offiziell übertragen. Achtzehn Monate waren seit Machelle Sextons Beschwerde vergangen, elf Monate seit Eddie Lee Sexton sein Haus verbarrikadiert hatte.

Es war kein reiner Jackson-Township-Fall mehr.

Trotz allem, was Ready früher in diesem Jahr bereits bei seiner Jagd auf die Sextons erfahren hatte, war er nur mäßig motiviert. Er hatte noch zwanzig andere dringende Fälle zu bearbeiten, Fälle mit Opfern, Tätern, Zeugen und Beweisstücken, Fälle, die für einen Prozeß aufbereitet werden mußten.

Am Montag morgen um 7 Uhr 15 setzte er sich ans Telefon. Er hatte beschlossen, diese Leute ausfindig zu machen. Wenn der Staatsanwalt sie mit Lana Sextons Aussage drankriegen konnte, würden sie sich Haftbefehle besorgen und das FBI einschalten. Sie würden die Sextons und ihre Kinder finden, Bluttests anordnen und den Inzest beweisen. Das DHS hatte bereits die Vormundschaft. Sie würden Ed und May vor Gericht bringen.

Fall abgeschlossen.

Edith Hough hatte dem Detective zwei Namen genannt: Orville Sexton und Otis Sexton. Außerdem hatte er Eddie Sexton jrs. Telefonnummer.

»Dieser Onkel Otis könnte möglicherweise ein paar brauchbare Hinweise haben«, meinte Hough.

Ready rief Eddie jr. an. Der meinte, seine Mutter könnte sich vielleicht bei ihrem Bruder in Jeffersonville, Indiana, aufhalten. Er gab Ready die Nummer von Tuck Carson.

Kurz darauf hatte er Otis Sexton am Apparat. Dann fuhr er zum Haus des Onkels.

Zunächst mißtrauten die zwei Männer einander. Immerhin hatte Machelle dem Staatsanwalt gegenüber behauptet, ihr Onkel habe sie sexuell mißbraucht. Aber der Staatsanwalt hatte beschlossen, dem Vorwurf in Anbetracht der sich ständig verändernden Sachlage im gesamten Sexton-Fall nicht weiter nachzugehen. Machelle erklärte später, ihre Eltern hätten sie zu dieser falschen Behauptung gezwungen.

Otis sagte: »Ich war so davon angewidert, wie die Polizei von Jackson und alle anderen sich in der Sache verhalten hatten. Als dieser Steve Ready aufkreuzte, dachte ich, okay, da steht die nächste Enttäuschung vor der Tür. Aber das sollte sich als Irrtum erweisen.«

»Sie können Glenn Goe keinen Vorwurf machen«, sagte Ready zu Otis. »Das Mädchen hat widerrufen. Ohne Opfer kein Verbrechen. Seine Zeugin hat ihn im Stich gelassen. Was hätte er denn tun sollen?«

Ready fragte sich, warum sich sein Gegenüber so aufregte. Er lebte von einer Arbeitsunfähigkeitsrente, hatte einen ganzen Stab von Anwälten und war ehemaliger Prediger. Es fiel schwer, keine Parallelen zu seinem Bruder Eddie zu ziehen. Ready fragte sich denn auch, ob Otis Sexton vielleicht selbst die eine oder andere Leiche im Keller hatte.

Aber schon nach wenigen Wochen wurden Anrufe oder Besuche bei Otis Sexton für den Detective zur täglichen Routine. Otis verfügte über eine ganze Bibliothek an Informationen, die er jedoch nur Kapitel für Kapitel preisgab. Schließlich gab der Detective dem Onkel seine private Telefonnummer, etwas, was er in seiner gesamten Laufbahn noch nie getan hatte.

Bei ihrem ersten Gespräch berichtete Otis von seinem Verdacht, daß in der Familie seines Bruders Inzest praktiziert wurde, aber er sagte auch, er wüßte nichts über den Aufenthaltsort seines Bruders. Er konnte Ready allerdings einen Tip geben. Er sagte, sein Bruder beziehe immer noch seine Arbeitsunfähigkeitsrente und bekäme auch weiterhin Schecks von der Sozialversicherung für die Kinder. Seines Wissens würden die Schecks an seinen Bruder Orville gehen, der sie an Eddie weiterleitete.

Ready beschloß, Orville Sexton nicht aufzusuchen, da er der Ansicht war, ein Verhör würde ihn nur aufschrecken und diese Spur zunichte machen. Wenn Orville tatsächlich Eddies Verbündeter war, würde ein Besuch Eddie Sexton nur warnen, daß Ready ihm auf den Fersen war.

Statt dessen schlug er dem DHS vor, es noch einmal mit den Versicherungsunterlagen zu versuchen. Die Schecks überprüfen. Vielleicht konnten sie herausfinden, wo sie eingelöst wurden. Außerdem erbat er von der Staatsanwaltschaft eine Vorladung. Und er wollte die Telefonunterlagen des Hauses in der Caroline Street einsehen, für die Monate, in denen Pixie dort gewohnt hatte.

Ready wußte außerdem, daß Judee Genetin zusammen mit einem stellvertretenden Staatsanwalt an der Anberaumung einer Grand Jury für Lana arbeitete. Ready traf sich wieder mit Rechtsanwältin Edith Hough.

»Wir müssen die vorgebrachten Vorwürfe zur Anklage bringen und diese Haftbefehle beschaffen«, sagte er.

Er arbeitete erst zwei Tage an dem Fall, und schon irritierte den Detective etwas an Eddie Lee Sexton. Daß Sexton seine eigenen Kinder ausbeutete, war schlimm genug. Ready hatte selbst zwei Töchter. Aber er bemühte sich stets, sich nicht zu sehr emotional zu engagieren. Das war ungesund. Aber Sexton, der auf Kosten der Steuerzahler seinen eigenen kleinen Sexclub unterhielt? Und das Geld in seinem Zuständigkeitsbereich kassierte? Das hätte keinem Cop in den Kram gepaßt.

Ready rief eine Sozialarbeiterin in Clark County, Indiana an. Sie sagte ihm zu, zu überprüfen, ob die Sexton-Kinder eine Schule in der näheren Umgebung von Jefferson besuchten, sowie das Haus der Carsons im Auge zu behalten, für den Fall, daß dort Sextons Wohnmobil oder Pkw auftauchte. Dann wählte Ready die Nummer eines Lieutenants beim Clark County Sheriff's Department. Der Kollege erklärte sich ebenfalls bereit, bei den Carsons auf Fremdfahrzeuge zu achten. Er wollte außerdem bei den Carsons vorbeischauen und ihnen ein wenig auf den Zahn fühlen.

Zehn Tage später meldete sich die Versicherungsgesellschaft bei ihm. Ed Sexton erhielt seit achtzehn Jahren Zahlungen der Versicherung. 1975 hatte der Amtsarzt ihm ›dauerhafte und völlige‹ Arbeitsunfähigkeit attestiert, so daß es keine Möglichkeit gab, die Zahlungen einzustellen. Nach dem Gesetz des Staates Ohio standen ihm die Zahlungen selbst dann noch zu, wenn er im Gefängnis saß. Sexton erhielt alle zwei Wochen 376,70 Dollar. Die Schecks wurden an das Postfach 13 05 in Massilon geschickt. May Sexton erhielt ebenfalls Geld für die Pflege ihres Mannes.

Ready überprüfte die Unterschriften und wo und wann die Schecks eingereicht wurden. Die Schecks wurden bei der First National Bank und der Citizens Saving in Massilon eingelöst, und zwar von den Sextons.

Der Detective rief bei beiden Banken an. Ja, die Sextons hätten ein Konto bei ihnen, teilte der Banker von der First National ihm mit. Es habe allerdings seit längerem keine Kontobewegungen mehr gegeben. Bei der Sparkasse gab es kein Konto. Ready vermutete, daß die Sextons extra herfuhren, um die Schecks abzuholen und zu Bargeld zu machen.

Aber von wo aus?

Als die Unterlagen der Telefongesellschaft Ohio Bell eintrafen, stieß Ready auf der Rechnung auf zahlreiche Verbindungen von einem Anschluß in Afton, Oklahoma, mit einem Apparat in Jefferson, Indiana. Er rief die Nummer in Oklahoma an. Wie sich herausstellte, gehörte sie zu einem Motel namens Grand Lake Country Inn. Er beschrieb dem Portier die Fahrzeuge der Sextons und fragte, ob jemand unter dem Namen Sexton oder Good dort wohne.

Fehlanzeige.

Ready rief auch bei Dave Sexton in Hudson, Florida an. Er rief Dave Sexton schon seit Monaten regelmäßig an, erhielt aber stets die gleiche Antwort.

»Nein, Sherri ist nicht da.«

Indiana, dachte Ready. Sie mußten in Indiana sein.

Ready rief das Bureau of Motor Vehicles* des Staates an. Kurz darauf lag ihm per Fax ein Unfallbericht vor. Am 16. Januar war ein Fahrzeug, das auf Tuck Carson zugelassen war, aber von Ed Sexton gesteuert wurde, in Jefferson Township in Clark County in einen Unfall verwickelt worden. Als Beifahrer war Estella ›Pixie‹ Good genannt.

Ready rief bei der Krankentransportgesellschaft an, die

* KFZ-Zulassungsstelle, Anm. d. Übersetzerin.

Pixie und Ed Sexton ins nächste Krankenhaus gebracht hatte. Sexton hatte als Adresse die Caroline Street angegeben, Pixie ihre alte Wohnung in Bolivar.

Wieder nichts.

Ready stieß in Canton auf eine Anzeige, die Patrick Sexton früher in diesem Jahr gegen seinen Vater erstattet hatte. Im Januar habe der Vater ihn im Monument Park ›mit der Faust geschlagen‹ und verbale Drohungen gegen ihn ausgestoßen, hieß es in dem Polizeibericht. Patrick Sexton hatte der Polizei von Canton mitgeteilt, sein Vater wäre in Charleston, Indiana, zu finden.

Ready rief noch einmal beim Sheriff's Department von Clark County an.

Nein, teilte ihm sein dortiger Kontaktmann mit, er habe keine verdächtigen Fahrzeuge gesehen, obwohl sie das Haus der Carsons im Auge behielten. Er habe auch mit den Carsons gesprochen. Sie behaupteten, Eddie Lee Sexton nicht gesehen zu haben.

Sie mußten in Indiana sein.

Steve Ready erfuhr später, daß er vier Monate hinter den Sextons zurücklag, jedoch rasch aufholte.

7

Eddie Sexton hatte ein neues Traumhaus gefunden. Es war nicht mehr die Skytop Ranch in Montana, sondern das Steinhaus mit Pool nur hundert Meter von dem kleinen Trailer auf der Treaty Lane entfernt.

Das Familienoberhaupt begann, Pläne für das Haus zu schmieden. Sie würden das Haus kaufen, und jeder würde einen Geländewagen bekommen. Sie würden jagen, fischen, schießen und auf dem Grundstück hinter dem Haus eine Offroad-Bahn einrichten. Wenn nur der Mieter endlich ausziehen würde.

»Wir wollten für immer bleiben«, erinnerte sich Skipper später.

Parallel zu den Plänen, sich dort niederzulassen, plagten Sexton Ängste, daß die Polizei sie alle verhaften würde. Der Patriarch verschärfte den Drill. In Shady Hills konnten sie ungestört Schießübungen abhalten. Sexton trug ständig eine Pistole am Gürtel. Er zeichnete rote Herzen an Bäume, und die Jungen schossen auf diese Zielscheiben. Er lehrte sie Kopf- und Nackenschüsse. Er sah voraus, daß die FBI-Agenten kugelsichere Westen tragen würden, wenn sie kamen, um sie zu holen. Auf seinen Fahrten mit Willie, Pixie und manchmal auch Skipper führte Sexton Gewehre mit sich. Sie unternahmen die Fahrt alle zwei Wochen, immer dann, wenn die staatlichen Zahlungen eingingen. Es waren anstrengende Zweitausend-Meilen-Fahrten die I-75 rauf und runter.

Er schien sich selbst als Staatsfeind Nummer eins zu betrachten. Er kämpfte mit einer Mischung aus Bier und Schmerztabletten gegen die Anspannung an, wurde jedoch abends immer paranoider. Er war überzeugt davon, daß das FBI den Trailer nach Einbruch der Dunkelheit stürmen würde.

Sexton dachte sich einen Plan für die Nacht aus. Eddie, Willie und Skipper mußten dunkle Kleidung tragen. Wenn die Gesetzeshüter kamen, sollten Chris und Matt zusammen mit ihrer Mutter zu Dave flüchten. Die anderen Jungen sollten im Dickicht Deckung suchen und aus dem Hinterhalt auf die Cops feuern. Nacht für Nacht saßen Eddie und Willie draußen auf der Veranda und starrten schwer bewaffnet in die Dunkelheit.

»Es durfte niemand herein oder hinaus«, erzählte May Sexton später. »Er schwor, daß sie ihn nicht lebend bekommen würden.«

Sexton schloß Joel Good immer noch von seinem militärischen Drill aus. Er sei ein ›Waschweib‹, meinte Ed Sexton, er verbringe zu viel Zeit mit den Frauen und damit, die Kinder zu versorgen. Skipper blieben solche Bemerkungen erspart, obwohl er sich gern mit dem Baby Skipper Lee, seinem Patenkind und Namensvettern beschäftigte.

Joel und Willie schienen sich gut zu verstehen, ihre Beziehung gründete sich möglicherweise auf ihre Furcht vor dem Tyrannen und ihren niedrigen IQs. Willie war der einzige der Sexton-Söhne, der nach wie vor geschlagen wurde. Ein kaum merkliches Zögern vor der Ausführung eines Befehls reichte aus, um die Faust zu spüren zu bekommen. Einige der Geschwister meinten später, es hätte so ausgesehen, als würden Joel und sein Schwiegervater einander mögen. Joel habe den älteren mit ›Mr. Sexton‹ und ›Dad‹ angesprochen.

»Joel hätte alles für meinen Dad getan«, sagte Christopher später. »Er hatte Angst vor ihm.«

Matt beschrieb die Beziehung seines Vaters zu Joel als ›hervorragend‹ und fügte hinzu: »Ja, er behandelte ihn gut. Er mochte ihn nicht besonders, aber er behandelte ihn gut.«

Sexton hatte das Foto, das nach der Prügelei in Canton von Joel geschossen worden war, auf seine Flucht mitgenommen. Einige der Jungen meinten später, ihr Vater hätte Prügel und Foto angeordnet, um Joel bei der Stange zu halten. Wenn sein Schwiegersohn sich zu eigenwillig zeigte, befahl der Vater einem seiner Söhne, Joel das Foto vorzuhalten.

»Siehst du das? Siehst du, wie du zugerichtet bist?« sagte dann einer von Eddie Lees jungen Handlangern. »Das nächste Mal siehst du doppelt so schlimm aus.«

Pixie behandelte ihren Mann kaum besser. Joel beklagte sich bei ihren Geschwistern, daß sie Sex mit ihm verweigere. Pixie hatte seine sämtlichen Papiere an sich genommen. Sie stritten häufig. Später vermochte keines der Geschwister einen anderen konkreten Grund für die Streitigkeiten zu nennen.

Dazu kamen Alkohol und Drogen. Die älteren Geschwister fingen an, in der Nachbarschaft Hasch zu beschaffen. Joel und Pixie kauften Sixpacks. Sie machten einen drauf, wenn Ed Sexton nicht da war. Joel, der bereits regelmäßig von seinem Schwiegervater verhöhnt wurde, wurde nun auch von dessen Kindern verspottet und das Opfer böser Streiche. Manchmal eskalierte die Situation nach reichlichem Bier- und Haschkonsum auch soweit, daß er als Sandsack mißbraucht wurde. Eines Abends wurde er von Skipper angegriffen. Dann wieder fielen gleich mehrere der Brüder über ihn her. Good, der keinerlei Chance zur Gegenwehr hatte, ließ alles wehrlos über sich ergehen. Einmal kam ihm Pixie zu Hilfe.

Hinterher wandte Pixie sich dann völlig gegen ihn, erinnerten sich später einige der Sextons. Sie fing an, herumzuerzählen, er hätte Sex mit ihren beiden Töchtern gehabt. Sogar der kleinen Kimberly kamen die Beschuldigungen zu Ohren. Ihr einziger Beweis: Shasta, die mit blutendem After aus dem Schlafzimmer kam, während Joel in der Nähe stand.

Das Gespräch von einem tödlichen Versicherungsbetrug kam wieder auf. Sherri Sexton sollte später in einer eidesstattlichen Aussage erklären, daß Pixie verschiedene Versicherungen angerufen und sich die Leistungen im Todesfall habe durchgeben lassen, um sie zu vergleichen. Matthew fiel auf, daß Willie und Pixie viel Zeit miteinander verbrachten und miteinander tuschelten. Nach einer weiteren geflüsterten Unterhaltung, drängte Matt Willie, ihm ihr Geheimnis zu verraten.

»Ich schwor, es für mich zu behalten«, sagte Matt später. »Und da erzählte er mir, daß er und Joel die Bremsen am Grand Prix reparieren sollten. Er würde den Wagen aufbocken und dafür sorgen, daß er Joel unter sich begrub, wenn der drunterlag.«

Willie und Skipper wurden ebenfalls in okkulte Machenschaften hineingezogen. Sie fanden unter dem Trailer eine Kassette mit satanischen Gesängen. Ihr Vater zeigte ihnen, wie man ein Pentagramm in die Erde ritzte, den fünfzackigen, von einem Kreis umgebenen Stern. Vielleicht war es kein Zufall, daß das satanische Symbol dem Logo des Fraternal Order of Police an der Stoßstange von Sextons Wagen so ähnlich war.

Eines Nachts gingen Skipper und Willie zu einer nahe gelegenen Sandgrube, zeichneten ein Pentagramm auf den Boden und setzten eine Katze in die Mitte.

»Wir erstachen die Katze«, erinnerte Skipper sich später. »Sie starb. Dann spielten wir das Band ab.«

Sie versuchten, die Katze mit Hilfe eines Feuerzeugs zu verbrennen, aber sie brannte nicht. Sie gingen zurück zum Trailer, schütteten Pinselreiniger über den Kadaver und zündeten ihn an.

»Das Vieh brannte lichterloh«, erinnerte sich Skipper. »In einer großen, lodernden Flamme. Das war richtig beängstigend, das kann ich Ihnen sagen.«

Christopher bestätigte später ähnliche Begebenheiten. Er sagte, Willie habe des öfteren Pentagramme gezeichnet. Chris erzählte, Willie sei einmal mit seinem Vater nach West-Virginia gefahren, wo eine alte Frau ihnen ein satanisches Buch geschenkt hatte. Andere Sexton-Kinder sollten später von einer ›satanischen Bibel‹ sprechen. Der eine sagte, auf dem Buchdeckel wäre ein Pentagramm abgebildet gewesen, ein anderer meinte, es habe sich um eine um ein Kreuz geschlungene Schlange gehandelt.

Die schwarze Magie trug jedoch auch nicht dazu bei, ein ernsthaftes dauerhaftes Problem zu lösen. Seit Sherri und ihr Kind zu ihnen gestoßen waren, waren sie knapp bei Kasse. Sexton begann, Wertgegenstände zu versetzen, darunter auch einiges aus seinem Waffenarsenal, berichteten die Geschwister.

Einige Wochen nachdem sie in die Treaty Road gezogen waren, begannen die Nachbarn der Sextons, sich zu beschweren. Robert Wilson, der Kühlgerätevertreter, der Sextons Traumhaus gemietet hatte, sowie eine andere Nachbarin namens Angie Danser erklärten später, sie hätten ein halbes Dutzend Mal das Polizeirevier von Pasco County angerufen, um sonderbare Vorgänge zu melden. Danser sagte, fast jede Nacht würden Mitglieder der Familie in ihrem Wald herumlaufen. Sie hielten ihr Vordertor mit einer dicken Metallkette und einem Vorhängeschloß verschlossen. Seltsamerweise berichtete Wilson später ein Junge, von dem er gehört habe, daß er Joel Good hieße – ›der Arrogante‹ – habe ihn gewarnt, er solle sich von ihnen fernhalten. In den Boden eingelassene angespitzte Stangen würden jeden erwarten, der den Garten betrat, habe Good gesagt. Wilson gab außerdem an, eines Nachts schrille Babyschreie gehört zu haben.

Der einzige Vorfall, der in einer Polizeiakte vermerkt wurde, stammte vom 13. August. An diesem Tag rief Robert Wilson die Deputys zu sich nach Hause, um ganz formell Anzeige zu erstatten. Die Familie wolle unbedingt das Haus haben, in dem er wohne, teilte er einem Streifenbeamten mit. Die Nachbarn würden ihm ganz offensichtlich verübeln, daß er in dem Haus wohne.

In der vergangenen Nacht hatte jemand die Fensterscheiben von Wilsons Ford Escort und seinem Dodge Van eingeschlagen und ein Autoradio und eine Kette gestohlen. Außerdem waren die Nummernschilder beider Wagen verschwunden. Seine Töchter hatten ihm berichtet, sie hätten in der Nähe des Trailers einen Halbwüchsigen gesehen, der das fehlende Schmuckstück um den Hals trug. Von der Familie schien niemand zu arbeiten, fügte Wilson hinzu, aber sie schleppten ständig neues Werkzeug und Renovierungsmaterial an.

Die Polizei untersuchte die Wagen auf Fingerabdrücke und fand einen partiellen Abdruck. Sie vermerkten außerdem in ihrem Bericht, daß überall um beide Wagen herum deutliche Stiefelabdrücke zu sehen waren. Die gleichen Abdrücke fanden sie um den Trailer der Sextons herum, als sie dort vorbeischauten, aber es war niemand zu Hause. Es handelte sich nicht um ein schweres Verbrechen. Der Wert der gestohlenen Gegenstände war mit weniger als fünfzig Dollar angegeben worden.

Aber später in dieser Woche kehrte ein Detective namens William Shallwood in die Treaty Road zurück, um die Ermittlungen fortzuführen. Er traf Estella ›Pixie‹ Good zu Hause an. Sie sagte, ihr Vater wäre nicht in der Stadt, er wäre erst Anfang September wieder zurück. Sie erlaubte ihm, das Haus zu durchsuchen. Er notierte sich die Seriennummern neuer Werkzeuge, fand aber weder im Trailer noch in den Pfandleihen, die er anschließend abklapperte, eine Spur von den gestohlenen Gegenständen.

Ed Sexton verschärfte die Patrouillen und warnte seine jungen Wachtposten, daß die Polizei ihr Haus beobachten würde. Dann, frustriert, daß Wilson immer noch nicht ausgezogen war, versuchte er einen anderen Nachbarn zu überreden, ihm ein Grundstück zu verkaufen. Als der sich weigerte, befahl er Willie, Skipper und Matt, den leerstehenden Trailer auf dem Grundstück anzuzünden.

Kurz darauf tauchte ein Brandexperte auf und befragte die Sextons und andere Nachbarn. Matt erzählte später, daß die Brandermittlungen den Plan zunichte gemacht habe, Joel Good umzubringen und eine auf ihn abgeschlossene Lebensversicherung zu kassieren. Der Polizei gelang es später nicht, herauszufinden, ob auf Good eine Versicherung abgeschlossen worden war oder nicht.

Am 20. September versah die Polizei von Pasco die Diebstahlakte mit dem Vermerk ›erledigt‹. Die Sexton-Familie war nicht lange genug geblieben, um zu erfahren, daß man den Fall abgeschlossen hatte.

Sie waren zu diesem Zeitpunkt bereits aus der Treaty Road weggezogen.

8

Colleen Carson hatte den silbernen 93er Nissan etwa um die gleiche Zeit gekauft, da die Sexton-Familie nach Indiana übergesiedelt war. Ihrem Schwager war der Sentra gleich aufgefallen, und er hatte ihr zu dem Kauf gratuliert. Sie hatte jedoch laut überlegt, ob sie den Wagen wirklich brauchten. Sie hatten bereits vier Fahrzeuge in der Auffahrt stehen.

Später erzählte sie, was sich ereignete.

Im Sommer rief Eddie Sexton aus Florida an. Er hätte geschäftlich im Mittleren Westen zu tun. Das Haus in Canton sei verkauft. Er müsse nach Ohio, um den Verkauf perfekt zu machen, aber er hätte ein Autoproblem.

»May gefällt dein neuer Wagen so gut«, sagte er.

Nachdem er sich erboten hatte, die Raten bei der Bank zu übernehmen, besprach sie sich mit Tuck. Sie hätten ihr leid getan, sagte Colleen.

»Wir versuchen immer, zu helfen, wo wir können«, erinnerte sie sich später. »Wir helfen jedem, der Hilfe braucht. So wurden wir eben erzogen.«

Tuck war einverstanden, wollte den Wagen aber erst überschreiben, wenn der Kredit abbezahlt war. Außerdem verlangte er eine schriftliche Erklärung, daß die Sextons künftig als Nutzer des Wagens die Versicherung für das Fahrzeug übernahmen.

Als Eddie und May in Indiana auftauchten, setzten sie einen maschinengeschriebenen Kaufvertrag auf, in dem sie sich verpflichtetem, Raten und Versicherung zu übernehmen. Als Zeuge fungierte sein Neffe David L. Sexton jr., und das Datum lautete auf den 25. August 1993. Dave jr. hatte sie offenbar von Florida nach Indiana gefahren.

Eddie bat um die Kreditunterlagen. Es waren noch fast zehntausend Dollar offen.

»Ich werde eine erste Zahlung leisten und danach den Restbetrag auf einmal tilgen«, behauptete er.

»Vielleicht solltest du zur Bank gehen und dich als Kreditnehmer einsetzen lassen. Das ganze juristisch absichern«, meinte Colleen.

Sexton entgegnete lächelnd: »Wir lösen den Kredit sowieso nächste Woche ab. Mein Haus in Ohio wurde verkauft. Ich muß nur noch rüber, um die Papiere zu unterschreiben und mein Geld abzuholen.«

Sie übergab ihm die Wagenschlüssel. Aber einige Zeit später rief Eddie sie von unterwegs an. Er wollte, daß Colleen sich mit ihm im örtlichen Straßenverkehrsamt traf und den Wagen auf sie überschreiben ließ. Nicht, solange der Wagen nicht bezahlt war, entgegnete Tuck. Nachdem Tuck wieder beruflich unterwegs war, rief May Sexton an.

»Die Nummernschilder sind abgelaufen, und ohne können wir nirgendwo hin«, erklärte May.

Aber Colleen blieb standhaft. »Wenn ihr das Geld für das Haus bekommt, habt ihr auch genug, um neue Nummernschilder zu beschaffen.«

9

Jean Sexton erklärte später, sie hätte mit Pixie, Joel, Willie und Sherri einen Vertrag abgeschlossen, als sie meinten, sie wollten das mittlere Mobilheim auf ihrem Grundstück mieten. Keine Handgreiflichkeiten. Kein Alkohol. Keine Drogen. Kein Fluchen. Kein Streit. Die Miete sollte zweihundertfünfundsiebzig Dollar monatlich betragen.

Das Challenger-Wohnmobil, der Pontiac und bald auch der Nissan parkten auf Dave Sextons Grundstück. Eddie behauptete, sie hätten aus Shady Hills wegziehen müssen, weil sie Ärger mit einem Nachbarn gehabt hätten. Eddie und May fuhren zurück nach Ohio, vermutlich um ihre Schecks abzuholen.

Nachdem die Eltern fort waren, setzten die Geschwister sich über sämtliche Regeln hinweg, tranken mehr denn je und konsumierten wieder Drogen. Außerdem hatten sie entdeckt, daß man vom Benzinschnüffeln high wurde. Die Ergebnisse dieser Exzesse wurden später von mehreren Sexton-Teens unabhängig voneinander beschrieben.

Bei einer ›Party‹ wurde Joel gezwungen, einen lebendigen Goldfisch zu essen. Matt hielt ihm den Mund auf, und Skipper ließ den Fisch hineinfallen. Ein anderes Mal wurde Joel ausgezogen, sie schoben ihm einen Trichter in den After und schütteten scharfe Soße in seinen Darm. Ein anderes Mal versuchte Skipper, Joel gewaltsam einen Besenstiel in den After zu rammen. Matthew sagte, diesmal habe Pixie nicht versucht, ihrem Mann zu helfen.

Sherri, die sich damals geweigert hatte, bei diesen Aktionen mitzumachen, sagte, Pixie sei die Rädelsführerin gewesen. Matt meinte, Skipper wäre meist der Initiator gewesen. Hinzu kam, daß Joel kein Sexton war. Er war ein leichtes Ziel. Er wehrte sich nie.

»Weil er Pixie geliebt hat«, meinte Sherri später.

Die meisten erklärten, daß auch Skipper Lee, der kleine Ewok, zu leiden hatte. Sherri und Matthew erzählten, daß, wenn der Säugling schrie, weil er Hunger hatte oder wenn er sich nach Zuwendung sehnte, Pixie ihn mehrmals ins Gesicht schlug, damit er still war.

Manchmal hatten diese Partys auch eine sexuelle Komponente. Einige der Geschwister behaupteten später, Pixie habe einmal mit Willie geschlafen und ein zweites Mal mit einem Vetter. Als sie aus dem Schlafzimmer gekommen war, hatte sie Verbrennungen vom Teppich auf dem Po gehabt. Sherri gab allerdings später zu, selbst Sex mit Skipper gehabt zu haben.

»Euer Vater hat solche Kontakte unter Familienmitgliedern als völlig normal ermutigt, richtig?« wurde Sherri später von einem Rechtsanwalt gefragt.

»Er wußte nichts davon«, entgegnete sie.

Ebensowenig wie Jean Sexton. Und erst recht wußte sie nichts von dem, was sonst noch alles im Benzinrausch geschah.

An einem heißen Septembermorgen gegen 10 Uhr früh, als Jean Sexton gerade Besorgungen machte, klopfte Joel Good mit nacktem Oberkörper an Dave Sextons Tür. Dave ließ ihn herein. Er hatte rote Striemen am ganzen Oberkörper und Verbrennungen auf dem Rücken.

»Laß nicht zu, daß sie mich kriegen«, wimmerte Joel. »Laß nicht zu, daß sie mich kriegen. Laßt mich bei euch bleiben, bis Dad zurückkommt.«

Dave fragte Joel, was passiert sei. Er sei mit einem Gürtel und einem Elektrokabel verprügelt und mit Zigaretten verbrannt worden. Außerdem hätten sie ihm mit einer Bratpfanne auf den Kopf gehauen.

»Wer?« wollte Dave wissen.

»Pixie und die anderen«, antwortete Joel.

Die anderen waren Skipper, Matthew und Willie. Sie hätten ihn festgehalten, sagte er. Und Pixie hätte ihn dann geschlagen und verbrannt. Dawn und Shasta hätten ebenso mitgemacht wie eine von Daves Enkelinnen aus dem anderen Trailer.

Dave ging zum mittleren Trailer hinüber und verlangte eine Erklärung. Nur Pixie gab den Vorfall zu. Sie erwähnte nicht, daß sie den ganzen Morgen Benzin geschnüffelt hatten. Sie behauptete, Joel habe offenbar vor Wochen, als sie noch in der Treaty Road wohnten, mit ihren beiden Töchtern Analverkehr gehabt.

»Dann mußt du ihn anzeigen«, sagte Dave. »Ihr solltet das nicht in die eigenen Hände nehmen – schon gar nicht auf meinem Grund und Boden.«

Dave warnte sie, daß ihr Vater von dem Vorfall erfahren würde. Pixie flehte ihn an, nichts zu sagen. Einige der Sexton-Kinder verlangten von ihrem Onkel, Joel zurück zu ihnen in den Trailer zu schicken.«

»Nein, das werde ich nicht tun«, entgegnete Dave Sexton.

Dave kehrte in seinen Trailer zurück und sprach mit Joel Good. »Ich bot ihm an, ihm eine Busfahrkarte nach Ohio zu bezahlen«, erinnerte sich Dave später. »Ich sagte zu ihm, das müsse er nicht mit sich machen lassen.«

Aber Joel wollte bleiben. »Dad wird das regeln«, meinte er. »Er wird das regeln, wenn er zurückkommt.«

Als Jean Sexton nach Hause kam und Joel sah, wurde sie wütend, erst recht als sie erfuhr, daß ihre Enkelin ermutigt worden war, Joel Good zu schlagen, während die älteren Jungen diesen auf dem Boden festhielten. Sherris kleiner Sohn Christopher, erst drei Jahre alt, war ebenfalls miteinbezogen worden. Sie stürmte wütend hinüber zum mittleren Trailer, wo alle zusammen herumsaßen.

»Warum um alles in der Welt hast du das zugelassen?« fragte Jean Sherri.

»Er ist nicht mein Ehemann«, entgegnete Sherri achselzuckend. »Warum sollte ich mich da einmischen?«

Jean wandte sich daraufhin an Pixie und verlangte eine Erklärung.

Pixie antwortete, Shawn habe einmal am Anus geblutet,

und sie glaube, hierfür sei Joel verantwortlich. Er habe eine Strafe verdient.

»Wenn dem so ist, hättest du sofort mit dem Kind ins Krankenhaus fahren und die Polizei einschalten müssen«, erwiderte Jean. »Aber wagt es ja nicht, noch einmal eins meiner Enkelkinder in eure schmutzigen Machenschaften miteinzubeziehen«, drohte sie. »Und jetzt packt eure Sachen und verschwindet!«

Als sie den Trailer verließ, bemerkte sie auf dem Boden ein in die Erde geritztes Pentagramm. Manche Fundamentalisten glauben an die Kraft eines bestimmten Gebets, wenn sie sich mit dem Bösen konfrontiert sehen. Das Gebet heißt ›Der Jericho-Marsch‹, so benannt nach der Geschichte davon, wie die Israeliten sieben Mal um die Stadt Jericho herumgingen, wonach der Klang ihrer Trompeten die Mauern zum Einsturz brachte.

»Ich hatte das Gefühl, daß Gott mir auftrug, meine Schuhe anzuziehen und einen Jericho-Marsch zu vollziehen«, erinnerte Jean sich später. »Ich bin sieben Mal um den Trailer herumgegangen und habe dabei in der Geistersprache gesprochen. Sie werden es mir nicht glauben, aber als ich fertig war, standen alle Fenster und Türen des Trailers offen, und sie waren fort.«

Sie zogen zurück ins Wohnmobil. Sie waren nur zwei Wochen allein zurechtgekommen. Und jetzt hatte man sie nicht nur aus dem mittleren Trailer verbannt, sondern ihnen darüber hinaus bei Dave und Jean Hausverbot erteilt.

Dave Sexton erinnerte sich später noch gut an die Strafpredigt, die Eddie seinen Kindern nach seiner Rückkehr aus Ohio hielt. Er rief Joel, Pixie, Willie und Sherri in Daves Haus, und dort gaben sie die Mißhandlungen zu.

»Eddie sagte: ›Dieser Junge hat euch nichts getan. Laßt die Finger von ihm.‹ Zu Pixie sagte er: ›Das ist dein Mann. Du solltest ihn lieben und ehren!‹«

Andere Geschwister erklärten, ihr Vater hätte ihnen gesagt, die Mißhandlungen Joel Goods müßten aus einem ganz anderen Grund aufhören. Matt erinnerte sich später, daß sein Vater sagte: »Es kann uns großen Ärger einbringen, wenn er wegrennt und anderen Leuten erzählt, daß er mißhandelt wird.«

Künftig würde jeder, der Joel mißhandelte, es mit ihm zu tun bekommen.

Dave Sexton erzählte seinem jüngeren Bruder später, daß ihm während ihres Aufenthalts auf dem Grundstück ein bestimmtes Muster aufgefallen wäre: »Immer, wenn du weg bist, sind deine Kinder sehr ungehorsam«, sagte Dave.

»Ich habe meine Kinder gewarnt, dir und Jean zu gehorchen«, entgegnete Eddie. »Du weißt, daß ich von meinen Kindern Gehorsam erwarte.«

Das weiß ich«, erwiderte Dave. »Aber ich verstehe das einfach nicht. Wenn du zu Hause bist, benehmen sie sich tadellos. Und kaum daß du weg bist, geht es hier zu wie auf einem Gefängnishof.«

Eddie sprach davon, wegzuziehen. Dave erinnerte sich später, was er seinem jüngeren Bruder geraten hatte.

»Ich sagte: ›Eddie, um Himmels willen. Schaff dir diese Kinder vom Hals. Erwachsene Kinder. Bei dem Ärger, den sie dir machen, landest du noch im Gefängnis.‹«

»Ich habe mich mein ganzes Leben um sie gekümmert«, antwortete Eddie Sexton darauf.

»Ich sagte: ›Aber jetzt ist es Zeit, dich von ihnen zu trennen. Es ist Zeit, daß sie lernen, auf eigenen Füßen zu stehen.‹«

Aber als die Sexton-Karawane Ende September Moon Lake und Pasco County verließ, war klar, daß Eddie Sexton nicht die Absicht hatte, diesen Rat zu befolgen.

10

Das Naturschutzgebiet erstreckte sich entlang des Hillsborough River, fünfzehn Meilen nordöstlich von Tampa, zwölftausend Hektar Hartholz-Laubwald, Schwemmwald und Kiefernwälder. Zypressensümpfe zogen sich am Fluß entlang, und von den Bäumen hing spanisches Moos. Insgesamt waren in dem Park an die zweihundert Vogelarten beheimatet. Im Herbst und Winter gab es hauptsächlich Geier und Raben, die sich von den Kadavern überfahrener Tiere und zurückgelassenen Essensresten der Camper ernährten.

Im Hillsborough River State Park gab es hundertvierzehn Campingparzellen, einen Pool, eine Snackbar und einen Kanuanlegeplatz. Aber in den kühleren Herbstmonaten war der Pool geschlossen, und nur ein Drittel der Parzellen war belegt. Für Wasser und Elektroanschluß zahlten die Camper je 16,50 Dollar pro Tag.

Der Dodge Challenger bezog am 5. Oktober eine Parzelle auf dem Hillsborough-Campingplatz. Die Sextons stellten das Wohnmobil auf Parzelle 89 ab, einer von zweiunddreißig Parzellen an einem großen Wendekreis, umgeben von Kiefern und Fächerpalmen. Parzelle 89 lag auf der Waldseite.

Sie meldeten sich unter dem Namen Estella Good an. Der Challenger war jetzt auf den Namen William L. Sexton eingetragen; eine Fälschung, die offenbar irgendwann unterwegs erfolgt war.

Das Familienoberhaupt verkündete neue Regeln. Der Park gestattete maximal acht Personen pro Parzelle, Kinder unter fünf Jahren ausgenommen. Aber in dem sieben Meter langen Wohnmobil, das für acht konzipiert war, lebten tatsächlich vierzehn Personen. Eddie, May und Kimberly schliefen in dem ausklappbaren Doppelbett im vorderen Teil. Pixie, Sherri und die kleinen Kinder teilten sich die Betten im hinteren Teil. Joel, William, Christopher, Matt und Skipper schliefen abwechselnd in den restlichen zwei Betten, in den zwei Autos und auf dem grünen Teppichboden auf dem Boden des Wohnmobils.

Tagsüber durfte niemand das Wohnmobil ohne ausdrückliche Erlaubnis verlassen, nicht einmal, um die Toilette aufzusuchen. Die jüngsten Kinder durften nicht draußen spielen. Die älteren Kinder durften jeweils nur zu zweit nach draußen. Sexton entspannte die Atmosphäre ein wenig mit zwei kleinen Fernsehgeräten, einem im Inneren des Wohnmobils, das zweite draußen. Sie unternahmen ›Picknicks‹. Eddie und May packten Mittag- oder Abendessen zusammen und gingen mit einigen der Kinder an einer der entfernteren Picknickstätten essen, so daß sie nicht alle mit dieser einen Parzelle in Verbindung gebracht wurden. Es gab immer ein Picknick, wenn Sexton von seinen Fahrten nach Ohio zurückkehrte. Abends machten sie Lagerfeuer. Wenn Parkranger Fragen stellten, gaben einige der Sextons an, sie wären nur zu Besuch.

Im großen und ganzen funktionierte ihre Strategie. Ein Ranger sagte später, er habe auf seinen Rundgängen weder Eddie noch May Sexton je zu Gesicht bekommen, sondern immer nur Pixie und ihre Kinder. Ein zweiter bemerkte mehr Personen, und ihm fiel auf, daß die Gruppe scheinbar immer ganz beiläufig hinter dem Wohnmobil verschwand, wenn er vorbeifuhr. Es gab keine Beschwerden über die Familie und auch keine Störungen der ›Ruhezeiten‹. In den Parkvorschriften hieß es, daß nach 23 Uhr jedweder Lärm zu vermeiden wäre.

Der Oktober zählte in Hillsborough-County zu den regenreichsten Monaten des Jahres. Und in diesem speziellen Oktober fielen mehr als siebzehn Zentimeter Regen, zehn mehr als sonst. An einem Samstag elf Tage nach Eintreffen der Sextons fielen fast acht Zentimeter an einem einzigen Tag.

An trockenen Tagen drillte Sexton die Jungen in einiger Entfernung des Campingplatzes. Regnete es, lief der Fernseher rund um die Uhr, und die Luft im Inneren des Wohnmobils war völlig verräuchert. Eddie, Pixie, Skipper, Willie, Sherri und Joel rauchten. Nachts hörten die Jungen im Nissan Radio. Ed Sexton behielt die abendlichen Bibellesungen bei, schimpfte dann über die ›Hurensöhne‹ in Ohio und ersann Mittel und Wege, einen Sturmangriff des FBI abzuwehren. Obgleich Sexton schon in Indiana ständig vom FBI gesprochen hatte, war die Bundespolizei ihm *nicht* auf den Fersen. In Ohio gab es nicht einmal einen Haftbefehl gegen Eddie Lee Sexton. Und die Sextons waren schon längst nicht mehr das auf Hochglanz polierte zackige Militärteam, das sie beim Verlassen von Oklahoma gewesen waren. Eddie Sexton trug eine alte Armeejacke. Die Jungen liefen immer noch in Tarnkleidung herum, aber die Uniformen waren ausgebleicht, ihr Haar selbst geschnitten und zerzaust, ihre Stiefel stumpf von der Erde Floridas.

Die Aussagen der Geschwister hinsichtlich dessen, was zwei Wochen nach Eintreffen der Familie im Hillsborough River State Park geschah, wichen etwas voneinander ab. Aber bestimmte Fakten blieben unbestritten bestehen.

Es fing mit dem kleinen Skipper Lee Good an, Joel und Pixies ›Ewok‹ – nach Meinung der meisten Familienmitglieder das einzige Kind, das auch Gene von außerhalb des Sexton-Clans in sich trug. Vielleicht fing es auch mit Eddie Lee Sextons zunehmender Paranoia an. Oder mit Pixies Hang zur Kindesmißhandlung.

Der kleine Skipper Lee sei ›krank‹ gewesen, sagten später alle übereinstimmend aus. Zwei Wochen lang konnte der Säugling keine feste Nahrung bei sich behalten. Wenn er wach war, war er entweder apathisch oder weinte. Manchmal hatte er auch kalte Schweißausbrüche. Eine spätere Untersuchung sollte ergeben, daß der Kleine zahnte. Pixie verabreichte dem Baby Tylenol und rieb seine Kiefer mit zerstoßenem Aspirin ein. Aspirin besitzt keinerlei lokalanästhetische Wirkung, kann aber bei Kleinkindern zu Vergiftungen führen.

Die anderen Symptome des Kindes wurden später auf eine andere Problemlösung nach Sexton-Manier zurückgeführt. Mindestens zwei Wochen lang flößten die Mutter und der Großvater des Kindes ihm täglich mindestens eine Verschlußkappe Nyquil für Erwachsene ein. Die grüne Mischung aus Alkohol, Decongestionsmitteln und Antihistaminen verursachte bei dem Säugling nicht nur Lethargie und Übelkeit, sondern auch Schweißausbrüche, erklärte später ein Arzt, der eine ›starke Überdosierung‹ des Erkältungsmittels diagnostizierte.

Pixie gab später an, sie hätte mit dem Kind ins Krankenhaus fahren wollen, aber ihr Vater hätte es nicht erlaubt, weil sie auf der Flucht waren.

»Wir würden alle auffliegen«, habe er gesagt.

Skipper erinnerte sich später, daß er Pixie auf das Nyquil angesprochen habe. »Da steht drauf, daß das Mittel für Erwachsene ist. Da steht nichts von Kindern. Und es steht auch nichts davon drauf, daß es beim Zahnen helfen soll. Ich meine, du wirst ihn noch mit einer Überdosis vergiften. Ich meine, der Kleine schläft siebzehn Stunden am Tag. Kein Baby schläft siebzehn Stunden täglich. Du wirst ihn noch umbringen, und was sollen wir dann tun? Aber sie meinte: ›Nein, nein, keine Sorge. Dad sagt, es wäre in Ordnung.‹«

An einem kalten Samstag abend im Oktober machte Pixie Ewok bettfertig. Eine halbe Verschlußkappe Nyquil, dann legten sich Mutter und Kind in einem der rückwärtigen Betten schlafen. Willie schlief in einem Bett auf der anderen Gangseite, Sherri mit Kleiner Bär in einem dritten Bett und Joel Good weiter vorn im Wohnmobil auf dem Fußboden. Ed, May und Kimberly schliefen vorn. Skipper, Christopher und Matt übernachteten draußen in den Autos.

Die einzigen Zeugen, die berichten konnten, was sich gegen 4 Uhr am nächsten Morgen ereignete, waren Pixie und Willie Sexton.

Das Baby wachte weinend auf und war nicht zu beruhigen. Pixie sagte, sie hätte versucht, Ewok durch Wiegen zu beruhigen und indem sie ihm das Fläschchen gab, aber das Kind hätte es weggestoßen.

Willie wachte auf, drehte den Kopf und sah hinüber. Pixie flößte Skipper Lee eine weitere halbe Verschlußkappe Nyquil ein, aber der Kleine schrie weiter.

Pixie sagte aus, das Weinen hätte eine halbe Stunde gedauert, aber weder Sherri noch May oder die Jungen, die bei offenen Fenstern draußen schliefen, hörten in dieser Nacht etwas.

Pixie behauptete, ihr Vater habe von vorn aus dem Wohnmobil herübergerufen. »Er sagte, ich solle machen, daß der Kleine ruhig ist, sonst käme er herüber und würde persönlich dafür sorgen«, sagte sie aus.

»Dann sah ich, wie meine Schwester das Baby schlug«, erzählte Willie. Sie ohrfeigte ihren Sohn abwechselnd mit der flachen Hand und mit dem Handrücken. Vielleicht zehn Mal, sagte er später aus.

Dann legte Pixie Sexton dem Säugling eine Hand über den Mund.

Und ließ sie lange dort liegen.

Als sie die Hand schließlich wegnahm, herrschte Stille. Sie legte den kleinen Skipper neben sich.

Und schlief wieder ein.

11

Skipper hörte bei Tagesanbruch seine Schwester ›Dad!‹ rufen. Christopher und Willie, die draußen den Lagerplatz aufräumten, hörten den Schrei ebenfalls.

Skipper lag noch bei geöffneten Fenstern im Nissan. Er war gerade erst aufgewacht. Er zog ein Messer aus seinem Stiefel und stürzte in das Wohnmobil. Er dachte, im Inneren würde ein Ranger seinen Vater verprügeln.

Statt dessen sah er, daß das Baby auf dem Bett seiner Eltern lag. Pixie, sein Vater und seine Mutter waren über das Kind gebeugt.

Das Gesicht des Säuglings war grau, seine Augen offen und leer.

Skipper wandte sich an Pixie. »Was ist passiert?«

»Er ist einfach gestorben«, antwortete seine Schwester.

Sein Vater sagte zu seiner Mutter: »Plötzlicher Kindstod.«

»Er bekommt nur keine Luft«, sagte Skipper.

Der Kleine war sein Namensvetter, sein Patenkind.

»Hier wird kein Baby sterben«, erklärte er.

Skipper schob dem Säugling einen Finger in den Mund und entfernte den Schleim. Er versuchte ungeschickt eine

Herzmassage und Mund-zu-Mund-Beatmung. Er versuchte eine, vielleicht auch zwei Minuten lang, das Baby wiederzubeleben. Sherri war jetzt ebenfalls wach, und die übrigen Familienmitglieder drängten in das Wohnmobil.

Als Skipper einsah, daß es zu spät war, gab er auf. Als er aufblickte, sah er größtenteils schockierte Blicke. Pixie weinte. Sein Vater sei ›scheißruhig‹ gewesen.

Seltsamerweise wurde Joel Good, der Vater des Babys, bei der Beschreibung dieser Szene von niemandem erwähnt.

Skipper betrachtete das Baby.

»Eine Träne quoll aus einem Auge«, sagte er später, »und das hat mich wirklich fertig gemacht.«

Pixie Good erinnerte sich später, daß es der Morgen des 19. Oktober war. Sie war sich als einzige sicher, was das Datum betraf. Immerhin war sie die Mutter des Kindes.

»Und was machen wir jetzt?« fragte jemand.

12

An einem sonnigen Sonntag tausendzweihundert Meilen entfernt in East Liverpool, Ohio, begann für Lana Sexton und ihre Pflegemutter Tabatha Fisher scheinbar ein sehr schöner Tag. Die Pflegefamilie besuchte einen Apfelerzeuger. Sie tranken Apfelwein und fuhren oben auf einem Heuwagen mit. Es gab dort auch einen Schminkkünstler, und er malte Lana eine buschige graue Katze auf die Wange. Keine schwarze. Als Fundamentalisten feierten die Fishers kein Halloween, das keine zwei Wochen mehr entfernt war.

Am Abend machten sich alle bereit, um an einem privaten Bibelabend teilzunehmen. Lana mochte solche Veranstaltungen.

An diesem Abend sagte sie aber, sie hätte keine Lust hinzugehen.

»Du kannst auch gern solange woanders hingehen«, meinte Tabatha.

Aber Lana überlegte es sich doch wieder anders, war aber bei der Versammlung irgendwie nicht sie selbst. Sie lag mit einem Malbuch auf dem Boden und unterbrach häufig.

»Sie benahm sich wirklich unmöglich«, erinnerte sich Tabatha. »Es war, als hätte sie schlagartig alles vergessen, was wir ihr beigebracht hatten.«

Als sie nach Hause kamen, badete Lana wie gewohnt, aber Tabatha schickte sie eine Stunde früher, also schon um acht, ins Bett, weil sie sich bei der Bibellesung so aufgeführt hatte. Als Lana im Bett lag, wollte sie sich die Musik einer Spieluhr anhören, die die Fishers in ihrem Zimmer aufbewahrten. Tabatha zog sie auf, stellte sie auf den kleinen Fernseher und knipste das Licht aus.

Die Melodie der Spieluhr war Carpenters Klassiker »Close To You«.

Unten hörte Tabatha, wie die Musik verstummte. Offenbar stand Lana leise auf und zog sie neu auf, denn gleich darauf ertönte die Melodie erneut.

Dann hörten Tabatha und Ted beide ein seltsames Geräusch.

Tabatha ging nach oben. Lana lag im Bett und hielt die Spieluhr an sich gedrückt. Tabatha griff nach der Spieluhr und ermahnte Lana, daß es Zeit zum Schlafen sei.

»Plötzlich gab sie dieses Wimmern von sich, ein Wimmern, wie ich es noch nie im Leben gehört hatte«, erinnerte sich Tabatha später. »Ein Wimmern wie von einem Säugling oder auch Kleinkind.«

»Tabatha stellte die Spieluhr zurück auf den Fernseher.

Dann fing es an.

Lana Sexton sprang schreiend auf dem Bett herum. Tabatha eilte zu ihr, aber Lana schlug nach ihr. Ted stürzte die Treppe herauf. Gewöhnlich beruhigte sie sich, wenn sie sie umarmten.

Aber diesmal nicht.

»Sie drehte völlig durch«, erinnerte sich Tabatha später.

Sie hielten sie gewaltsam auf der Matratze fest, bis ihr Körper plötzlich erschlaffte. Sie legten ihren Kopf vorsichtig auf das Kissen. Lana fuhr hoch, setzte sich auf, die Augen weit aufgerissen, aber verdreht, so daß nur das Weiße zu sehen war. Ihre Körperhaltung änderte sich, als hätte sich eine andere Persönlichkeit ihrer bemächtigt.

Sie sprach mit tiefer, drohender Stimme. »Ihr werdet sie nicht bekommen. Ihr werdet sie mir nicht wegnehmen. Sie gehört mir.«

Ted Fisher fing an zu beten.

Tabatha versuchte, mit Lana zu sprechen. »Ich will mit Lana sprechen«, sagte sie immer wieder. »Lana, bist du okay?«

»Willst du mit Lana sprechen?« fragte die unheimliche Stimme.

»Ja, ich will mit Lana sprechen«, entgegnete Tabatha.

Lana wurde wieder ohnmächtig, ihr ganzer Körper völlig schlaff. Sekunden später schlug sie die Augen wieder auf. Jetzt weinte sie und schrie. Vor blankem Entsetzen.

»Es ist alles in Ordnung, Liebes«, sagte Tabatha besänftigend.

Als Lana lächelte, fragte Tabatha: »Was ist denn, Liebes?«

»Hilf mir, Mommy. Hilf mir.«

»Ich bin ja da.«

Lana rieb sich die eigene Kehle und dann die Arme.

»Ich muß gehen, Mommy«, sagte sie. »Er hat meinen Hals. Ich muß gehen. Er will mich. Ich muß weg.«

Wieder verlor sie das Bewußtsein.

»Und dann kam dieses ... dieses Etwas zurück«, erinnerte sich Tabatha später.

Ted betete nun laut und erflehte Hilfe von Christus.

»Scheiß auf Jesus!« brüllte die Stimme. »Scheiß auf Jesus!«

Lana fing an, sie anzuspucken. Die Stimme gab einen ganzen Schwall von Obszönitäten von sich. Innerhalb von Minuten waren Teds Hemd und sein Gesicht von Speichel durchtränkt.

Dann wurde sie wieder ohnmächtig.

In einer Pause sagte Lana wimmernd: »Ich liebe

dich ...« Zögernd fügte sie hinzu: »Aber du weißt zuviel.«

Die Zwölfjährige musterte die beiden und sagte: »Ich werde euch töten müssen. Ihr wißt zu viel. Jetzt ist der Augenblick gekommen, da ich euch töten muß.«

Und hinterher müsse sie sich selbst töten.

Lana griff sie wieder an. Sie drückten sie auf die Matratze zurück und hielten sie dort fest. Sie wog nur fünfundvierzig Kilo, aber beide Erwachsenen mußten ihre ganze Kraft aufwenden und sich mit ihrem ganzen Gewicht auf sie legen, um sie unten zu halten.

Sie wurde wieder ohnmächtig.

Diesmal kam sie nicht wieder zu sich.

Tabatha schüttelte sie an den Schultern, fühlte ihren Puls. Er ging sehr langsam. Aber gleich darauf bäumte sie sich auf, und Tabatha und Ted kamen sich vor wie auf einer Wildwasserfahrt.

Ted nahm sie in die Arme und trug sie nach unten zum Wagen. Um Mitternacht trafen sie in der Notaufnahme ein. Als der Arzt ihre Reflexe testete, war Lana noch immer bewußtlos.

»Sie simuliert«, stellte der Arzt fest.

»Das tut sie nicht«, widersprach Tabatha. »Sie haben ja keine Vorstellung von dem, was wir gerade durchgemacht haben.«

Ein paar Minuten später schlug Lana die Augen auf, als eine Krankenschwester ihr kalte Kompressen auf die Stirn legte.

Am nächsten Morgen brachte ein Krankenwagen Lana Sexton zur Psychiatrie des Kinderkrankenhauses von Akron. Die Fishers folgten ihr in ihrem eigenen Wagen.

Es war der 18. Oktober.

Die Fishers, Sozialarbeiter und andere mit dem Fall Sexton betraute Personen hätten den Zwischenfall möglicherweise als hysterischen Anfall abgetan, als Theater oder eine Nachahmung von ›Der Exorzist‹, obgleich es keine Hinweise darauf gab, ob Lana den Film gesehen hatte. Ein Psychiater diagnostizierte ein posttraumatisches Streßsyndrom. Bei den ›Manifestationen‹ handelte es sich um Flashbacks, wobei die okkulten Elemente möglicherweise von dem bevorstehenden Halloweenfest ausgelöst worden waren.

Möglich.

Am darauffolgenden Tag, dem 19. Oktober, wurde ein weiterer Sexton ins Kinderkrankenhaus von Akron eingeliefert, ein Bruder, der bei Pflegeeltern siebzig Meilen entfernt untergebracht war und den Lana seit Monaten nicht mehr gesehen hatte. Sozialarbeiter hatten am Vortag erfahren, daß James Sexton an psychotischen Schüben litt. In derselben Nacht wie Lana hatte er geträumt, sein Vater würde ihm befehlen, sich das Leben zu nehmen.

Etwas später berichtete Machelle Sexton den Sozialarbeitern vom DHS, daß sie in derselben Nacht den gleichen Traum gehabt hatte wie ihre Geschwister. Dad und andere Stimmen hätten ihr befohlen, sich selbst und ihren frischgebackenen Ehemann Dave Croto zu töten.

All diese Ereignisse schob man auf das posttraumatische Syndrom, den Zufall und Halloween. Erst Jahre später sollte jemand noch einen weiteren *Zufall* aufdecken, indem er alle wichtigen Daten des Sexton-Falles einer Computeranalyse unterzog.

Während Lana und James in die Psychiatrie eingewiesen wurden, wurde in dem Challenger im Hillsborough River State Park der kleine Skipper Lee Good umgebracht.

Vier Monate später sollte James Sexton der Polizei eine unheimliche Geschichte erzählen. Einen Tag bevor die Kinder vom DHS von zu Hause weggeholt worden waren, hatte sein Vater sich mit allen Kindern an den Küchentisch gesetzt.

»Er hat gesagt, wenn wir reden, würden wir ihn in unseren Träumen sehen«, erzählte James.

Kapitel 10

Parzelle Nummer 18

1

Detective Steve Ready parkte den Dienst-Chevy in Massillon immer in der South Erie Street, gleich gegenüber von der Post. Jedesmal ging er hinein und warf einen Blick in das Postfach Nummer 13 05. War es leer, wandte er sich anderen Dingen zu. Lag etwas drin, kehrte er zurück zu seinem Wagen und wartete.

Er hatte ein Fernglas bei sich, und durch das Fenster der Postfiliale konnte er Eddie Lees Postfach deutlich sehen. Ready beobachtete das Fach einige Stunden morgens oder spätnachmittags, jeweils in den Tagen am Anfang und in der Mitte des Monats, wenn die Arbeitsunfähigkeitsversicherung zahlte. Diese Leute können nicht so clever sein, dachte er. Sie werden irgendwann einen Fehler machen.

Es war nur eine Frage der Zeit.

Eines Tages, nachdem er einen halben Tag lang das Postamt beobachtet hatte, fragte er sich, was zum Teufel er dort eigentlich machte. Das Ganze war doch Mist.

Er blieb trotzdem.

Derweil nahm im Renkert-Gebäude der Fall Sexton Formen an, die eher an die Jagd auf einen Serienmörder erinnerten denn an eine Vormundschaftssache des DHS. Mitarbeiter und Anwälte hatten Pinnwände aufgehängt und mit Fotos von den Kindern nebst ihren Geburtsdaten und Spitznamen versehen. Das half ihnen, den Überblick zu behalten.

Die Neuigkeit von James und Lanas psychotischen Anfällen war ein harter Schlag für das DHS. Beide Geschwister hatten in der Woche ihrer Krankenhauseinweisung eigentlich vor der Grand Jury aussagen sollen. Das DHS verlangte ein unabhängiges Gutachten. Alle fragten sich, ob sie am Tag der Anhörung würden aussagen können. Keine Aussage, keine Anklageschrift. Und ohne Haftbefehl keine Unterstützung vom FBI.

»Die ganze Sache drohte, den Bach runterzugehen«, meinte Genetin später.

Steve Ready gelang es nicht, die Sextons zu erwischen, aber sein Hintergrundwissen wuchs. Er hatte nicht nur von Otis einiges zu hören bekommen, sondern auch von Anne Greene, die ihm die Einzelheiten der Machelle-Saga erzählt hatte. Sie war ein Dutzend Mal umgezogen, war schwanger geworden und hatte geheiratet. Sie hatte eine Fehlgeburt erlitten, war aber wieder schwanger, diesmal von ihrem Ehemann Dave Croto.

Ready beschloß, sich mit Wayne Welsh zu unterhalten, dem ersten mit dem Fall betrauten Sozialarbeiter. Fast vierzehn Monate waren vergangen, seit Machelle Sexton sich an die Behörden gewandt hatte.

Hatte sich irgend jemand in letzter Zeit die Mühe gemacht, mit ihr zu sprechen?

»Überlassen Sie das mir«, sagte Welsh.

Am nächsten Morgen fuhren Ready und Welsh nach Bolivar. Der kleine Trailer, in dem Machelle und David Croto lebten, stand in einer kleinen Mobilheimanlage am Stadtrand, in einer Straße namens Lover's Lane.

Shelly Croto freute sich, Welsh zu sehen. Sie war sogar so erfreut, daß um 9 Uhr 30 bereits Steve Readys Recorder lief.

Sie machte ihre bislang vollständigste Aussage in diesem Fall. Ihr Vater hatte sie nicht nur hinter dem Wales Square vergewaltigt, sondern es schon einmal versucht, als sie fünfzehn war, wobei er allerdings scheiterte, weil sie zu ›eng‹ war. Außerdem hatte er versucht, sie zum Oralsex zu zwingen, was sie aber verweigert hatte. Aus Wut hatte er sie gegen einen Couchtisch geschleudert, wobei ihr eine Zahnecke abgebrochen war.

Ready zählte bereits drei Verbrechen, und sie hatten gerade erst angefangen.

Zum ersten Mal erzählte Shelly detailliert die Ereignisse, die der Vergewaltigung vorausgegangen waren. Sie erzählte wieder von der blutigen Leiche im Kofferraum. Bei dem Streit im Van hinter dem Wales Square sei es um das gegangen, was sie gesehen hatte. Sie glaubte, bei dem Toten habe es sich um eine Person namens ›Onkel Toehead‹ gehandelt. Den richtigen Namen kannte sie nicht. Angeblich sei Onkel Toehead verprügelt worden, weil er Pixie pornographische Bilder gezeigt hatte.

Ready fragte nach mutmaßlichen sexuellen Übergriffen gegenüber ihren Geschwistern. Sie erzählte davon, wie Pixie auf dem Sofa im Wohnzimmer mit ihrem Vater geschlafen hatte. Dann berichtete sie in allen Einzelheiten davon, wie sie und Matt unbemerkt im Van beobachten konnten, wie ihr Vater mit Sherri Sex hatte.

Das sind fünf, zählte Ready.

»Hat Sherri deiner Mom davon erzählt?« fragte Ready.

»Nein, aber Stella«, antwortete Shelly.

»Estella hat ihr davon erzählt und du ebenfalls, richtig?«

»Ja.«

Ihre Mutter habe ihnen nicht geglaubt, meinte sie.

Ready kam auf den rituellen Mißbrauch zu sprechen. Er hatte in den Berichten des DHS gelesen, was Lana und James zwischenzeitlich ihren Pflegeeltern anvertraut hatten. Shelly erzählte, daß ihr ganz in schwarz gekleideter Vater sie einmal um einen Tisch herum versammelt hatte, auf dem eine tote Katze lag. Er hatte ihnen befohlen, einander die Hände zu geben.

»Er sagte, er brauche ein Opfer oder so was, um die Geister anzurufen«, sagte sie.

Einmal habe er sie auf einem Jagdausflug gezwungen, aus seiner Hand Hirschblut zu trinken.

Ready fragte, ob sie etwas von toten Babys im Haus wußte. Sowohl James als auch Lana hatten den Sozialarbeitern davon erzählt.

Sherri hätte zu Hause eine Fehlgeburt gehabt, entgegnete Shelly.

»Und es gab ein Baby?« wollte Ready wissen.

»Es war noch nicht fertig ausgebildet.« Sherri sei damals im fünften oder sechsten Monat gewesen. Sie deutete eine Art Zeremoniell an, nannte aber keine Einzelheiten.

»Mein Dad sagte, wir müßten seine Seele retten oder so was. Ich weiß nicht. Ich bin gegangen. Ich konnte das einfach nicht mit ansehen. Es war zu pervers.«

Ready wollte wissen, ob sie Zeugin weiterer Rituale gewesen sei.

»Er hat Angel geheiratet«, erwiderte Shelly.

»Er hat Angel geheiratet?«

»Und Kim.« Sie hätten weiße Kleider und Schleier getragen, sagte sie. Er selbst einen Anzug. Dann fuhr er nacheinander mit seinen jungen Bräuten weg.

»Wohin?«

»Er hat immer erzählt, es wäre ihr Honeymoon oder so was.«

Er sei mit ihnen ins Schlafzimmer gegangen, berichtete sie. Übrigens in Begleitung ihrer Mutter.

Nachdem sie das Band abgeschaltet hatten, unterhielten sich Ready und Welsh noch mindestens eine weitere Stunde mit ihr. Sie erklärten ihr, daß sie ihre Zeugenaussage vor einer Grand Jury benötigten. Sie sträubte sich. Sie sagte, sie hätte schon einmal mit der Polizei gesprochen, und es sei nichts passiert. Warum sollte das jetzt anders sein?

Außerdem habe sie widerrufen. Niemand würde ihr mehr glauben.

»Shelly«, sagte Ready. »Das ist gar nicht so ungewöhnlich. In solchen Fällen widerrufen Menschen oft aus dem einen oder anderen Grund. Das gehört irgendwie dazu.«

Nach dieser Versicherung schien sie sich besser zu fühlen.

»Weißt du, jetzt ist die richtige Zeit, alles zu erzählen. Einige deiner Geschwister sind noch bei ihnen. Sie sind in Gefahr.«

»Wann würde ich denn aussagen müssen?« fragte Shelly.

Es war der 21. Oktober.

Wie wäre es mit heute nachmittag? meinte Ready.

2

Der Leichnam von Skipper Lee Good hatte fast den ganzen vorigen Tag, den 20. Oktober, in seinem Schlafanzug im Challenger gelegen.

Später erzählten die Sexton-Geschwister unterschiedliche Geschichten zu den Ereignissen dieses Tages. Skipper sah, wie der Babyleichnam sich verfärbte und sich eine Marmorierung abzeichnete. Vermutlich handelte es sich bei diesem Phänomen um Totenflecken, rote und lila Streifen unter der Haut. Familienmitglieder kamen und gingen, betraten und verließen den Challenger und das Lager. Es hieß, das Baby wäre von Willie, Pixie und Joel im Auto weggebracht worden. Dann hieß es, Sherri und Joel wären gezwungen worden, zusammen mit dem toten Kind im Wohnmobil zu bleiben, um aufzupassen, daß es nicht von irgendwelchen neugierigen Fremden entdeckt wurde.

Ed Sexton hatte sie eindringlich gewarnt, niemandem etwas vom Tod des Säuglings zu erzählen.

Es war wenig darüber zu erfahren, wo Joel Good sich aufhielt, wie er auf den Tod seines Sohnes reagiert und was er hiernach getan hatte, so als wäre er nur eine unbedeutende Randfigur in dem Drama gewesen.

Die meisten Sextons sollten sich allerdings an die Wünsche ihres Patriarchen erinnern. Die Behörden zu informieren und ein richtiges Begräbnis käme nicht in Betracht, sagte er. Was geschehen sei, sei geschehen. Sie seien noch immer auf der Flucht. Das FBI sei ihnen auf den Fersen. Und so wurde beschlossen, das Baby im Park zu verscharren. Einige sagten, Eddie Lee hätte es entschieden. Andere meinten, es sei Pixies Idee gewesen. Wieder andere sagten aus, beide hätten es so gewollt.

Später an jenem Nachmittag zog Pixie dem Kind den Schlafanzug aus und die Kleider an, in denen es beerdigt werden sollte. Die Gelenke des toten Säuglings knackten von der Leichenstarre. Sie zog ihm ein weißes Hemdchen und einen blauen Overall an, mit fünf Sternen und der Aufschrift ›US Army‹ vorn auf dem Latz. Sie schob ihm einen Schnuller in den Mund und drückte ihm eine blau-rot-gelbe Rassel in die rechte Hand.

An diesem Abend hielt Eddie Lee Sexton in dem Wohnmobil eine Zeremonie ab, die seine Kinder später als ›Totenmesse‹ bezeichneten. Dazu, was darunter genau zu verstehen war, wollten sie sich jedoch nicht weiter äußern.

Pixie Sexton schlief in dieser Nacht mit dem toten Baby in ihrem Bett. Einige der Geschwister meinten später, sie habe gehofft, es würde wieder lebendig werden.

Am nächsten Morgen wickelte Pixie den Leichnam in eine blau-weiße Decke und legte ihn in eine blaue Sporttasche mit einem Reißverschluß. Die Tasche wurde in zwei schwarze Müllbeutel gesteckt. Joel trug die Tasche und Willie den Klappspaten. Gemeinsam verschwanden sie im Unterholz hinter der Parzelle 89.

Nach fünfzig Metern machten sie halt.

Skipper erinnerte sich später noch exakt an die Stelle, erzählte aber zwei verschiedene Version davon, woher er wußte, wo sich das Grab befand. Zuerst meinte er, Joel habe ihn nach dem Begräbnis hingeführt. Später sagte er dann, er sei dabeigewesen, als das Baby verscharrt wurde. »Joel hob die Grube aus. Joel weinte und hatte Angst. Er sagte immer wieder: ›Warum ich? Warum ausgerechnet mein Sohn?‹«

Das Loch im schwarzen Florida-Moor war etwa knietief, als sie auf Wasser stießen. Sie legten die Tasche in das Loch und begannen, es wieder zuzuschütten. Skipper brachte einige zerbrochene Steine von der Feuerstelle ihrer Parzelle, um die Sporttasche damit zu beschweren.

Während Joel und Willie die Grube füllten, nahm Skipper einen der Steine und markierte eine Eiche ganz in der Nähe.

»Was machst du da?« wollte Willie wissen.

Skipper: »Ich möchte nur etwas, das an ihn erinnert.«

Sie bedeckten die frisch aufgeschüttete Erde mit Laub. Später wurde Pixie die Stelle gezeigt. Sie hatte eine Seidenrose in einer Plastikröhre gekauft. Sie legte sie auf das Grab und versteckte sie unter einigen Zentimetern Torf.

Offenbar war das Baby an diesem Tag das Hauptgesprächsthema. Die meisten Geschwister erzählten später, sie hätten zuerst an die Version vom plötzlichen Kindstod geglaubt. Pixie brach in Tränen aus, als Ed, May, Willie, Skipper und Pixie am Picknicktisch saßen. Joel klagte, daß es nicht recht wäre. Die Behörden sollten informiert werden. Sein Sohn solle ein richtiges Begräbnis bekommen.

Pixie berichtete später, daß ihr Vater sie beiseite nahm und ihr drohte, sie würde wegen Mordes ins Gefängnis kommen, wenn sie zur Polizei gingen. Der Patriarch äußerte sich an jenem Tag mehreren Familienmitgliedern gegenüber zu dem Aufstand, den Joel mache.

»Wenn er nicht damit aufhört«, drohte Eddie Lee übereinstimmenden Zeugenaussagen gemäß, »werden wir ihn zum Schweigen bringen müssen.«

3

Sie redeten mehrere Stunden lang, in denen Otis Geschichten erzählte und Bemerkungen machte. Otis hatte die Angewohnheit, dieselben Ereignisse immer wieder auf andere Art und Weise zu erzählen, wobei allerdings die Fakten bestehen blieben.

Steve Ready hatte ihm geduldig zugehört, an seinem Telefon daheim, in Cafés und bei Tassen von Jackie Sextons Instantkaffee in Otis Sextons Wohnzimmer.

Eddie habe die Kinder über Jahre mißhandelt, behauptete Otis. Er erzählte Ready davon, wie seine Töchter in der

Caroline Street die Kinder gehütet hatten. Und er erzählte noch subtilere, aber verräterische Anekdoten. Eddie und May aßen Steaks und Poularde, während die Kinder Hotdogs und Makkaroni mit Käse zu essen bekamen. Eddie und May aßen Eier, Würstchen und Bratkartoffeln zum Frühstück. Die Kinder bekamen ein Eiersandwich und Haferflocken.

Otis erzählte, daß Machelle bei ihm keine Milch angerührt habe. Seine Frau Jackie hatte sie nach dem Grund gefragt.

»Milch ist nur für kleine Kinder da«, hatte sie geantwortet.

Mit Eddie müsse damals im Gefängnis in West-Virginia etwas passiert sein, meinte Otis. Irgend etwas mußte ihn zu dem gemacht haben, was er war. Sie seien in einer Familie aufgewachsen, die bitterarm war, aber nicht krank, berichtete Otis. Es wurde weder getrunken noch geflucht oder über die Stränge geschlagen. Sie seien zwar gezüchtigt worden, gewöhnlich mit dem Minenarbeitergürtel ihres Vaters, aber »Dad kannte die Grenzen«. Und wenn sie bestraft wurden, hätten sie es verdient gehabt, wegen Streichen, die sie Nachbarn gespielt, oder Spielsachen, die sie Nachbarskindern geklaut hatten.

Dann sei ihr Vater ›abgefallen‹, ein Ausdruck der Fundamentalisten, der bedeutete, daß er sich vom religiösen Leben abgewandt hatte. Als sie in Ironton, Ohio, lebten, sei er für ein Jahr zu einer Frau in Ashland, Kentucky, gezogen. William Dewey Sexton hörte auf zu predigen. Otis, damals erst zwölf Jahre alt, verfluchte ihn, als er davon erfuhr. Seine Mutter Lana war daraufhin hinausgelaufen und hatte gesagt »Billy, züchtige den Bengel.«

»Nein, das werde ich nicht tun«, hatte sein Vater entgegnet.

»Warum nicht?« fragte sie ihn.

»Ich bin nicht würdig, diesen Jungen zu züchtigen.«

»Er sagte, er käme lieber als Sünder in die Hölle denn als Heuchler«, sagte Otis.

Aber bei Eddie wußte man nie, woran man war. »Nehmen Sie diesen Futuretron-Quatsch«, meinte Otis. Er erzählte Ready von den Futuretrons und dem angeblichen Vertrag mit Burger King. Eddie hatte seit Jahren davon gesprochen. Er hatte große Pläne. Eddie sagte voraus, daß die Hamburgerverpackungen und Frittenschachteln mit Bildern von Futuretrons bedruckt werden würden. Die Leute würden Schlange stehen, um Eddie ›den Hexenmeister‹ und Lana ›die Hexe‹ zu sehen.

»Was zum Teufel sind Futuretrons, Otis?« fragte Ready.

Ready sollte bald Bilder zu sehen bekommen, die zu malen Eddie Sexton Machelle befohlen hatte. Auf einem gelungenen Wasserfarbenbild waren Eddie und Lana in futuristischen Uniformen zu sehen, mit roten Capes um die Schultern und Blitzen quer über der Brust. Eddie hielt die kleine Lana an der Hand. Sie standen vor einem kosmischen Hintergrund, vor einem futuristischen Fahrzeug. Hinter ihnen ging der Saturn am Himmel unter, und in der oberen linken Ecke war das Burger-King-Logo abgebildet. Dicht über ihren Genitalien war eine linke Hand abgebildet.

Otis sagte, Eddie habe alles genau geplant. Er werde in einem großen Gefährt bei den einzelnen Restaurants der Kette vorfahren. Die Seitenwand werde sich öffnen und eine Rampe heruntergelassen. Und Eddie werde in seinem Futuretron-Anzug auf einer Honda Gold Wing herausfahren, mit Lana auf dem Soziussitz. In den Tagen vor seinem Auftritt sollte es ein Preisausschreiben geben. Die Person, die die exakte Zeit erriet, zu der die Futuretrons vor ihrem Restaurant auftauchten, gewann einen Preis.

Und, bei Gott, Eddie konnte verdammt überzeugend sein, sagte Otis. Er hatte sogar einige von Eddie jrs. und Patricks Nachbarn überredet, ihn auf seiner Tour zu begleiten, wenn es losging. Otis beobachtete Eddie bei seiner Überzeugungsarbeit, als die Nachbarn ein gebrochenes Abflußrohr ausgruben. Ein Typ kündigte sogar seinen Job. Ein Neffe wollte Eddie mit seiner Country-and-Western-Band begleiten. Aber zuerst wollte Eddie zweitausend Dollar haben. Er sammle Geld für sein Vorhaben.

Otis nahm den Neffen beiseite. »Denk doch nach«, sagte er. »Wenn er eine Million Dollar von Burger King bekommt, wozu braucht er dann zweitausend von dir?«

Eddie sei ein Betrüger, meinte Otis. Er habe Häuser abgebrannt und bei der Polizei falsche Angaben gemacht, um Versicherungsgelder zu kassieren. Die FOP-Aufkleber an seinen Wagen dienten nur dazu, bei der Polizei zu punkten. Er besaß auch einen Masonic-Ring, den er in einem Pfandleihhaus gekauft hatte. Er trug ihn beim Campen und bei anderen Unternehmungen, um das Eis zu brechen und Gefälligkeiten zu ergaunern.

»Eddie hatte so eine Art«, sagte Otis. »Wenn man ihn wirklich kannte, konnte er einen nicht reinlegen. Aber jemandem, der ihn nicht kannte, hätte er in Alaska einen Schneeball verkaufen können. Und kannte man ihn nicht *sehr gut*, hielt man ihn für den nettesten Kerl der Welt.«

4

An dem Tag, da Shelly Croto vor der Grand Jury aussagte, machte sich Steve Readys Geduld mit Otis Sexton bezahlt. Am 22. Oktober rief Otis ihn an. Eddie jr. sei bei ihm, sagte er. Er habe etwas über seinen Vater zu erzählen.

Ready fuhr zu Otis Haus in der 15th Street. Sie setzten sich an den Eßzimmertisch, aber Eddie jr. blickte immer wieder zu Otis Frau Jackie hinüber, die im Wohnzimmer saß.

»Warum drehen wir nicht eine kleine Runde in meinem Wagen«, schlug Ready vor.

Sie fuhren nur einen Block weit und parkten vor einer Stromanlage, deren Transformatoren leise summten. Eine Weile unterhielten sie sich in Readys Dienstwagen über allerlei Nichtigkeiten. Dann stellte Ready seinen Recorder an, um Eddies Geschichte aufzuzeichnen. Otis saß auf dem Rücksitz.

»Eddie, Sie sind mit Ihrem Onkel, Otis Sexton, zu mir

gekommen, um mir von etwas zu erzählen, das Ihnen in Ihrer Kindheit zu Hause widerfahren ist«, begann der Detective. »Ist das richtig?«

»Ja«, antwortete Eddie jr., so leise, daß er kaum zu verstehen war.

Der Detective bat ihn, etwas lauter zu sprechen. Dann fragte er: »Sind sie zu irgendeinem Zeitpunkt von Ihren Eltern sexuell mißbraucht worden?«

»Von meinem Vater«, erwiderte Eddie jr.

Es war eine brutale, abstoßende Geschichte. Sein Vater hatte ihn ›von hinten‹ vergewaltigt, als er dreizehn oder vierzehn Jahre alt war. Er hatte es zweimal in seiner Pubertät getan und dann noch einmal, als er siebzehn war. Darum war er damals auch einmal aus der High School weggelaufen.

Ready fragte, ob einem der anderen Sexton-Jungen das gleiche passiert wäre.

»Vermutlich Willie«, antwortete Eddie jr. Er fügte hinzu, daß sein Vater ihm bei den Vergewaltigungen erzählt habe, er habe auch Sex mit seinen anderen Brüdern gehabt.

Ready befragte ihn zu seinen Schwestern. Eddie jr. hatte gesehen, wie sein Vater mit Pixie schlief. Er hatte den Akt selbst gesehen, als er sich auf einer Fahrt zum Wales Square unter einem Bett im Van der Familie versteckt hatte.

Eine weitere Vergewaltigung in der Nähe des Ladens, dachte Ready. Später erfuhr er dann, daß Eddie Sexton den Parkplatz außerdem dazu genutzt hatte, seinen Kindern das Autofahren beizubringen.

Ready erkundigte sich nach Ritualen.

»Es ging öfter sehr sonderbar zu«, sagte Eddie jr. Tieropfer hatte er allerdings keine gesehen, nur Séancen. Diesbezüglich bekam Ready nicht mehr aus Eddie jr. heraus.

Ready wollte mehr über diesen ›Onkel Toehead‹ erfahren, den Toten, den Shelly angeblich im Kofferraum gesehen hatte. Otis und Eddie jr. lieferten Ready den richtigen Namen, so daß er entsprechende Ermittlungen einleiten konnte.

Ja, sein Vater habe Toehead verprügelt, sagte Eddie jr.,

weil er Pixie schmutzige Fotos gezeigt hatte. Aber von einer Leiche wußte er nichts. Im Gegensatz zu Machelles Aussage leugnete er, in der Garage gewesen zu sein, als sie den Toten gesehen hatte.

Sexton hält es für völlig in Ordnung, seine eigenen Kinder zu vergewaltigen, aber wehe ein anderer macht sie an, dachte Ready. Vergewaltigung. Inzest. Betrug. Möglicherweise Mord. Verschwundene Leichen. Sodomie. Er hatte erst mit drei Sextons gesprochen und hatte bereits von einem halben Dutzend mutmaßlicher Verbrechen gehört.

Ready fragte, ob Eddie jr. bereit wäre, vor einer Grand Jury auszusagen.

»Ja«, antwortete Eddie.

Drei Tage später, am 25. Oktober, erhob die Grand Jury Anklage. Neben Eddie jr. hatten auch Machelle, Lana und James ausgesagt. Ed Sexton wurden vier Vergewaltigungen und vier sexuelle Nötigungen vorgeworfen. May wurde wegen schwerer sexueller Nötigung und Kindesmißhandlung angeklagt aufgrund von Lanas Aussage, daß ihre Mutter sie angefaßt habe. Am 5. November führte Steve Ready ein langes Gespräch mit Special Agent Randy Howell im Cantoner Büro des FBI.

Zwischendurch beobachtete er weiter das Postamt. Seine Augen blieben durch das Fernglas auf das Fach geheftet. Aber viel zu oft wurde er von quälenden Bildern abgelenkt, die ganz plötzlich und ohne Vorwarnung von seiner Phantasie produziert wurden. Bilder von Eddie Lee Sexton allein mit seinen Töchtern und Söhnen. Familienfotos von einer Art, wie sie sich niemand auf den Kamin stellen würde.

An einem Tag harrte er fünf Stunden auf seinem Beobachtungsposten aus.

An dem Tag, an dem Eddie jr. sich ihm anvertraut hatte, hatte er seine emotionale professionelle Distanz verloren.

Wie kannst du es wagen, deinen Kinder so etwas anzutun, du Hurensohn?

5

Die Namen Eddie Lee und Estella May Sexton aus Ohio erwiesen sich bei der Eingabe in die Datenbank des FBI als Volltreffer. Special Agent Randy Howell erhielt einen Anruf aus Washington. Das Paar war im Hauptquartier des FBIs bekannt. Generalstaatsanwältin Janet Reno hatte ein Videoband erhalten mit dem Absender Pf. 1305, Massilon, Ohio. May Sexton hatte außerdem beim Justizministerium angerufen und um einen Termin ersucht.

Drei Tage später, am 8. November, rief eine Agentin von der Correspondence Unit des FBIs Howell an. Tatsächlich waren im August zwei Bänder verschickt worden, abgestempelt in New Hudson und Port Richey, Florida. Und da war noch etwas. May Sexton hatte wieder angerufen. Man hatte sie an Howell verwiesen.

May Sexton rief noch am selben Tag um 17 Uhr an. Howell teilte ihr mit, daß gegen sie und ihren Mann Haftbefehle in Kraft seien. May Sexton leugnete jegliches Verbrechen an ihren Kindern. Nun, der beste Weg, die Angelegenheit aus der Welt zu schaffen, bestünde darin, daß sie beide sich stellten, damit der Fall geprüft werden konnte.

Er fragte, wo sie sich aufhielte.

»Im Süden«, antwortete sie.

Howell konnte hören, wie sie ständig Kleingeld nachwarf.

»Ist Ihr Mann bei Ihnen?« fragte er.

»Hin und wieder«, sagte sie.

Er fragte erneut, ob sie sich stellen würden.

May erklärte ihm, daß sie mit ihrem Mann sprechen und sich am nächsten Tag um 13 Uhr 30 wieder melden würde. Er warnte sie, daß wenn sie nicht zurückrief, er das als Hinweis dafür deuten mußte, daß sie sich nicht zu stellen gedachten, und dann würde bundesweit nach ihnen gefahndet werden.

Sie rief nicht an. Aber die Zentrale schickte Howell eine Kopie des Videos. Die Agenten waren verblüfft von Sextons Verlautbarungen, vor allem der Stelle, wo er sagte: »Wenn man uns die Kinder wegnimmt, dann möge Gott uns allen beistehen.«

Howell fing mit den Telefonunterlagen an, die er von Steve Ready erhalten hatte. Der Agent rief Kollegen in Indianapolis, Oklahoma, Knoxville, Louisville, Minneapolis, Newark und Tampa an. Agenten sollten damit beauftragt werden, sämtliche Personen zu befragen, die von den Sextons angerufen worden waren.

In einer internen Notiz warnte Howell die Kollegen und riet ihnen, vorsichtig vorzugehen. Sexton habe sich schon einmal bewaffnet und verbarrikadiert. Howells Rundschreiben endete mit einer unterstrichenen Warnung:

ES IST DAMIT ZU RECHNEN, DASS EDDIE L. SEXTON BEWAFFNET UND GEFÄHRLICH IST, MIT SELBSTMÖRDERISCHEN TENDENZEN …

6

May Sexton erinnert sich später daran, daß auch sie mit Eddie Lee alle Hände voll zu tun hatte.

»Ich hörte das Baby [Skipper] nicht schreien, weil ich jeden Abend mit irgend etwas betäubt wurde. Ich weiß gar nicht, was in dieser Nacht genau passiert ist. Eddie spielte den liebevollen Ehemann und bestand darauf, mich zu bedienen. Und niemand durfte von meinem Teller essen. Etwa eine halbe Stunde nach dem Essen schlief ich dann ein. Morgens wachte ich benommen auf. Er verabreichte mir irgendein Betäubungsmittel.

Oh, er war wirklich verabscheuungswürdig. Alle zwei Wochen fuhr er die Schecks holen. Und es schien, als würde es mit jedem Mal, wenn er aus Canton zurückkam, schlimmer werden. Wenn er fuhr, war er gut gelaunt und sagte, er sei am nächsten Tag wieder da. Ziemlich schnell. Aber wenn er dann zurückkam, fand er immer etwas auszusetzen. Entweder hatte ich etwas falsch gemacht, oder die Kinder.

Es machte mir angst, wie er aussah. Ich meine, seine Augen waren immer blutunterlaufen. Ich wußte nicht, ob er nur übernächtigt war, ob es von den Tabletten kam, ob er zu viel getrunken hatte oder sonst was. Manchmal schlug er mich und manchmal nicht. Dann wurde ich es leid und schlug zurück. Ich ging spazieren. Ich wollte nur weg.«

Ich rief das FBI an, weil ich wollte, daß Eddie sich stellt. Ich sprach mit diesem Mann vom FBI. Er versuchte, alles zu regeln und einen Prozeßtermin zu arrangieren. Eddie sollte sich stellen, dann würden sie die Anklage gegen mich fallenlassen. Ich wußte nicht, was man mir vorwarf. Er [der Mann vom FBI] sagte, sie würden die Anklage gegen mich fallenlassen und ich könne dann vor Gericht das Sorgerecht für die Kinder beantragen. Ich sagte okay. Ich sprach mit Eddie.

›Die wollen uns nur reinlegen‹, sagte er. Ich sagte: ›Warum läßt du mich dann anrufen und alles planen, um mich dann lächerlich zu machen und die Behörden gegen uns aufzubringen?‹

Überhaupt war das Ganze meine Idee. Ich wollte aus dieser Situation heraus. Mir wurde alles zu heiß, zu brenzlig. Manchmal dachte ich, den Kindern würde noch etwas zustoßen.«

7

Der Park lag auf halbem Weg zwischen Tampa und Sarasota, nicht weit vom Highway 301 entfernt. Der Little Manatee River State Freizeitpark versprach ›Mehr vom *echten* Florida‹. In dem Park gab es sechshundertvierzig Hektar Kiefernwald, Sumpf und Stechpalmenhaine, und er lag vierzig Meilen flußaufwärts von Tampa Bay, an einem Fluß, dessen Pegel mit den Gezeiten des Ozeanes stieg und fiel.

Und es gab in Little Manatee viele Rentner. Sie reisten im Spätherbst mit teuren Wohnwagen und Wohnmobilen an, gewöhnlich mit einem PKW auf einem Anhänger im Schlepptau. Sie kamen aus Michigan, Ohio, Kanada und New York. Ein paar Meilen den Highway hinauf lag Sun City, eine große Rentnergemeinde, wo Golfcarts ein legales Fortbewegungsmittel für Senioren waren, die darin die Häuserblocks rauf und runter düsten.

In Little Manatee trafen Rentner in geräumigeren Fahrzeugen ein. Viele verbrachten den ganzen Winter damit, von einem Campingplatz in Florida zum anderen zu wechseln. In Little Manatee gab es nur dreißig Parzellen mit Strom- und Wasseranschluß. Vierzehn Dollar die Nacht. Maximal acht Personen pro Parzelle. Wenn der Park nicht ausgebucht war, erlaubten die Ranger gewöhnlich eine Ausnahme von der Vorschrift, die jeden Aufenthalt auf vierzehn Tage begrenzte. Es gab keinen Pool, nicht einmal einen Spielplatz. Es gab Picknicktische und einen Naturpfad durch das sumpfige Flußbett.

Ein Parkranger meinte später: »Für die meisten unserer Gäste ist die gemütliche Stunde nach dem Abendessen, wenn alle herumsitzen und von den guten alten Zeiten erzählen, Action genug.«

Ein uniformierter Ranger namens Yale Hubbard bemerkte den Dodge Challenger, einen Tag nachdem er am 17. November im Little Manatee Park eingetroffen war. Der Ranger war seit zwölf Jahren dabei und hatte gelernt, problematische Gäste an Kleinigkeiten zu erkennen, obwohl die bisher schlimmsten Verbrechen im Park Umweltverschmutzung und einige wenige aufgebrochene Autos waren.

Die Art, wie der Challenger auf Parzelle Nummer achtzehn parkte, erregte gleich seine Aufmerksamkeit. Die meisten Camper richteten ihre Wohnmobile und Wohnwagen zum befestigten Wendekreis oder zur Feuerstelle hin aus und bauten ein Vorzelt und einen Moskitoschutz davor auf. Die Front des Challenger war dem Wald zugekehrt, so daß nur die Breitseite ohne Türen oder Vorzelt zu sehen war. In den folgenden Tagen achtete Hubbard verstärkt auf verbotene Feuer und Löcher. Er hatte schon erlebt, daß Camper ihren Müll und ihre chemischen Toiletten in Gruben in der Nähe ihrer Parzellen entleerten.

Aber auf Parzelle achtzehn blieb alles still und ruhig. Er sah dort bei seinen täglichen Rundgängen nur eine Handvoll Erwachsene und Kinder. Aber auch das weckte Hubbards Argwohn. Keine normale Familie war *so* still.

Himmel, sogar die alten Leutchen machen *irgendwelchen* Lärm.

8

Die Überlebensstrategien entwickelten sich mit jedem neuen Lagerplatz. Eddie Lee Sexton hatte sich eine spezielle Campingplatz-Verteidigungsstrategie für ›die blöden Hurensöhne vom FBI‹ ausgedacht. Wenn die Gesetzeshüter auftauchten, wollte Eddie das Feuer eröffnen und die Agenten so zwingen, in Deckung zu gehen. Willie würde das Wohnmobil starten und die Polizeireihen durchbrechen. Christopher würde ihnen durch das Rückfenster Feuerschutz geben. War dieser Plan nicht realisierbar, wollten sie in die Wälder flüchten. Sie verbrachten in Little Manatee viel Zeit damit, Fluchtwege zu erkunden und potentielle Verstecke auszuloten.

Eddie Lee unterwies die Jungs nun schon seit zehn Monaten im Umgang mit Feuerwaffen, im Messerwerfen und verschiedenen Nahkampftechniken. In Florida kam etwas Neues dazu: Erdrosseln mit einer Garotte. Eine solche Garotte stelle man her, indem man beide Enden einer Schnur an Holzgriffen befestige, erklärte er. Diese legte man dann von hinten einem Cop oder Agenten um den Hals und ziehe zu. Zwei ganz gewöhnliche Stöcke täten es auch.

Die Griffe erhöhten die Kraft, meinte er; das sei der Trick bei der Sache.

Die Geschwister berichteten später, daß Willie Sexton fortan immer mit einer solchen Garotte in der Hosentasche herumlief.

Der Patriarch schien jetzt größeres Interesse an der Ehe seiner Tochter zu bekunden. Die Streitereien des Paares setzten sich fort. Das improvisierte Verscharren des Babys war zum neuen Streitpunkt geworden.

Sexton ging mit Pixie spazieren und redete ihr gut zu.

»Du mußt ihn behandeln wie einen Ehemann«, sagte er. »Schlaf mit ihm.«

Andere Geschwister beobachteten, daß er das Ehepaar dazu ermunterte, Händchen zu halten. Er sagte Pixie und Joel, sie sollten zusammen spazierengehen, sich irgendwo ein Plätzchen suchen, wo sie für sich sein konnten.

»Manchmal sagte er ihnen sogar, sie sollten eine Decke mitnehmen«, erzählte Sherri später.

9

1993 hatte Teresa Boron alles in ihrer Macht Stehende getan, um ihren vermißten Neffen zu finden. Sie fuhr immer wieder in der Caroline Street und bei seiner alten Wohnung in Bolivar vorbei. Sie rief ihren Anwalt an, der ihr riet, sich an die Polizei von Jackson Township zu wenden und eine Vermißtenanzeige aufzugeben. Sie rief auf der Wache an und erzählte dem Beamten am Telefon alles, was ihr zu ihrem Neffen und den Sextons einfiel. Der Beamte teilte ihr mit, daß sie keine Vermißtenanzeige aufgeben könne, da er über einundzwanzig war. Und er war verheiratet. Eine Vermißtenanzeige konnte sie nur dann aufgeben, wenn sie sein gesetzlicher Vormund war oder seine Ehefrau.

Sie versuchte es noch einmal, diesmal beim Polizeirevier von Canton.

»Alles in allem sagte man mir dort das gleiche«, erinnerte sie sich später. »Dort war man der Ansicht, ich würde überreagieren. Sie sagten: ›Mag ja sein, daß Sie Ihren Neffen vermissen, aber vielleicht vermißt er ja seine Tante nicht.‹«

Sie ging zur Post und erfuhr, daß Joey dort einen Nachsendeantrag zum Postamt der Sextons in Massilon gestellt hatte. Sie schrieb einen Brief dorthin. Wenn er nichts mehr mit seiner Familie zu tun haben wolle, sei das in Ordnung, schrieb sie. Er solle ihr doch nur mitteilen, wo er sich aufhielt.

Sie bekam nie eine Antwort.

Im September schrieb Teresa noch einmal das gleiche, fügte jedoch hinzu, daß sein Großvater schwer erkrankt war – er litt an einem Emphysem. Der Großvater wolle ihn sehen. Er könne jeden Tag sterben. Sie schrieb ihm die Privatnummern sämtlicher Verwandten auf sowie die gebührenfreie Geschäftsnummer.

Immer noch keine Antwort.

An Thanksgiving, am 25. November, hatte Teresa für den Feiertag die ganze Familie zu Besuch: Gladys und Lewis Barrick, ihren Bruder Sam und seine Frau Sue, ihre Schwester Velva.

Sie waren alle in der Küche und unterhielten sich, während der Truthahn noch in der Backröhre brutzelte.

»Es sind alle hier bis auf Joey«, sagte Teresa.

›Tante Tee Tee.‹ So hatte er sie genannt.

Eine Vorahnung befiel sie, und sie hörte sich selbst sagen: »Ich glaube, Joey ist nicht mehr unter uns.«

10

Es war ein idealer Tag zum Lernen. Die Morgentemperatur überstieg kaum die vierzig Grad Fahrenheit. Schauer gingen auf den Campus der University of South Florida in Sarasota nieder, während die Studenten für ihre Abschlußprüfungen büffelten oder Seminararbeiten für den Semesterabschluß fertigschrieben.

Die dreiundvierzigjährige Bibliothekarin Gail Novak hatte in der J.-B.-Cook Bibliothek alle Hände voll zu tun, einer modernen und hellen öffentlichen Bücherei in Rosa- und Blautönen mit einer Einrichtung in Walnußholzoptik. Sie war ganz allein für Auskünfte zuständig, während eine Kollegin sich um den Verleih kümmerte. Der öffentliche Kopierer war defekt, so daß Novak Studenten mit Kopierwünschen zu einem zweiten Gerät im hinteren Büro schickte. Etwa alle ein bis zwei Minuten trat ein Student vor ihren Schreibtisch, der ein ganz bestimmtes Buch suchte oder sie um eine Auskunft bat.

Gail Novak hatte einen Master in Bibliothekswissenschaften, unterrichtete Bibliothekskunde an der Universität und kannte das Angebot der J.-B.-Cook Bücherei nach sechs Jahren ziemlich gut. Sie entsprach äußerlich exakt der Vorstellung, die man sich von einer Bibliothekarin machte: Überdimensionale Brillengläser, weite Kleider und Socken zu Sandalen. Schüchtern, aber effizient und allzeit bereit, jungen Besuchern dabei zu helfen, sich in dieser Bücherwelt zurechtzufinden.

Sie sah den jungen Mann am späten Vormittag durch die Glastüren hereinkommen und ihren Schreibtisch ansteuern. Er hatte große Schwierigkeiten beim Sprechen; er sprach undeutlich und betonte einige Vokale so, als wäre seine Zunge zu groß für seinen Mund. Er nannte ihr seinen Namen, aber sie hatte Mühe, ihn zu verstehen. Kurz darauf erschien eine junge Frau mit Waschbäraugen an seiner Seite.

Gail Novak sollte sich später daran erinnern, daß es der 30. November war, der Dienstag nach Thanksgiving. Sie war ganz sicher. Sie hatte in ihrem Terminkalender eine Vorlesung vermerkt, die sie am frühen Nachmittag halten mußte. Außerdem hatte der neue Kandidat für das Amt des Dekans sich für diesen Tag angemeldet.

Sie erfuhr, daß der Name des jungen Mannes Joel war. Die Frau hieß Pixie. Pixies Schultern waren gebeugt, eingefallen. Ihr Haar war völlig zerzaust. Und die Ringe unter den Augen waren so dunkel, daß es beinahe so aussah, als habe sie zwei Veilchen.

Joel und Pixie wollten sich über den plötzlichen Kindstod informieren.

»Wie sehen Kopf und Arme aus, wenn ein Säugling an plötzlichem Kindstod stirbt?« wollte Pixie wissen. Sie wollte in Büchern nachlesen. Sie wollte Bilder sehen.

Dann schlenderte ein anderer junger Mann herein und gesellte sich zu ihnen. Novak fiel sogar der Name wieder ein: »Billy«, aber vielleicht war es auch Willie gewesen. Jedenfalls identifizierte sie William Sexton als besagten Billy.

»Willie hat uns den Highway 301 runtergebracht«, erklärte Joel.

Der Highway 301 führte nördlich an Tampa vorbei. Aber wie sie später im Laufe ihrer Unterhaltung erfuhr, wohnten die drei in einem nahe gelegenen State Park irgendwo am Highway 301.

Sie folgten der Bibliothekarin zu einem Computer, wo sie begann, entsprechende Buchtitel zu ermitteln. Aber das Mädchen Pixie wirkte desinteressiert und ganz in Gedanken versunken. Sie sprach halb zu Novak, halb führte sie Selbstgespräche, wobei sie dieselbe Geschichte wieder und wieder erzählte, als würde sie sie auswendig lernen. Sie erzählte, sie würden in der Nähe campen, und sie habe ein Kind geboren, und jetzt sei es tot. Es wäre schon das zweite Baby gewesen, daß sie verloren habe.

»Der alte Herr ist der Vater«, teilte sie Novak mit. Aber sie kam gar nicht dazu, diese Information zu verarbeiten.

Den ganzen Vormittag hätten sie nach einer Klinik gesucht, wohin sie das Kind bringen konnten. Willie habe sich auf dem Highway 301 verfahren, den Campus gesehen und dann das Bibliotheksgebäude. Und darum wären sie jetzt hier.

Sie sagten, das Kind sei im Wagen.

Novak hielt den Blick auf den Computerbildschirm gerichtet. Nach außen hin ließ sie sich nichts anmerken, aber innerlich fragte sie sich: Ist das ihr Ernst? Oder sind das Studenten, die mich auf den Arm nehmen wollen?

Monate später, als Novak erfuhr, daß Skipper Lee Good

sechs Wochen zuvor getötet worden war und nichts darauf hindeutete, daß Pixie wieder schwanger gewesen war, beharrte sie auf dem Datum im November. »Nein, Pixie sprach von einem *zweiten* Baby«, sagte sie. »Ich bin mir absolut sicher.«

Joel schlurfte nach draußen in die Eingangshalle und zündete sich eine Zigarette an. Alle drei sollten diesen Rhythmus in den nächsten Stunden beibehalten, einige Zeit in der Bibliothek verbringen und dann rausgehen, um zu rauchen. Novak sah außerdem, wie Joel über den Münzfernsprecher einen Anruf tätigte.

Novak hatte ein paar Bücher für Pixie herausgesucht, kam aber nicht mehr dazu, gründlich nach weiteren Titeln zum gewünschten Thema zu forschen. Als Joel zurückkam, erbot sich Novak, seinen Namen zu notieren und ihm später telefonisch noch weitere Bücher durchzugeben.

»Ich werde dann nicht mehr hier sein. Ich bin bald wieder in Ohio, aber vielleicht können Sie sich mit Pixie in Verbindung setzen.«

Pixie meinte, sie habe kein Telefon.

»Ich fliege nach Ohio«, sagte Joel und fügte hinzu, er habe gerade telefonisch einen Flug reserviert.

Dann sagte Joel: »Sie haben gesagt, wir sollten eine Beerdigung für das Baby veranlassen.« Aber als er weiter erzählte, klang es, als hätte der junge Mann nicht die geringste Ahnung von den Einzelheiten, die mit einer Beerdigung einhergehen.

Dann nahm Pixie Novak beim Arm. Sie wollte, daß die Bibliothekarin mit zu ihrem Wagen kam, um sich das tote Kind anzusehen. Pixie flehte sie richtiggehend an.

»Ich habe viel zu tun«, entgegnete Novak, die nicht die Absicht hatte, die Bibliothek zu verlassen, schon gar nicht mit diesen jungen Leuten und erst recht nicht zu diesem Zweck.

Willie fragte, ob er das Telefon der Bibliothek benutzen dürfe. Novak führte sie zu einem anderen Schreibtisch. Willie wählte, und es klang, als würde er einen Parkranger bitten, jemanden an den Apparat zu holen. Nach ein paar Minuten sprach er mit jemandem.

Anschließend holte Novak eine Ausgabe der Gelben Seiten hervor, schlug die Bestattungsinstitute nach und übergab das Buch an Joel. Sie wählte für ihn die Nummer eines Institutes und reichte ihm dann den Hörer. Sie hörte, wie er den Gesprächsteilnehmer am anderen Ende der Leitung nach Grabsteinen fragte.

Mein Gott, dachte Novak, es gibt tatsächlich ein totes Baby. Diese jungen Leute brauchen Hilfe. Sie rief beim Bibliotheksleiter an, aber der meldete sich nicht. Sie rief die Notfallnummer des Campus an; sie wurde von Studenten auf der campuseigenen Polizeiwache betreut.

»Hier spricht Gail Novak von der Bibliothek«, sagte sie. »Hier sind Leute mit einem toten Baby.«

»Gehört das ›Baby‹ vielleicht zu einem Studenten?« fragte eine weibliche Stimme spöttisch.

»Nein, es sind Leute von außerhalb.«

Sie holte Joel ans Telefon, der undeutlich in den Hörer nuschelte. Entweder ist er geistig zurückgeblieben, oder er nimmt irgendwelche Drogen, dachte Gail.

Novak ging wieder an den Apparat. »Hören Sie auf mit den albernen Streichen«, schimpfte die Frau und drohte, die Bibliothekarin wegen groben Unfugs anzuzeigen.

Dann hängte sie ein.

Sie glauben mir nicht, dachte Novak. Es war Prüfungszeit, und da wurde der Polizei sicher so mancher Streich gespielt.

»Erlauben Sie mir, ein Krankenhaus anzurufen, oder versprechen Sie mir, eine Notaufnahme aufzusuchen?« fragte Gail Pixie.

»Wir haben kein Geld für die Notaufnahme«, entgegnete Pixie. »Und das Baby ist sowieso schon tot.«

Was um alles in der Welt ist los mit diesen Leuten? fragte sich Novak.

Die Bibliothekarin entfernte sich; an ihrem Schreibtisch standen mehrere Studenten.

Eine halbe Stunde nach dem Eintreffen des sonderbaren

Trios tauchte jemand auf, den Gail Novak später als den »alten Herrn« bezeichnen sollte. Er war groß und bärtig und hatte kantige Züge. Er sah wütend aus und hatte die Hände zu Fäusten geballt. Er steuerte sofort auf ihren Schreibtisch zu. Er verlangte nach Büchern über Namen für amerikanische Ureinwohner. Und er wollte Bücher oder Karten sehen, in denen die Campingplätze der Umgebung eingetragen waren.

Novak führte ihn zu einem Regal mit Nachschlagewerken zum Thema amerikanische Ureinwohner. Er stand so dicht bei ihr, daß er sie beinahe berührte und behielt die Nähe selbst dann bei, als sie an dem Regal entlangging. Sie fühlte sich bedrängt.

Novak zeigte auf die ›Enzyklopädie des amerikanischen Indianers‹.

»Das ist nicht die Art von indianischen Namen, die ich wollte«, meinte er barsch.

Sein Gesicht war vor Erregung gerötet. Er sagte, er wolle Namen, wie sie die Pfadfinder benutzten, irgend etwas mit ›laufender‹ oder ›springender‹ darin.

Dann kam Willie auf sie zu. Der ältere Mann schien seinen Frust gegen den jüngeren zu richten.

»Du hast mich mit dieser Knochenarbeit allein gelassen«, schnauzte er Willie an. »Ich hatte erwartet, du würdest mir helfen. Also, wie auch immer. Das Grab ist heute abend fertig.« Der alte Mann fügte hinzu, daß er eine Grube ausgehoben habe, die groß genug sei, einen ganzen Truck darin zu begraben.

Novak tat unbeteiligt, hörte aber aufmerksam zu. Der alte Mann war wütend, weil Willie Benzin verbraucht hatte. »Warum bist du den ganzen Weg hierher gefahren?« wollte er wissen.

»Es gab kein Bestattungsinstitut an der Straße«, entgegnete Willie. »Darum sind wir so weit gefahren.« Er habe sich verfahren, sei falsch abgebogen, habe Ausschau gehalten nach einem öffentlichen Gebäude mit einem Telefon.

Novak erinnerte sich später, daß der alte Herr blitzschnell und ›katzenhaft‹ reagierte. Er grub Willie die Fingernägel in die Schulter und drückte ihm dann die Knöchel der anderen Hand gegen den Adamsapfel. Diskret stieß er den jungen Mann erst gegen ein Regal und anschließend gegen einen Schreibtisch. Dann führte er ihn quer durch den Raum und stieß ihn noch ein letztes Mal gegen die Mauerecke der Nische, in der die Herrentoilette untergebracht war. Er ging mit ihm hinein und kehrte wenig später allein zurück.

Jetzt verlangte der alte Herr nach einer Karte. Novak konnte Joel und Pixie sehen, die direkt vor der Tür eine Zigarette rauchten.

Die Bibliothekarin machte jetzt schnell. Sie sollte weg von diesem Mann. Sie breitete eine Karte von Florida vor ihm aus und machte Anstalten, ihn sich selbst zu überlassen.

Aber die Karte gefiel ihm nicht.

»Wo ist hier in der Nähe ein Park?« fragte er.

Sie zeigte auf den staatlichen Park südlich von Sarasota.

Nein, sagte er. Er wolle nicht nach Süden. »Wo befindet sich einer nördlich von Tampa, in der Nähe der Interstate?«

Sie zeigte ihm den Hillsborough River State Park.

Nein, entgegnete er und trat wieder ganz nah an sie heran. Da sei er schon gewesen. Zu viele Camper. Zu viele Mücken und Flöhe.

Außerdem würden dort die Nummernschilder der Gäste registriert. Sie hörte scheinbar ungerührt zu, blinzelte nur, als der alte Herr irgend etwas von Mißbrauchsvorwürfen eines seiner Kinder gegen ihn erzählte.

»Die Leute von der Fürsorge glauben alles, was Kinder ihnen erzählen«, sagte er. Seine Mädchen würden tun, was er ihnen befahl. »Die Sozialarbeiter würden ihnen sogar glauben, wenn ich den Mädchen sagen würde, sie sollten behaupten, wir hätten Nadeln in Puppen gestochen, Katzen getötet und dergleichen.«

Sie hatte genug.

»Hören Sie, ich habe jetzt wirklich genug gehört«, sagte sie.

Es war Zeit für ihre Mittagspause. Minuten später war sie durch die Tür.

Gail Novak fuhr zu einem McDonald's ganz in der Nähe und anschließend zurück zum Campus, wo sie ihren Wagen in einer freien Parklücke hinter einem Geschäft auf dem Tamiami Trail abstellte. Sie hatte ein Joghurteis mitgebracht, das sie noch aufessen wollte. Über ein freies Grundstück hinweg konnte sie die Bibliothek sehen.

Dann sah sie den alten Herrn etwa hundert Meter entfernt bei einer Reihe Stechpalmen. Er fuhr mit einem silbernen Pickup vor. Es sah so aus, als würde er mit einem Spaten graben, aber sie konnte den Boden nicht sehen. Eine alte Mauer auf dem Feld versperrte ihr die Sicht. Er legte den Spaten weg, und sie sah, wie er eine Machete aus dem Truck holte. Er hackte einige Wedel von einer Stechpalme ab.

Novak leerte ihr Joghurteis und fuhr langsam zurück zur Bibliothek, wobei sie den alten Herrn im Auge behielt. Sie sah, wie er den Spaten hinten in den Pickup legte und dann mit den Stechpalmenwedeln bedeckte.

In der Bibliothek holte sie sich einen Eistee aus dem Automaten und trat dann hinaus unter das Portal des Gebäudes. Es hatte angefangen zu nieseln. Der alte Mann lenkte den Pickup in eine Parklücke vor der Bibliothek. Novak blickte scheinbar gelangweilt zur Seite.

Sie war wie erstarrt vor Neugier und Furcht.

Willie steuerte einen großen schwarzen Wagen rückwärts auf den Pickup zu. Joel und Pixie stiegen aus. Der alte Mann forderte Joel mehrfach auf, den Spaten vom Pickup zu holen und in den Wagen zu legen, aber Joel weigerte sich und ging statt dessen zurück in die Bibliothek.

Novak versuchte, ihr Getränk möglichst rasch zu leeren. Aber noch bevor sie fertig war, steuerte die ganze Gruppe den Eingang an. Der alte Mann war verschwitzt. An seinem linken Schuh klebte feuchter Lehm, und an seinem Hosenbein nasser Sand. Er hielt einen Big-Gulp-Becher aus einem Seven-Eleven-Supermarkt in der Hand. Sie hörte, wie er Pixie und Willie sagte, daß er ein paar

Schnaps intus habe. Es klang, als habe er auch welchen in dem Becher.

Als sie den Bürgersteig erreichten, stritten der alte Mann, Willie und Pixie, ganz in ihre eigenen Angelegenheiten versunken, so daß sie die Bibliothekarin gar nicht wahrnahmen. Novak hörte Pixie und Willie sagen, daß sie ein kleines Kreuz für das Grab des Babys haben wollten. Sie sprechen von der Beerdigung, dachte Novak.

»Wir können uns keinen Grabstein leisten«, entgegnete Sexton.

»Und wie sollen wir die Stelle wiederfinden?« fragte Willie.

Sexton deutete auf Fixpunkte in der Nähe: ein schmiedeeisernes Tor, eine Fahnenstange. Er drückte Pixie den Becher in die Hand. »Sorg dafür, daß Joel das trinkt.«

Dann ging der alte Mann durch die Tür und stampfte sich den Dreck von den Schuhen.

Novak wartete noch einen Augenblick und ging dann ebenfalls hinein.

Er stand unmittelbar im Eingang, und es sah aus, als würde er einen Indianertanz aufführen. Er stampfte mit einem Fuß auf, schlug sich mit den Händen auf die Beine und wandte sich dabei nach Osten, Westen, Norden und Süden. Bei einem seiner ›Tanzschritte‹ berührte er sie beinahe, als sie vorbeiging.

Sie ignorierte ihn.

Aber die Invasion dieser seltsamen Leute war noch nicht vorbei. Sie verteilten sich über die Bibliothek. Der alte Mann schmökerte, und Pixie saß am Computer und las die medizinischen Texte, die sie sich ausgedruckt hatte. Der alte Mann fragte Novak, ob sie ein paar Schecks einlösen könne, woraufhin er eine Handvoll davon hervorholte. Der junge Mann namens Joel sprach immer noch von seiner Flugreservierung. Der Sarasota-Bradenton-Flughafen grenzte an den Campus. Joel teilte Pixie und Willie mehrfach mit, daß er dort abgesetzt werden wolle. Er wollte um drei fliegen.

Dann ging Joel wieder nach draußen, rauchte eine Zigarette und trank aus dem Big-Gulp-Becher. Kurz darauf hatte es den Anschein, als würde er noch undeutlicher sprechen, und seine Koordinationsstörungen verschlimmerten sich. Schließlich mußten Willie und Pixie ihn auf beiden Seiten stützen.

Novak musterte Pixie, als diese am Computer saß. Diese dunklen Augen. Vielleicht war sie verprügelt worden. Vielleicht wurde sie mißhandelt. Sie suchte den Prospekt eines Frauenhauses heraus, ging hinüber und steckte ihn ihr diskret zu.

Aber Pixie war wieder völlig in ihre Babygeschichte vertieft. Sie habe das Baby hinten im Wohnmobil gelassen, um eine andere Campingparzelle aufzusuchen, sagte sie. Sie erzählte, daß sie dort mit einem Mann habe schlafen müssen, damit der sich schuldig fühlte und nicht die Polizei rief, wenn sie ihm die Brieftasche klaute. Als sie zurückkam, sei das Baby tot gewesen.

Plötzlich stand der alte Herr neben ihnen.

»Du gehst zu keiner Beerdigung«, sagte er zu Pixie. »Du redest wirres Zeug.«

Seine knochigen Finger gruben sich in Pixies Schulter, und er zwang sie aufzustehen. Das Ganze ging so schnell, daß es aussah wie ein Zaubertrick. Dann stieß sie der alte Mann brutal gegen den Computertisch, so daß ihr Bauch gegen die Kante schlug.

»Denk an das letzte Mal«, sagte er. »Du solltest dir also gut überlegen, was du erzählst.«

Novak kehrte zu ihrem Schreibtisch zurück, beobachtete und belauschte die beiden jedoch weiter. Sie dachte daran, noch einmal den Notruf zu wählen, aber dort hatte man ihr schon einmal eine unfreundliche Abfuhr erteilt, und eine zweite wollte sie nicht riskieren.

Novak belauschte auch ein Gespräch zwischen dem alten Mann und Willie. Pixie und Joel waren draußen und rauchten. Willie sagte, Joel wolle zurück nach Ohio. Joel wolle zurück und ›aussagen‹, meinte Willie.

»Wenn Joel aussagt, kommt er in den Zeugenstand«, meinte der alte Mann. »Dieser Spinner wird anfangen,

Geschichten zu erzählen, und er wird alles durcheinanderbringen.«

Darum hätten sie ihn nach Florida gebracht, sagte der alte Mann. Sein Gesicht war gerötet, und seine Hände waren wieder zu Fäusten geballt.

»Wenn er nach Ohio zurückkommt, dann nur in einem Leichenspind«, sagte der alte Mann.

»Einem Leichenspind?«

»Wie in Vietnam. Damals hat man die Gefallenen in silberfarbenen abschließbaren Kisten in die Heimat gebracht.«

Minuten später kam Joel stolpernd wieder herein. Er teilte dem alten Mann mit, daß er zum Flughafen müsse, wenn er seine Maschine nicht verpassen wolle.

»Du hast doch nicht mal genug Geld für eine Busfahrkarte, ganz zu schweigen von einem Flugticket«, höhnte der alte Mann.

»Doch, ich habe hundert Dollar«, entgegnete Joel.

Der alte Mann entgegnete, das sei gelogen. Woher er das Geld denn habe?

Joel sagte, Verwandte aus Ohio hätten es ihm telegrafisch angewiesen. Es schien, als versuche er, dem alten Mann die Stirn zu bieten. Der alte Mann filzte seine Taschen, fand aber nichts.

»Wo ist das Geld?« fragte er.

Als Joel nicht antwortete, legte der alte Mann ihm eine Hand über die Nase, schlug ihm die zweite Hand unter das Kinn und bog seinen Kopf weit zurück. Wieder katzenhaft und unauffällig. Dann schlossen sich seine Fingerspitzen um Joels Luftröhre und drückten langsam zu.

»Wo ist das Geld?« fragte er noch einmal.

»In einer Tüte im Wagen«, antwortete der junge Mann namens Joel schließlich.

Der alte Mann, den Gail Novak später als Eddie Lee Sexton identifizierte, verließ zusammen mit Joel die Bibliothek und steuerte mit ihm den Parkplatz an.

Und dann waren sie plötzlich alle verschwunden.

11

Es war ein Dienstag, erinnerte sich einer der Sextons später, einen Tag nachdem Pixie, Willie und ihr Vater von einer weiteren Fahrt nach Ohio zurückgekehrt waren. Am Morgen hatte Ed Sexton für alle Frühstück gemacht: Eiersandwiches. Später am Vormittag unternahmen Sexton und sein Sohn Willie einen Spaziergang.

Als sie zurückkamen, bereitete May Sexton gerade alles für ein Picknick vor. Das Familienoberhaupt hatte zwei Behälter Kentucky Fried Chicken aus Ohio mitgebracht. Pixie und Sherri halfen ihrer Mutter, alles Nötige in den Wagen zu laden. Die halbe Familie nahm an dem Picknick teil: May, Ed, Skipper, Matthew, Chris, Kim und Dawn. Pixie, Willie, Sherri, Joel und Shasta blieben zurück.

Was in den zwei Stunden zwischen Aufbruch und Rückkehr der Picknickgruppe geschah, sollte ein weiteres Geheimnis der Sexton-Familie werden.

Als es dunkel wurde, wirkte Parzelle Nummer achtzehn jedenfalls so harmlos wie irgendeine x-beliebige Campingplatzparzelle. Die Jungen hörten sich im Nissan noch eine Weile bei geschlossenen Fenstern Rockmusik an, außer Hörweite ihres Vaters und der anderen Camper. Der Grill wurde angeworfen, das Abendessen gekocht, das Geschirr gespült. Die jüngeren Kinder wurden zu Bett gebracht.

Später entzündete jemand ein Lagerfeuer. Die Sextons setzten sich im Kreis um das Feuer, lauschten dem Knistern der Flammen und dem gelegentlichen Rascheln eines Tieres im Gebüsch.

Die Kälte der Nacht ließ alle dichter ans Feuer rücken. Ihre Silhouetten tanzten über die dunklen Baumwipfel.

Sie alle waren Sextons.

Der kleine Skipper Lee und nun auch Joel Good waren nicht mehr unter ihnen. Sogar Joels Anziehsachen waren verschwunden.

»Ein guter Verräter ist ein toter Verräter«, sagte der Patriarch, in dessen Augen die Flammen tanzten wie Marionetten.

12

Ranger Yale Hubbard hatte ein paar von ihnen im Parkbüro oder auf seinen täglichen Patrouillen durch den Little Manatee Park gesehen.

Das Mädchen namens Pixie kam immer rüber und zahlte die Miete, gewöhnlich mit ihrem Ehemann Joel im Schlepptau. Sie erzählte Hubbad, ihr Vater sei Autor und schreibe an einem Buch über Indianer. Er müsse häufig nach Ohio, um sich mit seinem Verleger zu treffen und seine Vorschußschecks abzuholen, behauptete sie. Hubbard hatte die Wagen kommen und wegfahren sehen.

Sie war ein hübsches Mädchen mit einem großen Problem, scherzten die anderen Ranger, nachdem sie wieder weg war. Es wehte durch das offene Fenster herein, als sie das Geld von ihr entgegennahmen. Das Mädchen verströmte den übelsten Körpergeruch, den je einer von ihnen gerochen hatte.

Hubbart lernte auch Eddie Sexton kennen. Der Ranger beließ es bei kurzen Wortwechseln. Wenn man sich zu lange mit einem der älteren Camper unterhielt, konnte leicht ein halber Tag dabei draufgehen.

»Hätte sein können, daß er Schriftsteller war«, erinnerte sich Hubbad später. »Es gibt hier draußen einige sehr merkwürdige Autoren. Und er machte keinen dummen Eindruck. Er sah aus, als würde er ständig nachdenken. Er wußte immer sehr genau, was er sagte. Er überlegte, bevor er den Mund aufmachte.«

Als Hubbard drei Jungen im Teenageralter auf dem Campingplatzgelände auffielen, behielt er Parzelle achtzehn genauer im Auge. Es kam ihm merkwürdig vor, daß sie alle Militärklamotten trugen. Er hielt Ausschau nach

Waffen, konnte aber keine sehen. Er war besorgt wegen Einbrüchen oder auch Wilderei im Park. Aber sie gaben ihm während ihres Aufenthaltes im Park nie Anlaß, sich näher mit ihnen zu befassen.

Am häufigsten plauderte Hubbard mit Willie Sexton. Der junge Mann interessierte sich für die wildlebenden Tiere im Park. Es gäbe Füchse, Luchse und Schlangen, erklärte ihm Hubbard. Sie unterhielten sich über Manatees, die großen sanften Seekühe, die in den kältesten Monaten die Flüsse hinaufschwammen.

Willie wirkte wie ein unschuldiges, verwundbares Kind. »Ich würde ihn nicht als zurückgeblieben oder so was bezeichnen«, erinnerte sich Hubbard später. »Ich würde nur sagen, er war etwas langsam.«

An Thanksgiving leerte sich der Park fast vollständig, aber die Sextons blieben. Nach dem Feiertag füllte sich der Little Manatee wieder, das Mädchen namens Pixie kam wieder zum Büro – sie zahlte nie für länger als drei Tage. Insgesamt blieb die Familie fast zwei Monate.

Erst viel später fiel Yale Hubbard auf, daß der Ehemann namens Joel sie nicht mehr begleitete. Aber auch da war er nicht beunruhigt. Bei den Sextons herrschte ein reges Kommen und Gehen. Sie hatten erzählt, sie hätten in der County Verwandte.

Der alte Sexton blieb meist für sich. Hubbard hatte gesehen, wie er Abfall in den Müllcontainer warf oder mit seiner Frau die Campingplatzstraße hinunterspazierte. Nur ein einziges Mal zeigte der ältere Mann einen Anflug von Humor.

Sexton ging mitten auf der Straße.

Hubbard kam in einem der parkeigenen Trucks von hinten an ihn herangefahren.

Sexton ließ ihn ganz nah heranfahren, bis die Stoßstange ihn fast berührte. Dann wackelte der alte Mann mit dem Hintern wie ein aufgeschreckter Wildvogel, so als wollte er sagen: Los doch. Hier bin ich. Fang mich doch, wenn du kannst.

Kapitel 11

Weise und freundlich

1

Am Dienstag, dem 7. Dezember, warf Steve Ready seinen Kugelschreiber auf einen Aktenstapel und nahm den Hörer des klingelnden Telefons ab. Es war die Sekretärin vom Detective Bureau des Sheriff's Department.

»Wir haben gerade einen anonymen Hinweis erhalten, daß Eddie Sexton sich bei seinem Bruder in der Third Street aufhalten soll«, sagte sie. »Angeblich fährt er in zehn Minuten wieder.«

Minuten später saß Ready am Steuer seines Celebrity, ein zweiter Detective und ein Beamter der K-9-Hundestaffel in zwei anderen Wagen waren ebenfalls auf dem Weg in die Third Street. Die Adresse gehörte Orville Sexton, Eddies älterem Bruder, den zu befragen Ready bewußt unterlassen hatte, solange er das Postfach in Massilon beobachtete. Das Haus war nur eine knappe halbe Meile entfernt. Wenn Eddie Lee entwischt, wird der Hund ihn aufspüren, sagte sich Ready.

Ready vergeudete keine Zeit mit Höflichkeiten, als Orville Sexton ihm die Tür seines schäbigen zweistöckigen Hauses öffnete. Er schob sich sofort an ihm vorbei ins Wohnzimmer, während die beiden anderen Polizisten nach oben gingen, um sämtliche Räume zu durchsuchen.

»Ist Ihr Bruder hier?« fragte Ready.

»Nein, ist er nicht«, erwiderte Orville Sexton in einem beinahe unverständlichen Bergbewohnerdialekt.

»Ist er hier gewesen?«

»Ja, vor etwa vier Stunden.«

»Wußten Sie, daß er polizeilich gesucht wird?«

»Nein, das wußte ich nicht, Mr. Ready.«

»Haben Sie ihm Geld gegeben?«

»Ich habe ihm gar nichts gegeben, Mr. Ready.«

Readys Blick glitt von Orville Sexton zu seiner Ehefrau Sarah, die sich ebenfalls im Wohnzimmer befand. Der ehemalige Bergwerkskumpel sah aus, als wäre er einem Roman von Dickens entsprungen: er und seine Frau waren barfuß und ihre Fußsohlen schwarz von Schmutz. Orville fehlte ein Zeh. Ein kleines Kind tauchte in dem Raum auf, offenbar ein Enkel. Im ganzen Haus herrschte ein unbeschreibliches Chaos. Gegenüber von einem großen Projektionsfernseher stand eine alte Couch.

»Nennen Sie mich Steve«, erwiderte Ready knapp. Der Detective verlor langsam die Geduld, und das nicht nur mit Orville Sexton, sondern mit der ganzen Familie, dem ganzen Fall.

Er ging rüber zum Telefon.

»Dieses Haus ist ein Saustall«, sagte er. »Ich werde jetzt das DHS anrufen, und Sie können von Glück sagen, wenn es Ihnen das Kind nicht wegnimmt.«

Sarah Sexton klagte, sie habe ein schwaches Herz.

»Und ob Sie krank werden, Lady«, sagte Ready. »Ich will jetzt wissen, wo zum Teufel Eddie steckt.«

»Was sagten Sie noch gleich, für wen Sie arbeiten?« wollte Sarah Sexton wissen.

»Für das Sheriff's Department von Stark County.«

»Ich werde den Sheriff anrufen«, sagte sie.

Ready nahm den Hörer persönlich ab und reichte ihn ihr mit den Worten: »Tun Sie das.«

Wen will sie damit wohl beeindrucken? sagte er sich.

Ready wandte sich wieder Orville zu. Wo Eddie stecke? Wo die ganze Familie all diese Monate gesteckt habe? Er hörte, wie Sarah Sexton am Telefon eine Nachricht hinterließ.

Eddie sei mit Willie und Pixie dagewesen, sagte Orville. Davon abgesehen wüßte er nichts.

Das Telefon läutete.

Sarah Sexton meldete sich. »Ja, Officer Ready ist hier. Er hat mich angeschrien und herumgeschubst.«

Sie reichte Ready den Hörer.

»Hallo«, sagte Ready barsch.

Es war Sheriff Bruce Umpleby. »Steve, was ist denn da los?« fragte er.

»Ich suche Eddie Sexton.«

Der Sheriff sagte, die Frau habe sich über seine Vorgehensweise beschwert.

»Ich tue nur meinen Job, Sheriff.«

»Ich weiß, daß Sie professionell vorgehen werden«, erwiderte der Sheriff.

»Ja, Sir, das werde ich.«

Die beiden anderen Beamten betraten nun ebenfalls das Wohnzimmer. Sie hatten niemanden gefunden. Als Ready zur Tür ging, fragte er: »Hat Eddie von hier aus jemanden angerufen?«

Nein, Eddie habe nicht telefoniert, sagte Orville.

Sie musterten ihn ausdruckslos.

»Ich komme zurück«, versprach Ready.

Der Detective blieb in der Tür stehen, drehte sich um und zeigte mit dem Finger auf das alte Ehepaar. »Und dann bringe ich das DHS mit.«

2

Für den Fall, daß irgend jemand fragte, lautete die offizielle Antwort der Mieter von Parzelle achtzehn, daß Joel Good von einer Frau in einem roten Nissan abgeholt worden sei. Er habe einen Brief von seiner Tante Teresa bekommen, demzufolge sein Großvater todkrank sei, erzählte Pixie später einem ihrer Brüder.

Seither habe ihn niemand mehr gesehen.

Eddie Lee Sexton schmiedete zwischen seinen nächtlichen Bibellesungen weiter Pläne. Eines Abends heckte er in dem völlig verräucherten Wohnmobil den Plan aus, eine Bank in Tampa auszurauben. Pixie sollte Schmiere stehen. Willie sollte mit vorgehaltener Waffe das Geld beschaffen. Eddie würde den Fluchtwagen fahren. Aber wie so viele von Sextons Plänen gelangte auch dieser nie über die Planungsphase hinaus.

Skipper behauptete später, sie hätten tatsächlich eines Nachts einen Lebensmittelladen überfallen. Drei von ihnen hätten Tarnklamotten und Skimasken getragen. Der alte Herr habe eine 9mm Automatik gehabt. Er und Willie hätten den Laden gestürmt, während Skipper draußen im Wagen wartete.

Dann wieder war Skipper davon überzeugt, daß sein Vater jemanden getötet hatte. Eines Abends sei der Patriarch zitternd und kettenrauchend von einer Fahrt in die Stadt zurückgekommen. So aufgewühlt hatte er seinen Vater noch nie gesehen. »Er sagte eine ganze Weile kein Wort«, erinnerte sich Skipper später. »Und, was meinen Sie? Er hatte etwas wirklich Schlimmes getan.«

Es gab jedoch keine Polizeiakten, die seine Behauptungen gestützt hätten. Später konnte sich keins der Kinder an Orts- oder Straßennamen erinnern und schon gar nicht an die Namen von Banken und Geschäften.

Das sollte allerdings nicht für andere Anhaltspunkte gelten. Es gab noch weitere Fahrten nach Ohio. In etwas mehr als vier Monaten legten die Sextons fast fünfzigtausend Meilen in dem neuen Sentra zurück. Eines Tages nahm Eddie Sexton Skipper und Willie beiseite. Er sprach davon, Eddie jr. und Otis Sexton ›auszulöschen‹. Nachdem sie Otis getötet hätten, würden sie Eddie jr., seine Frau und seine Kinder bis auf eins umlegen. Eddie jr. hatte 1993 noch einen kleinen Sohn bekommen. Der Säugling sollte als Ersatz für den verscharrten Skipper Lee dienen.

An einem kalten Abend Anfang Dezember erhielt Otis Sexton einen Anruf von einem Nachbarn, der ihm mitteilte, das vor seinem Haus ein Wagen voller Männer parke, die sein Haus beobachteten.

Otis schaltete sämtliche Lichter im Haus aus und ging dann nach oben, um aus dem Schlafzimmerfenster zu schauen. Er konnte unten auf der Straße einen hellen Wagen sehen und im Inneren die Glut mehrerer Zigaretten. Er machte seinen .357 Taurus aus und beobachtete die

Straße eine Stunde lang. Kürzlich hatte es mit einem Drogenhaus in der Nähe Ärger gegeben.

Als er den Vorhang beiseite schob, fuhr der Wagen davon.

Skipper Sexton erzählte später, daß er, Willie und sein Vater in dem Wagen gesessen hätten. »Wir wollten warten, bis er rauskommt, und ihm dann den Arsch wegpusten. Dann wollten wir das Haus anzünden. Wir saßen etwa zweieinhalb Stunden da. Dann sahen wir, wie sich an einem der oberen Fenster der Vorhang bewegte, und ich glaube, er stand da und beobachtete uns. Da haben wir uns verzogen.«

Von dort aus fuhren sie zu Eddie jrs. Haus.

»Mein alter Herr hatte mich ganz schön gegen Eddie Bug aufgebracht. Ich ging mit der Neun-Millimeter im Hosenbund an die Tür und klopfte, eine Hand hinter dem Rücken. Wenn er an die Tür gekommen wäre, hätte ich ihn einfach umgenietet. Ich bin froh, daß er nicht da war. Mein Dad hatte mich gegen meinen eigenen Bruder aufgehetzt.«

Im Little Manatee Park wurde es Weihnachten, und Pixie Good verlängerte immer noch regelmäßig ihre Aufenthaltserlaubnis. Im Wohnmobil hingen Familienfotos von vergangenen Feiertagen, Weihnachtsbäumen und Geschenken, die den kleineren Kindern überreicht wurden. Wenn bei den Sextons ein Kind dreizehn Jahre alt wurde, wurde es von der Geschenkeliste des Weihnachtsmannes gestrichen. Diesmal bekam niemand einen Strumpf. Das Geld blieb knapp, obwohl Pixie Lebensmittelmarken bekam und Sherri Sozialhilfe. Es gab an Weihnachten kein besonderes Essen und auch kein Picknick. Statt dessen prasselte sintflutartiger Regen auf den Challenger herab, der fast allein auf dem Campingplatz stand.

Bald würden weitere Wintercamper und Senioren eintreffen, und dann würden die Ranger ihre Aufenthaltserlaubnis nicht mehr so ohne weiteres verlängern. Sie belegten Parzelle achtzehn jetzt schon seit sechs Wochen.

»Wir sind schon zu lange an einem Ort«, fand Eddie Sexton.

Eines Tages saß er mit Willie und Pixie draußen neben

dem Challenger, und sie beobachteten, wie neue Camper in den Park rollten. Ein fremdes Wohnmobil glitt auf der Straße vorbei. Es war ein glänzender, langgestreckter Winnebago, der einen Anhänger mit einem Bronco II hinter sich herzog. Am Steuer saß ein einzelner Mann.

»Hast du den Wagen gesehen?« meinte Willie.

»Ja«, entgegnete Eddie Lee Sexton und folgte dem Gefährt mit den Augen, bis es abbog.

Es war Neujahr 1994.

Schon bald würden sie neue Namen haben. Wise. Willie Wise. Pixie Wise.

Ed Wise, indianischer Schriftsteller. Aber es war auch Zeit für einen neuen Plan.

3

Er kam an Sylvester in Little Manatee an, mußte aber zunächst draußen, dann auf einer kleineren Parzelle warten, bis Ranger einen geeigneteren Platz für den zehn Meter langen Winnebago gefunden hatten.

Raymond Hesser besaß den Cadillac unter den Wohnmobilen, einen Bachelor in Naturwissenschaften, einen Bronco II mit Sonderausstattung und ein Postfach in Sarasota, wohin er seine Post schicken ließ. Außerdem hatte er ein dreirädriges Elektrowägelchen, auf dem er kürzere Strecken zurücklegte, bezog Einkünfte aus einer Firma, die mit Ersatzteilen für Wohnmobile handelte, und hatte überall in den Staaten Freunde.

Was ihm fehlte, waren gesunde Beine und Hände.

Hesser litt am Friedreich-Syndrom, einer Krankheit, die zu einem Verlust des Gleichgewichts und der Koordinationsfähigkeit führte. Aber beim Autofahren und im Umgang mit dem sperrigen Winnebago hatte er keinerlei Schwierigkeiten. Und solange er auf den verschiedenen Campingplätzen Freunde fand, wollte er sich die vereinigten Staaten ansehen.

Er folgte dem Wetter, nahm an Camping-Veranstaltungen teil und wohnte mal im Norden, mal im Süden auf verschiedenen Campingplätzen, reiste sogar bis nach Mexiko. Es war nicht einfach für ihn, den Roller auszuladen oder den Hänger mit dem Bronco II abzuhängen. Handgriffe, für die andere Camper nur Minuten brauchten, konnten bei ihm Stunden in Anspruch nehmen, aber das konnte ihn nicht schrecken. Hesser war seit sechs Jahren unterwegs und lebte ein ausgefüllteres Leben als viele Nichtbehinderte.

Er saß auf seinem Roller auf der Rückseite der Parzelle Nummer 27, als er den bärtigen Mann und seine Frau Hand in Hand auf sich zukommen sah. Es sah aus, als wollte der Mann etwas sagen, aber dann überlegte er es sich offenbar doch anders. Am darauffolgenden Tag schlenderte das Paar erneut vorbei, und diesmal begleitete sie ein junges Mädchen auf einem Fahrrad. Am dritten Tag kamen sie wieder.

»Ich bin Ed Wise«, sagte der Mann, »und das ist meine Frau.«

Die Ehefrau sagte kein Wort, aber Ed Wise begann eine angenehme Unterhaltung, einen Wortwechsel, in den er auch einige Fragen einflocht.

Hesser sagte nein, er habe keine Frau. Genau. Er sei allein unterwegs.

Ed Wise wollte wissen, wozu er den Scooter brauche.

»Die Krankheit nennt sich Friedreich-Syndrom«, antwortete Hesser und fügte eine Erläuterung der Symptome hinzu.

»Schön, daß Sie sich auf diese Weise bewegen können«, meinte Ed Wise.

Wise behauptete, er habe MS. Er erzählte, er sei Indianer irgendeines obskuren Stammes. Außerdem erzählte er, er sei auf einem Auge blind.

Am darauffolgenden Tag kam Ed wieder vorbei. Hesser klagte dem morgendlichen Besucher sein Leid: die Hydraulikpumpe seines Wohnmobils sei ausgefallen. Die Pumpe diente dazu, das Wohnmobil herabzusenken. Er wollte den Schaden selbst in Ordnung bringen. Dazu mußte er unter den Winnebago kriechen und das Teil ausbauen.

»Wie wollen Sie das schaffen, mit ihrer Behinderung und allem.«

»Es ist nicht so, daß ich gelähmt bin«, erklärte Hesser. »Ich habe lediglich Schwierigkeiten mit Gleichgewicht und Koordination.«

Wise erkundigte sich, wie es um seine Arme stünde.

»Das gleiche«, entgegnete Hesser.

»Es ist gut für Sie, daß sie herumfahren können und allein zurechtkommen«, meinte Wise. »Reisen Sie viel?«

»Mein Wohnmobil ist mein Zuhause«, erwiderte Hesser.

»Bekommen Sie eine Arbeitsunfähigkeitsrente?«

Hesser nickte.

»Ich auch«, sagte Wise. »Aber ich habe Probleme, an meine Schecks ranzukommen.«

Hesser erzählte, daß er sich das Geld direkt telegraphisch auf sein Konto überweisen lasse.

Am nächsten Tag lag Hesser gerade unter dem Winnebago, als Wise erneut vorbeischaute und sich erkundigte, ob er mit der Reparatur vorankäme.

»Alles bestens«, erwiderte Hesser.

Hesser hatte den Motor gerade auseinandergenommen und gereinigt, als ein junger Mann bei ihm auftauchte, der sich als Willie Wise vorstellte.

»Sie kennen meinen Vater«, sagte er. »Er hat mir erzählt, daß Sie ihren Motor reparieren.«

Hesser sagte, er müsse erst noch etwas ausprobieren.

Willie hatte eine Idee. Sie hätten drüben ein Batterieladegerät und könnten den Motor doch damit testen. Das würde viel Zeit und Energie sparen, überlegte Hesser. Sie begaben sich zur Parzelle 18 gleich um die Ecke, auf der anderen Seite der Straße.

Während sie noch damit beschäftigt waren, den Motor zu testen, lernte Hesser einen Jungen namens Skip kennen und plauderte wieder mit dem alten Herrn. Sie unterhielten sich darüber, PKW an Wohnmobile anzuhängen. Wise erzählte, er habe in seinem Wagen schon etwa achtundvierzigtausend Meilen zurückgelegt. Er sei Schriftsteller und müsse häufig zu seinem Verleger nach Ohio.

Ed Wise erkundigte sich nach der Zulassung des Winnebago und erzählte, er hätte Schwierigkeiten gehabt, seinen Challenger in Florida anzumelden. Die Behörden hätten mehrere hundert Dollar verlangt. Soweit Hesser wußte, betrug die Gebühr nur 50 Dollar.

»Das erscheint mir nicht richtig«, meinte er.

Willie begleitete ihn zurück zu seiner Parzelle und erbot sich, den Motor wieder einzubauen. Der handwerklich geschickte junge Mann brauchte nur wenige Minuten. Aber die Zylinderspule war kaputt; Hesser hatte sie beim Ausbau beschädigt.

»Besorgen wir eine«, meinte Willie.

Hesser erinnerte ihn daran, daß Sonntag war und die Autoersatzteilläden geschlossen waren. Willie meinte, er und sein Vater müßten nach Ohio, sie seien aber am Mittwoch zurück.

»Ich begleite dich, wenn wir zurück sind«, versprach er.

Willie ging, kam später am selben Tag jedoch noch einmal vorbei. Sein Vater habe ihn gebeten, einen Blick auf die Zulassung des Wohnmobils zu werfen; er sei immer noch neugierig auf die Zulassungsgebühr.

Hesser zeigte ihm die Zulassung.

»Ich muß den Brief sehen«, meinte Willie.

Hesser sagte, der Brief läge in einem Schließfach in Sarasota. Das war gelogen. Aber Ed Wises Interesse für den 1988er Winnebago war ihm nicht ganz geheuer. Er wollte wissen, wieviel das Wohnmobil gekostet hatte und wieviel es heute wert sei. Und so riet Hesser sein Instinkt, den Brief nicht herzuzeigen.

Am Mittwoch schaute Willie wieder vorbei, in Begleitung des Jungen namens Skip. Sie fuhren in Richtung Ruskin, fanden die Spule aber dann in einem K-Mart an der Straße. Willie sah einen reparierten Heizungskern im Fußraum des Bronco stehen. Zurück auf dem Campingplatz, baute er das Teil in den Bronco ein.

Damit nahm er Hesser mehrere Tage Arbeit ab.

Der Junge hat goldene Hände, wenn es um Technik geht, dachte Hesser. Er hatte einen leichten Sprachfehler. Willie erzählte, die Behinderung rühre von einer Kopfverletzung her, die er als Kind erlitten habe. Sie unterhielten sich über Camping und die Staaten, die Hesser besuchte. Bei einer ihrer Unterhaltungen erwähnte er Willie gegenüber, daß er es leid wäre, allein zu reisen. Er sei auf der Suche nach einer Begleiterin.

In dieser Woche wollte Hesser in die Stadt fahren, um ein Ersatzteil für eine seiner Krücken zu besorgen. Außerdem wollte er bei zwei Banken vorbeischauen.

Als er gerade losfahren wollte, tauchte Willie bei ihm auf und wollte mitfahren. Zuerst versuchte Hesser, ihn abzuwimmeln, weil er nicht unbedingt wollte, daß ein Fremder ihm bei seinen Bankgeschäften über die Schulter sah.

»Ich dachte, ich wäre dein Freund«, sagte Willie.

Er tat Hesser leid. Er nahm nicht nur Willie, sondern außerdem noch seinen Bruder Skip mit. Als es anfing zu schütten, als er gerade draußen vor dem Eisenwarenladen parkte, war er froh, daß die Jungen mitgefahren waren. Bis er den Rollstuhl ausgeladen hätte, wäre er völlig durchweicht gewesen.

Unterwegs machte Skip ein paar Bemerkungen über das Pfefferspray, das Hesser im Handschuhfach aufbewahrte. Aber Hesser hatte in all den Jahren, die er nun schon unterwegs war, nie Ärger gehabt. Wo er auch hinkam, waren die Menschen überaus hilfsbereit.

Er nahm die Einzahlungen an Drive-in-Schaltern vor. Bargeld in verschlossenen Umschlägen, zusammen mit Einzahlungsscheinen.

Am Abend schaute Willie wieder bei ihm vorbei. Er sagte, er habe jemanden dabei, den er Raymond Hesser gern vorstellen würde.

»Sei nicht so schüchtern«, sagte er zu Hesser.

Die junge Frau trug kurze Hosen und ein Strickoberteil. Willie stellte sie als seine Schwester vor.

»Das ist Pixie«, sagte er augenzwinkernd.

Kein Zweifel, meinte Raymond Hesser später. Willie Wise wollte sie verkuppeln.

4

Steve Ready hatte fast die Hoffnung aufgegeben, sie jemals zu finden.

Im Dezember hatte May Sexton erneut bei FBI-Agent Randy Howell angerufen. Sie und ihr Mann würden sich stellen, sagte sie. Sie hatten sogar Ort und Zeit genau festgesetzt: am 21. Dezember um 23 Uhr auf der FBI-Wache in Canton. Ready wartete dort. Er befand sich in einem anderen Raum, als Howell um 23 Uhr 20 hereinkam. May habe gerade angerufen, sagte er. Sie seien in eine Schlechtwetterfront geraten.

»Die erzählt doch dummes Zeug«, meinte Ready dazu.

Die Wetterstation bestätigte ihm, daß es entlang der I-75 völlig trocken war.

Steve Ready erhielt außerdem einen Anruf von Tuck Carson. Die Sextons hätten seinen Wagen gestohlen, meldete er. Sie hätten versprochen, die Raten zu bezahlen, was jedoch bis heute nicht geschehen sei. Inzwischen seien sie drei Monate im Rückstand. Ja, sie hätten sie Anfang 1993 in Indiana besucht. Allem Anschein nach hatten die Carsons die Polizei von Clark County bezüglich des Verbleibs ihrer Verwandten belogen, und jetzt wollten sie seine Hilfe.

Sie scheißen auf dich, bis sie deine Hilfe brauchen, dachte Ready bei sich.

Ready notierte die Fahrzeugbeschreibung des Nissan, riet Carson dann, eine Diebstahlanzeige aufzugeben, und hängte ein.

Am 13. Januar arbeitete Ready sich gerade in seinem winzigen Büro im Renkert-Gebäude durch einen Berg anderer Akten, als er angepiept wurde. Der Ruf kam von Sheriff Bruce Umpleby.

»Diese Sextons haben sich wieder gemeldet«, teilte ihm der Sheriff mit. Orville und Sarah Sexton. »Würdest du bitte das Gespräch mit ihnen für mich übernehmen, Steve?«

Scheiße, dachte Ready. Was ist jetzt schon wieder?

Der Orville Sexton, der sich meldete, war so freundlich wie ein lange verschollener Bruder.

»Steve, wie geht es Ihnen?« fragte er in seinem unverwechselbaren Dialekt.

»Wie geht es denn Sarah dieser Tage so, Orville?« fragte Ready seinerseits.

»Wissen Sie, Steve, ich habe, als Sie hier waren, vergessen, Ihnen etwas zu sagen. Eddie hat zweimal telefoniert.«

»Ach ja?«

»Ja, Ferngespräche. Ich habe hier meine Telefonrechnung.«

Ready stürmte sofort los und überlegte später im Wagen, ob er überhaupt aufgelegt hatte. Als er die Rechnung vor sich hatte, sah er sich die beiden Telefonnummern an. Die eine erkannte er als Dave Sextons. Die zweite aus derselben Gegend war ihm unbekannt.

Der Detective gab die Nummer an Randy Howell vom FBI weiter. Howell rief erst am nächsten Nachmittag zurück. Er sagte, das Büro in Tampa hätte die Nummer identifiziert, sie gehöre zu einem State Park namens Little Manatee.

Howell teilte Ready mit, daß bereits Agenten dort gewesen seien.

»Das Wohnmobil ist da, Steve«, sagte Howell.

»Haben sie sie festgenommen?« fragte Ready.

»Nein, sie wollen bis morgen warten.«

Ready nahm den Hörer vom Ohr und starrte ihn einige Sekunden an.

»Randy«, sagte er dann, »wenn diese Leute verschwinden, muß ich den Kopf dafür hinhalten.«

5

Als die Sonne früh am Morgen des 14. Januar durch die Baumwipfel brannte, weihte Eddie Lee Sexton die ganze Familie in seinen Plan ein. Sie saßen alle gedrängt in dem Challenger. Heute sei der große Tag, verkündete er.

Heute würden sie es ›durchziehen‹.

Der Patriarch hatte seit Tagen mit Chris, Willie, Pixie und Skipper über Hesser gesprochen. »Ich werde mich mit Ray anfreunden«, hatte er anfangs gesagt und dann Willie, Skipper und Pixie losgeschickt, um möglichst viel über den behinderten Camper in Erfahrung zu bringen. Pixie ihrerseits sollte ›nett‹ zu ihm sein und ihn über seine Familie und seine Bankkonten ausfragen.

Die Brüder berichteten von den Einzahlungen, die Hesser vorgenommen hatte, und sagten, sie hätten fünftausend Dollar in bar gesehen. Außerdem gäbe es einen Safe im rückwärtigen Teil des Winnebago, meinte Skipper.

Eddie Lee Sexton wollte sein Wohnmobil, sein Geld und seine Identität. Er würde Hessers Ausweis an sich nehmen und einen angeblich verlorengegangenen Führerschein neu beantragen.

Dann würden sie aufbrechen.

Das Familienoberhaupt weihte sie in seinen Plan ein. Skipper sollte sich im Challenger verstecken, während Willie und Pixie mit Ray irgendwo hinfuhren. Wenn Ray zurückkam, würde Willie ihn überwältigen. Skipper sollte ihn mit Klebeband fesseln. Sie würden mit dem Winnebago wegfahren und ihre Sachen aus dem Challenger umladen. Ray würde mit vorgehaltener Waffe gezwungen werden, Schecks auf Willie, Pixie, Skipper und Sherri auszustellen. Sein ganzes Geld. Wenn er mitspielte, würden sie ihn mitnehmen und am Leben lassen. Wenn nicht, würden Willie und Skipper ihn töten. Willie sollte für seine Arbeit belohnt werden, sagte der Patriarch. Wenn alles vorbei war, sollte der Bronco II ihm gehören.

»Und wie sollte es weitergehen, wenn Schecks und

Bargeld aufgebraucht waren?« wurde Skipper später gefragt.

»Darüber haben wir nie nachgedacht«, antwortete er.

Sexton zeigte seinen Söhnen, wie sie Hesser mit Klebeband an den Handgelenken fesseln und ihm den Mund zukleben sollten. Sie übten aneinander und an Christopher, aber der Vater kam zu dem Schluß, daß das Band für seinen Geschmack nicht stark genug haftete.

»Wir brauchen Handschellen«, sagte Sexton.

Er schickte Willie los, welche zu kaufen. Als der mit den Handfesseln zurückkam, verprügelte Sexton seinen Sohn, weil der in seinen Augen viel zuviel für die Handschellen bezahlt hatte.

»Es waren die einzigen, die ich kriegen konnte«, verteidigte sich Willie.

Dann, am 14. Januar, waren sie alle versammelt. Sexton befahl, alles zusammenzupacken. Sie würden das Wohnmobil wegfahren. Heute würden sie Ray Hesser entführen, sich sein Geld holen. Aber sie würden ihn nicht mitnehmen.

Er selbst werde ihn erschießen, kündigte Eddie Lee an.

»Wir werden das durchziehen«, sagte er. »Heute werde ich Ray das Licht ausblasen.«

6

An diesem Morgen konnte der Ranger Yale Hubbard nicht fassen, welchen Aufwand das FBI betrieb. Die Agenten waren in Zivil mit einem Wohnmobil und einem Truck vorgefahren und hatten die Parzellen besetzt, die gegenüber der Parzelle 18 lagen. In regelmäßigen Abständen flog ein Flugzeug über den Campingplatz hinweg. Ein Stück weiter die Straße hinauf hatten sie einen Überwachungswagen geparkt. Zwei der Sexton-Jungen näherten sich ihm und versuchten, die Türen zu öffnen, aber sie waren abgeschlossen.

Die FBI-Agenten hatten Hubbard absolute Geheimhaltung abverlangt und ihn dann gebeten, unter irgendeinem Vorwand die anderen Camper aus dem näheren Umfeld des Challenger zu entfernen. Sie bräuchten eine Pufferzone für das Sondereinsatzkommando. Sie wollten keine unbeteiligten Personen in der Schußlinie. Sie hofften, die Sextons außerhalb des Campingplatzes verhaften zu können. Wenn das Ehepaar doch nur allein wegführe und die Kinder allein zurückließe. Was das FBI Hubbard verschwieg, war, daß sie mit Tuck Carson gesprochen hatten. Er hatte ausgesagt, daß er bei den Sextons mindestens fünf Waffen gesehen hatte, darunter zwei Pistolen und eine Feuerwaffe, die ›aussah wie eine Uzi‹. Das FBI wollte eine Neuauflage von Ruby Ridge vermeiden.

An diesem Tag zogen die Camper von den umliegenden Parzellen ab, und es kamen keine neuen. Schon bald stand ein Drittel des Wendekreises um das Wohnmobil der Sextons herum leer.

Hubbard machte sich Sorgen um Raymond Hesser. Er kannte den behinderten Mann von früheren Aufenthalten her. Seit einigen Tagen hatten Hubbard und ein Langzeitcamper ihn wegen Pixie aufgezogen und diese als seine ›Freundin‹ bezeichnet. Sie wußten, daß sie Hesser in seinem Wohnmobil besucht hatte.

»Ray, du weißt doch, daß sie eine verheiratete Frau ist, oder?« hatte Hubbard ihn geneckt.

Sie hatten ihn aufgezogen, und Hesser hatte den Schüchternen herausgekehrt. Männergerede. Hubbard wußte nicht, ob er tatsächlich mit dem Mädchen schlief oder es sie nur glauben machen wollte.

Jetzt war der Ranger beunruhigt. Er versuchte, Hesser mit diskreten Hinweisen zu warnen.

»Weißt du, Ray, es ist nicht alles Gold, was glänzt«, sagte er. »Du kennst diese Leute doch im Grunde gar nicht.«

Hesser bestätigte, daß sie schrecklich neugierig zu sein schienen. Er erzählte dem Ranger, daß Pixie und Willie ihm zum Münztelefon folgten, wenn er auf diese Weise Überweisungen vornahm. Er hatte das Gefühl, sie versuchten, seine PIN-Nummer herauszubekommen.

»Sei vorsichtig, Ray«, riet Hubbard.

7

Raymond Hesser war noch nicht gewaschen, als Willie um 9 Uhr bei ihm vorbeischaute. Kurz darauf saßen sie plaudernd am Eßtisch. Dann klopfte Ed Wise an die Tür.

Von da an übernahm Ed Wise die Führung. Er fing wieder von dem Winnebago an. Wie viele Personen darin schlafen könnten? Wo? Sein Blick glitt immer wieder zum rückwärtigen Teil des Wohnmobils, dann zur Decke.

Schließlich stand er auf und sagte: »Willie, ich brauche dich.«

Die beiden Männer gingen. Um 11 Uhr stand Pixie mit ihren beiden Kindern vor der Tür.

»Ich wollte dir die zwei Kleinen vorstellen, von denen ich dir schon erzählt habe«, sagte sie.

Sie hatte Hesser am vergangenen Abend besucht. Sie hatte ihm erzählt, sie sei geschieden, habe zwei Kinder, und ihr Ex-Mann lebe in Arizona. Sie war ein sehr nettes Mädchen, meinte Hesser später. Machte einen ganz normalen Eindruck. Sie war witzig und lachte gern.

Hesser gab den Mädchen je eine Pepsi. Die fünfjährige Dawn bat ihn, sie zum Entenfüttern zu begleiten. Sie spazierten zum Kanuanleger des Little Manatee Parks, aber an diesem Tag waren keine Enten dort.

Auf dem Rückweg sah Hesser Ed Wise, eine Frau und Willie vorbeifahren. Ed saß am Steuer. Er fand das merkwürdig in Anbetracht von Ed Wises Bemerkungen zu seiner schwindenden Sehkraft. Pixie ging zum Wagen hinüber. Es schien, als käme es zu einem kleinen Streitgespräch.

Der Wagen machte kehrt und fuhr zurück.

Pixie ging weiter neben Hessers Scooter her, verabschiedete sich jedoch, als sie seine Parzelle erreichten. Sie sagte, sie müsse mit ihren Eltern zum Einkaufen fahren.

Als Raymond sich seinem Wohnmobil näherte, wartete dort bereits Willie auf ihn.

»Werdet ihr Freunde, du und meine Schwester?« fragte er.

8

Eddie Lee und Estella May Sexton stritten auf der Fahrt nach Sun City. Christopher, Kim und Pixie saßen im Fond. Sexton hatte die Seminolen-Indianer und die örtlichen Reservate aufgesucht, immer noch daran festhaltend, daß sie bei irgendeinem Indianerstamm Zuflucht finden könnten. Und so waren sie auf Mel Fletcher in Canton zu sprechen gekommen. May erzählte später, ihr Ehemann habe ihr erneut ein Verhältnis mit Mel Fletcher unterstellt.

Sexton parkte den Wagen auf dem großen Parkplatz eines Winn-Dixie-Supermarktes. Sie waren nach Sun City gefahren, um Milch und Saft zu kaufen.

»Pixie geht rein«, teilte Sexton May mit. »Du rührst deinen Arsch nicht aus dem Wagen weg.«

»Wie du meinst«, antwortete sie.

Es war 13 Uhr 36 am 14. Januar 1994. Sie waren seit dreizehn Monaten auf der Flucht.

In dem Augenblick, da Eddie Lee Sexton den Motor abstellte, wurden sämtliche Wagentüren aufgerissen.

Eddie Lee wurde auf der einen Seite aus dem Wagen gezerrt, May auf der anderen. Dann die Kinder.

Männer in Tarnanzügen riefen »FBI!«

Sie wurden beide gezwungen, sich mit dem Gesicht nach unten auf das Pflaster zu legen. Feuerwaffen zielten auf ihre Köpfe.

Mit den Kindern verfuhren die Agenten genauso.

»Bei der geringsten Bewegung seid ihr tot«, rief jemand.

9

Als die Cantoner Zeitungen von der Verhaftung des Ehepaares berichteten, wurden weder Steve Readys Name noch seine Mitwirkung an der erfolgreichen Ergreifung der Flüchtigen erwähnt.

Aber das kümmerte Ready nicht im geringsten. Sie hatten sie erwischt, und das war alles, was zählte. Er hatte alle Hände voll zu tun.

Er hing die ganze Woche am Telefon, sprach mit dem Sheriff's Department von Hillsborough-County, dem FBI, dem Sozialamt von Florida, erkundigte sich nach dem Verbleib der Kinder, nachdem Eddie und May Sexton aufgrund der bestehenden Haftbefehle ins Hillsborough-County-Gefängnis gebracht worden waren, beantragte eine Auslieferungsanhörung.

Christopher, Matthew und Kimberly wurden von Mitarbeitern der Kinderschutzbehörde in ein Flugzeug nach Ohio gesetzt und der Obhut des DHS übergeben. Ranger wiesen Willie, Pixie und Skipper einige Stunden nach der Verhaftung an, den Campingplatz zu verlassen. Es würde keine Aufenthaltsverlängerungen mehr geben. Sie fuhren in dem Challenger und dem Pontiac davon; den Nissan ließen sie zurück. Ready unterrichtete das Büro des Sheriffs von Hillsborough-County davon, daß der Wagen als gestohlen gemeldet war. Als er mit Polizisten und FBI-Agenten sprach, konnte niemand Ready etwas über den Verbleib von Joel Good und seinem Sohn Skipper Lee sagen.

Ready wollte die Eltern wegen sexuellen Mißbrauchs in mehreren Fällen drankriegen und daher aus den Sexton-Kindern noch mehr Informationen herausbekommen. Im Laufe dieser Woche fuhr Eddie jr. nach Florida und holte Skipper, Sherri und ihren Sohn dort ab. Willie und Pixie zogen es jedoch vor, mit Dawn und Shasta bei ihrem Onkel Dave zu bleiben.

Am Donnerstag, fast eine Woche nach der Verhaftung,

saß Sherri Sexton bei Ready in dessen Büro im Renkert-Gebäude. Ihre Erscheinung rührte ihn mehr als die irgendeines anderen Sexton, mit dem er bislang zu tun gehabt hatte.

Ihr leerer Blick. Sie sah aus wie eine leere menschliche Hülle.

Er ging sehr behutsam vor. Zuerst leugnete sie, von ihrem Vater sexuell mißbraucht worden zu sein, aber nach und nach öffnete sie sich dem Polizisten. Es hatte angefangen, als sie dreizehn war.

»Es tat weh«, sagte sie. »Er sagte, er würde eine Frau aus mir machen.«

Zwischen 1985 und 1991 war es insgesamt fünfmal zum Verkehr gekommen. Ausschließlich mit ihrem Vater. In dieser Zeit war auch Christopher geboren worden. Außerdem hatte sie, als sie noch in der Caroline Street wohnte, eine Fehlgeburt gehabt.

»Wie würdest du zu einem Bluttest bei Christopher stehen?« fragte Ready. »Das würde den Inzest beweisen.«

Sie willigte ein.

Ready sprach mit Charles ›Skipper‹ Sexton. Er hatte wenig Ähnlichkeit mit dem jugendlichen Ringer, den Ready auf Familienfotos gesehen hatte. Das Leben auf der Flucht hatte ihn hart gemacht. Sein Gesicht war lang und hager, sein Haar wirr, und von seinen Lippen baumelte eine Zigarette.

Sie sprachen über seinen sexuellen Mißbrauch seiner Geschwister. Er leugnete vehement. Niemals. Ready ließ nicht locker, blieb hartnäckig, las die Aussagen von Lana und James aus das DHS-Akten vor.

»Hör zu, Skipper«, sagte er. »Ich kann verstehen, daß du es nicht besser gewußt hast. Soweit ich weiß, war so etwas in deiner Familie an der Tagesordnung.«

Er sagte, Lana hätte ihn einmal aufgefordert, mit ihr das zu tun ›was Mom und Dad miteinander machen‹.

Er habe angefangen, sie von hinten zu nehmen, aber dann ›gekniffen‹.

Dafür sei er schlimm verprügelt worden.

Dann stritt er wieder ab und behauptete, das sei alles nur erfunden.

Er ist so schuldig, wie man nur sein kann, dachte Ready. Er hätte ihn unerbittlich in die Mangel nehmen können, so wie Orville Sexton. Aber er entschied sich dagegen. Der Junge hatte einiges hinter sich, er war bereits durch den Fleischwolf gedreht worden.

Außerdem würde er Skipper Sexton möglicherweise zu einem späteren Zeitpunkt noch brauchen.

Ready wechselte das Thema.

»Wo sind Joel Good und das Baby?« fragte er.

»Keine Ahnung«, antwortete Skipper.

Er behauptete, Joel sei zwei Wochen vor Weihnachten mit dem Baby nach Ohio zurückgekehrt.

»Er und Pixie haben sich nicht mehr verstanden«, sagte Skipper.

»Warst du dabei, als er weggegangen ist?«

Skipper schüttelte den Kopf.

Der Detective wollte wissen, in welchem Wagen sie denn weggefahren wären.

»In einem grauen Buick«, behauptete Skipper.

Otis Sexton berichtete Ready, daß Familienmitglieder ihm erzählt hätten, Joel Good hätte sich irgendwann zwischen Thanksgiving und Weihnachten von ihnen getrennt. Eine Frau in einem roten Nissan habe ihn abgeholt, hieß es.

Grauer Buick. Roter Nissan.

Ready griff zum Telefon und rief Lewis Barrick an, Joel Goods Großvater.

Nein, sie hätten Joel schon seit Monaten nicht mehr gesehen, sagte der.

10

Am 19. Januar saßen Willie, Pixie und ihre Tante Jean Sexton im Besuchszimmer der Strafvollzugsanstalt von Hillsborough-County in Tampa. Das Familienoberhaupt sprach mit jedem einzeln. Es war einer von drei Besuchen der Geschwister in den zehn Tagen zwischen dem 17. und 27. Januar. Ihre Mutter besuchte Pixie nur ein einziges Mal. Willie besuchte sie überhaupt nicht.

Der Plan sei immer noch gut, teilte er jedem von ihnen eindringlich mit. Sie konnten sich trotz allem den Winnebago und das Geld holen. Dann konnten sie die Kaution für ihn stellen, wenn die Höhe in Ohio festgelegt wurde.

Eddie Lee Sexton beugte sich vor und flüsterte Willie zu. »Glaubst du, daß du das schaffst?«

11

Als Raymond Hesser am darauffolgenden Tag in seinem Bronco zu seiner Campingplatzparzelle fuhr, sah er sie dort auf der Motorhaube ihres Wagens sitzen.

In Anbetracht der Vorfälle war er überrascht. Hesser wußte nicht nur von der Verhaftung, sondern auch von dem gestohlenen Nissan und ihren falschen Namen. Am Tag ihrer Verhaftung waren sie bei ihm gewesen, um sich zwanzig Dollar für Benzin zu borgen. Am selben Tag war Skip aufgetaucht und hatte gefragt, ob er ›eine Knarre kaufen‹ wolle.

»Ich will keine Waffe«, antwortete Hesser. Wozu Skipper eine bräuchte.

»Mein Vater hat mir aufgetragen, den Familiennamen hochzuhalten«, erklärte er.

An diesem 20. Januar gab er sich geschäftig.

»Ich bereite alles für die Abfahrt vor«, sagte Hesser, während er sich mühsam aus seinem Bronco schälte. »Ich habe nicht viel Zeit.

»Wohin fährst du?« fragte einer von ihnen.

Er behauptete, daß er zu Camping World wolle, wo er übernachten würde, während an seinem Wohnmobil einige Reparaturen vorgenommen wurden.

»Habt ihr das Wohnmobil zurück nach Ohio gebracht?« fragte er.

Pixie verneinte.

Willie bejahte.

Gleichzeitig.

Sie sagten, sie wollten ihm die ganze Geschichte erzählen, über die Verhaftung ihrer Eltern und über das FBI.

»Wir wollen es dir drinnen erzählen«, meinte Willie.

Als sie sich dem Wohnmobil näherten, sagte Willie: »Pixie ist bereit für eine engere Beziehung zu dir.«

Kurz darauf saßen sie an seinem Tisch und erzählten ihm von den unrichtigen Vorwürfen gegen ihren Vater. Willie schien darauf bedacht, die Richtung der Unterhaltung zu kontrollieren. Er drängte ihm Pixie förmlich auf.

Hesser bat Willie draußen zu warten. Er wolle mit Pixie allein sprechen. Willie kam der Aufforderung nach, kam aber kurz darauf wieder herein.,

Hesser sah einen Ranger vorbeifahren. Er zeigte auf den Wagen. »Normalerweise fährt er nicht so oft vorbei«, sagte Hesser. »Scheint, als würde er euch im Auge behalten.«

Weiter so, sagte er sich.

Sie halfen ihm zu packen, versuchten aber gleichzeitig, ihn dazu zu überreden, mit zu ihrem Onkel nach New Port Richey zu kommen.

»Was wollt ihr eigentlich von mir?« fragte er schließlich.

»Na ja, ich möchte gerne bei dir bleiben«, behauptete Pixie.

Er sagte ihr, er sei zwar auf der Suche nach einer Begleiterin, aber nicht nach einer Kettenraucherin mit zwei Kindern. Zigarettenrauch würde ihn stören.

»Und was willst *du*?« fragte sie.

»Ich will nur los.«

Sie halfen ihm, den Bronco zu verladen, den Pixie auf den Hänger fuhr. Sie sagten, sie würden ihn zur Sanitäranlage des Campingplatzes begleiten und ihm helfen, den Toilettenbehälter zu entleeren. Willie fuhr ihren Pontiac, und Pixie fuhr mit ihm im Wohnmobil.

Beim Entleeren des Tanks redeten sie weiter auf ihn ein.

Er solle doch mit zu ihrem Onkel Dave kommen. Aber Hesser hatte Pixie bereits bei einem halben Dutzend Lügen ertappt. Plötzlich fing Willie davon an, ihn zu Camping World begleiten zu wollen, dann könne er ihm zeigen, wo sein Onkel wohne.

Hesser war jetzt überzeugt davon, daß sie etwas vorhatten. Sie hatten es auf sein Wohnmobil, sein Auto und sein Geld abgesehen. Auf diese Weise wollten sie aus Florida verschwinden.

Hesser dachte sich nun eine eigene Geschichte aus. Er schlug Willie vor, sich mit ihm bei Camping World zu treffen. Er könne ihn nicht gleich begleiten, weil er, Hesser, vorher persönliche Angelegenheiten in Sarasota zu erledigen habe.

»Wenn ihr mich jetzt nicht fahren laßt, schaffe ich es nie bis heute abend zu Camping World«, sagte er.

Das Campingzentrum befand sich nur etwas oberhalb von Little Manatee.

Der Pontiac parkte seitlich vor dem Winnebago.

»Fahr du zuerst«, sagte Willie.

»Ich komme nicht an eurem Wagen vorbei«, wandte Hesser ein.

Nachdem sie davongefahren waren, wartete er zwei Minuten und lenkte dann den Winnebago nach Süden, in die entgegengesetzte Richtung.

Später war er froh, mit dem Leben davongekommen zu sein.

12

Teresa Boron und ihre Schwägerin Sue Barrick riefen den Campingplatz, das FBI, verschiedene Polizeidienststellen und Sozialarbeiter an. Dann versuchten sie es bei Obdachlosenunterkünften und CVJMs in der Umgebung von Tampa.

Keine Spur von Joey. Ein FBI-Agent teilte ihnen mit, die

Familie habe behauptet, er sei mit seinem Sohn nach Ohio zurückgekehrt. Er sei von einem roten Nissan abgeholt worden.

»Dieses Auto hat es nie gegeben«, entgegnete Teresa.

Sie erwogen, selbst nach Florida zu fahren, um Pixie von Angesicht zu Angesicht zu fragen, wo Joey stecke. Aber wo war sie? Wie sollten sie sie finden?

Teresa sprach mit Steve Ready, als der ihren Vater anrief. Ein paar Tage später suchte sie das Renkert-Gebäude auf. Sie unterhielt sich mit dem Detective und erzählte ihm die ganze Geschichte dieser sonderbaren Familie.

Er gab ihr die Telefonnummer des Sheriff's Department von Hillsborough-County und legte ihr nahe, dort anzurufen und eine Vermißtenanzeige aufzugeben.

Nein, nicht schon wieder, winkte sie ab. Das habe sie schon früher versucht.

»Berufen Sie sich auf mich«, sagte Ready.

»Es heißt, er wäre in einem roten Nissan weggefahren«, fügte er hinzu.

»Kein Nissan, sondern ein Mazda«, sagte sie. »Sie glauben, es sei ein Nissan. Sie haben meinen Wagen gemeint. Aber er kann Florida nicht in diesem Auto verlassen haben, weder mit mir noch ohne mich.«

»Warum sind Sie sich da so sicher?« wollte Ready wissen.

»Weil das Auto im März 1993 verschrottet wurde.«

Kapitel 12

Der Teufel hat es mir befohlen

1

Skipper Sexton erinnerte sich später noch gut daran, wie er über das Baby, das nach ihm benannt worden war, die Wahrheit erfuhr. Er saß kurz vor der Verhaftung mit Pixie an einem der Picknicktische des Parks.

»Ich dachte darüber nach, was werden sollte, wenn das alles vorbei war. Und ich fragte, wo Skipper wohl jetzt sei. Und Pixie antwortete: ›Keine Ahnung.‹

»Ich sagte: ›Na ja, er war noch ein Kind. Wahrscheinlich ist er in den Himmel gekommen.‹ Ich fragte sie, ob sie den Behörden je sagen würde, was aus dem Kind geworden war.

Sie verneinte.

Und ich fragte: ›Warum nicht?‹

›Weil sie mich dann lebenslänglich einsperren. Wegen Mord‹, stellte sie fest.

Und ich: ›Mord? Ich dachte, du hättest ihm nur unbeabsichtigt eine Überdosis verabreicht.‹

Und da hat sie sich verplappert. ›Nein, ich habe ihn erstickt‹, sagte sie. ›Dad hat es uns als Überdosis verkauft.‹«

Später erinnerte sich Skipper, daß für ihn in diesem Augenblick alles vorbei gewesen sei.

Ein paar Tage nach seiner Rückkehr aus Florida saß er bei Eddie jr. in Canton und hatte sich noch mit keinem Wort zu seinem Neffen geäußert.

Er rauchte Gras und dachte noch einmal über alles nach.

Dann sagte er: »Eddie, ich muß dir was erzählen.«

2

Es war derselbe Sonntag abend. Wieder ein Anruf von Otis Sexton. Steve Ready hatte seit Wochen keinen ungestörten Abend vor dem Fernseher mehr gehabt. Eddie jr. und Skipper seien bei ihm, sagte Otis. Sie hätten ihm von einem Mord erzählt.

»Steve, ich denke, Sie kommen besser her«, meinte Otis.

Als Ready bei Sexton in der 15th Street eintraf, war Sherri Sexton zusammen mit ihren beiden Brüdern im Wohnzimmer. Ready ging mit Skipper ins Eßzimmer und schaltete den Kassettenrecorder ein.

»Wenn ich das richtig verstanden habe, Skipper, möchtest du mir etwas über den Verbleib von Skipper Lee Good erzählen«, begann Ready.

Skipper zog an seiner Marlboro und tat einen tiefen Lungenzug.

Der kleine Skipper Lee sei tot, sagte er dann. Pixie habe ihn im Hillsborough River State Park geschlagen und ihm Nyquil eingeflößt. Am Morgen sei der Säugling dann tot gewesen. Der Leichnam habe zwei Tage im Wohnmobil gelegen, dann hätten Willie und Joel ihn in einer grauen Sporttasche begraben.

»Willie hat mir gezeigt, wo«, sagte er.

»In der Nähe?« fragte Ready.

In der Nähe der Campingplatzparzelle 89.

Aber der Neunzehnjährige hatte noch mehr zu berichten. Joel Good sei ebenfalls getötet worden, etwa einen Monat später, auf einem anderen Campingplatz. Bei der Rückkehr von einem Picknick habe er seinen Vater, Pixie und Willie in den Wald gehen sehen. Als sie zurückgekommen waren, hatte ihr Vater Skipper und Pixie losgeschickt, um einen Spaten zu kaufen. Als sie allein im Wagen gewesen waren, hatte Pixie ihm erzählt, daß Joel tot wäre, daß Willie ihn erstochen habe. Als sie zurückkamen, verschwanden sein Vater und Willie für zwei Stunden im Wald. Als sein Vater wieder da war, drohte er, jeden umzubringen, der ausplauderte, was mit Joel passiert war.

»Hat Willie dir erzählt, was passiert ist?«

Ja, später, antwortete Skipper. Willie habe behauptet, sie hätten Joels Kopf, die Hände und die Füße abgetrennt und separat vom Torso begraben.

»Willie prahlte damit, daß Joels Kopf lila angelaufen war und seine Augen aus den Höhlen traten.« Später habe Willie ihm dann eins der Gräber gezeigt.

»Könntest du beide Gräber wiederfinden?« fragte Ready.

Skipper nickte. »Beim Grab des Babys habe ich einen Baum markiert.«

»Warum hast du uns das nicht schon früher erzählt, Skipper?« wollte Ready wissen.

Er antwortete, daß er Angst gehabt hätte, daß sein Vater ihn umbringen würde. Jetzt aber säße sein Vater im Gefängnis.

Kurz darauf sprach Ready mit Sherri Sexton.

Sie berichtete Ready, daß sie sich auf der Parzelle aufgehalten habe, als Joel Good umgebracht worden war. Während ihre Eltern beim Picknick waren, hatte Pixie sie gebeten, auf Dawn und Shasta aufzupassen. Pixie machte mit Joel und Willie einen Waldspaziergang. Eine Viertelstunde später habe sie Joel im Wald hinter dem Wohnmobil »Eddie!« rufen hören. Sie sei in die Richtung des Schreis gegangen, habe aber dann nur Willie gesehen.

Er habe ihr gedroht, sie umzubringen, wenn sie in den Wald ginge.

Sie bestätigte den Rest von Skippers Aussage.

»Hat eure Mutter das alles gewußt?« wollte Ready wissen. Sherri schüttelte den Kopf. Und einige der jüngeren Geschwister ebenso wenig. Und sie alle hätten sagen sollen, Joel wäre in einem roten Nissan weggefahren.

Es war nach Mitternacht, als Ready das Haus verließ.

Als er auf der Rückfahrt an den dunklen Häusern und Geschäften der Market Avenue vorbeikam, dachte Ready:

»Niemals.« Eine Leiche zerstückeln. Das war einfach zu grauenhaft. Zwei Menschen werden getötet. Und der Rest der Familie weiß nichts davon. Vielleicht versuchte Skipper Sexton von sich selbst abzulenken. Er wußte ja, daß Lana ihn wegen Vergewaltigung angezeigt hatte.

Ready wußte, daß er nur spekulieren konnte. Er war seit fast zwei Jahren Detective, aber er war nicht beim Morddezernat.

Am nächsten Morgen tat der Detective das, wovon er am meisten verstand. Glauben ist gut, Kontrolle ist besser, lautete sein Motto. Er fuhr zu den Bungalows des Stark County Detention Center, wo Matt und Christopher untergebracht waren, bis sie vom DHS an Pflegestellen vermittelt wurden.

Er konfrontierte Matt mit der Neuigkeit, so als hätte er Beweise für Skippers Geschichte.

»Ich weiß alles über Skipper Lee«, begann er.

Matt zögerte erst, dann erzählte er die Geschichte mit dem Nyquil.

Christopher erzählte das gleiche.

Er fragte auch beide Jungen nach Joel Good.

Sie antworteten beide unabhängig voneinander, er sei mit einer Frau in einem roten Nissan weggefahren.

Als er in sein Büro im Renkert-Gebäude zurückkehrte, griff Ready zum Telefon und rief das Sheriff's Department von Hillsborough-County an. Er sprach mit einem Corporal namens Lee ›Pops‹ Baker und versuchte anschließend, einen Detective des Morddezernates namens Mike Willette zu erreichen. Am Dienstag informierte er Willette über die Aussagen der Sexton-Kinder.

»Ich rufe Sie zurück«, sagte Willette.

Am Mittwoch meldete er sich wieder.

»Wie wäre es, wenn Sie und dieser Skipper morgen nach Florida kämen?«

3

Steve Ready und ein zweiter Deputy, Shirley Rebillot, hatten bereits für den kommenden Sonntag für einen Flug nach Tampa gebucht, um Eddie Lee und Estella May Sexton nach Ohio zurückzuholen, wo sie sich wegen der gegen sie erhobenen Vorwürfe der sexuellen Belästigung vor Gericht verantworten sollten. Ein Ticket für Skipper Sexton lag am Cleveland-Hopkins-Flughafen bereit, bezahlt von der Polizei von Hillsborough.

Es war das erste Mal, daß Skipper Sexton in ein Flugzeug stieg. Er saß sehr still neben Ready und sagte kaum ein Wort.

Als sie auf dem Tampa International Airport landeten, hatte Ready vor Anspannung Magenschmerzen. Vielleicht lag es daran, daß ein anderes Revier auf einen Hinweis seinerseits hin siebenhundert Dollar für ein Flugticket ausgegeben hatte. Oder es hatte damit zu tun, wie sein Zeuge aussah mit seinem nach allen Seiten hin abstehenden Haar und der schwarzen Motorradjacke. Vielleicht fürchtete er auch, Skipper könne widerrufen, so wie seinerzeit seine Schwester Machelle. Ready kam es vor, als habe er eine Maschinerie in Gang gesetzt, die er nicht mehr stoppen konnte.

Pops Baker und ein Detective des Morddezernates namens John King holten sie am Flugsteig ab. Als sie sich einen Weg durch die Menschenmenge in der Flughafenhalle bahnten, meinte Baker, sie hätten Skipper Sexton ein Zimmer im Sheraton gebucht. Spesen und alles Notwendige könne Skipper aufs Zimmer schreiben lassen.

»Aber erst die Arbeit. Im Hillsborough Park erwartet uns ein ganzes Heer von Kollegen.«

Ein Heer. Im finanziell eingeschränkten Stark County bedeutete das fünf Polizeibeamte, die rauchend herumstanden. Minuten später, als sie in einem neutralen Fahrzeug über den Highway 301 fuhren, wurde Ready bewußt, daß er schwitzte. Er hoffte, daß sie nicht zu viele Männer auf diese Sache angesetzt hatten.

Er blickte zu Skipper hinüber, der neben ihm im Fond saß.

»Skipper, sieh mich an«, sagte er. »Ich habe dich nie angelogen und werde es auch nie tun.«

Skipper nickte.

»Aber ich möchte dir etwas sagen«, fuhr Ready fort. »Und das soll keine Drohung sein. Ich habe sehr viel Arbeit in diese Sache gesteckt. Wenn du mich also auf den Arm genommen hast, werde ich dir gehörig *in den Arsch treten.*«

Als der Wagen auf die Parzelle 89 fuhr, zitterten Ready die Hände. Heer? Sie wurden von einem Lieutenant erwartet, einem Sergeant, fünf Detectives, einem Haufen Deputys aus zwei Countys, zwei Park-Rangern, einem halben Dutzend Beamten der Spurensicherung mitsamt einem Videoteam, einem stellvertretenden Staatsanwalt und zwei Hundestaffeln mit Leichenspürhunden, die man sich aus Sarasota eine Stunde weiter südlich geborgt hatte.

Ready sah zu, wie Skipper mit John King und einem Hundeführer mitsamt Hund hinter der Parzelle im Wald verschwand. Nur sie drei. Mehr Leute hätten den Spürsinn des Hundes irritieren können.

Ready zündete sich eine Zigarette an und begann, nervös auf und ab zu gehen.

Nach einer Viertelstunde setzte er sich an einen Picknicktisch. Shirley Rebillot rieb ihm die Schultern: »Es wird schon werden, Steve«, sagte sie. Nein, dachte er bei sich, er würde bald wissen, wie sich Geraldo Rivera gefühlt hatte, als er Al Capones leere Stahlkammer geöffnet hatte.

Zwanzig Minuten später machte sich die Spurensicherung auf den Weg. Der Hund hatte etwas gefunden.

Ein Deputy aus Hillsborough machte Ready ein Zeichen mit erhobenem Daumen.

Etwa fünfzig Meter weiter strich ein Beamter schwarzen Torf von einem durchsichtigen Plastikröhrchen.

Im Inneren befand sich eine völlig intakte rote Seidenrose.

4

Eine halbe Stunde später tippte Detective Mike Willette in seinem Büro bei der Kriminalpolizei in Tampa Haftbefehle für William L. und seine Schwester Estella M. Sexton. Er war den ganzen Tag am Telefon und am Funkgerät. Er hatte Fotos der Familie erhalten, Fluchtberichte des FBI sowie von Ready eine Adresse in Moon Lake, wo Willie und Pixie sich möglicherweise aufhielten. Ein zweites Team hatte das Zielobjekt bereits umstellt. Nachdem ein Richter die Haftbefehle unterzeichnet hatte, setzte sich Willette in seinen Wagen und fädelte sich durch den Verkehr nach Norden, um zu den Kollegen zu stoßen.

Nach fast dreizehn Jahren im Dienst betrachtete Mike Willette seinen Posten als einen der besten innerhalb der örtlichen Polizei. Er hatte erlebt, wie die Zahl der Deputys des Sheriff's Department in der Nachtschicht von zwanzig im Jahre 1981 auf weit über hundert gestiegen war. Das Department war heute eine moderne Dienststelle mit Großstadtcharakter und war für den gesamten Bezirk entlang des ›Sonnengürtels‹ mit Ausnahme der Innenstadt von Tampa zuständig.* Der Detective bearbeitete immer nur einen Mordfall auf einmal, ein seltener Luxus in seinem Job. Gewöhnlich waren es an die zwölf im Jahr. Wenn er Hilfe brauchte, bekam er sie. Schon jetzt waren drei Teams von je sechs Männern und Frauen für Pops Baker aktiv oder standen auf Abruf bereit.

Es handelte sich nicht nur um Beamte vom Morddezernat. Als er seinen Crown Vic auf der unbefestigten Straße von Dave Sextons Grundstück parkte, wußte Willette, daß eine auf Kindesmißbrauch spezialisierte Beamtin namens Linda Burton ganz in der Nähe in ihrem Wagen wartete.

Am späten Nachmittag erfuhr Willette, daß Ready, Skip-

* Durch die Bevölkerungsexplosion wuchs ihr Bezirk beständig an. Anm. d. Übersetzerin.

per Sexton und ein weiteres Team der Spurensicherung sich inzwischen im Little Manatee State Park aufhielten. Die Leichensuchhunde hatten in dem Waldstück hinter Parzelle 18 viermal angeschlagen, aber bislang war keine Leiche gefunden worden.

Nach knapp dreistündiger Beobachtung war Willette das Warten leid. Es war 18 Uhr 30, seine gewohnte Essenszeit war weit überschritten. In den vier Jahren, die er nun als Ermittler für das Morddezernat tätig war, hatte der Detective gelernt, daß es mehr als eine Art der Überwachung gab und man mehr tun konnte als herumsitzen und Kaffeetrinken.

Willette nahm seine Plakette ab, legte den Gürtel mit der 9mm Ruger ab und schnallte sich statt dessen eine .380er Walther um den Knöchel. Möglicherweise rechneten sie damit, daß die Polizei aufkreuzte. Aber ein Sozialarbeiter vom Ministerium für Gesundheit und Rehabilitation, dem HRS, würde sicher keine Panik auslösen.

Willette parkte den Crown Vic direkt vor Dave Sextons Trailer. Er sah das Challenger-Wohnmobil dort stehen, jedoch keine Spur von dem Grand Prix, den Ready erwähnt hatte.

Er ging zur Haustür und klopfte an.

Dave Sexton öffnete im Rollstuhl.

»Ich bin hier, um zu prüfen, wie es den Kindern geht«, begann Willette.

»Sind Sie vom HRS?« fragte Sexton.

Willette lächelte und erklärte, er wolle sich nur ein wenig umsehen. Nach ein paar Minuten fragte er, wo Pixie und Willie Sexton steckten.

Willette hörte hinter sich Kies knirschen und sah einen Dienstwagen des Sheriff's Department neben einem schwarzen Pontiac auf der Straße halten.

»Sie besuchen ihren Vater im Gefängnis«, behauptete Dave Sexton.

Jetzt nicht mehr, dachte der Detective.

5

Eine Stunde später standen Willette und John Kind rauchend auf dem Flur vor den kleinen Verhörzimmern der Wache von Pasco County in New Port Richey.

»Wie wollt ihr vorgehen?« fragte Willette.

»Ich würde sagen, wir gehen gleich auf Konfrontationskurs«, schlug King vor.

Nur wenige Minuten später unterzeichnete Willie Sexton in einem der Räume eine Einverständniserklärung für ein Verhör. Ja, er könne lesen und schreiben, sagte er. Er habe die zwölfte Klasse in Ohio abgeschlossen, fügte er hinzu.

Es kam ihnen vor, als hätten sie es mit einem Achtjährigen zu tun. Wenn man ihn etwas fragte, antwortete er. In einzelnen Sätzen. Ja. Nein. Er schien keine Vorstellung von der Gesamtsituation zu haben. Willie Sexton ahnte allem Anschein nach nicht, wie ernst seine Lage war.

Als sie ihm nur knapp anderthalb Stunden später eine Kaffee- und Zigarettenpause einräumten, hatte er ihnen seine persönliche Geschichte erzählt, die seiner Familie und ihrer Flucht. Außerdem hatte er enthüllt, wovon die Sextons unterwegs ihren Lebensunterhalt bestritten hatten … und wie sein Neffe Skipper Lee gestorben war. Pixie habe dem Baby Nyquil gegeben, sagte er. Er, Pixie und ihr Vater hätten beschlossen, das Baby im Park zu begraben. Joel und er hätten das übernommen. Hinterher habe er das Grab sieben Tage in Folge kontrolliert.

»Weshalb?« wollte Willette wissen.

»Um zu prüfen, ob es roch«, erklärte Willie.

Nach der Pause unterzeichnete Willie eine Einwilligungserklärung für die Durchsuchung des Challenger. Das Wohnmobil sei auf seinen Namen zugelassen, sagte er.

Willette verschärfte die Art der Befragung ein wenig.

»Wo ist Joel Good?« fragte Willette.

Eine Frau, vermutlich seine Tante, habe ihn etwa eine Woche vor der Verhaftung seiner Eltern abgeholt, behauptete er. Im Little Manatee Park. Wahrscheinlich sei er in Ohio.

»Bei seiner Großmutter«, sagte Willie.

»*Seiner* Großmutter?« hakte Willette nach.

»Oder bei seinem Bruder.«

Nach einer kleinen Pause sagte der Detective: »Willie, Joel Good hat den Little Manatee State Park nie verlassen.«

Willie Sexton wurde daraufhin ganz ruhig und still, sein Blick auf Willettes Gesicht geheftet. Sie starrten einander an, wobei Willie Kings Blick tunlichst mied.

Es war ein Bluff. Noch hatten sie Goods Leiche nicht gefunden.

Willette wartete. Fünf Minuten herrschte absolute Stille.

Dann sagte Willie: »Ich habe Joel begraben.«

Er fügte hinzu, daß er Joel Good erwürgt habe. Es sei Pixies Idee gewesen, ihn zu töten, sagte er. Und überhaupt gäbe es da noch etwas über Pixie zu erzählen. Es sei nicht nur Nyquil im Spiel gewesen.

»Ich habe gesehen, wie sie das Baby geschlagen hat«, sagte er.

Dann habe sie dem Kind eine Hand über den Mund gelegt.

6

In einem zweiten Verhörzimmer auf demselben Flur hatte Detective Linda Burton Estella ›Pixie‹ Good ebenfalls einen Haufen Fragen gestellt, von denen diese viele einsilbig beantwortet hatte.

Detective Burton war dreiundvierzig Jahre alt und seit vier Jahren der Abteilung Kindesmißbrauch zugeteilt, die die erschreckende Zahl von einem Fall täglich zu bearbeiten hatte. Der Job hatte sie schon überallhin geführt, in heruntergekommene Trailer asozialer Weißer ebenso wie in Einwanderercamps südlich von Tampa und in Millionen-Dollar-Villen von Avili, einem exklusiven, von Wachdiensten bewachten Viertel im Norden der Stadt.

»Inzest«, meinte sie, »hat es immer gegeben, bei Reich und Arm gleichermaßen. Schon die Bibel weiß davon zu berichten. Bis in die achtziger Jahre hinein wurden solche Vorkommnisse in den Familien vertuscht. Warum es dazu kommt? Es ist eine Form der Kontrolle. Es hat nichts mit Sex zu tun. Es geht um Macht.«

Burton hatte nur einen Trend beobachtet, seit sie vor vier Jahren in diese Abteilung gewechselt war. Es war bereits zu einem Witz innerhalb des Dezernats geworden. Es schien, als bekämen sie besonders viele Fälle aus einem bestimmten Staat. Nicht etwa aus West-Virginia oder Teilen von Appalachia. Nein, aus dem Herzen Amerikas.

»Sind Sie aus Ohio?« lautete darum stets ihre erste Frage an Opfer und Täter.

»Ich weiß auch nicht, was es mit diesem Staat auf sich hat«, sagte Burton später, »aber verdammt viele antworten mit ja.«

Aber trotz aller Berufserfahrung mußte Linda Burton sich um 22 Uhr 30, drei Stunden nach der Verhaftung, eingestehen, daß sie noch nie jemandem wie dieser jungen Mutter begegnet war, die ihr am Tisch gegenübersaß. Egal aus welchem Staat und aus welchem sozialen Umfeld.

Völlig emotionslos. Nicht die kleinste Handbewegung. Keinerlei Körpersprache. Weder ein Lächeln noch ein Stirnrunzeln. Keine Träne und kein Anflug von Gefühl, nicht einmal, als sie vom Tod ihres eigenen Kindes sprach.

Sie machte Burton nervös. Pixie Sextons Augen waren tot.

Pixie sagte, ihr Vater habe dem Baby das Nyquil gegeben. Er habe ihr verboten, einen Arzt aufzusuchen.

Ihr Vater habe befohlen, Skipper Lee zu begraben.

Ihr Vater und Willie hätten ihren Ehemann Joel getötet, weil er nach Ohio zurück wollte.

Ihr Vater habe dem Säugling eine Hand auf den Mund gelegt und ihn erstickt.

Die Tür des Verhörzimmers wurde geöffnet. Mike Willette trat ein, setzte sich und teilte Pixie Sexton mit, daß ihr Bruder Willie ihnen die ganze Wahrheit über den Tod des Babys erzählt habe.

»Estella«, sagte Willette. »Er hat gesehen, wie du dem Baby die Hand auf den Mund gelegt hast.«

Willette stand auf, verließ den Raum und schloß die Tür hinter sich.

Burton kam auf den Tod Joel Goods zurück.

Willie habe Joel aufgefordert, mit ihm in den Wald zu gehen, erzählte Pixie. Um einige Campingausrüstungsgegenstände zu holen, die er von einer anderen Parzelle geklaut hatte. Ihr Vater sei beim Picknick gewesen, aber sie habe gewußt, daß er und Willie einen Mord geplant hätten. Sie hatten nie erwähnt, wie es genau ablaufen sollte. Willie kam zurück zum Wohnmobil, nahm etwas heraus und ging zurück in den Wald. Nach etwa 45 Minuten schaltete Sherri den Fernseher leiser und sagte: »Hörst du das?«

Sie hörten Joel ›Ed!‹ rufen, und es klang, als bräuchte er Hilfe.

Sie und Sherri gingen zum Waldrand und stiegen auf einen umgestürzten Baumstamm, um über das Dickicht hinwegsehen zu können. Willie hatte Joel ein Seil um den Hals geschlungen und einen Arm über sein Gesicht gelegt.

»Geht zurück zum Wohnmobil«, rief Willie ihnen zu.

Dort war inzwischen ihr Vater eingetroffen.

Ihr Vater ging in den Wald, um Willie zu helfen. Sie wußte, daß sie ihn begraben wollten.

Burton kam wieder auf den Tod ihres Babys zu sprechen.

Ja, es habe Nyquil, Aspirin und Tylenol bekommen, sagte sie. Aber es hörte trotzdem nicht auf zu schreien. Ihr Vater sei wütend geworden und habe ihr gesagt, sie solle dafür sorgen, daß es ruhig ist.

Und da habe sie ihm eine Hand über den Mund gelegt.

Hinterher verglichen die Detectives ihre Notizen.

»Zombieartige Persönlichkeiten«, meinte Burton.

Später, als sie noch weitere Sexton-Geschwister kennengelernt hatten, gaben sie ihnen einen anderen Spitznamen.

»Das sind keine Zombies«, sagte jemand, »sondern Flatliner.«*

7

Als um neun Uhr das Tageslicht schwand, packten die Beamten von der Spurensicherung ihre Ausrüstung zusammen und unterbrachen ihre Suche in Little Manatee. Sie hinterließen drei kleine Fähnchen im Laubteppich unter einer toten Zypresse sowie inmitten der Farngewächse etwa fünfzig Meter hinter der Parzelle achtzehn, an den Stellen, wo die Hunde angeschlagen hatten. Außerdem blieb ein Deputy in einem Streifenwagen zurück, um den mutmaßlichen Tatort zu bewachen.

Kurz vor Mitternacht kehrte der Wagen eines Detectives zurück zum Campingplatz, gefolgt von Park Ranger Yale Hubbard. Etwas später durchdrangen die Strahlen von Taschenlampen das dunkle Unterholz, als sich ein kleines Kontingent von Deputys und Detectives am Rand von Parzelle achtzehn versammelte. Es war eine kalte Nacht; die Temperatur bewegte sich auf dreißig Grad Fahrenheit zu. Jemand versuchte, ein Paar Handschuhe für den jungen Mann aufzutreiben, der sich bereit erklärt hatte, die Polizisten zum Schauplatz des Verbrechens zu begleiten.

Minuten später tauchten sie alle in den Wald ein. Der junge Mann blieb bei einem knapp zehn Meter langen Baum keine dreißig Meter von einem Picknicktisch entfernt stehen. Er drehte sich um und schnorrte eine Zigarette von Yale Hubbard.

»Hier habe ich es getan«, erklärte Willie Sexton.

»Was getan?« fragte Hubbard.

* Als ›flatline‹ wird die Nullinie des EKG-Gerätes bei einem Herzstillstand bezeichnet, Anm. d. Übersetzerin.

»Hier habe ich ihn erdrosselt«, antwortete Willie.

Sie gingen tiefer ins Dickicht hinter dem Campingplatz und blieben am Rand einer Senke stehen. Willie zeigte auf eine bestimmte Stelle. Zwei Deputys schafften einen Haufen morscher Zypressenstümpfe beiseite.

»Wie um alles in der Welt hast du diese Dinger ganz allein da hinbekommen?« fragte Hubbard.

»Mein Dad hat mir geholfen«, sagte Willie.

Die Deputys hörten schon nach zehn Zentimetern auf zu graben. Die Sohle eines weiß-blauen Sportschuhs schimmerte aus dem Torf, als wäre jemand mit einem Kopfsprung in der schwarzen Erde versunken.

Der Rest hatte Zeit bis zum Morgen.

8

Um 8 Uhr 30 am darauffolgenden Tag, einem Freitag, grub ein Team der Spurensicherung den Leichnam aus, beobachtet von einer Schar von Schaulustigen, die sich hinter dem Plastikband drängten, das die Polizei um die Parzelle achtzehn herum gespannt hatte. Das Sheriff's Department von Hillsborough hatte seinen Pressesprecher Jack Espinosa geschickt, der sich der Reporter, Fotografen und Fernsehteams annehmen sollte, die nach und nach vor Ort eintrafen. Die Sexton-Story hatte mit der Verhaftung von Pixie und Willie Sexton am Vorabend Tampa und St. Petersburg erreicht.

Joel M. Goods Kopf lag einen knappen Meter tief unter der Erde, das Gesicht im Grundwasser. Am Tag seines Todes hatte er ein blaukariertes Flanellhemd getragen, ein Sweatshirt und weiße Jeans. Eine primitive Garotte aus zwei Ästen und einer bleistiftdicken Schnur war noch um seinen Hals geschlungen. Oberhalb des rechten Handgelenks hatte er eine tiefe Schnittwunde. Dazu einige nicht sehr tiefe vertikale Stichwunden auf dem linken Handrücken.

Joel M. Good war nur wenige Wochen vor seinem 24. Geburtstag gestorben. Jetzt sah er aus, als wäre er tausend Jahre alt, seine Haut war vom schwarzen, feuchten Torf Floridas einbalsamiert wie die einer Mumie.

Noch am selben Nachmittag sollte Goods Leichnam zu den sterblichen Überresten seines Sohnes im Autopsiesaal der Gerichtsmedizin hinzukommen. Der kleine Skipper Lee Good war in der Sporttasche gefunden worden, in der man ihn begraben hatte, der Schnuller noch in seinem Mund, eine Rassel in der Hand. Der Pathologe stellte keine Blutergüsse oder ›akute traumatische Verletzungen‹ im Gesicht fest. Seltsamerweise konnten bei der toxikologischen Untersuchung kein Alkohol im Körper des toten Säuglings festgestellt werden, obwohl Pixie und Willie übereinstimmend ausgesagt hatten, ihm sei kurz vor seinem Tod noch Nyquil verabreicht worden. Bei Joel Good wurde allerdings sehr wohl Alkohol nachgewiesen.

Der Gerichtsmediziner konnte eindeutig nachweisen, daß der Säugling erstickt war. Bei Joel Good bestätigte er, daß der Tod durch Erdrosseln herbeigeführt worden war.

Keine fünfzehn Minuten nachdem man mit der Bergung von Goods Leichnam begonnen hatte, saßen Mike Willette und Willie Sexton in einem himmelblau gestrichenen Raum bei der Kripo von Tampa. Willie saß allein an einem Tisch. Vor ihm stand eine Tasse Kaffee, aber er ließ beide Arme seitlich an seinem Körper hinabbaumeln. Eine Videokamera zeichnete das Gespräch auf, in dem sie die Einzelheiten der Morde noch einmal durchgingen.

Willies Version von Skipper Lees Tod widersprach jener seiner Schwester Pixie. Er hatte von seinem Bett gegenüber dem ihren aus beobachtet, wie sie dem Baby Nyquil eingeflößt und es geohrfeigt hatte. Dann hatte sie es erstickt.

Schließlich fragte Willette, was genau er unter ›ohrfeigen‹ verstünde.

Sie habe Skipper etwa zehn Mal abwechselnd mit der flachen Hand und mit dem Handrücken ins Gesicht geschlagen, erklärte Willie.

Willette kam auf Joel zu sprechen. Joel sei nicht glücklich gewesen über Skippers Tod, sagte Willie.

Was du nicht sagst, dachte Willette.

»Irgendwann seid ihr dann zu dem Schluß gekommen, daß Joel nicht mehr lange mitmachen würde ... ist das richtig?« fragte Willette.

»Ja«, bestätigte Willie.

»Ihr habt davon gesprochen, Joel etwas anzutun?«

»Ja«.

»Und was?« wollte der Detective wissen.

»Zuerst hatte mein Dad etwas in Hillsborough geplant, vor unserem Campingplatzwechsel.«

»Und was genau hatte er geplant?«

»Er wollte Joel aus dem Weg räumen?«

»Meinst du damit ...«

»Ihn umbringen.«

»Und wer sollte ihn umbringen?«

»Er wollte, daß ich das mache.«

Er, sein Vater und Pixie hätten darüber gesprochen, erzählte er. Der Vater sei mit ihm und Pixie über den Campingplatz gegangen und habe mit ihnen Joels Ermordung besprochen. Erst wollten sie Joel nach Ohio fahren und dort erschießen und verscharren. Sie drei hätten bei mehreren Fahrten nach Ohio über den Mord gesprochen.

Willette wollte mehr über diese Fahrten wissen, beispielsweise, warum Pixie jedesmal mitgefahren war.

Weil sie noch einen alten Ausweis auf den Namen Estella May Sexton hatte, denselben Namen wie ihre Mutter. Damit konnte sie die Schecks, die die Fürsorge für Willie auf ihren Namen ausstellte, kassieren.

»Was ist auf diesen Fahrten noch so alles passiert?« fragte Willette.

Willie erstarrte.

»Du kannst ruhig darüber reden«, ermunterte ihn Willette. »Es ist okay.«

Willie murmelte etwas Unverständliches.

»Was ist passiert?« wiederholte Willette seine Frage.

»Sie hatten auf dem Rücksitz was miteinander.«

»Was genau ist zwischen ihnen gewesen?«

Wieder erstarrte Willie.

»Hatten sie Geschlechtsverkehr?« fragte Willette.

»Ja.«

Willie sagte, er sei gefahren. Es sei auf der Interstate gewesen, als sie von Indiana zurückgekommen waren. Sie hatten eine Decke hinten auf dem Rücksitz.

»Hat deine Schwester freiwillig mitgemacht?« fragte Willette.

»Ja, hat sie.«

»Hat dein Dad noch mit irgend jemand anders aus der Familie Sex gehabt?«

»Pixie ist die einzige, von der ich weiß. Ich habe aber noch anderes gehört.«

»Von wem?«

»Meinem Onkel Dave. Mein Dad hat es meinem Onkel Dave erzählt.«

»Und dein Onkel Dave hat es dir erzählt?«

»Ja.«

»Und was waren das für Geschichten?«

»Als alles anfing, hat er meine Schwester Sherri zu Onkel Dave geschickt, weil er nicht wollte, daß ein Bluttest gemacht wurde. Weil Sherris Baby von meinem Vater ist.«

Willette kam wieder auf den Mord an Joel Good zu sprechen. »Kommen wir noch einmal zurück zum Hillsborough Park. Weswegen hat Joel Stunk gemacht?«

»Mein Dad hatte Angst, daß er durchdreht, jemanden anruft und ihm vom Tod seines Sohnes erzählt.«

Willette wollte wissen, was Willie von dem Plan gehalten habe, seinen Schwager umzubringen.

»Ich fand es nicht recht«, erwiderte Willie.

Willette wechselte zum Little Manatee Park.

»Hat es noch weitere Gespräche über Joel gegeben?«

»Ja.«

Zusammen mit Pixie und ihrem Vater, sagte er und fügte hinzu: »Sie beschlossen, ihn dort zu beseitigen.«

»Wer hat das beschlossen?«

»Meine Schwester und er.«

»Und sie haben dir gesagt, wie du es tun sollst?«

»Ja. Mein Vater hat versucht mir beizubringen, wie man jemanden nur mit dem Arm erwürgt.«

Das habe sein Vater in Vietnam gelernt, behauptete er.

»Und wie sollte Joel schließlich konkret getötet werden?« fragte Willette.

»Mit einem Messer oder einem Seil.«

Der Detective kam auf den Mordtag zu sprechen.

Willie erzählte, er habe zusammen mit Joel, seiner Schwester Sherri und Pixie ferngesehen, während der Rest der Familie beim Picknick war.

»Meine Schwester Estella nahm mich beiseite und sagte: ›Willie, heute ist der Tag, an dem wir Joel beseitigen.‹«

»War das geplant?«

»So hat sie es mir gesagt.«

»Und wer hat das geplant?«

»Vermutlich mein Dad.«

»Und darum hat dein Dad auch die anderen zum Picknick mitgenommen?«

Willie nickte.

»Hat dein Dad dir das erzählt?«

»Nee.«

»Estella?«

»Ja.«

»Und was hast du dann getan?«

»Ich sagte: ›Kannst du das nicht machen? Warum ich? Joel hat doch niemandem was gesagt.‹«

»Und?«

»Sie sagte nein.«

»Was ist dann passiert?«

»Sie sagte, ich solle mit ihm irgendwo hingehen und ihn da beseitigen.«

»Wo?«

»Im Wald.«

Willie sagte, er habe in seiner Hosentasche eine Schnur gehabt.

»Wie hast du Joel dazu gebracht, mit dir in den Wald zu gehen?«

»Pixie sagte, ich solle behaupten, im Wald sei einiges an geklautem Zeug versteckt, das weggeschafft werden müsse.«

»Wie ist Joel gestorben?« fragte Willette.

Sie gingen los, balancierten auf einem umgestürzten Baumstamm, alberten herum wie kleine Jungs.

Dann hatte er die Schnur aus der Tasche genommen.

»Ich dachte an alles, was mein Dad und meine Schwester mir gesagt hatten, wie ich es machen sollte und so. Ich legte ihm die Schnur um den Hals.«

»Du hast hinter Joel gestanden?«

»Ich glaube, ich habe die Schnur verknotet. Mit einem Stock drin.«

»Aber du weißt es nicht mehr genau?«

»Ich glaube, es war ein Stock in der Schnur.«

»Hat Joel mit so etwas gerechnet?«

»Nein.«

Er legte Joel die Garrotte um den Hals, kreuzte die Enden und zog zu. Sie fielen beide von dem Baumstamm, und Willie landete auf Good.

Willette wollte wissen, was Joel gemacht habe.

»Er rief sehr laut ›Aaaah‹. Meine Schwester dachte später, er hätte ›Eddie‹ gerufen.«

»Waren deine Schwestern dabei?«

»Sie haben den Schrei gehört und kamen in den Wald«, antwortete er.

»Wie lange hat er sich gewehrt?«

»Etwa eine Minute. Dann bekam ich Panik.«

»Du bekamst Panik?«

»Ja.«

»Und was hast du gemacht?«

»Ich habe versucht, ihn durch Mund-zu-Mund-Beatmung wiederzubeleben.«

»Aber er war bereits tot?«

Willie stöhnte. Die einzige Gefühlsregung während des ganzen Gesprächs.

Seine Schwestern seien zum Lager zurückgegangen und hätten seinen Dad geholt, sagte er. »Mein Dad war sehr schnell da.«

»Und was ist dann passiert?«

»Er sagte: ›O mein Gott.‹«

»Und dann?«

Pixie fuhr zu Walgreens in Sun City, um eine Schaufel zu kaufen, nachdem wir den Armeespaten, mit dem wir Skipper Lee begraben hatten, nicht finden konnten.«

»Wer hat Joel dorthin getragen?« [Wo er begraben wurde.]

»Ich und mein Dad.«

»Wurde er mit einer Klinge verletzt oder so was?«

Am Handgelenk, sagte Willie.

»Wie das?«

»Mein Dad sagte, ich solle ihm die Hände abhacken, damit man ihn später nicht identifizieren könne.«

»Und, hast du ihm die Hände abgetrennt?«

»Ich habe ihn geschnitten. Aber weiter konnte ich nicht, weil mir schlecht wurde.«

Er habe es mit einer Machete versucht, erklärte Willie. Die Machete läge noch unter dem Sitz des Wohnmobils.

Am Vorabend hatte Skipper Sexton Willette von dem Plan erzählt, Ray Hesser zu entführen. Willette hielt auch Willies Version hiervon auf Band fest. Pixie sei auch in diesen Plan eingeweiht gewesen, sagte er.

»Mein Dad wollte seine Identität annehmen, sein ganzes Leben«, behauptete Willie.

Er fügte hinzu: »Estella hat sich an ihn rangemacht.«

»Hat sie mit ihm geschlafen?«

»Nein. Sie wollte aber. Sie waren sich nähergekommen.« Aber sie hatte ihn nur geküßt.

Willette fragte, ob Willie noch von anderen Morden oder Vergewaltigungen wüßte. »Ist sonst noch jemand zu Schaden gekommen?«

»Nein.«

Er fragte, ob Willie je von seinem Vater mißbraucht worden sei.

»Hat er dich je zu etwas in dieser Richtung gezwungen, William?« fragte Willette.

»Nein«, murmelte Willie.

»Du kannst es ruhig sagen, William.«

»Nee.«

Willette schwieg eine Weile.

»Möchtest du mir sonst noch etwas sagen, William?«

Nach kurzem Zögern antwortete Willie: »Ja, ich wünschte, ich könnte mit Joel tauschen.«

Es war zu leicht.

In gewisser Weise hatte der Detective der Mordkommission sogar Mitleid mit dem Jungen.

9

Minuten nachdem er Willies Befragung beendet hatte, traf Willette in einem anderen Verhörzimmer auf Eddie Lee Sexton. Von Angesicht zu Angesicht hatte er kaum Ähnlichkeit mit der übermächtigen Gestalt, die seine Kinder von ihm gezeichnet hatten. Bei seiner Einweisung ins Gefängnis war er eins siebzig groß und wog nur hundertvierzig Pfund. Er war einundfünfzig Jahre alt, hatte braunes Haar und braune Augen. Nicht schwarz und stechend, wie andere sie später noch in zahlreichen Gesprächen beschreiben sollten.

Sexton unterzeichnete die Einwilligung zum Verhör und leierte kurz darauf eine ganze Litanei körperlicher Leiden herunter: Multiple Sklerose, Rückenoperationen, Krebs zwischen den Schulterblättern.

Das Baby sei im Schlaf gestorben, möglicherweise am plötzlichen Kindstod, sagte er. Willie, Pixie und Joel seien mit dem Baby weggegangen und hätten ihm später erzählt, sie hätten es im Hillsborough State Park begraben.

Sexton sagte, er habe den Mord an Joel bei seiner Rückkehr von einem Familienpicknick entdeckt. Sherri und Pixie hätten ihm davon erzählt. Er sei in den Wald gegangen und habe dort Willie neben der Leiche angetroffen.

Sexton behauptete, Willie hätte gesagt: »Er wollte mich verraten.«

»Was wollte er verraten?« fragte Willette.

»Ich habe keine Ahnung, Sir«, entgegnete Sexton.

Willie hatte es getan. Willie hatte ihn begraben. Er hatte nichts mit der ganzen Sache zu tun haben wollen.

An der ganzen traurigen Geschichte seien nur das FBI und das System schuld, fügte er hinzu. Sie hätten die Familie zur Flucht gezwungen.

Noch bevor Willette Sextons Vorstrafenregister überprüfte, wußte er, womit er es zu tun hatte. Er hatte das schon Hunderte Male bei Hunderten von Verdächtigen erlebt.

»Ex-Häftling versucht, ein möglichst positives Bild von sich zu zeichnen«, beschrieb er es später.

Aber nach Gesprächen mit Kindern, Verwandten, Brandexperten und Kollegen im Laufe der folgenden fünf Monate in Tampa und Canton, Ohio, revidierte Willette seine Beschreibung des mitleidheischenden Hypochonders.

»Eddie Lee Sexton ist der leibhaftige Teufel«, sagte er.

10

Später an diesem Tag durchsuchten sie das Wohnmobil, das auf Dave Sextons Grundstück parkte, und fanden die Machete unter dem Fahrersitz.

Im Challenger versuchte Willette, nicht durch die Nase zu atmen. Teppichböden und Betten verströmten einen durchdringenden Rauch- und Uringestank. Kisten, Töpfe, Schuhe, Hygieneartikel und Kleidungsstücke waren in jeden Winkel und in jede Ecke gestopft. Über dem Fahrersitz baumelte ein Kruzifix. Im Gang türmten sich Kleidungsstücke fast einen halben Meter hoch. Die Detectives wußten nicht, ob das Wohnmobil durchsucht worden war oder ob die Sextons ständig in diesem Chaos gelebt hatten.

Sie fanden weder Gewehre noch sonstige Waffen, obwohl sie sich bei ihrer Suche auf Gegenstände beschränkten, die in einem Bezug zu dem Mord an Joel Good stehen konnten. Tatsächlich hatte die erste Durchsuchung des FBI auch kein Feuerwaffenarsenal zutage gefördert. Lediglich die Jugendlichen hatten ein paar lose Patronen in den Hosentaschen. Während der Beobachtung durch das FBI hatten FBI-Agenten in dem Überwachungsflugzeug zwei Teenager angehalten, die mit einem Spaten im Wald des Little Manatee Parks herumliefen. Sie äußerten Yale Hubbard gegenüber den Verdacht, daß die Sextons ihr Arsenal möglicherweise vergraben hätten. Als Hubbard jedoch die Gegend absuchen ließ, fanden sich nirgendwo Spuren eines solchen Verstecks. Einige der Sexton-Geschwister sagten später aus, daß ein paar Waffen in Pfandhäusern in Florida versetzt worden seien, als der Familie das Geld ausgegangen war. Jedenfalls schien Eddie Lee Sexton völlig unvorbereitet zu sein für das Feuergefecht, das er über Monate angekündigt hatte.

Andere, vielleicht unangebrachte, Amateursuchexpeditionen sollten lediglich weitere Fragen aufwerfen.

Die *Times* von St. Petersburg berichtete in ihrer Sonntagsausgabe von einem Teil der zahlreichen Geschichten über die Sexton-Familie und den Fall. Die Geschichte begann in Shady Hills und stützte sich auf ein Interview mit Bob Wilson, dem ehemaligen Nachbarn der Sextons auf der Treaty Road. Wilsons Bruder hatte erst wenige Tage zuvor in dem Wald hinter dem Trailer, den die Sextons gemietet hatten, eine Holzkiste entdeckt, die zehn Zentimeter tief vergraben war. Aber der Bruder hatte die Kiste gelassen, wo sie war, und das Loch wieder zugeschüttet, ohne nachzusehen, was sie enthielt. Nachdem er dann in der Samstagsausgabe der Zeitung vom Tod eines neun Monate alten Säuglings gelesen hatte, hatte Wilson erneut zur Schaufel gegriffen und die Kiste ausgebuddelt. Sie war knapp einen Meter lang und gelb lackiert.

Er öffnete sie. Sie war leer.

11

Zwei Tage nach ihrer Ankunft in Tampa schaute Skipper Sexton in Steve Readys Zimmer im Sheraton vorbei.

»Sehen Sie diesen Ring?« fragte er.

Ready begutachtete den großen Goldklumpen an seinem Finger. »Der ist schön, Skipper«, sagte er. »Wo hast du den her?«

»Ich habe ihn unten in der Geschenkboutique gekauft.«

»Für wieviel?«

»Vierhundert«, erwiderte Skipper.

»Wo zum Teufel hast du so viel Geld her?«

»Ich habe es auf die Zimmerrechnung setzen lassen.«

Ready klappte den Mund auf. »Skipper, du gehst jetzt sofort runter und gibst den Ring zurück«, sagte er. Er konnte sich lebhaft vorstellen, wie das Sheriff's Department von Hillsborough-County reagieren würde, wenn dieser Posten auf der Rechnung erschien.

Am Freitag hatte Ready im Gefängnis von Hillsborough-County mit May Sexton gesprochen. Detective Linda Burton von der Abteilung Sexualdelikte war zu ihnen gestoßen. Er forderte May auf, zu den Vorwürfen des sexuellen Mißbrauchs, die einige ihrer Kinder gegen sie vorgebracht hatten, Stellung zu beziehen. Sie stritt jegliche Beteiligung an irgendwelchen sexuellen Handlungen ab. Außerdem leugnete sie, daß ihr je eins ihrer Kinder von Inzest mit dem Vater berichtet habe.

Das Ganze sei nur Otis Sextons Werk, behauptete sie.

May blieb dabei, daß Joel und Pixie Skipper Lee Good ins Krankenhaus gebracht hätten, konnte aber den Namen der Klinik nicht nennen. Nein, ihr Mann sei nicht wütend geworden, wenn das Baby schrie. Ihres Wissens sei Joel nach Ohio zurückgekehrt.

Dann, nach einiger Zeit des Verhörs, schwenkte sie um. Ja, sie wisse, daß Skipper Lee tot sei, habe das Kind in jener Nacht aber nicht schreien hören. Als Pixie am nächsten Morgen aufgewacht sei, habe das Baby nicht mehr geatmet. Familienmitglieder hätten versucht, den Säugling wiederzubeleben, und dann seien Joel und Pixie mit dem Kind ins Krankenhaus gefahren.

May erinnerte sich, daß Willie bei ihrer Rückkehr von einem Picknick ganz schmutzig gewesen sei und hätte duschen müssen. Willie hätte Joel einmal verprügelt, sagte sie. Willie sei sehr jähzornig.

»Wie ich«, fügte sie hinzu.

Nichts sehen, nichts hören, dachte Ready.

»Sie konnte großartig Theater spielen«, sagte Burton später. »Ich hatte das Gefühl, sie freute sich diebisch, daß wir nichts aus ihr herausbekamen.«

Vielleicht würde eines der Kinder sie irgendwann überführen.

Am Sonntag, dem 30. Januar, drei Tage nachdem man den Leichnam des Säuglings gefunden hatte, kamen Steve Ready und Deputy Shirley Rebillot wieder mit May Sexton zusammen, diesmal um sie auf ihrem Flug nach Ohio zu begleiten, wo sie vor eine Grand Jury gestellt werden würde.

Eddie Lee Sexton blieb in Florida. Er war des Mordes ersten Grades an Joel Good angeklagt. Pixie wurde des Mordes an ihrem Sohn und an ihrem Ehemann beschuldigt. Gegen Willie lagen ebenfalls zwei Anklagen vor, die eine wegen Mordes an Joel Good und die zweite wegen Beihilfe im Fall Skipper Lee Good, weil er geholfen hatte, den Säugling zu begraben.

Innerhalb weniger Tage holten Sozialarbeiter Dawn und Shasta Good bei Dave Sexton ab, wo ihre Mutter sie bei ihrer Verhaftung zurückgelassen hatte. Sie sollten auf Spuren sexuellen Mißbrauchs untersucht werden. Außerdem sollten nicht nur an Dawn und Shasta, sondern auch an Sherris Sohn Christopher Bluttests vorgenommen werden. Pixie und Sherri würde ebenfalls Blut abgenommen werden. Und auf richterliche Anordnung hin nahm eine Krankenschwester auch Eddie Lee Sexton Blut ab. Die genetische Analyse sollte einige Wochen in Anspruch nehmen, aber dann schließlich stand für alle Beteiligten fest, daß

Eddie Lee Sexton sowohl Vater als auch Großvater dieser Kinder war.

Ready und andere Detectives überlegten, ob nicht auch Blut des verstorbenen Skipper Lee analysiert werden sollte, aber Pixie blieb dabei, daß er Joels Sohn gewesen sei.

»Laßt gut sein«, sagte Ready. »Warum diesen Menschen in Ohio noch mehr Leid zufügen. Sie haben es schon schwer genug.«

Ready und Skipper hatten sich gerade im Flugzeug angeschnallt, als Ready auffiel, daß der junge Sexton unter seiner Lederjacke ein neues Seidenhemd und eine schwarze Lederkrawatte trug. Außerdem hatte er sich das Haar ordentlich zurückgekämmt.

»Hübsche Krawatte, Skipper«, bemerkte er. »Wo hast du die her?«

»Aus der Geschenkboutique«, erwiderte Skipper grinsend.

Steve Ready hatte keine Ahnung, wie hoch seine Zimmerrechnung insgesamt ausgefallen war.

Und er zog es vor, nicht danach zu fragen.

Kapitel 13

Schöne Erinnerungen

1

Es war eine Doppelbeerdigung mit einem einzelnen verschlossenen Sarg. Am 10. Februar wurde der Sarg durch den Schnee zur Kapelle des Forrest Hill Cemetery in Canton getragen. Windböen fegten über den Friedhof, so daß den fast hundert Trauergästen die Wangen brannten. Die Familie hatte den Bestatter gebeten, das Baby in Joel Goods Arme zu betten. Sie wurden gleich neben seinen Eltern bestattet.

Er hat sich immer eine Familie gewünscht, dachte Teresa Boron traurig.

Und jetzt waren sie alle vereint. Trotzdem wurde sie die Erinnerung an das Versprechen nicht los, das sie ihrer Schwester auf dem Sterbebett gemacht hatte. Ich werde immer für ihn dasein …

Lewis Barrick hatte Pixie Sextons Brief gefunden und Detective Mike Willette übergeben, den Drohbrief, den Joel in jener regnerischen Nacht in der Hand gehalten hatte. Teresa erzählte den Polizisten davon, wie ihr Neffe ein Jahr zuvor in Canton verprügelt worden war.

Teresa kaufte nun regelmäßig die Zeitung, nur um jeden Tag neue Grausamkeiten zu erfahren. Sherri, Skipper und Eddie jr. gaben Interviews, berichteten von Mißbrauch und Mißhandlungen daheim, enthüllten Einzelheiten ihrer Flucht. Sherri behauptete, daß das Baby, das sie gerade erst bestattet hatten, von ihrem Vater gewesen sei.

»Das einzige, was zählt, ist, daß Joey Skipper als seinen Sohn betrachtet hat«, sagte Teresa. »Er hat dieses Kind geliebt, ganz egal, wer der leibliche Vater war.«

Eine Zeitung brachte ein Foto von Eddie jr., Skipper und Sherri, die gemeinsam auf einem Sofa saßen. Sie starrten mit stumpfem Blick in die Kamera. Die Sextons waren das Hauptgesprächsthema in Canton.

Alle redeten vom Sexton-Blick.

Fünf Tage nach der Beerdigung wurden Eddie Lee und Willie Sexton von einer Grand Jury in Florida des Mordes ersten Grades an Joel Good für schuldig befunden.

Aber eine andere Neuigkeit schockierte die ganze Familie.

Pixie Sexton war nicht vor Gericht gestellt worden.

Was geht da vor? dachte Teresa Boron. Joey ist diesem Mädchen überallhin gefolgt. Sie muß etwas damit zu tun gehabt haben.

2

Ein Kollege sprach Jay Pruner auf dem Flur im vierten Stock des Gerichtsgebäudes von Hillsborough-County an. »Hey«, sagte er. »Es findet eine Besprechung wegen der Leichen aus dem Park statt.«

Kurz darauf saß der 36jährige Staatsanwalt inmitten von Kollegen in einer Besprechung, der Harry Coe III. vorsaß, ein ehemaliger Richter und Staatsanwalt von Hillsborough-County. Ein Dutzend Rechtsanwälte nahmen ebenfalls an der zweistündigen Strategiebesprechung teil.

Die meisten waren sich darin einig, daß sich der Staatsanwaltschaft einige große Probleme stellten.

Pruner sagte später: »Es war schon aus frühen Befragungen Eddie seniors klar, daß er der dominante, der Machiavelli – nein, das wäre beschönigend – daß er der Rasputin der ganzen Gruppe war. Ohne ihn wäre nichts von alledem geschehen. Wir wußten, daß Pixie in den Tod ihres Babys verwickelt war. Willie hatte den Mord an Joel gestanden. Und wir wußten von Eddies Mittäterschaft an diesem Verbrechen. Aber zu diesem Zeitpunkt war Willies Aussage das einzige Indiz für Eddie seniors Mitwirkung an dem Mord.«

Aber sie mußten davon ausgehen, daß sie Willies Aussage bei einem Prozeß gegen Eddie Lee Sexton nicht als Beweis würden anführen können. Die Aussage eines Mitangeklagten war nicht zulässig, wenn Willie beschloß, nicht zu seiner eigenen Verteidigung auszusagen. Das war eine alte Regel in der Geschichte des amerikanischen Strafgesetzes. Willie Sexton hatte das verfassungsmäßige Recht, die Aussage zu verweigern, um sich nicht selbst zu belasten. Somit hätte Eddie Lee Sextons Anwalt keine Möglichkeit, ihn zu seiner Aussage ins Kreuzverhör zu nehmen, was wiederum dem verfassungsmäßigen Recht von Eddie Sexton auf eine angemessene Verteidigung zuwiderlaufen würde.

In Florida verlangte das Gesetz, daß jemand, der des Mordes beschuldigt wird, innerhalb von hunderfünfundsiebzig Tagen vor Gericht gestellt wird, sofern sein Verteidiger nicht einer Fristverlängerung zustimmt. Verlangte der Angeklagte ein Eilverfahren, verkürzte sich die Frist sogar auf sechzig Tage. Die Staatsanwälte wußten außerdem, daß Willie und Eddie Lee Sexton von Gesetzes wegen ein hervorragender Verteidiger gestellt werden würde, der mit Mordfällen Erfahrung hatte. Aber selbst ein Anfänger hätte den Haken an Willies Aussage erkannt. Sextons Anwalt würde aller Wahrscheinlichkeit nach ein Eilverfahren beantragen, um der Staatsanwaltschaft keine Zeit zu lassen, weitere Aussagen von anderen Familienmitgliedern zu beschaffen, die möglicherweise etwas von dem Plan zur Ermordung Joels mitbekommen hatten. Die Detectives meinten, die Flatliners bräuchten einige Zeit fern von ihrem Dad, bevor sie gegen ihn aussagten.

Eddie Lee Sexton war der Initiator des ganzen Falles, darin stimmten alle, die an der Besprechung teilnahmen, überein. Sie mußten den Patriarchen mit derselben Härte verfolgen wie Charles Manson.

Sie mußten einen Handel vorschlagen.

Sie konnten Willie Sexton Strafmilderung anbieten und sich damit seine Aussage sichern. Aber Willie Sexton hatte Joel Good eigenhändig erdrosselt.

Blieb Estella ›Pixie‹ Sexton.

Das Meeting wurde hitzig. Die Entscheidung lag bei Hobson.

»Richter Coe war nicht begeistert davon, einen Handel mit einer Kindesmörderin einzugehen«, sagte Jay Pruner, der acht Jahre Prozeßerfahrung hatte. »Aber wenn wir Sexton nicht seine Mittäterschaft nachweisen, wird er das Gericht als freier Mann verlassen.«

Und genau das wurde sehr bald schon Pruners Problem. Nur wenige Tage nach der Konferenz wurde er mit dem Fall betraut.

3

Am 15. Februar sprachen sie alle mit ihr: Mike Willette, Linda Burton, zwei stellvertretende Staatsanwälte und später auch Steve Ready, der Skipper Sexton für weitere Befragungen erneut nach Tampa begleitet hatte. Sie führten Pixie Good in das Büro des Staatsanwaltes. Manuel Lopez, der Pixie vom Gericht als Strafverteidiger zugewiesen worden war, hatte ihrer Befragung zugestimmt.

Man einigte sich. Sie sollte nur wegen Totschlags an ihrem Baby angeklagt werden und sich der Gnade des Gerichts ausliefern.

Wieder antwortete sie einsilbig. Und es kam zu weiteren Eingeständnissen.

Pixie gab zu, ihrem Baby auf Befehl ihres Vaters hin Nyquil eingeflößt und ihm die Hand auf den Mund gelegt zu haben. Sie sagte aus, ihr Vater habe gedroht:

»Bring das Kind zum Schweigen, oder ich tue es selbst.«

Sie sagte, sie habe befürchtet, ihr Vater würde dem Kind etwas antun. Sie blieb dabei, daß sie gar nicht bemerkt habe, daß sie den Säugling erstickt hatte.

Pixie sagte, sie hätte auf einer Fahrt mit Skipper und Willie nach Ohio von dem Plan gehört, Joel umzubringen, aber sie gab nur wenige Einzelheiten dieser Unterhaltung preis.

Des weiteren sagte sie aus, gesehen zu haben, wie Willie Joel erdrosselte. Als ihr Vater von dem Picknick zurückgekommen war, sei sie ihm in den Wald gefolgt. Ihr Vater habe Joel mit dem Fuß angetippt und gesagt:

»Und jetzt bring es zu Ende.«

Sie bestätigte das Komplott gegen den behinderten Camper Ray Hesser.

Sie erzählte, daß Willie ihr anvertraut habe, er sei in Bear Creek, auf dem Campingplatz von Ohio, von seinem Vater vergewaltigt worden.

Alle hätten Angst vor ihrem Dad, sagte sie. Alle seien mißhandelt worden. Manchmal habe der Vater auch ihre Mutter geschlagen. Ihre Mutter habe sie nie beschützt.

»Er kontrolliert alles und jeden«, behauptete sie.

Burton und Ready fragten sie nach ihrer sexuellen Beziehung zu ihrem Vater.

Ihr Vater habe sie, als sie siebzehn war, eines Abends von der Arbeit abgeholt. Später, als sie zu Hause auf dem Sofa saß, sei er nur in Unterwäsche aus dem Schlafzimmer gekommen. Der Rest der Familie schlief.

»Weißt du, wie Babys gemacht werden?« fragte er sie.

»Ja«, antwortete sie.

»Ich möchte welche haben«, hatte er angeblich erwidert.

Das sei die erste Vergewaltigung gewesen, berichtete Pixie. Sie habe sich gewehrt, aber er habe ihr eine Hand über den Mund gelegt. Sie sei außerdem hinter dem Wales Square von ihrem Vater vergewaltigt worden. Dann habe er regelmäßig Sex von ihr gefordert. Er legte ihr eine Hand auf den Mund und nahm sie, während alle anderen schliefen. Einmal schlief er mit ihr, als ihre Mutter beim Elternsprechtag war. Sie habe protestiert, sich aber auch vor ihm gefürchtet. Einmal habe sie sich ihrer Mutter anvertraut, aber die habe nur geantwortet: »Du spinnst.«

Dawn und Shasta seien von ihrem Vater, gab sie an. Das habe sie Joel auch gesagt. Joel habe ihren Vater daraufhin zur Rede gestellt und ihm eröffnet, daß er nicht die Absicht habe, dessen Kinder aufzuziehen. Ihr Vater habe Joel verprügelt. Das sei gewesen, als sie noch in der Caroline Street wohnten. Bei einer anderen Befragung sollte sie behaupten, Joel sei in Florida, kurz nach Skipper Lees Tod, von ihrem Vater verprügelt worden.

Linda Burton fragte Pixie, warum ihr Vater ihrer Meinung nach Sex mit ihr hatte.

»Weil er noch mehr Kinder wollte«, erwiderte sie.

»Und warum hast du nicht verhütet?« wollte Burton wissen.

»Mein Vater hielt nichts von Verhütung«, antwortete sie.

4

Eddie jr. und Otis Sexton fuhren nach Florida, um den Dodge Challenger abzuholen. Als sie Anfang Februar nach Canton zurückkehrten, landete Steve Ready einen Treffer in Sachen Beweise.

Der Detective pendelte tagtäglich zwischen dem DHS und Gesprächen mit den Sexton-Geschwistern hin und her, unterstützte Kollegen vom Morddezernat aus Hillsborough bei Besuchen bei Otis Sexton, der nach Unterredungen mit seinen Nichten und Neffen mit immer neuen Hinweisen aufwartete.

Im Challenger fand Ready Kredit- und Telefonkarten auf den Namen Everett Sexton sowie auf weitere ihm unbekannte Namen. Außerdem gab es Leihhausquittungen aus Florida und Videoaufnahmen von der Sexton-Familie, das Reno-Clinton-Band und eins, das die Kinder bei einer der vom Vater anberaumten Tanzveranstaltungen in der Caroline Street zeigte.

Ready entdeckte auch einen fliederfarbenen Seidenmorgenmantel, ein passendes Nachthemd und einen blauen Seiden-BH. Er befragte Sherri und Skipper zu der Unterwäsche. Die Geschwister teilten ihm mit, Kimberly habe sie getragen. Ready stellte sie als Beweisstücke sicher; sie waren für ein neunjähriges Kind absolut unpassend.

Otis Sexton überließ ihm einige Fotos, die er im Challenger gefunden hatte. Drei zeigten Eddie Lee Sexton und seine Tochter Kimberly, auf einem war er mit Lana zu sehen. Die Mädchen trugen Hochzeitsschleier und Spitzenröcke. Im Hintergrund stand ein Weihnachtsbaum. Der Patriarch und die Mädchen standen da wie bei einer Trauung. Das schien eine Geschichte zu bestätigen, die Ready bereits von Sherri, Skipper und Shelly gehört hatte. Eddie Sexton hatte Sherri, Shelly, Lana und Kimberly ›geheiratet‹. Laut einer Aussage war er sogar mit seinen Töchtern im Schlafzimmer verschwunden mit den Worten: »Und hier werden wir unsere Hochzeitsnacht verbringen.«

Was zu Anfang ausgesehen hatte wie ein Fall von Kindesmißbrauch, weitete sich immer mehr aus, bildete Metastasen wie ein Krebsgeschwür.

Pixie Good erzählte Ready in Tampa, ihr Vater habe ihr berichtet, wie er schon einmal einen Säugling für eine ihrer Tanten in Ohio begraben habe. Das Baby sei kurz nach der Geburt gestorben. Ready notierte sich dies als eine weitere Spur, der er nachgehen wollte.

Am 21. Februar erhielt Ready in Florida einen Anruf von der Sozialbehörde von Pasco County in Zusammenhang mit dem Blut, das den Kindern abgenommen worden war. Eine ärztliche Untersuchung hatte ergeben, daß Dawn und Shasta beide anal penetriert worden waren, Dawn außerdem auch vaginal. Die Kinder hatten nur mangelhafte Kontrolle über ihren Darm, was für chronische Sodomie spräche. Dawn hatte als Täter Skipper, Willie und ›Opa Eddie‹ genannt.

Ready und Willette stellten Skipper zur Rede. Er leugnete vehement, sich an den Kindern vergangen zu haben. Aber er und Willie hätten Joel verprügelt, nachdem Pixie ihren Ehemann beschuldigt hatte, die Kinder mißbraucht zu haben. Dann erzählte Willie seine Version der Geschichte. Sein Vater habe sich an ihm vergangen, seit er neun war. Und er habe ihn dreimal in verschiedenen Staaten vergewaltigt, als sie auf der Flucht waren.

Ready stellte Charles Sexton erneut zur Rede, nachdem ein Sozialarbeiter ihm berichtet hatte, daß Kimberly nach eigener Aussage von Skipper ›befummelt‹ worden sei. Er leugnete weiter, Dawn und Shasta mißbraucht zu haben, gab aber zu, bei einem Motelaufenthalt in Indiana Kimberlys Vagina angefaßt zu haben.

Am letzten Februartag erreichte Ready May Sextons Schwester in Ohio und konfrontierte sie mit Pixies Geschichte. Sie leugnete, daß sie je ein Kind zur Welt gebracht habe, das kurz nach der Geburt gestorben sei, und sie habe ihren Schwager demzufolge auch nie gebeten, einen toten Säugling zu beseitigen. Ready befragte sie zu Eddie Sexton ganz allgemein. Sie schien furchtbare Angst vor Repressalien zu haben.

Dann erzählte sie ihm, daß eine Schwester von ihr von Eddie Lee Sexton und einem weiteren Sexton vergewaltigt worden sei. Besagte Schwester habe ein Kind von Eddie bekommen, das heute vierzehn Jahre alt sei. Nach der Verhaftung der Sextons war die Schwester aus Ohio geflohen und hielt sich versteckt, aus Angst, die Polizei könne sie verhören und so Sextons Zorn auf sie lenken. Die Geschichte entsprach den Anschuldigungen, die Sextons Anwalt James Gregg seinerzeit angesprochen hatte.

Im März machte Ready sich auf die Suche nach ›Onkel Toehead‹, bemüht, Shelly Crotos Behauptung zu beweisen, er sei ermordet worden und sie habe seine Leiche im Kofferraum des väterlichen Autos gesehen. Er spürte ihn in Toledo auf. Sein Name war Eddie Cline, und er war sehr lebendig. Cline sagte, er habe sowieso nach Canton kommen wollen. Natürlich könnten sie sich über Eddie Sexton unterhalten. Zwei Tage später erhielt Ready einen Anruf von Clines Anwalt. Er teilte ihm mit, daß sein Mandant keinerlei Aussage machen würde.

Es tauchten noch weitere Geschichten von Betrug und Bränden auf, und es war auch wieder die Rede davon, daß Eddie Lee Sexton die Dienste des ›Ice Man‹ in Anspruch genommen habe. Otis behauptete, Dave Sexton habe den Verbrecher vor Jahren angeheuert, um seine Frau umzubringen, habe dann aber einen Rückzieher gemacht. Also hatte die Bande von Ice Man den Bruder ausgeraubt und gefesselt im Wohnzimmer zurückgelassen. Ready erfuhr seinen wirklichen Namen und später eine drei Seiten lange Liste von Vorstrafen, darunter Einbruch, Scheckbetrug und Raubüberfall mit einer tödlichen Waffe. Sein richtiger Name war Paul Shortridge. Derzeit saß er in einem Gefängnis in West-Virginia ein, weil er Falschgeld in Umlauf gebracht hatte.

In einem Gespräch berichtete Sherri Sexton von zahlreichen Vergewaltigungen, nicht nur durch ihren Vater, sondern auch durch andere Verwandte. So behauptete sie beispielsweise, sie sei mit neun Jahren von ihrem verstorbenen Onkel Joe und einem Vetter begrapscht und später vergewaltigt worden. Sie sagte, sie habe auch ihren Eltern davon erzählt.

»Aber sie haben mich nur angeschrien«, behauptete sie.

Sherri erzählte, sie sei in Florida vergewaltigt worden. Eines Abends, als ihre Tante Jean Sexton nicht daheim war, habe ihr Onkel Dave sie gebeten, bei ihm sauberzumachen. Ihr Sohn Christopher sei bei ihr gewesen. Sie sagte, der ältere Bruder ihres Vaters habe sie zum Sex aufgefordert. Sie habe sich geweigert, und daraufhin habe er sie zu Boden geworfen, ihr Shorts und Slip heruntergerissen und sie auf dem Fußboden vergewaltigt.

Sherri fing an zu zittern und zu weinen, und die junge Frau mit dem leeren Blick zeigte Steve Ready gegenüber zum ersten Mal eine Gefühlsregung.

Sie erzählte weiter. Eine Woche später sei sie von einem Vetter vergewaltigt worden. Sie sei weggezogen, erst zu einem Ehepaar und hinterher in ein Frauenhaus, bis ihr Vater nach Florida gekommen war.

Im März bekam Ready noch einen weiteren Tip. Dave Sexton habe angeblich mit einer Tochter ein inzestuöses Kind gezeugt, als die Familie vor Jahren noch in Ohio gelebt habe. Die Tochter sei inzwischen verheiratet und lebe in Canton.

Ready befragte die Frau zu Hause und ging sehr behutsam vor.

Ja, bestätigte sie schließlich, ihr Vater habe sie vergewaltigt, als sie noch ein Teenager war. Sie habe dieses Geheimnis dreizehn Jahre lang für sich behalten. Vorher habe sie noch keinen Sex gehabt. Sie hatte einen Jungen geboren. Dieser Junge, Tommy, sei der Teenager, der bei Dave und Jean Sexton in Moon Lake lebe. Die beiden hätten das Kind gleich nach der Geburt adoptiert. Sie habe ihrer Mutter immer erzählt, der Junge sei von einem Jungen aus der Nachbarschaft. Aber nach der Verhaftung ihres Onkels Eddie Lee habe sie ihrer Mutter schließlich die Wahrheit gesagt.

Ready fragte sie, was ihrer Ansicht nach in dieser Sache geschehen sollte.

»Ich möchte, daß er bestraft wird für das, was er getan hat«, sagte sie.

Drüben im Renkert-Gebäude erstickte Ready geradezu in Papierkram. Es mußten weitere Mißbrauchsanzeigen gegen Eddie Lee Sexton verfaßt und Briefe an die Behörden anderer Staaten aufgesetzt werden, in denen die Vergewaltigungen angeblich stattgefunden hatten. Die Hinweise gingen schneller ein, als daß er mit ihnen hätte Schritt halten können. Hinzu kam, daß May Sexton in Kürze wegen des Mißbrauchs an Lana der Prozeß gemacht werden sollte. Im April sollte sie sich vor Gericht verantworten, und Ready half der örtlichen Staatsanwaltschaft bei der Kontaktaufnahme mit Zeugen.

Wo hört das alles auf, fragte sich Ready, oder noch besser, wo hat es angefangen? Wann war innerhalb der Sexton-Familie die erste Erlaubnis erteilt worden, das eigene Fleisch und Blut zu schänden?

Eines Tages unterhielt sich Ready mit Anne Greene.

»Sexton«, sagte Anne. »Denken Sie doch nur darüber nach. *Sex* und *Ton*. Tonnen von Sex.«

Aber ein ›Sexton‹ war auch ein Küster, jemand, der eine Kirche und deren Glaubensgesetze vertrat.

»Und ein Sexton ist ein Totengräber«, bemerkte Otis.

Während weitere Geschichten von Ritualen ans Licht kamen, behielt Eddie Lee Sexton seinen eigenen Glauben bei. Aber niemand vermochte zu durchschauen, welchen

Glauben er predigte. Er war generell ein wenig vom Okkulten durchdrungen. Ebenso von einer Spur von Fundamentalismus, einer Prise Satanismus, einem bißchen Science-fiction-Unsinn in Gestalt der Futuretrons.

Seine Kinder bezahlten noch immer für seine kleine Kirche.

Ready fuhr Dutzende Male die fünfzehn Meilen zu Shelly Crotos Trailer in Bolivar. Er verabredete sich vorab mit ihr, aber wenn er dann anklopfte, machte niemand auf, auch wenn ihr Wagen vor der Tür stand. Er vermutete, daß sie sich im Haus versteckte. Sherri Sexton wurde von den in der Vergangenheit durchlittenen Traumata eingeholt. Sie wurde mit Depressionen und einem posttraumatischen Syndrom in die Psychiatrie eingewiesen. Die Sozialarbeiter berichteten von weiteren satanischen Manifestationen bei Lana.

Derweil schien Pixie Good im County-Gefängnis von Hillsborough einen Nervenzusammenbruch erlitten zu haben. Ein Psychiater verschrieb ihr Antidepressiva und Tabletten gegen Angstzustände. Sie hatte Magengeschwüre. Im April lag sie am Tropf, weil sie jetzt Nahrungs- und Flüssigkeitsaufnahme verweigerte. Im Mai versuchte sie, sich die Pulsadern aufzuschneiden, und wurde zu ihrem eigenen Schutz gefesselt. Sie hatte akustische Halluzinationen, hörte die Stimme ihres Vaters. Sie schlief jede Nacht nur vier Stunden und wurde von Alpträumen und Flashbacks gequält. Als der Prozeß ihres Vaters näher rückte, sollte sie einen zweiten Selbstmordversuch unternehmen.

Ready begann, Berichte daheim zu tippen. Zahlreiche Hinweise wurden nie zu Papier gebracht. Es fehlte einfach die Zeit. Sein Privatleben litt erheblich unter dem Fall Sexton, ganz zu schweigen von seinen übrigen Fällen. Ready, Judee Genetin und einige andere Beamte des DHS kamen zu einer Besprechung bei der Staatsanwaltschaft von Stark County zusammen. Es ging darum, ob gegen Skipper Sexton Anklage wegen sexuellen Mißbrauchs erhoben werden sollte. Die Behörde wollte lieber noch abwarten, wie Lana

Sexton sich beim Prozeß ihrer Mutter im Zeugenstand verhielt. Ready konnte von Glück sagen, daß der Fall May Sexton weitgehend von Anwälten der County bearbeitet wurde.

Eine leitende Angestellte des DHS rief einen von Readys Vorgesetzten beim Sheriff's Department an und teilte ihm mit, daß Ready vom Fall Sexton völlig in Anspruch genommen sei. Das DHS benötige mehr Personal, nicht nur im Fall Sexton, sondern auch für die anderen Fälle, die eigentlich von Ready hätten bearbeitet werden müssen.

»Wenn Deputy Ready dem Arbeitsaufwand nicht gewachsen ist«, entgegnete der Mann vom Sheriff's Department, »dann werden wir einen anderen finden, der in der Lage ist, seine Aufgaben zu erfüllen.«

»Tun Sie im Fall Sexton, was Sie tun müssen«, sagte die DHS-Beamtin zu Ready. »Vergessen Sie alles andere.«

5

Nach Wochen der Anträge und Gegenanträge und einem vergeblichen Versuch, einen anderen Verhandlungsort als Canton durchzusetzen, wurde am 12. April eine Jury ausgewählt, die über die Mißbrauchsvorwürfe gegen May Sexton befinden sollte. Die ihr vom Gericht zur Seite gestellte Strafverteidigerin Jean Madden verlangte, daß Mays Ehemann und zwei ihrer Kinder, die sich in Florida aufhielten, als Zeugen der Verteidigung gehört wurden. Der Staat weigerte sich jedoch, die drei zum Prozeß einfliegen zu lassen, und der Vorschlag einer Zeugenaussage via Satellitenschaltung scheiterte an den Kosten.

Der Prozeß sollte nur zwei Tage dauern.

Die Sozialarbeiterinnen Bonita Hilson und Tracy Harlin berichteten von den Konflikten der Familie mit dem DHS. Psychologe Robin Teners Gutachten über Lana wurde vorgetragen. Tabatha Fisher erzählte den Geschworenen von den Enthüllungen und Anfällen in ihrem Haus. Psychologische Beurteilungen der Ärzte, die Lana im Kinderkrankenhaus von Akron betreut hatten, wurden vorgelegt.

James Sexton, inzwischen achtzehn Jahre alt, sagte als Zeuge aus. James arbeitete jetzt als Kassierer an einer Tankstelle und lebte bei Pflegeeltern. Er war von Anfang an der redseligste aller Sexton-Geschwister gewesen. Er schien es zu genießen, endlich eine Chance zu haben, mit Worten zurückzuschlagen.

Er erzählte den Geschworenen von den Futuretrons, von dem Zeichen in Lanas Hand und den erhofften 2,5 Millionen Dollar, aus der von seinem Vater ersonnenen Werbekampagne. Er sagte aus, daß Lana geschlagen worden sei, weil sie beim Abendessen nicht gelächelt habe. Er beschrieb diverse im Sexton-Haushalt übliche Bestrafungsmethoden und die okkulte Atmosphäre.

Jean Madden nahm ihn ins Kreuzverhör. Sie eröffnete der Jury, daß er in psychologischer Behandlung gewesen sei.

»Bist du der Meinung, daß man auf dir herumgehackt hat?« fragte sie.

»Herumgehackt?«

»Ja.«

James konterte: »Ich wurde sexuell mißbraucht, mißhandelt und geschlagen.«

Sie versuchte, die Geschichten von den okkulten Ritualen unglaubwürdig erscheinen zu lassen.

»Und du hast Teufel im Haus herumschweben sehen?« fragte sie.

»Ja ... ich habe sie mit eigenen Augen gesehen.«

»Hmmm«, meinte die Strafverteidigerin.

»Und mein Dad hat das Ganze inszeniert.«

»Hat dein Vater gedroht, dir etwas anzutun, wenn du jemandem davon erzählst?«

»Ja. Einmal lag ein Baby mitten auf dem Tisch, zerstückelt und gebraten.«

»Und wo hatte er das Baby her?«

»Meine Mom hatte es geboren.«

»Wann?«

»Ich würde sagen 1987.«

Es sei nur eins von mehreren Babys gewesen, die seine Mutter zu Hause bekommen hatte und die dann später verschwunden seien.

Nach einer zehnminütigen Pause am Nachmittag trat Lana Sexton in den Zeugenstand. Die stellvertretende Staatsanwältin Kristine Rohrer verwandte eine halbe Stunde auf allgemeine Informationen. Sie ließ es langsam angehen, fragte das Mädchen erst nach dem Umfang ihrer Familie, nach den Namen und Spitznamen ihrer Geschwister und dem jeweiligem Alter sowie nach Einzelheiten des Hauses in der Caroline Street.

Sie sprachen über die Futuretrons und die Schläge.

May Sexton, ganz in Blau gekleidet, weinte am Tisch der Verteidigung und wischte sich mit einem Papiertuch die Tränen aus den Augen. Lana sagte später im Prozeß, daß sie nicht wolle, daß ihre Mutter bestraft werde. Vielmehr wünschte sie sich, daß sie therapiert werde.

Dann kam Rohrer auf den Kern der Anklage zu sprechen, einen Zwischenfall, der sich ereignet hatte, als Lana acht Jahre alt gewesen war.

»Hast du dich in Gegenwart deiner Mutter noch aus einem anderen Grund als den Schlägen mit dem Gürtel unwohl gefühlt?« fragte die Staatsanwältin.

»Ja«, erwiderte Lana. »Da sei etwas passiert, im Elternschlafzimmer.«

»Manchmal duschten wir Kinder in dem Bad gleich neben ihrem Schlafzimmer. Ich trocknete mich gerade ab, als sie mich zu sich ins Zimmer rief.«

»Was wollte sie von dir?«

»Sie sagte, ich solle mich auf das Bett setzen.«

»Und was geschah dann?«

»Sie faßte mich an den falschen Stellen an.«

Rohrer forderte die Zeugin auf, sich klarer auszudrücken.

»An intimen Stellen«, sagte Lana.

»Von welchen intimen Stellen sprichst du genau?«

»Von der vorne«, antwortete Lana.

Intime Stellen vorne oben oder vorne unten?«

»Unten ... sie fing an, mich zu reiben.«

Lana sagte, sie sei hinterher weinend zu Bett gegangen. Die Berührung habe nur ein paar Sekunden gedauert, sagte sie.

Aber für die Jury war das lange genug. May Sexton rief keine Zeugen auf. Ihre Verteidigerin behauptete, der Staatsanwaltschaft sei es nicht gelungen, ihre Beschuldigungen zu beweisen. Nach zwei Stunden kehrten die Geschworenen mit einem Schuldspruch zurück. May ließ den Kopf auf die Arme sinken und barg das Gesicht in den Händen.

Als Deputys der Mutter Handschellen anlegten, bemerkte Skipper Sexton, der im Zuschauerraum saß: »Das ist doch Quatsch. Ich weiß, daß sie unschuldig ist.« Sie würden den falschen Elternteil bestrafen, fand er.

Judee Genetin teilte den Reportern mit, daß es möglicherweise nicht bei diesem einen Prozeß bleiben werde, sondern daß es durchaus denkbar sei, daß noch weitere Anklagen folgten.

In der darauffolgenden Woche erschien May Sexton zur Urteilsverkündung erneut vor Gericht. Jean Madden argumentierte, daß sie nicht vorbestraft sei. Sie forderte den Richter auf, sich nicht von dem Strom skandalöser Geschichten beeinflussen zu lassen, die die Lokalpresse immer noch regelmäßig über die Familie veröffentlichte.

Richter John W. Wise blickte zu Estella May Sexton hinüber und fragte, ob sie noch etwas sagen wolle.

»Ja, Euer Ehren«, antwortete sie. »Ich möchte noch einmal meine Unschuld beteuern. Ich möchte nur, daß alles geklärt wird, dann akzeptiere ich auch jede Entscheidung des Gerichts.«

Richter Wise hielt ihr vor, sie habe ihre oberste Elternpflicht vernachlässigt. »Als Mutter ist es Ihre Pflicht, Ihre Kinder zu beschützen und für sie zu sorgen«, sagte er streng. Er verhängte die zulässige Höchststrafe von zwei Jahren Haft.

Die Behörden hatten zwei gute Wochen.

In Florida bekannte Pixie Good sich des Totschlags für schuldig und erklärte sich bereit, gegen ihren Vater und ihren Bruder auszusagen. An dem Tag, da Mays Prozeß begann, traf im Renkert-Gebäude ein Fax für Judee Genetin und Steve Ready ein.

Absender war Gene Screen, ein Speziallabor für Genanalysen in Dallas. Die Bluttests waren abgeschlossen. Den genetischen Codes zufolge war Eddie Lee Sexton aller Wahrscheinlichkeit nach der Vater von Dawn und Shasta Good. Das Labor gab die Wahrscheinlichkeit der Vaterschaft mit 99,99 Prozent an.

6

»Wir wollen Mama drankriegen«, sagte Mike Willette.

Willette und Linda Burton wollten May mit dem Mord in Verbindung bringen. Den ganzen Frühling und Sommer über befragten sie immer wieder sämtliche Sexton-Sprößlinge.

»Keiner wollte sie ans Messer liefern«, sagte er später.

Willette, Burton und John King stießen jedoch auf reichlich Bestätigung für Jay Pruners Theorie einer Kontrolle im Manson-Stil. Die Sexton-Kinder berichteten von ihrem Leben daheim, von dem militärischen Drill, den Diebstählen auf der Flucht, dem Brandanschlag auf den Trailer in der Treaty Road.

Die Detectives unterhielten sich mit Herb Shreiner, dem Brandexperten von Jackson Township. Er äußerte sich zu den zwei verdächtigen Bränden in der Caroline Street. Außerdem lasen sie den FBI-Bericht über Clyde Scott, Mays Vater, sowie über Sextons Tricks, einen Brand auszulösen.

Später bekam Steve Ready noch eine Akte der Feuerwehr von Canton in die Hände. Es hatte in der Stadt Canton insgesamt acht Brände bei Mitgliedern der Sexton-Familie gegeben, zwei mit unbestimmter Ursache und sechs Brandstiftungen. Drei dieser Feuer waren in Häusern in der Third Street und der Fifth Street ausgebrochen, die Eddie Lee Sexton gehörten. In einer Akte stand, daß ein Familienmitglied sogar den Spitznamen ›The Mechanic‹ bekommen hatte wegen seiner Geschicklichkeit beim Legen eines Feuers.

Ein pensionierter Brandexperte aus Canton, Dave Demeo, erinnerte sich später an seine Begegnungen mit dem Clan. So wie er das sah, hatte Eddie Lee Sexton sich auf dem Immobilienmarkt nach oben gezündelt, bis er von den Versicherungen genug kassiert hatte, um sich das Haus in Jackson Township kaufen zu können.

»Sie lebten von Versicherungszahlungen«, meinte Demeo. Er war der Überzeugung, daß Sexton einen Betrug im ganz großen Stil aufgezogen hatte. Sexton verkaufte schäbige Häuser zu einem überteuerten Preis an Verwandte, brannte sie dann nieder und strich anschließend eine Versicherungssumme ein, die weit über dem tatsächlichen Wert der Immobilie lag.

Aber Demeo war es nie gelungen, Eddie Lee Sexton eine Brandstiftung nachzuweisen. Er war jedesmal weit weg gewesen, wenn das Feuer ausgebrochen war. In den Trümmern zweier Häuser hatte Demeo manipulierte wärmeerzeugende Drähte und ein Aquariumheizgerät gefunden, womit sich ein Feuer zeitversetzt entzünden ließ, so daß der Brandstifter genügend Zeit hatte, sich vom Tatort zu entfernen.

Für einen Brand in der Fifth Street im Jahre 1977, drei Jahre vor dem Kauf des Hauses in der Caroline Street, hatte die Versicherung sechzehntausend Dollar bezahlt. Ein Hausbesitzer aus der Fifth Street erinnerte sich später an ein Gespräch mit Sexton nach dem Brand. Sexton habe ihm gesagt, daß, wenn er einen Brand legen wolle, er, Sexton, ihm verraten könne, wie man so etwas machte. Man stellte eine Kerze auf einen Pappteller in den Keller.

»Er sagte, er würde einen Haufen Kleider unter der Treppe aufhäufen und die Kerze würde, wenn sie herunterbrannte, erst den Pappteller und anschließend die

Kleider entzünden. Und von den Kleidern würde das Feuer dann auf die Treppe übergreifen.«

Es dauerte nicht lange, und Jack Espinosa, Polizeisprecher in Hillsborough und ehemals Komiker auf Kuba, führte folgende Frage in den Aufnahmebogen der örtlichen Polizeiakademie ein: Welches ist das einzige Verbrechen, das Eddie Lee Sexton nicht begangen hat? Antwort: Bagatelldiebstahl.

In Tampa verlangte Willie immer wieder mit Willette zu sprechen, womit er dem Rat seines Verteidigers Nick Sinardi zuwider handelte. Er erzählte plötzlich eine neue Version seiner Geschichte und behauptete, sein Vater habe ihm eine 9mm an den Kopf gehalten und ihm befohlen, Joel zu töten. Die Pistole habe er in dem Waldstück hinter Parzelle achtzehn weggeworfen. Willette, Willie und ein paar Männer mit Metalldetektoren suchten das Gelände einen ganzen Tag lang ab, fanden jedoch nichts. Hinterher gab Willie zu, daß seine Behauptung eine Lüge war.

In Canton spitzten sich derweil die bizarren Enthüllungen der Geschwister hinsichtlich des Alltags in der Caroline Street zu. Patrick Sexton, der älteste Sohn von May Sexton und Halbbruder der anderen Geschwister, sagte: »Ich schäme mich, den Namen Sexton zu tragen.« Er fügte hinzu, daß er, seit er aus dem Haus ausgezogen war, eine gewisse Distanz zu den Eltern gewahrt habe. Er erzählte Willette, daß sein Vater mit Morphium und Spritzen seine Rückenschmerzen bekämpft habe. Sein Vater habe vorausgesagt, daß die Schwierigkeiten mit den Sozialbehörden irgendwann tödlich enden würden. »Bevor das alles vorbei ist, wird jemand getötet werden«, habe er gesagt.

Von Skipper erfuhr Willette, daß Eddie Lee die Kinder in Séancen und Tieropfern unterwiesen hatte, allerdings stritt er ab, je Zeuge eines echten Blutopfers gewesen zu sein. Er offenbarte auch eine weitere Form der Bestrafung im Hause Sexton. Einmal habe sein Vater zwei der Jungen gezwungen, ihren Penis mit Ben Gay einzureiben, nachdem sie angeblich die Jacke einer Schwester mit der Salbe beschmiert hätten.

May Sexton erzählte bei einem Verhör im Gefängnis, daß ihr Mann mit den Jungen härter umgesprungen sei als mit den Mädchen, wenngleich er auch die Mädchen mit dem Gürtel gezüchtigt habe. Sie leugnete rituelle Handlungen. Sie habe ihren Kindern aus der Bibel vorgelesen.

Christopher sagte aus, er habe auf einer Fahrt nach Ohio ein Gespräch zwischen seinem Vater, Willie und Pixie belauscht, in dem sie davon sprachen, Joel loszuwerden. Willie sagte: »Wir müssen Joel ausschalten«, und sein Vater fragte Pixie, was sie davon hielte. Sie antwortete, es sei ihr egal.

Christopher sprach nicht gerne von dem Leben in der Caroline Street, erst recht nicht über Sex. Er sagte, sein Vater habe ihn nicht mehr belästigt, seit er zum Teenager herangewachsen war.

»Was meinst du mit belästigt?« wollte Willette wissen.

Christopher faßte sich zwischen die Beine und sagte: »Ihn hinten reinstecken.«

Shelly Croto erzählte ihre vollständige Geschichte und offenbarte Strafen und Mißhandlungen, die von den Geschwistern bestätigt wurden. Shelly erinnerte sich an Séancen und daran, daß ihr Vater einen Geist angerufen habe, wozu er Sherris tote Katze benutzt habe.

Aber für die Rituale seien nicht nur tote Tiere benutzt worden, sagte sie. Ihre Mutter habe drei oder vier Fehlgeburten gehabt, und nach einer davon sei der Fötus, der ›etwa so groß war wie ein Notizbuch‹ von der Mutter gekocht und von der Familie verspeist worden. Vor dem Essen habe eine Séance stattgefunden, bei der sie sich alle an den Händen halten mußten. Ihr Vater habe gesagt, er würde den Geist des Fötus anrufe und er würde aus einem der Kinder sprechen.

»Mir wurde schlecht«, sagte sie.

Hinterher wollte sie nicht mehr über diesen Zwischenfall sprechen.

Am 3. Mai unterhielt sich Willette lange mit James Sexton in den Räumen des DHS in Canton. Er sagte, sein Vater habe jedem von ihnen einen einzigen Freund erlaubt, allerdings keine Besuche. Er habe ihnen auch verboten, Deodorant zu benutzen. Baden durften sie nur einmal alle zwei Wochen.

James erzählte, sein Vater habe sie mit satanischen Zaubersprüchen belegt, wozu er eine satanische Bibel benutzt und in einer ›seltsamen‹ fremden Sprache gebetet habe. Er habe zahlreiche okkulte Bücher besessen, eine Kristallkugel und ein Ouija-Brett. Außerdem gab es ein ganzes Regal voller Pornofilme. Er habe den Kindern Hardcore-Pornos gezeigt.

Auch James sprach von toten Föten. Er behauptete, sein Vater habe die Fehlgeburten der Mutter zerstückelt, gekocht und zum Abendessen serviert. Die Knochen eines der Föten habe er einem Hund gegeben. Er erzählte, sein Vater habe in den 70er Jahren ein Baby getötet und im Keller eines früheren Hauses der Familie in der Oxford Street verscharrt. Außerdem habe er gesehen, wie Eddie Lee eine Katze tötete, ihr den Kopf abhackte und den Körper an ein Kruzifix nagelte.

»Wenn einer von uns sich weigerte, etwas zu tun, was er von ihm verlangte, drohte er, ihn zu töten und bei dem toten Baby zu begraben«, sagte James.

»James, dir ist doch klar, daß du die Wahrheit sagen mußt«, ermahnte Willette den Jungen. Keines seiner Geschwister hätte bisher etwas in dieser Richtung erzählt.

James meinte, das läge daran, daß die anderen seine Mom und seinen Dad gern hätten. James erzählte, daß sein Vater Willie ein Gewehr an den Kopf gehalten habe und alle auf absolutes Stillschweigen eingeschworen habe. Seine Mutter habe ihm im übrigen selbst von den Fehlgeburten erzählt, fügte er hinzu.

»Wonach hat das Baby geschmeckt?« fragte Willette.

»Nach Huhn«, antwortete James und fügte hinzu, daß er seitdem kein Geflügel mehr essen könne.

James zählte eine ganze Litanei sexueller Handlungen auf. Er sagte, sein Vater habe ihn mit sechs gezwungen, ihn oral zu befriedigen. Sein Vater habe Gesichter auf seinen Bauch gemalt und ihm befohlen, sie abzulecken. Er, Matthew und Skipper hätten Fellatio aneinander vornehmen müssen. Skipper habe einmal zu ihm gesagt, sie dürften alles tun, solange sie kein Sperma auf dem Fußboden verspritzten. Er sei mehrfach von Skipper vergewaltigt worden. Sein Vater habe den Jungen einen Dollar gegeben dafür, daß sie an den Brüsten ihrer Mutter saugten. Sein Vater habe James veranlaßt, seinen Penis ›zu schütteln‹, bis ›was rauskam‹. Er habe gesehen, wie Skipper sich von Lana den Penis lutschen ließ, während er dastand wie die Freiheitsstatue.

Er zitierte seinen Vater mit den Worten: »Es ist alles gesetzlich erlaubt. Das alles ist ganz natürlich.«

Sein Vater sei außerdem ein Dieb, erzählte James. Der Patriarch hätte nichts dagegen gehabt, daß die Kinder in Lebensmittelläden stahlen. Er selbst habe gesehen, wie der Vater auf einem Campingplatz ein Zelt gestohlen hatte. Außerdem habe sein Vater noch Messingadler aus einem Haus gestohlen. (Dieselben Adler, die Sexton später als gestohlen meldete.) Sein Vater habe darüber hinaus einen Bootsmotor entwendet und im eigenen Teich versenkt.

Bevor er das Gespräch beendete, fragte Willette nach einer positiven Erfahrung. Er wollte von James wissen, was seine schönste Erinnerung wäre.

»Jeder Tag, an dem wir nicht geschlagen wurden.«

7

Staatsanwalt Jay Pruner betrat das Haus in der Caroline Street. Es war nicht abgeschlossen. Er und Steve Ready suchten nach einer satanischen Bibel, konnten jedoch kein solches Buch finden.

Pruner hörte ebenfalls die Geschichten über die Fehlgeburten und die toten Babys von James und später auch von Shelly. Der Staatsanwalt machte die gleichen Phasen durch wie jeder, der sich näher mit dem Fall Sexton befaßte: erst Unglaube, dann die Ahnung, daß es doch so gewesen sein könnte, und schließlich die Aufdeckung von Fakten, die offenbar die Aussagen der Kinder untermauerten. Mehrere Abende lang ging er bei Drinks in verschiedenen Bars in Canton die Einzelheiten mit Steve Ready, Mike Willette und Linda Burton durch.

Ready begann, das Alter der Sexton-Kinder genauer zu betrachten. Zwischen Eddie jr. und Machelle hatte May Sexton fünf Kinder geboren, jedes Jahr eins. Dann ein Jahr keins, anschließend Skipper, James und Matthew, wieder in Abständen von jeweils einem Jahr. Christopher, Lana und Kimberly waren in einem Zeitraum von fünf Jahren zur Welt gekommen. Dann, 1984, im noch gebärfähigen Alter von siebenunddreißig Jahren, hatte sie keine Kinder mehr bekommen.

»Sie war ständig schwanger«, erzählte Pixie später. »Und sie hat ständig erzählt, sie sei schwanger.« So wie auch auf der Flucht.

»Wir wissen, daß sie fast jedes Jahr ein Kind bekommen hat«, meinte Ready. »Aber was war in jenen Jahren, in denen kein Kind geboren wurde? War sie nicht schwanger, oder hatte sie Fehlgeburten?«

Am Abend des 5. Mai, dem Tag, an dem das Gespräch mit James stattgefunden hatte, war Pruner völlig erschöpft. Er hatte sich mit Judee Genetin und Staatsanwälten von Stark County getroffen. Außerdem hatte er sich mit zwei anderen Sexton-Kindern unterhalten und mit Augusta Townsend, der Frau, die die Sextons nach der Geiselnahme bei sich aufgenommen hatte.

Pruner, Willette und Burton hatten noch ein Treffen vor sich. Die Familie von Joel Good erwartete sie in Sam Barricks Haus in Bolivar. Der Staatsanwalt hatte bereits mehrfach mit ihnen telefoniert, aber er wollte Canton nicht verlassen, ohne ihnen von Angesicht zu Angesicht erklärt zu haben, warum die Anklage gegen Pixie Good von Mord auf Totschlag abgemildert worden war.

Eine halbe Meile vor Sam Barricks Ranchhaus in den Hügeln vor Bolivar nahm Willette einem Laster, den er übersehen hatte, die Vorfahrt.

Das schwere Gefährt hätte sie um ein Haar gerammt.

Jay Pruner hätte diesen Zwischenfall als schlechtes Omen für das deuten sollen, was ihn bei den Goods erwartete.

8

Sie saßen alle am Eßzimmertisch. Sam und Sue Barrick, Teresa und Chuck Boron, Lewis und Gladys Barrick, Tante Velva. Außerdem waren noch Joels Bruder Danny und mehrere Nichten und Neffen dort. Insgesamt waren es mindestens zwölf Personen.

Pruner hatte nur vier oder fünf erwartet.

Anderthalb Stunden lang bombardierten sie den Staatsanwalt mit Fragen. Sie alle waren aufgebracht, und dabei wußten sie noch nichts davon, daß ihr geliebter Angehöriger mit scharfer Sauce gequält, mit einem Elektrokabel verprügelt und mit Zigaretten verbrannt worden war.

»Warum haben Sie sich mit Pixie auf einen Handel eingelassen?«

»Sie kennen doch den Inhalt des Briefes, den sie Joey geschrieben hat, oder?«

»Warum wurde Pixie nicht wegen dem Mord an Joel unter Anklage gestellt?«

Er versuchte, ihnen das Gesetz und die gerichtlichen Formalien zu erklären. Sie konnten Eddie Lee und Pixie nicht allein aufgrund von Willies Aussage verurteilen und einsperren.

»Es gefällt uns auch nicht, daß wir auf Pixies Hilfe angewiesen sind«, sagte er. »Wir wissen, was sie ist.«

»Was würden Sie denn brauchen, um Pixie anzuklagen?« fragte Teresa Boron.

»Hören Sie«, entgegnete Pruner, »der Handel ist abgeschlossen.«

Jetzt sei Eddie Lee Sexton in der Defensive, sagte er. Eddies und Willies Verteidiger hatten kein Eilverfahren beantragt, weil sie Zeit brauchten, um ihre Verteidigung vorzubereiten. Der Fall würde vermutlich im Herbst vor einer Jury verhandelt werden.

Von allen Seiten hagelte es Fragen.

Teresa Boron wartete, daß für einen Augenblick Ruhe einkehrte, und sagte dann: »Sie verstehen nicht. Pixie war diejenige, die ihn überhaupt erst in diese Familie geholt hat. Ohne Pixie wäre Joey heute noch am Leben.«

Pruner entgegnete, daß sie für Eddie Lee Sexton die Todesstrafe fordern würden. Aber es gelang ihm nicht, die Familie davon zu überzeugen, daß Joel Gerechtigkeit widerfahren werde.

Tatsächlich konnte er den Ausgang des Prozesses nicht garantieren. Aufgrund bestimmter gerichtlicher Vorschriften bestand die sehr reale Möglichkeit, daß die Geschworenen von zahlreichen Enthüllungen der Sexton-Kinder nie etwas erfahren würden.

Ohne diese Aussagen würde es aber schwierig werden, Sextons absolute Kontrolle über die Familie sowie seinen Vorsatz zu beweisen. Vom ersten Tag an war die Strategie ein kalkuliertes Risiko gewesen. Aber das behielt Pruner lieber für sich.

Kapitel 14

Die Prüfung

1

Rechtsanwalt Rick Terrana aus Tampa sagte über seinen neuen Mandanten: »Eins kann ich Ihnen sagen, ich habe es schon mit Menschen jeden Schlages zu tun gehabt. Manche waren mir richtig sympathisch, andere konnte ich nicht ausstehen. Als mein Mandant war er einer der kooperativsten und angenehmsten Klienten, die ich jemals hatte. Und er ist hochintelligent. Eddie Lee Sexton ist kein Dummkopf.«

Terrana, ein 33jähriger ehemaliger Pflichtverteidiger, war in Tampa geboren und aufgewachsen, ein Sprößling der dortigen italienischen Gemeinde, die sich an der Bucht angesiedelt hatte. Terrana war groß, von südländischem Typ und gerissen, kleidete sich sehr sorgfältig und liebte handgedrehte doppelte Coronas. Er vertrat um die zwanzig Schwerverbrecher jährlich. Darunter waren bislang acht Mordanklagen gewesen, und noch nie hatte eine Jury einen seiner Mandanten zum Tode verurteilt. An den Wochenenden kelterte er Cabernet-Wein, den er ›Italian Moonshine‹ nannte und durchstreifte als geschickter Jäger und Bogenschütze Floridas Wildnis nach Rotwild.

Terrana und Willie Sextons Anwalt Nick Sinardi fuhren mehrmals nach Canton. Florida hat eins der liberalsten Beweissicherungsgesetze in den Staaten. Verteidiger werden dort nicht nur über sämtliche Beweise unterrichtet, die die Staatsanwaltschaft einbringt, sondern es ist ihnen darüber hinaus gestattet, potentielle Zeugen unter Eid zu stellen und ihre eigenen eidesstattlichen Erklärungen zusammenzustellen. Im Spätsommer holten die Verteidiger eidesstattliche Erklärungen der Sexton-Kinder, von Park Rangern, Detectives der Mordkommission und der Hauptklägerin der Staatsanwaltschaft, Estella ›Pixie‹ Good, ein.

Es entwickelte sich eine zweite plausible Version des Mordes. Terrana war der Ansicht, daß die Beweise eindeutig belegten, daß Joel Goods Ermordung nicht von Eddie Lee Sexton befohlen worden sei. Statt dessen hätten Pixie und Willie, die ein inzestuöses Verhältnis verband, sich den Mordplan ausgedacht. Willie hatte der Polizei bei dem auf Video aufgezeichneten Verhör erzählt, Pixie habe ihren Ehemann ans Messer geliefert. Christopher hatte ausgesagt, es sei ihr egal gewesen, als auf einer Fahrt nach Ohio das Mordkomplott zur Sprache gekommen war. Es gab keine Aussagen anderer Geschwister, daß Eddie Sexton den Mord befohlen habe. Das war allein Pixies Version. Good hatte Stichwunden an der Hand, und Willie hatte auf dem Campingplatz davon geredet, Pixie habe Joel ›erstochen‹. Mehrere Familienmitglieder hatten übereinstimmend ausgesagt, Sexton habe überrascht und besorgt reagiert, als er von dem Mord erfahren habe. Pixie war in die Stadt gefahren, um eine Schaufel zu kaufen, und sie hatte noch lange nach der Verhaftung der Eltern zum Tathergang geschwiegen.

Die eidesstattlichen Erklärungen bekräftigten die Theorie. Geschwister berichteten von dem Plan, Joel zu töten, um eine Lebensversicherung zu kassieren, von den ständigen Streitereien des Ehepaares und der Folter Goods in Moon Lake und Shady Hills. Terrana erinnerte sich später: »Außerdem hatten wir zahlreiche Aussagen, denen zufolge Joel und Eddie sich großartig verstanden hatten. Hierin waren sich alle einig … außer Pixie.«

Terrana hielt Pixies Aussage in drei langen eidesstattlichen Erklärungen fest. Sie leugnete jede Straftat und auch ihre Mitwirkung an der Ausarbeitung eines Mordplanes. Sie stritt ab, Joel der Sodomie beschuldigt oder ihn mißhandelt zu haben. Sie leugnete jede Komplizenschaft an dem Plan, Ray Hesser zu entführen. Sie gab zu, daß Joel ›Ed‹ gerufen habe, als er von Willie angegriffen worden war. In der letzten Erklärung sah es so aus, als wollte sie

Willie decken, als dessen Verteidiger Nick Sinardi die Befragung übernahm.

»Haben Sie Joel zu irgendeinem Zeitpunkt gewarnt, daß Ihr Vater ihn möglicherweise umbringen lassen wolle?«

»Nein.«

»Warum nicht?«

»Weil ich nicht geglaubt habe, daß er es tatsächlich tun würde.«

In dieser Erklärung im August sagte Pixie wie schon in der vorausgegangenen im Juli aus, daß Joel noch gelebt habe, als sie mit ihrem Vater in den Wald gegangen sei. Ihr Vater habe gegen sein Bein getreten, und daraufhin habe Joel sich bewegt.

»Und jetzt bring es zu Ende«, habe ihr Vater da gesagt.

Willie, der neben dem Bewußtlosen stand, habe sich geweigert, diesem etwas anzutun.

Kurze Zeit später habe sich Willie entschuldigt.

»Er sagte zu mir, er würde das Ganze bereuen«, behauptete Pixie.

»Und was haben Sie ihm gesagt?«

»Ich sagte, ich würde seine Entschuldigung annehmen, daß das aber nichts ungeschehen machen würde.«

Es gab keinen objektiven neutralen Zeugen außerhalb der Familie, stellte Terrana fest. Park Ranger und andere beschrieben die Familie als ruhig und unauffällig. Terrana wollte dagegen Einspruch erheben, daß die neu aufgekommenen Geschichten von toten Säuglingen und Ritualen in Canton der Jury vorgetragen wurden. Im übrigen meinte er, sie seien symptomatisch für die Glaubwürdigkeit der Familie. Der Staat dürfe einen Fall, in dem die Todesstrafe verhängt werden konnte, nicht allein auf Aussagen der, wie er sich ausdrückte, »kränksten Familie Amerikas« aufbauen.

Sherri Sexton war in psychiatrischer Behandlung, als Terrana im August ihre eidesstattliche Erklärung einholte. Ein Psychiater hatte ihr Depakote und Xanax verschrieben. Sie sagte, sie und Pixie stünden sich nicht besonders nah. Sie blieb dabei, daß Joel und ihr Vater gut miteinander ausgekommen seien; er habe ständig versucht, Joel und Pixie zu beraten und ihnen zu helfen, ihre Eheprobleme zu lösen.

Sie erinnerte sich noch gut an die Reaktion ihres Vaters, als dieser vom Picknick zurückgekommen war und Pixie ihm mitgeteilt hatte, daß Willie Joel getötet habe.

»Er sagte: ›Shit.‹«

Willie und Pixie hätten sich kurz nach dem Mord gegenseitig beschuldigt. Am darauffolgenden Tag hatte Sherri gehört, wie ihr Vater zu Willie sagte: »Das hättest du nicht tun sollen« und »Ich glaube einfach nicht, daß du das getan hast.«

»Wissen Sie noch, was Willie darauf erwidert hat?« wollte Terrana wissen.

»Nichts.«

»Was glauben Sie, weshalb Willie Joel getötet hat?«

»Er hatte Angst, daß er mit jemandem über den Tod des Babys sprach ... Ich habe auch das Gefühl, daß Willie und Pixie in dieser Sache unter einer Decke steckten.«

Pixie sei auch kein unschuldiges Opfer, meinte Sherri.

»Ich glaube, sie war in meinen Vater verknallt«, sagte Sherri. »Ich habe nämlich einmal eine Notiz von ihr gelesen.

»Und was stand in dieser Notiz?« fragte Terrana.

»Es gäbe niemanden, der so sei wie er. Sie liebe ihn, wolle Kinder mit ihm haben und ihn heiraten.«

Sherri sagte, sie habe die Zeilen nach der Verhaftung ihrer Eltern im Safe des Wohnmobils gefunden. Sie habe sie verbrannt.

Charles ›Skipper‹ Sexton gab im August ebenfalls eine Erklärung ab, die der Verteidigung zugute kommen konnte. Skipper zeichnete ein denkbar negatives Porträt von Pixie und behauptete, sie habe eine Affäre mit Willie gehabt. Er und Matt hätten die beiden in Florida Sex machen sehen und dann noch ein zweites Mal im Wohnmobil. Matt hatte dies geleugnet und behauptet, er habe Pixie lediglich mit einem von Dave Sextons Söhnen schlafen sehen.

Pixie habe die Stimmung gegen Joel angeheizt, indem

sie ihn der Sodomie beschuldigt hat, sagte Skipper. Willie habe dann den Plan, Joel zu töten, vorangetrieben. Sein Vater habe zu Willie gemeint, er sei ›verrückt‹. Er erinnerte sich an eine Fahrt nach Ohio nach dem Tod des Babys. Wieder hatte es Diskussionen gegeben. Willie glaubte, Joel werde sie verpfeifen. »Wir sollten ihn aus dem Weg räumen«, habe er gesagt.

»Haben Pixie oder Ihr Vater sich damals zu dieser Bemerkung geäußert?« wollte Terrana wissen.

»Wissen Sie, Pixie hat gelächelt, weil sie wollte, daß es passiert.«

Skipper fuhr fort, Terrana das zu liefern, was der brauchte; Pixie habe Joel als ›Arschloch‹ tituliert und geäußert, sie wünschte, er sei tot. Skipper schwor, Pixie habe am Tag des Mordes versucht, ihn dazu zu bringen, den Mord auszuführen.

»Sie sagte: ›Ich gebe dir eine Million Dollar, wenn du Joel umbringst.‹ Und ich habe geantwortet: ›Du spinnst.‹«

Skipper behauptete, daß Pixie auf der Fahrt in die Stadt zu ihm gesagt habe: »Ich bin froh, daß es endlich passiert ist.«

»Und was haben Sie dazu gesagt?« fragte Terrana.

»Ich nannte sie eine wahnsinnige Schlampe ... [Joel] war wie ein Bruder für mich, wissen Sie.«

Aber auch Skippers Geschichte wandelte sich im Laufe des Gesprächs. Er gab zu, daß Willie ein paar Tage vor dem Mord zu ihm gesagt hatte: «Dad meint, ich soll es tun.« Außerdem habe sein Vater Pixie gedroht, sie werde ›ausgelöscht‹ werden, wenn sie nicht aufhörte, ständig über den Mord zu ›palavern‹.

Terrana hatte Skippers Aussagen gegenüber Steve Ready mit einer vorausgegangenen Unterhaltung verglichen, die er und der Anwalt geführt hatten.

»Charles, Sie haben mir heute eine neue Version von der Ermordung Joel Goods erzählt ... Wenn ich mich recht erinnere, gibt es jetzt vier verschiedene Geschichten. Warum sollte ich Ihnen also glauben, was Sie mir heute erzählt haben?«

»Weil ich das hier für mich getan habe«, erwiderte Skipper. »Bei den anderen Versionen ging es nicht um mich.«

»Wie meinen Sie das?«

»Das, was ich Ihnen heute erzählt habe, ist die Wahrheit.«

»Dann entsprachen die Geschichten, die Sie Ready erzählt haben, also nicht der Wahrheit?«

»Halb und halb.«

Die Jury wird diese Art der Aufrichtigkeit sicher zu schätzen wissen, dachte Terrana. Es gab viele Unstimmigkeiten, mit denen er beim Kreuzverhör die Zeugen der Anklage konfrontieren konnte.

Rick Terrana konnte es kaum erwarten.

2

Sie war wieder da, diesmal mit ihrer drei Monate alten Tochter Courtney, und sie brauchte mal wieder eine Bleibe.

Anne Greene musterte Shelly Croto. Sie hatte mindestens vierzig Pfund zugenommen und hatte kaum noch Ähnlichkeit mit dem zerbrechlichen jungen Ding mit den flehenden blauen Augen. Anne hatte mit ihr gemeinsam den Geburtsvorbereitungskurs besucht, ihr im Krankenhaus gezeigt, wie man stillte, und sie bei Eheproblemen beraten. Und jetzt, an diesem warmen Tag im Juli, eröffnete Shelly Croto Anne, daß ihr Mann sie geschlagen habe. Sie wolle ihn verlassen. Außerdem glaubte sie, wieder schwanger zu sein.

Die Sextons hatten Annes Leben auf den Kopf gestellt. In den vergangenen zwei Jahren hatten sie eine Shelly-Krise nach der anderen gemeistert. Und was tat Shelly? Machte sie eine Therapie, schloß sie sich einer Selbsthilfegruppe an? Nein, sie lebte in einer Beziehung, in der sie offenbar mißhandelt wurde, und setzte Kinder in die Welt. Genau wie ihre Mutter.

Noch ein letztes Mal, sagte sich Anne.

Anne suchte nach einer Unterkunft für die junge Mutter. Sie wandte sich an andere Hilfsorganisationen.

Dann, zwei Tage später, verschwand Shelly wieder und rief Anne aus einer Telefonzelle an. Sie sei auf der Bank und würde einige Besorgungen machen.

Dann nichts mehr.

Anne rief Steve Ready an, und sie machten sich auf die Suche. Sie schauten bei ihr zu Hause nach und sahen sich dann in Bolivar um. Am nächsten Morgen erfuhren sie, daß sie sich wieder mit ihrem Mann versöhnt hatte. Anne rief die Sozialbehörde an.

Machelle erzählte den Sozialarbeitern eine völlig andere Geschichte. Nein, sie sei nicht mißhandelt worden.

David Croto seinerseits behauptete, er habe sie niemals angerührt und würde auch nie die Hand gegen sie erheben. Shelly habe ihm erzählt, sie würde eine Tante besuchen. Shelly schien Anne und Dave gegeneinander ausspielen zu wollen, wobei sie abwechselnd mal den einen, mal den anderen schlecht aussehen ließ, so wie sie es daheim in der Caroline Street gelernt hatte.

Dave Croto sagte später, manchmal wäre es ihm vorgekommen, als lebte er mit drei oder vier verschiedenen Menschen zusammen. »Sie übertreibt, denkt sich manchmal Geschichten aus«, sagte er. »Manchmal einfach so, völlig grundlos. Einfach nur um Aufmerksamkeit zu erregen.«

Vielleicht liegt es daran, daß der Prozeß näher rückt, sagte sich Anne. Vielleicht ist es eine Art Abwehrmechanismus. Vielleicht braucht sie mehr seelischen Beistand, um die Kraft aufzubringen, vor Gericht ihrem Vater gegenüberzutreten.

Shelly Sexton-Croto würde sich diese Hilfe woanders holen müssen, entschied Anne.

Anne Greene hatte ihr nichts mehr zu geben.

3

Er schrieb Briefe und telefonierte fast täglich … er wandte sich an May oder Pixie, Eddie jr., Skipper oder Sherri. Er forderte die Adressaten oder Gesprächspartner auf, seine Worte an jene weiterzuleiten, die er nicht direkt erreichen konnte. Eddie Lee Sexton hatte genug Geld für Briefpapier und Porto. Er bezog immer noch eine Invaliditätsrente. Er zahlte Dave und Jean Sexton fünfhundert Dollar dafür, daß sie seine angesammelten Schecks aus dem Postfach in Massilon holten und auf sein altes Bankkonto einzahlten.

Die Briefe waren Meisterwerke der Manipulation, Halbwahrheiten und wechselnden Allianzen.

In den ersten Briefen nannte er Pixie ›Kleines‹. Er schickte ihr Geld, gab ihr wohlmeinende väterliche Ratschläge und versprach ihr, daß ihr nichts passieren würde.

»Keine Sorge, Liebes, sie werden Dich nicht wegen dem Baby oder Joel drankriegen, weil ich Dir bis zuletzt zur Seite stehen werde«, schrieb er beispielsweise.

Er trug ihr auf nur ›die Wahrheit‹ zu sagen. Aber diese Wahrheit änderte sich in jedem seiner Briefe.

»Ich habe ihnen gesagt, daß Joel und Willie das Baby ins Krankenhaus bringen sollten, damit man ihnen dort eine Sterbeurkunde ausstellte und sicherstellte, daß es nicht etwa im Koma lag. Sie sind mit dem Wagen weggefahren und etwa zwei Stunden später zurückgekommen … erst drei oder vier Tage später haben sie uns erzählt, daß sie das Baby begraben haben«, schrieb er beispielsweise.

In einem anderen Brief behauptete er, die Ermordung Joels sei allein Willies Idee gewesen: »[Willie] hat behauptet, ich hätte von ihm verlangt, Joel etwas anzutun, aber Du weißt, daß das nicht stimmt. Und ich weiß auch, daß Du nichts davon gewußt hast … Kleines, du hast Dir wegen Joel nichts vorzuwerfen. Diese Entscheidung hat Willie ganz alleine gefällt.«

Er schrieb, daß Willie auf Otis' Seite sei, daß Otis sich eine Vollmacht besorgt habe und Willies Sozialversicherung kassieren würde. Willie würde Lügen verbreiten.

Als sie ihren Nervenzusammenbruch erlitt, sagte er, sie solle die Ohren steifhalten. Er riet ihr, auf den Handel wegen Totschlags einzugehen und schrieb, daß eine Gefängnisstrafe von zwei bis fünf Jahren gar nicht so schlimm wäre.

Der Ton war immer optimistisch, abgesehen von einem Brief am Valentinstag. Sexton war gerade auf Antrag der Staatsanwaltschaft Blut abgenommen worden. In der richterlichen Anordnung hatte gestanden, sie hätte ihn der Vergewaltigung und des Inzests beschuldigt. Sherri und Machelle hätten die gleichen Vorwürfe gegen ihn erhoben.

»Liebes, ich weiß nicht, was zum Teufel da vorgeht«, schrieb er. »Laß mich wissen, ob Ihr mich tatsächlich beschuldigt habt oder nicht.«

Als feststand, daß sie sich gegen ihn gewandt hatte, begann er, in seinen Briefen an Eddie jr. Willie zu bearbeiten. Eddie solle Willie erzählen, daß Pixie gesungen hatte.

Sag Willie: »Warum ziehst Du Pixie nicht mit rein? Willst Du zulassen, daß sie Lügen über Dich erzählt und damit durchkommt, oder wirst Du es ihnen sagen?«

Dann sprach er es ohne Umschweife aus. »Willie, wenn Du eine gute Verteidigung willst, benutze den Umstand, daß Joel Roach und Tigger mißbraucht hat und Du und Pixie dem ein Ende machen wolltet ...«

Bei jedem Kind setzte er an anderer Stelle an. Skipper nannte er ›Laufender Bär‹ und unterschrieb mit ›Großer Laufender Bär‹. Er versprach ihm Geld und sagte, Maury Povich, Montel Williams und Geraldo Rivera hätten ihm »zwischen fünfzigtausend und fünfundsiebzigtausend Dollar« geboten. »Aber ich muß sie noch auf Dich überschreiben.«

Er tat so, als würden seine Geschwister hinter ihm stehen. »Ich glaube, die einzige, die gegen mich ist, ist Sherri«, schrieb er Skipper im August. »Vergiß nicht, Sohn, ich liebe Dich und vertraue Dir.«

In einem anderen Brief vermittelte er Skipper das Gefühl, etwas besonderes zu sein, indem er schrieb: »Ich schätze, ich kann mich nur auf Dich wirklich verlassen.«

Eddie Lee Sexton hatte einen Namen für den bevorstehenden Mordprozeß.

Er schrieb Skipper: »Ich bin sicher, daß ich die ›Prüfung‹ bestehen werde ... bald sind wir wieder unterwegs zu unbekannten Zielen.«

4

Dave Sexton erschien zu seiner Aussage in Tampa im Rollstuhl. Er trug eine Sonnenbrille und teilte den Anwälten mit, er sei praktisch blind.

Das war ein sonderbarer Widerspruch, hatte er doch in einem früheren Verhör behauptet, die Verbrennungen und Striemen auf Joel Goods Rücken ›gesehen‹ zu haben. Aber Dave Sexton teilte den Anwälten mit, daß er von der Mißhandlung Joels wußte und auch, daß diese von Pixie initiiert worden war. Außerdem sagte er, er habe nichts von Eddies ›rechtlichen Problemen‹ gewußt, als der in Florida aufgekreuzt war.

Außerdem stritt Dave Sexton vehement ab, Sherri sei während ihres Aufenthaltes bei seiner Familie vergewaltigt worden. Und Pixie habe auch keinen Sex mit einem seiner Söhne gehabt.

»Meine Söhne würden so etwas nicht tun«, sagte er.

Er ließ durchblicken, daß allein sein Bruder Otis schuld sei an den Schwierigkeiten der Familie. »Ich würde ihm an Ihrer Stelle nicht über den Weg trauen«, riet er. Auch er war mit Otis Sexton zerstritten, angeblich, weil Otis seine Frau als ›Hure‹ tituliert hatte.

Pruner setzte sich auch telefonisch mit Ice Man Paul Shortridge in Verbindung, der jede Beziehung zu den Sextons bestritt. Er sagte zu Pruner: »Ich an Ihrer Stelle würde Eddie Lee Sexton kein Wort glauben.«

Aber als der Prozeßtag immer näher rückte, machte Pruner sich nicht etwa wegen Dave Sexton Sorgen. Seine besten Zeugen für die Zeit unmittelbar nach dem Mord steckten in Schwierigkeiten. Pixie hatte immer noch akute psychische Probleme. Und Charles ›Skipper‹ Sexton konnte tagtäglich selbst unter Anklage gestellt werden. Im Frühjahr war er, nachdem er zu Fuß vor der Polizei geflüchtet war, verhaftet worden und hatte einen Einbruch in ein Haus in Massilon gestanden. Er würde ganz zweifellos verurteilt werden. Zur Zeit saß er im Stark-County-Gefängnis ein.

Der Staat konnte nur einen einzigen außenstehenden Beobachter des bizarren Verhaltens der Sexton-Familie vorweisen, und zwar Augusta Townsend, bei der die Sextons damals für einige Zeit untergekommen waren. Aber sie war sehr emotional, aufbrausend und wütend auf Eddie Lee Sexton, weil er sie um Geld und ihren Wagen betrogen hatte. »Sie war ein wandelndes Verfahrensrisiko«, sagte Pruner später über sie.

Pruner befürchtete außerdem, daß die Geschwister im Zeugenstand ›umkippen‹ würden, wenn sie sich ihrem Vater gegenübersahen. Pixie und Skipper hatten ihm einige der Briefe überlassen, die sie von dem Patriarchen erhalten hatten. Es wunderte den Staatsanwalt nicht, daß Skipper zunehmend verunsichert wirkte.

Pruner fing an, sich auf den behinderten Camper Ray Hesser zu konzentrieren. Und als er die Aussagen zu der geplanten Entführung zusammentrug, ging dem Vertreter der Anklage auf, daß alle Voraussetzungen für einen weiteren Fall gegeben waren. Am 22. Juni erhob die Staatsanwaltschaft wegen Verschwörung zum Mord Anklage gegen Eddie Lee Sexton. Wenn es Pruner gelang, den Verschwörungsfall vor dem Mord zu verhandeln, konnte diese Erfahrung gewissermaßen als Probelauf dienen und mehr.

Ein weiterer kalkulierter Einsatz.

»Um es im Jargon der Neunziger auszudrücken: es war uns möglich, den Kindern Power zu geben«, erinnerte er sich später. »Sie sollten sehen, daß sie mit ihrer Aussage eine Verurteilung ihres Vaters erreichen und damit seine

Macht über sie selbst, wenn nicht völlig kappen, so doch zumindest erheblich vermindern konnten. Kehrseite der Medaille war, daß, wenn sie aussagten und ihr Vater dennoch freikam, ich mir den Mordprozeß verscherzt hätte.«

5

Am Dienstag, dem 28. Juni, führte Richter Bob Mitcham vom County Court alle Parteien in einer weiteren von mehreren Anhörungen im Rahmen des sich ständig ausweitenden Sexton-Falles zusammen.

Richter Mitcham, von Anhängern wie Gegnern auch ›Bruder Bob‹ genannt, war einer der herausragendsten Verteidiger Tampas gewesen, bevor er in den Richterrang aufgestiegen war. Als Jurist zitierte er zuweilen die Bibel und schmückte die Wände seines Büros mit bestimmten Textpassagen aus der Heiligen Schrift. Außerdem war der weißhaarige Richter, der an einem der betriebsamsten County-Gerichte Dutzende von Angeklagten ins Gefängnis schickte oder in die Freiheit entließ, für seinen volkstümlichen Humor bekannt.

Aber Willie Sexton hatte nichts Komisches an sich, als er steif im Zeugenstand saß, in Handschellen und Gefängniskleidung, bewacht von einem uniformierten Deputy. Sein linkes Handgelenk war bandagiert. Er hatte im Gefängnis versucht, sich mit zerbrochenen Teilen eines Kopfhörers die Pulsadern aufzuschlitzen. Sein Verteidiger Nick Sinardi beantragte zusätzliche Mittel für weitere psychiatrische Untersuchungen.

Mitcham gab dem Antrag statt, ebenso wie der Forderung Sinardis und Terranas, daß Willie und Eddie Lee separate Verfahren bekamen. Sinardi hatte angeführt, daß sein Mandant panische Angst vor dem Mitangeklagten habe.

Es gab noch einige weitere Punkte zu besprechen. Mitcham legte den Termin für den ersten Mordprozeß auf den 26. September fest und den für die Verfahren wegen der

Mordverschwörung auf den 29. August. Er erklärte, der Verschwörungsfall sollte zuerst verhandelt werden, da der Staat den Ausgang dieses Prozesses gegebenenfalls als zusätzliches Mittel für die Beantragung der Todesstrafe einbringen konnte.

Richter Mitcham war auch bereit, über einen Antrag zu entscheiden, den Eddie Lee Sexton fünf Tage zuvor eingereicht hatte. Der Patriarch wollte, daß der Stammesrat der Eastern Allegheny Indian Nation über seine Schuld oder Unschuld befand und berief sich hierbei auf seine angebliche Stammeszugehörigkeit. Er hatte Richter Mitcham zum Beweis eine Mitgliedskarte mit seinem indianischen Namen eingereicht: ›Laufender Bär.‹

Mitcham entschied, daß der Indianerstatus bei einem Mordfall nicht von Bedeutung sei. Eddie Lee Sexton genieße keine Immunität für Ereignisse, die ›außerhalb des Reservats‹ stattgefunden hatten.

Vor den Augen des Beklagten reichte Mitcham die Mitgliedskarte einem Gerichtsdiener.

»Geben Sie das an Laufender Bär zurück«, sagte der Richter.

Pruner sollten bald noch mehr ›Indianerangelegenheiten‹ zu Ohren kommen.

Keine zehn Tage später erhielt der Staatsanwalt einen Anruf von Detective Mike Willette vom Morddezernat. Eine Zeugin hatte sich nach einem Zeitungsbericht über die Sextons gemeldet. Willette rief aus Sarasota an.

»Jay, ich habe hier eine Bibliothekarin, die offenbar etwas Interessantes über diese Leute beizusteuern hat«, sagte der Detective.

6

Er sei an keinem Mannschaftssport interessiert und stemme auch keine Gewichte, teilte er einem Mithäftling mit. Seine Muskeln verdanke er seiner Arbeit als Landschaftsgärtner in Ohio, bei der er Tonnen von Erde bewegt habe, manchmal zusammen mit seinem Mitarbeiter, einem Jungen, den er auch als seinen ›besten Freund‹ bezeichnete – und für dessen Ermordung er einsaß.

Er hatte nie ein Rendezvous gehabt, außer einmal mit seiner Schwester Sherri, die er auf den Abschlußball hatte mitnehmen dürfen. Er angelte gern Barsche im familieneigenen Teich, und im Winter ging er schlittschuhlaufen. Er mochte Musik, vor allem Country-Western. Sein Lieblingssong war ›Pin A Note On My Pillow‹ von Patsy Cline.

Einmal, als er gedroht hatte, von zu Hause wegzulaufen, war er an einen Baum gefesselt worden, und sein Vater hatte ihm ein Gewehr an den Kopf gehalten. Ein zweites Mal war er als Ausreißer von der Polizei zurückgebracht worden. Er hatte monatlich vierhundertsechsundvierzig Dollar von der Sozialversicherung bekommen, aber kaum einen Cent davon gesehen. Er war von seinem Vater mit Gürtel und Fäusten verprügelt und vergewaltigt worden. Er war groß und kräftig genug, seinen Vater windelweich zu prügeln, hatte aber übereinstimmenden Aussagen zufolge nie die Hand gegen ihn erhoben.

Am 21. September lagen Richter Bob Mitcham drei psychologische Gutachten von Verteidigung und Anklage vor.

William Sexton war praktisch Analphabet und hatte sein ganzes Leben spezielle Klassen für Kinder mit Lernschwäche besucht. Er hatte einen IQ von achtzig und konnte nicht von zwanzig rückwärts zählen. Laut der Vineland Social Maturity Scale, einer Skala, mit deren Hilfe die soziale Reife eines Menschen ermittelt wurde, entsprach sein Entwicklungsstand dem eines Elfjährigen.

Die offizielle Diagnose lautete: akute Depression mit stark psychotischen Zügen. Außerdem war ein posttraumatisches Syndrom festgestellt worden. Er behauptete, Stimmen zu hören, die von Joel sprachen. Er hatte Flashbacks. Er versteckte sich unter Betten und in Zellenecken. Er nahm zwei verschiedene Medikamente gegen Depression, Angstzustände und Anfälle.

Er sei nicht wirklich geisteskrank, urteilten alle Spezialisten einhellig, aber dennoch nicht ›verhandlungsfähig‹ im Sinne des Gesetzes. Er sei zur Tatzeit schuldfähig gewesen, schrieb einer der Psychiater.

Aber jetzt war er es nicht mehr.

»Mr. Sexton ist derzeit nicht in der Lage, sich mit einem annehmbaren Grad rationalen Begreifens mit seinen Anwälten zu beraten«, schrieb Psychiater Dr. Bala K. Rao. »Er hat kein rationales oder faktisches Verständnis des laufenden Verfahrens gegen ihn ... Er ist nicht in der Lage, die Rollen des Richters, der Staatsanwaltschaft oder der Verteidigung zu begreifen.« Er begreife auch nicht Bedeutung und Sinn eines Plea Bargain, also einer Absprache, die ihm bei entsprechender Kooperation Strafmilderung einbringen würde.

Zwei Psychologen vertraten den Standpunkt, daß er möglicherweise zu einem späteren Zeitpunkt nach einer Langzeittherapie in einer staatlichen psychiatrischen Anstalt verhandlungsfähig sein könnte.

Richter Mitcham erklärte William Sexton aufgrund der vorliegenden Gutachten für verhandlungsunfähig. Einen knappen Monat später sollte er ihn an das Programm für geistig zurückgebliebene Beklagte am Florida State Mental Hospital in Chattahoochee überweisen. Dort würde er alle sechs Monate von neuem auf seine Verhandlungsfähigkeit hin untersucht und bei entsprechender Besserung seines Zustandes vor Gericht gestellt werden.

Später tauchten Berichte auf, denen zufolge Willie im Hillsborough-County-Gefängnis von Mitinsassen vergewaltigt worden war. Vor dem Richterspruch telefonierte Otis Sexton mit Willie. Sein Onkel teilte ihm mit, daß er ihn vor Gericht sehen würde. Willie schien sich der möglichen Konsequenzen für sich gar nicht bewußt zu sein.

»Onkel Otis, kannst du mich hinterher nach Hause holen?« fragte er.

7

Die Geschworenen nahmen ihre Plätze ein, und die Anwälte hielten ihre Eröffnungsplädoyers an diesem letzten Tag im August.

Eddie Lee Sexton, 53, saß in einem braunen Anzug mit leuchtendroter Krawatte und ordentlich zurückgekämmtem Haar am Tisch der Verteidigung. Beim Voir dire* am Vortag hatte er Schuhe von Rick Terrana getragen, die ihm drei Nummern zu groß waren. Jetzt trug er ein Paar Bass Weejuns. Die Kleider waren ihm vom Büro der Pflichtverteidiger gestellt worden, das eine Reihe von Anzügen für mittellose Mandanten bereithielt.

Ohne seinen Bart und von der Gefängnisküche aufgepäppelt, wirkte Eddie Lee Sexton völlig harmlos. Sein Blick folgte Jay Pruners erstem Zeugen, als dieser in den Zeugenstand trat.

Charles ›Skipper‹ Sexton trug blaue Gefängniskleidung. Seine vorübergehende Adresse in Florida war das Hillsborough-County-Gefängnis. Die ersten sechsundvierzig Fragen des Staatsanwaltes beantwortete er flüssig. Er teilte den Geschworenen mit, daß er sich eines Einbruchs in Ohio schuldig bekannt habe. Er erzählte den Geschworenen, daß er und seine Familie im Little Manatee Park gecampt hätten und ihnen dort auch der große mintfarbene Winnebago von Raymond Hesser aufgefallen sei. Er erinnerte sich an ein Gespräch, das sein Vater, Pixie, Willie und er selbst geführt hatten.

»Und was sagte Ihr Vater über den behinderten Mr. Hesser?« fragte Jay Pruner.

Skipper antwortete ganz ruhig: »Wissen Sie, wir sprachen darüber, wie toll das Wohnmobil war – in welch gutem Zustand und so.«

* Vorvernehmung unter Eid eines Geschworenen oder Zeugen zur Feststellung seiner Eignung. Anm. d. Übersetzerin.

»Okay. Gab es vielleicht irgendeinen Plan, Mr. Hesser betreffend?«

»Ja, den gab es.«

»Und wie sah der aus und wer hatte ihn sich ausgedacht?«

»Also ...«

Skipper verstummte. Er war wie erstarrt. Er fing an zu weinen.

Jay Pruner schlug das Herz bis zum Hals. Dieser Augenblick sollte dem Staatsanwalt als intensivste Erinnerung an den Sexton-Fall im Gedächtnis haften bleiben. Er wiederholte seine Frage – Frage Nummer 50. Bis in die hinterste Reihe im Zuschauersaal konnten die Prozeßbeobachter sehen, wie sich Pruners Hals dunkelrot färbte.

»Mr. Sexton, was hat Ihr Vater gesagt, was er mit Mr. Hesser vorhätte?«

Rick Terrana erhob Einspruch. »Das ist eine falsche Darstellung der Fakten.«

Aber noch gab es keine Fakten.

Mitcham lehnte den Einspruch ab.

»Er wollte seine Identität annehmen«, antwortete Skipper schließlich.

Pruner hakte sofort nach. »Und wie wollte er konkret die Identität des Mannes annehmen?«

Terrana erhob erneut Einspruch.

»Sir?« drängte Pruner seinen Zeugen.

»Er wollte ihn entführen.«

»Und was hatte er, sofern überhaupt, außer der Entführung sonst noch mit ihm vor?«

»Ihn ausschalten.«

»Und was meinen Sie mit ›ausschalten‹, Sir?«

»Ihn töten«, erwiderte Skipper Sexton.

Im Verlauf der folgenden Stunde enthüllte er alle Einzelheiten des Komplotts.

Es wartete noch ein halbes Dutzend weiterer Zeugen, aber nachdem es Rick Terrana nicht gelungen war, Skipper Sexton beim Kreuzverhör aus der Ruhe zu bringen, beriet sich der Verteidiger mit seinem Mandanten. Anschließend eröffnete der Verteidiger dem Gericht, daß er eine Erklärung abzugeben habe.

Eddie Lee Sexton war bereit, sich der Verschwörung zum Mord schuldig zu bekennen, eines Verbrechens, das mit bis zu dreißig Jahren Haft geahndet werden konnte.

Zur Rush-Hour in Tampa war der Prozeß vorüber.

Terrana meinte später: »Wir waren übereingekommen, daß es für uns und für Eddie von einem strategischen Standpunkt aus, aber auch aus anderen Gründen das Beste wäre, den Prozeß an diesem Punkt abzubrechen. Außerdem wollte Eddie aus einem mir bis heute unbekannten Grund den Prozeß vom Hals haben.«

8

Die ›Prüfung‹ hielt einige Überraschungen bereit, wie es die Amerikaner inzwischen bei solch spektakulären Fällen nicht mehr anders erwarten.

Richter Bob Mitchams geräumiger Gerichtssaal auf dem belebten Flur im ersten Stock des Hillsborough-County-Gerichts war bis auf den letzten Platz besetzt. Fotoapparate und Videokameras waren im Gerichtssaal erlaubt, aber Mitcham räumte den Zeugen auch das Recht ein, auf Wunsch nicht gefilmt zu werden. In Anbetracht der Umstände des vorliegenden Falles machten mehrere Zeugen von diesem Recht Gebrauch. Die Fernsehsender erhielten Kopien des von Sexton selbst hergestellten und an Clinton und Reno verschickten Videobandes. Zeitungen und Fernsehnachrichten brachten täglich Neuigkeiten vom laufenden Prozeß.

Joel Goods Tanten, Onkel und Großeltern waren anwesend; sie trugen Anstecknadeln, die den High-School-Absolventen mit strahlenden Augen zeigten. Mitglieder der Familie Sexton waren in einem nahe gelegenen Holiday Inn untergebracht worden, zusammen mit den Zeugen Steve Ready und Judee Genetin. Außerdem hatte das DHS von Stark County eine Sozialarbeiterin geschickt, die sich um die minderjährigen Sexton-Kinder kümmern sollte. Sie hatten einen Ausflug nach Bush Gardens für die Geschwister geplant, aber leider regnete es fast den gesamten Aufenthalt über. Sie vertrieben sich die Zeit damit, auf ihren Balkonen mit Blick auf den nahe gelegenen Kanal Tauben zu füttern. Nachts unterhielten sie sich bis in die frühen Morgenstunden und verrieten weitere Einzelheiten aus ihrem Familienleben.

Eddie Lee Sexton hatte jedoch auch Anhänger. Seine ältere Schwester Nellie Hanft war aus Canton angereist, um im Falle eines Schuldspruches der Jury vor der Urteilsverkündung des Richters noch zu Gunsten ihres kleinen Bruders auszusagen. Dave und Jean Sexton kamen, Jean als Zeugin. In den Prozeßpausen saß Dave Sexton in seinem Rollstuhl und mit Sonnenbrille draußen auf dem Flur. In einer dieser Pausen machte Steve Ready, jedesmal, wenn Sexton in seine Richtung sah, obszöne Gesten. Solange er sie nicht sehen konnte, sagte sich Ready, war ja nichts dabei. Und wenn doch, hatte er es nicht anders verdient. Ready war immer noch frustriert, daß Sextons Tochter beschlossen hatte, die Vergewaltigung und den Inzest auf sich beruhen zu lassen und ihren Vater hierfür nicht zur Verantwortung zu ziehen.

Otis Sexton schlenderte ebenfalls über den Flur, unterhielt sich mit Reportern und sprach Joels Verwandten sein Beileid aus. Eddie jr., der nicht als Zeuge geladen war, tauchte ebenfalls im Holiday Inn auf. Der Staat zahlte seine Rechnung, bis Jay Pruner erfuhr, daß er für seinen Vater Partei ergriffen hatte und seine Geschwister mit der Frage konfrontierte ›Bist du für oder gegen uns?‹ Die Briefe des Patriarchen hatten bei ihm eine radikale Umkehr bewirkt. Pruner sorgte dafür, daß er von der Spesenliste der County gestrichen wurde. Eddie jr. wandte sich hierauf hilfesuchend an Rick Terrana.

Dieser Zusammenkunft aller Beteiligten waren Wochen der Anträge vorausgegangen, darunter auch ein Versuch Terranas, den Prozeß in eine andere County verlegen zu lassen, womit er jedoch gescheitert war. Bedeutungsvoller waren für die Verteidigung jene Anhörungen gewesen, bei denen es darum ging, die Beweismittel auf die Fakten zu beschränken, die sich ausschließlich auf den Mord bezogen. Terrana hatte einen Präventivschlag gegen die Theorie des Staatsanwaltes unternommen, der die Dominanz und Kontrolle darlegen wollte, die Eddie Lee über die ganze Familie ausübte. Terrana wollte erreichen, daß Mitcham Zeugenaussagen zu Vergewaltigungen, Inzest und Gewaltanwendung durch Eddie Lee Sexton verbot. Das entsprach den Grundsätzen des Strafrechts. Vorausgegangene Verfehlungen eines Angeklagten durften nicht dazu dienen, ein Verbrechen zu beweisen, weil hierdurch die Jury beeinflußt und zu Vorurteilen verleitet werden konnte. Sie waren nur dann relevant, wenn sie in direkter Beziehung zu dem Verbrechen standen, das gerade verhandelt wurde. Jay Pruner hatte aber genau das beantragt; er wollte, daß alles auf den Tisch kam: der Mißbrauch, der Satanismus, der Alltag in dem Haus in der Caroline Street. Sie waren Teil der eisernen Kontrolle, die es Sexton letztlich ermöglicht hatte, den Mord an seinem Schwiegersohn zu befehlen.

»Dem Staat muß die Möglichkeit eingeräumt werden, die wahre Natur von Sextons Beziehung zu den einzelnen Familienmitgliedern darzulegen«, argumentierte er. »Fehlt dieser Hintergrund, wird sich die Jury fragen, warum William für seinen Vater hätte töten sollen, warum andere erwachsene Kinder dem Plan ihres Vaters zustimmen und warum sie sich der Verhaftung und Auflösung der Familie so vehement hätten widersetzen sollen.«

Nachdem er sich beide Seiten angehört hatte, entschied Richter Mitcham, daß er die Beweisführung nicht pauschal beschränken, sondern während des Prozesses von einem Zeugen zum anderen entscheiden würde. Für Terrana bedeutete das, daß er in Gegenwart der Geschworenen eine Fülle von Einsprüchen erheben mußte. Für Pruner hieß es, daß die sehr reale Möglichkeit bestand, daß seine ganze Strategie vor aller Augen in sich zusammenfiel.

In der ersten Prozeßphase würde die Anklage siebzehn Zeugen und dreiundzwanzig Beweisstücke einbringen, Polizeifotos vom Tatort, Fotos von Joel Good – das eine aus der High School, das andere aufgenommen, nachdem die Polizei seine im Park verscharrte Leiche ausgebuddelt hatte –, die primitive Garrotte, Polaroidaufnahmen des Dodge Challenger und Pixies Plea Bargain. Das Strafmaß für sie sollte erst nach dem Mordprozeß verkündet werden.

Das Fehlen eines anderen Details war auffällig: es wurde keine Tabelle zeitlicher Abläufe eingereicht, wie sonst bei Prozessen dieser Komplexität üblich. Jay Pruner wollte sich nicht auf Daten und Zeiträume festlegen. Er gab als Goods Todeszeit irgendwann zwischen Thanksgiving und Weihnachten 1993 an. Einige der Sexton-Kinder hatten für bestimmte Ereignisse einen bestimmten Wochentag benennen können, aber das war auch schon alles. Ihre Angaben hinsichtlich der Dauer ihrer Aufenthalte in den staatlichen Parks entsprachen nicht einmal den Campingplatzunterlagen. Trotz Tausenden von Seiten von Berichten und Aussagen schien es, als hätte die Sexton-Familie in einer Zeitkapsel gelebt.

Eine Jury aus acht Männern und zwei Frauen würde in voraussichtlich zwei Phasen alles zu hören bekommen. In der ersten sollte über Schuld oder Unschuld entschieden werden. Das Gesetz des Staates Florida sah vor, daß Sexton, wenn ihn die Jury für schuldig befand, die Ermordung geplant zu haben, wegen Mordes ersten Grades verurteilt werden konnte, obgleich er Joel Good nicht selbst getötet hatte. In einer zweiten Phase sollte dann darüber entschieden werden, ob die Todesstrafe verhängt werden sollte.

In seinem Eröffnungsplädoyer begrüßte Jay Pruner als erstes die Jury und wandte sich anschließend sofort Eddie Lee Sexton zu.

»Es ist offenkundig, daß Eddie Lee Sexton während seines ganzen Erwachsenenlebens ein Geheimnis gehütet hat«, begann er.

9

Sie war die zweite Zeugin der Anklage, der erste Flatliner. Langsam nahm sie ihren Platz im Zeugenstand ein. Pixie Good trug einen Blazer mit Schulterpolstern und einem Zackenmuster, darunter ein schwarzes T-Shirt, das ihre dunklen Augenringe noch betonte. Ihre ersten Worte waren so leise, daß sie kaum zu verstehen war, auch für die Gerichtsreporter, die nur wenige Meter entfernt saßen. Mitcham forderte sie auf, lauter zu sprechen. Schließlich vertagte sich das Gericht und ging früher als üblich in die Mittagspause, die dazu genutzt werden sollte, ein Mikrofon und Lautsprecher zu installieren. Aber auch das Mikrofon mußte immer wieder neu eingestellt werden, bis es jemand auf ein Telefonbuch stellte, so daß es beinahe Pixies Lippen berührte.

Und immer noch mußten die Geschworenen sich anstrengen, um sie zu verstehen.

Sie erzählte die Geschichte, wie sie in den Aussageprotokollen stand. Sie habe Joel ›Ed‹ rufen hören und sei in den Wald gelaufen, wo sie gesehen habe, wie Willie Joel würgte. Ihr Vater sei vom Picknick zurückgekehrt, und sie habe ihn zu Willie und dem inzwischen bewußtlosen Joel geführt. Er habe ein Ohr an Joels Mund gehalten, um zu sehen, ob er noch atmete, und dann mit einem Fuß gegen sein Bein getreten. Dann habe er Willie befohlen, ihn ›zu erledigen‹. Sie und Skipper wies er an, eine Schaufel zu besorgen. Ihr Vater habe ihnen allen befohlen, die Geschichte von der Frau in dem roten Nissan zu erzählen.

Dann überraschte sie die Anwälte beider Parteien, indem sie erzählte, sie habe in der Mordnacht im Wohnmobil eine Unterhaltung zwischen ihrem Vater und ihrer Mutter belauscht, die nur ›sechs Schritte‹ von ihr weg lagen.

»Was hat Ihr Vater gesagt?« fragte Pruner.

»Er hat meiner Mutter erzählt, was wirklich passiert ist.«

»Und was haben Sie ihn sagen hören?«

»Daß er Willie befohlen hat, Joel zu töten.«

Das war das erste Mal, daß eins der Sexton-Geschwister behauptete, May Sexton habe von dem Mordplan gewußt. Terrana trat an den Richtertisch und beschwerte sich, daß er übergangen worden sei. Er habe keine Polizeiberichte über diese Aussage erhalten.

»Das höre ich zum ersten Mal«, sagte Terrana zu Richter Mitcham.

»Ich auch«, erklärte Pruner.

Als Pruner das Verhör wieder aufnahm, erzählte Pixie von zwei Gesprächen, in denen ihr Vater sich zu dem Mordplan geäußert habe. Einmal auf einer Fahrt nach Ohio zwei Wochen vor dem Mord, das zweite Mal eine Woche später an einem der Picknicktische auf dem Campingplatz.

»Er sagte, er wolle Joel beseitigen, weil er zu viel wüßte«, sagte sie.

Sie kamen auf Ereignisse zu sprechen, die in dem Haus in der Caroline Street stattgefunden hatten. Bezüglich der eisernen Disziplin ihres Vaters, sagte Pixie: »Bis achtzehn bekam man den Gürtel zu spüren und von da an die Faust.«

Terrana erhob Einspruch, trat vor und teilte dem Richter an dessen Tisch mit: »Richter, jetzt beginnt der Ausflug in Angelegenheiten, die nichts mit dem eigentlichen Mord zu tun haben. Ich würde meinen, der reißerische Effekt der Informationen wiegt deutlich schwerer, als sie zur Klärung des Sachverhaltes beitragen.«

Die Geschworenen wurden angewiesen, den Saal vorübergehend zu verlassen. Beide Anwälte argumentierten zehn Minuten lang und führten verschiedene Präzedenzfälle an.

Dann traf Mitcham seine Entscheidung.

»Die Anklage behauptet, der verstorbene Joel Good sei auf Befehl des Beklagten von Willie Sexton ermordet worden. Wenn ich das richtig sehe, wird die Staatsanwaltschaft weiter darlegen wollen, daß Joel Good ohne den Willen und die Macht des Angeklagten über Willie Sexton und die anderen Familienmitglieder nicht getötet worden wäre.

Darum muß ich Ihren Einspruch abweisen, Mr. Terrana.«

Richter Mitcham ließ sämtliche Aussagen zu, nicht nur jene über die körperlichen Züchtigungen, sondern auch über den sexuellen Mißbrauch, die okkulten Rituale, die Geiselnahme in Jackson Township, die Flucht vor den Behörden, den militärischen Drill, das Videoband, die Proben für die Videoaufnahmen, den Befehl an Pixie, ihr Baby zum Schweigen zu bringen, das Verscharren des Säuglings.

Dann kamen sie auf den Inzest zu sprechen, und auch diese Aussage ließ Mitcham trotz Terranas Einspruch zu.

Pixie sagte aus, sie habe ihrem Ehemann nach Skipper Lees Tod gebeichtet, daß Dawn und Shasta von ihrem eigenen Vater gezeugt worden seien.

»Waren Sie Zeugin eines Gesprächs zwischen Joel Good und Ihrem Vater zu diesem Thema?« fragte Pruner.

»Ja. Joel hat meinen Vater zur Rede gestellt.«

»Und was hat Ihr Vater Joel entgegnet?«

»Er sagte zu Joel, daß er [Joel] sie trotzdem aufziehen würde, als wären es seine eigenen Töchter.«

Pixie erzählte von dem Besuch in der Bücherei. Sie sagte, sie sei neugierig gewesen, ob ihr Sohn tatsächlich am plötzlichen Kindstod gestorben war, wie ihr Vater behauptete.

»Hat Ihr Vater Sie in der Bibliothek in irgendeiner Weise angefaßt?«

»Er packte mich bei den Schultern.«

»Als Sie gerade was taten?«

»Als ich versuchte, mit der Dame zu sprechen.«

Anschließend legte Pruner das Clinton-Reno-Video als Beweisstück vor. Die Geschworenen bekamen eine gekürzte Fassung zu sehen, die nur Eddie Lee Sextons Eröffnungsmonolog und seine Schlußbemerkungen umfaßte.

Rick Terrana nahm Pixie beim Kreuzverhör in die Mangel und verwies immer wieder auf ihren Handel mit der Staatsanwaltschaft. Außerdem deckte er Widersprüche in ihren Aussagen auf. Er legte ihren Drohbrief vor, den sie vor Weihnachten 1992 an Joel geschrieben hatte. Bis jetzt hatte sie behauptet, sie hätte ihn schon vor ihrer Ehe geschrieben, und jetzt hieß es, sie seien schon verheiratet gewesen.

»Das kommt daher, daß ich [bei der Aussage] den Brief nicht gelesen habe und nicht genau wußte, worum es sich handelt«, erklärte sie.

Das Mikrofon war so laut eingestellt, daß es bei einigen ihrer Antworten pfiff und quietschte. Richter Mitcham verglich die Geräusche mit denen eines schreienden Kindes und befahl dem Gerichtsdiener, leiser zu drehen.

Terrana befragte Pixie zu Mißhandlungen gegen ihren Ehemann.

»Sie selbst haben Joel nie mißhandelt, nein?« fragte er.

»Nein.«

»Sie haben nie die Hand gegen ihn erhoben?«

»Nein.«

»Und Sie haben Joel nicht beschuldigt, ihre Tochter Shasta mißbraucht zu haben?«

»Nein.«

Und später: »Sie haben Joel nie mit dem Staubsaugerkabel geschlagen?«

»Nein.«

»... Sie haben Joel nie mit brennenden Zigaretten verbrannt?«

»Nein.«

»Haben Sie je Willie und Skipper aufgefordert, Joel auf dem Boden festzuhalten, um ihm dann einen Trichter in den Anus zu schieben und scharfe Soßen und Salz in den Darm zu schütten?«

»Nein.«

»Stimmt es nicht, daß Sie während dieser Folter gelacht haben?«

»Nein.«

»Sie haben Joel geliebt, ja?« fragte Terrana sarkastisch.

»Ja, das habe ich.«

Sie schien die Falle nicht zu sehen und zeigte keinerlei Emotion, abgesehen vielleicht von dem brütenden Ausdruck in ihren Waschbäraugen.

Sie leugnete, daß ihr Vater je versucht habe, ihr bei der Lösung von Eheproblemen behilflich zu sein. Sie stritt ab, ihrem Baby Nyquil eingeflößt und es geschlagen zu haben. Sie leugnete, den Säugling erstickt zu haben.

»Stimmt es nicht, daß Ihr Vater mit Mund-zu-Mund-Beatmung versucht hat, das Baby wiederzubeleben, nachdem Sie bemerkt hatten, daß es aufgehört hatte zu atmen?«

»Nein, das war mein Bruder Skipper.«

Sie stritt den geplanten Versicherungsbetrug ab und auch, daß sie Skipper eine Million geboten hatte dafür, daß er Joel umbrachte. Sie widersprach sich selbst, indem sie behauptete, es habe in der Bibliothek von Sarasota keinen körperlichen Kontakt zwischen ihr und ihrem Vater gegeben. Sie leugnete, je mit der Bibliothekarin über den Tod des Babys gesprochen zu haben. Sie stritt ab, mit Willie geschlafen zu haben. Ihr einziges Eingeständnis: ja, sie hatte den Ausweis ihres Mannes an sich genommen.

Terrana kam auf den Mord zu sprechen.

»Stimmt es nicht, daß Sie Ihren Mann in den Wald gelockt haben?«

»Nein.«

»Und dort haben Sie ihn dann abgelenkt, so daß ihr Bruder Willie ihm die Schnur um den Hals legen und ihn erwürgen konnte.«

»Nein. Das stimmt nicht.«

»Lassen Sie mich Ihnen eine Frage stellen ... Als sie gesehen haben, wie Ihr Ehemann erwürgt wurde ... der Ehemann, den Sie so geliebt haben, mit dem es nie Probleme gab ... als Sie also gesehen haben, wie er von Ihrem Bruder mit einer Schnur erwürgt wurde, haben Sie da versucht, ihm zu Hilfe zu kommen?«

»Nein.«

Sie sagte, sie sei zum Wohnmobil gelaufen, um Hilfe zu holen.

Von wem? wollte Terrana wissen. Den kleinen Kindern?

Der Verteidiger wollte noch einmal von ihr hören, nach wem Joel gerufen hatte, als er von Willie angegriffen worden war.

»Er hat ›Ed‹ gerufen«, sagte sie.

Terrana trat dicht vor sie. »Pixie, Sie hassen Ihren Vater, nicht wahr?«

»Wegen dem, was er mir angetan hat, ja.«

»Weil er sie über Jahre mißbraucht hat, richtig?«

»Weil er mich mißbraucht und meine Familie zerstört hat.«

10

Nachdem er sie befragt hatte, beschrieb Jay Pruner die Bibliothekarin Gail Novak als ›bibbernden Wackelpudding‹. Manchmal schien es, als stünde sie kurz davor, vor Angst ohnmächtig zu werden. Ric Terrana versuchte beim Kreuzverhör, sie dazu zu bringen, zuzugeben, daß sie in psychiatrischer Behandlung war, aber sie blieb dabei, daß sie nur wegen irgendwelcher Alltagsprobleme einmal einen Therapeuten konsultiert habe.

Weit bedenklicher war für die Staatsanwaltschaft, daß Teile ihrer Geschichte über den Besuch der Sextons in der Bibliothek der University of South Florida, einfach keinen Sinn ergaben. Was wollten sie mit einem Baby in der Bibliothek? Immerhin waren sie fast sechs Wochen nach Skipper Lees Tod dort gewesen. Es gab keinen Hinweis darauf, daß Joel genug Geld für einen Flug nach Florida gehabt hatte. Auch daß Eddie Lee Sexton etwas auf dem unbebauten Grundstück auf dem Campus vergraben hatte, paßte nicht ins Bild. Skipper Lees Leiche war im Hillsborough State Park ausgegraben worden, am anderen Ende der County, und nicht in der Nähe des Little Manatee Parks. Stellenweise klang die Bibliothekarin im Zeugenstand richtiggehend paranoid. Sie behauptete beispielsweise, nach der Verhaftung der Sextons seien Fremde bei ihr gewesen, darunter Sherri Sexton, die sie gefragt habe, was sie ›gegen Pixie in der Hand‹ habe.

Andererseits schien das Verhalten der Familienmitglieder in der Bibliothek ganz typisch zu sein, vor allem die Kontrolle, die Eddie Lee Sexton über alle ausgeübt hatte. Gail Novak war Prunes einzige unabhängige Zeugin, die kein persönliches Interesse am Ausgang des Prozesses hatte. Er rief sie gegen Ende des Prozesses auf, aber vor einigen weiteren Zeugen. Pruner hoffte, daß, wenn ihre Aussage ein Reinfall wurde, die Erinnerung der Geschworenen an ihren Auftritt im Laufe weiterer Befragungen verblassen würde.

Gail Novak erschien vor Gericht in einem beigefarbenen Kostüm, die Brille ganz oben auf der Nase.

Pruner legte Fotos der Bibliothek als Beweismittel vor. Er beschränkte sich auf schlichte Fakten: das Auftauchen der Sextons, ihre Erscheinung, ihre Namen, der Umstand, daß Joel Good scheinbar unter Drogen stand, die Nachfrage nach Informationen über den plötzlichen Kindstod, Sextons unauffällige Handgreiflichkeiten gegen Willie und Joel.

»Haben Sie zu irgendeinem Zeitpunkt gehört, wie Pixie oder Willie zu Mr. Sexton gesagt haben, daß Joel nach Ohio zurück wolle?«

»Ja.«

»Und wer hat es ihm gesagt?«

»Willie.«

»Und was hat der Angeklagte darauf erwidert?«

Terrana erhob Einspruch. Die Geschworenen wurden erneut aufgefordert, den Saal zu verlassen, damit die Anwälte ihre Argumente für und wider den Einspruch vorbringen konnten. Der Einspruch wurde abgewiesen.

Als die Geschworenen ihre Plätze wieder eingenommen hatten, setzte Pruner das Verhör fort. »Würden Sie uns bitte sagen, was Willie zu dem Angeklagten gesagt hat?«

»Daß Joel nach Ohio zurück wolle.«

»Und was hat der Angeklagte darauf erwidert?«

»›Keinesfalls darf er nach Ohio zurück. Wenn er nach Ohio zurückkehrt, dann in einem Leichenspind‹.«

Die Bibliothekarin machte im Zeugenstand fast durchgehend einen sehr eingeschüchterten Eindruck. Sie war ganz außer Atem. Sie blickte immer wieder nervös zu Sexton hinüber. Sie brauchte Wasser.

Pruner befragte sie zu den Fotos der Bibliothek, um damit aufzuzeigen, wie nah sie den Sextons gewesen war, so daß sie durchaus deren Handlungen und Gespräche hatte verfolgen können. Pruner fragte sie nach Sextons Verhalten Pixie gegenüber. Sie erzählte den Geschworenen, wie er sie gegen den Computertisch gestoßen hatte.

Gail Novak begann, die Nerven zu verlieren. Die Geschichte sprudelte nur so aus ihr heraus, und sie nahm des öfteren die Fragen des Staatsanwaltes vorweg, so wie sie es bereits bei früheren Befragungen getan hatte.

»Überleg dir, was du sagst«, schluchzte sie. »Das hat er zu ihr gesagt.«

»Okay«, sagte Pruner, der bemüht war, die Situation wieder unter Kontrolle zu bringen.

»Entschuldigen Sie«, schluchzte sie.

Richter Mitcham griff ein. »Kein Problem, Ma'am. Entspannen Sie sich. Es ist alles in Ordnung, ja?«

Der Richter entschied, daß sie eine Pause brauchte. Er zog die Mittagspause vor. Als alle nach der Unterbrechung wieder im Saal waren, richtete er das Wort an die Zeugin: »So, und jetzt möchte ich, daß Sie sich entspannen. In Ordnung?«

»Ja«, antwortete Novak schüchtern.

»Und wenn Sie eine Unterbrechung brauchen, lassen Sie es mich wissen, dann bekommen Sie soviel Zeit, wie Sie brauchen, um sich wieder zu fassen.«

Als Terrana mit dem Kreuzverhör begann, befand er sich in einer schwierigen Lage. Wenn er die Bibliothekarin zu hart rannahm und sie in Tränen ausbrach, würden die Geschworenen dies möglicherweise seinem Mandanten anlasten.

Terrana sprach Punkte an, die Pruner tunlichst gemieden hatte. Die fahrende Klinik, die Suche nach einem Bestattungsinstitut, die Bitte, sie möge sich das tote Baby im Wagen ansehen. Er wollte wissen, warum sie nicht die

Campuspolizei verständigt habe, wenn sie solche Vorbehalte gegen die Familie gehabt hatte. Sie versuchte, glaubhaft zu machen, daß ihr Anruf auf der Polizeiwache nicht ernst genommen worden sei. Terrana forderte sie auf, zu beschreiben, wie Eddie Lee etwas auf dem Grundstück vergraben hatte. Dann den Indianertanz, den er aufgeführt hatte.

Sie nannte das Datum, an dem die Familie in ihrer Bibliothek aufgetaucht war: den 30. November. Aber Terrana wies nicht auf die Zeitspanne zwischen diesem Tag und dem Tod des Säuglings hin. Trotzdem klang die ganze Aussage irgendwie unzusammenhängend, beinahe phantastisch. Weshalb hätte Eddie Lee Sexton so viele Geheimnisse in Anwesenheit einer Fremden preisgeben sollen?

Terrana deutete an, daß ihre Geschichte auf Einzelheiten beruhte, die sie in der Zeitung gelesen habe. Sie gab zu, drei Artikel über den Mord ausgeschnitten und aufbewahrt zu haben, nachdem sie Sexton im Fernsehen gesehen hatte. Die Artikel hatten sie auch veranlaßt, sich an die Polizei zu wenden.

Terrana kehrte zurück an den Tisch der Verteidigung. Er flüsterte seinem Co-Verteidiger Robert Fraser zu, daß er sie noch zu einigen weiteren Details befragen könnte, was er davon hielte?

»Um Himmels willen, nein«, entgegnete Fraser. »Du hast sie bereits fertiggemacht. Laß gut sein, solange du die Oberhand hat.«

Später sagte er: »Wenn man mich fragen würde, welcher Zeuge meiner Ansicht nach am wenigstens glaubhaft war, würde ich die Bibliothekarin nennen.«

Terrana verwies in seinem Schlußplädoyer nicht einmal auf ihre Aussage. Und auch Jay Pruner verzichtete darauf, sich auf sie zu berufen.

Die beiden Männer waren sich darüber einig, daß Gail Novaks Aussage heiße Luft gewesen war.

11

In den fünf Tagen, in denen sie als Zeugen aussagten, erschienen sie in sauberen Kleidern, Sporthemden und Hosen vor Gericht. Sie sahen aus wie ganz gewöhnliche amerikanische Kinder – bis sie in den Zeugenstand traten.

Flatliner mit kaum hörbarer Stimme. Christopher, Matt, Shelly und Sherri. Keiner von ihnen wagte es, ihren Dad anzusehen.

Die Aussagen waren teils Treffer für die Anklage, teils punktete die Verteidigung. Christopher sagte aus, sein Vater habe Joel am Abend seines Todes als ›Verräter‹ bezeichnet. Matt erklärte, Pixie habe bei den Benzinschnüffelpartys mitgemacht und Joel mißhandelt. Dann gelang es Pruner, dem Jungen, der während der vorausgegangenen Ermittlungen nur wenig Informationen beigetragen hatte, eine wichtige Aussage zu entlocken. Matthew sagte, sein Vater habe deshalb nicht gewollt, daß Joel geschlagen wurde, weil Verletzungen auf die Familie hätten aufmerksam machen können.

»Wessen Wohlergehen lag deinem Vater am Herzen, als er euch verboten hat, Joel zu mißhandeln, Joels oder sein eigenes?« fragte Pruner.

»Sein eigenes«, erwiderte Matt.

Terrana erhob Einspruch, aber es war bereits zu spät.

Shelly, die Tochter, die den Stein ins Rollen gebracht hatte, hielt den Blick auf Sozialarbeiterin Joanne Shankel vom DHS geheftet, die im Zuschauerraum saß. Sie hatte während ihrer gesamten Aussage schreckliche Angst. Shelly erzählte von dem Grauen in dem Haus in der Caroline Street.

»Ich dachte, mein Vater würde womöglich in Ketten vorgeführt«, erinnerte sie sich später. »Aber dem war nicht so. Ich dachte mir, er hat nichts zu verlieren. Ich dachte, er würde aufspringen, sich auf mich stürzen und mich im Gerichtssaal umbringen.«

Die örtlichen Nachrichtenmedien konnten einige von

Shellys Enthüllungen nicht bringen, aus dem einfachen Grund, daß sie nicht jugendfrei wiederzugeben waren. Als sie erzählte, ihr Vater habe mit einem Lineal die Penislänge ihrer Brüder gemessen, beriet sich Terrana mit Robert Fraser dahingehend, ob sie wegen eines Verfahrensfehlers die Einstellung des Verfahrens beantragen sollten.

»Dieses ganze Gerede vom Messen von Penissen und der ganze Rest ihrer Aussage dient doch nur dazu, unseren Mandanten mit Dreck zu bewerfen«, schimpfte er.

Pruner konterte: »Richter, der Angeklagte hat jedes erdenkliche Mittel benutzt, um seine Macht über die Kinder zu festigen – sozialen Druck, sexuellen Mißbrauch, seelische Grausamkeit und körperliche Gewalt. Und er hat seine Kinder bei der Stange gehalten, indem er sie klein gemacht hat, um selbst erhabener zu wirken.«

Das Verfahren wurde fortgesetzt.

Skipper Sexton erwies sich als nicht so zuverlässig wie beim vorangegangenen Verschwörungsprozeß. Er versuchte, sich auf Artikel Fünf zu berufen und die Aussage zu verweigern. Mitcham stellte ihm einen Rechtsanwalt zur Seite, der Skipper erklärte, daß das Recht, die Aussage zu verweigern, um sich nicht selbst zu belasten, auf ihn nicht zuträfe, weil ihm Immunität zugesichert worden sei. Als er am darauffolgenden Tag in den Zeugenstand trat, trug er nicht eben dazu bei, Pixie glaubhafter aussehen zu lassen.

»Mr. Sexton, wessen Idee war es, Joel Good zu töten? «fragte Pruner.

»Die Idee stammte von Estella und meinem Dad.«

Später: »Haben Sie irgendwann irgend jemandem gegenüber erwähnt, daß Ihr Dad in den Mordplan verstrickt war?«

»Ja, mehrmals.«

»Und, entsprach das der Wahrheit?«

»Nein.«

Er widersprach sich laufend. Mal belastete er Pixie und entlastete seinen Vater, dann wieder machte er eine Kehrtwende und behauptete genau das Gegenteil. Er distanzierte sich selbst und manchmal auch Pixie von den Mißhandlungen an Joel.

Es war ein guter Tag für Terrana, der nun logischerweise Skippers vorausgegangene Aussagen insgesamt in Frage stellte.

»Also, willst du mir damit sagen, daß alles, was du vor dem Prozeß ausgesagt hast, unwahr ist?« fragte Terrana.

»Ich habe ein paar Wahrheiten gesagt.«

Terrana kam auf die Aussage vom August zu sprechen, bei der Skipper seine Geschichte ebenfalls abgewandelt hatte.

»Und als ich sagte, Sie hätten mir schon so viele verschiedene Versionen erzählt, daß ich keinen Grund hätte, Ihnen diese abzukaufen, haben Sie gesagt, diesmal sei es die Wahrheit, weil es ›um Sie selbst‹ ginge.«

»Ja.«

»Und dann habe ich Sie gefragt, was Sie damit meinen, daß es um Sie selbst ginge. Und sie haben geantwortet, bei den anderen Geschichten sei es nicht um Sie gegangen, aber diesmal wohl. *Das ist die Wahrheit*. Erinnern Sie sich?«

»Ja.«

Und wieder später: »Dann war das, was in ihrer eidesstattlichen Erklärung steht, also wieder nur ein Haufen Halbwahrheiten?«

»Ja.«

»Sagen Sie heute für sich selbst aus, Mr. Sexton?«

»Ich sage für die Familie aus.«

»Dann sagen Sie heute die Wahrheit?«

»Ja.«

»Und nichts von dem, was Sie früher gesagt haben, ist wahr?«

»Nicht alles«, erwiderte Skipper Sexton.

Pruner versuchte, die Haltung Skippers verständlich zu machen, indem er Skipper dazu brachte zuzugeben, daß sein Vater ihm Geld aus Talkshows angeboten hatte, Einkommen, die es nie geben sollte.

Später sagten mehrere Geschworene aus, in ihren Augen seien alle Geschwister unglaubwürdig gewesen.

Skipper war der letzte Zeuge der Anklage gewesen, und Terrana begann mit seiner Verteidigung. Sie bestand nur aus zwei Zeugen. Er hatte schon beim Kreuzverhör seine Theorie anklingen lassen, derzufolge Willie und Pixie Joel umgebracht hatten, um ihre Mitschuld und Mitwisserschaft am Tod und dem Begräbnis von Baby Skipper Lee zu vertuschen. Pixie habe Joel nicht nur in die Falle gelockt, sondern ihn vermutlich auch mit einem Messer verletzt.

Zuvor hatte eine Gerichtsmedizinerin ausgesagt, daß einige der Löcher in Joel Goods Haut durchaus von oberflächlichen Messerstichen herrühren konnten, wenngleich sie ausdrücklich darauf hinwies, die Läsionen könnten auch Teil des natürlichen Verwesungsprozesses sein. Terrana führte auch die Stichwunden an der linken Hand an. Aber niemand hatte zu irgendeinem Zeitpunkt ausgesagt, Blut an Pixie gesehen zu haben.

Der Disput hinsichtlich der Stichwunden machte die Grausamkeit des Verbrechens deutlich. Pruner brachte Mike Willette ins Spiel, der Goods Kleider mitbrachte und feststellte, daß keinerlei Löcher von irgendwelchen Stichwunden vorhanden seien. Die Kiste mit den Kleidungsstücken blieb verschlossen, da Richter Mitcham der Ansicht war, die Geschworenen könnten sie auch später noch untersuchen. Aber er sprach auch eine Warnung aus. Er beklagte sich über einen ›sehr penetranten Gestank‹, den die Kiste verströme. Er riet den Geschworenen, Gummihandschuhe überzuziehen, für den Fall, daß sie sich die Kleidung näher ansehen wollten.

Sherri sagte zugunsten ihres Vaters aus. Sie führte Pixies ewige Streitigkeiten mit Joel an, die Benzinschnupperpartys, Pixies Mißhandlung des Babys sowie mehrere Einzelheiten, die sie am Mordtag beobachtet hatte. Sie behauptete, sie hätte Willie und Pixie ›oft‹ beim Sex gesehen.

»Beschreiben Sie die Ereignisse, die dem Augenblick vorausgegangen sind, da sie [Pixie, Willie und Joel] in den Wald gegangen sind«, forderte Terrana sie auf.

»Sie baten Joel, ihnen beim Holzsammeln zu helfen.«

»Wer bat Joel darum?«

»Pixie und Willie. Joel wollte nicht, und da zwang ihn Pixie, mitzugehen ... Sie packte seinen Arm und zog ihn hinter sich her.«

Später habe sie Joel dann ›Ed‹ rufen hören.

Sie habe ihrem Vater bei dessen Rückkehr vom Picknick erzählt, daß ihr Bruder und ihre Schwester ›Joel etwas antun‹ würden.

»Scheiße«, habe der Patriarch geflucht.

Sherri schwor, daß Pixie ihr am selben Abend erzählt habe, sie habe Joel ins Handgelenk geschnitten.

»Sie war glücklich«, behauptete Sherri. »Sie hat gesagt, sie sei froh, daß er tot sei.«

»Wie hat Ihr Vater sich Willie Sexton gegenüber verhalten?« wollte Terrana wissen.

»Er war wütend auf ihn.«

»Hat Ihr Vater Willie gegenüber seine Gefühle zum Ausdruck gebracht?«

»Er sagte, wenn noch jemand getötet würde, müßte er die Polizei rufen«, antwortete Sherri.

Beim Kreuzverhör fragte Pruner sie: »Sie haben Pixie als Jugendliche gehaßt und hassen sie noch, habe ich recht?«

»Ja«, bestätigte Sherri.

Pruner forderte sie auf, den Geschworenen von ihrer Flucht mit ihrem Sohn nach Florida zu erzählen, um dem Bluttest zu entgehen. Von dem Inzest.

»Ihr Vater hat sie mindestens einmal gezwungen, Sex mit Ihrem Onkel zu haben, ist das richtig?«

»Nein.«

»Mit ihrem Onkel Dave? Nein?«

»Mein Onkel Dave hat mich vergewaltigt, und ich habe meinem Vater davon erzählt.«

Pruner brachte noch mehr zutage. Sie gab zu, nur Willie mit der Machete gesehen zu haben. Sie habe kein Messer bei Pixie gesehen. Und sie gab zu, daß ihr Vater beunruhigt gewesen sei, weil Joel nach Ohio zurück wollte.

»Ihr Vater hat öfter gesagt, ein guter Verräter sei ein toter Verräter, nicht wahr?«

»Ja.«

Terrana schloß mit einer weiteren Zeugin, Jean Sexton, die die Mißhandlung Joel Goods bestätigte.

Eddie Lee Sexton trat nicht in den Zeugenstand. Terrana meinte, die Jury hätte über das Video auch ohne Kreuzverhör schon genug über seinen Mandanten erfahren. Mehrere Geschworene sagten denn auch später, er habe auf Band glaubwürdig geklungen.

Nach dem Mittagessen hielten die Anwälte dann ihre Schlußplädoyers.

Jay Pruner begann mit dem Video.

»›Ich würde mein Leben für mein Vaterland geben, denn meine Familie ist mein Vaterland‹. Eddie Lee Sextons Worte auf dem Band, das er an Präsident Clinton geschickt hat. Und Eddie Lee Sexton hat nie etwas Wahreres gesagt als das, weil er über seine Familie geherrscht hat wie ein Diktator über sein Land. Und er ist auch kein großmütiger Diktator gewesen ...

So wie die Pioniere in unserem Land für die Eisenbahn Löcher in die Berge gesprengt haben, hat Eddie Lee Sexton das Fundament der Persönlichkeit und das freien Willens seiner Kinder durch ständigen Mißbrauch zerstört ... Warum? Um die nationale Sicherheit zu wahren, die Sicherheit der Familie, die Geheimnisse, die er seinen Kindern auferlegt hat, seinen Töchtern, die er zu seinen Ehefrauen gemacht hat.«

Aber in ihrer Mitte habe es einen Verräter gegeben, fuhr Pruner fort. Joel M. Good. Und für seinen Verrat wurde er exekutiert.

Terrana ließ in seiner Rede die familiären Zustände ganz außen vor.

»Wenn es bei diesem Prozeß um all jene Dinge ginge, die wir gehört haben, um ein diktatorisches Regime, sexuellen Mißbrauch und so weiter und so weiter, ja, wenn es um den schlechtesten Vater des Landes ginge, würde ich sagen, ja, die Staatsanwaltschaft hat ihren Fall überzeugend dargelegt. Aber Mr. Sexton steht hier wegen Mordes vor Gericht, ihm droht die Todesstrafe wegen eines Verbrechens, das er nicht begangen hat. Gegenstand dieses Prozesses ist eine Anklage wegen Mordes ersten Grades.«

Es gäbe kein hinreichendes Motiv für die Tat, argumentierte Terrana. Was hatte Eddie Lee Sexton denn zu fürchten, auch wenn Good den Tod seines Sohnes ausplauderte? Es gab keine belastende Aussage, derzufolge er die Tötung des Säuglings angeordnet hatte. Er selbst wäre nicht angeklagt worden.

»Pixie Good hat ihren Ehemann mißhandelt. Sie hat ihn gefoltert. Und als er starb, rief er nicht etwa ihren Namen. Und er rief auch nicht Willies Namen oder Skippers. Er rief nach dem Mann, der dort am Tisch sitzt, Eddie. Er hat nach *Eddie* gerufen, nach dem Mann, der ihn Pixie Good zufolge gehaßt haben soll. Nach diesem Mann hat er gerufen, in einem letzten verzweifelten Versuch, sein Leben zu retten.«

Pruner sagte hierzu in seinem anschließenden Kommentar:

»Joel Good hat Eddie gerufen. Überrascht Sie das? Wer hielt denn die Fäden in der Hand? Wer war Schiedsrichter innerhalb der Familie? Wer hatte die Befehlsgewalt, die Kontrolle inne?«

12

Die Tatsache, daß das Leben ihres Vaters auf dem Spiel stand, öffnete neue Schleusen drüben im Holiday Inn. Die Geschwister, einschließlich des ältesten Halbbruders Patrick, sprachen bis tief in die Nacht mit Vertretern der Justiz.

Das Haus in der Caroline Street war ein Tempel gewesen, der dazu diente, die unersättliche Fleischeslust der Eltern zu befriedigen. Shelly und Matt erzählten, daß sie einmal einen Schokoladenriegel aus dem Elternschlafzimmer geklaut hätten und zur Strafe drei Tage ohne Nahrung in ihr Zimmer eingeschlossen worden seien. Lebensmittel aus dem abgeschlossenen Kühlschrank dienten der Belo nung oder Bevorzugung einzelner. Als die Jungen einma von Kentucky Fried Chicken gewöhnliche Brathähnchen mitgebracht hatten anstatt ›extra knusprigen‹, wurden sie gezwungen, mehrere Tage in Folge nichts anderes zu essen als Hähnchen.

Wenn sie als Kleinkinder in die Hose oder ins Bett gemacht hatten, hatten ihre Eltern sie in einen Schrank gesperrt und beim Herauslassen am nächsten Tag verprügelt. Der Weihnachtsbaum wurde während des Festes aufgestellt und wieder entfernt, die Feier gestrichen. Einmal hatte der Vater den Baum sogar quer durchs Zimmer geschleudert.

Der Patriarch war nur in eine amerikanische Fahne gehüllt durchs Haus gelaufen. Er behauptete, sein Penis sei 27,5 Zentimeter lang und bezeichnete sich selbst als ›Superschwanz‹. Er zeigte sich ihnen jeden Tag nackt. Der Vater schickte Patrick los, um Kondome und eine Salbe zu kaufen, die den Penis unempfindlicher machte und den Orgasmus hinauszögerte. Eddie Lee besaß eine aufblasbare Sexpuppe. Die Mädchen wurden zu ›Gesprächen unter vier Augen‹ ins Elternschlafzimmer gerufen. Mehrere von ihnen hatte er vergewaltigt, nachdem er vorher die Salbe aufgetragen hatte. Außerdem benutzte er einen Vibrator und einen umschnallbaren Dildo. Beide Eltern rasierten den Mädchen das Schamhaar. Sie instruierten die Kinder dahingehend, wie sie miteinander Sex haben sollten.

Als Pixie aussagte, ihre Mutter habe von dem Mord gewußt, wurden die Kinder unruhig. Sie sagten, ihre Mutter habe über alles Bescheid gewußt, was daheim oder später auf der Flucht vor sich ging. Manchmal habe ihre Mutter sie festgehalten, während ihr Vater sie mißbrauchte. Sherri sagte, ihre Mutter sei bei den Vergewaltigungen drei bis vier Mal im Jahr im Elternschlafzimmer zugegen gewesen. Sie habe ihre Mutter angefleht, ihr zu helfen, aber May habe nur gelacht. Sie sei ins Schlafzimmer gelockt worden, nachdem sie beschuldigt worden war, in der Schule Familiengeheimnisse ausgeplaudert zu haben.

Sherri beschrieb das Hochzeitsritual. Sie war damals siebzehn gewesen. Ihr Vater las das Gelübde aus einem schwarzen Buch mit einem ›Stern‹ darauf vor. Ihre Mutter machte Fotos. Lana und Kim seien ebenfalls mit ihm ›vermählt‹ worden.

Shelly reagierte sehr emotional. Sie erzählte, ihre Eltern hätten sie verspottet, weil sie nicht so gut entwickelt gewesen sei wie ihre Schwestern. Sie brach in Tränen aus und sagte, jedesmal wenn sie in den Spiegel sah, erblicke sie ein ›Monster‹.

Sie hatte das Gefühl, alle Welt könne ihr ansehen, was man ihr angetan hatte.

Judee Genetin sollte es später ablehnen, die Einzelheiten dieser Gespräche im Hotel bekannt zu geben, aber sie sagte, ihre eigene Einstellung habe sich nach den Leichenfunden und ihrem Aufenthalt in Florida geändert. In den zwei Jahren, die sie an dem Fall gearbeitet hatte, hatte sie einige der unfaßbaren Geschichten angezweifelt, war der Meinung gewesen, einige der Enthüllungen seien ›erfunden‹.«

Das änderte sich nun. Das Böse lag nicht in den Ritualen, es ging viel weiter.

»Ich denke, ich stecke in vielen Dingen meinen Kindern zuliebe zurück«, sagte Genetin. »Bei den Sextons gab es nichts Schönes. Dort war es genau umgekehrt: alles, vor allem die Kinder, diente ausschließlich dem Vergnügen der Eltern.

Genetin und auch andere hatten außerdem strukturierte feste Rollen innerhalb des Familienwahnsinns erkannt. Eddie war der Patriarch. Pixie war sein Leutnant, hielt die Augen für ihn offen. Skipper war sein Feldwebel, der mit Nachdruck dafür sorgte, daß seine Befehle befolgt wurden. Willie diente ihm mit schierer Muskelkraft. Lana war seine mystische Gestalt. Christopher war sein Liebling. James sein Hofnarr. Shelly die Außenseiterin. Kimberly das unschuldige Maskottchen. Matt der Stille.

»Sherri«, sagte Genetin, »war einfach nur Opfer.«

Blieb die Matriarchin. Je näher das Ende des Prozesses

rückte, desto mehr dachte Genetin über May Sexton nach. Daheim in Ohio schien die Justiz keine weiteren Anklagen gegen sie zu erheben.

»Sie ist schlimmer als er«, meinte Genetin später. »Sie ist eine solche Lügnerin. Sie wußte über alles Bescheid. Sie hat daran mitgewirkt. Sie hat versucht, sich damit rauszureden, daß sie selbst Opfer war, aber das ist Blödsinn. Sie war kein mißhandeltes Opfer. Sie war Teil des Plans.«

13

Am nächsten Morgen zogen sich die Geschworenen zur Beratung zurück. Sie brauchten nur zwei Stunden und fünfunddreißig Minuten, um sich zu einigen. Jay Pruner und andere glaubten zuerst, diese kurze Beratungszeit bedeute, daß die Jury die Vorwürfe der Anklage zurückweisen würde.

Als der Urteilsspruch vorgelesen wurde, saß Eddie Sexton regungslos mit leicht geneigtem Kopf da. Sherri Sexton, die im Zuschauerraum saß, fing an zu schluchzen. Otis Sexton umarmte Sherri und seine Schwester Nelli und ging dann zu Teresa Boron hinüber. »Glückwunsch. Wir haben ihn.«

Später erklärten die Geschworenen Rick Terrana und den Reportern, warum sie Eddie Lee Sexton für schuldig befunden hatten. Weder Pixie noch ihre Geschwister hatten sie überzeugt, und auch die Mißbrauchsgeschichten hatten ihr Urteil nicht beeinflußt. »Es war die nachhaltigste Lektion, die ich in meiner Laufbahn gelernt habe«, meinte Terrana später.

Entscheidend war die einzige emotionale Zeugin inmitten all der Flatliner gewesen.

Gail Novak, die Bibliothekarin.

»Sie hatte einfach keinen Grund zu lügen«, meinte einer der Geschworenen.

Am darauffolgenden Tag, dem 7. Oktober, nachdem

drei Zeugen zu Eddie Lee Sextons Charakter ausgesagt hatten, zogen sich die Geschworenen erneut für zwei Stunden zur Beratung in der zweiten Prozeßphase zurück. Das Ergebnis lautete sieben zu fünf. Einer weniger, und Sexton wäre von Gesetzes wegen zu einer lebenslänglichen Haftstrafe verurteilt worden. Der Patriarch stand ruhig in seinem Gefängnisoverall und in Ketten da, während das Strafmaß verlesen wurde.

Als er den Gerichtssaal verließ, tat er die ersten Schritte auf Old Sparky zu, Floridas elektrischen Stuhl.

Hinterher sagte Sextons Schwester Nellie, die während des Prozesses zugunsten ihres Bruders ausgesagt hatte, daß, wenn all das, was sie zu hören bekommen hatte, tatsächlich stimmte, sie den einzig angemessenen Platz für seine Ehefrau Estella May Sexton wüßte.

»Sie sollte bei der Hinrichtung auf seinem Schoß sitzen.«

Kapitel 15

Die Saat geht auf

1

Eddie Lee Sexton hockte wie ein Fänger beim Baseball in der dreieckigen Zelle des Hillsborough-County-Gefängnisses, während er die Fragen von Reporter Bill Duryea von der St. Petersburger *Times* beantwortete. Es war das einzige Interview, das der Patriarch in den Tagen nach dem Prozeß geben sollte.

Sexton war am 6. Oktober nicht nur zum Tode verurteilt worden, sondern außerdem zu fünfzehn Jahren Gefängnis wegen Verschwörung zum Mord. Estella Sexton Good sollte später zu einer Gefängnisstrafe von sechs Jahren verurteilt werden. Sie brach weinend zusammen, die erste Gefühlsregung, die sie seit Beginn der Prozeßreihe in der Öffentlichkeit zeigte.

Duryea, der über den Prozeß berichtete, fielen Eddie Lee Sextons Hände auf. Sie waren so glatt wie die eines Chirurgen, und seine langen schmalen Finger bewegten sich so anmutig wie die eines Künstlers.

Eddie Lee Sexton verglich sich mit dem Erlöser.

»Ich weiß, was Christus am Kreuz empfunden hat«, sagte er. »Er wurde zum Tode verurteilt wegen einer Tat, die er nicht begangen hatte.«

Ein analytisch denkender Erlöser.

Sexton meinte, er wisse, was geschehen sei. Die Jury hätte ihn aufgrund eklatanter Lügen verurteilt – den ›Märchen‹, die seine Kinder erzählt hatten. Er behauptete, einen IQ von 160 zu haben. »Ich bin bereit, mich intellektuell mit jedem zu messen.«

Er sagte auch: »Ich bin in jeder Hinsicht unschuldig.«

Er leugnete Rituale mit toten Babys.

»Himmel nein«, sagte er. »So etwas wäre ja gottlos.«

Pixie und Willie hätten den Mord geplant, behauptete er. Sie sei nicht mehr das Mädchen, das er großgezogen habe.

»Sie war immer ein gutes Kind«, sagte er. »Es fing an, nachdem sie Joel geheiratet hat.«

Duryea befragte ihn zu dem militärischen Drill, zu den Anleitungen zur Anfertigung einer Garrotte.

»Ich habe meinem Sohn gezeigt, wie er sich gegen Perverse zur Wehr setzen kann«, erklärte er.

Sie unterhielten sich gerade über die Gründe der Jury, ihn schuldig zu sprechen, als Sexton etwas Merkwürdiges oder auch Verräterisches sagte.

»Nehmen Sie die Menendez-Brüder«, sagte er. »Sie haben ihre Eltern umgebracht. Das war eine abscheuliche Tat. Ihre Entschuldigung lautete, sie seien von den Eltern sexuell mißbraucht worden. Und die Gesellschaft hat das akzeptiert.«

Eddie Lee Sexton hatte während und auch unmittelbar nach dem Prozeß zu keiner Zeit behauptet, selbst Opfer sexuellen Mißbrauchs gewesen zu sein. Und auch Duryea gegenüber behauptete er nichts dergleichen.

Er gab lediglich zu, in seiner Vaterrolle Fehler gemacht zu haben.

»Ich weiß nicht, was ich falsch gemacht habe«, sagte er. »Aber offensichtlich habe ich irgendwo einen Fehler gemacht. Vielleicht war ich einfach zu gut zu ihnen.«

Er fügte hinzu: »Ich habe nur eins gewollt, ich habe versucht, meine Familie zu erhalten und zu beschützen.«

2

Über Monate spaltete die Verurteilung die vielköpfige Sexton-Familie in zwei Lager – alle gegen Otis. Das Ganze passe einfach nicht zu dem Eddie Lee, den sie kannten, meinten einige seiner eigenen Geschwister.

Sextons fünfundsechzigjährige Schwester Nellie Hanft

war in der Prozeßphase zwischen Schuldspruch und Urteilsverkündung in den Zeugenstand getreten. Sie sprach davon, daß sie zusammen mit ihrer Enkelin mehrmals in dem Haus in der Caroline Street zu Besuch gewesen sei. Sie hatte erlebt, wie eins der Kinder gezüchtigt wurde – Patrick war mit einem Gürtel verprügelt worden, weil er ein Walkie-talkie gestohlen hatte. Eddie sei ein ›fröhlicher‹ Typ gewesen. Er habe ihrem Ehemann, der einen Schlaganfall erlitten hatte, die Haare geschnitten. Er und seine Söhne hätten Reparaturen bei ihr zu Hause durchgeführt. Er habe sich als Weihnachtsmann verkleidet und den Kindern ihrer Tochter die Geschenke überreicht.

Acht Monate nach dem Prozeß saß Nellie Hanft neben einem alten gerahmten Porträt ihrer Eltern in ihrem blitzblanken Häuschen in Canton und erzählte einem Besucher von ihrer Kindheit. Als Eddie geboren wurde, war sie dreizehn. Ihre Mutter Lana war damals zweiundvierzig. Sämtliche Kinder ihrer Mutter seien daheim auf die Welt gekommen, was nicht ungewöhnlich war in den abgelegenen ›Kaffs‹ West-Virginias. Ein Arzt von der Island Creek Coal Company hatte fünf Tage nach der Geburt die Geburtsurkunde ausgestellt. Eddie Lee war in einem kleinen Haus auf einem Hügel geboren worden, in einem winzigen Dorf namens Baisden Bottom, eine halbe Meile vom Postamt von Verdonsville entfernt. Die Familie hatte fast ständig in drei Zimmern gelebt.

»Ich schätze, wir waren sehr arm«, sagte Nellie. »Aber das war uns nicht bewußt, da um uns herum alle arm waren.«

Die Familie zog häufig um, weil William Dewey Sexton immer wieder die Arbeitsstelle wechselte. Sie hielten sich jedoch immer an Countys, die dicht bei den großen Flüssen lagen, dem Big Sandy und dem Ohio River, in Amerikas sogenanntem ›Bibelgürtel‹. Aus einem Haus in Logan County zogen sie nach einem Brand aus. Ihr Vater arbeitete sogar eine Weile als Sheriff von Pike County in Kentucky. Als Eddie sieben Jahre alt war, zog die Familie nach Ironton, Ohio, am anderen Ufer des Ohio River, gegenüber von

Ashland in Kentucky, wo der Vater in einer Mission predigte. Nach William Deweys Tod zogen mehrere Familienmitglieder der besseren Arbeitsmarktsituation und der höheren Gehälter wegen nach Canton.

William Dewey war mit Ende Vierzig ein kranker Mann, erzählte Nellie. Er litt an Staublunge, einer Herzschwäche ›und vielen anderen Wehwehchen‹.

»Mein Vater war streng, aber gerecht«, sagte sie. »Er hörte einem zu. Ich habe in meinem ganzen Leben keine einzige Tracht Prügel bekommen, die ich nicht verdient hätte. Und nie in Gegenwart meiner Geschwister. Er züchtigte die Jungs, meine Mutter die Mädchen. Er war der Meinung, ein Mann könne ein Mädchen verletzen, darum überließ er uns meiner Mom.«

Allerdings gab es der grauhaarigen jüngeren Schwester Maggie Sexton zufolge auch Ausnahmen von der Regel. Ihr Vater sei ein despotischer Patriarch gewesen, meinte sie. Die Mädchen hätten nicht mit Jungen ausgehen dürfen. Wenn sie ausgingen, wurden sie von einer ›Anstandsdame‹ begleitet. Maggie erinnerte sich, daß ihre verstorbene Schwester Stella mit fünfzehn Jahren von zu Hause weggelaufen war.

»Daddy hatte sie geschlagen, weil sie sich seinen Wünschen widersetzt hatte«, erzählte sie.

Maggie lebte ebenfalls in Canton, in einer kleinen, modernen Wohnung. Sie bezog wegen Epilepsie eine Rente der Sozialversicherungskasse. Ihre Geschwister beschrieben sie als ›langsam‹, aber sie konnte sich noch sehr gut an ihre Kindheit erinnern. Sie war fünf Jahre älter als Eddie Lee. Sie erinnerte sich an einen Bruder, der oft erkältet war und auch sonst kränkelte.

»Als Eddie klein war, war er ständig krank«, berichtete sie. »Er wurde geboren, als meine Mutter bereits in den Wechseljahren war. Meine Mutter widmete ihm ihre ganze Aufmerksamkeit. Und Otis, der Zweitjüngste, wurde eifersüchtig. Otis war schon immer neidisch auf Eddie.«

Sie erzählte, daß Otis des öfteren versucht habe, Eddie in Schwierigkeiten zu bringen, indem er petzte oder dafür sorgte, daß er sich mit den Nachbarskindern prügelte. Verständlicherweise glaubten beide Schwestern, daß die Schwierigkeiten ihres jüngsten Bruder nur eine Folge der anhaltenden Rivalität waren, das Resultat einer von Otis arrangierten Intrige.

Orville, der älteste noch lebende Bruder der Geschwister, den alle nur ›Big Chew‹ nannten wegen seinem lebhaften Interesse für den ›Roten Mann‹ erinnerte sich an einen Vater, der keineswegs so anständig war, wie viele in seinem Umfeld annahmen. Orville war gerade aus dem zweiten Weltkrieg heimgekehrt, als er zum erstenmal von dessen Affären erfuhr. William Dewey war drei Jahre lang Priester bei der Heilsarmee von Logan gewesen, wurde aber hinausgeworfen, weil er eine Affäre mit einem Mitglied der Heilsarmee angefangen hatte. Orville erinnerte sich an mindestens vier außereheliche Techtelmechtel seines Vaters. Nach ihrem Umzug nach Ironton war William Dewey sogar zu einer Frau gezogen, die auf der gegenüberliegenden Flußseite in Ashland lebte, und hatte mit ihr ein Kind bekommen.

»Er schlief eine Nacht daheim bei Mom und dann in der nächsten bei dieser Frau«, erinnerte er sich. »In der Nacht, in der starb, war er zufällig zu Hause. Er sagte meiner Mutter, er würde sich trennen. Dann, gegen zwei Uhr nachts, erlitt er einen Herzinfarkt und starb.«

Orville berichtete, sein Vater sei von schweren Gewissensbissen geplagt worden, weshalb er ein Evangelium gepredigt habe, das die Erlösung von allen Sünden versprach. »Er war ein strenger Mann. Und er war streng zu uns Kindern. Er wollte ein frommes Leben führen. Wenn er irgendwo unterwegs in einem Fenster ein Bild von Jesus sah, konnte es passieren, daß er sich hinsetzte und weinte wie ein Kind. Er wollte ein rechtschaffenes Leben führen. Aber dabei stand ihm seine Schwäche für Frauen im Weg.«

Nach seinem Tod investierte die leidgeplagte Matriarchin etwas Geld in Mietobjekte. Sie heiratete wieder, einen Mann, der Angehörigen zufolge seiner Trunksucht erlag. Anfang der sechziger Jahre zog die Mutter zu ihren Kindern nach Canton und lebte kurze Zeit bei Eddie Lee und seiner Familie.

»Sie war Invalidin, und während ihres Aufenthaltes bei uns gerieten wir mehrmals aneinander«, erinnerte sich May. »Eddie fing an, die Kinder in ihrer Gegenwart zu beschimpfen. Sie sagte, wenn sie ›kleine Bastarde‹ seien, wie er sie genannt hatte, dann sei auch er ein kleiner Bastard. Das machte ihn wütend.«

Die Mutter starb kurz vor Thanksgiving 1976. Überraschenderweise war nicht Eddie Lee derjenige, der am meisten unter dem Verlust litt, sondern Dave, der beinahe den Sarg seiner Mutter vom Katafalk stürzte, als er weinend darüber zusammenbrach. Es folgte Eddie Lees kurzer Auftritt als Geistlicher.

Es gab auch einige Ungereimtheiten bezüglich Eddie Lees und Otis' Geburtsurkunden. In beiden Urkunden waren zum Zeitpunkt ihrer Geburten im Abstand von zwei Jahren neun Geschwister eingetragen, darunter keine verstorbenen Kinder oder Totgeburten. In beiden Dokumenten war das Alter des Vaters mit zweiundvierzig angegeben. Als Eddie Lees Mutter war ›Lana Toler‹ eingetragen, bei Otis stand ›Leona Toler‹, der Name einer Tante, wie Otis meinte.

Die Urkunden waren natürlich kein Beweis dafür, daß Eddie oder Otis das Kind einer inzestuösen Verbindung war. Vielleicht handelte es sich ja nur um schlichte Flüchtigkeitsfehler. Eddies Schwester Nellie war damals dreizehn, Stella war elf und Maggie fünf, als Eddie, das letzte Kind, geboren wurde.

Shelly Croto erzählte, Eddie Lee habe ihr einmal erzählt, sein eigener Vater hätte Sex mit mehreren seiner Schwestern gehabt. Aber Nellie Hanft stritt dies ebenso vehement ab wie Maggie.

Beide blieben dabei, daß es in der Familie keinerlei Inzest gegeben habe.

3

Es dauerte fast ein Jahr, bis Eddie Lee Sextons zweifelhafter Ruhm bis zu den Kaffs in Logan County vordrang, in denen er aufgewachsen war. Heute verbergen sich hinter den grünen Wipfeln auf den Bergen um Verdonsville Dutzende geschlossener Minenschächte. Sie sind Überbleibsel des Kohlebooms der Kriegsjahre, einer Zeit, da hundert Männer – die meisten von ihnen Immigranten oder auf der Durchreise – nötig waren, um die gleiche Arbeit zu tun, die heute drei Männer und eine Maschine erledigen.

Aber es war immer noch Bergbaugebiet. ›Heimat millionenschwerer Kohlevorkommen‹, wie ein Schild in der Nähe von Williamson verkündete. Hier und dort ragten die braunen Stahlkonstruktionen von Bergbaubetrieben auf, die an die Schlote von Ölraffinerien erinnerten, nur daß sie nicht rauchten.

Anders als die Bergbewohner in *Deliverance* sind die Menschen in diesen Regionen freundlich und hilfsbereit und scheinen sich einen selten gewordenen Luxus zu gönnen: Zeit. Ein Dutzend Fahrzeuge stauen sich hinter einem Wagen, der vor einem Laden mitten auf der Straße steht, während der Fahrer nur eben schnell Milch holen ist. Niemand hupt, es sei denn, ein Großstädter hat sich dorthin verirrt, was aber nur selten vorkommt.

An einem schwülen Augusttag fragte Florence Baisden im Auftrag eines Besuchers zwei Stunden lang telefonisch bei Verwandten nach, auf der Suche nach jemandem, der sich an William Dewey Sexton, seine Ehefrau Lana und den Jungen erinnerte, der auf dem nahe gelegenen Hügel geboren worden war. ›Sextons‹ gab es überall in der ganzen County, »aber das war ein anderer Schlag von Sextons«, berichtete der sechsundsiebzigjährige Henderson Baisden schließlich von seinem Krankenhausbett aus.

Bei den Minenarbeitern habe ein ständiges Kommen und Gehen geherrscht, sagte er.

Florence Baisden hatte denn auch nach dem Tod ihres

Mannes ihre örtliche Tankstelle zugemacht und ein Recyclingzentrum mit Jagdzubehörgeschäft eröffnet. Das Tal am Fuß des Berges war nach dem Urgroßvater ihres Gatten, Julius Baisden, benannt. Mehrere Generationen waren in denselben Häusern oben an der Mud Fork Road geboren, aufgewachsen und gestorben. In einem von ihnen war auch Eddie Lee zur Welt gekommen. Bevor es die vierspurige Straße gab, konnte der dreißig Meilen lange Weg in die Kleinstadt Williamson über die gewundenen Bergpfade mehrere Stunden dauern. Im 19. Jahrhundert waren es sogar Tage gewesen. Die Isolation und die begrenzte Einwohnerzahl machte Hochzeiten unter Cousins und Cousinen beinahe unausweichlich.

Aber Baisden Bottom, Little Italy Bottom, Black Bottom und zahlreiche andere Örtchen hatten ihre strikten Regeln. Pentecostal- und Baptisten-Kirchen gab es dort in Hülle und Fülle. Das Pfingstfest ist bis heute das populärste Ereignis bei den Menschen der Umgebung. Die Blinden werden wieder sehend. Die Lahmen können wieder gehen. Die Gepeinigten werden erlöst.

Allerdings sind die Heilungen wohl mehr moralischer denn körperlicher Natur.

In diesen Gegenden wurde für Mittellose reichlich gezahlt. Florence Baisden erzählte, daß sie allein deshalb, weil sie Witwe eines Minenarbeiters war, Sozialhilfe, kostenlose medizinische Versorgung sowie eine Rente aus dem Fond für Staublungenkranke und der Minenarbeiterfürsorge beziehen könnte. Ihre zwei Söhne hätten ebenfalls Staublungenrente beantragen können, weil sie Kohletrucks gefahren hatten. Sie hatten dankend abgelehnt.

Viele andere nutzen die Leistungen schamlos aus. »Viele Leute, die solche Renten beziehen, haben in ihrem ganzen Leben keinen einzigen Tag gearbeitet«, sagte sie. »Staublunge. Wenn der Vater wegen Staublunge eine Rente bezogen hat und sein Name Paul jr. war, und wenn man als Sohn ebenfalls Paul jr. heißt, dann kassierte man die Schecks bis lange nach seinem Tod.«

Ein Polizei-Sergeant in Logan, Glen Ables, hatte ebenfalls deutliche kulturelle Unterschiede zu seiner Heimatstadt an der Grenze zu Virginia festgestellt, als er vor zwanzig Jahren von der Staatspolizei nach Logan versetzt worden war. Bei den meisten Fällen von Gewaltanwendung handelte es sich um Züchtigungen durch Männer, die ihre Vorrangstellung handgreiflich deutlich machten. Oder es ging um territoriale Besitzansprüche. Auseinandersetzungen mit Freunden und Nachbarn wegen Frauen oder Grundbesitz. Gewalt gegen Ehefrauen und Kinder.

»In gewisser Weise sind auch die schlechten Menschen hier nicht wirklich schlecht«, meinte Ables. Ein örtlicher Krimineller wird Ihnen vielleicht alles stehlen, was sie besitzen – Ihr Benzin, Ihren Fernseher, Ihren Wagen –, aber wenn Sie mit ihrem Wagen liegenbleiben, weil Ihnen das Benzin ausgegangen ist oder weil sie sonst eine Panne haben, dann nimmt er sie mit, kümmert sich um Sie, tankt womöglich Ihren Wagen mit eben dem Benzin auf, das er gestohlen hat. Er wird sich ihrer annehmen.

Aber es gibt auch einige grundsätzliche Regeln hier, an die die Menschen sich halten«, fügte er hinzu. »Einige dieser Regeln erscheinen uns inakzeptabel, aber sie haben Bestand, und die Menschen hier respektieren sie. Es gibt hier keine Straßenkriminalität im herkömmlichen Sinne. Aber andererseits kann es passieren, daß jemand Sie wegen irgendeines hier gültigen Grundsatzes erschießt. Grund und Boden sind heilig. Besitz ist heilig. Die Familie ist heilig.«

Inzest sei erst kürzlich zu einem Thema geworden. »Die Leute hier haben sehr lange gebraucht, um zu merken, daß Inzest medizinische Probleme nach sich zieht«, sagte er.

Bislang hat es keine wissenschaftliche Untersuchung gegeben zu dem in West-Virginia gängigen Spruch ›Meine Eltern sind für sich allein schon eine Großfamilie‹.

Ein paar Meilen die Mud Fork hinauf arbeitete am Southern West-Virginia Community and Technical College eine Bibliothekarin, die erzählte, am häufigsten würden die Studenten Material über Kindesmißbrauch und Inzest verlangen. Sie bat darum, ihren Namen nicht zu nennen, weil sie Anfeindungen fürchtete.

»Es ist ein Tabu«, sagte sie, »aber nachdem ich selbst hier aufgewachsen bin, würde ich schätzen, daß beides in sieben von zehn Familien vorkommt. Heute noch.«

Eine Lebensweise, der Eddie Lee Sexton möglicherweise viele seiner abartigen Verhaltensweisen abgeschaut hat.

4

Dreißig Meilen entfernt, in der Nähe von Delbarton, baute ein zweiundfünfzigjähriger behinderter West-Virginier namens John Runyon gerade einen neuen Motor in einen Chevy ein, als seine Tochter aus dem Familientrailer stürzte und rief: »Eddie ist im Fernsehen!«

Runyon hatte Eddie Sexton in den vergangenen fünfundzwanzig Jahren nur dreimal gesehen, das letzte Mal 1988 in Canton. 1963, als ein Gericht in Mingo County Eddie Lee Sexton zu einer Gefängnisstrafe verurteilt hatte, war John Runyon an seiner Seite gewesen.

Er war fünf Jahre lang Sextons bester Freund gewesen. Sie hatten sich im Alter von sechzehn Jahren in West-Virginia kennengelernt. Runyons Schwester hatte Eddies älteren Bruder Joe geheiratet. Sarah, Orvilles Frau, war ebenfalls eine Verwandte. Eddie hatte immer behauptet, er sei ein Jahr älter als Runyon. Er war schockiert gewesen, als er später herausgefunden hatte, daß sie im selben Jahr geboren waren.

Als Teenager hatten sie gemeinsam allerlei Dinger gedreht, hatten Autos ausgeschlachtet und die Einzelteile in Ironton verhökert. Sie waren anderen Verwandten nach Canton gefolgt und waren dort bei einer Zeitarbeitsfirma angestellt gewesen. An den Wochenenden waren sie durch die Ortschaften ihrer Heimatcounty gedüst und hatten Frauen aufgerissen. Sie waren mit Eddies vier Jahre altem

Buick Rennen gefahren. Sie hatten sich halt die Hörner abgestoßen.

Es fehlte ihnen nie an Geld, und sie fanden auch immer irgendwo Unterschlupf, erinnerte sich Runyon. Eddies Mutter und seine Schwestern gaben ihnen Geld, wenn sie knapp bei Kasse waren. Sie übernachteten bei Verwandten, zogen ständig von einem zum anderen, ohne sich je irgendwo dauerhaft niederzulassen. »Eddie war ein Typ, für den sich die ganze Familie den Arsch aufgerissen hat«, erinnerte er sich.

Sie freundeten sich mit einer verheirateten Frau in Canton an und unterhielten eine Affäre mit ihr, während ihr Mann bei der Arbeit war. Runyon sagte, damit sei es vorbei gewesen, als Otis sie beim Ehemann besagter Frau verpetzt habe.

»Zwischen diesen beiden Brüdern war schon immer böses Blut«, erinnerte er sich.

»Wir arbeiteten die ganze Woche, kassierten unser Geld und machten dann das ganze Wochenende einen drauf. Typischer Teenagerkram eben. Aber wir gerieten nie mit dem Gesetz in Konflikt. Wir bekam in dieser ganzen Zeit noch nicht einmal einen Strafzettel wegen Geschwindigkeitsüberschreitung.«

Das änderte sich schlagartig am letzten Wochenende im Mai 1963. Sie hatten eine Spritztour nach Delbarton unternommen und bei Eddies Bruder Orville vorbeigeschaut und waren schließlich in einer Bar namens Bettys Beer Joint gelandet. »Das war unser erstes richtiges Besäufnis«, erzählte Runyon.

Sie kauften einen Kasten Bier und fuhren mit einem Einheimischen nach Hause. Als der Mann schließlich einschlief, machte Eddie sich an dessen fünfzehnjährige Tochter Sarah heran.

»Sie hatte braunes Haar, war etwa hunderdreiundsechzig cm groß, wog an die hunderzehn Pfund«, erinnerte sich Runyon. »Wir hatten schon Dutzende wie sie gehabt. Aber Eddie verliebte sich unsterblich in sie. Und dann verkündete er aus heiterem Himmel, daß er sie heiraten werde.«

Sie tranken das ganze Wochenende, bis Runyon Eddie schließlich überredete, mit ihren letzten paar Dollar nach Canton zurückzufahren. Gegen Mitternacht leerten sie im Wagen ihr letztes Bier. Sie waren etwa zwanzig Meilen gefahren und kamen gerade durch Naugatuck, als sie an einer Tankstelle vorbeikamen, die Tag und Nacht geöffnet war.

»Eddie fing davon an«, sagte Runyon.

Er wollte wenden und das Mädchen heiraten.

»Wir hatten kaum noch genug Geld, um bis nach Hause zu kommen«, sagte Runyon. »Wie wollte er da heiraten? Ich konnte das Ganze nicht verstehen. Ich wußte einfach nicht, was ihn an diesem Mädchen so faszinierte.«

Ein paar Minuten später fuhren sie an der Tankstelle vor, unter dem Vorwand, einen Platten zu haben. Ein etwa zwanzig Jahre alter Mann arbeitete ganz allein an der Tankstelle. Als er den Reifen wechseln wollte, fielen sie über ihn her und schlugen ihn mit dem Wagenheber nieder.

Sie nahmen gleich die ganze Kasse mit, mit dreihundertneun Dollar Bargeld. In dieser Nacht schliefen sie bei Orville Sexton. Am nächsten Tag wurden Eddie und Sarah von einem Geistlichen aus dem Ort getraut.

»Die Eltern des Mädchens glaubten, die Sextons hätten Geld«, erinnerte sich Runyon. »Es waren Leute, die selbst gern herumschliefen, also hatten sie keine Einwände.«

Sie wollten, daß der Goldesel in der Nähe blieb. Als Eddie mit dem Mädchen nach Canton zurück wollte, verständigten ihre Eltern die Polizei. Am darauffolgenden Morgen tauchte die Staatspolizei bei Orville auf. Runyon und Sexton hatten die Registrierkasse mitsamt dem Inhalt weggeworfen. Aber die Polizei fand eine Tankquittung des Buick und sperrte sie beide ein.

Eddie Lee war erst einen Tag verheiratet.

Einige Wochen später bekannten sie sich des bewaffneten Raubüberfalls für schuldig und wurden zu fünf Jahren Haft verurteilt, dem Mindeststrafmaß für das von ihnen begangene Verbrechen, das mit bis zu achtzehn Jahren geahndet werden konnte.

Runyon erzählte, daß Eddie ihn im Knast fallenließ und sich statt dessen seinem Zellengenossen anschloß, Paul Shortridge, auch Ice Man genannt. Sexton und Shortridge veranstalteten Poker- und Dominospiele und nahmen Wetten auf Sportereignisse an.

»Soweit ich weiß, haben Ice Man und Eddie sich im Knast kein einziges Mal geprügelt«, sagte er. »Eddie war Eddie, egal, wie man es dreht und wendet. Er änderte sich nie. Er war kein Typ, der viele Freunde hatte. Er suchte sich eine Person aus, und an die hielt er sich.

Es ist mir ein Rätsel, wie Eddie so werden konnte – sofern das alles stimmt, was man über ihn erzählt. Vom Anfang unserer Freundschaft bis zum Ende unserer Haftstrafe war er kein typischer Krimineller. Er war kein Verbrechertyp. Wenn er zu einem geworden ist, dann hat ihn Shortridge dazu gemacht.«

Es gab noch eine weitere Enthüllung aus dieser Zeit. Eddie Lee Sexton sei nie in der Armee gewesen, behauptete Runyon. Das habe er nur erfunden, um die Jahre zu erklären, in denen er weg gewesen war – und tatsächlich im Gefängnis saß.

Runyon gehörte inzwischen der Church of God in Hatfield Bottom an. Otis Sexton habe ihm geholfen, nach seiner Entlassung aus dem Gefängnis wieder Fuß zu fassen, erzählte er. Otis verhalf ihm zu einem Job in Canton, aber später zog er dann wieder in seinen Heimatstaat, nachdem er in einer Batterieentsorgungsfirma eine schwere Rückenverletzung erlitten hatte.

Als Runyon 1988 zusammen mit seiner Frau einmal bei den Sextons in Canton übernachtet hatten, hatten diese auf ihn einen völlig normalen Eindruck gemacht. Seine Kinder waren wohlerzogen. Sie servierten den Gästen Kaffee und bezogen ihre Betten. Eddie sprach von der Bibel und vom Predigen. Aber er zeigte Runyon und seiner Frau auch eine Sammlung Videokassetten. Drei Regale voll, gleich neben den gerahmten Familienporträts. Sie waren beschriftet mit: ›Familienvideo‹, ›Kindervideo‹ und ›Porno‹.

Dennoch wurde er das Gefühl nicht los, daß Otis

schuld war an Eddie Lees Schwierigkeiten. »Er rächt sich«, sagte Runyon, »für all seinen Haß auf Eddie in all den Jahren.«

5

Sechzig Meilen den Big Sandy River hinauf in Ironton erinnerten sich einige Leute an eine völlig andere Sexton-Familie und an einen ganz anderen Eddie Lee Sexton in den Jahren, bevor er und John Runyon sich anfreundeten.

Die Eighth Street war einer der Farbigen-Blocks am Ort. Die Seventh Street gegenüber war weiß. Als die Sextons nebenan einzogen, in der South Eighth 914, sei einer Farbigen namens Gwen Collins zufolge die ganze Nachbarschaft ›den Bach runter‹ gegangen.

Collins, heute Sozialarbeiterin, war damals dreizehn Jahre alt. Sie konnte sich noch lebhaft an die Sextons erinnern, vor allem an Eddie Lee.

»Sie haben sich die ganze Zeit gezankt, sind ständig rein und raus gelaufen und haben sich einfach aufgeführt wie die Irren«, erinnerte sich Collins. »Die Mutter kam raus und betüttelte sie, aber sie beschimpften sie nur.«

Regelmäßig hielten Streifenwagen vor der Tür. Die Sextons besaßen alte Autos und einen Hühnerstall hinter dem Haus. Collins' Mutter, eine Köchin, und ihr Vater, ein Schuhmacher, fühlten sich von den Nachbarn gestört. »Mutter war sehr sauber und ordentlich«, sagte sie.

Maggie Sexton, damals noch ein junges Ding, saß oft allein auf der hinteren Veranda, erinnerte sich Collins. »Sie benahm sich so, als würde sie sich fürchten, oder sie starrte nur blind vor sich hin.«

Eddie, noch keine zehn, hielt sich ebenfalls oft auf der Veranda auf. Er spielte ständig mit Streichhölzern herum. Er saß stundenlang da und entzündete ein Streichholz nach dem anderen, starrte wie gebannt auf die Zündhölzer, die auf den Dielen verglühten.

Eddie quälte Tiere und tyrannisierte schwächere Nachbarskinder, erinnerte sich Collins. Er bewarf Kettenhunde mit Gegenständen. Er lockte kleine harmlose Streuner mit einem Leckerchen an, um sie dann brutal zu treten. Er kniff junge Mädchen in den Po. Als eine von Collins' Schwestern heiratete und schwanger wurde, zog er Gwen auf.

»Haha, deine Schwester bekommt ein Baby«, höhnte er, als sei es eine schlimme Verfehlung, schwanger zu sein.

Philipp Martin, in den fünfziger Jahren Lebensmittelhändler, sah, wie Eddie Hühner an der Wäscheleine aufhängte und ihnen mit einem Messer den Kopf abschnitt. Und hierbei handelte es sich keineswegs um eine notwendige Pflicht, erinnerte sich Gwen Collins.

»Eines Tages stürmte Eddie fuchsteufelswild aus dem Haus und lief rüber zum Hühnerstall«, erzählte er. »Als er herauskam, hielt er ein Huhn in der Hand, das er beim Kopf gepackt hatte. Er holte sich einen Hammer und schlug das arme Tier in Rage tot. Mir lief es eiskalt den Rücken runter.«

Collins und Martin, der gegenüber wohnte, erinnerten sich an Fälle von Tierquälerei, die die ganze Nachbarschaft beunruhigten. Eine Witwe, die an der Straßenecke wohnte, hielt sich ein halbes Dutzend Katzen. Sie verschwanden. Dann tauchten alle sechs im Garten der Sextons auf, tot, bei den Hälsen an der Wäscheleine aufgehängt von Eddie Lee, damals dreizehn oder vierzehn Jahre alt.

»Es war furchtbar«, erinnerte sich Martin. »Ich war sechs Jahre älter als er und empfand es dennoch als traumatisierend. Für ihn war es nur ein toller Spaß.«

»Der Vorfall hat die alte Dame fast umgebracht«, berichtete Collins. »Sie liebte diese Katzen. Sie waren ihre Kinder.«

Eddie hatte für seine unmenschlichen Taten jedoch scheinbar keine großen Konsequenzen zu fürchten. Collins erinnerte sich, daß der Vater oft weg war oder auch krank. »Die Mutter behandelte Eddie immer etwas anders als seine Geschwister. Man sah oft, wie sie einen Arm um den

Jungen legte, was sie bei den anderen Jungen und Mädchen nicht tat.«

Als William Dewey Sexton starb, wurde er in dem kleinen Haus aufgebahrt. Collins erinnerte sich, daß sie einen Blick durch das Fenster warf und sah, wie sie alle um den Sarg herumsaßen. »Es war so sonderbar«, sagte sie.

Als sie von Sextons Verurteilung wegen Mordes erfuhr, fiel Collins sofort noch etwas ein. Eddie war früher viel mit Collins' jüngster Schwester zusammengewesen, die einige Jahre jünger war als er selbst. Diese Schwester hatte später große emotionale Probleme und psychopathische Tendenzen. Sie hatte ihren Vater vorzeitig ins Grab gebracht, indem sie ihm fünfzigtausend Dollar Schulden mit einer gefälschten Kreditkarte auf seinen Namen aufgehalst hatte, bevor sie dann im Alter von zweiundvierzig Jahren an Krebs gestorben war.

Damals sah es so aus, als seien sie so etwas wie Seelenverwandte.

Collins erinnerte sich noch an die Worte ihrer Mutter, als diese eines Tages vom Küchenfenster aus beobachtet hatte, wie Eddie irgendeinen Unsinn machte

»Aus dem wird nie etwas«, sagte sie. »Sieh dir nur an, wie bösartig er ist.«

6

Drei Tage nachdem Richter Bob Mitcham in Tampa Sextons Todesurteil verkündet hatte, demonstrierte Otis Sexton erneut draußen vor dem Gerichtsgebäude in der Innenstadt von Canton. Er hatte T-Shirts bedrucken lassen. Die Aufschrift lautete:

STOPPT DEN INZEST. GLAUBT DEN KINDERN.

Am Vortag hatte Staatsanwalt Robert D. Horowitz aus Stark County bekanntgegeben, daß er nicht beabsichtige, die Auslieferung von Eddie Lee Sexton zu beantragen, um ihn wegen sexuellen Mißbrauchs in Ohio vor Gericht zu stellen. Er sagte, es sei eine Frage der Sicherheit. Und der Prozeß sei die Kosten nicht wert, die er der County bereiten würde. Seine Kritiker führten den Fall des Kannibalen Jeffrey Dahmer an, der in die nahe gelegene Summit County zurückgeholt worden war, um sich dort vor Gericht zu verantworten, nachdem er in Milwaukee bereits zu fünfzehn Mal lebenslänglich verurteilt worden war.

Otis schäumte vor Wut, ebenso wie Steve Ready und zahlreiche Sozialarbeiter des DHS. Stark County müsse endlich Stellung beziehen gegen Mißbrauch und Inzest, meinten sie. Aber man machte sich noch ganz andere Sorgen.

In Tampa erklärte Staatsanwalt Jay Pruner, daß die Chancen, daß Sextons Verurteilung bei einer Revision bestätigt würde, nur fünfzig zu fünfzig stünden. Richter Mitcham hatte der Staatsanwaltschaft Vorschub geleistet, indem er zugelassen hatte, daß Sextons anderweitige Vergehen in den Prozeß eingebracht wurden. Es bestand durchaus die Möglichkeit, daß Sexton fünf bis zehn Jahre wegen der Verschwörung zum Mord absaß, das Berufungsverfahren in der Mordsache gewann und auf freien Fuß gesetzt wurde, etwa um die Zeit, da der sexuelle Mißbrauch verjährte.

Sheriff Bruce Umpleby setzte sich für seinen Detective ein und führte an, sein Department werde einen Großteil der Kosten tragen. Er schrieb eine sehr ausführliche Mitteilung an Horowitz.

Aber der Staatsanwalt rührte sich immer noch nicht.

Für Steve Ready ging es um mehr als nur juristische Fragen. Er nahm das Ganze persönlich. Seine Ermittlungen über ein ganzes Jahr praktisch im Alleingang hatten über hundert Anzeigen wegen Vergewaltigung und sexueller Nötigung nach sich gezogen. Und jetzt verweigerte man ihm einen sauberen Abschluß, die Befriedigung, die jeder Polizist empfand, wenn ein Verbrecher vor Gericht verurteilt wurde.

»Die Kosten für den Steuerzahler? Was? Ein Flugticket?« sagte Ready später. »Diese Kinder hatten sich endlich durchgerungen zu sagen, ja, ich wurde von meinem Vater mißbraucht – und dann ist nichts passiert. Und es wird nichts passieren. Das ist einfach nicht richtig.«

Für Otis Sexton hatte der aktuelle Stand der Dinge zu große Ähnlichkeit mit dem, was in Jackson Township und Massilon geschehen war. Gerade hatte er aus einer seiner zahlreichen Informationsquellen erfahren, daß May Sexton, die bereits in einem Jahr aus dem Gefängnis entlassen werden konnte, ebenfalls keine Anklage wegen der Vorwürfe des sexuellen Mißbrauchs zu befürchten hatte.

Otis' Einsatz grenzte an Besessenheit. Er schrieb leidenschaftliche Briefe an die Lokalzeitungen und drängte auf die Beschließung einer Verbrechenssteuer. Er unterstützte die Legislatur von Ohio. Das staatliche Statut gegen Inzest war 1974 wieder abgeschafft worden. Wie in anderen Staaten fiel Inzest wieder unter die allgemeinen Gesetze zur sexuellen Nötigung. Er schrieb an Bill Clinton und hängte sich die Antwort des Präsidenten stolz an die Wand. Er rief Reporter an, informierte sie umfassend über den Fall Sexton und hielt sie über Neuigkeiten auf dem laufenden. Er meldete sich weiterhin regelmäßig bei Steve Ready und meldete ihm weitere Enthüllungen der Sexton-Kinder. Er trat in der Geraldo-Rivera-Show auf und konfrontierte seinen jüngeren Bruder über eine Satellitenübertragung aus dem Gefängnis in Tampa. Er griff Eddie Lee so massiv an, daß dieser ging. Noch vor Jahresende bezeichnete ihn das örtliche *Stark Magazine* als ›eine der zwanzig interessantesten Persönlichkeiten der County‹.

Die Kinder seines Bruders machten ihm weiterhin zu schaffen. Sherri heiratete einen Mann, den sie in einer psychiatrischen Abteilung kennengelernt hatte. Und eines Tages eröffnete sie ihm, daß sie nicht länger in der Lage sei, sich um Christopher zu kümmern, ihren aus einer Vergewaltigung durch ihren Vater hervorgegangenen Sohn. »Jedesmal, wenn ich meinen Sohn ansehe, sehe ich meinen

Vater«, sagte sie. Otis setzte alle nötigen Hebel in Bewegung, um den Jungen zu adoptieren. Er telefonierte mit Willie Sexton in Chattahootchee. Er behauptete in Interviews, daß das DHS seine Bitten, gegen die Familie Sexton vorzugehen, in den achtziger Jahren ignoriert habe, obwohl die Akten diese Behauptung nicht stützten. Verwandte unterstellten ihm, daß er sich nur die staatlichen Unterhaltszahlungen für die Kinder unter den Nagel reißen wolle. Er versuchte, die Buchrechte an der Sexton-Geschichte zu verkaufen und behauptete, er wolle das Geld nur haben, um einen Therapiefonds für die Kinder einzurichten.

Manch einer, darunter Ready, Shelly Croto und Judee Genetin begannen, seine Motive in Frage zu stellen. Manchmal wirkte er beinahe wie eine mildtätige Ausgabe seines Bruders. Schließlich gab er nach zwei Jahren seine Forderungen für die Buchrechte auf, nachdem es dem Autor gelungen war, ihn davon zu überzeugen, daß eine solche Zahlung nur die Glaubwürdigkeit des Buches beschädigen würde.

»Ich habe nie von den Kindern profitiert und würde das auch niemals tun«, sagte Otis Sexton später. Er schätzte seine persönlichen Verluste bei der Abwicklung des Erbes seines Bruders auf fünfundzwanzigtausend Dollar.

»Was spielt es für eine Rolle, warum Otis Sexton so gehandelt hat?« meinte Steve Ready. »Ohne ihn hätten wir diesen Fall niemals bewältigt.«

Am 4. November, als er zusammen mit seiner Ehefrau Jackie, mit Eddie jr. und Sherri demonstrierte, ging es aber sehr wohl um Geld. Um das Geld des Steuerzahlers. Seine Handzettel waren nicht mehr handgeschrieben und primitiv, sondern professionell gedruckt und troffen vor Sarkasmus.

Die Demonstranten verlangten, daß May Sexton der Prozeß gemacht werde wegen der Mißbrauchsvorwürfe, die Otis von seinen in Pflegestellen untergebrachten Nichten und Neffen anvertraut worden waren. Staatsanwalt Horowitz berief sich auf Geldmangel. Und so schloß Otis

Sexton auf dem Handzettel mit dem Titel ›Staatsanwaltschaft von Stark County flügellahm?‹

»Wenn Geldmangel das einzige ist, was die Staatsanwaltschaft davon abhält, May Sexton den Prozeß zu machen, sollten Sie als verantwortungsbewußter Bürger dem Büro der Staatsanwaltschaft einen Dollar spenden und mir dabei helfen, die erforderlichen Gelder aufzubringen, damit Estella May Sexton zur Verantwortung gezogen wird.«

Die Staatsanwaltschaft äußerte sich nie dazu, ob ihr tatsächlich Geldspenden überreicht wurden. Aber das war auch nicht der Punkt.

Otis Sexton sagte später: »Ich wollte Bob Horowitz in Verlegenheit bringen. Schlicht und ergreifend. Und ich glaube, das ist mir auch gelungen.«

7

Nach fast zwei Jahren der Zeugenanhörungen vor einer Grand Jury, der Schufterei von stellvertretenden Staatsanwälten sowie diversen Verzögerungen wurde schließlich am 7. August 1996 eine Geschworenenliste aufgestellt.

May Sexton würde noch einmal vor Gericht gestellt werden. Sie würde es mit denselben Staatsanwälten zu tun haben und vom selben Pflichtverteidiger vertreten werden, dem noch ein Assistent zur Seite gestellt wurde. Allerdings gab es diesmal deutlich mehr Anklagepunkte, dank der außergewöhnlichen Anstrengungen der Anwälte Jonathan Baumoel und Kristine Rohrer Beard.

1995 hatte die Mutter von einer Wiedervereinigung mit ihren Kindern gesprochen, sobald sie aus dem Reformatory for Women in Marysville, Ohio, entlassen werde. Aber sie setzte keinen Fuß in Freiheit. Eine Grand Jury hatte 31fache Anklage gegen sie erhoben, unter anderem wegen Vergewaltigung, Beihilfe zur Vergewaltigung, Gefährdung von Minderjährigen und sexueller Nötigung. Sie wartete fast ein Jahr lang im Stark-County-Gefängnis auf ihren Prozeß. Im August wurden die Anklagepunkte dann auf zwei verschiedene Verfahren verteilt.

Als der erste Prozeß begann, hätte die ganze Geschichte bereits vertraut erscheinen mögen, wären da nicht die zahlreichen Aussagen zu Mays direkter Beteiligung an den gewalttätigen und sexuellen Exzessen ihres Mannes gewesen.

Kimberly, inzwischen zwölf Jahre alt, erzählte den Geschworenen, beide Eltern hätten sie an den Genitalien angefaßt, als sie bei ihnen im Elternschlafzimmer schlief. Sie erzählte, wie sie mit ihrer Mutter das Negerkußspiel gespielt hatte, wie auf die ›Trauung‹ ein Zungenkuß gefolgt war und wie sie für ihren Dad den BH und das Negligé hatte vorführen müssen, die Steve Ready in dem Challenger-Wohnmobil gefunden hatte.

Außerdem sagte sie aus, sie habe gesehen, wie ihre Mutter in Florida im Wohnmobil Christopher angefaßt habe. Dann habe ihre Mutter ihr Nyquil gegeben und ihre Geschwister hinausgeschickt. Ihre Mutter und ihr Vater hatten ihr mit einem Rasierer, der im Safe des Wohnmobils aufbewahrt wurde, die Scham rasiert. Anschließend hätten sie sie gestreichelt und den Rasierer wieder weggelegt ›bis zum nächsten Mal‹.

Bei der Rasur schien es sich um ein weiteres familiäres Ritual zu handeln, dem auch Lana, inzwischen fast sechzehn, und Shelly Croto, dreiundzwanzig, unterzogen worden waren. Ihre Mutter hatte dem Vater geholfen, ihre Scham zu rasieren. Der Patriarch hatte hierbei beide Mädchen geschnitten.

»Er beschmierte meinen Finger mit Blut, ließ mich irgendein Papier damit unterzeichnen und sagte hinterher, damit hätte ich meine Seele an den Teufel verkauft«, sagte Lana aus.

Shelly erklärte, sie habe an den Genitalien einen Narbe, deren Ursprung sie ihrem Mann nicht erklären könne. »Sie wollten nicht, daß wir erwachsen wurden«, erklärte sie der Jury. »Sie wollten, daß wir Kinder bleiben.«

Mit Hilfe von Zeichnungen des Hauses in der Caroline Street legte die Staatsanwaltschaft dar, daß das Elternschlafzimmer eine von beiden Eltern betriebene regelrechte sexuelle Folterkammer war.

Shelly sagte aus, ihre Mutter habe bei angeblichen Brustuntersuchungen ihre Brüste geknetet und ihr einen Finger in den Anus eingeführt unter dem Vorwand, sie auf Würmer zu untersuchen. Außerdem sei auch sie mit dreizehn Jahren mit ihrem Vater vermählt worden.

Kimberly, Lana und Christopher, die inzwischen alle in festen Pflegefamilien lebten, hielten sich im Zeugenstand gut. Shelly, die Zwillinge erwartete und im sechsten Monat schwanger war, hatte sich in der Pause und bevor sie in den Zeugenstand getreten war, auf der Toilette übergeben.

Aber es lag nicht an der Morgenübelkeit. »Mir wurde schlecht, als ich sie sah«, erklärte sie später.

Es gab noch weitere Enthüllungen über Spiele und Strafen. So mußten die Kinder beispielsweise fünf Stunden am Stück mit der Nase einen Penny an die Wand drücken. Die ›Tanzabende‹ wurden im Sommer jedes Wochenende abgehalten und während der Schulzeit einmal monatlich. Christopher sagte aus, daß die Kinder während dieser Partys Bier trinken durften.

Aber keine andere Aussage war so brutal wie jene von Lana, die berichtete, wie sie im Alter von acht oder neun Jahren vergewaltigt worden war, unter Mithilfe ihrer Mutter. Eines Abends hatten die Eltern sie mit in ihr Schlafzimmer genommen.

»Was geschah als erstes, nachdem sie die Tür geschlossen hatten?« fragte Staatsanwalt John Baumoel.

»Ich fragte sie, was sie mit mir machen würden, und sie sagten, sie würden mich bestrafen«, erwiderte Lana. Sie konnte sich nicht einmal mehr daran erinnern, wofür sie bestraft wurde.

Ihre Mom zog ihr das T-Shirt aus, ihr Vater Hose und Slip. Ihre Mutter setzte sich auf das Bett und hielt ihre Arme auf die Matratze gedrückt, Lanas Füße über ihre eigenen Schultern gelegt.

Dann vergewaltigte ihr Vater sie. »Es tat weh«, sagte Lana. »Ich schrie, aber sie schenkten dem keinerlei Beachtung.«

Baumoel fragte, was ihre Mutter gesagt habe.

»Sie meinte nur, das wäre meine Strafe«, antwortete Lana.

Viele der Aussagen wurden von medizinischen Untersuchungsergebnissen, Schulabwesenheitslisten und psychologischen Gutachten gestützt. Aber es gab noch viel subtilere Einblicke ins Innere von Amerikas kränkster Familie.

Als sie vor Gericht aufgefordert wurden ihren Namen zu nennen, gab Shelly diesen mit Shelly Sexton an anstatt mit Croto, als sei sie auf ewig an diesen Namen gekettet. Die Staatsanwaltschaft brachte als Beweisstück einen Brief ein, den May an ihren Ehemann geschrieben hatte und in dem sie ihn ›Sweetheart‹ nannte. Offenbar ging es um Kimberly.

»Unser Kleines macht sich soweit ganz gut. Ich bin sicher, daß es für ihren lieben Daddy so bleiben wird. Unser kleines Mädchen ist sehr reif geworden. Sie ist viel erwachsener, seit sie in das Geheimnis eingeweiht wurde.«

Daß *es* so bleiben wird.

Lana wurde gefragt, an welche positiven Dinge sie sich im Zusammenhang mit ihrer Mutter erinnere.

»Wir waren zusammen campen und schwimmen, und wenn mein Dad nicht da war, war meine Mom auch richtig nett. Wenn er allerdings da war, war sie richtig gemein.«

»Lana, was empfindest du heute für deine Mutter?« wollte Baumoel wissen.

»Ich möchte ihr sagen, daß ich sie trotz allem lieb gehabt habe«, antwortete sie, in der Vergangenheit sprechend. Dann fügte sie hinzu: »Und daß ich wütend bin wegen dem, was sie gemacht hat und was sie meinen Dad mit uns hat machen lassen.«

Auf die Frage, weshalb er denn nie etwas erzählt habe, erwiderte Christopher: »Ich dachte, es sei überall so. Ich dachte, wir seien eine ganz normale Familie.«

Estella May Sextons Verteidigung bestand aus einer langen Geschichte des Mißbrauchs, der gescheiterten Fluchtversuche und Prügeleien mit ihrem Ehemann. Sie stritt jeden der gegen sie erhobenen Vorwürfe ab. Sie sagte, ihr Mann habe sie mit Handschellen ans Bett gefesselt und vergewaltigt. Sie sei bei ihm geblieben, weil sie befürchtet habe, er würde eins der Kinder umbringen, wenn sie ihn verließ.

Baumoel verhöhnte das, was er als ihre ›Doppelverteidigung‹ bezeichnete, in seinem Schlußplädoyer. »Erstens ist nichts von alledem passiert ... Sie haben alle gelogen. Sie haben sich das alles nur ausgedacht. Das ist alles nur ihrer Phantasie entsprungen. Aber falls es doch passiert ist, das vergeben Sie dieser Lady. Sie hat eine Entschuldigung für ihr Verhalten, da sie selbst Gewaltopfer war. Ihr zufolge gibt es in diesem Saal nur ein Opfer, und das ist sie selbst.«

Nach drei Tagen der Zeugenaussagen brauchte die Jury aus sechs Männern und sechs Frauen nur ganze zwei Stunden, um sie in acht Anklagepunkten für schuldig zu befinden. Richter Harry Clide verurteilte sie sofort zu einer lebenslänglichen Haftstrafe wegen ihrer Beihilfe zur Vergewaltigung an Lana. Später sollte sie sich in dreizehn weiteren Anklagepunkten für schuldig befinden und so dem zweiten Prozeß entgehen.

Bei der Verkündung des Strafmaßes beharrte May auf ihrer Unschuld und sagte: »Ich kann nur sagen, daß mir jetzt nur noch Gott helfen kann.«

Sie kann frühestens 2011 Bewährung beantragen, und dann wird sie vierundsechzig Jahre alt sein.

8

May Sexton leerte ihren Kaffee, ließ den Blick durch das Besuchszimmer des Frauengefängnisses von Marysville schweigen und erzählte dann von dem Futuretron-Projekt.

»Er wies mich an, verschiedene Restaurantketten anzurufen, Burger King, McDonald's und Wendy's. Burger King bat uns, Zeichnungen, nähere Einzelheiten und dergleichen zu schicken. Das taten wir dann auch. Die Dame am Telefon sagte, sie würde die Unterlagen vielleicht an die Zentrale in Chicago schicken und für einen späteren Zeitpunkt zurückbehalten. Er geriet ganz aus dem Häuschen.

Eddie ließ nicht locker und verschwendete Unsummen auf Reisen nach Florida. Ich sagte ihm, er könne nicht einfach so da reinspazieren. Ich versuchte, Termine zu vereinbaren, mit einem Chris Soundso, aber der sagte, er sei zu beschäftigt. Er würde ihn in nächster Zeit nicht empfangen können. Aber Eddie fuhr dennoch hin, einfach so. Eddie dachte, wenn er nur erst dort wäre und einen Fuß in das Büro gesetzt hätte, würde er schon bis zu ihm vordringen.«

May wurde gefragt, was die Futuretrons sein sollten, was sie zu etwas Besonderem machte.

»Es war einfach ihre Art, sich zu kleiden, wissen Sie. Na ja, wenn jemand fragte, was denn ein Futuretron sei, lautete die Antwort, daß zukünftige Generationen vielleicht alle gleich aussehen würden.

Das hat Eddie gesagt.«

9

Einige Beobachter des Sexton-Falles neigten dazu, nach simplen Erklärungen zu suchen. Aber diese waren tatsächlich so schwer greifbar wie es der Patriarch in all den Monaten seiner Flucht gewesen war.

Auf den ersten Blick schien Sexton dem Profil des ›neuen Satanisten‹ zu entsprechen, wie es die Autorin und ehemalige Kultanhängerin Linda Blood in ihrem 1994 erschienenen Buch bezeichnete. In Büchern über rituellen Mißbrauch wimmelt es nur so von Babyopfern und toten Föten. Skeptiker bezweifeln die Authentizität solcher Berichte. Und genau das sei der Punkt, argumentieren

Aussteiger. Das Schlüsselelement rituellen Mißbrauchs besteht darin, die Wirklichkeit der vom Opfer durchlebten Erfahrungen so unfaßbar zu gestalten, daß niemand dem Kind Glauben schenkt.

Blood führt außerdem Beobachtungen über den zeitgenössischen Satanismus an, die sich mit Eddie Lees Aussage decken, er sei ›Gott und Satan in einem‹.

Sie schrieb:

Aber der zeitgenössische Satanismus begründet nicht so sehr auf der Anbetung des Satans als vielmehr auf der Überzeugung, daß Gut und Böse keine klar entgegengesetzten Größen sind. Moderne Satanisten verkünden, es sei ihr Ziel, sich über diese menschlichen Begriffe zu erheben, in eine gottgleiche Position absoluter, uneingeschränkter Freiheit und Macht, die sie über ›Gut und Böse‹ stellt.

Blood führte auch eine erschreckend vertraute Beschreibung von Aktivitäten innerhalb organisierter Satanskulte an:

Sie sind in Bereichen aktiv wie Drogenhandel, Waffen, Kindesentführung, Kinderpornographie, Einbruch, Versicherungs- und Computerbetrug und Brandstiftung.

Allerdings gibt es bislang keinerlei Beweise für eine Verbindung zwischen Sexton und einer organisierten satanischen Vereinigung. Vermutlich war Satanismus für ihn nur ein weiteres Machtwerkzeug. Tatsächlich war Eddie Lee Sexton ein Einzelgänger. Er agierte ausschließlich innerhalb seiner Familie. Und abgesehen von John Runyon in seinen Teenagerjahren, scheint er nie einen engen Freund gehabt zu haben.

Aber bei allem Satanismus war Sexton auch bekennender Bibelanhänger gewesen. Pixie Good erzählte, wie sie einmal aus der Kirche gekommen sei und ihren Vater mit einer Predigt konfrontiert habe, die sie zusammen mit Joel gehört hatte. Inzest sei eine Sünde, habe der Pastor gesagt. Ihr Vater hatte mit Zitaten aus der Bibel gekontert, sie konnte sich allerdings nicht an die genauen Passagen erinnern.

Um Inzest geht es in der Geschichte Lots in der Genesis, sowie in den sexuellen Richtlinien im Buch Leviticus.

Nachdem sie nicht geheiratet haben, haben Lots Töchter Sex mit ihm: »Komm, wir wollen unseren Vater mit Wein trunken machen und wollen uns zu ihm legen, damit wir von unserem Vater Nachkommenschaft erhalten!« Der Erzähler scheint Lot von jeder Schuld freizusprechen, indem er dem Patriarchen einen alkoholbedingten Blackout während des Aktes zugesteht.

Im Buch Leviticus sind ein Dutzend Verbote Gottes aufgeführt, die einem Mann Sex mit Verwandten und Schwägerinnen verbieten. Seltsamerweise wird ein Fall an keiner Stelle erwähnt – ein Mann, der mit seiner Tochter verkehrt.

Manche Inzestopfer glauben, der Kern der Botschaft der Evangelien, nämlich die Vergebung, würde ebenso Tätern wie Opfern helfen. Anne Marie Eriksson, eine ehemalige Bewährungshelferin in Manhattan, hat 1983 eine der ersten Inzestpräventionsgruppen im Land gegründet, Incest Survivors Resource Network International, eine Organisation, die heute ihren Sitz in New Mexico hat. Eriksson, selbst Opfer, meint, die Täter seien häufig ehemalige Opfer.

»Wenn sie dieses Trauma durchlebt haben, flüchten sie sich oft in diese Schwarz-Weiß-Religion, auf der Suche nach Linderung«, sagt sie. »Wenn sie nur dies und jenes befolgen, werden sie ein glückliches und friedliches Leben führen. Natürlich funktioniert das nicht. Als ich noch Bewährungshelferin war und sah, wie jemand mit einer Bibel in der Hand den Gerichtssaal betrat, sagte ich immer scherzhaft: ›Aha, ein Fall von sexuellem Mißbrauch.‹

Aber gleichzeitig erscheinen Gut und Böse in Eddie Lee Sextons Welt nur als Komponenten einer größeren Pathologie. Anthropologen und Soziologen berichten, daß Inzest in allen bekannten Kulturen der Erde tabu ist. Und doch hat diese verbotene Frucht die Jahrhunderte überdauert. Eine Studie auf Grundlage einer repräsentativen Umfrage des Kinsey-Instituts zur Sexualität in Haushalten der Mittelklasse hat ergeben, daß mindestens eine von hundert Frauen mit ihrem Vater geschlafen hat. Experten schätzen, daß der Prozentsatz in armen Familien höher liegt. Andere, weniger wissenschaftliche Schätzungen, behaupten, Inzest käme in einer von sieben amerikanischen Familien vor.

Eine bundesweit anerkannte Forscherin auf diesem Gebiet hat sehr glaubhafte Gründe hierfür aufgeführt und zieht Schlüsse, die sich im Fall Sexton auf unheimliche Art zu bestätigen scheinen.

In ihrer sehr gründlich recherchierten Studie ›Vater-Töchter-Inzest‹ hat die Harvard-Psychiaterin Judith Lewis Herman sich in bestehende Sex- und Inzeststudien vertieft und selbst vierzig betroffene Frauen befragt. Die Frauen waren alle weiß, gebildet und gehörten der Mittelklasse an; viele von ihnen waren katholische und protestantische Kirchgängerinnen. Sie mögen nicht dem gleichen sozialen Umfeld angehört haben wie die Sextons, aber die Ergebnisse der Studie deckten sich dennoch in fast jedem Punkt mit den Vorfällen in der Caroline Street.

Dr. Herman schreibt, daß das Tabu des Inzest durch drei verschiedene Theorien erklärt wird. Inzest hat biologisch betrachtet negative Auswirkungen; es gibt hinreichend Daten, die eine höhere Rate von Totgeburten, Kindersterblichkeit und geistiger Behinderung belegen. Außerdem stellt er eine psychische Belastung dar, weil er die Struktur und Harmonie der Familie zerstört. Und gesellschaftlich muß er bei patriarchalischen Gesellschaften ausgemerzt werden, die immer noch ›Bräute‹ als ›Geschenke‹ ansehen, die unter Vätern und jungen Männern verschiedener Stämme ausgetauscht werden.

Und doch, schreibt Dr. Herman, gibt es unter der Hand reichlich Rechtfertigungsversuche für den Inzest. Sie führt Artikel und Bilder aus dem *Hustler* und *Penthouse* an, in denen er als eine Form der sexuellen Befreiung angepriesen wird. Sie zählt Bibelpassagen auf, die die Männer in solchen Fällen von jeder Schuld freisprechen. Mädchen werden in der Popkultur und Literatur als junge Verführerinnen nach Lolita-Vorbild dargestellt. Außerdem, klagt sie Psychologen an, die Inzestmeldungen unter den Teppich kehren, weil, wie sie meint, der Vater der Psychologie diesen Trend begründet hat. Sigmund Freud stolperte bei seiner bahnbrechenden Arbeit auch über Inzest, schreibt sie, aber er hat ihn in seiner Theorie als weibliche Phantasie abgetan, eine Haltung, die noch heute weit verbreitet ist.

Die Aussagen aus Hermans Referenzgruppe zeigen auf, daß Inzestfamilien ganz bestimmte charakteristische Merkmale haben. Bei allen Betroffenen ihrer Testgruppe war der Vater das unangefochtene Familienoberhaupt gewesen, mit uneingeschränkter Autorität. Und diese Patriarchen hatten ihren Willen, wenn nötig, mit Gewalt durchgesetzt. Sie schotteten alle Frauen der Familie von der Außenwelt ab, während sie selbst gewöhnlich von Außenstehenden als ›sympathisch, ja sogar bewundernswert‹ eingestuft wurden.

Die Mütter waren reine Hausfrauen und finanziell von ihrem Mann abhängig. Die Väter betrachteten die Mütter als minderwertig, nicht nur in ihren Leistungen, sondern ›schon allein aufgrund ihres Geschlechts‹. Die männlichen Familienmitglieder wurden als höher gestellt angesehen, ihnen wurden mehr Freiheiten und Privilegien eingeräumt. Den Töchtern verbot man Kontakte außerhalb der Familie.

Dr. Herman schreibt:

Die Väter üben eine eiserne Kontrolle über das Leben ihrer Ehefrau und Töchter aus, wobei sie sie häufig wie Gefangene halten. Die Jungen in der Familie werden manchmal als Helfer und Aufpasser eingesetzt.

Diese patriarchale Struktur wird von vielen Anhängern der Pentecostal-Kirche und zahlreichen Bibelfundamentalisten wie Eddie Lee und seinem Vater, gutgeheißen. Die Hälfte der Opfer von Hermans Testgruppe sagten aus, ihr Vater hätte seine Autorität durchaus auch mit Hilfe körperlicher Gewalt untermauert. Andere Kinder in der Familie werden ebenfalls mißhandelt. Ihre Väter waren selektiv in ihrer Opferwahl: oft wurde ein Kind als Prügelknabe auserkoren, während ein anderes Kind bevorzugt und geschont wurde.

Es gibt auch Grenzen:

»Kein Familienmitglied wurde so ernsthaft verletzt, daß es in einem Krankenhaus hätte behandelt werden müssen ... Obgleich die Väter in ihren eigenen vier Wänden oft völlig die Kontrolle zu verlieren schienen, machten sie nie den Fehler, sich an Außenstehenden zu vergreifen. Sie waren nicht als Tyrannen oder Unruhestifter bekannt; in Gegenwart einer übergeordneten Autorität benahmen sie sich in der Regel ehrerbietig, unterwürfig, sogar feige.«

Herman führt andere Studien an, die Eddie Lee Sextons Profil zu entsprechen scheinen, hat er doch die Schmutzarbeit anderen überlassen. Inzesttäter scheinen tatsächlich Tyrannen und Feiglinge in einem zu sein.

»Die Lösung dieses scheinbaren Widerspruchs liegt in der Fähigkeit des Vaters, ihre relative Macht in jeder Situation einzuschätzen und ihr Verhalten entsprechend anzugleichen. In Gegenwart von Männern, die ihnen deutlich überlegen sind wie Polizisten, Staatsanwälten, Therapeuten und Forschern verstanden es die Väter sich mitleiderregend, hilflos und verwirrt zu präsentieren.«

Auch der Umstand, daß die Sextons so viele Kinder hatten, paßte ins Bild. In Inzestfamilien liegt die Kinderzahl deutlich über dem Durchschnitt. Die Frauen werden gewöhnlich ganz gezielt geschwängert, schreibt Dr. Herman. »Finanziell anhängig, gesellschaftlich isoliert, körperlich geschwächt und vollauf mit der Pflege zahlreicher kleinerer Kinder beschäftigt, sind diese Mütter einfach nicht in der Lage, der Herrschaft ihres Mannes etwas entgegenzusetzen.«

Die Psychiaterin befaßte sich auch mit Töchtern. Sexuelle Kontakte folgten einem vorhersehbaren Muster, das dem im Fall Sexton ähnelte. Liebkosungen und Oralsex in den frühen Jahren und dann Verkehr, wenn die Mädchen um die dreizehn waren. Viele Töchter verachteten ihre Mütter, weil sie sie nicht beschützt hatten oder ihnen nicht geglaubt hatten, als sie sich ihnen anvertrauten. Gleichzeitig hatte die Sonderbehandlung durch den Vater manch einer auch gefallen. Es war nicht ungewöhnlich, daß Töchter sich in ihre Väter ›verliebten‹ und in Rivalität zur Mutter traten. In späteren Jahren begehrten die Mädchen häufig auf und wurden daraufhin gezüchtigt oder mit Verboten bestraft.

Andere Wissenschaftler haben sich mit der Pathologie des inzestuösen Patriarchen befaßt. Inzest gestattet es dem Vater, Sex exakt nach seinen Wünschen zu strukturieren, ohne sich den Kopf über die Vorgehensweise zerbrechen oder eine Zurückweisung fürchten zu müssen. Die Geheimnistuerei verstärkt die Lust noch. In manchen Fällen hat auch das Leid der Tochter dem Vater zusätzliche Befriedigung verschafft. Wie Vergewaltigung ist Inzest für manche Täter ein Akt der Feindseligkeit und Gewalt.

Die Erfahrung des Täters, die Dr. Herman in ihrer Studie beschreibt, deckt sich auffällig mit den Ereignissen jenes Wochenendes in West-Virginia, an dem Eddie Lee Sexton ins Gefängnis kam und die ihn möglicherweise auch nach dem Tod seiner Mutter antrieb.

»In der Phantasie des Vaters wird die Tochter zur Quelle aller infantilen Sehnsüchte des Vaters nach Liebe und Fürsorge. Er betrachtet sie anfangs als idealisierte kindliche Braut oder als Objekt der Anbetung …«

Eine weitere Beobachtung erklärt, weshalb Sexton später zum Tode verurteilt wurde. Dr. Herman schreibt:

»Die Aufdeckung zerstört das bislang aufrechterhaltene zerbrechliche Gleichgewicht, gefährdet den Gehorsam aller Familienmitglieder und erhöht die Wahrscheinlichkeit gewalttätigen und verzweifelten Handelns, das alle, vor allem aber die Tochter, in akute Gefahr bringt.«

Der Fall Sexton schien jedoch sogar die Grenzen solcherlei Studien zu sprengen. Detectives und Sozialarbeiter machten bei beiden Eltern vorhersehbare Vorgehensweisen aus. Mädchen und Jungen wurden erst nur von Eltern und Geschwistern unsittlich angefaßt. Waren die Mädchen dreizehn, verlangte Eddie Lee Sexton richtigen Verkehr von ihnen. Wenn die Jungen die Pubertät erreichten, wurden sie von Sexton vergewaltigt, wodurch der seine Dominanz und Autorität untermauerte. Bei den geistig Hilflosen, wie Willie, setzte sich die Sodomie fort.

Mit der Sodomie und Mays aktiver Mitwirkung bewegten sich die Sextons auf einem Gebiet statistisch gesehen extrem seltener Vorkommnisse. Mutter-Sohn und Vater-Sohn-Inzest machten laut der durchgeführten Studien weniger als drei Prozent der Inzestfälle aus.

Die Sextons waren eine Anomalie innerhalb einer Abweichung von der Normalität, ihr Haus voller Geheimnisse eine kranke Mischung aus Gut, Böse und Phantasie.

Weitestgehend Eddie Lee Sextons Phantasie.

Sie waren tatsächlich Futuretrons, waren auf dem besten Weg, eine neue Generation von Kindern in die Welt zu setzen, ›die alle gleich aussahen‹.

10

In einer kalten Februarnacht 1997 fuhr eine halbe Stunde vor Mitternacht ein Greyhound am Busbahnhof von Canton vor.

Der Fahrgast aus Tampa stand eine Weile da und blickte sich um, während der Bus in einer stinkenden schwarzen Wolke davonfuhr. Die Frau hatte einen kleinen Karton bei sich und nicht einmal hundert Dollar in der Tasche. Sie trug ein dünnes blaues Baumwollkostüm und weite Turnschuhe, auf denen hinten auf der Ferse mit Filzstift in Druckschrift der Name ›Good‹ stand.

Estella ›Pixie‹ Good war, nachdem sie zwei Jahre und drei Monate von ihrer Gefängnisstrafe verbüßt hatte, auf Bewährung entlassen worden. Sie war nach Canton, Ohio, zurückgekehrt, um wieder bei ihren Geschwistern zu sein. Otis Sexton hatte mehrere der Geschwister über ihre Ankunftszeit informiert, in der Hoffnung, daß jemand sie abholen würde. Er selbst hatte einige familiäre Probleme;

einige seiner Töchter drängten ihn, endlich Ruhe zu geben. Er habe schon genug getan, meinten sie.

Trotzdem wartete Otis einen Block entfernt in einem Wagen mit laufendem Motor. Als kein anderer Sexton sich blicken ließ, fuhr der Onkel vor. Pixie zitterte derart, daß sie es kaum schaffte, sich eine Zigarette anzuzünden.

»Sie dort stehenzulassen, sie im Stich zu lassen, wäre allem zuwidergelaufen, woran ich glaube«, sagte er später.

Einige Tage später verließ sie das Haus ihres Onkels, um ihr erstes Interview seit Beginn der ganzen Geschichte zu geben. Sie hielt ein Dutzend Gefängniszeugnisse in der Hand, Nachweise diverser Kurse, die sie dort belegt hatte. Sie hatte sich nach einem Job umgesehen und Interesse an einer Stelle als Pflegerin bekundet.

Pixie Good hatte zugenommen; sie war nicht dick, aber auch nicht mehr die schlanke Tochter, die losgeschickt worden war, um Ray Hesser zu verführen. Sie sprach immer noch sehr leise und geizte mit Worten. Aber sie lachte hin und wieder, und wenn sie sprach, hielt sie den Kopf hoch und blickte ihrem Gesprächspartner in die Augen.

Sie erzählte im großen und ganzen die gleiche Geschichte wie der Polizei und distanzierte sich von Mißhandlungen jedweder Art. Sie beschuldigte statt dessen Sherri, eine Rabenmutter zu sein, die ihr Baby ständig nur herumschubse.

Sie füllte auch einige Lücken. Sie sprach über den Besuch in der College-Bibliothek. Und sie verriet den Zweck der geheimen Kammern in dem Haus in der Caroline Street.

»Dort haben wir uns versteckt«, sagte sie. »Es war der einzige sichere Ort im ganzen Haus.«

Es schien, als hätte sie große Abschnitte ihrer Teenagerjahre erfolgreich verdrängt. Sie konnte sich nicht einmal mehr an ihre High-School-Freundinnen, die Zwillinge Terry und Traci Turify erinnern.

Vielleicht hat sie auch gelogen. Sie behauptete, nie etwas von dem Brief erfahren zu haben, den Teresa Boron Joel geschrieben hatte und in dem sie ihn über die schlimme Erkrankung seines Großvaters informierte. Sie wußte nicht, daß ihrem Interviewpartner eine Aussage von Eddie jr. vorlag. Und Eddie jr. konnte den Inhalt des Briefes schließlich nur von ihr erfahren haben.

»Eddie sen. hat den Brief zerrissen«, fügte sie hinzu. »Joel hat ihn nie zu Gesicht bekommen.«

Es schien sie kalt zu lassen, daß manche Leute sie als Mörderin betrachteten, als Komplizin ihres Vaters. Sie hatte diesen Menschen nichts mitzuteilen.

»Ich weiß nicht, was ich ihnen sagen sollte«, meinte sie. »Jeder hat das Recht, zu empfinden, was ihm gefällt. Solange ich weiß, daß ich die Wahrheit sage, spielt es für mich keine Rolle, was andere denken.«

In den zwei Stunden, die das Interview dauerte, nannte sie Eddie Lee Sexton kein einziges Mal ›Dad‹ oder ›Vater‹.

Sie sagte ›Eddie‹.

»Ich nenne ihn Eddie, weil ich ihn nicht länger als meinen Vater betrachte«, erklärte sie. »Seinetwegen habe ich alles verloren, was ich hatte.«

11

Mehr als zwei Jahre nach dem Mordprozeß gingen die im Gerichtssaal ans Licht gekommenen Qualen und der Tod ihres Neffen Teresa Boron und der übrigen Familie immer noch nach wie eine alte, chronische Verletzung. Es sollte lange dauern, bis ihnen Gerechtigkeit widerfuhr. Aufgrund der üblichen Berufungsverfahren verbrachte ein Todeskandidat durchschnittlich zehn Jahre in der Todeszelle.

Joeys Bruder Danny verklagte die Sextons auf mehrere Millionen Dollar. Joel Goods Erbe gewann den Prozeß gegen die mittellosen Beklagten. Das Urteil verschaffte der Familie eine gewisse Befriedigung; mit seiner Hilfe würden ihnen sämtliche Honorare zufließen, die Eddie Lee

Sexton von Zeitungen oder Talkshows bekam. Sie sahen keinen Cent davon.

Zur Erinnerung brachte die Familie den Namen des Krankenhauses in Kentucky in Erfahrung, in dem Skipper Lee geboren war, und bat um Abzüge der dort gemachten Fotos des Säuglings. Sie hängten das Porträt des für den Schulfotografen fein gemachten Joey auf; die Bilder von ihm und Pixie am Abend des Abschlußballes blieben in der Schublade.

Als Teresa erfuhr, daß Pixie ihrem Bruder Eddie jr. erzählt hatte, sie habe von ihrem Brief an Joey gewußt, weinte sie.

»Wenigstens hat er gewußt, daß wir ihn geliebt haben«, sagte sie. Das war ihr ein kleiner Trost.

Dann behauptete Pixie, ihr Ehemann habe den Brief nie gesehen.

Oder doch? Warum hatte er an jenem Tag in der Bibliothek unbedingt heimfliegen wollen?

»Ich zog es vor zu glauben, daß er meinen Brief bekommen hatte«, sagte Teresa.

Einige Monate vorher war am anderen Ende der Stadt zwischen den eineiigen Zwillingen Traci und Terry Turify ein Streit entbrannt.

Terry betrachtete Pixie Good als Opfer.

»Ich dachte nur, Stella, du mieses Dreckstück«, erinnerte sich Traci. »Ich hätte sie umbringen können.«

Nachdem sie von dem Mord erfahren hatte, meldete Traci sich mehrere Tage lang nicht bei Joel Goods Familie. Sie schämte sich zu sehr, weil sie doch Joel und Pixie miteinander bekannt gemacht hatte.

Dann hörte sie von der Beerdigung. Als sie erfuhr, wann und wo das Begräbnis stattfand, raste sie zum Bestattungsunternehmen, traf dort aber niemanden mehr an. Der Gottesdienst war vorbei, der Trauerzug fort. Sie hetzte zum Friedhof. Die Erde auf dem Grabhügel war noch frisch, und im Schnee waren Blumen verstreut.

Traci Turify Dryland stand da und weinte.

Was habe ich getan?

»Ich dachte, wenn ich nur selbst mit Joel auf den Abschlußball gegangen wäre, hätte er sie vermutlich nie kennengelernt«, erinnerte sie sich später und weinte wieder bei dem Gedanken. »Es war alles meine Schuld.«

Sie brachte Teresa Borons neue Adresse in North Canton in Erfahrung und fuhr hin, suchte aber eine Stunde lang vergeblich die Straße ab. Sie konnte das Haus nicht finden.

Schließlich klopfte sie doch an die Tür des neuen Hauses im viktorianischen Stil

Traci erklärte Teresa, daß sie dafür um Verzeihung bitten wolle, daß sie die beiden miteinander bekannt gemacht hatte.

Die beiden Frauen umarmten einander und weinten viel.

Er war ihr Forrest Gump. »Joel hatte nie eine Chance«, sagte Traci.

Sie fühlte sich besser, aber noch nicht ganz von ihren Schuldgefühlen befreit.

»Sie ist eine Kindsmörderin«, sagte Traci später. »Sie ist ein verdammtes Biest. Joel hat seinen Frieden noch nicht. Der Fall ist noch nicht erledigt. Die Sextons, sie alle ... meinem Empfinden nach sollten sie alle sterben.«

Die Ambivalenz unter den eineiigen Zwillingen fand sich bei Dutzenden anderer Personen wieder, die von einem der brutalsten öffentlich gewordenen Fällen von Kindesmißbrauch in der Geschichte Amerikas betroffen waren, darunter Steve Ready, Otis Sexton und Judee Genetin.

Ambivalenz nicht nur wegen Pixie, sondern auch im Hinblick auf Willie und Skipper.

Was Steve Ready betraf, sogar May.

»Sehen Sie sich doch ihre Welt an«, meinte Ready. »Ihr ganzes Dasein. Sie haben doch nie etwas anderes kennengelernt.«

Die ganzen Machenschaften des Patriarchen.

Als sie an einem ebenfalls kalten Februartag von Pixie Goods Rückkehr erfuhr, begann Teresa Boron, Pläne zu schmieden. Wenn die Zeit reif war, wollte sie Otis Sexton aufsuchen und um ein Gespräch mit Pixie bitten.

Teresa Boron wollte ihren Pastor mitnehmen. Sie brauchte einen Geistlichen und ein Wunder.

Sie wollte versuchen, so etwas wie Frieden zu finden.

Der bodenlose Abgrund

Als Steve Ready zusammen mit Jay Pruner das Haus in der Caroline Street aufsuchte, fiel dem Staatsanwalt sogleich der handlose Jesus ins Auge. Er wollte ihn haben.

»Gott, was für ein perfektes Symbol«, sagte Pruner. »Den will ich in meinem Büro stehen haben.«

Ready erwog, in der Nacht wiederzukommen und die Statue schlicht zu klauen. Er wollte sie in eine große Kiste packen und nach Tampa schicken. Aber dann ließ er es doch sein, seine Vernunft siegte. Er sah schon die Schlagzeile vor sich: ERMITTELNDER DETECTIVE IM FALL SEXTON WEGEN EINBRUCHS IN DAS HAUS DER SEXTONS ANGEKLAGT. Vielleicht war es auch ganz passend, daß ein Müllwagen die Statue mit dem Rest von Eddie Lee Sextons Ramsch abtransportierte.

Noch Jahre nach seiner Verhaftung war die Präsenz des Patriarchen spürbar. Judee Genetin und einige Sozialarbeiter organisierten eine Weihnachtsfeier für die Geschwister, die prompt aneinandergerieten und sich gegenseitig irgendwelche Kleinigkeiten vorwarfen. Sie schienen nach der Gesellschaft und Liebe der anderen zu dürsten, ohne jedoch in der Lage zu sein, eine dauerhafte, normale Beziehung zueinander aufzubauen.

Der Exchange Club kürte Steve Ready für seinen Einsatz zum Deputy des Jahres. Noch vor Eddie Lees Prozeß war er der bundesweit operierenden Sonderkommission für die Ergreifung flüchtiger Straftäter zugeteilt worden. Aber immer noch riefen Polizisten, Anwälte, Sozialarbeiter und Verwandte an und lieferten Ready weitere Informationen. Skipper erzählte eine undurchsichtige Geschichte von einem Mann, den Eddie Lee angeblich vor Jahren getötet und in einem Park namens Ohio Powerland verscharrt hatte. Ready der nur noch Teilzeit arbeitete, konnte hierfür nie genug Beweise finden. Der bislang nicht identifizierte Tote, den Machelle Sexton im Kofferraum gesehen hatte, ließ den Detective jedoch nicht los. Eines Tages teilte ihm

Otis Sexton mit, ein Verwandter habe ihm erzählt, das sei er gewesen. Eddie Lee hatte ihn wohl zusammengeschlagen und anschließend an einer Schnellstraße in der Nähe von Toledo abgeladen, in dem Glauben, er sei tot. Er sei in einem Graben zu sich gekommen und habe einen ganzen Monat im Krankenhaus verbracht, um sich zu erholen. Aber er wollte nichts mit dem Gesetz zu tun haben; er hatte noch immer panische Angst vor Eddie Lee.

Andere Einrichtungen begannen, Eddie Lees Ernte einzufahren. Mehrere Geschwister litten unter Depressionen und Halluzinationen und waren deshalb auf Psychopharmaka angewiesen. Eddie jr. tauchte auf dem Polizeirevier von Jackson Township auf und bat darum, in eine Nervenheilanstalt eingewiesen zu werden. Im Sommer 1996 wurde er wegen Diebstahls bei Sears verhaftet; er hatte eine Crackpfeife bei sich. Seine Frau Daniela verließ ihn. 1997 kam er in Behandlung. Sherri hatte weitere Nervenzusammenbrüche und Eheprobleme. Skipper war offenbar nicht in der Lage, seine Haftzeit durch gute Führung zu verkürzen, so daß er nicht vorzeitig entlassen wurde. Er wurde wegen des sexuellen Mißbrauchs seiner Geschwister nicht angeklagt. Shelly Croto erlitt nach ihrer Aussage beim Prozeß ihrer Mutter eine Fehlgeburt und verlor beide Zwillinge. Willie wurde von der staatlichen psychiatrischen Anstalt in Florida immer wieder als verhandlungsunfähig eingestuft. Wie einige seiner Geschwister hatte er öfter Flashbacks und auditive Halluzinationen. Sherris Sohn Christopher, Eddie Lees Sohn / Enkel blieb bei Pflegeeltern. Dawn und Shasta befanden sich in der Obhut der Sozialbehörden Floridas, die über ihr Schicksal Stillschweigen bewahrten. Es schien unwahrscheinlich, daß ihre Mutter sie je zurückbekommen würde.

Anfang 1997 wurde Willie Sexton ein weiteres Mal untersucht und diesmal für verhandlungsfähig erklärt. Es wurde ein Mordprozeß anberaumt, mit ungewissem Ausgang für ihn.

Er war nicht der einzige der Geschwister, dem ein Mordprozeß bevorstand. Im November 1996 war James

Sexton im Alter von zwanzig Jahren verhaftet und des Mordes angeklagt worden. Er wurde beschuldigt, seinen achtunddreißig Jahre alten Mitbewohner, der ahnungslos auf dem Sofa schlief, durch Brandstiftung getötet zu haben. Der Mann habe Sex mit ihm gehabt, behauptete James. In einem Interview sagte James, er habe seinen Vater auf der Couch sitzen sehen. Er habe seinen Vater verbrennen wollen und nicht seinen Mitbewohner.

»Sie müssen mich doch nicht wegen Mordes anklagen, nur weil ich ein Sexton bin«, meinte James. »Vielleicht wegen Körperverletzung, weil ich meinen Dad am Arm verbrannt habe.«

»Während wir uns hier unterhalten, tritt irgendwo ein junger Mensch in den Dienst bei der Polizei oder den Sozialbehörden und muß sich nun mit diesen Kindern beschäftigen«, sagte Ready.

Aber noch war nicht alles verloren. Die Sozialarbeiter hofften, daß es für Kimberly, Lana, Christopher und Matthew noch nicht zu spät war. Sie waren adoptiert worden und trugen jetzt andere Namen. Einige von ihnen waren in Langzeittherapie. Aber andere wie Shelly und Skipper hatten entweder nicht den Willen oder nicht die finanziellen Möglichkeiten.

Alle, die irgendwie mit dem Fall zu tun gehabt hatten, zahlten einen Preis dafür. Steve Ready war frustriert von Sextons Versteckspiel und wütend wegen der ans Licht gekommenen Einzelheiten. »Diese Leute haben mein ganzes Leben verändert«, sagte er. »Man liegt nachts im Bett, kann nicht schlafen und versucht, zu denken wie sie. Und das macht einen wahnsinnig.«

Dann erlitt Ready einen Herzanfall. »Als ich im Krankenhaus lag, fragte ich mich: Hat dieser Hurensohn mich aus der Todeszelle heraus mit einem Fluch belegt?«

Judee Genetin durchlitt nach ihrer Rückkehr vom Prozeß in Florida mehrere Wochen lang eine tiefe Depression. Sie hatte sich zu ihrem Schutz einen Rottweiler angeschafft. Wayne Welsh, der nur noch bewaffnet aus dem Haus ging, bekam einen Herzinfarkt. Und bei Anne

Greene wurde, nachdem sie von Canton nach Florida gezogen war, vor allem um von den Sextons fortzukommen, ein seltener Hirntumor diagnostiziert. Zwar konnte der Tumor operativ entfernt werden, aber es blieben Sprachprobleme und Motorikstörungen zurück, so daß eine lange Rehabilitationsphase vor ihr lag. Es steht noch nicht einmal fest, ob sie sich überhaupt noch an den Fall Sexton erinnern kann.

Mir wurde klar, daß es sich beim Fall Sexton anders als bei den meisten True-crime-Berichten um eine endlose Geschichte handelt. Die Hauptakteure waren gefaßt und eingesperrt worden, aber es blieben noch zahlreiche Geheimnisse verborgen. Der Fall konnte einen besessen machen. Das Ausmaß von Sextons Bosheit war gleichzeitig abstoßend und faszinierend.

Und doch war ich nicht enttäuscht, als er mir ein Interview versprach und es dann doch nicht dazu kam. Ich hatte schon viele Interviews mit anderen Kriminellen geführt, war aber nicht sicher, ob ich die Geduld aufgebracht hätte, längere Zeit mit diesem Mann in einem Zimmer zu sitzen.

Ann Marie Eriksson, die Gründerin der Hilfsorganisation für Inzestopfer sagte mir: »Ich sage Profis immer wieder, wenn ihr Inzestprogramme ins Leben rufen wollt, müßt ihr euch darüber im klaren sein, daß auch der Bankangestellte von nebenan oder ein Senator betroffen sein kann. Inzest betrifft alle Klassen, alle Religionen, alle Bevölkerungsschichten.«

Aber für mich sprengten die Sextons die True-crime-Tradition der perfekten Familie, die unfaßbare Verbrechen verbirgt. Der Umstand, daß die Sextons derart krank waren und Sexton selbst ein Ex-Sträfling war, machte es um so unbegreiflicher, daß er all die Jahre unbehelligt geblieben war.

Ich habe versucht, May Sexton zu verstehen. Sie war bei den Interviews höflich und hilfsbereit, blieb jedoch selbst ein Flatliner. Sie unterzog sich auf meine Bitte hin einem Persönlichkeitstest. Der Test ergab, daß sie zwanghaft und selbstzerstörerisch handelte und eine pathologisch abhängige Persönlichkeit war, die sich nach gesellschaftlicher Anerkennung sehnte.

Ich kam vor allem von den Babys nicht los. Der Umstand, daß im Körper des kleinen Skipper Lee keine Alkoholrückstände festgestellt worden waren, beunruhigte mich. War die Geschichte mit dem Nyquil nur eine vorgeschützte Lüge, um seinen Erstickungstod zu vertuschen, oder steckte noch etwas viel Grauenhafteres dahinter?

Das größte Rätsel begann in der J.-B.-Cook-Bibliothek in Sarasota. Als ich zum ersten Mal die Bibliothekarin Gail Novak befragte, brach sie in Tränen aus wie schon vor Gericht. Sie beklagte, daß ihr niemand habe glauben wollen, daß es ein zweites Baby gab, das auf dem unbebauten Grundstück verscharrt worden war. Sie behauptete, Sherri Sexton habe sie nach der Verhaftung ihrer Eltern aufgesucht und sie nach dem Grab gefragt.

Ich wußte, daß die Behörden die sonderbareren Aspekte ihrer Geschichte als hysterische Hirngespinste abgetan hatten. Ich versuchte, sie zu beruhigen, und bat sie, mit mir nach draußen zu gehen und mir die Stelle zu zeigen. Als wir uns der Reihe Stechpalmen auf dem freien Feld näherten, wäre sie beinahe zusammengebrochen. Sie hatte sich seit der Verhaftung davor gefürchtet, hierherzukommen.

Jetzt befand sich dort eine Grube – die in etwa der Größe eines Säuglings entsprach.

Ich verständigte die campuseigene Polizei, die der Angelegenheit jedoch keinerlei Bedeutung beizumessen schien. Ich schoß trotzdem ein paar Fotos. Ich versuchte fast ein Jahr lang, das Rätsel um diese Grube zu lüften.

Wer hatte dort etwas ausgegraben? Was? Und warum?

Nachdem ich Steve Ready und Otis Sexton von meiner Entdeckung berichtet hatte, begannen einige der Geschwister, sich zu äußern. Willie erzählte am Telefon, es habe noch ein Baby gegeben, allerdings nicht von Pixie, sondern von Sherri. Es sei unterwegs geboren und von Eddie Lee Sexton getötet worden.

Skipper bestätigte die Geschichte. Er erzählte mir, Sherri habe das Baby im Schlafzimmer zur Welt gebracht. Sein

Vater habe den schreienden Säugling dann mit ins Bad genommen, und als er wieder herausgekommen sei, habe das Baby tot in seinen Händen gelegen.

»Und was habt ihr dann getan?«

»Wir sind in den Wald gegangen, wissen Sie. Sie wissen ja, wie der alte Herr drauf war. Wir haben es geopfert und verbrannt.«

Das alles schien zu den Aussagen von Nachbarn zu passen, die ein Baby hatten schreien hören und später hinter dem Trailer der Sextons in der Treaty Road eine leere Kiste gefunden hatten. Sherri gestand Geburt und Tod des Kindes später Steve Ready. Das Baby sei von dem Patriarchen ausgegraben und schließlich in den Little Manatee State Park gebracht worden, berichtete Willie nach und nach.

Ende 1996 begann die Polizei von Pasco County zu graben. Sie holten Pixie Good aus dem Gefängnis, damit sie sie zu dem Grab in der Treaty Road führte, das Sherri ihr gezeigt hatte. Sie fanden nichts.

Sie holten Willie aus Chattahootchee und brachten ihn zum Little Manatee Park. Willie glaubte, er könne die Stelle wiederfinden, an der sie das Baby begraben hatten. Sie gruben an zwei Stellen, fanden jedoch nichts.

Otis Sexton, der sich anläßlich der Suche nach Florida begeben hatte, erfuhr von den Geschwistern, daß das tote Kind vor der Verhaftung im Park erneut ›umgebettet‹ worden sei. War das gewesen, als die Luftüberwachung des FBI die zwei Teenager mit der Schaufel im Wald entdeckt hatte?

Mit den Geschwistern zu sprechen, um nähere Einzelheiten in Erfahrung zu bringen, war oft unmöglich. Schon allein sie ausfindig zu machen und zu einem Interview zu überreden, dauerte oft zwei Wochen.

Die Polizei von Pasco County war der Ansicht, sie hätte genug Zeit und Geld auf die Suche nach dem ominösen Baby verschwendet. Ein Detective legte den Fall zu den Akten.

Als ich einige Tage nach ihrer Entlassung auf Bewährung mit Pixie Good sprach, näherte ich mich vorsichtig diesem Thema. Sie bestätigte fast wortwörtlich Gail Novaks Aussage. Ja, das sei mehrere Wochen nach Skipper Lees Tod gewesen. ›Das erste Baby‹ sei die Fehlgeburt gewesen, die sie kurz nach ihrer Hochzeit mit Joel erlitten hatte, sagte sie. Das ›zweite Baby‹ sei Skipper Lee gewesen.

Sie gab zu, gesehen zu haben, wie ihr Vater etwas draußen vor der Bibliothek vergrub. Ich fragte, was das gewesen sei.

»Sherris Baby«, antwortete sie. »Sherri hat mir nach der Verhaftung erzählt, daß Eddie es bei der Bücherei vergraben hat.« Dann habe er es später wieder ausgegraben.

Sie behauptete, sie habe nicht gewußt, daß es im Kofferraum lag. ›Eddie‹ habe niemanden in die Nähe des Kofferraums gelassen.

»Gail Novak sagte aber doch, Sie hätten sie aufgefordert, Sie zum Wagen zu begleiten und sich das Baby anzusehen«, erwiderte ich. »Was hat es damit auf sich?«

»Daran kann ich mich nicht erinnern«, antwortete Pixie.

Otis Sexton ist der Überzeugung, daß das Kind noch irgendwo im Little Manatee Park begraben ist, vielleicht hinter Ray Hessers Campingparzelle, der Nummer 28.

Und er – und andere – glauben, daß auf dem Grundstück in der Caroline Street weitere Föten und Fehlgeburten begraben sind. Eins angeblich unter der Statue des handlosen Jesus.

Andere Dinge wurden in den Teich geworden, sagten die Geschwister. Diebesgut. Beweismittel. Bob und Edie Johnson beklagten sich über einen starken Algenbefall, dem einfach nicht beizukommen war.

»Vielleicht liegen da noch Leichen drin«, scherzte Ready.

Dann wurde er wieder ernst, bei den Sextons war alles möglich.

Die Ermittlungen nahmen einfach kein Ende.

Eines Tages sprach Steve Ready mit Herb Schreiner von der Feuerwehr von Jackson Township.

»Steve«, sagte Schreiner, »wenn Sie wollen, begleite ich Sie mit einem ganzen Team, und wir pumpen den verdammten Teich leer.«

Ready dachte darüber nach. Aber es war nicht mehr sein Fall. Es fehlte ihm an Leuten. Und die Staatsanwaltschaft von Stark County bekundete keinerlei Interesse.

Er war ausgebrannt.

»Und wenn der Teich leergepumpt ist, was habe ich dann?« fragte er. »Ein großes Loch. Und was soll ich damit anfangen? Bis ins Bodenlose darin buddeln?«

In gewisser Weise hatten sie das bereits.

Im Juli 1997 wurden die schlimmsten Befürchtungen Steve Readys, Jay Pruners und vieler anderer Wirklichkeit. Ein Revisionsgericht wandelte Eddie Lee Sextons Todesstrafe wegen Mordes an Joel Good in lebenslänglich um, weil angeblich die Geschworenen durch Mißbrauchsaussagen negativ beeinflußt worden waren. Sexton sitzt noch wegen der Mordverschwörung in Florida in Haft. Es wird von einem neuen Mordprozeß gesprochen. Staatsanwalt Robert Horowitz aus Stark County weigert sich immer noch, einen Auslieferungsantrag zu stellen und Sexton wegen sexuellen Mißbrauchs in Ohio den Prozeß zu machen. Und in beiden Staaten fragen sich Polizei und Staatsanwälte, ob die Sexton-Kinder überhaupt in der Lage sind, noch einmal auszusagen.

ENDE

Eine unerklärliche Flugzeugkatastrophe. Unter den Opfern: die Frau und die beiden kleinen Töchter des Reporters Joe Carpenter. Ein Jahr später ist Joe immer noch im Würgegriff der Trauer gefangen. Da begegnet er einer Frau namens Rose. Sie behauptet, den Absturz überlebt zu haben und ein Geheimnis zu kennen, das Joe seinen Seelenfrieden wiedergeben könnte. Getrieben von einer verzweifelten Hoffnung, macht sich Joe daran, Rose wiederzufinden. Bei seiner Suche gerät er einer mächtigen Organisation in die Quere, die alles daran setzt, Joe aufzuhalten, bevor er erfahren kann, wer wirklich hinter dem Absturz steckt – eine Wahrheit, die die Welt erschüttern und das Schicksal der Menschheit ändern könnte.

ISBN 3-404-14374-4

BASTEI LÜBBE

Statt Ruhe und Friede herrscht in Bramford zur Zeit Baustellenlärm, und statt einer zarten Romanze findet Meredith Mitchell eine Leiche, halb einbetoniert in der Baugrube. Inspektor Markby stellt Nachforschungen an, doch der Tote bleibt ein Rätsel, und die Farmer der umliegenden Gehöfte hüllen sich in Schweigen. Hier ist jemand mit diplomatischem Geschick gefragt, jemand wie Meredith. Bald schon merkt sie, daß sie mit ihren Fragen in ein Wespennest sticht. In der Scheune der Familie Winthrop macht sie schließlich eine erstaunliche Entdeckung – und bringt sich selbst in höchste Gefahr ...

ISBN 3-404-14375-2

BASTEI
LÜBBE